내 인생 최고의 쇼

OPRAH
BY KITTY KELLEY

내 인생 최고의 쇼

지은이 키티 켈리
옮긴이 이은주
1판 1쇄 인쇄 2012. 3. 23
1판 1쇄 발행 2012. 3. 30

발행처_ 김영사 • **발행인**_ 박은주 • **등록번호**_ 제406-2003-036호 • **등록일자**_ 1979. 5. 17 • **주소**_ 경기도 파주시 교하읍 문발리 출판단지 515-1 우편번호 413-756 • **전화**_ 마케팅부 031)955-3100, 편집부 031)955-3250 • **팩시밀리**_ 031)955-3111 •

값은 뒤표지에 있습니다. ISBN 978-89-349-5667-9 03840 • 독자의견 전화_ 031) 955-3200 • 홈페이지_ http://www.gimmyoung.com • 이메일_ bestbook@gimmyoung.com • 좋은 독자가 좋은 책을 만듭니다 • 김영사는 독자 여러분의 의견에 항상 귀 기울이고 있습니다.

OPRAH WINFREY
내 인생 최고의 쇼

키티 켈리 지음 | 이은주 옮김

김영사

서문

내가 오프라 윈프리를 처음 만난 것은 1981년, 볼티모어에서 책 출간을 홍보할 때였다. 그녀는 리처드 셔(Richard Sher)와 함께 WJZ의 아침 토크쇼 〈피플 아 토킹〉(People Are Talking)을 진행하고 있었다. 방송이 시작되기 전 자리를 잡고 앉을 때부터 리처드가 대부분 대화를 이끌었던 걸로 기억한다. 나중에서야 이유를 알게 되었지만, 오프라는 약간 쌀쌀맞아 보였다. 리처드가 나와 따로 이야기를 나눈 후 재미있었다고 하면서 마이크를 넘겼는데, 스튜디오의 그녀는 고개를 저으며 불쾌한 기색을 드러냈다. "저는 저런 종류의 책은 좋아하지 않습니다. 그 책에 보면 제가 아는 친지들 얘기가 나오는데, 그 사람들이 아주 싫어했어요."

나는 대체 저게 무슨 소리냐는 눈빛으로 프로듀서를 쳐다보았다. "저런 종류의 책"이 뜻하는 바 — 주인공의 협조나 통제 없이 쓰인 비공인 전기 — 는 이해했으나, 그녀의 친지들에 관한 글을 썼다는 소리는 금시초문이었다. 당시 내가 쓴 전기라고는 재클린 케네디 오나시스(Jacqueline Kennedy Onassis)에 대한 것(《재키 오!》(Jackie Oh!))이 유일했고, 그녀의 가계도를 조사하는 과정에서 윈프리의 친척은 단 한 명도 나오지 않았다.

프로듀서가 살짝 난감한 표정을 지었다. "저기…… 오프라가 마리아 슈라이버(Maria Shriver)와 친해요. 케네디가에 대한 경외심 또한 아주 깊고…… 스스로 그 가문의 일원이라 여기는 것 같아요. 쓰신 책에 워낙 흥미로운 사실들이 드러나 있어서 그 사람들 심기가 편치 않았다나 봅니다. 그래서…… 음…… 저희가 리처드한테 인터뷰를 맡기기로 한 거예요."

나는 홍보 일정표 뒷면에 그 대화 내용을 적어두었다. 볼티모어에서의 신간 홍보에 대해 출판사 측에서 물어볼 경우에 대비해서였다. 25년 뒤에 오프라 윈프리가 저 높은 하늘에 찬란히 빛나는 초신성이 될 줄, 그래서 내가 그녀에 관한 "그런 종류의 책"에 꼬박 4년이란 시간을 바치게 될 줄은 꿈에도 몰랐다.

지난 30년 동안 나는 살아 있는 아이콘들의 전기를, 그들의 협조나 통제를 받지 않는 상태에서 집필하는 쪽을 택해왔다. 그들은 단순한 유명인이 아니라 우리 문화에 나름의 족적을 남긴 사회의 거물이다. 일찍이 존 F. 케네디(John F. Kennedy)는 "저널리즘을 그토록 멋지게 만들고 한 인물의 일대기를 그토록 흥미롭게 만드는 것은 '그가 어떤 사람인가?'에 대한 답을 힘겹게 구하는 과정"이라 했다. 바로 내가 써온 전기들에서의 도전 과제가 그 질문에 답하는 일이었다. 동시대 인물들의 삶을 논하면서 나는, 비공인 전기에서는 수정주의 역사의 혼탁한 진실들—공인된 전기가 지닌 함정—이 배제된다는 것을 알게 되었다. 주인공의 구술을 받아 적을 필요가 없어, 비공인 전기 작가는 가공된 대중적 이미지를 꿰뚫어 볼 가능성이 훨씬 높다. 이 점은 매우 중요하다. 왜냐하면, 케네디 대통령이 또 말했듯이 "진실의 가장 큰 적은 대개의 경우, (고의적이고 억지스럽고 부정직한) 거짓이 아니라 (지속적이고 설득력 있고 비현실적인) 신화이기" 때문이다.

그러나 나는 한 번도 '비공인' 이라는 용어가 100퍼센트 편하게 느껴진 적이 없는데, 아마도 거기엔 파괴나 침입 같은 의미와 연관이 있을 것만 같은, 왠지 좀 사악하게 들리는 구석이 있어서일 것이다. 인정하건대, 전기는 본래 생겨먹기를 사생활을 침범하게 되어 있다. 알려지지 않은 것을 캐내고 보이지 않는 것을 드러내고자 물불 안 가리는 작가에게 삶의 은밀한 부분까지 낱낱이 조사당한다. 그 용어가 불편하긴 하지만, 나는 비공인 전기가 왜 주인공을 화나게 만드는지를 이해한다. 비공인 전기란 주인공의 요구나 명령에 휘둘리지 않고 그의 삶을 독립적으로 보여준다는 걸 의미하기 때문이다. 그것은 비굴한 전기가 아니다. 명성에 무릎 꿇거나 인기도에 머리를 조아리지 않기에, 떠받들어지는 데 익숙한 힘 있는 공인들은 자연히 그런 전기가 요구하는 엄밀성에 반발하기 쉽다. 오프라 윈프리도 예외가 아니었다.

2006년 12월, 크라운 출판사(Crown Publishers) 측에서 내가 전기를 쓰게 될 거라고 발표할 당시만 해도 그녀는 자신감이 넘쳐 보였다. 오프라의 반응을 묻는 질문에 대변인은 "그 책에 대해 알고는 있지만 기여할 계획은 전혀 없다"고 답했다. 6개월 후 오프라는 〈뉴욕데일리뉴스〉에 말했다. "저는 협조하지 않을 테지만, 그녀가 책을 쓰고 싶다면야 어쩌겠어요. 여기는 미국이니까요. 훼방을 놓을 생각도 권장할 생각도 없습니다." 그러더니 윙크와 함께 한마디 덧붙였다. "아시다시피, 제가 힘을 실어줄 순 있겠지만요."

2008년 4월이 되자 그녀는 태도를 바꾸었다. 《새로운 지구》(A New Earth)의 저자 에크하르트 톨레(Eckhart Tolle)와 웹방송에 나왔을 때였다. "우리가 사는 세상에선 사람들이 항상 사실만을 쓰진 않지요. 누가 지금 내 전기를 작업하고 있답니다. 비공인 전기지요. 그래서 분명 진실이 아닌 얘기들이 많이 나올 거라고 봐요."

나는 즉시 오프라한테 편지를 썼다. 진실은 당신에게도 그렇듯이 나에게도 중요하다고. 공정, 정직, 정확하게 쓰겠다는 의사를 거듭 밝힌 다음, 다시 한 번 인터뷰를 청했다. 편지는 사실 이전에도 쓴 적이 있었다. 처음에는 인사 차원에서 내가 그 책을 작업 중임을 알리고, 통찰력 있는 시선으로 그녀의 삶을 공감가게 묘사하고 싶다는 바람을 적어 보냈다. 나중에 인터뷰를 요청하는 내용으로 몇 차례 더 보냈는데, 답장은 오지 않았다. 수 년 전 자서전을 써놓고도 드러난 비밀이 너무 많다는 이유로 출간 직전 취소한 그녀의 전력을 생각하면 놀랄 일도 아니건만, 당황스럽긴 했다. 그래도 나는 계속해서 시도를 했다. 대답 없는 메아리가 몇 번 더 돌아온 후에야, 존 업다이크(John Updike, 소설가. 테드 윌리엄스의 마지막 경기를 다룬 에세이로도 유명함—옮긴이)가 저 위대한 야구 영웅 테드 윌리엄스(Ted Williams)한테 외면을 당하고 나서 했다는 말이 기억났다. "신들은 답장을 쓰지 않는다."

자료 조사를 한창 하던 중에 드디어 오프라의 대변인 리사 할리데이(Lisa Halliday)로부터 전화를 받았다. "윈프리 양이 인터뷰는 사양한다고 전해달랍니다." 그 무렵 이미 나는 시카고 기자들로부터 오프라가 정식 인터뷰는 중단한 채 주로 대변인을 통해 언론과 접촉한다는 얘기를 들은 터였다. 기자들이 재차 만나기를 시도하면, 오프라의 홍보담당자들이 미리 준비된 질문과 답변 목록을 제공한다고 했다. 셰릴 리드(Cheryl Reed)가 〈시카고 선타임스〉(Chicago Sun-Times) 사설면 편집자로 일할 당시에도 그랬다. "항상 똑같은 질문들을 받기 때문에"라고, 홍보담당자가 리드 기자에게 설명했다. "윈프리 양은 이런 식으로 답변하길 선호합니다."

나는 정확한 글을 써야 하는 입장을 할리데이에게 설명하고 윈프리가 사실 확인을 해줄 의향이 있는지를 물었다. 할리데이는 문의 사항이 있으면 자기한테 연락하라고 했다. 그래서 나는 그렇게 하려고 했으나, 하포(Harpo Productions, 1986년에 오프라가 설립한 방송제작사—옮긴이)에 전화를 걸 때마다 할리데이와의 통화는 성사되지 않았다. 그러나 결국 정보의 주된 출처는 오프라 본인이었다.

직접 이야기를 나누며 그녀의 단편적인 기억에 의존하는 대신, 나는 지난 25년간 그녀가 미국, 영국, 캐나다, 호주의 신문, 잡지, 라디오, TV와 가진 인터뷰란 인터뷰를 죄다 긁어모으기로 결심했다. 그리고 각기 수백여 점에 달하는 자료들을 이름과 날짜와 주제별로 취합, 총 2,732개의 파일을 만들었다. 이 자료들에 근거해 나는 오프라 본인의 말을 분명하게 사용할 수 있었다. 일목요연하게 정리된 이 인터뷰들 속 정보 및 내가 그녀의 가족, 친구, 동창생, 직장 동료들과 나눈 수백여 건의 면담은 다른 식으로는 절대 얻어낼 수 없는 심리학적 프로필(profile)을 제공해주었다. 20여 년에 걸쳐 해온 인터뷰들을 모으는 데만도 상당한 시간이 소요됐지만, 일단 수집해서 분류해놓고 보니 그 하나하나가 오프라의 생생한 육성을 들려주는 더없이 소중한 자료였다. 덕분에 나는 집필하는 내내, 그녀가 직접 한 이야기들을 인용하면서, 살면서 맞닥뜨린 갖가지 사건에 대한 그녀의 생각과 감정을 가감 없이 보여줄 수가 있었다. 때로는 오프라가 표명하는 견해들이 남들이 기억하는 것과 일치하지 않았지만, 세상에 드러내는 진실뿐 아니라 꾸며내는 진실마저도 그녀의 매력을 깎아내리기는커녕 또 다른 차원의 매력을 더해주고 있었다.

세상에서 가장 존경받는 여성 가운데 한 사람인 오프라는 많은 선행으로 수백만 팬들의 사랑을 받고 있다. 그녀는 백인중심 사회에서 흑인으로서 뛰어난 업적을 쌓은 모범 사례이자, 차별의 벽을 깨고 전례 없는 성공을 이루어낸 아프리카계 미국인의 아이콘이다. 부(富)를 숭배하는 사회에서 그녀는 단순히 순자산의 규모(약 24억 달러) 때문이 아니라, 결혼이나 상속의 혜택을 입지 않고 혼자 힘으로 부를 일구었다는 점 때문에 우상시된다. 출판계에서는 수백만 명의 시청자들에게 독서의 기쁨을 알게 해줌으로써 독자들은 물론, 작가들의 삶까지도 풍요롭게 만들어준 영웅으로 떠받들어진다.

그러나 사랑을 받는 만큼 오프라는 두려움의 대상이기도 하다. 사회적 거물들 사이에서는 특이한 일이 아니다. 수년 전 프랭크 시나트라(Frank Sinatra)에 대한 글을 쓰면서 나는 자기 팔다리나 심지어 목숨까지도 잃게 될까 두려워, 범죄조직과 연결된 남자에 관해 이야기하길 꺼리는 사람들을 많이 보았다. 낸시 레이건(Nancy Reagan)과 부시(Bush) 가문에 대한 책을 쓸 때는 그 두려움의 내용이 대통령과의 연이 끊기거나 공직에서 밀려나거나, 아니면 국세청으로부터 세무감사라는 철퇴를 맞는 일 따위였다. 영국 왕가를 주제로 책을 집필하는 동안엔, 왕실의 승인을 얻지 못하거나 기사작위를 받을 기회를 놓칠지 모른다는 두려움들과 마주쳤다. 오프라의 전기를 쓰는 작업은 또 다른 종류의 두려움을 들추어냈다.

1995년부터 오프라는 하포와 〈오프라 매거진, O〉의 전 직원들에게, 언제 어디서 누구한테든 그녀와 그녀의 사생활 및 친구들이나 지인들에 관한 어떠한 이야기도 발설하지 않는다는 비밀엄수 서약을 요구해왔다. 그녀의 영역에 발을 들이는 사람은 거의 모두 이 비공개 계약서에 서명을 해야 하며, 계약을 위반할 경우 소송을 당할 수 있다는 점 때문에 대개—전부는 아니다—침묵을 지킨다. 놀랍게도 나는 직원들이 소송을 당할까 봐 겁을 내듯이, 오프라는 옛 직원들의 입에서 있는 그대로의 진실이 새어나올까 봐 두려워한다는 걸 알게 되었다.

비밀유지 서약서에 발목 잡힌 이들 외에도, '벌거벗은 임금님'의 새 옷을 찬양하는 무리와 아주 닮은, 단순히 유명한 인물을 공격한다는 게 겁이 나 입을 열길 꺼리는 사람들도 있었다. 해병대만큼 용감무쌍하고 유명인 숭배 현상엔 면역이 됐을 저널리스트 사회를 제외한다면, 이것 역시 드문 일은 아니었다. 오프라가 마케팅의 황금 기준임을 고려할 때, 그녀의 쇼에서 제품을 팔고 싶은 사람의 입장에서 보면 어느 정도의 망설임은 충분히 이해가 된다. 그녀가 축복해주는 책을 쓰길 열망하는 저널리스트들을 포함해서 말이다. 조너선 밴 미터(Jonathan Van Meter)에게 전화를 걸어 〈보그〉(Vogue)에 썼던 야단스런 표지기사에 대해 질문을 하자, 그는 "난 아무 얘기도 해줄 수 없소. 그래요, 겁이 나는 건지도 모르죠. 어쨌든 그걸로 내가 당신을 도울 일은 없을 거요"라고 얼버무렸다. 그래도 〈보그〉 재직시 조사해놓은 '온갖 부정적인 정보들'을 훗날 〈옥스포드 아메리칸〉(The Oxford American)에 기고한 오프라 특집기사에 집어넣었음은 시인—마지못해—했다. 곧바로 "발행부수가 많지는 않았다"고 소심하게 부언했지만.

〈워싱턴포스트〉의 주라 콘시어스(Jura Koncius)에게 연락했을 때는 이런 말을 들었다. "전 오프라를 지금의 오프라가 되기 전, 그러니까 아프로 헤어스타일을 하고 다닐 때부터 알았어요. 볼티모어 쇼를 진행하던 시절, 크리스마스 때마다 선물소개 코너에 나오라고 내게 리무진을 보내주었죠. 하지만 내가 경험한 일들을 떠들고 싶진 않네요. 당신이 감사를 표하는 긴 명단에 포함되고 싶지도 않고요. 절대로요." 잘 알아들었습니다, 콘시어스 씨.

내 조사원은 CBS TV의 에린 모리아티(Erin Moriarty)로부터 한층 더 흥분된 어조의 답장을 받았다. 모리아티는 볼티모어에서 두어 달 오프라와 한집에 살았던 경험이 있다. 이후 그녀는 그 시절의 오프라 이야기로 친구들을 즐겁게 해주었는데, 다른 사람들한테 그 이야기를 듣게 된 내가 인터뷰를 청했다. 안 그래도 기록에 남는다고 내키지 않아하던 모리아티는, 자기가 말하고 다닌 오프라의 사연들이 여기저기 퍼져 있다는 걸 안 다음엔 아예 입을 다물어버렸다.

공인의 것이건 비공인의 것이건, 전기라는 것은 저널리스트들의 도움 없이는 결코 써질 수가 없다. 내가 그토록 많은 사람들에게 접근한 이유도 바로 그 때문이다. 그들의 작업은 역사의 초고를 제공하고 미래의 학자들과 역사가들을 위한 지반을 구축한다. 그러므로 나는 내가 받은 너그러운 대접, 특히 25년간 오프라를 취재해왔고 그녀에 대해 잘 아는 시카고 저널리스트들에게서 받은 대접에 감사를 표한다. 아울러, 너무 겁을 먹어 나를 도와주지 못한 사람들도 고맙다. 그들의 두려움은 곧 오프라가 대중매체 곳곳에 얼마나 많은 영향을 끼쳐왔는지를 여실히 보여주는 증거이기 때문이다.

TV 속에서 한없이 따뜻하고 가슴 넓은 것처럼 보이는 이 여성은 세월이 흐를수록 점점 주변 사람들을 믿지 못하고 경계심을 품게 되었는데, 이 책을 위한 조사 과정에서 나는 그녀가 왜 이따금 현금출납기 신세라고 푸념하는지를 확실하게 이해할 수 있었다. 내가 인터뷰 요청을 하자, 그녀의 볼티모어 시절 연인은 대뜸 "이야기값을 달라"고 했다. 나는 전달되는 정보의 순수성을 저해하고 의혹을 불러일으킬 소지가 있기 때문에 인터뷰에 대한 사례는 하지 않는다고 편지로 알렸다. 그러한 거래는, 공개되는 정보가 공정하고 정직하고 정확한 것이며 어떤 식으로든 강요되거나 돈의 영향을 받은 것이 아니라는, 독자가 저자를 상대로 마땅히 품어야 하는 신뢰를 무너뜨린다. 그 남성은 이메일로 보내온 답장에서, 자신은 결단코 오프라 이야기를 한다고 돈을 요구한 바 없으며, 나중에 한 타블로이드지 편집자한테 반박당하긴 했지만, 과거에도 그런 돈을 받은 적이 없다고 잡아뗐다.

집필을 하던 중에 시카고의 한 변호사로부터 전화를 받았다. "확실한 물증이 있다"고 주장하는 고객이 나한테 오프라 관련 정보를 팔고 싶어한다는 내용이었다. 나는 호기심이 발동해, 오프라와 함께 일을 했었다는 그의 고객이 비밀유지 동의서에 서명을 했었는지 물었다. 변호사는 "아니"라고 대답했다. "발목 잡힐 일이 전혀 없어요." 대신, 100만 달러를 요구한다고 했다. 이번에도 나는 정보를 돈으로 사지 않는다고 답해주었다.

이 책의 집필을 끝마칠 때의 내 느낌은 시작했을 때와 별반 다르지 않았다. 즉, 주인공을 향한 존경과 찬탄의 마음이 가득했으며, 이 비공인 전기가 윈프리 본인에겐 아니더라도 그녀한테서 영감을 받아온 사람들, 특히 뭇 여성들에게 나와 같은 마음으로 받아들여질 거라는 희망이 있었다. '그녀는 정말로 어떤 사람인가?' 라는 끝없는 질문에 답하기 위해, 나는 케네디 대통령이 말한 진실의 나침반을 따르면서 그 신화를 관통하고자 노력했다. 그리고 그 과정에서 대단히 복잡하고 모순적인 놀라운 여성을 발견했다.

그녀는 때로는 관대하고 배려심이 깊으며, 때로는 편협하고 자기중심적이다. 보기 드물게 많은 선행을 베풀었는가 하면, 논란의 소지가 다분한 데다 많은 이들이 해롭다고까지 여기는 제품이나 아이디어를 지지하기도 했다. 오프라에게는 따뜻한 면도 있고, 얼음처럼 차갑다고 말할 수밖에 없는 면도 있다. 그녀는 퍼스트레이디도, 선출직 공무원도, 인기 영화배우도 아니지만, 사회에 지워지지 않을 뚜렷한 족적을 남겨왔고 그 와중에도 세상을 변화시킬 방법을 모색해온 독특한 미국인의 표상이다. 오프라 윈프리, 그녀는 아메리칸드림을 실현시켰다. 그녀 자신을 위해서, 그리고 다른 많은 이들을 위해서.

키티 켈리

차례

언론의 자유는 살아 있다.
게다가 감동적이기까지 하다.

_오프라 윈프리(1998년 2월 26일)

One

세상의 중심에 우뚝 서다

혹한으로 수은주가 영하 23도까지 곤두박질친 1983년 12월의 시카고. 이 바람의 도시 한복판에 오프라 윈프리가 볼티모어로부터 홀연히 날아들었다.

낮 시간대의 지역 토크쇼를 진행하기 위해서였다. 1984년 1월 2일, WLS TV가 특별히 마련해준 퍼레이드에서 그녀는 106킬로그램에 달하는 몸집을 온 도시에 처음 선보였다. 소장한 다섯 벌의 모피 코트들 중 하나를 걸치고 구불거리는 헤어스타일에 스스로 '빅마마 귀걸이'라 이름붙인 장신구를 단 차림이었다. 스테이트 가(街)에 늘어선 시민들에게 손을 흔들며 그녀는 큰 소리로 외쳤다. "안녕하세요! 오프라 윈프리입니다. 〈AM 시카고〉의 새 진행자예요. 미스 니그로(Miss Negro)가 방송에 나옵니다!"

그녀는 놀람과 탄성과 환호를 몰고 다니는 1인 카니발 같았다. "인종분리 현상이 가장 심각한 도시에서, 그것도 백인 전업주부들을 대상으로 하는 아침프로에 흑인 여자를 진행자로 앉혔다는 얘길 듣고, 전 WLS가 돌았구나, 생각했어요." 〈시카고 선타임스〉의 빌 즈웨커

(Bill Zwecker)가 말했다. "다행히 제가 틀렸지만요."

시카고는 롤러코스터의 짜릿한 흥분을 제대로 맛보았다. 진행을 맡은 지 1주일 만에 지역방송인 그녀의 아침프로가 미 전역에 방송되는 〈도나휴 쇼〉의 시청률을 크게 앞지르더니, 1년도 못 돼 토크쇼의 달인 필 도나휴(Phil Donahue)로 하여금 뉴욕행 짐을 싸게 만든 것이다. 시청률에서 계속 참패를 당하던 그는 급기야 오프라의 쇼와 맞붙지 않아도 되는 시간대로 옮기고 말았다. 그녀는 바야흐로 전국적으로 이름을 날리기 시작했고, 〈오프라 윈프리 쇼〉가 138개 방송 권역을 커버하게 됐을 때는 백만 달러의 특별 보너스도 챙겼다. 이직 첫해에 화제의 인물로 급부상한 여세를 몰아, 〈투나이트 쇼〉에 출연하고 지역 에미상을 두 개나 거머쥐었으며, 〈컬러 퍼플〉을 통해 배우로 데뷔하는 기회도 잡았다. 소피아 역에 캐스팅됨으로써 그녀는 일약 스타로 발돋움하게 되었고, 나중에 골든 글로브와 오스카 여우조연상 후보에까지 올랐다.

"피부색만 달랐지, 꼭 소다수 판매점의 라나 터너(Lana Turner, 소다수 판매점에서 배우 에이전트의 눈에 띄어 발탁된 미국 여배우—옮긴이) 같았다니까요." 퀸시 존스(Quincy Jones) 얘기를 하다가 오프라가 던진 농담이었다. 업무차 시카고에 머물던 존스는 어느 날 아침 텔레비전에서 그녀를 발견하고는 소피아 역의 적임자를 찾았다며 무릎을 쳤다. 얼른 스티븐 스필버그(Steven Spielberg)에게 전화를 걸어 "여자가 정말 괜찮다"고 들뜬 목소리로 전했다. "뚱뚱하고 기가 세. 보통 성깔이 아니야."

오프라는 1985년의 여름을 그 영화를 촬영하며 보냈는데, 훗날 자신의 인생에서 가장 행복했던 시간이었노라 회고했다. "〈컬러 퍼플〉을 찍으면서 난생 처음, 내가 진정으로 사랑하는 사람들에 둘러싸여 있다는 느낌을 받았어요. 순수하게 사람의 영혼을 바라봐주고 사랑해 준다는 느낌 말예요. 사람을 있는 그대로, 베푸는 대로 사랑하는 것이지요."

그녀는 늘 꿈꾸어왔던 종류의 성공 가도를 달리는 기분이었다. "위대한 인물이 될 운명이었다"는 말도 했다. "내가 다이애나 로스(Diana Ross)고, 티나 터너(Tina Turner)고, 마야 앤절루(Maya Angelou)인 거예요." 자신감이 넘쳤던 그녀는 스필버그에게 자신의 이름을 극장 광고판에 넣고 영화 포스터에도 얼굴을 실어야 한다고 주장했다. "내가 아마 시카고에서 가장 인기 있는 사람일 것"이라는 설명과 함께. 그러나 그건 계약 조건이 아니라며 스필버그가 거절하자, 오프라는 큰 실수를 하는 거라고 그를 책망했다. "두고 보세요, 내 말이 틀린지. 온 나라에 이름을 떨칠 테니까요. 나는 거물이 될 거라구요."

그래도 스필버그는 마음을 바꾸지 않았고, 오프라는 그 일을 두고두고 잊지 않았다. 예언한 대로 그녀가 '거물'이 되었을 때, 스필버그는 오프라표 '유감' 정원 속의 한 포기 잡초가 돼버렸다. 13년이 지난 1998년 〈보그〉와의 인터뷰에서 오프라는 그날의 대화를 자세히 되짚었다. "TV에 나올 예정이라 사람들이 날 알아볼 거라고 말했더니, 스티븐은 '그래?' 하는 반응이더군요. 그래서 내가 그랬죠. '영화 포스터에 내 이름을 올리고 싶어질 거'라고. 스티븐은 '그럴 순 없다'며 고개를 저었는데, 나도 물러서지 않았답니다. 정말로 유명해질 거니까 두고 보랬지요. 스티븐한테 이 말을 꼭 하고 싶네요. '그러게 내가 뭐랬어요! 그때 포스터에 내 이름을 넣었어야 했다구요!'"

〈컬러 퍼플〉의 시사회가 열리기 1주일 전, 오프라는 성폭행과 근친상간, 성추행에 관한 프로그램을 하기로 마음먹었다. 경영진이 난색을 표하자, 며칠 후면 그 주제를 다룬 영화가 개봉되어 대형 스크린에 자기가 등장할 텐데, 지역 시청자들을 상대로 먼저 그 문제를 터뜨리지 못할 이유가 뭐냐며 설득했다. 방송국은 처음에는 마지못해 동의했지만, 나중에는 성학대 경험을 이야기할 출연자를 찾는다는 안내방송을 내보냈다.

이 특별한 토크쇼는 오프라의 상징적인 프로그램—역경을 딛고 일어선 피해자 이야기—이자 오프라 윈프리 현상의 시발점이 되었다. 당시에는 아무도 깨닫지 못했으나, 그녀를 전국적인 명사의 위치로 끌어올리고 결국에는 성학대 피해자들의 대변자로 만들어줄 프로그램이었던 것이다. 그 방송을 진행하는 20여 년 동안, 오프라는 시청자들을 진흙투성이 밑바닥에 처박기도 했다가 별빛 찬란한 하늘 위로 끌어올리기도 하면서 TV의 새로운 세상을 열어 보였다. 그 과정에서 그녀는 세계 제일의 여성 억만장자가 되었을 뿐 아니라, 거의 성인(聖人)의 경지와 맞먹는 문화적 아이콘으로 자리매김했다.

"저는 하느님의 도구예요." 그녀는 다양한 경로를 통해 이렇게 말해왔다. "저는 그분의 메신저고…… 제 프로그램은 일종의 사역이랍니다."

성학대에 관한 오프라의 쇼는 '근친상간 피해자'에 관심 있는 시청자의 눈길을 끌기 위해 며칠 동안 사전 홍보를 벌였다. 소수의 제작진을 제외하면 아무도 오프라가 의도하는 바를 알아채지 못했다. WLS에 발을 들인 이래 늘 하던 대로 흥미를 유발하는 주제를 제시하는 줄로만 알았을 뿐, TV 브라운관 안에서 인터뷰와 자기표출 사이에, 토론과 고백 사이에 오랫동안 그어져 있던 선을 이제 막 뭉개려 하는 줄은 누구도 몰랐다. 아울러, 사실조작과 환상이라는 희끄무레한 영역과 객관성의 구분선도 지워버리려는 참이었다.

1985년 12월 5일 목요일, 오프라는 자신을 로리라고만 밝힌 젊은 백인 여성을 소개하는 것으로 아침 9시 프로의 문을 열었다.

"이 나라 여성 세 명 중 한 명이 성적인 학대나 추행을 당한 경험이 있습니다." 카메라를 향해 이렇게 말한 뒤 게스트에게 말을 걸었다.

"당신 아버지는 당신을 애무하는 것에서부터 시작했지요. 그게 다른 행동으로 나아간 건 언제였나요?"

"아홉 살에서 열 살이 될 즈음이었다고 생각합니다." 로리가 말했다.

"무슨 일이 있었죠? 아버지가 처음 당신과 성관계를 가졌던 때를 기억하나요? 뭐라고 하던가요? 어떤 식으로 말했죠? 당신한테 무슨 얘길 했나요?"

백인 여성이 대부분이던 방청석에서는 숨소리 하나 들리지 않았다.

"그냥, 절 기분 좋게 해주고 싶다고 말했어요."

"당신 어머니는 어디 있었죠?"

"어디 먼 데로 여행을 가셨어요. 3주 동안 집을 비우셔서 아버지하고만 3주 내내 지냈죠."

"그렇게 해서 아버지가 당신 방에 들어왔군요. 당신을 애무하기 시작했고요. 아홉 살 소녀한테 아버지와의 성관계는 몹시 무서운 일일 수밖에 없죠."

로리는 고개만 끄덕일 뿐 아무 말이 없었다.

"얘기하기 얼마나 힘든지 알아요. 정말이에요. 많이 어려울 거예요. 그럼요. 무엇보다도, 끝나고 나서—또는 그 행위 동안—그가 한 짓이…… 음…… 고통스럽지 않았나요?"

로리가 약간 머뭇거리며 말했다. "어…… 아버지는 미안하다고, 다시 그러지 않겠다고 말하곤 했어요. 무릎을 꿇고는 자기가 또 그러지 않도록 주님께 기도를 드리라고 시킬 때가 많았어요."

얼마 있다 오프라는 방청객들을 헤치고 지나가 안경을 쓴 중년의 백인 여성 앞에 마이크를 세웠다.

"저도 성적 학대를 받았습니다. 내 경우도 로리처럼 애무로 시작된 셈이지요. 그 결과로…… 한 아이가 태어났고요. 지금 서른 살인데, 16년간 (자폐증 때문에) 주립 시설에 있다 나왔어요."

"가족 중 누군가가 성적 학대를 한 건가요?"

그녀는 아버지가 자신을 임신시켰다고 고백하다가 그만 목이 메었다.

"그럼 그 아이가 당신 아버지의 아이란 말이군요?" 오프라가 물었다.

"네. 아주 자주—로리 경우와 마찬가지로—당했어요. 어머니가 일하러 나가셨으니까 매일이다시피 했죠. 내 인생에서 가장 끔찍한 기억들 중 하나예요."

그 여성이 북받친 감정을 추스르려고 애를 쓰는 동안, 오프라는 오른팔로 그녀를 껴안고 왼손으로 두 눈을 가린 채 눈물을 쏟아냈다. 그리고 오른손에 든 마이크로 주조정실에 신호를 보냈다. 카메라를 끄라는 뜻이었다고 나중에 밝혔지만, 방청객의 어깨에 기대 흐느끼는 동안 카메라는 계속 돌아갔다. "똑같은 일을 나도 겪었답니다." 오프라가 말했다. "이 모든 불행을 경험했다는 사실을 내 삶에서 지워버릴 수가 없어요."

다음 몇 초간, 오프라는 이루 말할 수 없이 수치스러워 그 순간까지 입 밖으로 꺼내본 적이 없는 기억, 아홉 살 어린 나이에 겪은 그 일이 성폭행이었음을 처음으로 깨달은 사람처럼 보였다. 그녀가 치욕스런 비밀을 인정했을 때, 방청객들은 마치 한 영혼에 새겨진 금들이 일시에 터져나가는 모양을 지켜보는 기분이었다. 오프라는 어머니 집에서 어쩔 수 없이 침대를 같이 써야 했던 열아홉 살짜리 사촌한테 성폭행을 당했노라고 털어놓았다. "아무한테도 말하지 말라더군요. 그러고는 동물원에 데려가 아이스크림을 사줬어요." 나중에 그녀는 사촌의 친구와 그녀가 잘 따르던 삼촌에게도 몹쓸 짓을 당했다고 말했다. "아홉 살 때부터 열네 살 때까지 계속되었어요."

오프라의 엄청난 고백은 전국적인 뉴스거리가 되었다. 많은 이들이 그녀의 솔직하고 거리낌 없는 태도에 박수를 보냈으나, 정작 가족은 폭로된 내용을 강력하게 부인했다. 일각에선 그 전까지 누구에게도 학대 사실을 털어놓은 적 없다는 점을 들어, 영화 속 배역을 홍보하려는 의도가 아니냐는 추측도 흘러나왔다.

"그런 시선에 많이 상처받았답니다." 훗날 그녀가 말했다. "그리 오래전도 아닌데, 〈퍼레이드〉지에 이런 질문이 실렸더군요. '오프라 윈프리는 정말로 성적 학대를 당했을까? 아니면 오스카상을 노리고 과장을 한 걸까?' 뭐, 내가 그런 걸 과장할 거라 여기는 사람들이 있다는 게 놀랍더군요. 하지만 예전에도 그런 적이 있었던 것 같아요. 그래요."

오프라의 말에 따르면, 방송국 경영진은 그녀의 "충격적인" 폭로를 당혹스러워했고, WLS TV에서 국장과 부사장을 지낸 데니스 스완슨(Dennis Swanson)은 23년이 흐른 지금도 그 이야기를 꺼린다. 오프라를 시카고로 데려온 공로를 오랫동안 인정받은 그지만, 성적 학대를 다룬 그녀의 첫 쇼를 어떻게 평가하는지에 대해서는 입을 열려 하지 않는다.

당시 스완슨과 그의 부하 직원이던 홍보책임자 팀 베넷(Tim Bennett)은 오프라가 올리는 눈부신 시청률에 한껏 고무되면서도 성 관련 프로그램을 부각시킨다는 언론의 비판에 속을 태웠다. 특히 포르노를 주제로 내세웠던 쇼에 비난의 화살이 쏟아졌다. 〈시카고 선타임스〉의

TV 평론가 P. J. 베드나르스키(P. J. Bednarski)는 '하드코어 섹스'에 한 시간짜리 프로그램을 고스란히 바치게 둔 WLS와 그들의 '기업 윤리'를 강하게 질책했다. "부끄러운 줄 알라"고 방송국을 꾸짖은 그의 펜 끝은 이어, 여성 포르노 스타들을 초대해 남성의 성기와 성적 지구력 및 사정에 관한 이야기를 나눈 오프라를 매섭게 겨냥했다.

> 그 쇼에서 가장 슬픈 대목은 그들이 방송에서 일컫는바, 생생한 성행위 시의 '결정적 한 방'을 논의할 때였다. 많은 웃음이 나왔다. (중략) 놀랍게도 그 '포르노 스타에게 물어보세요' 방송은 저 X등급 스타들이 실은 싸구려 장사치들이요, 헤프게 살갗을 주고받는 무능력자들임을 오프라가 진술하거나 묻거나, 혹은 걱정이라도 하는 데에는 단 1분도 할애하지 않았다. 그녀는 이런 영화들이 여성을 비하하는지 어떤지에 대해선 궁금해하지 않았다. 대신 이런 걸 물었다. "피부가 까지진 않나요?"

"그 방송은 윈프리처럼 타고난 재능을 지닌 사람에게도 성장할 부분이 남아 있다는 걸 뚜렷이 보여주었다"고 베드나르스키는 썼다. 그러고 나서, 오프라의 포르노 방송이 아침 9시 시청자들의 30퍼센트를 끌어들였고, 이는 평소보다 훨씬 높은 시청률이었다는 점을 언급했다. "온 도시에 그 이야기가 회자됐고 지금 이렇게 칼럼의 단독 소재로도 올랐다." 이 칼럼니스트가 뽑은 제목은 이랬다. "금지되는 건 아무것도 없다: 오프라 윈프리, 포르노 스타들의 매력 덕을 보다."

오프라는 방송계의 격언—시청률을 얻는 자가 지배한다—을 숙지하고 있었다. "내 지상명령은 이기는 것"이라고 기자들에게 말했다. 중요한 '시청률 집중조사기간(sweeps weeks, 닐슨미디어리서치에서 광고료 산정 목적 등으로 시청률을 조사하는 기간. 1년에 네 번, 2월, 5월, 7월, 11월에 1주일씩 실시함—옮긴이)'에 "경쟁 프로들에 결정타를 먹일" 쇼를 만들어야 한다고 주장했고, 프로듀서 데브라 디마이오(Debra DiMaio)는 아이디어들을 계속 내놓는 그녀와 의기투합해 획기적인 구상들을 실천에 옮겨나갔다. 오프라는 "섹스를 논하는 성직자를 출연시키자"는 제안도 했다. "이렇게 말하는 성직자 어디 없을까? '예, 저한테는 애인이 있습니다. 예수님과 그녀를 숭배해요. 사랑하는 그녀의 이름은 캐럴라인입니다.'"

흑인 역사의 달(Black History Month) 동안 시청률 제고에 매진하면서 오프라는 흰 두건과 고깔모자를 쓴 KKK 단원들과 출연 계약을 맺었다. 또 나체촌 회원들을 불러다 벌거벗은 채로 무대에 앉혀놓고 쇼를 진행하기도 했다. 화면에 잡힌 건 그들의 얼굴뿐이었지만, 방청객들 눈엔 나신이 고스란히 들어왔다. 따라서 방송국 경영진은 그 쇼를 녹화로 방송해야 한다고 주장했다. "그래야 TV에 나와선 안 될 장면이 나오지 않는다는 게 확인이 되니까요." 데브라 디마이오의 말이다. 경영진은 또한 방청하기로 된 사람들에게 일일이 전화를 걸어 게스트들이 누드로 등장할 것임을 거듭 알리라고 요구했다. 디마이오는 "방청객들 중 아무도 싫어하지 않았다"고 했다. "오히려 신나했죠. 얼마나 재밌었는데요."

오프라는 나체주의자 프로를 진행하는 내내 긴장했었음을 시인했다. "나는 평소 솔직하게 군다는 자부심이 있는데요, 그 쇼에서는 사실 그런 것처럼 꾸며댔어요. 벌거벗은 사람들을 인터뷰하는 게 지극히 평범한 일인 양, 아무것도 안 보이는 양 행동했지요. 속마음은 카메라에 대고 소리치고 싶었는데도 말예요. '어머나! 여기 페니스가 있어요!' 하지만 그럴 순 없었죠. 그래서 아주 조마조마했어요."

그녀가 상사들에게 '성적 장애를 가진 여성들'을 주제로 다루고 싶다면서, 18년간의 결혼생활 중 한 번도 오르가슴을 느껴보지 못한 여성을 인터뷰하고 그녀에게 오르가슴을 가르쳐준 남성 섹스대행자도 만나본 다음, 하룻밤에 스물다섯 명의 남자와 잠자리를 한 적 있는 젊은 섹스중독 여성의 이야기를 듣겠다고 했을 때, 그 프로그램의 책임자는 기가 막혀 얼굴이 해쓱해졌다.

"경영진은 문제를 일으키는 걸 원치 않아요. 하지만 시청률은 높길 바라죠." 오프라는 말했다. "전 품위를 지키겠다고 경영진에게 얘기했고, 실제로 그랬어요. 그 사람들은 여자들이 무엇을 느끼는지 몰라요. 하지만 난 알죠. 예를 들면, 남자들은 유방절제술에 관한 프로그램을 하더라도 유방이 보이게 해선 안 된다고 생각하는데, 저는 유방을 보여줘야 한다는 의견이에요."

성적 장애에 관한 쇼가 방송된 다음 날, WLS 전화 교환대는 성난 시청자들의 전화 공세로 불이 났다. 그래서 오프라는 담당 프로듀서를 무대로 불러낸 후 스튜디오 방청객들에게 감상을 물었다.

"어제 쇼는 막장이었어요." 한 여성이 입을 열었다. "달리 표현할 말이 없네요. 정말이지 천박했어요."

"성적 쾌락을 한 번도 경험하지 못하는 여성이 수백만 명이랍니다." 오프라가 말했다. "어제 쇼가 끝나고 여성들로부터 육백서른세 통의 전화가 걸려온 걸로 집계됐어요. 많은 여성들에게 공감을 불러일으킨 거죠."

"좋은 주제도 얼마든지 많은데, 왜 굳이 그런 밑바닥 이야기를 다루는 거죠?"

그 질문은 디마이오가 받아넘겼다. "어떤 사람에게는 최하인 무언가가 다른 누군가에게는 그렇지 않을 수도 있지요. 우린 다양한 문제들을 논하는 프로그램이 좋다고 생각해요. 그것이 근친상간이건 광장 공포증이건, 오르가슴의 결핍이건 간에 말예요."

이때 오프라가 끼어들었다. "우리가 선정적인 소재를 취해 거침없이 까발리길 즐긴다는 비난은 거북합니다. 그렇지 않아요. 우린 마음이 따뜻한 사람들입니다." 잠시 말을 멈췄다. "이따금 실수를 하기도 하지만요."

어쩌면 그 발언은 이전에 방송된 "성기 크기가 중요한가?"라는 제목의 쇼를 염두에 둔 것이었는지도 모른다. 성기 크기를 가지고 대담을 하던 도중 그녀가 무심코 내뱉은 말이 있었다. "선택할 수만 있다면 큰 걸 가지고 싶을 테죠. 안 그래요? 집에 있는 분한테 큰 걸 가져다주세요!" 그 순간, 아마 시카고의 2,950만 유료 TV 시청 가구들에서 일제히 '악' 소리가 터져나왔으리라. 지역 언론이 정신을 좀 추스르고 난 후 여기저기서 한마디씩 쏟아내기 시작했다. P. J. 베드나르스키는 오프라가 "취향의 한계를 확장시켰다"고 비꼰 반면, 〈시카고 트리뷴〉의 앨런 아트너(Alan G. Artner)는 "많은 사람들이 자기 생각에 맹목적으로 빠져 우스운 짓을 벌일 때 자연스럽게 나타나는 모습이었을 뿐"이라고 썼다.

나중에 오프라는 기자들에게 장차 전국 방송망을 타게 되면 방청객에게 충분히 사전 경고를 하지 않고서는 '성기'라는 단어를 입에 올리지 않겠다고 약속했다. "지금은 내키면 언제든지 해도 돼요. 그때도 그랬죠. 그냥 말한 거예요." 그러면서 보란 듯이 뇌까렸다. "성기, 성기, 성기."

오프라는 기자들을 꼭두각시 부리듯 했다. 그들은 그녀의 다채로운 언행에 매료되었고 그녀를 묘사할 적당한 형용사를 제때 궁리해내기 바빴다. "대담하고, 뻔뻔하고, 시끄럽고, 저돌적이며, 과장되고, 유쾌하고, 사랑스럽고, 활기차며, 비열하고, 저속하고, 투박하고, 맹렬하다"고, 〈LA타임스〉의 TV 평론가 하워드 로젠버그(Howard rosenberg)는 적었다. 또 다른 비평가는 "그녀의 넓이가 1마일에 깊이가 1인치라도 상관없다. 그녀는 매혹적"이라고 고백했다. 〈필라델피아 인콰이어러〉는 그녀의 토크쇼를 방송계의 〈내셔널 인콰이어러〉(National Enquire, 날조 및 과장과 폭로성 기사로 유명한 가십 전문지—옮긴이)라 칭했다. "그녀의 방송은 가장 대중적인 프로그램을 더 세속적이고 새로운 차원으로 끌어내린다. 그것은 저속함과 기이함과 연민과 꼴사나움, 괴상함과 과장과 포옹과 불평불만, 감정의 분출과 일시적 유행과 눈물의 지분거림이 뒤섞여 발효되는 반죽이다."

시청자들은 프로그램을 선정적으로 빚어내는 그녀의 솜씨에 숭녹되었다. 방송 예고편을 녹화하면서 "화요일의 AM 시카고: 발기불능으로 고생하는 커플들"이라고 읽어야 하는데, 오프라는 두어 번 실수를 하더니 이렇게 고쳐 읽었다. "다음 주 AM 시카고의 주제: 그게 서지 않는 커플들."

새로운 식단에 대해 이야기하다가 방청객을 향해 이런 말도 했다. "아, 그렇군요. 대변 냄새가 좋아지는 데는 이게 딱이네요."

발기불능에 관한 프로그램 도중, 근엄한 한 중년남성이 교정수술을 받고 나서 고환이 농구공 만하게 부풀어 올랐었다는 이야기를 했다. 그러자 "잠깐만요" 하고 오프라가 큰 소리로 말을 끊었다. "고환이 농구공 만하면 어떻게 걸어 다니죠?"

또 한 번은 성직자 일곱 명에게 유혹을 받았노라 주장하는 여성을 방송에서 면담할 기회가 있었다. "그 성직자가 바지를 끌어내렸을 때 당신은 어떻게 했죠?"

"가만히 있었어요." 여자가 말했다. "하지만 그 사람이 내 손을 잡더군요." 오프라가 어이없다는 표정을 지어 보이자 방청석이 그에 답하듯 소란스러워졌다. 방청객들은 그녀의 불경한 태도와 부적절한 발언들, 예상 밖의 엉뚱한 질문들을 무척이나 좋아했다.

그녀는 한 여성 출연자에게 "왜 레즈비언이 되었냐"고 묻기도 했다.

언젠가 한 사회학자가 출연해서 룸메이트 관계가 어떻게 레즈비언 관계로 발전하게 되는지를 설명한 바 있다. 그러자 오프라는 공감한다는 투로 선언했다. "그럼 전 절대로 룸메이트를 들이지 않겠어요!"

손실 방지를 책임지고 있는 백화점 임원을 인터뷰하다가는 "물건을 훔치는 사람을 잡게 되면 무슨 일이 벌어지냐?"고 물었다. "그런 사람들은 진짜 신체 통제력을 잃어버리나요? 그러니까 제 말은, 정신을 잃거나 오줌을 싸거나 하는지요?"

유명인들을 상대할 때도 예외가 아니었다. 브룩 실즈(Brook Shields)에게 던진 질문은 이랬다. "당신은 정말로 멋진 여자인가요?" 샐리 필드(Sally Field)에게는 버트 레이놀즈(Burt Reynolds)가 침대에서도 부분가발을 쓰는지 물었다. 캘빈 클라인(Calvin Klein)은 광고 때문에 오프라에게 일격을 당했다. "전 그 청바지 광고들 다 싫어요. 하나같이 조막만 한 엉덩이들만 나오잖아요." 더들리 무어(Dudley Moore)가 초대손님으로 나왔을 때는 그처럼 키 작은 남자가 어떻게 하면 늘씬한 여자들과 잠자리를 가질 수 있는지를 궁금해했다. "다행히," 그 스타 배우가 대답했다. "남는 기럭지 대부분은 그녀들의 다리인 것 같아요." 아닌 게 아니라 그녀는 단신 남자들의 성생활에 대해 관심이 큰 듯했다. 빌리 조엘(Billy Joel)과 곧 결혼하는 크리스티 브링클리(Christie Brinkley)의 출연이 화제에 올랐을 때, 프로듀서들에게 이런 이야기를 했다. "크리스티의 배우 경력을 누가 신경이나 쓰겠어? 나는 빌리 조엘과의 관계를 알고 싶어. 키 작은 남자와의 섹스는 어떤 느낌일까? 빌리 조엘이 꽤 작잖아, 안 그래?"

오프라가 워낙 인기를 많이 얻자 WLS는 아침 프로그램을 한 시간 연장하고 그녀를 예우하는 의미로 명칭도 바꾸었다. 아울러 '모두가 오프라를 사랑해요'라는 제목의 주제곡도 선사했는데, "시대를 앞서 가는 세련된 그녀, 스타일도 정말 끝내줘요"라는 가사가 들어 있었다.

데니스 스완슨은 뉴스 프로그램에 투입해 그녀의 인기를 최대한 이용하고자 했다. "쇼가 워낙 히트를 쳤기 때문에 뉴스 앵커에 앉히는 실험을 해봤던 거죠." WLS의 전 프로듀서 에드 코소우스키(Ed Kosowski)의 말이다. "1주일간 오후 4시 뉴스를 진행시켰는데, 어째 잘 안 됐어요. 방송국으로선 위험한 시도였고, 오프라에게는 도박인 셈이었지요. 스완슨은 즉각 그녀를 뺐어요. 저널리스트로서의 재능은 없었다고 봐야죠. 도무지 권위가 풍기지 않았으니까요. 오프라가 여성적 취향이 짙은 분야에서는 발군의 실력을 보이지만, 뉴스하고는 안 맞는 거죠."

실패에 아랑곳하지 않고, 스완슨은 연봉 20만 달러짜리 토크쇼 진행자를 메리 앤 칠더스(Mary Ann Childers) 및 딕 존슨(Dick Johnson)과 함께 아프리카 에티오피아로 보내, 기근에 시달리는 그 나라로 곡물을 수송하는 시카고의 프로젝트를 취재하도록 했다. 떠나기 1주일 전에 오프라는 〈투나이트 쇼〉의 코미디언 조앤 리버스(Joan Rivers)를 상대로 7킬로그램을 감량하겠다는 공개 내기를 걸고, '채널 7'에서 방송되는 다이어트 프로그램에 돌입한 터였는데, P. J. 베드나르스키 눈에는 이 타이밍이 볼썽사납게 비쳤다. 그는 과식해서 탈인 특파원이 기아 피해자들을 인터뷰하는 모양새를 지적했다. "먹을 게 없어 고민인 나라에 식탐이 지나쳐 고민인 인물을 파견하는 건 문제 아닙니까?"

오프라도 수긍했다. "맞아요. 역겨워요, 그렇죠?"

성학대 관련 프로그램을 진행한 후 며칠간, 그녀는 성폭행과 근친상간에 관해 이야기하지 않겠노라며 경영진의 심기를 달래려 애썼다. 하지만 그 프로의 높은 시청률과 쇄도하는 편지들, 방송국으로 걸려오는 전화들과 거리에서 접하는 여성들의 반응을 목격하고는 수많은 여성들이 겪어온 금기시된 고통들을 자기가 세상에 알렸다는 걸 깨달았다. 태반이 여성인 시청자들과 공감할 수 있는 이슈를 찾아낸 오프라는 성적 학대에 관해 더 많은 프로그램을 추진하게 되었다. 그 과정에서 스스로를 반남성(anti-male)주의적 이미지로 가꾸어나갔다. 너무나 많은 프로그램에서 그녀는 남자를 돼지로 묘사하고 있었던 것이다. 그러면서 오프라는 여성들의 영웅이자 아이들의 대변자로 자리를 잡아갔다.

그 쇼와 더불어, 어린 시절 감내했던 경험을 고백함으로써 오프라는 사회의 추한 면을 보여주며 재미를 선사하는 일개 토크쇼 진행자 이상의 존재가 되어버렸다. 괴로움을 겪었지만 이겨내어 자신의 아픔을 공유했다는 점에서, 불행에 무너졌다고 느끼는 피해자들에게 영감을 주는 존재가 된 것이다.

그녀가 아동학대의 추악한 실상을 입 밖으로 꺼낸 최초의 인물은 아니었다. 이미 마야 앤절루(《새장에 갇힌 새가 왜 노래하는지 나는 아네》(I Know Why the Caged Bird Sings)), 토니 모리슨(Toni Morrison, 《가장 푸른 눈》(The Bluest Eye)), 앨리스 워커(Alice Walker, 《컬러 퍼플》)가 했던 일이다. 하지만 오프라에겐 텔레비전이라는 확성기가 있었고, 그것을 이용해 어린 시절의 치욕에 얽매여 있는 여성들에게 다가갔다. "제 생각에 이 나라에서 아동에 대한 성적 학대는 결코 드문 일이 아닙니다." 1986년에 한 말이다. "한 방에 다섯 명의 여성이 있으면 그중 세 명이 그런 경험을 시인할 겁니다." 본인의 고백에 더해, 성폭력의 참화를 파헤친 오프라의 후속 프로그램들은 여성들이 상처를 치유하고 삶의 복원을 시도하도록 돕는 가장 큰 사회적 힘이 되었다.

오프라의 가족 중 그녀가 밝힌 성학대 사연을 부인한 몇몇은 단지 시청률을 올리기 위해 그런 선정적인 주제를 방송에서 다룬다며 그녀를 힐난했다. 오프라는 그들의 부정은 성추행의 공범자란 사실을 직면할 용기가 없음을 드러내는 동시에, 그 문제로 인해 온 가족이 감당해야 하는 수치심의 깊이를 나타내는 것이라고 되받아쳤다.

아동학대 피해자들의 대변자로서, 오프라는 1991년 상원 법사위원회에 나가 아동학대자들에 대한 의무적 양형제도를 지지한다는 견해를 밝혔다. "우리는 누가 어린이를 해하면 이게 바로 당신이 받을 벌이다, 라고 말할 수 있어야 합니다. 그 정도로 우리 아이들을 소중히 여긴다는 것을 보여주어야만 합니다. 그것은 협상의 대상이 아닙니다." 그러고 나서 1992년, PBS, NBC, CBS, ABC에서 방영되는 다큐멘터리, 〈겁에 질린 침묵: 아동학대의 실태 폭로와 근절 방안〉을 진행했는데, 이것은 그때까지 전국 방송망을 탄 다큐멘터리들 중 최고의 시청률을 기록했다. 1993년에는 아동학대범들의 데이터베이스 구축을 골자로 하는, 일명 오프라법안(Oprah Bill)으로 널리 알려진 국가아동보호법(National Child Protection Act) 제정 운동에 앞장섰다. 안타깝게도 이 법률 제정은 실효성이 없었다. 법안에서는 원래 성범죄자 및 흉악범에 관한 정보를 모든 주에서 수집해 아동 관련 단체에 제공하기로 되어 있었는데, 대다수 주가 아동 단체들이 신원 조회를 의뢰할 수 있는 절차를 마련하지 않았기 때문이었다. 법무장관이 제출한 2006년 6월 보고서에 따르면, 신원조회를 확대하겠다는 오프라법안의 의도는 결실을 맺지 못한 것으로 나타났다.

수년 뒤 그녀는 www.oprah.com에 아동학대범 감시대상 명단을 올려 아동성범죄자들의 동향 파악에 도움을 주었다. 2005년 12월에 그 명단에 열 명이 올라 있었는데, 오프라가 그들의 사건에 주의를 환기시킨 덕분으로 15개월 후 그중 다섯 명이 경찰에 붙잡혔다. 그녀는 체포에 유용한 정보를 제공하는 이에게 10만 달러의 포상금을 내걸었다. 회사 측은 2008년 9월까지 총 아홉 명이 체포되었다고 밝혔으며, 그중 최소 세 건의 정보 제공자들에게 각각 10만 달러가 지급되었다.

그러는 동안 오프라는 계속해서 성학대에 관한 토크쇼를 진행해나갔다. 개중에는 그저 그런 수준의 프로도 있었고, 획기적인 주제의 쇼도 있었지만, 쇼를 진행할 때마다 그녀는 자신에게 일어났던 일들을 보다 잘 이해하게 되었다.

그럼에도 오프라가 아동성추행이 야기하는 폐해의 실체를 깨닫기까지는 오랜 시간이 걸렸다. 그녀는 성적 학대가 가해자가 사라진 후에도 오래도록 상처가 지속되는, 때로는 수십 년이 흐른 뒤에까지 외상 후 스트레스 장애로 고통받게 하는 범죄임을 배웠으나, 자신이 바로 그런 경우라고는 생각지 못했다. 처음에는 성폭행 경험을 아무런 상처도 남기지 않고 헤쳐 나왔노라 단언했다. 그녀는 강하고 씩씩했으며 자신감에 차 있었다. "그건 내 인생에서 끔찍한 부분이 아니에요." 성학대를 당한 시절에 대해 이야기하면서, 애무를 계속하게 놔둔 것은 관심을 받는 게 좋아서였다는 설명을 덧붙였다. "기분이 좋기 때문에 아이는 많은 혼란과 죄의식을 느낀다고 생각해요. 정말로 그렇거든요."

흑인계 미디어를 상대할 때면 한층 더 거리낌이 없었다. 때마침 미 의회에서 어떤 아동도 성학대에 대한 책임이 없다고 진술한 1993년에 〈에보니〉(Ebony)지와 인터뷰를 하던 중, 아직도 자기가 그 당시 성추행자들을 자극하는 언행을 했을 거란 생각이 든다고 시인했다. "이제서야 그 수치심을 떨쳐버리고 있어요."

제대로 된 깨달음을 얻기 며칠 전만 해도 오프라는 성폭행을 폭력이 아닌 섹스로 치부해버렸다. 시카고에서 토크쇼 데뷔를 한 주에 TV 연속극의 스타 토니 기어리(Tony Geary)가 게스트로 나온 적이 있었다. 한 여성 방청객이 〈종합병원〉(General Hospital)에서 기어리가 맡은 배역이 강간을 저지르는 에피소드에 대해 무언가를 물었다. 그때 오프라 입에서 이런 농담이 튀어나왔다. "뭐, 강간을 당할 거라면 토니 기어리한테 당하는 편이 낫겠죠."

어린 그녀에게 상흔을 남겼던 범죄와 이후의 피폐한 상황들—성적으로 문란했던 청소년기, 원치 않은 임신, 형편없는 남자관계, 여자에게 끌리는 성향, 약물남용, 강박적인 통제 욕구, 수십 년간 지속된 섭식 장애—과의 연관성을 그녀가 알아차리게 된 건 쇼를 여러 차례 더 진행한 다음이었다.

상처를 달래줄 심리치료에 의지하기보다, 오프라는 자신과 다른 사람들에게 최선의 해결책이라는 판단 아래 텔레비전을 통한 공개 고백이라는 연고를 집어 들었다.

"제 쇼의 게스트들이 그러하듯, 저 또한 자신에 대해 많은 이야기를 하면서 카타르시스를 느꼈습니다. 그들이 왜 그렇게 많은 이야기를 털어놓는지 이해가 가요. 일단 입 밖으로 꺼내놓으면 다시는 구속당하지 않기 때문이죠. 정말이지, 저한테는 성학대 경험을 세상에 밝히고 이야기했던 게 큰 도움이 됐어요. 다른 어떤 방식으로도 그런 효과는 못 거둘 테고, 여전히 나로 남을 수도 없을 겁니다."

저 특별한 방송에서 스스로 피해자임을 천명함으로써 그 문제를 거론할 수 있는 권위의 단상에 올라서게 됐지만, 그녀는 폭력에 굴복하기를 거부했다. 그 결과 엄청난 시청률과 전 국민적인 관심, 그리고 비난에 대한 예방접종격인 동정 여론이 대가로 주어졌다. 개인적 수치를 만천하에 드러내고 나자 오프라는 그것을 새 모자처럼 착용했고, 심지어 언론용 공식 프로필에 '어린 시절 성학대 피해자'라는 문구를 집어넣기까지 했다.

그녀는 성폭력센터에서의 강연과 근친상간 피해자들을 대상으로 한 연설 및 성추행 피해 아동들을 위한 기금 조성 등에 관한 요청들을 수락하기 시작했다. 의회에 나가 진술하고 법안을 발의 통과시켜 미합중국 대통령의 서명을 받아내도록 만들었다. 몇 달 새에 그녀는 성폭행 경험을 자세히 이야기할 수 있을 만큼의 안정감을 찾았다.

"사촌뻘이었어요. 전 아홉 살, 그 사람은 열아홉 살이었죠. 그날 집에 다른 식구는 없었어요. 난 무슨 일이 벌어지고 있는지 몰랐어요. 남자를 만나본 적이 없었거든요. 아마 사내아이는 여자아이와 다르다는 것도 몰랐을걸요. 그래도 그게 나쁜 짓이란 건 알았어요. 그자가 내 몸을 비벼대는 걸로 시작됐으니까요. 아팠던 기억이 나요. 끝나고 나서 입단속을 시키려고 동물원에 데려가더군요. 가면서 상처에서 계속 피가 났던 걸로 알아요. 그해에 전 아기가 어디서 나오는지를 알게 됐는데, 어느 순간 아기를 낳게 될까 봐 공포에 사로잡혀 지냈죠. 5학년 내내, 복통이 났다 하면 아무도 모르게 아기를 낳을 수 있게 화장실로 몸을 피하곤 했어요."

여러 해가 흐른 후에야 그녀는 엄마 집에서 있었던 일에 대해서도 입을 열었다. "엄마 남자친구의 사촌이…… 지속적으로 성추행했어요. 난 이런 게 남의 일인 줄로만 알았어요. 나한테 무슨 표시가 있는 건가, 의문이 들었죠. 내 잘못인 것 같았으니까…… 나만 이런 일을 당한 사람인 것 같아서 몹시 외로웠고, 누군가에게 이 사실을 알리면 안전하지 않을 거란 감이 왔어요. 날 탓하리란 걸 본능적으로 안 거예요. 알다시피, 당시는 '어지간히 네가 급했나 보구나?' 하고 사람들이 얘기하던 시절이었으니까요. 아니면, 앨리스 워커의 소설 《컬러 퍼플》에서 아빠가 셀리에 대해 말하듯, '걘 늘 거짓말만 했어' 그러든가."

"그자는 매일같이 떠벌리곤 했어요. '난 오프라랑 사랑에 빠졌어. 걔랑 결혼도 할 거야. 누구보다 똑똑한 아이거든.' 그러면서 날 여기저기 데리고 다녔죠. 다들 속사정을 알고 있었어요. 그런데도 다른 쪽을 보기로들 한 거죠. 사실을 부인한 거예요. 그래서 이런 역겨운 짓이 계속 벌어졌던 거구요. 우리와 같이 살던 내 사촌 역시 매를 맞고 살았답니다. 내가 그녀의 남자친구랑 협상을 벌이곤 했어요. 그녀를 때리지 않으면 같이 자주겠다고. 그녀의 보호자라는 느낌으로 이렇게 말하곤 했죠. '좋아, 좋아. 앨리스를 때리지 않겠다고 약속해요. 그럼 시키는 대로 할게요.' 그렇게…… 늘 그런 식이었어요. 하도 만성이 되다 보니, 있죠, 왜, '사는 게 다 이렇지 뭐' 하고 생각하게 되더군요."

방송에서 내밀한 속을 워낙 거리낌 없이 드러내는 것처럼 보였기 때문에 오프라한테 감춰둔 비밀이 있을 거라고는 아무도 의심하지 않았다. 어두운 내면을 유머로 가리는 코미디언들처럼, 그녀는 고통을 농담으로 날리고 가장 아픈 기억들을 가슴속 깊숙이 꾹꾹 눌러놓는 법을 터득한 상태였다. 딱 재밌을 만큼의 정보만 제공하고 더 이상의 문의는 사절하는 요령을 알고 있었다. 그 점이 자신의 프로가 전국 방송망을 탈 때 대중 홍보를 직접 관장하겠다고 고집했던 한 이유다. 모든 걸 세상에 이야기하는 것처럼 보였지만, 사실 그녀는 TV 화면에서 공유하는 것보다 더 많은 모습을 속에 가둬놓고 있었다. 오프라는 방송에서는 개방적이면서 따뜻하고 푸근한 사람으로 자신을 드러내되, 폐쇄적이면서 차갑고 계산적인 측면은 감춰야 할 필요성을 느꼈다.

보여주고 싶은 것보다 열등한 인격을 대중이 보게 되면 자신을 좋아해주지 않을까 봐 두려워했다. "사람들을 기쁘게 하는 게 내가 하는 일이에요. 난 그들의 호감을 사야 해요…… 내가 싫어하는 사람들일지라도."

그녀의 개인적 고통은 이후 20년간 그녀가 진행하는 프로그램에 그늘을 드리우면서 주제 선정과 게스트 섭외, 북클럽 도서 선택뿐 아니라 자선활동과 대인관계에까지도 영향을 미쳤다. 오프라는 어머니 집에서 벌어졌던 일들을 있는 그대로 받아들이려고 끊임없이 노력했지만, 심리치료를 받지 않는 상태에서 그녀의 고단한 싸움은 해도 해도 끝이 없었으며, 체중과의 거듭된 전쟁—살이 쪘다가 빠졌다가, 폭식했다가 단식했다가—이란 형태로 비틀려 나타났다. 과도한 통제욕과 아울러, 관심과 칭찬 및 인정을 독차지하는 데서 얻는 크나큰 만족감은 사춘기에 겪은 성폭력에 그 뿌리가 있었다. 그 더러운 구덩이에서 빠져나오려는 욕구가 그녀를 전대미문의 성공 가도를 달리게 만들었고, 그러한 성공은 사치스런 라이프스타일이라는 두둑한 보상을 안겨주어 불우했던 성장기를 위무했다.

Two

열다섯에 아이를 낳다

딸을 오욕의 구렁텅이로 내몰았다는 비난을 듣는 십대 엄마. 그런 엄마의 무관심 속에서 애비 없이 찢어지게 가난하게 자란 흑인 소녀. 오프라 윈프리의 신화는 시카고에서 여러 인터뷰에 응하기 시작하면서부터 확고히 세워졌다. "여섯 살 때까지," 오프라는 기자들에게 말하곤 했다. "가게에서 내 옷이나 신발을 산 적이 없었어요. 장난감이라곤 옥수숫대에 이쑤시개를 찔러넣어 만든 인형이 전부였지요." 그녀는 어린 시절을 외로움으로 기억한다. 할머니 댁 마당에서 말처럼 부리던 돼지들 말고는 놀아주는 이도 없었다. "가축들이 유일한 내 말동무였죠. 그 녀석들에게 성서를 읽어주곤 했어요." 밀워키에서 생활보호대상자인 엄마와 지낸 세월은 훨씬 더 나빴다. "너무 궁핍해서 개나 고양이를 키울 형편도 안 됐어요. 그래서 바퀴벌레 두 마리를 애완동물 삼아 길렀어요. 유리병에 넣고 멜린다와 샌디라는 이름도 붙여줬답니다."

그녀는 우물에서 물을 길어오고 소젖을 짜고 구정물통을 비워야 했다는 이야기—동화의 단골 소재인 재투성이 어린 시절—로 시청자들을 즐겁게 했다. 여섯 살 때까지 회초리를 휘두르며 키워준 할머니와 지팡이 내려치는 할아버지에 관한 일화들을 장황하게 늘어놓을 때면 영락없는 신데렐라, 아니 오프라렐라였다.

"아휴, 그때 매 맞은 걸 생각하면…… 백인이 되고 싶었던 이유가 그거였어요. 어린 백인 아이들이 매를 맞는 모습은 보질 못했거든요." 작가인 린 토너빈(Lyn Tornabene)에게 옛 처지를 설명했다. "노상 할머니한테 매를 맞았죠. 그냥 남부 전통이 그랬어요. 노인이 아이를 기르는 방식 말예요. 뭘 엎질러도 맞고, 거짓말을 해도 맞고…… 할머니는 회초리를 드셨는데, 매일같이 휘두르면서도 지치시는 법이 없었어요."

오프라는 고양이가 실몽당이를 굴리듯이 인종문제를 교묘하게 활용했다. '보잘것없는 뽀글머리 유색인 꼬마'였던 과거로 돌아가, 1954년 1월 29일, 인종차별이 가장 심한 미시시피 주에서 태어났다고 출생에 대한 설명을 시작했다. 그녀는 댓바람 비방의 카드들을 돌리기보다는, 사투리를 살짝 섞어 미시시피 주 코스키우스코(Kosciusko)에서 자란 이야기를 풀어놓으면서, 깃털 부채처럼 카드 뭉치를 펼치는 식으로 은근히 호기심을 자극했다. "침을 뱉으면 침이 땅에 닿기도 전에 동네를 벗어날 수 있을 정도로 아주 작은 동네였어요." 인구 6,700명 정도의 정말 작은 마을이었다고 한다. 그녀는 군 경계선 너머, 외할머니의 판잣집에서 태어났다.

"당시 우린 유색인—검둥이로 불리기 전이었음—이었고, 유색인들은 수돗물도 안 나오는 시 경계선 밖에서 살았어요. 아시죠, 그게 무슨 뜻인지?" 그녀의 말이 느려졌다. "맙소사," 커다란 갈색 눈동자를 굴리며 탄식을 뱉어냈다. "볼일 보고 뒤를 닦을 거라곤 광고 전단지밖에 없었다니까요." 그녀는 과장되게 몸을 부르르 떨며 집 밖 변소를 기억해냈다. "세상에, 그 지독한 냄새라니…… 밑으로 빠질까 봐늘 무서웠어요."

오프라는 매일 밤 셜리 템플(Shirley Temple, 1930년대의 유명 아역 배우—옮긴이)의 곱슬머리를 갖게 해달라고 기도했다. "기름을 발라 열일곱 가닥으로 쫑쫑 땋아 내리는 대신 그 애처럼 머리카락이 나풀거렸으면 했어요." 그녀는 코도 마음에 들지 않아서 밤마다 빨래집게로 콧잔등을 집은 채 잠자리에 들었다. "네, 인정해요." 오프라는 바버라 월터스(Barbara Walters)에게 말했다. "난 백인이 되고 싶었어요. 미시시피에서 자라면서 보니 백인 아이들이 더 사랑을 받더라구요. 누리는 것도 많았고, 부모들도 잘해줬고요. 나도 그렇게 살아보고 싶었죠."

훗날 오프라의 여동생은 그 찢어지는 가난의 신화를 일부 부정했다. "물론, 우리가 부자는 아니었어요." 퍼트리샤 로이드(Patricia Lloyd)가 어떤 기자에게 말했다. "하지만 언니가 과장한 면이 있어요. 시청자들로부터 동정을 얻고 시청자층을 넓히려는 의도가 아니었나 싶네요. 언니는 바퀴벌레를 애완용으로 기른 적이 없어요. 언제나 개가 있었죠. 흰 고양이랑, 어항에는 뱀장어도 있었고, 보핍(Bo-Peep)이라는 이름의 잉꼬한테 말을 가르치기도 했는걸요."

마흔세 살이 되던 1997년에 〈라이프〉지와의 인터뷰 도중, 오프라는 불우했던 어린 시절 이야기를 하다가 평정심을 잃고 흐느끼는 모습을 보여, 다음과 같은 글이 실리게 만들었다. "인종차별이 심한 남부 미시시피 주 코스키우스코의 가난한 농가에서 사생아로 태어난 더없이 가여운 소녀였다. 거기서 외할머니 손에 맡겨져 여섯 살 때까지 자랐다."

저 평가에 묻어나는 처량한 정서를 그녀의 가족 모두가 동의하는 건 아니었다. 딸의 자기현시적 성향에 대한 질문을 받았을 때 오프라의 생모 버니타 리(Vernita Lee)는 이렇게 대답했다. "좀 떠벌리는 구석이 있긴 해요." 오프라가 캐서린 이모라 부르는, 가족사 연구가인 캐서린 카 에스터즈(Katharine Carr Esters)도 그다지 수긍하는 입장이 아니었다.

"모든 점을 고려했을 때, 외할머니 해티 메이(Hattie Mae)와 보낸 6년이란 세월은 빈궁한 집안에 태어난 어린 여자아이가 누릴 수 있는 최고의 시간이었어요. 오프라는 집안의 하나밖에 없는 아이였기에 일가친척의 관심을 한 몸에 받고 컸어요. 할아버지, 할머니, 이모들, 삼촌들, 사촌형제들은 물론이고, 오프라가 절대 언급하지 않는 친엄마 역시 더 좋은 일자리를 찾아 밀워키 북부로 떠나기 전 4년 반 동안은 매일 그 애 곁을 지켰죠."

"쓰레기와 바퀴벌레들 틈에서 자랐다는 황당한 얘기는 어디서 나온 건지 모르겠어요. 해티 이모는 집을 티끌 하나 없이 치우고 살았거든요. 넓은 거실에 벽난로와 안락의자들이 놓인 방 여섯 개짜리 목재 주택이었어요. 화려한 흰색 레이스 커튼이 달린 큰 창문이 세 개나 있었고, 주방에는 아름다운 치펜데일풍(곡선과 장식이 많은 스타일—옮긴이) 가구들이 가득했지요. 해티 이모 침실에는 아이들이 감히 그 위에선 놀 생각도 못 할 만큼 새하얀 침대보가 늘 깔려 있었답니다."

일흔아홉 살의 캐서린 카 에스터즈는 2007년 여름, 친구 주이트 배틀즈(Jewette Battles)와 코스키우스코에 있는 시즈닝즈 식당의 여성 전용 발코니에 앉아 오프라의 미시시피 '유년기'에 대한 기억들을 나눴다.

"분명히 말해두지만 난 오프라를 사랑해. 그 애가 하는 좋은 일들도 흐뭇하게 생각하고. 하지만 그 애가 하는 거짓말들은 이해를 못 하겠어. 여러 해 동안 그러고 있더라고." 에스터즈 부인이 말을 꺼냈다.

"글쎄, 그 이야기들에 진실이 조금은 들어 있어." 배틀즈 부인이 대꾸했다. "다만 내 짐작에는 오프라가 그것을 알아볼 수 없을 정도로 윤색해서 이야기를……."

"그건 이야기가 아니야." 허튼 소리 하지 않는 에스터즈 부인이 말을 잘랐다. "거짓말이야. 순전히 거짓말이라고. 시청자들한테 노상 엘비스 프레슬리(Elvis Presley)의 딸 리사 마리(Lisa Marie)와 사촌 간이라고 얘길 하는데, 아이구, 그런 터무니없는 거짓말이 어디 있담. 우리 집안에 프레슬리라는 성씨가 있긴 해. 하지만 엘비스하고는 아무 관계도 아니야. 오프라도 그걸 알면서 자꾸 엘비스랑 먼 친척인 걸로 얘길 꾸미더라고. 그래야 자기가 더 나아 보이니까 그러는 게지."

에스터즈 부인은 가족사를 정확히 전하는 문제에 있어서는 굽힘이 없다. "오프라는 돼지농장에서 크지 않았어요. 돼지는 고작 한 마리 있었어요. 소젖을 짜지도 않았죠. 소도 한 마리뿐이었어요. 맞아요, 가난하긴 했어요. 우리 모두 그랬죠. 하지만 해티 이모는 자기 집과 8,000제곱미터가 넘는 땅도 있었고, 닭도 몇 마리 쳤기 때문에 버펄로 지역의 대다수 친척들보다는 형편이 한결 나았어요. 해티 이모는 오프라를 허구한 날 때리지도 않았고 오프라가 인형이나 변변한 옷가지 없이 지내지 않은 것도 확실해요. 아, 내가 수년 동안 그 애하고 이 얘길 했어요. 대놓고 물어봤죠. '대체 왜 그런 거짓말을 하니?' 오프라가 그러더군요. '사람들이 그런 걸 듣고 싶어하니까요. 진실은 지루해요, 캐서린 이모. 사람들은 지루해지길 원치 않아요. 극적인 이야기를 듣고 싶어하죠.'"

"오프라의 말만 들으면, 그 6년이 입에 풀칠하기도 힘든 가정에 태어난 아이한테 닥칠 수 있는 최악의 환경인 것 같지요. 내가 옆에서 지켜봐서 아는데, 그 애는 이 지역의 어떤 여자아이보다도 응석받이로 예쁨만 받으면서 자랐답니다. 부모라면 다 알죠, 유아기를 어떻게 보내느냐가 자식 인생의 기반이 된다는 걸요. 해티 메이와 이곳에서 함께한 6년이란 시간이 오프라한테 그 특유의 자신감과 뛰어난 언변, 성공욕구의 기틀을 마련해준 거예요. 나중에 청소년기에 겪은 일들은, 뭐, 또 다른 문제였고요."

에스터즈 부인은 오프라의 다채로운 사연들을 단순한 상상력의 소산이라고는 보지 않는다. "자기를 더 돋보이게 하려고 이야기를 꾸며내는 거예요. 그건 옳지 않아요. 그 애는 진실을 그대로 전하지 않고 있어요. 한 번도 그런 적이 없죠. 어렸을 때 자기 물건이 없었다고 주장하는데, 아니에요. 해티 이모가 저를 주려고 집에 가져온 옷이며 인형이며 장난감에 동화책이 얼만데 그런 소릴! 해티 이모는 당시 레너드 집안—코스키우스코에서 제일 부유한 백인들—일을 하고 있었는데요, 그 집 사람들은 자기네 애들한테 해주는 건 뭐든지 오프라한테도 똑같이 해줬답니다. 그렇게 얻어온 러플 달린 점퍼스커트나 리본 같은 것들이 완전히 새 것은 아니었어요. 쓰고 물려준 것들이었죠. 그래도 새 것처럼 아주 말짱했어요. 레너드 집안이 그 지역에서 제일 큰 백화점을 소유하고 있었고, 거기 물건이 품질이 최고였어요. 해티 이모는 일요일마다 오프라를 예쁘게 차려 입혀서 버펄로 침례교회에 데려갔는데, 그때부터 오프라가 짧은 이야기를 남한테 들려주기 시작했지요."

에스터즈 부인은 오프라를 조숙했던 아이로 기억한다. 걸음마도 일찍 떼고 말문도 일찍 열었다고 한다. "집에서 유일한 아기였기 때문에 항상 관심의 대상이었죠. 본인도 늘 주목을 받고 싶어했고요. 어른들이 대화를 나누느라 자기한테 신경을 못 쓰고 있으면 다가와서 몸을 부딪쳐 주의를 끌곤 했어요."

버니타는 외할머니를 비롯해 모든 주위 사람들이 딸의 응석을 다 받아준 게 사실이라고 했다. "엄마(메이)는 엄한 분이었지만, 내가 못 해본 것들을 오프라에게는 많이 누리게 해주셨어요. 첫 손주였으니까요. 그 애는 귀여움을 떨면서도 다른 사람들을 쥐고 흔들려는 기질이 있었어요. 뭐든 자기가 좌지우지하려 들었죠."

세 살 무렵에는 이미 외할머니가 다니는 교회에 나가 사자굴에 던져진 다니엘 이야기를 암송해 신도들의 정신을 쏙 빼놓곤 했다. "그냥 할머니 친구분들 앞에 서서 외운 내용을 읊어나가기만 하면 됐어요." 언젠가 오프라가 말했다. "가는 곳마다 사람들한테 묻곤 했죠. '제가 얘기 하나 해드릴까요? 들어보실래요?'"

오프라의 외할머니 해티 메이 프레슬리(Hattie Mae Presley)는 노예의 손녀였다. 그녀 말에 따르면 '좋은 백인들'인 레너드집안의 가정부와 코스키우스코 보안관의 요리사로 일하면서 여섯 자녀를 키웠다. 정규 교육은 초등학교 3년을 다닌 것이 전부. 남편 얼리스트 리(Earlist Lee, 가족 간에는 Earless로 통함)는 자기 이름조차 읽고 쓸 줄 몰랐다. "하지만 해티 이모는 성서는 확실히 이해했고 거기에 나온 이야기들을 오프라에게 가르쳤어요. 또 글자 모양도 가르쳤고요. 그다음엔 우리 아버지가 읽는 법을 가르쳐줬지요. 그래서 여섯 살이 되었을 때 오프라는 유치원을 건너뛰고 초등학교 1학년으로 곧장 들어가도 될 만큼 글을 익힌 상태였어요." 가족 중 처음으로 대학 졸업장을 딴 캐서린 에스터즈의 설명이다. "그 졸업장을 따려고 야간 대학을 12년이나 다녔네요. 결국은 해냈지만요. 동의어 사전을 사서 소설 읽듯 읽었답니다."

캐서린의 엄마 아이더 프레슬리 카(Ida Presley Carr)가 원래는 구약성서에 나오는 룻(Ruth)의 동서 이름을 따 버니타 리의 아기한테 오르파(Orpah)란 이름을 지어줬으나, 출생신고를 하러 가는 길에 산파인 레베카 프레슬리(Rebecca Presley)가 이름의 철자를 잘못 알려주는 바람에 오르파가 오프라(Oprah)로 바뀌어버렸고, 계속 그렇게 불리게 됐다.

오프라 게일 리(Oprah Gail Lee)의 출생신고서에는 오류가 하나 더 있었다. 다름 아닌 버넌 윈프리(Vernon Winfrey)가 생부로 기재된 것. "몇 년 후에 우린 그게 사실일 수가 없다는 걸 알게 됐어요. 하지만 버니—식구들이 버니타를 부르는 이름—가 동침했던 세 남자들 중 버넌의 순서가 마지막이라는 이유로 그를 생부로 올려버렸지요. 버넌은 그 책임을 받아들였고요. 몇 해 지나서야 군복무 기록을 살펴보고는 자기가 1954년 1월에 태어난 아이의 아버지일 리가 없다는 걸 알아냈어요. 그렇지만 진실이 밝혀졌을 때에는 이미 오프라가 그를 아빠라 부르고 있었죠."

나중에 외할머니의 노고를 감사히 여기긴 했으나, 오프라는 "마마"라고 불렀던 해티 메이와 함께 보낸 시간을 비참하고 불행했던 시간으로 기억했다. 그러나 오프라의 이모뻘인 수지 메이 필러(Susie Mae Peeler)가 2007년 죽기 전에 한 얘기는 달랐다. 그녀는 오프라를 귀엽고 영리했던 아이로 묘사했다. "우린 모두 그 애를 예뻐했어요. 마냥 떠받들어 키웠답니다. 우리 어머니, 그러니까 오프라의 외할머니는 애가 원하는 건 뭐든지, 애한테 해주고 싶으신 건 다 해주셨어요. 덕분에 살림은 쪼들렸지만요. 그래도 우린 그 앨 위해 감수했어요. 좋은 옷이란 좋은 옷은 다 입히다시피 했답니다. 그렇다 보니 오프라 역시 자기가 귀한 존재인 줄 알았고요."

"그 앤 옷을 사 입어본 적이 없다고 주장하지만, 웬걸요, 나보다도 사 입은 옷이 많았구먼! 가지고 놀 인형도 없었다고 하는데, 천만에요. 인형 많았어요. 가지가지 없는 게 없었다니까요."

가장 최근에 오프라가 '인형 없이 살았던' 사연을 들먹인 건 2009

년 바브라 스트라이샌드(Barbra Streisand)를 인터뷰할 때였다. 바브라가 어렸을 적 집이 너무 가난해 온수 주머니를 인형으로 개조해 놀았다고 하자, 오프라는 "와" 하고 탄성을 뱉었다. "저보다 더 가난했군요."

코스키우스코의 최대 고용주인 애포넉 방적공장이 1950년대에 문을 닫자 흑인사회는 마을을 뜨기 시작했다. "일자리 구경하기가 하늘의 별 따기라 너도나도 북부로 일을 찾아 떠났죠." 에스터즈 부인은 미국 역사상 최대 인구 변화로 기록된 이른바 '대이동'(Great Migration)의 시기를 설명했다. "그 시절엔 마을을 빈 차로 떠나는 경우가 없었다오. 다들 세간을 꽉꽉 실은 채, 보수가 더 나은 일자리를 구할 거란 희망을 안고 시카고, 디트로이트, 밀워키 등지로 차를 몰고 갔지요. 돈 벌러 북부로 떠난 아들딸을 대신해 손주들을 키우며 사는 흑인 할머니들이 남부엔 그득했답니다. 여기 머물러봤자 별 뾰족한 수가 없었어요. 면화는 수확이 중단된 상태였고, 사람들은 일가친척이 일하던 가정의 하인으로 사는 것으로는 만족하지 않았어요. 고등학교를 졸업 못 한 오프라의 엄마도 여기서 가정부로 일하고 있었지만 자기 자신과 아이를 위해 더 나은 직업을 찾길 원했어요. 그래서 내가 버니타를 밀워키로 데려갔고, 거기서 자립할 때까지 함께 살았지요. 그 후로도 쭉 그 애는 거기서 살았고, 난 1972년에 코스키우스코로 돌아왔답니다."

외할아버지 얼리스트 리는 1959년에 세상을 떠났다. 오프라가 다섯 살 때였다. 그녀의 기억 속에서 외할아버지는 늘 어두운 존재다. "전 할아버지가 무서웠어요. 나한테 물건을 던지거나 지팡이로 휘휘 쫓아버리던 생각만 나요." 당시 예순셋이던 해티 메이가 손녀를 돌보기 힘들 정도로 건강이 안 좋아지자, 오프라는 스물다섯 살이던 엄마에게로 보내졌는데, 그곳에는 1959년 6월 3일에 태어난 퍼트리샤 리(Patricia Lee)라는 이름의 딸이 하나 더 있었다. 비록 버니타와 정식으로 결혼한 적은 없었지만, 퍼트리샤의 아버지는 여러 해 뒤 딸의 사망 증명서에 프랭크 스트릭클렌(Frank Stricklen)이라는 이름으로 올랐다. 버니타 모녀는 오프라가 도착했을 당시 퍼트리샤의 대모가 꾸리는 하숙집에 기거 중이었다.

"하숙집 주인인 밀러 부인은 피부색 때문에 날 좋아하지 않았어요." 오프라가 그때를 회상한다. "피부색이 밝은 흑인인 밀러 부인은 피부가 짙은 흑인을 싫어했지요. 내 이복여동생은 밝은 피부라 예뻐했죠. 처음 듣는 얘기였지만, 그 애는 피부색이 밝아서 예쁨 받고 나는 그렇지 못하다는 게 충분히 납득이 되더군요."

훗날 시카고로 옮겨오고 나서 시카고 최초의 흑인 시장인 해럴드 워싱턴(Harold Washington)에 대하여 이야기를 하던 중에 오프라는 피부색에 관한 자신의 견해를 부연 설명했다. "우린 초콜릿 사탕이에요." 그녀는 흑인종을 색깔로 분류하면서, 지난 세월 동안 남녀 친구를 선택하는 데 영향을 준 기본 사상이 무엇이었는지를 밝혔다. "세 부류가 있어요, 초콜릿 사탕, 생강 쿠키, 바닐라 크림. 생강 쿠키는 누가 봐도 흑인이긴 하지만 백인의 특성을 두루 갖춘 사람, 바닐라 크림은 원하면 흑인이 아닌 척하는 게 통하는 사람들이에요. 그리고 저나 시장님 같은 부류가 있죠. 빼도 박도 못 하게 초콜릿 사탕인 사람들 말예요."

오프라는 피부색이 밝은 여동생은 엄마와 한 침실을 사용한 반면, 자신은 하숙집 뒷베란다에서 잠을 자야 했다고 주장했다. 차별을 당하니 못난이 같은 기분이 들더라고 했다. 수년 후에는 이런 말도 했다. "백인들 때문에 나 자신이 못났다고 느낀 적은 없었어요. 오히려 흑인들이 나한테 열등감을 안겼지요. 밀러 부인의 집에서 나는 하찮은 존재로 느껴졌어요. 피부가 검어서, 머리카락이 뽀글거려서, 못났다는 생각이 들었습니다. 버림받은 느낌이었어요."

캐서린 에스터즈는 오프라의 가슴 쓰라린 추억에 냉엄한 반응을 나타냈다. "이건 옥수숫대 인형이나 바퀴벌레 거짓말보다 더 신경이 거슬리네요. 다름 아닌 동족이 자행한 차별이 개입되었으니 말예요. 나는 짙은 피부색을 가진 여자예요. 오프라의 외할아버지는 먹물을 뒤집어쓴 것처럼 새까맸고요, 오프라는 목사님 기도서만큼이나 까맣죠. 헌데 그 애가 하는 애길 듣고 있자니 내 사촌 프랭크가 생각나네요. 자신을 있는 그대로 받아들이려 하지 않고 일가친척들을 차별했던 사람이에요. 피부색이 연한 친척을 편애하는 식으로요."

"오프라가 하숙집 뒷베란다에서 잤던 건, 버니타가 아기를 돌봐야만 했고 침실이 하나밖에 없었기 때문이에요. 다른 이유는 없어요. 만의 하나 오프라가 피부색 때문에 차별을 당한다면 내가 가만있지 않을 거예요." 밀워키 도시연맹(Urban League, 흑인 및 소수민족의 권익보호단체—옮긴이)에서 일한 민권운동가다운 말이었다. "나는 진실을 말해야 한다고 믿어요. 아무리 추하고 역겨운 것이라 해도요. 어떤 선(善)은 어두운 비밀을 빛에 드러내는 데서 나올 수 있다고 믿거든요. 오프라는 피부색에 너무 큰 비중을 둬요. 백인이 되고픈 마음에 그런 식으로 세상을 보게 되는 것 같은데, 베란다에서 잔 건 그 애의 어두운 피부색하고는 아무 상관도 없었어요. 문제는 밀워키에 왔을 땐 오프라가 더 이상 유일한 아이가 아니었다는 점이에요. 더는 어여쁜 공주님도, 모든 이가 주목하는 대상도 아니었던 거죠. 그 애 엄마랑 집주인은 아기들한테나 껌뻑 죽었지, 오프라한테는 그렇지 않았어요. 그게 자기딴엔 아주 견디기 힘들었지요."

해를 거듭하면서 오프라의 성장기 추억들은 무시와 차별로 점철되어갔다. “내가 유일하게 가지고 있는 외할머니 사진에서 할머니는 백인 아이를 안고 계세요.” 쉰다섯이 되던 해에 오프라가 한 말이다. 그러나 그녀의 책상이 찍힌 사진에는 외할머니가 어린 오프라를 사랑스럽게 감싸 안은 모습만 보일 뿐, 백인 아이는 어디에도 없다. 하지만 오프라는 이렇게 회상했다. “저 백인 아이들 얘기를 하실 때마다 외할머니 얼굴에는 홍조가 어리곤 했어요. 날 보고서는 누구도 흐뭇한 기색을 비치지 않았는데 말이죠.”

오프라가 밀워키로 온 지 1년도 안 돼서 엄마 버니타는 1960년 12월 14일에 세 번째 아이 제프리 리(Jeffrey Lee)를 낳았다. 그 애의 아비는 훗날 아들의 사망증명서에 윌리 라이트(Willie Wright)로 기재되었다. 버니타가 마침내 결혼할 마음을 먹었지만 끝내 뜻을 이루지 못한 남자였다. 제프리를 낳은 후 버니타는 사촌 앨리스 쿠퍼(Alice Cooper)의 작은 아파트로 살림을 옮겨 한동안 생활보조금에 의지해 살았다. 세 아이를 건사하기가 너무 힘들어지자 버니타는 오프라를 내슈빌의 버넌 윈프리에게로 보냈다. “당시 버니타의 생활방식은 이상적이지 못했어요.” 캐서린 에스터즈는 그녀가 생활보조금을 옷과 화장품에 써버렸다고 주장했다. “그래서 오프라를 떠나보내는 게 버니타 입장에선 좋은 결정이었죠.”

“그게 오프라가 내슈빌의 내 집과 밀워키의 엄마 집 사이를 왔다 갔다 하는 생활의 시작이었습니다.” 긴 세월이 흐른 뒤 버넌 윈프리가 옛날을 돌이켜보았다. “실수였어요. 일찍이 솔로몬 왕이 가르쳤잖아요, 자식을 나눌 순 없는 거라고.”

1958년 젤마 마이어스(Zelma Myers)와 결혼한 버넌은 내슈빌 동부 오웬즈 가(街)의 작은 벽돌집에 살면서 반더빌트 대학교 수위로 근무하고 있었다. 당시엔 아직 자기가 오프라의 생부라 믿고 있었다.

"우린 오프라를 반갑게 맞아들였고 그 애한테 번듯한 가정을 선사했어요. 학교를 다니고 도서관을 정기적으로 방문하고 TV 시청과 노는 시간을 약간씩 주고 일요일이면 어김없이 교회에 가는 그런 가정 말예요. 나는 옷에 보풀이 일지 않도록 좌석마다 덮개를 씌운 1950년형 머큐리에 식구들을 태워 침례교회로 향하곤 했죠."

교회에서 오프라는 무대 중앙을 차지했다. "뒷전에 물러나 있는 법이 없었다"고 버넌은 말한다. "그 앤 언제나 주목받길 원했어요. 한번은 너무 시끄럽게 군다 싶어 타일렀죠. '얘야, 사람들은 네가 조용할 때나 떠들 때나 널 알아본단다. 하지만 열에 아홉 명은 조용할 때 너를 더 좋게 생각할 거야.' 그러니까 목소리가 좀 낮아지더군요."

2008년의 어느 봄날, 1964년에 차린 내슈빌의 이발소에서 일흔다섯의 나이에도 여전히 일하고 있는 버넌 윈프리는 딸이 일곱 살 때 집 뒷마당에서 놀던 광경을 애잔한 마음으로 회상했다. "나는 그 애가 릴리와 베티 진이라는 친구들과 상상놀이를 하는 걸 창문으로 내다보곤 했어요. 세 아이들은 내가 단풍나무 그늘 밑에 갖다놓은 아동용 의자에 앉아 시간 가는 줄 모르고 놀았지요. 참, 그 의자들은 아직도 나한테 있네요. 아무튼 그때 지켜보고 있자니, 릴리와 베티 진은 오프라만큼 학교놀이를 재밌어하질 않더군요. 아마 그건, 오프라가 매번 선생님 역할을 독점해 가상의 칠판에 투명 글자들을 휘갈겨 쓰면서 친구들을 노상 꾸중했기 때문일 거예요. 릴리와 베티 진은 상상 속 책상에 앉아 귀를 쫑긋 세운 채, 제발 오프라가 철자 수업 중에 자기 이름을 부르지 않길 속으로 빌곤 했겠지요. 두 애들 탓만 할 수가 없는 게, 철자를 하나라도 틀리면 문제가 생겼거든요. 오프라가 가는 회초리로, 그건 절대 상상이 아니었어요, 아이들의 손바닥을 때렸던 거예요."

오프라는 일찍이 할머니한테서 벌주는 방법을 배웠다.

어느 날 버넌은 오프라에게 넌지시 충고를 건넸다. 가끔은 친구들도 선생님 역할을 하게 해주는 것이 어떠냐고.

"오프라는 더없이 귀엽고 상냥한 표정으로 날 쳐다보면서도, 어찌 저런 바보 같은 소릴 할 수 있는지 의아해하더군요. '왜 안 되냐면요, 아빠' 하고 일러줍디다. '릴리와 베티 진은 글 읽는 법을 배울 때까지는 남을 가르칠 수가 없잖아요.'"

버넌은 이 에피소드를 2007년 출판사들에 제출했던 도서 기획안에 쓴 그대로 들려주었다. 그는 작가 크레이그 마베리(Craig Marberry)와 협력하여, 스스로 '말하지 않은 일들'이라 제목을 붙인 자서전을 서너 장, 견본으로 작성했던 적이 있다.

"내 인생 이야기를 책으로 쓰고 싶었어요. 어머니, 아버지, 그리고 우리 아홉 형제들이 남부에서 어떻게 살았는지에 관해서요." 1933년 미시시피에서 태어난 흑인 남자로서 버넌은 딸은 절대 알지 못할 시련들에 부딪쳤다. "오프라가 마틴 루서 킹(Martin Luther King)을 논하고 그의 모든 연설문을 암송할 수 있다지만, 그 투쟁에 대해선 아무것도 몰라요. 난 그걸 견뎌냈어요. 그 앤 대충 여기저기서 주워들었을 뿐이죠. 킹 박사가 뿌린 씨앗을 수확한 거죠. 난 저 투쟁이 벌어지던 70년 전으로 돌아갈 수 있어요. 그것에 관해 글을 써보고 싶어요. 물론 오프라가 내 삶의 일부란 건 압니다. 그 애한테 내가 할 도리를 했고요. 하지만 오프라가 내 인생의 전부는 아니에요. 내가 하는 모든 일을 말해줄 필요는 없지요. 내가 뭐 걔 아들인가요? 다 큰 성인이니 주님의 뜻을 거역하지 않는 한 원하는 걸 얼마든지 할 수 있죠. 그래서 내 책 이야기, 미리 안 알렸습니다."

2007년 뉴욕의 어느 공개 석상에 나타났을 때 오프라는 한 기자로부터 아버지의 집필 계획에 대한 질문을 받고는 깜짝 놀랐다. "그럴 리가요," 오프라가 말했다. "잘못 아신 게 분명해요. 세상 사람들이 다 저에 관한 책을 쓴대도 버넌 윈프리는 아니에요. 아닐 겁니다."

버넌은 오프라의 반응에 묘한 미소를 지었다. "그 앤 내 책이 온통 자기 얘기가 아니란 걸 이해하지 못하고 있어요. 오프라와 그 애의 친구는 그런 줄 알더군요. 다음 날 오프라한테서 전화가 왔는데 화가 있는 대로 나 있었어요. '정말 책을 쓰실 거냐' 고 묻기에 그렇다고 대답했죠. 기자들한테 거짓말쟁이가 돼버렸다며 속상해합디다. 내가 자길 바보로 만들었대요. 그래서 물었습니다. '얘야, 내 이야기를 쓸 권리는 있지 않니, 나한테?' 그랬더니 '물론이죠, 아빠. 그런데 저한테 먼저 말씀을 하셨으면 좋았잖아요' 하더군요."

"다음에는 게일 킹(Gayle King)이 전활 했어요. '윈프리 씨, 어떻게 감히 책을 낼 생각을 하셨나요?' 다짜고짜 이럽디다. '아무도 당신에겐 관심 없어요. 당신의 인생사를 읽고 싶은 사람은 없어요. 지구상의 누군가가 당신 이야기에 관심이 있다면 그건 오로지 오프라 때문이에요.' 여기, 이발소에서 그 전화를 받았어요. 나는 바로 저쪽에 서 있었죠." 그가 벽에 붙은 회색 전화기를 가리켰다. "난 '내 아내한테 전화해보시오. 그 문제에 대해선 나보다 더 잘 알고 있으니까' 하고는 끊어버렸죠."

"게일은 망아지 날뛰듯 했어요. 나한테 그런 식으로 말하는 사람은 처음 봤습니다. 어찌나 무례하던지. 나중에 오프라한테, 내가 그 자리에서 냅다 욕을 퍼부어주지 않은 건 목사님 머리를 깎던 중이라 그분 앞에서 상스럽게 굴기 싫어서였다고, 그런 줄 알라고 했지요. 하지만 게일 킹하고 다신 상종 안 할 거란 다짐은 해뒀어요."

"오프라가 두둔하더군요. 자길 걱정해주는 사람들이 주변을 살피고

자길 보호하는 거라고. 내가 말했습니다. '네가 십대일 때 우리한테 문제가 생기면 난 다른 사람들은 다 배제시켰지. 지금 너와 나 사이가 바로 그래야 하는 거야.'"

자존심 강한 남자 버넌 윈프리는 딸이 씌우는 통제의 굴레를 못 견뎌했고, 한동안 서로 말을 섞지 않았다. "그 모든 게 2007년 5월의 일"이라 했다. "몹시 속이 상해서였는지 몇 달 뒤에 뇌졸중이 왔어요. 물리치료 받고 회복하는 데 석 달이 걸렸네요. 드디어 안정을 찾았지만, 저 비열한 암퇘지 게일에 대한 감정은 아직 그대로예요. 오프라와 얘길 나눈 다음에 나한테 다시 전활 걸었는데, 그때도 사과는 하지 않았어요. 나한테 무례했다고 생각하지 않는답니다. 하지만 그건 자기 생각이죠. 말을 받은 사람은 나였으니까. 자기 입으로 똑똑히 말했는걸요, 나는 아무 가치가 없는 사람이며 내 인생은 조금도 중요하지 않다고."

버넌은 오프라가 공개적으로 자서전 기획 건을 반대한 후, 가능성을 타진하던 몇몇 출판사가 뒤로 물러나더라고 전했다. "일을 진행하기 전에 오프라의 허락을 얻고 싶었던 거지요." 자기 딸이 그렇게나 두려운 존재였나 하는 생각에 고개를 설레설레 흔들었다. "공동 집필자가 외국에 나가 있기 때문에 당분간 책은 미뤄뒀어요. 그래도 꼭 끝마치고는 싶네요, 오프라가 뭐라 하든……. 지난 세월 동안 그 애가 너무 많이 변한 게 안타까워요. 게일이란 여자하고 찰싹 붙어 지내느라 이젠 예수 그리스도를 구원자로 믿질 않아요. 내가 그렇게 키우질 않았건만……."

아버지가 쓴 62쪽 분량의 기획안을 오프라가 보았더라면, 그의 말대로 오프라를 키운 얘기만큼이나 엘모어와 엘라 부부의 아홉 자녀들 중 여섯째로 태어난 본인 이야기가 많이 들어가 있음을 알았을 것이다. 그렇다 해도 오프라가 우려한 부분은 버넌이 딸의 '어두운 비밀들', '어떤 것은 다 크고 나서야 뒤늦게 알게 됐다'고 밝힌 그런 비밀들을 언급한다는 점이었다. 그는 십대 시절의 딸한테 근엄하고 냉정하게 대한 것, 훈육할 때처럼 효과적으로 사랑을 표현하지 못한 것에 대한 후회도 드러냈다.

그러면서도 제 손으로 키운 어린 딸의 그 '어두운 비밀'에 대해선 계속 탐탁찮아했다. "그 애가 세상 사람들에게 칭송을 받는지는 모르지만, 난 진실을 알아요. 하느님도 아시고 오프라 본인도 알지요. 우리 둘은 부끄러워해야 해요." 그는 마치 딸에게 메시지를 보내려는 듯, 다음과 같은 글귀가 적힌 이발소 의자 뒤의 액자를 가리켰다. "장례식에서 목사가 거짓말을 안 해도 되게 살라."

윈프리 이발소에 있는 텔레비전은 이제 더는 평일 오후 4시에 하는 오프라 쇼에 맞춰지지 않는다. 하지만 사인 없는 오프라의 초창기 홍보용 사진 한 장은 여전히 버넌의 의자 뒤 거울, 그의 애견 플러프 사진 옆에 붙어 있다. 플러프의 사진이 오프라의 사진보다 더 눈에 잘 띄는 곳에 있다고 하자, 버넌은 "그렇네요" 하며 알쏭달쏭한 미소를 지어 보였다. "그냥 조 녀석이 참 예뻐서요."

버넌의 존경받는 아버지 역할은 1963년, 엄마와 몇 주 보내게 하려고 밀워키로 오프라를 데려갔을 때 끝이 났다. "귀여운 여자아이 모습은 그때가 마지막이었어요. 내가 알던 내슈빌의 순진무구한 아이는 엄마한테 두고 떠날 때 영원히 사라졌지요. 어린애가 있을 데가 못 되는 걸 알았기 때문에 두고 가는 날 눈물이 나더군요. 하지만 어쩔 도리가 없었어요."

여름이 끝나갈 무렵에 오프라가 엄마와 함께 지내라는 제안을 받아들인 건, 버니타가 얼른 결혼을 해 진짜 가정을 이루고 싶다는 말을 했기 때문이었다. 게다가 '아빠'와 '젤마 엄마'와 내슈빌에서 보내는 생활은, 하루에 한 시간만 TV를 볼 수 있고 그나마도 일요일에는 전면 금지되는 등 지나치게 빡빡했다. 버니타는 마음껏 TV를 보게 해주겠다고 약속했다. 얄궂게도, 바로 그 별것 아닌 뇌물이 딸을 인생의 전환점으로 이끌었다.

"〈에드 설리번 쇼〉(Ed Sullivan Show)에서 다이애나 로스와 슈퍼림스가 공연하는 장면을 보고 백인이 되고 싶다는 마음이 사라졌어요." 오프라가 회상에 잠겼다. "일요일 밤이었어요. 엄마 집 리놀륨 바닥에 앉아 텔레비전을 보고 있었죠. 영원히 잊지 못할 거예요. 진짜인 게 틀림없는 다이아몬드를 착용한 유색인은 그때 처음 봤답니다. 난 다이애나 로스가 되고 싶었어요. 아니, 꼭 돼야만 했어요."

1964년, 크리스마스를 며칠 앞둔 디트로이트와 시카고, 클리블랜드, 필라델피아, 밀워키의 도심지역에 전화벨이 요란하게 울리기 시작했다. 슈프림스(The Supremes)가 〈에드 설리번 쇼〉에 출연해 미국 시청자들에게 처음 재능을 선보일 예정이었다.

TV 황금 시간대에 출연하는 '유색인 아가씨들'은 애틀랜타의 양키스—남부인들을 열 받게 하고 광고주들이 호흡곤란을 일으키도록 하기에 충분한—나 마찬가지였다. 그러나 반인종차별적 섭외 방침을 지닌 에드 설리번은 뜻을 굽히려 하지 않았다. 에드 설리번이라 하면, 1956년에 엘비스 프레슬리를 브라운관에 처음 소개하고 1964년에는 미국 땅에 비틀즈를 진출시킨 주인공이다. 모타운 레코드사 소속으로 그해 세 곡을 인기차트 1위에 올려놓은, '유색 선물 3종 세트'라 불리는 그룹을 출연시키겠다는 그의 의지는 단호했다. 이 결정은 린든 존슨(Lyndon Johnson) 대통령이 인종차별 철폐를 위한 연방정부의 지원을 명시한 공민권법(Civil Rights Act)에 서명한 지 5개월 만에 나왔다.

이제 에드 설리번은 전 국민의 고정관념을 바꾸려 하고 있었다.

그때까지 흑인들 눈에 비친 TV 속 자화상은 계략을 꾸미는 건달이나 돼지털 머리의 악동 아니면 "네, 주인마님"형 하녀나 "아닙니다, 주인님"형 운전기사가 대부분이었다. 흑인이 아름답고 고상하며 우아한 자태로 방송에 출연한다는 건 그들에겐 혁명과도 같은 사건일 것이며, 백인들한테 박수갈채를 받는다는 건 거의 상상도 못할 일이었다.

슈프림스는 1964년부터 1969년까지 〈에드 설리번 쇼〉에 열네 번 등장했지만, 1964년 12월 27일의 데뷔 무대가 일으킨 충격은 실로 엄청난 것이었다. 인종적 스펙트럼의 양 극단이 한마음이 되어, 탁월한 세 여성이 들려주는 〈컴 시 어바우트 미〉(Come See About Me)의 선율에 흥겨워한 기념비적인 순간이었다.

"그날 저녁 많은 사람들이 슈프림스를 보면서 자부심을 느꼈지요." TV 시리즈(〈Julia〉, 1968~1971)에서 주연을 맡은 최초의 아프리카계 미국인인 다이안 캐럴(Diahann Carroll)이 옛 시절을 반추한다. "젊은이들은 꼭 기억해야 할 겁니다, 저 꿈과 공민권의 시대가 연예계에 종사하는 우리 모두에게 징검돌을 찾는 방법을 가르쳐줬다는 걸요. 만인에게 이로운 방식으로 타인의 잘못을 꾸짖는 법을 가르쳐준 것이죠."

그날 밤 꿈을 꾸기 시작한 또 한 사람, 오프라는 슈프림스를 봤을 때의 느낌을 영원히 잊지 못했다. "그 시절엔 TV에 흑인이 나오는 날이면 집집마다 전화기가 울려댔어요. 너무 드문 일이라 서로 알려주는 거죠. '유색인이 출연했어!' 그런데 전화기 다이얼을 돌릴 때쯤엔 그 장면이 지나가버리고 말아요. '뭐? 유색인 여자가 그렇게 보일 수도 있어?' 라고 말했던 기억이 나네요. 또 하나 전율을 느낀 순간은 시드니 포이티어(Sidney Poitier)를 봤을 땝니다. 1964년 아카데미 시상식을 보고 있는데 시드니 포이티어가 〈들백합〉(Lilies of the Field)이란 작품으로 상을 타지 뭐예요. 흑인 남성이 리무진 운전석이 아니라 뒷자리에서 내리는 장면은 그때 처음 봤어요. 속으로 중얼거렸답니다. '유색인 남자가 저렇게 할 수 있다면, 나라고 뭔들 못 하겠어?' 그분이 나한테 세상의 문을 열어주신 거죠."

비유하자면, 1964년은 심벌즈가 쨍쨍 부딪치고 드럼이 두둥 두둥 울리면서 트럼펫 소리가 흑인사회 전역에 쩌렁 쩌렁 퍼져나간 해였다. 유색인들이 텔레비전에서 근사하고 세련되게 묘사되는 자신들을 보는 시대가 열린 것이다. 모타운 뮤직은 슈프림스를 주류 사회의 스타덤에 올려놓기 위해 거액을 들여—차밍스쿨, 메이크업 강좌, 멋진 가발, 구슬장식 드레스, 반짝거리는 보석 등—갈고 닦았는데, 과연 투자한 보람이 있었다. 그날 저녁 〈에드 설리번 쇼〉를 보고 있던 수많은 흑인 아이들 중에는 나긋나긋한 리드 싱어의 눈부신 스타일에 완전히 넋이 나간 여섯 살짜리 사내아이와 열 살짜리 여자아이가 있었다. 두 아이는 훗날 자라서 그날 밤 그녀에게서 본 화려함을 스스로 구현해내게 된다. 인디애나 주 게리에 살던 마이클 잭슨(Michael Jackson)과 위스콘신 주 밀워키에 살던 오프라 윈프리는 다이애나 로스가 되는 것 외에는 인생에서 더 바라는 게 없었다. 다이애나 로스는 두 아이에게 북극성과 같은 존재가 되었다.

슈프림스가 TV로 온 나라를 열광케 한 그해, 의회는 '가난과의 전쟁' 이라는 국가 정책의 일환으로 경제기회균등법(Economic Opportunity Act)을 통과시켰다. 나중에 비효율적이고 낭비적이라는 비판을 듣긴 했지만, 이 법을 통해 많은 흑인들이 혜택을 보았다. 특히 취학 전 아동을 대상으로 한 헤드스타트 프로그램(Head Start program)과 고등학생을 대상으로 한 업워드 바운드 프로그램(Upward Bound program)이 효과적이었다. 업워드 바운드 프로그램이라는 소수계 우대정책의 수혜자들 중 한 명이, '인종의 용광로'라 불리는 링컨 중학교에 다니던 오프라였다. 그 프로그램의 기획책임자인 유진 에이브럼스(Eugene H. Abrams)가 학교 식당에서 책을 읽고 있는 오프라를 눈여겨보고는, 폭스포인트 교외의 부유한 컨트리클럽에 위치한 니콜렛 고교로 들여보낼 여섯 명—여자 셋, 남자 셋—의 흑인 학생들 중 한 명으로 그녀를 추천했던 것이다.

훗날 오프라는 "'장학금'을 받고 그 명문학교에 진학했는데 반에서 그 영예를 차지한 학생은 나뿐이었다"고 말했다. "흑인이라곤 나 하나였어요. 중상류층 유대계 집안의 자제들 2,000여 명이 모인 학교의 유일한 흑인이었죠. 그 애들 집에서 일하는 가정부들과 같은 버스를 타고 등교했답니다. 나는 세 번이나 갈아타야 했지만."

소위 '버스파'라 불리는 학생들 중 한 명이었기에 오프라는 눈에 잘 띄었다. 오프라가 1학년일 때 교내 다섯 명의 아시아계 학생들 중 하나였던 상급생 아이린 호(Irene Hoe)는 "튀는 학생이었다"고 그녀를 기억한다. "밀워키 교외 주거지역은 자녀를 우리 학교에 보낼 정도로 살림이 윤택한 백인들이 주를 이뤘는데, 오프라는 거기에 살지 않았죠. 당시는 정치적으로 올바르지 않았던 시절이라…… 말하자면 그앤 '소외'됐던 거라 할 수 있겠네요."

오프라보다 더 예리하게 그 이질감을 느낀 사람이 또 있었으랴. 날마다 다른 스웨터를 입고 오고 방과 후에 피자며 레코드며 밀크셰이크를 사먹을 용돈을 받는 여자애들 틈에서 오프라는 비로소 자신이 얼마나 가난한지를 깨달았다. "또 다른 세상이 존재한다는 걸 처음으로 절감했지요." 그녀가 말했다. "갑자기 빈민가가 예전처럼 좋게 보이질 않았어요."

"1968년에는 흑인과 알고 지내는 게 유행이었어요. 그래서 내가 인기가 많았죠. 아이들이 너나없이 집으로 데려가, 펄 베일리(Pear Bailey, 당대 흑인 여자 가수 겸 배우—옮긴이) 앨범을 틀어대질 않나, 뒷마당에서 일하는 가정부를 불러다가 '오프라, 너 마벨 아줌마 아니?' 하고 물어보질 않나, 난리도 아니었어요. 흑인들은 서로 다 아는 사이라고 생각했나 봐요. 진짜 웃기고 황당했죠."

엄마들은 딸들을 시켜 방과 후에 '오피'(Opie, 오프라의 애칭)를 집으로 초대하곤 했다. "날 장난감 취급했지요. 빙 둘러 앉아서 마치 내가 아는 사람인 양 새미 데이비스 주니어(Sammy Davis Jr., 인종차별반대 투쟁에 앞장섰던 흑인 만능 엔터테이너—옮긴이) 얘길 떠들어댔어요."

오프라는 다른 아이들 수준으로 용돈을 받고 싶었지만, 투잡 생활을 하던 엄마에게는 여윳돈이 전혀 없었다. 그래서 오프라는 버니타로부터 돈을 훔치기 시작했다. "그때부터 제대로 사달이 나게 된 거죠." 세월이 흐른 뒤 오프라가 말했다. "좋게 말하면, 곤경에 처했다고 할까요."

여동생 퍼트리샤는 오프라가 엄마의 1주일 치 주급 200달러를 훔쳤던 걸 기억한다. 엄마 반지를 훔쳐다 전당포에 맡긴 적도 있다. "언니 말로는 반지를 닦아놓으려고 가져간 거랬어요. 하지만 엄마가 베갯잇에서 전당포 영수증을 찾아내 반지를 다시 찾아오게 했죠."

친척들의 기억 속에서 오프라는 돈 되는 짓이면 뭐든 하는 통제불능의 십대였다. 한번은 쓰고 있던 '나비형 이중초점안경'이 "보기 흉하다"며 니콜렛 아이들이 쓰고 다니는 팔각형 안경을 사달라고 엄마를 졸랐다. 버니타는 그럴 돈이 없다고 얘기했지만 오프라는 단념하지 않았다. 새 안경을 갖고야 말리라 결심했다.

"집에 강도가 든 것처럼 꾸미기로 했어요. 안경을 망가뜨린 뒤 의식을 잃은 척, 기억상실증에 걸린 척 연기를 한다는 계획이었죠. 날을 잡아 일단 안경부터 발로 밟아 산산조각을 냈어요. 커튼을 치고 램프들을 쓰러뜨리고 피가 날 만큼 뺨에 생채기를 내고는 경찰에 신고를 했어요. 그런 다음 바닥에 널브러진 채 경찰이 오기만을 기다렸죠."

그녀는 〈마커스 웰비〉(Marcus Welby, M.D., 당시 ABC 텔레비전에서 방영한 인기 의학드라마—옮긴이)의 한 에피소드에서 본 그대로 기억상실증을 가장했다. 경찰관한테 이마에 난 혹을 보여주며 무슨 일이 있었는지 하나도 기억이 안 난다고 했다. 경찰이 버니타에게 전화를 걸었지만 오프라는 엄마도 못 알아보는 척 굴었다. 경찰한테서 강도로 망가진 건 안경뿐이라는 얘기를 전해 듣고서야 버니타는 놀란 가슴을 진정시켰다.

"언니의 연기력은 늘 오스카상 감이었어요." 오프라의 여동생이 회고한다. "상상력이 아주 풍부했죠."

성적으로 문란해진 후에 오프라는 돈을 벌 다른 방법을 궁리해냈다. "엄마가 일하러 나간 동안 언니는 남자들을 집으로 불러들였어요." 퍼트리샤의 증언이다. "언니의 남자친구들은 모두 나이가 훨씬 많았어요. 열아홉 살이나 20대 초반 정도? 남자가 집 앞에 당도하면, 언니는 나랑 남동생 제프리 손에 아이스캔디를 쥐어주고는 '너희 둘은 이제 나가 놀아' 라고 했죠. 그러고는 남자친구를 데리고 들어갔어요. 언니가 그때 뭘 했는지는 나이가 좀 들어서 나한테 '말타기'—성행위를 언닌 그렇게 불렀어요—를 어떻게 하는지 보여주고 나서야 알게 됐죠."

오프라가 "말타기"를 거래했다는 것, 즉 돈을 받고 섹스를 했다는 걸 퍼트리샤가 깨닫기까지는 오랜 세월이 걸렸다. 이 정보의 가치를 퍼트리샤가 알아차리고 언론에 그 정보를 팔아넘기자 두 자매 사이에는 결코 메워지지 않을 깊은 골이 패이고 말았고, 이는 1993년에 오프라가 자서전 출간 문제를 다루면서 내린 중대한 결정들의 하나로 이어지게 된다.

청소년기에 성적으로 문란했다는 점은 오프라도 인정한 바 있다. 관심을 받고 싶은 마음에 거리를 쏘다니며 자신을 원하는 남자들과 섹스를 했다고 말이다. 그녀는 또 어머니 집에서 남자들한테 끊임없이 추행을 당했다고도 했다. "열세 살 나이에 몸매가 36-23-36이었으니 문제가 좀 됐죠. 남자애들하고는 말도 못 섞게 했는데 사방에 남자애들이 우글거렸어요. 이런 일은 한 부모 가정에서 어머니가 가계를 꾸려가는 경우에 많이들 벌어져요. 남자친구들이 집을 들락날락하고 딸들은 이를 유심히 보죠. 엄마들은 그래요, '남자가 이런 짓 하게 두지 마. 치마를 꼭 내리고 있으라구! 시키는 대로 해야 된다!' 자식이 보는 것하고 엄마가 말하는 것 하고 전혀 딴판인 경우죠. 나 어릴 때가 그랬어요. '엄마가 말하는 대로 해, 엄마가 하는 대로 말고.' 하지만 그런 말은 먹히지 않아요. 소용없어요."

그녀의 가족들 눈엔 남자들한테 몸을 함부로 굴리는 십대 여자아이만이 보였다. 그렇기에 오프라가 성추행을 당했다고 털어놓았을 때 아무도 그 말을 믿지 않았다. 그녀를 피해자로 볼 수가 없었던 것이다.

"조금도 믿음이 안 간다"고, 수십 년이 지나 이모 캐서린이 말했다. "오프라는 밀워키 거리를 천방지축 쏘다니며 엄마 훈계는 한 귀로 흘려버리는 애였어요. 이제 와서 그게 아니었던 것처럼 자기 자신과 가족의 얼굴에 먹칠을 하네요." 에스터즈 부인은 오프라가 성학대 고백을 한 시점을 지적하면서, 그녀의 쇼가 전국적으로 알려지는 때에 홍보 효과를 노렸던 게 아닌가 짐작했다. 그리고 "오프라를 널리 알려 오늘의 그녀가 있게 하는 데 도움이 됐다"고 평가했다. "거짓말을 편드는 건 아닌데, 난 이 경우에는 오프라를 용서합니다. 다른 사람들을 위해 너무나 많은 일을 해왔으니까요. 어쩌면 이것이 가난한 집 아이가 성공하고 부자가 되는 유일한 길이었는지도 몰라요. 이제는 선행을 베풂으로써 자신의 잘못을 만회하고 있지요. 가족 중 누구도 (성적 학대에 관한) 그 애의 사연들을 믿지 않지만, 엄청난 부자인 데다 영향력이 막강해진 지금, 다들 반박하길 꺼립니다. 나는 경제적으로 오프라에게 의존하지 않기 때문에 두려울 게 없어요. 시청자들은 그런 사연들을 믿을는지 모르죠. 하지만 가족들은 아니에요. 뭐, 그쯤 해둡시다."

여느 성학대 피해자들처럼, 오프라 입장에서는 자기 얘기를 믿어주지 않는다는 부담감이 추행당했다는 수치심만큼이나 무겁다. 지켜주지 못한 아이의 피해에 대해서, 대부분의 가족들은 사랑하는 이가 저질렀거나 자신들이 연루된—고의적이든 아니든 간에—오욕을 차마 직면하지 못하거나 직면하길 거부한다. 슬프게도, 일가친척들과 마찬가지로 오프라는 자기 자신을 탓했다. 남들한테 비난을 감수하지 말라고 조언을 하는 와중에도 말이다. "지난 세월 내내 나는 치유되었다고 스스로 설득했지만, 실은 그렇지 않았어요. 여전히 수치심을 안고 있었고, 그 남자들이 한 짓에 대해 무의식적으로 나 자신을 탓했습니다. 마음 깊은 곳에, 나는 그런 학대를 당해도 싼 나쁜 계집애였을 거란 생각이 자리 잡고 있었지요."

1968년 여름, 학교가 방학에 들어가자 오프라는 버넌과 젤마를 만나러 내슈빌로 향했다. 아버지의 가장 가까운 동생이며 그녀가 잘 따르는 삼촌 트렌턴 윈프리(Trenton Winfrey)가 모는 차를 타고서였다. 운전 중에 트렌턴이 남자친구는 사귀어봤냐고 물었다.

"내가 대답했죠. '그럼요, 근데 남자애들은 하나같이 프렌치키스를 원해서 데이트하기 정말 힘들어요.' 프렌치 키스 얘기가 끝나자마자 삼촌은 차를 길가에 대라고 하더니 내 팬티를 벗겼어요. 지난 세월 동안 난 그때 내가 프렌치키스 얘길 꺼내지 않았으면 그가 그런 짓을 안 했을 거라 생각했어요. 왜냐면 내가 제일 좋아하는 삼촌이었으니까요."

오프라는 아버지와 계모에게 하소연을 했지만, 그들은 그녀의 말을 믿어주지 않았고 트렌턴 역시 부인했다. 여러 해가 지난 뒤에도 버넌은 여전히 긴가민가하는 눈치였다. "알아요, 그 앤 내가 그 문젤 잘 처리하지 못했다고 느끼겠지요. 하지만 트렌턴은 가장 가까운 동생이었어요. 마음이 괴로웠답니다."

밀워키로 돌아온 후, 오프라는 집을 뛰쳐나와 1주일 동안 거리에서 지냈다. "엄마는 반쯤 혼이 나간 채 언니 친구들한테 다 전화를 걸어 행방을 물었어요." 여동생의 말이다. "언니가 죽었는지 살았는지도 몰랐으니까요."

훗날 오프라는 방송 출연차 밀워키에 왔던 어리사 프랭클린(Aretha Franklin)을 등쳐먹은 일을 떠올리며 농담조로 그 가출 사건을 설명했다. 리무진에 앉아 있는 그 가수를 보고서 후딱 드라마 한 편을 연출해냈다는 그녀. "어리사한테 냅다 달려가 마구 울기 시작했지요. 버림받은 신세인데 오하이오로 돌아갈 돈이 없다면서요. 나는 오하이오라는 소리가 왠지 좋았어요. 그녀가 100달러를 쥐어주더군요." 열네 살이던 오프라의 주장에 따르면, 그 길로 가까운 호텔에 가 혼자 방을 잡고선 와인을 마시고 룸서비스를 주문하는 데 돈을 썼다고 한다. 그런 다음엔 어머니가 다니는 교회 목사한테 전화를 걸어 집에 돌아가게 도와달라고 애걸했다.

"돈이 떨어진 후, 지금은 고인이 된 털리 목사님께 우리 집에서 벌어지고 있는 모든 일과 내 기분이 얼마나 엉망인지를 털어놓았어요. 그랬더니 목사님이 날 집에 데려다주시고는 엄마한테 잔소리를 하셨지요. 정말 속이 시원하더라고요."

여동생은 반가워 날뛰었지만, 버니타는 화가 머리끝까지 났다. 목사가 돌아간 뒤, 그녀는 작은 의자를 집어 들어 오프라를 두들겨 팼는데, 퍼트리샤 말에 의하면 오프라는 "몸을 웅크린 채 울기만" 했다. "내가 비명을 지르면서 엄마한테 애원했지요. '제발 그만하세요! 이러다 언니 죽겠어요!'" 마침내 의자를 내려놓긴 했으나, 버니타는 소년 감호소에 들어갈 것을 강경하게 주장했다.

"인터뷰 절차를 밟으러 가던 게 생각나네요. 거기서는 누구든 기결수 취급을 받죠. 속으로 중얼거렸어요. '대체 나한테 왜 이런 일이 생기는 거지?' 난 열네 살이었고 내가 똑똑하단 걸 알고 있었어요. 나쁜 사람이 아니란 걸 말예요. 계속 생각했답니다. '어떻게 이런 일이 벌어졌을까? 어쩌다 여기까지 오게 된 걸까?'"

버니타는 2주 후에나 입소 조치가 내려질 수 있을 거란 얘기를 들었다. "2주를 어떻게 기다리냐"는 불평이 그녀의 입에서 터져나왔다.

"엄마는 내가 하루속히 집에서 나가주길 바랐어요." 오프라가 말했다.

아파트로 돌아온 버니타는 버넌에게 전화를 걸어 아이를 데려가라 일렀는데, 그때는 이미 버넌이 자기가 오프라의 친부가 아님을 안 상태였다. 오프라가 태어나기 아홉 달 전, 버넌은 군복무 중이었던 것이다.

젤마와의 사이에서 자식을 낳을 수 없음을 아는 캐서린 카 에스터즈는 버넌에게 오프라를 맡을 것을 종용했다. "친아버지가 아닌 건 알고 있었어요. 하지만 이렇게 설득했죠. '오프라를 친자식인 셈 쳐라,

당신과 젤마는 자식을 원하고 오프라는 도움이 필요하지 않냐, 그 애 엄만 그 앨 돌볼 처지가 못 된다.' 오프라가 그동안 어떻게 지냈는지 다 말해줬어요. 결국, 맡겠다고 하더군요. 단, 앞으로는 버니타 집하고는 왕래를 끊고 자기 책임 아래 둔다는 엄격한 훈육 조건을 내걸었어요. 버니타는 동의했고요. 오프라가 떠날 때 모두 그 자리에 있었지요. 그 애 엄마, 여동생, 남동생, 사촌들까지 전부 다요."

퍼트리샤는 밀워키를 떠나는 게 아쉬워 눈물을 흘리던 언니를 기억한다. "언닌 가기 싫어했어요. 차에 오르기 전에 날 껴안고 울었지요."

내성적인 기질의 버넌은 오프라의 그간 행적, 그의 표현에 따르면 "남자들한테 헤프게 군" 일들을 전해 듣고는 큰 충격을 받았다. 애링턴 가(街)의 자기 집에 들어서자마자 식탁에 오프라를 앉혀놓고 단호하게 말했다. 가족 얼굴에 먹칠을 하고 다니게 두느니 자신은 차라리 컴벌랜드 강에 떠오른 딸의 시체를 보는 편을 택하겠다고 말이다.

"지금부턴 홀터탑, 핫팬츠는 못 입는다. 진한 눈 화장도 안 돼. 단정한 숙녀처럼 입도록 해." 오프라는 "알았어요, 아저씨"라고 대답했다. 젤마 엄마한테는 '멋쟁이'라고 불렀다.

버넌은 버럭 화를 낼 뻔했다. 후에 자서전 기획안에 쓰길, 오프라의 태도가 어딘지 껄렁해 보였다고 했다. "마치 내 하얀 손수건으로 제 신발을 닦고 도로 내 호주머니에 쑤셔 넣은 느낌이랄까. 새 호칭들이 은근히 삐딱하게 들리는 게…… 여하튼 불손했어요."

그는 통금시간, 집안일, 숙제 등 오프라가 지켜야 할 규칙들을 더 말해주었다. "그 애 맘에 들건 안 들건 상관없었어요. 무조건 따라야 하는 거였죠. '가출하면 그걸로 끝'이라고 경고해두었어요. 귀하게 대우받고 싶으면 그렇게 행동하라고 일렀죠. 남자애들하고 그만 어울려 다니란 얘기였어요." 그리고 덧붙일 말이 하나 더 있었다. "난 여전히 네 아빠야. 앞으로도 쭉 그래. 젤마는 '멋쟁이'라 불러도 괜찮다고 하더라만 그건 내가 상관할 바 아니고. 어쨌든 나한텐 아저씨라 하지 마! 알겠니?"

"알겠어요, 아빠." 오프라가 대답했다. 그녀의 눈엔 이제 아버지가 규율만 강조하는 고집불통 잔소리꾼으로 보였다. "늘 그런 식이었어요. '잘 들어라, 내가 모기 한 마리가 수레를 끌 수 있다고 하거든 그냥 그런 줄 알아. 일단 둘을 묶어보는 거야.'" 토론토 〈스타위크〉지와의 인터뷰에서 아버지를 회상하며 한 말이다. "아버지와 새엄마 젤마를 싫어했어요."

버넌과 젤마는 오프라를 '요조숙녀'로 개조시키는 작업에 돌입했고, 당연히 오프라는 진절머리를 냈다. "매일 아침, 양말을 제대로 골라 신었는지, 이상한 구석은 없는지, 새엄마가 하나부터 열까지 꼼꼼하게 검사를 했답니다." 〈TV가이드〉에서 오프라가 말했다. "체중이 32킬로그램 나갈 때 전 날마다 거들이랑 슬립을 입어야 했어요. 치마 속이 절대 비칠 리 없게 말이죠! 뭐가 보인다고 그러냐고요? 다리 윤곽이요. 그게 다예요!"

버넌은 딸이 5년간 고삐 풀린 망아지 꼴로 살았다고 판단했다. "훈육에 관한 한 매섭고 독하게 하는 방법밖엔 몰랐다"는 그는 좀 느긋하고 유머러스하게 대처했더라면 좋았을걸 하는 생각을 오랜 시간이 지난 뒤에야 했다. "우리 아버지는 교회 간증자석에서도 폭소가 터지게 할 수 있는 분이었지요. 헌데 오프라는 날 열 받게 하는 버릇이 있었어요. 내가 동쪽으로 잡아끌면 서쪽으로 끌어당기고, 내가 북쪽을 가리키면 굳이 서쪽을 향하는 식이었죠. 그렇다고 기분 나쁜 아이는 아니었어요. 오히려 함께 있으면 무척 유쾌해졌죠. 말을 잘 안 듣는 게 흠이었어요."

집안심부름을 하는 것 외에 오프라는 이발소 바로 옆, 버넌이 운영하는 작은 잡화점에서도 일했다. 거기엔 이런 안내문이 걸려 있었다. "십대들에게 고함. 부모 등쌀에 신물이 나거든 이제 행동을 취할 때다. 모르는 게 없을 때 집 떠나 자립하라." 방과 후 가난한 동네 아이들에게 알사탕을 파는 일은 니콜렛 친구들 집의 흑인 가정부가 은쟁반에 내오는 우유와 쿠키를 먹는 것과는 완전히 다른 경험이었다. 오프라는 그 가게에서 일하는 게 진짜 싫었다. "단 1분 1초도 즐겁지 않았어요."

1968년 가을에 그녀는 이스트내슈빌 고등학교에 2학년으로 들어갔다. 공식적으로 학교 통합이 이루어진 첫 기수였다. "그 전까지는 백옥같이 하얀 학교였죠." 1971년 졸업생 래리 카펜터(Larry Carpenter)가 말한다. "그러다 그해 흑인 학생을 입학시키라는 법원 명령이 내려졌어요. 그 결정은 학교로서도, 또 국가적으로도 매우 환영할 일이었죠."

73명의 소수 흑인 학생들 중 하나였기에 이스트에서의 첫해는 니콜렛 고교 때와는 달리 크게 주목받는 일 없이 흘러갔다. 오프라는 매일 수업에 출석은 했지만 뒷자리에 조용히 앉아만 있었다. 항상 맨 앞줄을 차지하고서 선생님이 질문하는 족족 답을 안다고 손을 흔들어대 다른 학생들의 반감을 사던 예전과는 눈에 띄는 변화였다.

"난 어떤 수업에나 들어갈 수 있었고 반에서 늘 1등이었어요. 피부는 밝을수록 좋은 거라는 걸 알 만큼 컸는데, 내 피부색은 밝지 않았죠. 그래서 1등이 되자, 최고가 되자 결심했어요."

오프라가 이스트 고교에서의 첫 성적표를 받아왔을 때, 버넌은 크게 화를 냈다. "말썽을 피우건 안 피우건, 그런 점수는 생각지도 못하고 있었어요. 딸아이에 대한 기대치가 보통 높은 게 아니었거든요."

"네가 만약 C학점짜리 아이라면 C를 받아와도 좋아. 그런데 넌 C학점짜리가 아니야! 알아듣니?"

"예, 아빠."

"또다시 C를 받아오면, 그건 분명히 네 책임이야, 무거운 책임."

1968년에 히피가 되고 싶다는 선언을 한 후 목적 없이 표류하고 있던 딸에게 "무거운 책임"은 성서의 무게였다고 버넌은 설명했다.

"그 앤 겨우 열네 살이었어요. 하지만 마흔 살이었대도 마찬가지였을 겁니다. 내 자식이 머리에 야생화를 꽂고 힌두교 향을 피우는—또는 다른 어떤 허튼짓을 벌이는—꼴은 두고 볼 수 없었어요. 어휴, 내 집에선 안 될 말이죠! 어쩌면 그건 복장 때문이었는지도 몰라요. 아마 홀치기 염색한 헐렁한 아프리카풍 셔츠와 나팔바지, 샌들과 구슬목걸이 따위에 마음을 빼앗겼겠지요. 히피 생활이 재밌고 근사해 보였을 수도 있고요. 하지만 난 그 정도로 어리석진 않았어요. 마약과 성적 자유를 부르짖는 삶이 그 애의 앞날을 완전히 망쳐놓으리란 걸 알았죠."

히피 국면이 지나간 뒤에도 오프라의 방황은 계속되었다. 버넌이 공부 얘길 꺼냈다. "대체 왜 그러니? 전엔 학교 다니기 좋아했잖아. 반에서 솔선수범했었고."

딸의 대답은 서글펐다. "어릴 땐 학교가 재밌었어요. 그런데 지금은 안 그래요."

그해 겨울에 접어들면서 오프라는 집 안에서 두꺼운 외투를 껴입고도 춥다고 불평하기 시작했다. 다리와 발목이 퉁퉁 붓고 아랫배가 부풀어오르는 지경에 이르자 새엄마 손에 끌려 병원을 찾았는데, 의사가 물어보는 내용을 오프라는 이미 알고 있었다. 임신이었다.

"집에 와 아버지에게 알릴 생각을 하니 눈앞이 캄캄했어요. 어디 모르는 데 가 죽고 싶었지요." 오프라는 알리기 전까지의 시간을 반은 임신을 부인하는 데 보냈고 또 반은 자해하여 아기를 지우려는 시도로 보냈노라 고백했다. 마침내 아버지에게 트렌턴 삼촌이 자기한테 한 짓과 그가 아기 아버지일 수 있다는 이야길 했다. "식구들은 하나같이 현실을 바위 밑에 묻어두려 했어요." 오프라가 〈에보니〉지의 로라 랜돌프(Laura Randolph)에게 말했다. "내가 이미 성적으로 난잡한 생활을 했었다는 이유로, 식구들은 무슨 일이 벌어지든 틀림없이 나한테 잘못이 있을 거라 여겼어요. 또 내가 그 사람이 애 아버지라고 단정 짓지 못했기 때문에, 주된 쟁점은 학대가 아니라 '애 아버지가 맞냐?'가 되어버렸지요. 나는 누가 믿어줄 때까지 집요하게 설명하는 그런 타입이 아니었어요. 계속 물고 늘어질 만큼의 자기확신이 없었죠."

딸이 시집도 가기 전에 애를 낳는다는 건 너무도 망신스런 일이었기에, 부부는 낙태를 시키거나 아니면 오프라를 먼 데로 보내 아일 낳게 한 후 입양을 시키는 방법을 고려했다. "이런저런 생각 끝에, 뭐 언젠가는 생길 일이니 그냥 손주를 받아들이자고 마음먹었답니다."

아버지와 새엄마에게 사실을 알려야 한다는 스트레스로 오프라는 임신 일곱 달 만에 출산을 하게 됐다. 1969년 2월 8일 저녁, 자신의 열다섯 번째 생일 며칠 후에, 흑인 전용 미해리 의과대학 부속 허버드 병원에서 사내아이를 낳았다. 오프라의 출생신고서에는 오프라 윈프리가 아닌 오프라 게일 리로 이름이 올라 있어, 아기에게 빈센트 미켈 리(Vincent Miquelle Lee)라는 이름을 붙여주었다.

"미숙아로 태어나 몹시 허약했어요." 버넌이 회상한다. "상태가 위중해 인큐베이터에 들어가 있었지요." 오프라는 겨우 이틀 만에 퇴원을 했는데 심리적 공황상태에 빠져서 아이 얼굴은 한 번도 보지 못했다고 한다. 아기는 생후 한 달 18일 만에 숨을 거두었고, 시신은 미해리 의과대학에 인도됐다.

죽은 후에 어떻게 됐는지는 버넌도 모른다고 한다. "병원 측에서 어찌했는지 모르겠어요. 실험에 사용했거나 그러지 않았을까요. 식구들끼리도 아기 얘기는 하지 않으려고 애썼습니다. 장례식도 없었고, 사망신고도 안 했고요."

버니타는 버넌한테 연락을 받고 1주일 동안 오프라 곁에 머물렀지만, 다른 이들은 거의 이 일을 알지 못했다. "언니는 죽은 아이 이야길 한 번도 꺼낸 적이 없다"고 퍼트리샤는 말했다. "가족 사이에 좀처럼 언급되지 않는 깊은 비밀이었죠." 1990년, 마약 살 돈이 급했던 퍼트리샤는 1만 9,000달러를 받고 타블로이드 신문들에 그 비밀을 넘겼다.

버넌은 오프라에게 아기의 죽음을 알리면서 이렇게 다독였다. "이건 너한테 제2의 기회야. 우리는, 그러니까 젤마하고 난, 이 애를 받아들이고 네가 학교를 계속 다니게 해줄 준비가 돼 있었단다. 그런데 하느님이 데려가시기로 한 거야. 그래서 난 하느님이 너한테 두 번째 기회를 주신 거라고 본다. 내가 너라면, 그 기횔 꼭 이용할 거야." 이후 그들은 그 비극에 대해 철저히 함구했다. "다시는 입 밖으로 꺼내지 않았어요." 2008년에 버넌이 말했다. "지금도 그건 마찬가지예요."

Three

불가능을 뛰어넘다

오프라는 임신했던 일은 기억에서 지워버리고 앞만 보고 내달렸다. 누구도 그 사실을 알아내지 못할 거라 자신했다. "학교로 돌아왔는데 알고 있는 사람이 없더군요. 한 명도요." 2007년, 역사가 헨리 루이스 게이츠 주니어(Henry Louis Gates, Jr.)에게 말했다. "안 그랬으면 지금과 같은 삶은 살아오지 못했을 거예요."

그 믿음이 옳건 그르건 간에, 오프라는 비밀 유지만이 살 길이라는 분명한 선택을 했고, 가장 가까운 친구들한테조차 과거를 숨겼다. "고등학교 때 2년 반 동안 오프라와 사귀었다"는 앤서니 오티(Anthony Otey)의 말이다. "그래서 나중에 너무 어이가 없었죠. 속속들이 안다고 생각했던 여자애가 실은 날 만나기도 전에 아일 낳은 적이 있었다는 걸 알고 말이죠. 어쩌면 그리 감쪽같이 숨길 수 있었는지……."

"우린 섹스를 안 했어요. 심지어 졸업파티가 있던 밤에도요. 내슈빌의 같은 동네에 살면서 처음 데이트를 시작할 때 둘 다 열다섯 살이었는데, 절대 마지막 선은 넘지 말자고 합의를 봤거든요. 기독교적인 교육환경도 영향을 미쳤고, 출세라는 뚜렷한 목표가 있었기 때문이기도

해요."

"사귀는 동안 오프라는 이런 얘긴 한 마디도 꺼낸 적이 없어요. 자기 과거에 대해선 입도 뻥긋 안 했답니다. 자기 엄마에 관해서나 남동생이랑 여동생이 있다는 사실도 말 안 했어요."

그녀를 가르쳤던 선생님들 역시 너무 놀라 할 말을 잃었다. "매일 수업시간에 만난 건 물론이고, 오프라를 데리고 전국 각지를 돌면서 말하기 대회에 참가하기도 했다"는 앤드리아 헤인스(Andrea Haynes) 선생. "힘든 과거가 있는 줄은 전혀 몰랐어요. 아일 낳았었단 얘길 듣고 마음이 많이 아팠어요. 그런 슬픔을 어떻게 견디었을까 생각하니……. 분명히 말하지만, 제가 알던 오프라에게선 정서장애의 징후 같은 건 조금도 엿보이지 않았답니다."

당시 오프라와 절친했던 루베니아 해리슨 버틀러(Luvenia Harrison Butler)는 놀라지 않았다. 그녀는 오프라를 아주 재미있으면서도 비밀스러운 데가 많았던 아이로 기억한다. "그 앤 비밀이 너무 많았어요. 어두운 비밀들 말예요. 뭔지는 몰랐지만 버넌이 그렇게 엄격한 데는 그만한 이유가 있다 생각했지요. 정말이지 버넌은 엄했어요. 여자애들끼리 수다를 떨 때조차 오프라는 감시를 받았죠. 시청자들한테 아주 솔직한 사람으로 보인다고 알고 있는데, 그건 단지 그 애가 연기를 잘해서 그런 거죠. 누구한테나 모든 걸 말해야 한다는 얘기가 아니에요. 자기 입으로 제 삶에 대해 숨기는 게 없고 정직하다고 하니까 하는 말이에요. 사실은 어쩔 수 없을 때만 사적인 일을 털어놓았잖아요. 누가 언론에 터뜨리겠다고 하니까 그때서야 마약 복용 사실을 방송에서 인정했고, 여동생한테 등을 떠밀리고 나서야 임신 경험을 밝혔지요."

오프라는 그 임신 사건을 자신의 청년기에서 가장 당혹스럽고 수치스러우며 끔찍했던 경험으로 기억했다. 또 그것이 얼마나 망신거리인지를 설명하기 위해, 임신 중이라는 이유로 졸업 자격을 잃은 한 선배의 일화를 예로 들었다. "다른 졸업반 동기들과 똑같이 대우할 것인지 여부를 놓고 학교가 몹시 시끄러웠는데, 결론은 안 된다는 것으로 났습니다. 그러니 내가 출산했었다는 사실이 알려졌다면 내 인생도 달라졌을 겁니다. 완전히 달라졌겠지요."

오프라의 학교 동기들은 그녀가 말하는 사건을 기억하지 못했다. "누가 임신을 해서 졸업이 불허됐다는 얘기는 금시초문"이라고 이스트 고교 1971년도 졸업생 대표 래리 카펜터는 말한다. "우린 학생 수가 많았어요. 한 300명쯤? 그래도 그 정도 사건이 있었다면 다들 알았을 거예요."

신시아 코너 셸턴(Cynthia Connor Shelton)도 "얘기가 좀 다르다"고 설명한다. "제가 오프라와 같은 학년이었는데, 상급반에 임신 7개월인 학생이 있긴 했지만 우리와 함께 졸업을 했어요. 혼전 임신이 사회적으로 손가락질을 받았던 건 분명하지만 졸업을 거부당할 정도는 아니었어요."

임신한 학생이 이스트내슈빌 고교에서 졸업을 했든 못 했든, 오프라의 이야기는 자신의 상황에 대한 공포심을 반영하고 있다. 자기가 원하는 삶이 송두리째 달라졌을 수도 있다는 걸 알았다는 뜻이다. 그래서 비밀의 장막으로 자신을 칭칭 둘러 싸맸다. 교회에 나가는 아이에게, 지키며 살아야 할 십계명은 있었지만 과거를 묻어두는 방법이 적힌 석판은 없었다. 임신이 성폭행의 결과였건 헤픈 행실의 결과였건, 그건 그녀로서는 감춰야 한다고 생각되는 일이었다.

그렇게 부정하며 살아간 효과는, 1972년 미스 블랙 내슈빌 선발대회에 참가해 "임신 경험이 없음"을 맹세하는 진술서에 서명할 때 확실하게 드러났다. 1986년, 인종차별을 다룬 〈오프라 쇼〉 도중에 한 백인 남성이 그녀에게 말했다. "당신들이 시카고를 접수해버렸소. 20년 만에 시카고 인구의 80퍼센트가 흑인이 된 거요. 당신들이 자식을 여럿 낳고 있는 게 틀림없어." 그러자 오프라가 대꾸했다. "전 한 명도 낳은 적이 없는데요." 또 1994년에는 "고교 졸업 후의 삶이 있는가?"란 주제로 쇼를 진행하다가, 패널로 나온 이스트 동창생 다섯 명에게 학창시절에 가장 창피했던 순간을 이야기해달라고 청했다. 하나씩 공개되는 친구들의 굴욕담에 오프라는 웃음을 터뜨리며 "나는 고등학교 때 창피했던 순간이 없었다"고 밝혔다. "한 번도 없었어."

임신 사건 후 버넌은 "천방지축 날뛰는 말"의 고삐를 단단히 조여 마구간으로 다시 끌고 갔는데, 약간 길은 들었어도 여전히 기가 팔팔한 그녀는 우승마가 되기 위한 질주에 나섰다. "말하기 대회에서 주 챔피언에 오르고 드라마 콘테스트에서도 우승하면서 내가 착하고 능력 있는 아이라는 걸 증명하기 위해 노력했어요."

출산 후 1주일, 그러니까 아기가 죽기 근 한 달 전에 오프라는 무릎까지 오는 양말을 찾아 신고 머리를 양 갈래로 곱게 묶은 다음 이스트 내슈빌 고교로 복귀해, 예전과는 다른 모습을 보여주기 시작했다. 부은 발목과 헐렁한 스웨터 차림으로 뒷줄에 시무룩하게 웅크리고 앉아 있던 학생은 이제 없었다. 학교 및 교회 울타리 너머에서도 인정받아 마땅하다는 자신감으로 똘똘 뭉친, 초롱초롱한 눈망울의 활달한 2학년생이 그 자리를 대신했다.

이스트 고교에서 오프라에게 말하기와 드라마 및 영어를 가르친 앤드리아 헤인스 선생은 1969년 봄에 있었던 둘의 만남을 이렇게 회상한다. "지금도 기억에 생생해요. 내 교실로 겅중겅중 들어오더니 대뜸 자기소개를 하더군요. '헤인스 선생님이시죠? 저는 오프라 게일 윈프리라고 합니다.'" 뒤이어 오프라는 당당하게 자신이 배우가 될 것임을, 그것도 "스타 배우"가 될 것임을 알렸다. 스타가 '되고 싶다'고 한 게 아니라, 스타가 '될 거'라고 단호히 밝힌 것이다. 그녀는 "이름을 바꿔야겠다"고 헤인스 선생님한테 말했다. "아무도 오프라란 이름은 안 쓰니까요. 게일(Gail)로 할까 봐요. 식구들한테도 이미 그렇게 말해놨어요."

그 선생님은 배우에의 야심을 품은 학생을 대번에 알아보았다. "오프라로 밀고 나가렴. 독특한 이름이야. 네 재능도 독특하고."

헤인스 선생님의 소개로 제임스 웰든 존슨(James Weldon Johnson)의 〈하느님의 트롬본: 흑인을 위한 운문 설교집〉(God's Trombones: Seven Negro Sermons in Verse)을 낭독한 후, 오프라는 내슈빌 주변의 흑인 교회들에 이름을 알리기 시작했다. "도시 전역의 교회들을 누비고 다녔지요. 그걸로 좀 유명해지더군요."

이스트 고교 학생회장이었던 게리 홀트(Gary Holt)는 그녀가 갤러틴 로드의 이스트랜드 침례교회에서 했던 공연을 기억하고 있다. "흑인 영가의 한 부분을 읽어 내려갔죠. 목사로 분해 쩌렁쩌렁한 목소리로 설교를 하는데, 참 대단했어요."

그런 공연들 덕분에 LA의 다른 교단들에서도 연설할 기회를 얻었다. LA 여행 중에 오프라는 할리우드 그라우맨스차이니즈 극장 앞에 위치한 '명예의 거리'(Walk of Fame)도 구경했는데, 이를 계기로 그녀의 공상은 한층 더 불타올랐다. 집에 돌아와 아버지에게 이야기했다. "무릎 꿇고 거리에 새겨진 별들을 하나하나 어루만지면서 속으로 다짐했어요. 언젠가는 여기에 내 별을 넣고 말겠다고요." 버넌은 말한다. "그때, 애가 언젠간 유명해지겠구나 하는 예감이 들었죠."

오프라는 자신의 야망을 숨기지 않았다. 밀워키에서 중학교를 다닐 때 "나는 20년 뒤에 어떻게 돼 있을까?"라는 주제의 설문지에서 "유명해질 것이다"라는 항목에 동그라미를 친 바 있다. "나는 내가 굉장한 일을 하면서 살 거라는 걸 알고 있었어요. 그게 뭔지 몰랐을 뿐."

"그 앤 일찌감치 자기가 뭘 원하는지를 알았어요." 앤서니 오티의 말이다. "은막의 스타가 되고 싶다면서 그 꿈을 위해서라면 다른 일들은 얼마든지 뒤로 밀어놓을 수 있다고 했죠."

"그 옛날에도 야망이 넘치는 친구였다"고 평하는 게리 홀트는 학교에서 유일하게 잘 차려입고 다니는 오프라를 비교적 집안이 좋은 아이일 거라 여겼다. 재미있게도, 이스트 고교에서의 오프라는 그녀가 니콜렛 고교에서 부러워했던 아이들처럼 보였다. "이스트는 중하류계층에서도 아주 낮은 축에 속했으니까요. 우린—백인과 흑인—대부분 부모가 육체노동자인 가난한 집 출신이었어요. 부모가 일을 하기라도 한다면 말예요. 버넌 윈프리는 자기 사업이 있고—이발업은 짭짤한 현금장사죠—집도 소유하고 있었기 때문에 우리가 보기엔 확실히 중산층이었죠."

평생 "나쁜 직업, 저임금 노동"으로 먹고 살아왔기에 버넌은 오프라에게 교육의 필요성을 역설했다. 오프라는 이따금 "다른 애들이 더 좋은 옷을 입었다"고 불평을 했는데, 그럴 때면 버넌은 자기 머리를 톡톡 치면서 "넌 여기에 든 게 있잖아"라고 말해줬다. "'그러니까 너는 앞으로 네가 원하는 옷 실컷 입을 수 있어.'"

학창 시절 오프라는 '전미 토론 리그'에 참가, 헤인스 선생님과 머리를 맞대고 극적 해석력을 연마했다. 목표는 테네시 주 토론대회에서 우승해 전국대회 출전 자격을 얻는 것이었다. 3학년이 되었을 때 그녀는 학교 대표로 뽑혔다.

오프라는 〈하느님의 트롬본〉 중 묵시록 이야기를 전하는 목사 역을 열연, 1970년 3월 21일에 드라마 부문 1위의 영예를 차지했다. 그녀는 "아카데미상을 받는 것 같았다"고 학교신문에 소감을 밝혔다. "시합 전에 기도를 했다. '하느님, 이 심판의 날 이야기를 저들한테 알릴 수 있게 꼭 도와주세요. 저들은 최후의 심판에 대해 알아야 해요. 그러니 부디 도와주세요.'" TV에서 본 대로 오스카상 수상자들이 하는 인사말도 잊지 않았다. "하느님께 감사드리고, 헤인스 선생님과 라나, 그리고 우승 못 하면 나한테 말도 안 걸겠다고 했던 폴라 스튜어트에게도 고마움을 표한다." 주 대회에서 우승한 후 캔자스 오버랜드에서 열린 전국대회에도 출전했으나 준결승 문턱에서 탈락의 고배를 마셨다.

같은 해, 오프라는 예전에 월드 엘크스회로 알려졌던 친목 봉사단체 '내슈빌 블랙 엘크스 클럽'이 후원하는 최종 후보자 12인에 이름을 올리기도 했다.

"내용은 기억이 안 나지만 내 2분 30초짜리 연설의 주제는 '흑인과 헌법 그리고 미합중국'이었어요. 필라델피아의 청중 1만여 명 앞에서 연설을 했는데 정말 기분이 편안했어요. 연단으로 나갈 때마다 속치마 단이 내려와 있으면 어쩌나 걱정을 하곤 했는데, 1만 명 앞에 서고 보니까 아무도 내 속치마 따위엔 신경도 안 쓴다는 걸 알겠더라고요. 사방이 온통 사람들로 넘쳐나면 아예 겁도 안 나요."

오프라는 미시시피 파예트 시 찰스 에버스(Charles Evers) 시장의 업적을 기리는 제71회 그랜드 로지 컨벤션에서 최고상을 받았다. 그는 1963년 백인지상주의자에게 살해당한 민권운동가 메드거 에버스(Medgar Evers)의 형이었다.

흑인 엘크스 회원들이 필라델피아에서 모임을 갖는 동안, 백인 엘크스 회원들은 샌프란시스코에 모여 '백인만' 가입이 허용되는 규정을 유지하기 위한 투표를 하고 있었다. 그들은 자기들의 '형제'로 받아들여질 수 있는 흑인은 하느님이 단 한 명도 만드시지 않았다고 일관되게 주장했다. 당시 백인 엘크스 대변인은 언론에 보도되지 않은 그들의 토론이 '우호적'이고 '형제애적인 분위기' 속에서 진행되었다고 전했다.

다음 해에 오프라는 테네시 주 토론대회에 출전해 또 우승을 차지, 캘리포니아 주 팰러앨토에서 열린 1971년도 전국대회에 나갔다. "그 해 전국대회에서 다른 흑인 학생은 본 기억이 없다"고 앤드리아 헤인스는 말한다. "결선에 오른 학생들 중엔 확실히 없었어요. 오프라가 유일한 흑인이었죠. 거의 매일 공연하며 승승장구해 결국 최종 5인 안에 들었어요."

시합 중 다섯 시간이 비는 틈을 타 오프라는 샌프란시스코로 쇼핑을 나가 지도교사에게 선물할 스카프를 샀다. 헤인스는 그 일을 아주 즐겁게 추억한다. "그 스카프에 15달러를 지불한 것이 오프라한테는 굉장한 사건이었어요. 삭스 피프스 애비뉴(Saks Fifth Avenue)에서 샀다는 사실도요." 프라이드치킨 두 조각에 72센트를 쓰는 테네시 주 내슈빌 출신의 열일곱 살 소녀로서는 돈을 물 쓰듯 쓴 셈이었다.

전국대회 우승을 놓친 오프라는 실망감을 감추지 못했다. 그녀가 연기한 것은 《바람과 함께 사라지다》의 흑인판인 마거릿 워커(Margaret Walker)의 소설 《주빌리》(Jubilee)의 격정적인 한 대목으로, 바이리라는 이름의 여자 노예가 그녀의 미모를 질투하는 안주인한테 오줌 세례를 받는 장면이 나온다. 바이리는 탈출을 하려다 피투성이가 되도록 채찍질을 당하기도 한다.

헤인스 선생은 이렇게 평가한다. "돌이켜 보면 무모한 선택이었어요, 백인들 면전에서 노예의 수난을 이야기한다는 건. 하지만 어느 모로 보나 운동가는 아니었던 오프라는 그 캐릭터의 인간애를 포착해 분노나 비통함 없이 인물을 표현해냈어요."

긴 면치마와 낡은 숄을 차려입고 길고 검은 머리칼을 가려주는 흰색 실뜨개 망을 쓴 채, 오프라는 주 대회에 나가기 전 동급생들을 상대로 연설을 했다.

"무대로 걸어나갈 때 온몸에서 뿜어나오던 기운을 잊지 못할 거예요. 이미 그 캐릭터로 분해 강연장을 쓱 훑어보며 가능한 한 많은 학생들과 눈을 맞추려 하던……." 동급생 실비아 와츠 블란은 35년이 더 흐른 지금도 생생히 기억한다. "별 뜸도 들이지 않고 연기에 몰입하더군요. 경매에 붙여졌으나 팔리지는 않는 여자 노예의 1인칭 시점으로, 기가 너무 세다며 기둥에 묶여 채찍질을 당하고 상처에 소금이 문질러지는 장면을 재연해나갔죠."

"그날 아침 눈시울이 뜨거워진 건 나만이 아니었어요. 바로 이 나라, 이 주에서 백인이 흑인을 멋대로 소유하던 110년 전의 그 끔찍한 시절로 반 전체가 순간이동을 했으니까요. 개인적 울분을 마구 표출시키기보다는 이 범죄의 유산을 인간애라는 거울에 비추어 보여주는 그녀의 방식에 난 늘 감동을 받습니다. 지금까지 오프라가 공인으로서 경력을 쌓는 과정을 지켜보면서, 심금을 울리던 그날의 연기를 떠올릴 때가 많았어요. 그때 이미 우린 그 애가 특별하단 걸 알았지요."

공민권법 제정으로 공립학교와 공적 시설에서의 인종 통합이 명문화되긴 했어도, 흑인과 백인을 가르는 사회적 경계선은 1970년의 내슈빌에서는 여전히 견고했다. "낮 동안에는 모두가 친구였지만 방과 후에는 저들(흑인 아이들)과 아무것도 함께 하지 않았다"고 래리 카펜터는 말한다. "오프라는 백인 아이들과 잘 지내려고 노력했고, 그 때문에 손가락질을 받았습니다. 흑인 아이들 눈에는 다른 인종을 지나치게 우대하는 걸로 비쳤거든요."

"그때 처음으로 오레오(Oreo, 겉은 검고 속은 흰 과자 이름)라 불렸다"고 오프라는 회상했다. "교내 식당에서 백인 아이들과 같이 앉는 등 선을 넘어서는 행동을 했으니까요. 선생님의 총애를 받는 것도 곱게 보이지 않았고요. 나는 사투리를 전혀 안 썼는데—왜 그랬는지는 모르겠어요. 아마 창피했던가 봐요—그래서 '백인들처럼 점잔 빼며 말한다', '밸도 없다'는 공격을 받았지요."

십대 시절 오프라는 텔레비전과 영화에 나오는 아프리카인들의 이미지에 당혹감을 느꼈다. "학교에서 누가 '너, 아프리카 출신이지?' 하고 물으면 창피했어요. 제발 그 얘기 좀 안 꺼내길 바랐어요. 더구나 수업시간에 아프리카 이야기가 나오면 항상 피그미족 이야기나 아프리카 사람들의 미개하고 야만적인 행동이 따라 나왔죠. 어서 종이 울리기만 기다렸던 기억이 나네요. 젖가슴이 드러난 〈내셔널 지오그래픽〉의 사진들은 또 어떻고요. 그냥 모든 게 곤혹스러웠어요."

소수집단에 속해 있었기에, 이스트의 흑인 학생들은 학생회 임원 선거를 비롯해 최고 인기남녀, 최고 미남·미녀, 최고 재주꾼, 최고 유망주, 최고 숙맥남녀 등 1인자를 뽑는 각종 행사에서 일괄투표 방식으로 세를 강화해나갔다. 여러 후보가 나오는 백인 학생 측은 표가 분산될 수밖에 없는 반면, 흑인 학생들은 똘똘 뭉쳐 단독 후보를 내고 거기에 몰표를 던지는 식이어서 흑인 후보가 승리하는 것이 일반적인 결과였다. 게리 홀트는 "그래서 내가 학생회장으로 선출된 일이 큰 이변이었다"고 말한다. "흑인 한 명과 백인 두 명이 겨루는 구도였기 때문에 흑인 측의 지지가 없었다면 난 선출될 수 없었을 거예요."

같은 시기에 오프라는 학생회 부회장에 출마한 유일한 흑인이었다. 그녀의 선거운동 포스터에는 "당신의 삶에 살짝 색을 입히세요. 그랜드 올 오프라(Grand Ole Oprah, 내슈빌의 최장수 컨트리음악 프로그램인 Grand Ole Opry에 빗댄 조어—옮긴이)에게 한 표를!"이라는 구호가 들어갔다. 그녀는 학교 체육관에서 자신의 생일파티를 연 다음, 급식 수준을 높이고 졸업파티 때 레코드를 트는 대신 라이브 밴드(흑인 반, 백인 반)를 초청하겠다는 공약을 발표했다. 백인 표에다 흑인 표까지 끌어옴으로써 그녀 역시 부회장으로 선출되었다. 오프라는 또한 누구나 탐내는 최고의 1인자 타이틀 가운데 하나를 차지하기도 했는데, 신시아 코너 셸턴의 말에 따르면, 그것은 그녀가 본인을 후보로 추천할 만큼 뻔뻔했기 때문이었다. "자신감과 인정받고자 하는 의지가 그만큼 강하다는 얘기죠." 수십 년이 지나서, 당시 흑인 후보지명단의 일원은 오프라가 정말로 최고 인기녀 후보에 본인을 추천했으며, 흑인 학생들의 일괄 투표에 힘입어 그 타이틀을 획득했다고 확인해주었다.

버넌 윈프리는 딸의 승리에 감격해하지 않았다. 대신 "길거리 강아지도 인기는 있을 수 있다"라고 일갈한 뒤 "'제일 성공할 것 같은 사람'으론 누가 뽑혔냐?"고 물었다. 그는 미스 이스트내슈빌과 양모 아가씨 선발대회에 나가보라고 오프라를 부추긴 적이 없었다. 두 대회에서 모두 미끄러지고 온 딸에게 위로의 말 한마디 건네지 않았다. 딸이 동창회 퀸이나 튤립 아가씨나 졸업무도회 퀸이 아닌 것은 아무 상관없었다. 하다못해 치어리더가 아니라도 괜찮았다. 그가 실망한 점은 수석으로 졸업해주길 기대했던 그녀가 '우수흑인학생 장학프로그램' 명단에 들지 못한 거였다. 그래도 '전국우수학생회'에 가입될 만큼 좋은 성적을 거둔 것으로 위안을 삼았다. 딸의 머리를 톡톡 치면서 그는 말했다. "아무도 너한테서 빼어갈 수 없는 걸 여기에 넣으란 거야."

일찍부터 그와 젤마는 1주일에 한 번은 도서관에서 책을 골라 독후감을 쓰도록 시켰다. 이를 통해 오프라는 소저너 트루스(Sojourner Truth, 사회개혁가이자 여성운동가. 남북전쟁 당시 여성 선거권과 노예제 폐지를 주창했던 흑인 여성—옮긴이)와 해리엇 터브먼(Harriet Tubman, 노예로 태어난 남부로 돌아가 노예해방운동을 펼친 19세기의 흑인 여성—옮긴이)과 파니 루 해머(Fannie Lou Hamer, 20세기 미시시피 출신의 흑인 여성 민권운동가—옮긴이)의 생애와 랭스턴 휴스(Langston Hughes)와 마야 앤절루의 시 세계를 접했다. "학교에서 내준 숙제뿐 아니라 집에서 내준 숙제도 해야 했다"고 오프라는 술회했다. "게다가 TV는 하루 한 시간만 허용되었는데, 그나마도 항상 〈비버는 해결사〉(가족 시트콤) 전으로 시간이 잡혔죠! 그게 너무 싫었어요."

그녀는 아버지의 엄한 교육 방식이 항상 불만이었다. "버넌은 깐깐한 고집쟁이였다"고 게리 홀트는 말한다. "오프라가 어디에 있는지, 언제 어느 때고 알아야 직성이 풀리는 분이었어요. 다른 인종 간에 교류가 많지 않던 시절이었지만, 만약 그런 게 받아들여졌더라면 오프라와 나는 사귀는 사이가 됐을지도 몰라요. 우린 좋은 친구였고 기독교적 믿음이 강하다—그때로선—는 공통점이 있었지요."

오프라는 홀트의 졸업앨범에 이렇게 적었다.

> 넌 하루하루 살아가는 방식과 행동으로 나에게 보여주었어. 진정한 길은 오직 하나, 예수 그리스도밖에 없다는 걸! 온 세상을 관장하고 통제하는 그분이 안 계시다면, 삶은 그저 의미 없는 무한 반복의 시간일 뿐이야.

홀트는 말한다. "우리 고등학교 때는 타 인종과의 데이트가 용인되지 않는 분위기였어요. 근데 오프라가 버넌을 골탕 먹이고 싶어했어요. 날 집으로 초대해 둘이 사귀는 것처럼 생각하게 만든 거죠. 방문을 열었다가 내가 서 있는 걸 보고 버넌이 어찌나 깜짝 놀라던지. 말로는 반갑다고 하면서도 백인 남자애가 딸을 찾아온 것이 여간 걱정되는 눈치가 아니었어요. 영화 〈초대받지 않은 손님〉의 한 장면 같았어요. 나는 시드니 포이티어였고 말이죠. 오프라는 한참 버넌의 진땀을 빼놓은 뒤 깔깔대고 웃으면서 졸업무도회 계획을 짜는 중이라고 설명했어요."

오프라와 그녀의 흑인 친구들은 연설을 지도하는 백인 교사도 같은 방법으로 골려먹었다. "백화점이나 음식점에 같이 가게 되면, 저쪽에서 애들이 큰 소리로 날(헤인스) 부르는 거예요. '엄마, 여기예요. 얼른 오세요.' 주위 백인들의 의아한 시선이 일제히 나한테 꽂히는 순간, 자기들끼리 배를 잡고 웃어댔죠." 헤인스 선생님은 빨간색 소형 무스탕에 제자들을 태우고 각종 토론대회에 참가하는 일이 잦았다. 한번은 아침 일찍 출발하기 위해 오프라한테 자기 집에서 자고 갈 것을 권하고, 마침 놀러 와 있던 여동생과 침실을 같이 쓰게 했다. "여동생이 샤워를 마치고 나오다가 오프라가 친구들과 통화하는 소릴 들었대요. '응, 개 지금 샤워 중이야. 백인 여자애들이 머리 감기 좋아한다는 거 니들도 알지? 하루 좽일 감더라, 하루 좽일.'"

1960년대의 내슈빌에는 보이콧과 연좌농성, 항의집회, 시위와 행진 등 인권투쟁의 물결이 한바탕 휩쓸고 지나갔다. 남부 전역이 인종갈등과 격심한 변화로 몸살을 앓던 시절이었다. 오프라가 고등학교를 다닐 무렵엔 차별철폐조처가 확고히 뿌리를 내리면서, 너무나 오랫동안 사회에서 거부당해온 흑인들이 평등한 기회를 누릴 길이 열렸다.

이스트 고교 최초의 흑인 학생회 임원이자 내슈빌 흑인교회 전체의 유명인사로서, 오프라는 1971년 '아동 및 청소년에 관한 백악관회의'에 참석할 대의원단에 뽑혔다. "백인 중산층 학생운동가를 포함해 각계각층의 청소년들을 고루 선발하겠다"고 약속한 스티븐 헤스 단장은 14~24세에 이르는 그 집단을 구성하는 데 미국의 인구통계를 반영할 것이라 말했다. 결국, 형식적 안배라는 지적이 나올 여지가 없도록 소수계는 의도적으로 수가 부풀려져 대표단의 30퍼센트를 구성하게 되었다. 훗날 오프라는 자신이 "테네시 주에서 유일하게 선발되었다"고 말하곤 했는데, 약간 과장이 섞이긴 했어도 명예로운 타이틀이었음은 분명하다.

그녀와 함께 콜로라도 에스테스파크에서 열린 회의에 참석한 대의원 1,000명은 대부분 깔끔한 스포츠형 머리를 한 기독교인들이었다. 《스트로베리 성명서》(The Strawberry Statement, 1960년대 컬럼비아 대학 점거농성 사건을 다룬 논픽션. 영화는 '분노의 함성'이라는 제목으로 국내에 소개됨—옮긴이)의 저자 제임스 쿠넨(James S. Kunen)도 여기에 왔었는데, "범생이들을 이렇게나 많이 찾아낼 줄은 몰랐다"고 했다. 젊은 대의원들의 외양이 전통적이었다고 해서 회의에서 그들이 낸 안건들이 고루했냐면, 그건 결코 아니었다.

회의가 다섯 시간 내리 진행되는 동안, 앞줄에 앉은 스포츠형 머리들 중 일부는 마약 전담팀이 마리화나 합법화에 대한 보고를 하는 중에 대놓고 대마초를 피웠다. 회의 참석자들은 캄보디아 침공을 비난하고 베트남전쟁에 이의를 제기했으며, 연내 미군철수 안을 지지하면서 병력징집 종료를 요구했다. 또 4인 가족 기준 6,500달러의 소득 보장을 건의했고, 국가 예산의 4분의 1은 교육에 할당돼야 한다고 규정했으며, 노예제도와 그것의 추악한 유산을 "이 나라의 최대 오점"이라 규탄하는 동시에, 리처드 닉슨(Richard Nixon) 대통령에게 인종차별주의를 "미국사회의 암적 존재"라 선언할 것을 요청했다.

대의원단이 낸 반체제적 결의안들에도 불구하고, 오프라는 정치적

활동가로 집에 돌아오지 않았다. 오히려 그 반대에 가까웠다. "그녀가 참여한 가두행진(march)은 마치오브다임스(March of Dimes, 선천성 기형출산 연구단체 또는 그 모금 캠페인—옮긴이)가 유일했다"고, 남자친구였던 앤서니 오티는 말한다.

오프라는 그 행진의 후원을 청하러 내슈빌의 흑인 라디오 방송국 WVOL를 방문했다. "아주 장거리를 걷는다면서 자기가 걷는 거리만큼 돈을 내야 할 거라고 설명하더군요." DJ들 중 한 명으로 나중에 그 방송국의 주인이 된 존 하이델버그(John Heidelberg)가 그날을 떠올렸다. "내가 '알았다, 그리 하마' 했죠."

몇 주 후 오프라가 후원금을 걷으러 다시 방송국을 찾았다. 하이델버그는 그녀의 목소리가 마음에 쏙 들었다. "발음이 아주 또렷했어요. 어법도 잘 맞았고요. 내가 미시시피 벽지 출신이라 아는데, 남부 흑인들에 대한 개념과 이미지가 때론 아주 부정적이에요. 오프라가 말하는 걸 듣고는 '야아, 이 아가씨, 잘하면 성공하겠는데!' 라고 생각했죠."

그는 녹음을 한번 해보자고 권했다. 오프라한테 뉴스 원고를 몇 장 건네준 후, 풍부한 성량과 깊고 맑은 음색으로 남부 특유의 사투리나 늘어지는 발음 없이 낭독하는 것을 유심히 들었다. 방송국장에게 녹음테이프를 들려주겠노라 약속했다.

"오랫동안 여자는 라디오에 들어오기가 힘들었다"고 그는 말한다. 하지만 FCC(미국 연방통신위원회)가 소수계 우대정책을 도입하라고 라디오 방송국들에게 요구하면서 상황이 달라지기 시작했다. "방송국장들이 필요에 의해 소수계를 고용했죠. 면허를 잃을 순 없으니까 여자들을 좀 채용하지 뭐, 이런 생각이었죠. 우리 방송국은 라디오 방송에 발도 들여놓지 못했을 뻔한 수많은 흑인 청년들의 훈련장이었어요."

하이델버그는 지체 없이 WVOL 경영진을 설득해 열일곱 살짜리 소녀에게 현장 연수의 기회를 주었다. "오프라는 자기한테 재능이 있다는 걸 알고 있었어요. 무엇에도 위축되거나 겁내지 않았죠. 거침이 없었어요."

WVOL에서 오프라와 함께 일했던 다나 데이비드슨(Dana Davidson)은 그녀를 "저돌적이었다"고 평한다. "가야 할 데를 아는 사람이었어요."

오프라가 시간제 근무를 시작한 지 얼마 안 돼 방송국장의 집이 화재로 소실되는 일이 있었는데, 국장은 소방 당국의 신속한 대응에 보답하는 의미로 다가올 '화재예방 미인대회'에 라디오 방송국을 참여시키기로 결정했다. 해마다 내슈빌에서는 몇몇 사업체들이 자사를 대표할 여성을 뽑아 대회에 내보냈는데, 대개 빨간 머리의 십대 백인 소녀들이었다. 호출 신호(call sign)가 테네시 주의 별칭인 'Volunteer State'(자원자의 주)에서 유래하는 WVOL은 오프라에게 출전을 권유했다. "나는 그날의 검은 깜짝쇼였어요."

"화재예방 미인대회는 당시 큰 화제였습니다." 1970년에 타이틀을 거머쥔 낸시 솔린스키의 말이다. "그건 미인대회가 아니었어요. 우승자의 주된 임무가 학교들을 돌아다니며 안전규칙 준수의 중요성을 알리는 것이었기 때문에, 심사 기준이 화술, 바른 자세, 발표력이었어요. 1971년까지 우승자는 전부 백인이었습니다. 그런데 그해는 출전자 열다섯 명 가운데 오프라가 있었던 거예요. 유일한 흑인이었지만 그녀는 눈 하나 깜짝 안 했어요. 자신이 모든 걸 갖췄다는 걸 알았거든요. 그녀는 자기에 관한 한 완전히 색맹이었어요. 심사위원들은 모두 나이 든 백인들인지라, 그녀가 무대로 걸어나올 때 속으로 이렇게들 중얼거리는 게 눈에 보일 정도였죠. '저 여잔 대체 무슨 생각으로 여길 나온 거지?'"

심사위원들은 모든 출전자에게 무슨 일을 하며 살고 싶은지 물어봤다. 오프라의 답변. "저는 진리를 믿으며 진리를 영속시키길 원합니다. 그래서 바바라 월터스 같은 저널리스트가 되고 싶습니다."

다음엔 백만 달러가 주어진다면 어떻게 하겠느냐는 질문이 나왔다. 대부분이 기부를 하겠다, 불쌍한 사람들을 돕겠다, 부모님께 집을 사드리겠다는 식의 대답을 했다. 오프라만은 아니었다.

"주님, 그냥 지켜봐주세요." 하늘을 쳐다보며 그녀가 말했다. "백만 달러를 갖게 된다면 전 펑펑 써재낄 거예요. 무엇에다 쓸지는 모르겠지만, 어쨌든 쓰고 쓰고 또 쓸 거예요. 그냥 물 쓰듯 막 써버릴 겁니다."

"다들 웃음을 터뜨렸어요." 낸시가 말한다. "솔직히 의외이긴 했지만, 그녀가 우승을 해서 기뻤습니다. 머리에 왕관을 씌워주면서 심사위원들이 편견을 극복해준 것에 깊이 감사했어요. 드디어 때가 됐던 거죠."

존 하이델버그가 그 행사에 오프라와 동행했다. "사람들이 그녀에게 매료당하고 말았어요. 그녀도 매 순간을 즐기고 있는 모습이 역력했고요." 그는 사진기자들이 앞다퉈 몰려드는 광경에 그녀가 얼마나 감격했었는지 기억한다. "'여기예요, 여기!' 하고 소릴 질러대더군요. 사진 찍히는 걸 어찌나 좋아하던지. 연신 카메라가 어느 쪽이냐, 이렇게 할까, 저렇게 할까, 물으면서 신나했지요. 주목받는 걸 무척 즐겼어요." 오프라의 반응들을 회상하면서 그가 미소를 지었다. "이런 생각이 들었겠죠. '굉장한데! 아아, 정말 좋아! 이게 바로 성공이구나!'"

'미스 화재예방'으로서 꽃차 퍼레이드의 꼭대기에 앉은 지 몇 주

후, 오프라는 예정대로 졸업장을 들고 교문을 나섰다. 1971년의 일이었다. 그로부터 15년 뒤, 이스트내슈빌 고등학교는 마지막 졸업생을 배출하고 이스트 문학매그닛스쿨이 되었다. 학교는 문을 닫더라도 동창생들은 관계가 계속 이어지길 원했으나, 오프라는 한 번도 뒤를 돌아보지 않았다.

"벽돌 한 장 기부하질 않았습니다." 졸업생들의 이름과 졸업년도가 기념으로 새겨진 벽돌길을 걸으며 이스트 동창회 간부인 래리 카펜터가 말했다. 50달러가 드는 그 벽돌은 내슈빌의 불우 아동들을 위한 장학금으로 쓰인다. 2008년 현재, 최고로 유명한 졸업생의 이름은 어느 벽돌에도 없었다. "동참하지 않겠냐고 여러 차례 편지를 보냈지만 답장이 없었어요."

이스트내슈빌 동창회 연합회장인 팻시 레이니 클라인 역시 모교 장학금 프로그램에 오프라의 지원을 구해봤지만 소용이 없었다. "내슈빌을 떠난 후로 모교와 관련된 일에는 무관심으로 일관하더군요. 소외계층 자녀들과 여러 나라의 흑인 아이들에 대한 관심이 지대한 것 같던데, 그 상황이 이스트 고교에서는 만성적인 상황이건만……."

오프라가 자선금으로 수백만 달러를 쾌척하는 걸 생각하면, 그녀가 이스트 고교를 고의로 배제했다고 보는 래리 카펜터와 팻시 레이니 클라인의 시각이 틀렸다고는 볼 수 없다. 루베니아 해리슨 버틀러는 오프라가 아픈 기억들 때문에 모교를 외면하는 거라 느꼈다. "그게 다 그녀의 비밀스런 과거에 속하니까요."

그럼에도 71년도 졸업생들은 1994년에 동창회를 열기로 결정하면서 오프라에게 또 연락을 취했고, 이번에는 그녀한테서 응답이 왔다. 특별히 자신의 TV 쇼에서 모이자는 내용이었다. "쇼 제작진에게 동창생들의 이름과 주소를 넘겨주느라 몇 주일을 고생했다"고 루베니아가 말했다. "일은 많았어도 모두가 한자리에 모일 좋은 기회라고 생각했지요. 하지만 유감스럽게도 우리 생각대로 되진 않았어요."

약속된 동창회는 동창생들보다는 사회자에게 더 초점이 맞춰진 쇼로 구성되었다. 오프라는 몇몇 동창생과 그녀가 제일 따랐던 앤드리아 헤인스 선생님만 출연자로 초대했다. "실컷 이용만 당한 기분이었어요. 시카고에 도착해서야 그 쇼가 약속된 동창회가 되지 않으리란 걸 알았거든요." 게리 홀트가 그날을 돌아보았다.

컴퓨터 교사가 된 옛 학생회장을 소개하면서 오프라는 "난 네가 회사대표 같은 게 될 줄 알았다"고 했다. 게리 홀트가 졸업반 때 수업시간 중에 무단외출을 한 벌로 회초리를 맞은 얘길 들려주자, 그녀는 몹시 놀라워했다. "어떻게 회초리를 맞을 수 있지? 넌 학생회장이었잖아."

"규칙은 규칙이니까" 하고 그가 말했다. "누구한테나."

녹화에 들어가기 전, 복도에서 미용사와 분장사와 프로듀서 등 여러 스태프들에게 둘러싸여 있는 오프라를 보았다. 게리는 반갑게 포옹을 하고 나서 물었다. "친구, 이 모든 일을 하는 이유가 뭐지?" 오프라가 대답했다. "세상에 진실을 알리고 싶어서야." 게리는 자신이 갖고 있던 1971년도 졸업앨범을 그녀에게 건넸다. 졸업반 때 그녀가 맨 처음 사인을 남겼던 앨범이다. 오프라는 "네가 그걸 아주 특별한 방식으로 알았으면 해. 사랑해"라는 글귀 옆에 이번엔 이런 글을 남겼다. "게리, 22년이 흐른 지금도 하느님은 여전히 왕이셔! 네가 해온 일들 고맙고, 앞으로도 계속 잘 살기를! 오프라." 그는 그 말이 무슨 뜻인지 몰랐다. "그냥 오프라와 스태프들이 일반 대중용으로 무난하게 지어낸 문구가 아닌가 싶네요."

그 쇼의 한 꼭지에서는 고교 학업성취도 달성의 어려움에 관한 책을 쓴 사람이 소개되었는데, 그는 "고교 시절에 영웅으로 사는 건 대단한 일이다. 나중까지 그런 찬사에 걸맞게 살기란 어렵다"고 말했다.

1971년에 이스트를 졸업한 심장외과의 앤드리 처치웰(Andre Churchwell)을 제외하면, 출연자들 중 고등학교 때 보여준 가능성을 능가해서 산 인물은 오프라가 유일한 듯했다. 쇼의 막바지에 그녀는 고교 시절을 어떤 마음으로 돌아보느냐는 질문을 던졌다. 동창생들은 하나같이 감상에 젖은 눈빛과 온기 어린 어조로, 그 시절은 능력을 시험하는 소중한 무대였으며 모두가 한 가족처럼 느껴졌던 시기라고 대답했다.

오프라는 즐거운 듯 보였다. 나이 마흔에 마침내 날씬하고 매력적인 몸매를 얻어 홀로 스포트라이트를 받으며 서 있는 그녀에게선 향수에 잠긴 모습이라곤 찾아볼 수 없었다.

"이런, 난 가족이란 느낌은 없었는데"라고 그녀가 말했다. "그저 인생의 한 단계라 생각했어. 그래서 난 다음 단계로 넘어갔지."

Four

대스타가 될 사람인데, 어디서 등록하죠?

"나는 옛날의 오프라가 참 좋았어요." 루베니아 해리슨 버틀러의 말이다. "그 애는 오프 또는 오피였고, 난 루브 아니면 비니였죠. 우린 고등학교 때 만나 그 애가 마을을 떠나기 전까지 친하게 지냈어요. 제럴딘 흉내를 내면서 둘이 얼마나 배꼽을 잡았다고요." 코미디언 플립 윌슨(Flip Wilson)이 옷을 갈아입고 제럴딘이라는 이름의 멋진 여성으로 변신하던 걸 회상하며 루베니아는 소리 내어 웃었다. 매주 자신이 진행하는 버라이어티 쇼에서 몸에 달라붙는 화려한 드레스와 하이힐, 곰도 무서워할 요란하고 긴 검은색 가발 차림으로 무대를 도도히 누볐던 코미디언. 1970년부터 1974년까지, 제럴딘은 흑인과 백인 구별 없이 시청자들로부터 아낌없는 사랑을 받았다.

"오프라와 난 틈만 나면 제럴딘 흉내를 냈어요." 37년 만에 고등학교 졸업앨범을 뒤적이면서 루베니아가 중얼거렸다. 오프라가 적어놓은 글귀를 보자 입가에 미소가 번졌다.

루브, 넌 내가 아는 가장 괜찮은 또라이들 중 하나야. 너의 우정은 예전에도 지금도 나한테 더없이 소중해. 항상 기억할게. (중략) "완두는 완두, 콩은 콩, 같이 놀고 있는 사람은 과연 누구? 제럴딘!" 너는 앞으로 크게 성공할 거야. 행운을 빈다! 나 잊지 말고.

2008년, 점심식사 자리에서 루베니아는 고개를 흔들며 깔깔댔다. "그 앨 기억하냐고요? 세상에, 어떻게 잊을 수 있겠어요? 눈만 돌리면 TV에 나오는 얼굴인데."

밀워키에서 오프라가 시어스로벅(Sears Roebuck) 차밍스쿨을 다닌 효과는 졸업앨범 사진들에 잘 나타나 있다. 우등생들끼리 앉아 찍은 사진에서 오직 그녀만이 무릎 위에서 두 팔을 X자로 교차시켜 카메라 초점이 아랫배로 쏠리는 걸 완벽하게 막아냈는가 하면, 학생회장과 나란히 선 사진에서는 이중턱을 길게 보이게 해주는 차밍스쿨만의 또 다른 비법, 사선으로 고개 치켜들기 기술을 구사하고 있다. 전국 토론대회 때 찍힌 사진을 보면, 카메라 쪽으로 한 발을 내미는 전형적인 모델 포즈를 취하고 있다.

"얼굴 사진을 좀 보세요." 평화의 상징 귀걸이를 단 오프라의 사진을 가리키며 루베니아가 말했다. "얼마나 까만지 보이죠? 코도 아주 펑퍼짐하고요. 30년쯤 지난 지금하고 다르잖아요. 피부를 표백한 듯싶어요. 칼도 좀 댄 것 같고…… 진짜 오프라는 〈컬러 퍼플〉의 소피아예요. 그게 진짜 오프라죠. 피부가 환해 보이게 찍은 잡지 표지의 그 근사한 여자 말고요."

아프리카계 미국인으로서, 루베니아는 피부색을 둘러싼 흑인들 간 갈등을 이해한다. "오프라는 너무 까매서 우리 공동체 안에서도 차별을 받는다고 느꼈어요. 황갈색 피부의 흑인한테 늘 마음이 끌렸던 게 그 때문이죠. 밝은 피부톤의 성공한 남자를 옆에 둬서 안정감을 느끼고 싶은 거예요. 내슈빌에서는 그 상대가 장의사인 빌 '부바' 테일러(Bill 'Bubba' Taylor)였어요. 이곳을 떠날 무렵엔 피부색이 밝은 〈60분〉(60 Miniutes, CBS의 간판 시사 프로그램—옮긴이)'의 에드 브래들리(Ed Bradly) 기자한테 구애를 했지요. 볼티모어에선 역시 밝은 피부톤의 어떤 디스크자키와 붙어 다녔고요. 그다음이 스테드먼 그레이엄(Stedman Graham)이었고, 오바마에다 심지어 게일까지도 그렇죠. 다들 피부가 황갈색이잖아요."

밝은 피부에 대한 오프라의 집착은 '브라운과 교육위원회 사건의 판례'(1954년 미연방대법원의 인종분리교육 위헌 판결—옮긴이)에 인용된 유명한 심리학 실험, 즉 흑인 아이들에게 여러 피부색의 인형들을 주면 압도적으로 흰색 인형을 선택한다는 실험 결과로도 입증이 된다. 거기서 '좋은' 인형이 뭐냐고 물으면 그 아이들은 흰색 인형을 가리켰고, '나쁜' 인형을 고르라고 시키면 검은 인형을 집어 들었다. 이 실험을 주관한 심리학자들 중 한 명인 케네스 클라크(Kenneth Clark)는 "흑인 아동은 이미 6, 7, 8세 때부터 자기 인종에 대한 부정적인 고정관념을 받아들인다는 뜻으로 해석된다"고 증언했다.

오프라는 피부색 차별의식이 오랜 세월 자신의 삶을 지배했음을 시인했다. 심지어 대학을 고르는 문제에도 결정적인 영향을 미쳤다. 그녀는 피부색이 밝은 여학생들과 경쟁하기 싫어서 비교적 명문 사립대인 피스크 대학교 대신 전통적으로 흑인들이 다니는 테네시 주립대에 등록했다고 밝혔다. 그 시절에 피스크 대학교는 소위 '종이봉투 테스트'로 유명했다. 입학지원서에 사진을 부착하도록 해 갈색 종이봉투보다 피부가 어두운 지원자는 무조건 탈락시킨다는 설이 있었다.

"오프라는 대학 진학을 그다지 원하지 않았어요." 화술 지도교사였던 앤드리아 헤인스의 말이다. "흑인 라디오 방송국에서 급여를 받고 있었고 TV로 진출할 길을 모색 중이었죠. 하지만 버넌이 대학 교육을 받아야 한다고 우겼어요. 그래서 라디오 일은 그대로 하되 테네시 주립대에 등록을 한 거예요. 내가 알기론 그 학교가 내슈빌에서 수준이 떨어지는 편이었어요." 그러나 연간 등록금이 1,750달러인 피스크에 비해 318달러인 테네시 주립대가 버넌이 감당할 수 있는 최대치였다. 그때부터 오프라가 테네시 주립대에서 장학금을 받고 화술과 드라마를 공부했다는 말들이 나오기 시작했는데, 학교 측에선 그런 장학금에 대한 아무런 기록도 제공한 바 없으며 버넌 또한 이발소에 서서 "여기가 바로 오프라를 대학에 보낸 곳"이라 자랑스레 언명함으로써 세간의 추측을 일축했다.

1971년에 피스크는 유색인 엘리트들을 위한 대학, 즉 검은 하버드로 여겨졌다. 테네시 주립대는 흑인 노동계층의 자식들이 다니는 학교였다. 이런 구분에 영향을 안 받은 건 아니라고, 〈인터뷰〉지와의 대담에서 오프라는 말했다. "나는 테네시 주립대를 갔지만 시내에는 온통 '바닐라 아이스크림들' 뿐인 흑인 대학이 또 있었어요. 그게 더 좋은 학교인 줄 알면서도 단지 '바닐라 아이스크림들' 하고 경쟁을 해야 한다는 게 싫어서 가지 않았죠. 언제나 걔들이 사람들의 관심을 다 가져가니까요."

오프라는 훗날 〈피플〉지와의 인터뷰에서 테네시 주립대가 "너무 너무 싫었다"고 털어놓았다. "지금도 누가 나한테 와서 테네시 주립대를 같이 다녔다고 하면 불쑥 화가 치밀어요. 4년 동안 다들 성이 나 있었어요. 흑인만 다니는 학교였으니까 그럴 수밖에요. 인종에 관한 대화가 나오면 나는 늘 반대편에 섰어요. 아마 다른 흑인들이 겪는 종류의 억압을 느껴보지 못해서였을 거예요. 초등학교 5학년 때 딱 한 번 '검둥이'라 불렸던 것 같아요." 테네시 주립대에 대한 자신의 반감은 캠퍼스 내 흑인운동에 기인한다고 말하는 그녀는 〈60분〉에서 마이크 월리스(Mike Wallace)에게 이야기했다시피, "다시키(아프리카 민속의상—옮긴이)를 입고 다니는 부류가 아니"었다. 미국의 지배계층이 아이비리그 출신이라는 걸 깨닫고 나자 테네시 주립대에 다닌다는 게 한층 더 부끄럽게 생각되었다. 2008년 에크하르트 톨레(독일 태생의 저명한 영적 교사—옮긴이)와 진행한 온라인 수업 중에 오프라는 출신 대학으로 신분이 규정되는 것이 싫다고 말했다. "사람들이 '어느 학교 다녔느냐?' 고 물을 때 짜증이 나요. 그건 곧 자기들 패거리인지 아닌지를 알아보겠다는 거죠." 아마 학벌에 자격지심이 있기 때문에 그런 질문이 거슬렸을 것이다.

당연하게도, 오프라의 태도는 일부 테네시 주립대 동창생들의 반감을 샀다. 그들은 학교에 관한 그녀의 발언들이 백인 시청자의 환심을 사게 하려는 누군가에 의해 완전히 조작된 것이라며 묵살해버렸다. "테네시 주립대는 오프라가 말하는 그런 학교가 아니었어요. 60년대 초에는 그랬을지도 모르죠. 하지만 우리가 다닐 때는 아니었어요." 오프라와 같은 1975년도 졸업생 바버라 라이트(Barbara Wright). "저는 유서 깊은 흑인 대학에 다니고 싶어서 북부에서 왔답니다. 당시 우린 너나 할 것 없이 앤절라 데이비스(Angela Davis)처럼 둥근 아프로 헤어스타일을 했었지요. 거리 행진을 벌이고 다니진 않았지만요." 흑인해방투쟁과 치켜든 주먹으로 잘 알려진 전 UCLA 철학교수 데이비스는 네 명이 죽은 법정 총격전에서 그녀의 총이 백인 판사의 살해에 연루되었다는 혐의를 받으면서 1970년에 세계적인 화제의 인물로 떠올랐다. 도주했다가 결국 검거 및 구금을 거치면서 고초를 겪은 그녀는 22개월이나 재판을 기다린 끝에 전원 백인인 배심원단에 의해 무죄 방면됨으로써 미국 역사상 가장 유명한 재판 가운데 하나의 주인공이 되었다.

“우린 그냥 대학생다운 경험을 하고픈 지극히 평범한 애들이었어요. 집을 떠나 기숙사 생활을 하고 여학생 클럽에 가입하는 그런 거 말예요.” 바버라 라이트가 말한다. “오프라는 우리가 하는 대학생활에 전혀 끼질 않았습니다. 우리 모두 나중에 알게 됐다시피, 아마 나이보다 성숙했기 때문이었겠죠. 그런 경험을 해보지 않은 사람과 어떻게 친구가 되겠어요? 게다가 오프라는 기숙사 생활도 하지 않고 여학생 클럽 가입도 권유받지 않았죠. 눈에 띌 때는 언제나 피스크에서 노닥거리고 있었어요.”

설탕물에 혹하는 벌새처럼 오프라는 피스크에 마음이 끌렸다. “그 앤 틈만 나면 거길 갔어요.” 또 다른 테네시 주립대 동창생 셰릴 해리스 앳킨슨이 증언한다. “1학년 때 ‘화술과 의사소통’ 수업을 같이 들었어요. 오프라의 전공은 화술이고 내 전공은 교육이었지만, 그 수업이 공통 필수였거든요. 수강 인원이 열다섯 명 정도 됐는데 그 애가 바로 내 옆자리에 앉았죠. 나한테 그러더군요. ‘너, 참 친절해 보인다. 더 좋은 커뮤니케이터가 되도록 내가 도와줄게.’ 그렇게 오프라가 그 수업에서 날 이끌어줬어요. 또래였지만 그 애는 날 자기 학생이라고 생각했죠. 아마 내가 그 애랑 정반대였기 때문일 거예요. 나는 말투가 공격적이거나 단정적이지 않거든요. 그 앤 내 주변을 맴돌곤 했어요. 복도나 계단에서 ‘네 뒤에 있어’, ‘따라가고 있어’ 라고 외치곤 했죠. 내 친구가 될 작정을 한 거예요. 내가 예쁘다는 소릴 좀 들었는데, 그게 나와 친해지고 싶은 이유였어요. 내가 아메리칸 에어라인에 취직됐다는 걸 오프라는 알고 있었어요. 그때로선 큰 얘깃거리였으니까요. 회사는 날 광고모델로 쓸 생각이었고, 그래서 오프라는 ‘저 애랑 가까워져야겠다’ 고 생각한 거예요. ‘예쁜이’ 효과였죠. 어떤 성과

나 내 인성과는 아무 상관없는. 그저 내 외모가 어떤지만 따졌던 거죠." 자신감이 흘러넘쳤음에도, 훗날 오프라는 자아상이 흐트러지기 시작했다는 걸 시인했다. "매달 잡지 〈세븐틴〉이 나오는 날이면 신문 가판대 옆에 서서 배달 트럭이 오기만을 목이 빠져라 기다렸어요. 트럭에서 잡지 한 묶음이 던져지자마자 한 부를 사 들고 '뷰티 팁'(beauty tips)부터 찾아 읽어 내려갔죠. 아아, 예쁜 여자가 되고 싶은 그 마음! 예뻐질 수만 있다면 내 인생도 괜찮을 거라 생각했어요. 그래서 책에 실린 모델들과 화장 비법이란 비법은 다 찾아보고는 고대로 따라해보곤 했어요. 머리에 다리미질까지 했는걸요. 제 셔츠 하나도 다림질할까 말까 하는 흑인 여자애가 머리를 다림질하다니…… 글쎄 내가 그랬다니까요."

수십 년 후 오프라는 여배우 샬리즈 시어런(Charlize Theron)에게 "나는 아름다운 여자들을 숭배"하며 자랐노라 고백했다. "그런 외모로 사는 건 어떤 기분일지 늘 궁금했어요." 다이앤 소여(Diane Sawyer)를 만나는 자리에서 오프라는 〈굿모닝아메리카〉의 이 금발 미녀 진행자한테 완전히 넋이 나간 듯 보였다. 그녀도 남부 미인대회 우승자였으며 1963년에 미스 주니어 아메리카의 왕관을 차지했다.

ABC TV의 몇몇 직원들은 이 두 여성의 다정한 관계를 눈치 챘으며, '다이앤한테 누가 반했게?'라는 질문이라도 하듯 윙크를 주고받았다. 그들은 밤늦은 시간에 두 사람이 킥킥거리며 나눈 전화통화들, 미래에 함께 할 프로그램을 계획하며 흥분하던 모습, 숱한 포옹과 오프라의 통 큰 선물들—다이앤이 특종을 낼 때마다 당도한 초대형 난 화분, 값비싼 키셀스타인코드 핸드백, 1캐럿짜리 다이아몬드 발가락지—을 기억한다.

"사내에 수군거림이 있었다"고, 〈ABC 뉴스〉의 전 프로듀서 보니 골드스타인(Bonnie Boldstein)은 전한다.

“어떻게 친해졌는지 나도 모르겠어요.” 1998년 〈인스타일〉(InStyle)지와의 인터뷰에서 오프라가 말했다. “우린 그냥 테이블에 앉아 ‘세상에서 제일 멋진 사람은? 다이앤 소여!’라는 식의 대화를 했지요. 그러다 아닌 밤중에 홍두깨 격으로 다이앤이 전화를 걸어와 마서즈비니어드(Martha's Vineyard, 매사추세츠 주 연안의 섬. 고급 휴양지—옮긴이)로 날 초대한 거예요. 정말 정말 재밌는 시간을 보냈답니다. 아주 끝내줬어요.”

오프라가 유명해진 후 그녀의 친구가 된 또 한 명의 미녀는 영화 〈귀여운 여인〉(Pretty Woman)의 히로인 줄리아 로버츠(Julia Roberts)였다. 그녀는 오프라의 토크쇼에 열 번이나 출연했으며 2004년에는 오프라를 “베스트 프렌드”라 칭했다. 그 여배우의 뇌쇄적인 미모에 호기심이 발동한 오프라는 “예쁘다는 것이 성가실 때가 있냐?”고 물었다. “궁금해요. 언젠가 여자 친구랑 이런 얘길 나누다가 내가 그랬거든요. ‘예쁜 여자였던 적이 없어서 우린 정말 다행이야. 지금 미모를 잃을 걱정은 안 해도 되니 말이야.’” 이에 여배우가 답했다. “프리티 우먼일 때 ‘프리티 우먼’이라는 영화에 나오는 것에 대해선 불평할 수가 없어요.” 오프라는 고개를 끄덕이며 흠모의 미소를 보냈다.

대학 때 그녀는 예쁜 사람을 수집이라도 하는 것 같았다. “피스크에 다니는 내 남자친구한테 눈독을 들여 늘 그에 관해 물어봤다”고 셰릴 앳킨스는 말한다. “스테드먼과 많이 닮은 사람이었어요. 흔히 꽃미남이라 부르는 부류 있죠? 황갈색의 밝은 피부톤에 유럽적인 이목구비를 겸비한. 오프라는 꽤 적극적으로 그를 쫓아다녔어요. 어느 일요일 밤이 기억나네요. 그 애가 내 침대에 누워서 WVOL의 자기 방송을 듣고 있더군요. 그런데 그 사람한테 노래를 바친다는 멘트가 흘러나

오지 뭐예요? 내 귀를 의심했죠. 그 사람이 오프라한테 관심이 없다는 걸 아니까 화는 안 났는데, 어쩌면 저렇게 들이대나 싶어 어이가 없었죠. 수업시간에도 그런 식이었어요. 자꾸 논쟁을 벌여 틀렸다고 지적을 해대는 통에 교수님들이 좋아하질 않았어요. 뭐라고 한마디 하실라치면 그녀가 되받아 쏘아붙이곤 했답니다. 수업을 자기가 장악하려 들었어요. 보스 기질이 유별났죠."

테네시 주립대 교수들이 전부 그렇게 느낀 건 아니었다. 콕스(W. D. Cox) 박사는 오프라를 뛰어난 학생으로 기억한다. "열여섯 살 때부터 스물한 살 때까지 그녀에게 무대조명, 배경, 연극의 역사 등을 가르쳤지요. 무척 호감 가는 학생이었어요. 열심히 활동했고 책임감도 강했고요." 그는 1972년에 연설 프로젝트 건으로 학생들과 시카고에 갔을 때 "약간 장난을 치려다" 오프라한테 상처를 주었던 일이 있었다.

"거기 머무는 동안 한 여학생이 2층에서 강간을 당했다는 보고가 있었어요. 내가 오프라에 관해 과장을 좀 했습니다. 그녀가 그 사건에 대해 알았더라면 '어이, 나한테 덤벼!' 라고 소릴 쳤을 거라고요. 오프라는 그 농담을 썩 좋게 받아들이지 않았습니다. 아니, 상당히 화를 냈지요."

콕스 박사는 성추행 과거에 대해 알게 된 뒤 그녀의 저돌성을 놀렸던 걸 후회했다. "깜짝 놀랐다"고 했다. "아버지와 의붓어머니가 그녀의 든든한 버팀목이었어요. 엄한 아버지가 계신 게 최고로 좋은 일이었지요."

2학년 때 오프라는 테네시 주 배우조합에 가입, 〈마틴 루서 킹의 비극〉이라는 작품에서 코레타 스콧 킹(Coretta Scott King, 마틴 루서 킹 2세의 부인이며 인권운동가—옮긴이) 역을 연기했다. 테네시 주립대의 학보 〈미터〉(The Meter)에 실린 연극평의 제목은 잔인했다. "마틴 루서 킹, 두 번

살해되다."

코레타 킹 역을 맡은 오프라 윈프리는 다소 실망스러웠다. 지역 방송국 WVOL의 뉴스캐스터인 오프라는 라디오 방송에서는 다재다능함을 뽐낸다. 그러나 무대에서는 그런 모습을 보여주지 못했다. 극이 진행되는 내내 감정의 변화가 거의 없었다.

수십 년이 지난 뒤 오프라는 대학시절에 인기가 없었던 것을 주변의 시샘 탓으로 돌렸다. "돈벌이를 한다는 이유로 동창생들이 날 많이 질투했어요. 고작 급료 115달러를 가지고 친구들한테 환심을 사려고 애썼던 기억이 나네요. 언제든 누가 돈이 궁하다 싶으면 '응? 10달러가 필요하다고?' 그러면서 서슴없이 돈을 내줬고, 데리고 나가 피자를 사주거나 강의실로 피자를 주문하거나 뭐, 그런 식이었죠. 그게 다 '남 기쁘게 해주기'란 병이에요. 남들한테 인정받길 원했지만 그러질 못했으니까 최악의 상태였다고 봐야겠죠."

동기생들은 그녀의 행동거지에서 불안감 따윈 느끼지 못했다. "마치 '난 대단한 인물이 될 테니 그때 두고 보자'는 식으로 행동했다"고 셰릴 앳킨스는 말한다. "고개를 한껏 치켜들고 '조무래기들은 저리 비켜!' 하듯이 복도를 휙휙 지나다녔지요. 그녀가 오는 게 보이면 사람들이 다 피했다니까요. 그녀한테는 '니들이 날 싫어해도 상관없어. 난 출세할 거니까 그때 가서 후회하렴' 하는 식의 자신감이 있었어요. 자기 말대로 엄청나게 출세를 하긴 했지만, 난 후회 안 해요. 그녀의 성공에 박수를 보내고 지금껏 베푼 선행들도 높이 평가해요. 다만 우리 학교에 대해 그렇게 나쁜 소리는 안 하면 좋겠어요. 그건 오프라의 깊은 내면에서 비롯되는 거예요. 너무 어둡고 깊어서 들여다볼 수도 없는 비밀들 말예요. 사람들은 평생 그런 것들과 씨름을 하지요. 그녀의 어두운 내면은 아마 아버지의 엄격함과 연관이 있을 거예요. 학교 다닐 때 아버지를 몹시 싫어했던 걸로 압니다."

훗날 오프라는 자신을 지켜준 데 대해 버넌에게 공개적으로 감사를 표했다. "아버지의 관리 감독이 없었더라면 내 인생은 임신 등으로 종쳤을 겁니다." 그러나 그 고마운 마음은 오랜 시간이 흐른 뒤의 얘기다. 열여덟 살이 되었을 때 그녀는 버넌의 엄한 통제를 뿌리치고 집을 나와버렸다.

"내가 도와야만 했어요. 버넌이 너무 화가 나 손가락 하나도 까딱하지 않았거든요." 루베니아 해리슨 버틀러의 말이다. "그녀를 히코리 할로우의 케인리지 로드에 있는 한 아파트로 이사시켰어요." 나중에 오프라는 자신은 스물두 살 나이로 내슈빌을 떠날 때까지 쭉 아버지 집에서 통금시간을 지키며 살았다고 주장했다. "그 애가 왜 자꾸 그런 말을 하는지 모르겠어요. 착한 어린 딸의 이미지를 내세우려고 그러는 건지…… 이유가 뭐든 아마 저 빌어먹을 비밀들과 관련이 있겠죠. 그래서 자기 밑에서 일하는 모든 사람에게 자기와 얽힌 직업적 개인적 경험들에 관해 한마디도 발설하지 않겠다는 비밀엄수 서약을 받아내는 거지요. 사람들이 자신에 관해 알게 되는 것들을 통제해나가는 그 애 나름의 방식이겠죠. 좀 슬퍼요."

아파트로 이사한 직후 오프라는 1972년에 미스 블랙 내슈빌과 미스 블랙 테네시 선발대회에 대한 독점사업권을 사들인 지역 프로모터 고든 엘 그레코 브라운(Gordon El Greco Brown)을 찾아갔다. "오프라의 계모인 미스 젤마가 화재예방 미인대회 문제로 처음 그녀를 데리고 왔어요. 테네시 주립대에 입학하면서 캠퍼스 인근의 내 모델 스쿨에 등록을 했거든요. 어느 날 당당한 걸음걸이로 들어와 큰 소리로 묻더군요. '안녕하세요? 장차 대스타가 될 사람인데요, 어디서 등록하면 되죠?' 그녀는 겨우 열일곱 살이었고, 아름답지도 않았어요. 하지만 난 그녀가 물건이란 걸 알아봤어요. 자신감에 차 있었고 목소리도 훌륭했지요."

오프라의 깊은 음색은 언제 어디서나 좋은 인상을 남겼다. 고등학교 때는 풍부한 성량이 미국의 콘트랄토(contralto, 테너와 메조소프라노의 중간 음역을 내는 여성 성악가—옮긴이) 메리언 앤더슨(Marian Anderson)의 그것에 비견되기도 했다. 십대치고는 위엄 있는 오프라의 목소리는 늘 의외라는 반응을 이끌어냈다.

"미스 블랙 내슈빌은 흑인 여성들을 위한 최초의 미인대회였어요. 그 전에는 오로지 백인 여성들이 대상이었죠"라고 엘 그레코 브라운은 말한다. "오프라는 크게 출세하길 간절히 원했고, 그 대회를 성공의 디딤돌로 여겼어요. 유인책이랄 게 전혀 없었기 때문에 오프라 외의 사람들한테는 참가를 구걸하다시피 권해야 했어요. 장학금도 안 나와, 음반 취입도 보장 안 돼, 할리우드와의 계약도 없어, 주어지는 거라곤 우승 타이틀과 몸에 두르는 띠, 그리고 꽃다발이 전부였으니까요."

오프라는 대회 참가 지원서에 신장 169센티미터, 체중 61킬로그램, 신체치수 36-25-37, 신발 사이즈 8~8½이라고 적었다. 취미란에는 수영과 사람 만나기, 재능란에는 극적 해석력이라 써넣었으며, 부모란에는 버넌 윈프리 부부를 적고 생모인 버니타 리는 언급하지 않았다. '미스 블랙 아메리카 선발대회에 지원하는 이유'에 대해서는 "우리 각자의 가슴에 (흑인으로서의) 자부심 및 자존감을 불어넣어주고 싶어서"라고 답했다. 또 "혼인 및 혼인 취소, 이혼이나 별거를 한 적 없"으며, "임신한 적이 없다"고 진술했다.

1972년 3월의 그날 밤, 제퍼슨 가(街)의 블랙 엘크스 회의장에는 빈 자리가 하나도 없었다. "그럭저럭 열다섯 명의 참가자를 모아 이브닝 가운과 수영복 심사 및 탤런트 심사가 진행됐다"고 엘 그레코 브라운은 전한다. "오프라는 미모 면에서는 두각을 나타내지 못했지만, 탤런트 심사 순서에서 드라마 낭독과 노래를 부르면서부터 청중을 놀라 자빠지게 만들었지요. 진짜 잘했어요. 그 덕에 상위 5등 안에 들어가게 됐고요."

"탤런트 부문에서 오프라를 능가한 참가자는 딱 한 명이었어요. 모드 모블리(Maude Mobley)라는 친구였는데, 나중에 '그랜드 올 오프리'에서 보조가수로 일했지요. 모드는 재능이 있었을 뿐 아니라 외모도 아름다워서 수영복과 이브닝가운 심사에서 최고점을 받았어요. 그녀가 무대에 오르자마자 다들 우승자로 점찍었을 정도였죠."

여섯 심사위원들의 채점이 집계되었고 수상자들이 최저 등수부터 최고 등수 순으로 발표되기 시작했다. "사회자 입에서 4위의 이름이 나올 때, 순간 내가 잘못 들은 줄 알았어요. 모드 모블리라 그랬거든요. 사회자는 계속 호명을 해나갔고, 잠깐 말을 멈췄다가 큰 소리로 외쳤지요. '대망의 우승자, 제1회 미스 블랙 내슈빌은 오프라 게일 윈프리 양입니다!'"

객석 곳곳에서 헉, 하는 탄식이 터져나왔다. 브라운이 말하길, 미리 짜고 연 대회임이 분명하다는 주장이 사방에서 쏟아졌다고. "나 자신도 혼란스러웠어요. 그래서 심사위원들의 채점표를 다 모아서 하나하나 점검해봤지요. 그 결과 믿기 힘든 사실을 알아냈답니다. 4위와 1위의 점수가 서로 바뀐 거였어요. 그건 착오였다고 난 믿어요. 심사위원들은 정직한 사람들이었으니까요."

그 프로모터는 다음 날 윈프리의 집에 가 자초지종을 설명했다고 한다. "왕관을…… 정당한 우승자한테 넘겨줄 의사가 있는지를 물었어요. 오프라는 꼿꼿이 서서 화를 냈지요. '아뇨, 그건 내 거예요! 내 이름이 불렸으니 내가 미스 블랙 내슈빌이에요.'"

"그녀를 설득하려고 애를 써봤어요. '당신이 모드의 입장이라면 기분이 어떻겠냐' 고 말이죠. '상관 안 한다' 고 딱 잘라 말하더군요."

다음 주에 오프라의 사진이 내슈빌 신문들에 우승자로 실렸다. 그녀의 사진은 패트리스 패튼(Patrice Patton)을 준우승자로 명시한 보도자료와 함께 미 전역의 흑인 신문에 전송되었다. 모드 모블리에 대한 언급은 전혀 없었다.

"테네시 주립대에서는 다들 미스 블랙 내슈빌 대회 이야길 했다"고 셰릴 앳킨스는 말한다. "이런저런 말들이 오갔어요. 오프라의 우승 가능성이 가장 적어 보였으니까요. 제일 예쁘지 않았던 건 분명하지만, 말은 최고로 잘했다고 확신합니다."

바버라 라이트는 "라디오 프로로 잘 알려진 덕을 본 것"이라 생각한다. "그렇지 않았으면 얻지 못했을 결과지요."

점수 집계 과정에서의 혼선은 오프라가 유명해지고 나서야 대중에게 알려졌다. 그 무렵 고든 엘 그레코 브라운은 사진첩을 출간할 계획을 세웠다. "저런 미인대회들에서 오프라를 찍은 사진들이 수백 장 있으니 출판을 하고 싶다는 뜻을 편지로 알렸습니다. 그녀의 변호사인 제프 제이컵스(Jeff Jacobs)한테서 그 사진들을 전부 봤으면 한다는 답장이 오더군요. 그가 변호사라는 걸 알고는 나도 변호사를 대동해 시카고로 가서 협상을 하겠다고 했지요. 하지만 제이컵스가 변호사를 데려오는 건 안 된다고 해서 하는 수 없이 그와 나 그리고 오프라, 이렇게 셋이서만 만났어요. 그쪽에서 날 비행기에 태워 시카고 호텔에 투숙시키고 리무진으로 하포 스튜디오까지 모셔갑디다. 오프라는 보자마자 포옹을 하면서 친한 친구처럼 맞아줬어요. 그러고 나선 변호사에게 나를 넘겼는데, 그 사람이 진짜 묵사발을 만들어놓더군요."

"내가 가지고 있는 걸 일단 봐야겠다 하기에 사진들을 죄다 보여줬어요. 오프라를 3년 동안 돈 한 푼 안 받고 키웠던 게 나니까 이제 책을 좀 내고 싶다고 했지요."

"제이컵스는 '책은 안 된다, 어떤 경우에도 어떤 형태로든 안 된다'고 단칼에 자르고는 '돈을 좀 줄 테니 사진들은 두고 가라. 싫으면 관두고' 이러더군요. 난 사진들을 가져가겠다고 했지요. 제이컵스가 '그렇게 하라. 단, 우리는 저 사진들이 아무데서나 보이는 건 원치 않는다'고 못을 박습디다. 하포 스튜디오를 나왔는데, 공항까지 데려다주기로 한 리무진 편이 취소됐더라고요. 간신히 택시를 잡아타고 왔지요."

문전박대 당했다고 느낀 프로모터는 자신의 사연과 사진들 중 일부를 〈내셔널 인콰이어러〉에 팔았고, 잡지사는 기사 제목을 "오프라, 미인대회 왕관을 훔치다!"라고 뽑았다. 그녀의 대변인은 기사 내용을 부인했다. "오프라는 언제 어떤 대회에서든 무슨 문제가 있었다는 얘기를 들은 바 없습니다."

1992년 대회의 '정당한 우승자'로 거론된 모드 모블리는 우려 섞인 반응을 나타냈다. "오프라는 부유하고 힘 있는 여성이에요. 제가 뭐라 말하기가 좀 그렇습니다. 그녀를 화나게 할지도 모르잖아요."

모드의 어머니는 그렇게까지 눈치를 보진 않았다. "오프라가 우승자로 호명됐을 때 나는 뭔가 잘못됐다는 걸 알았어요." 그녀는 20년이 지난 시점에서 입을 열었다. "딸아이와 얘길 나눈 후 너무 분해서, 생각나는 모든 사람한테 편지를 보내 억울함을 호소했지요. 하지만 아무도 관심을 보이지 않았어요. 오프라가 왕관을 뺏어간 건 사실이에요."

그런데 고든의 타블로이드지 기사가 식료품점에서 장을 보던 미스 블랙 내슈빌 준우승자 패트리스 패튼의 눈에 띄면서, 엇바뀐 점수 사건을 다른 관점에서 해석한 이야기가 수면 위로 떠올랐다. 그녀는 2008년에 "점수가 서로 바뀌었다는 것, 오프라가 우승자가 아니었다는 건 나도 진작 알고 있었다"고 말했다. "하지만 고든이 그 기사에서 말한 내용은 믿기지 않네요. 오프라가 그 내막을 알고 있었다거나 고든이 그녀에게 왕관 포기 의사를 타진했다는 소리는 도저히 안 믿겨요. 대회 실무자한테서, 고든이 우승자를 정하는 투표수를 바꿔치기한 장본인이라는 말을 들었거든요. 당시에 고든한테 직접 항의를 했는데 고든이 상황을 바로잡을 의지를 안 보여서 손을 뗐다더군요. 대회 끝나고 몇 년 후에 길에서 그 운영자와 우연히 마주쳤는데, 사실을 털어놓더군요. 실은 내가 미스 블랙 내슈빌이었고 오프라는 차점자였다고요. 그래도 난 입도 뻥긋 안 했어요. 이미 5년이 지난 뒤였고 속쓰려하는 패배자로 보이기 싫었거든요. 더구나 난 오프라를 좋아했어요. 괜찮은 사람이었죠."

"그때 오프라는 내슈빌에 팬들이 있었어요. 흑인으론 처음 화재예방 미인대회의 왕관을 쓴 데다가 진행하는 라디오 프로그램도 있었으니 이름이 알려진 상태였죠. 이건 내 생각인데, 만약 오프라가 미스 블랙 내슈빌에서 우승하지 않았다면 고든이 미스 블랙 테네시 대회의 표를 팔기가 어려웠을 거예요. 그래서 그녀를 우승자로 만들었던 거죠."

"대회 실무자가 그만둔 뒤 고든이 나한테 그 자리를 줬고, 우린 테네시 전역을 돌아다니면서 대회 참가자 모집에 총력을 기울였어요. 하지만 서너 명밖에 확보하지 못했어요. 대회를 며칠 앞두고는 고든

이 아예 집을 나와 숙식을 함께 했어요. 내가 라디오 방송국과 교회, 백화점 순회활동을 지휘하기 편하도록 말이죠. 오프라가 아버지의 픽업트럭에 우리를 태우고 다니기도 했어요. 그녀가 몸매 관리를 얼마나 철저히 했는지, 아직도 기억이 납니다. 원하는 사이즈에 맞추기 위해서 다이어트를 시작했는데…… 요구르트를 먹는 흑인은 내 평생 처음 봤다니까요. 그 시절에 우린 요구르트는 입에도 안 댔어요. 그런데 그녀는 그걸로 살을 왕창 빼더군요."

오프라는 미스 블랙 테네시에 뽑혔을 때 남들만큼이나 스스로도 놀랐다고 했다. "나부터도 기대를 안 했고, 다른 사람들도 내가 우승할 거란 예상을 못 했어요. 온통 '바닐라 아이스크림들' 인 데서 나만 '초콜릿 사탕' 이었으니 왜 안 그랬겠어요. 세상에, 그들 못지않게 나도 당황했답니다. 정말 놀랐어요. 속으로 계속 중얼댔지요. '뭐가 뭔지 모르겠어, 얘들아. 나도 니들만큼이나 충격 받았다구! 대체 이게 무슨 일이니, 응?' "

1972년 8월에 오프라는 미스 블랙 테네시 자격으로 캘리포니아로 날아가 미스 블랙 아메리카 왕관을 차지하기 위한 경쟁에 나섰다. 탤런트 부문 심사 때 그녀는 "가끔 엄마 없는 아이처럼 느껴져요" (Sometimes I Feel Like a Motherless Child)라는 노예 시대 영가를 불렀다. 그녀의 보호자 격인 내슈빌의 심리학자 재닛 버치(Janet Burch) 박사는 작가 로버트 월드런(Robert Waldron)을 만난 자리에서 오프라가 얼마나 성공에 집착했는지를 술회했다. "오프라만큼 성공을 열망하는 사람은 본 적이 없어요. 그녀는 장차 어떻게 아주 아주 아주 큰 부자가 될 것인지 등을 입버릇처럼 얘기했지요. 세상일은 생각하는 대로 되기 마련이랍니다. 당신이 정말로 큰 부자가 되거나 유명해지거나 중요 인사가 될 거라고 생각하면, 진심으로 그걸 믿으면, 진짜 그렇게 되는 거예요. 어떤 사람들은 말은 그리 해도 정말로 믿진 않잖아요. 그녀는 믿었어요. 흔히들 '부자가 되고 싶다'고 말하죠? 오프라는 '부자가 될 것이다'라고 했어요."

오프라는 미스 블랙 아메리카 대회에서는 우승은커녕 상위권에 들지도 못했다. 두각을 나타낸 부문도 없었다. "지역대회 기획자라서 최종 점수 집계표를 볼 수 있었는데, 알아보니 36명 참가자들 중에 34등, 거의 꼴찌나 다름없었다"는 게 엘 그레코 브라운의 전언이다. 오프라는 우승자를 비난하는 것으로 패배의 쓴맛을 떨쳐냈다. "캘리포니아 출신의 그 여자는 스트립쇼 덕분에 우승했어요." 그러나 〈뉴욕타임스〉가 취재한 기사에 그 아름다운 캘리포니아 출신 가수가 스트립쇼를 벌였다는 얘기는 조금도 나오지 않는다.

라디오 방송국의 후원을 받아왔던 오프라는 그 대회를 치르는 동안 버치 박사한테 "방송계의 거물이 되겠다"는 포부를 밝혔다. 내슈빌로 돌아온 그녀는 자신의 역량을 끌어올릴 준비가 돼 있었다.

"우리 국장님이 WVOL로부터 전화를 한 통 받았어요. 방송국에 들어오고 싶어하는 아가씨가 한 명 있다는 거예요." WTVF TV의 전신인 WLAC의 옛 앵커이자 프로듀서 겸 뉴스 디렉터였던 크리스 클라크(Chris Clark). "그래서 나더러 면접을 해보라는 지시가 내려왔어요."

그 방송국에는 지금은 고인이 된 내슈빌 TV 최초의 흑인 진행자인 빌 퍼킨스(Bill Perkins)와 최초의 여성 진행자 루스 앤 리치(Ruth Ann Leach)가 이미 고용이 된 상태였다. 루스 앤 리치는 말한다. "저는 여자로선 처음으로 뉴스가 진행되는 동안 앵커의 옆자리를 지켰습니다. 이건 '뉴스채널5'가 방송 인력의 다양화를 촉구하는 미국 연방통신위원회 FCC의 기준에 맞추려 절치부심하던 때의 얘깁니다. 그래서 빌 퍼킨스와 내가 있었던 거죠. 다른 사람들은 죄다 백인 남성이었고요."

오프라는 그 CBS 자회사가 방송 현장직에 자길 앉히려고 쫓아다닌 거라 말했지만, 클라크가 기억하기로는 WVOL가 그녀의 채용을 종용했다. 공익교육채널 WDCN TV의 전직 카메라맨 조지프 데이비스(Joseph Davis)가 이 의견에 동의를 표했다. "내슈빌에는 전미유색인지위향상협회(NAACP)가 말단직 이상—중간 관리직 및 방송직—에 앉히고자 후원하는 소규모의 젊은 흑인 그룹이 있었다. WVOL에서 성장한 오프라도 그 그룹의 일원이었다." 2008년에는 WDCN 세트장에서 찍힌 그 그룹의 사진을 보여주었는데, "미디어에서의 흑인들과 그들의 역할"이란 주제를 논하기 위해 방송에 출연했을 때였다. "이 사진에 나온 열 명 중에서 오프라만 유일하게 결혼이나 자녀 양육 등의 옆길로 새지 않았지요. 최고가 되겠다는 야심에 일상생활이 방해가 되게 두지 않은 겁니다."

크리스 클라크는 당시의 다양성에 대한 요구들에 민감했다. "나는 우리 방송이 백인 대 흑인 비율이 80 대 20인 내슈빌의 얼굴처럼 보일 필요가 있다고 느꼈습니다. 우리에게는, 인종분리는 이제 끝났으며 통합을 향해 나아가야 한다고 말하는 용감한 시장(클리프턴 비벌리 브라일리(Clifton Beverly Briley))이 있었지요. 나는 이 사회적 흐름에 호응을 했어요. 그건 내가 TV에 모습을 나타내던 1960년대에는 세상이 온통 '하얀 식빵'이었기 때문입니다. 흑인이나 여성, 유대인, 또는 나 같은 그리스인은 비집고 들어갈 틈이 없는……. 내 본명은 크리스토퍼 봇사리스이지만 방송계에서 일하기 위해 이름을 바꿔야만 했습니다. WLAC에 입사할 즈음에 내슈빌은 실로 치열했던 민권투쟁에서 벗어난 뒤였습니다만, 우린 여전히 통합에의 의지를 보여줄 필요가 있었어요."

"내 입장에서 말하자면, 오프라의 영입은 생색내기용이 아니었습니다. 그래요, 그녀는 흑인이었고 우리는 흑인 얼굴이 필요했어요. 또 여자라는 점도 유리하게 작용했을 테고요." 클라크는 "하지만 나는 쉽게 채용 결정을 내렸다"고 말한다. "오프라는 아주 매력적이었고 화술이 뛰어난 데다 미스 블랙 내슈빌에 '리틀 미스 스파크 플러그'(미스 화재예방)인가 뭔가이기도 해서 대중한테 잘 알려져 있었지요. 그래서 난 그녀를 리포터로 만들었어요. 그 시절엔 통신원이 없었습니다. 시청을 취재하라고 영화촬영용 카메라를 들려 내보냈지요. 그녀가 자신이 당최 무슨 일을 하고 있는지 몰랐다는 건 나도 나중에야 알았답니다."

세월이 흐른 뒤 오프라는 입사지원서를 작성하고 면접을 볼 때 경력에 관해 거짓말을 했음을 인정했다. 하지만 대단한 결의를 가지고 첫 업무에 임했다. "시청 사람들한테 터놓고 말했어요. '오늘이 제 업무 첫날인데 아는 게 아무것도 없습니다. 채널5의 뉴스 디렉터께는 제가 뭘 해야 하는지 안다고 말씀드려놨으니 절 좀 도와주십시오. 제발 부탁드립니다.' 그랬더니 다들 도와주더라고요. 시의원들이 모두 내 친구가 되었지요."

2007년에 일선에서 은퇴한 크리스 클라크는 오프라를 채용한 공치사는 하지 않되, "경영진으로부터 눈총을 받은 건 사실"이라 밝힌다. "아무래도 내슈빌이 인종문제로 긴장감이 한껏 고조된 때였고, 그녀가 텔레비전에 출연하는 첫 흑인 여성이었으니까요." 그는 경영진에서 적극적이지 않았음을 시인했다. "앵커이면서 뉴스 디렉터와 프로듀서를 겸하고 있었기 때문에 내가 그 결정을 내릴 수는 있었지만, 그들은 만일 오프라가 제 몫을 해주지 못하면—시청자 반응이 좋지 않은 경우—내 책임이라는 걸 분명히 해두었습니다."

다른 사람들은 오프라 채용 건을 매우 용감한 결정이었다고 회고한다. "당연하죠." 같은 방송국에서 교통 광고를 담당했던 패티 아우트로(Patty Outlaw)의 말이다. "크리스로서는 위험 부담이 컸어요."

"오프라를 데려올 땐 위험을 감수한 것이었다"고 제작팀에서 일한 지미 노턴(Jimmy Norton)도 이야기한다. "그녀를 공동앵커로 승진시켰을 땐 특히 더했죠. 뉴스룸 뒤에서 불평들이 있었습니다. 뉴스를 진행하는 오프라를 보는 게 어떤 사람들한테는 심기에 거슬리는 일이었는데, 잊지 마셔야 할 것이, 그 시절의 내슈빌은 그랬습니다. 검둥이란 말이 아직 자유롭게 쓰일 때였어요."

루스 앤 리치는 오프라의 뉴스 진행이 시작됐을 무렵 그 단어를 처음 접한 순간을 잊지 못한다. "가족과 함께 아름다운 교회의 어느 가정을 방문했을 때였어요. 그 집의 안주인과 자리를 같이하게 됐는데, 날 따뜻하게 반기면서 그동안 TV에서 잘 봤다는 인사를 건네더군요."

"'그동안' 이라니…… 무슨 뜻인가요?" 루스 앤 리치가 물었다.

"그게, 이젠 그 방송국 프로는 볼 수가 없네요. 검둥이한테 뉴스를 읽게 하잖아요."

오프라 본인도 취재차 내슈빌의 한 백인 거주 지역에 갔다가 그 혐오스런 단어에 한 방 먹은 적이 있다. 자기소개를 하면서 가게 주인한테 손을 내밀었더니, "여기선 검둥이들하고는 악수 안 하오"라는 대답이 돌아온 것이다.

그녀는 날카롭게 받아쳤다. "그래요? 검둥이들도 기뻐할 일이네요."

테네시 주립대 시절에 동기생들은 오프라의 TV 일을 허울 좋은 차별철폐조치의 과시 행정 정도로 여겼다. 생색내기성 인사정책의 행운을 잡았을 뿐이라 폄하했고, 그녀도 이에 동의했다. "다른 방법으론 어림도 없었을 자리"라고 말했다. "나는 전형적인 '1+1쿠폰' 이었어요. 하지만 행복한 쿠폰이었던 건 분명해요."

분장사 조이스 대니얼 힐(Joyce Daniel Hill)은 "텔레비전에 나오게 됐다고 오프라가 몹시 흥분했던" 걸 기억한다. "나는 조 콜터 에이전시(Joe Colter Agency) 소속으로 방송국에 고용돼, 뉴스팀에게 메이크업을 가르치고 매달 화장품을 공급해줬어요. 컬러 카메라에 막 익숙해지려는 참이라 사용 가능한 색조가 몇 종류 안 됐어요. 오프라한테는 내가 특별한 색조를 만들어 입혔습니다. 30년 전에 비하면 지금은 피부가 상당히 밝은 거죠. 이유는 모르겠어요. 분장사들의 실력이 좋아진 건지, 아니면 피부 표백 같은 걸 했는지……. 둘 다 옷을 좋아해서 오프라를 따라 '에보니 패션쇼'에 가기도 했지요. 같이 일하면 즐거운 사람이었어요."

주급 150달러에 채용된 오프라는 1974년 1월에 내슈빌에서 TV 데뷔를 했다. 이듬해에는 내슈빌 TV의 첫 흑인 여성 진행자란 이유로 상도 몇 번 받았다. 전국여성경영인협회에서 '올해의 여성경영인'으로 선정되기도 했고, 미들테네시기업협회는 '올해의 뛰어난 여성기업인'으로 그녀를 꼽기도 했다. 흑인전문직여성 및 여성기업인클럽은 1975년 오프라에게 '올해의 여성'상을 안겼다. "그녀는 대단했다"고 크리스 클라크는 말한다. "비록 훌륭한 기자는 아니었지만요. 글을 쓸 줄 몰랐으니까요. 젬병이었어요." 아닌 게 아니라 기사 작성에 얼마나 문제가 많았던지, 어느 날 아침에는 타이핑을 끝내지 못하는 바람에 5분짜리 꼭지 중에 2분이 먹통 상태로 방송되는 사고를 일으키기도 했다. "크리스가 그때 날 잘랐어야 했다"고 오프라는 말했다.

대신 클라크는 그녀의 다른 재능들에 집중했다. "오프라는 친화력이 뛰어났어요. 그게 저널리스트로서는 단점이었지요. 무심할 수가 없다는 얘기거든요. 화재 현장에 취재를 내보내면, 돌아와서 저녁뉴스에 나갈 기사를 쓰는 대신 집을 잃어버린 가족에게 도움을 주려고 전화통만 붙들고 앉아 있는 식이었어요."

오프라는 직장에서 격식을 차리지 않고 편하게 행동했다. 구두를 벗어버린 채 맨발로 뉴스룸을 누비고 다닐 정도였다. "그 시절의 오프라는 꾸밈없고 투박했다"고 말하는 옛 동료도 있다.

"사람들은 그녀를 깍듯하고 순종적인 타입일 거라 예상했겠지만, 실은 전혀 딴판이었죠." 지미 노턴이 이야기한다. "그녀는 야심가였어요. 입사한 지 얼마 안 돼서 내가 한눈에 알아봤죠. 흑인 역사 주간(Black History Week)을 위한 공익 프로그램을 만들 때였는데, 프로듀서가 썩 잘하지를 못했어요. 그러니까 오프라가 팔을 걷어붙이고 나서서 지휘봉을 잡아버리더군요. 프로듀서를 밀어내고 카메라맨한테 이렇게 저렇게 지시를 내리면서 직접 연출을 하는 거죠. 그때 눈이 번쩍 뜨이더군요. 아, 이 아가씨는 자기가 원하는 바를 잘 알고, 목표를 이루기 위해서라면 무엇이든 기꺼이 할 사람이구나 했지요."

패티 아우트로도 같은 의견이다. "그녀는 젊은 자신에 대한 믿음이 굳건했어요. 야심? 물론 있었죠. 하지만 중상모략가는 아니었어요. 나는 그녀를 많이 좋아했어요. 뉴스룸 위층에서 일했기 때문에 매일 그녀를 보았지요. 그 방송국에서는 제정신으로 일하기가 힘들었어요. 사방 천지에 마약이 널려 있었답니다. 심지어 복도에서 버젓이 환각제가 거래되곤 했죠." 마약이 어찌나 만연돼 있었던지, 뉴스 제작진이 오프라의 공동앵커인 빅 메이슨(Vic Mason)에게 코카인 흡입용 스푼을 선물할 정도였다. "크리스와 나는 그런 상황을 못 본 척했어요." 지미 노턴은 자동판매기에서 마리화나가 나오게 기계가 조작됐다는 걸 알자마자 경영진이 자동판매기를 치워버렸던 사실도 밝혔다. 한참 후에 오프라는 자신의 마약 복용이 내슈빌에서 코카인과 더불어 시작됐으며 볼티모어를 거쳐 시카고에서 생활하는 동안에도 그 습관이 이어졌음을 시사했다.

"어느 날 내가 엘리베이터에서, 사귀고 있던 남자 칭찬을 늘어놓고 있었어요. 잠자코 들어주던 오프라가 혼자 내리면서 한마디 툭 던졌어요. '야아, 그 남자 꼭 예수님 형 같아.'" 패티 아우트로의 추억담은 계속된다. "그 시절 오프라와 나는 만나면 하는 얘기가 남자 아니면 다이어트, 화장품 얘기였어요. 당시엔 그게 관심사의 전부였지요. 우습죠? 하지만 30년이 지난 지금도 그녀의 쇼에서 같은 얘길 하고 있잖아요."

2008년에 패티가 말했다. "그때 오프라는 약간 뚱뚱했어요. 지금처럼은 아니었지만…… 지미 노턴한테 내가 지나가는 말로 발레 레슨을 받기 시작했다고 했더니, '발레는 뚱뚱해야 되나 보다' 면서 이러는 거예요. '어젯밤 뉴스 시간에 오프라가 잠깐 한 얘기가 있어. 자기 발레복은 투투(tutu, 짧은 발레복—옮긴이)가 아니라 포포(fourfour)였대.' 오프라는 당시 정크푸드를 입에 달고 살았어요. 그녀의 초콜릿케이크 사랑은 아무도 못 말렸지요."

오프라와 주말뉴스를 공동진행한 해리 채프먼(Harry Chapman)은 그녀가 치킨 샤크(Chicken Shack, 시카고에 있는 식당 체인점—옮긴이)의 치킨이라면 사족을 못 쓰던 걸 기억한다. "붉은 고춧가루와 타바스코 소스를 쓰는 그 집 치킨은 내 평생 제일 매운 치킨이었어요. 우린 주말마다 뉴스 보도 사이사이에 그걸 먹곤 했지요."

미국에서 서른 번째 크기의 TV 시장인 내슈빌은 젊은 방송인들을 다수 배출하는 훈련장이었다. "TV에서 일하는 게 아주 신나던 때였어요." NBC 자회사인 WSMV의 뉴스 앵커였다가 나중에 〈엔터테인먼트 투나이트〉 기자가 된 일레인 가닉(Elaine Ganick)의 추억이다. "오프라와 비슷한 시기에 방송 일을 시작했어요. 팻 세이잭(Pat Sajak)이 기상캐스터였고, 뉴스 앵커였던 존 테시(John Tesh)는 뉴욕에서 크게 인기를 끈 다음 〈엔터테인먼트 투나이트〉에서 10년간 일했지요."

2미터나 되는 큰 키에 잘생긴 금발의 WSMV 앵커맨 테시는, 팻 세이잭, 댄 밀러(Dan Miller), 오프라와 동고동락한 내슈빌 시절을 "독신들끼리 뭉쳐 다니면서 얼간이 같은 짓들로 문제깨나 일으키던 시절"이라 묘사했다. 뉴욕 WCBS TV의 뉴스 앵커가 된 지 얼마 후에 테시와 진지하게 사귀었던 한 여성은 그가 내슈빌에서 근무할 때 오프라의 아파트에서 잠깐 동거를 했었다는 얘기를 들었다고 한다. "어느 날 밤 자기의 하얀 몸을 내려다보다가 바로 옆에 누운 그녀의 까만 몸이 눈에 들어오는데, 더는 참을 수가 없더래요. 한밤중에 그냥 나와버렸답니다. 그 일을 생각하면 심한 죄책감이 든다고 하더군요." 당시 테네시 내슈빌에서 다른 인종 간 커플에게 가해지는 사회적 압력은 극심했다.

1996년, 토크쇼 10주년 기념행사에 오프라는 존 테시를 〈엔터테인먼트 투나이트〉의 공동진행자 메리 하트(Mary Hart)와 함께 초대해놓고는, "딱 한 번 했던 데이트—그것도 엄밀히 말하면 친구끼리 한 저녁식사—를 기억하느냐"고 그에게 물었다. 두 사람과 내슈빌에서 함께 일했던 사람들 중 일부는 30년도 더 된 그 옛날, 둘이 깊은 사이였다는 설을 믿기 어려워한다. "오프라는 백인과의 데이트를 꺼렸을 것이다. 타 인종 간 데이트는 당시엔 용납이 안 되는 일이었다"고 지미 노턴은 말한다. "어쨌든 KKK단의 본거지인 풀라스키에서 남쪽으로 겨우 140킬로미터 떨어진 곳이었으니까요."

패티 아우트로 역시 흑인 여성과 백인 남성의 교제가 당시에 "아주 불미스러운" 일로 여겨졌음을 인정하지만, 폭설이 내린 어느 저녁에 방송국 측이 라마다 호텔에 많은 직원들을 숙박시켰던 일을 기억하고 있다. "오프라와 빅 메이슨에게 그날 밤에 대해 묻는다면, 또 모르죠, 둘만의 애틋한 추억이 있을지도요."

1975년, 평일 뉴스를 공동진행하던 오프라는 애틀랜타 WSB로부터 일자리 제의를 받았다. "평일 TV에 흑인 앵커가 나올 때가 되었던 것"이라고, 전직 뉴스 디렉터 케네스 티븐은 말한다. "첫 대면 때 참 인상이 깊었어요. 집으로 불러 저녁식사를 한 기억이 나네요. 그때도 그녀는 자신감이 남달랐고, 신분상승 중인 흑인 여성 및 신예 TV 스타로서 자신한테 기대하는 바가 뭔지를 귀신같이 이해하고 있었어요. 그런데 내가 갑자기 애틀랜타를 떠나 필라델피아 KYW의 뉴스 디렉터로 가게 된 겁니다. 그걸 알고는 오프라가 그러더군요. 내가 없으면 이리로 오지 않겠다고."

크리스 클라크가, 오프라가 WSB에서 일자리 제의가 들어왔다고 말하던 날을 기억한다. "아직은 때가 아니었던 데다 그녀를 잃고 싶지도 않았기 때문에 제의를 받아들이지 말라고 얘기했어요. 이제 막 현장 보도를 시작한 참이었고, 나는 그녀가 대성할 거라고 봤거든요. 그래서 급여를 5,000달러 올려주겠다고 제안해 그녀를 붙들어 앉혔답니다. 뭐, 당분간은요. 1년 쯤 후엔가, 볼티모어의 WJZ TV에서 또 제의가 들어왔어요. 이번에도 위에서 못 가게 하라는 지시가 내려왔지요. 그래서 일단 내 사무실로 불러들였어요. '오프라, 윗분들이 당신을 못 가게 잡으라는군. 내가 전에도 그런 적 있지? 좋아. 이번엔 그 일을 맡아야 한다고 생각해, 난. 이제 당신은 준비가 됐어."

볼티모어는 훨씬 큰 시장이었고 새 자리는 연봉이 4만 달러였지만, 단박에 뉴스를 공동진행할 기회는 주어지지 않았다. "처음 갔을 땐 볼티모어가 너무 싫었어요." 그녀는 "내슈빌이여, 안녕"이란 제목의 인터뷰에서 WDCN의 게일 초이스(Gail Choice)에게 이렇게 말했다. "하지만 그쪽에서 제공한 차편으로 웨스팅하우스 소유의 방송사를 둘러보니까 너무 좋은 거예요. 계열 방송사가 다섯 개 더 있었는데, '당신을 위해 큰 계획을 세워놓았다' 고 하더군요. 5년 계약을 맺자고 했는데 내가 싫다고 했어요. 5년 뒤면 너무 나이가 들어 내가 원하는 걸 할 수 없을 거라고요. 그래서 3년으로 기간을 줄였답니다." 당시 스물한 살이던 오프라는 볼티모어에서 뉴스를 공동진행하다 샌프란시스코의 더 근사한 ABC 자회사로 옮겨 마침내 "검은 바버라 월터스"가 되는 자신을 머릿속에 그려보았다면서, "그녀가 연 백만 달러를 번다면, 우린 50만 달러는 벌 수 있다는 계산이 나온다"고 그 흑인 인터뷰어에게 말했다.

"떠나기 싫었지만, 훗날 내가 원하는 걸 하기 위해선 꼭 필요한 결정이었어요. 내가 원하는 건 10대 시장들 중 한 곳에서 앵커가 되는 것이었어요." 오프라는 만일 WJZ가 볼티모어 시장에서 첫손가락에 꼽히는 방송국이 아니었다면 그리로 옮길 생각은 하지 않았을 것이라고 했다.

게일 초이스는 동료의 전략적 시각에 놀라움을 금치 못하며, 찬탄 가득한 목소리로 오프라의 행운을 치켜세웠다. 오프라는 "적시적소에 운이 따랐어요. 정말, 정말, 운이 좋았어요"라고 말했다. 세월이 흐른 뒤에는 그 모든 게 자신을 위한 하느님의 계획 중 일부라고 말하고 다녔다.

WJZ와 3년 계약을 맺고 볼티모어로 이사할 준비를 하면서 그녀는 새 직장에서 급여가 나올 때까지 돈을 빌려달라고 아버지에게 부탁했다. "버넌 윈프리는 내슈빌 동부 서드내셔널 은행의 우수고객이었다"고 재닛 와섬(Janet Wassom)은 말한다. "오프라의 이사 비용을 대주려고 대출서류를 준비해 오프라와 공동서명을 하셨어요. 흑인사회에서 도움을 청할 수 있는 대상으로 알려진 분인데, 언제나 스스로 돕는 사람들을 도와주셨어요. 거저 주는 법은 절대 없었죠. 누구든 빌려가면 꼭 갚도록 하셨으니까, 오프라한테도 분명히 그러셨을 거예요."

오프라는 이후 여러 차례 고급 승용차며 명품 의류며 금시계, 대저택 등을 사 안기거나 해외여행을 보내주는 식으로 아버지에게 돈을 갚았다. 아예 일을 접고 쉬라는 제안도 했다. "그 앤 여기가 그렇게 퀴퀴하고 구질구질하다네요." 2008년, 버넌 윈프리 애버뉴에 위치한 허름한 이발소에서 버넌이 말했다. 그러나 일흔다섯의 나이로 뇌졸중을 겪고 난 뒤에도, 자립의 가치를 믿는 그는 딸의 부양 제의를 못 들은 척했다.

"오프라가 내슈빌을 떠나는 건 너무 싫었지만 멋지게 보내주고 싶었다"고 말하는 루베니아 해리슨 버틀러. "그래서 성대한 송별파티를 열어주었지요. 초대장 제작에서부터 음식과 음악 준비까지 내가 다 나서서 챙겼답니다. 톰슨 레인에서 좀 떨어진 가제보 아파트단지에서 파티를 열었는데, 이상하게 들릴지 모르겠지만, 오프라는 나한테 고맙다는 말 한마디를 안 건넸어요. 떠나고 나선 다시는 얼씬도 안 했지요. 〈컬러 피플〉 홍보차 방문했을 때만 빼고요. 그게 내가 오프라를 마지막으로 본 날이었어요. 이후에 그녀는 아널드 슈워제네거(Arnold Schwarzenegger)니 마리아 슈라이버니 하는 저쪽 세계에 완전히 흡수되고 말았지요. 내슈빌과는 결별한 거예요. 그녀의 과거를 아는 우리한테 돌아오는 것이 너무 고통스러웠기 때문인지도 몰라요. 아니면 지금의 그녀에 비하면 우리가 하도 촌스러워서일 수도 있겠죠."

내슈빌여성유권자연맹 회장이 된 오프라의 옛 친구는 잃어버린 우정에 대한 서운함을 감추려 하지 않았다. "오프라는 그녀가 이룬 모든 것들, 특히 남아공의 어린 소녀들을 위해 한 일을 우리가 얼마나 칭송하는지 모르는 것 같아요."

아마도 오프라에게 생존의 대가는 망각이었을 것이고, 그녀의 꿈처럼 큰 꿈에 대한 계약금은 과거와의 단절이었을 것이다. 그녀는 2004년에 WTVF TV 개국 50주년을 맞아 내슈빌을 방문, 텔레비전에서 '뉴스채널5'의 번영을 축하했으나, 그로부터 3년 뒤 크리스 클라크의 은퇴 파티에는 나타나지 않았다. "다들 한자리에 모였습니다." 옛 동료 한 명이 전한다. "지미 노턴은 뉴올리언스에서 선교활동을 하다 참석했고, 루스 앤 리치는 멀리 뉴욕에서 비행기를 타고 왔습니다. 심지어 주지사도 참석했어요. 하지만 오프라는 모습을 보이지 않았죠."

그녀의 불참은 많은 이들을 놀라게 했다. "우린 방송국에서 한 가족처럼 지내왔고, 크리스는 40년 동안 마이크 앞을 지켰어요. 아마 미국 앵커맨으로서 최장수 기록일 겁니다. 그래서 은퇴 파티가 성대했던 거죠." 지미 노턴의 말이다. "모두 오프라가 올 줄 알았을 겁니다. 어쨌든 크리스 덕분에 큰 도약을 했으니까요. 하지만 그동안 30년이란 시간이 흘렀고…… 그녀는 변했습니다. 우리가 알던 그 상냥한 열아홉 살 소녀가 아닌 거예요. 같은 해에 먼저 호화롭게 열린 그녀의 50세 생일파티 때 크리스를 초대하긴 했어요. 비행기로 모셔갔죠. 어쩌면 그걸로 할 도리는 충분히 했다 싶었는지도 모르죠. 나는 그녀가 크리스의 은퇴 파티에 '올 생각이 없었다'고는 말하지 않겠어요. 그냥, '오지 않았다'고만 해두겠습니다."

Five

8개월 만에 왕위를 내주다

할렘 르네상스(Harlem Renaissance, 1920년대 뉴욕 할렘가를 중심으로 한 흑인 예술문화의 부흥기 ─ 옮긴이)를 선도한 시인 카운티 컬런(Countee Cullen)은 그의 대표작 〈사건〉(Incident)에서 어린 시절에 겪은 일을 다음과 같이 묘사했다.

언젠가 오래된 도시 볼티모어에서
신나게 거리를 돌아다니다가
나를 뚫어져라 쳐다보는
볼티모어 아이를 만났어.

나는 여덟 살에 몸집이 매우 작았는데
그 애도 나와 비슷했지.
그래서 난 미소를 지어 보였어. 하지만
그 앤 혀를 쏘옥 내밀더니 "검둥아" 하고 부르더군.

5월부터 12월까지
볼티모어의 구석구석을 구경했지만
지금껏 기억나는 건 오직 하나,
그날의 그 일뿐이야.

이 시가 발표된 1925년 이래, 변화가 있긴 했지만, 흑인이 전체 인구의 55퍼센트에 달하는데도 볼티모어에서는 인종통합 시도에 자꾸만 제동이 걸리고 진척 상황이 지지부진했다. 메이슨-딕슨 라인(Mason-Dixon Line, 남부와 북부를 가르는 선이자 과거 노예제도의 찬성 주와 반대 주의 경계선이기도 함—옮긴이)의 남쪽에 속하면서 남부 연방의 북쪽, 워싱턴 D.C.와 아주 가까운 그 도시는 에드거 앨런 포(Edgar Allan Poe), 에밀리 포스트(Emily Post), 업턴 싱클레어(Upton Sinclair), 헨리 루이 멩켄(Henry Louis Mencken), 베이브 루스(Babe Ruth), 캡 캘러웨이(Cab Calloway), 빌리 홀리데이(Billy Holiday), 서굿 마셜(Thurgood Marshall)과 같은 세계적인 명사들을 많이 배출했다. 미국독립 200주년이 되는 1976년 여름 오프라 윈프리가 도착했을 무렵의 볼티모어는, 관광객 유치 캠페인에 장식이 달린 '참 팔찌'(charm bracelets)를 쓰면서 '참 시티'(Charm City)라는 별칭으로 불리고 있었다. 그 광고 캠페인을 시작한 지 열흘 뒤에 환경미화원들의 파업이 있었는데, 43도에 달하는 혹서 속에서 구역질 나는 악취가 진동하게 된 도시 곳곳에서는 방독면을 착용한 주 경찰관들의 배치를 촉구하는 시위가 끊이지 않았다.

"볼티모어를 좋아하기까지 1년이 걸렸다"고 토로한 오프라. 그녀는 이 도시의 유서 깊은 연립주택들이 못마땅했다. "집들이 왜 그렇게 따닥따닥 붙어 있는지 이해가 안 갔어요. 처음 시내에 나갔을 땐 너무 기분이 처져 내슈빌에 있는 아빠한테 전화해서 울기까지 했다니까요.

내슈빌에서는 베란다는 없더라도 최소한 마당은 다들 있었거든요. 그런데 볼티모어의 펜실베이니아 애버뉴에 있는 집들은 둘 다 없는 거예요. 잔디와 나무가 있는 데를 찾다가 컬럼비아를 택했죠."

신록이 아름다운 메릴랜드 주 교외의 컬럼비아는 57제곱킬로미터에 이르는 땅 전역에 한 마을이 형성된 것처럼 보이게 하여 인종과 종교 및 소득에 따른 차별과 계층 세분화를 없앨 목적으로 1967년에 설계되었다. 지역마다 단독주택과 타운하우스, 콘도미니엄 및 오프라가 빌린 것과 같은 아파트 등이 섞여 있었다. 거리 이름들은 유명한 예술품과 문학작품에서 따왔다. 톨킨(J. R. R. Tolkien)의 작품에서 가져온 호빗츠 글렌(Hobbit's Glen), 로버트 프로스트(Robert Frost)의 시에서 인용한 러닝브룩(Running Brook), 마크 트웨인(Mark Twain)에서 빌린 클레멘스 크로싱(Clemens Crossing, 마크 트웨인의 본명이 Samuel Langhorne Clemens 이다—옮긴이) 등이 그러한 예. 오프라는 브라이언트 우즈(Bryant Woods) 근처 윈드스트림 드라이브(Windstream Drive)에서 살았는데, 그 거리명은 윌리엄 컬런 브라이언트(William Cullen Bryant)의 시에서 빌려온 것이었다.

오프라를 볼티모어까지 차로 태워오고 짐 푸는 것을 도와준 후, 내슈빌의 남자친구 윌리엄 '부바' 테일러는 집으로 돌아갈 채비를 했다. "그녀는 떠나야 하고 나는 남아야 한다는 데 이견이 없었다"고 수년 뒤에 말했다. "내슈빌은 그녀가 활동하기에는 TV 시장이 너무 좁았고, 나는 여기 내슈빌에서 지켜야 할 것들이 많았지요. 이를테면 우리 가업인 장례식장 같은 것 말입니다."

오프라가 테일러를 WVOL 라디오에 취직시킨 후로 두 사람은 꽤 진지한 만남을 이어가고 있었다. "단지 오프라가 정신 놓는 일 없게 하려고 빌리를 채용한 것"이라고, 방송국장 클레런스 킬크리스

(Clarence Kilcrease)는 회고한다. "나를 얼마나 졸라댔는지 모릅니다. 그 남자한테 홀딱 빠져 있더군요." 두 연인은 베트남 참전병인 스물일곱 살의 테일러가 굽턴 장례대학을 다닐 때 개혁침례교회에서 처음 만났다.

"열아홉 살밖에 안 됐을 때인데도 그녀는 야심이 있었다"고 테일러는 말한다. "늘 하는 얘기가 '언젠가 유명해지고 말 거야!' 였으니까요. 진심이란 게 눈에 보였어요." 그래서 10년 뒤 〈60분〉에 출연한 오프라를 보고도 그는 놀라지 않았다. 그러나 그녀가 볼티모어에서의 이별을 멜로드라마의 한 장면처럼 추억하는 대목에서는 두 손 두 발 다 들고 말았다.

"아아, 전 그 사람을 원했어요." 오프라가 마이크 월리스에게 이야기했다. "변기에 그의 자동차 열쇠를 던져넣고는 문 앞에 서서 협박을 했지요. 혼자 가겠다면 발코니에서 뛰어내리겠다고요. 무릎을 꿇고 애원을 했답니다. '제발 가지 마, 가지 말아 줘.'"

저런 연극을 벌이게 만든 남자는 따로 있었음을 알기에, 부바 테일러는 키득거렸다. "내슈빌로 돌아가려는 나를 공항에서 배웅하면서 물기 어린 눈으로 내 손을 꼭 쥐고는 작별의 키스를 했지요. 계속 연락하자고 했지만, 우리 둘 다 알았을 겁니다, 그게 마지막이란 걸." 오프라는 후에 볼티모어의 한 유부남 DJ와 사랑에 빠졌고 그 사람 때문에 무릎을 꿇게 된다. 〈60분〉에서 자세히 이야기한 내용은 바로 그를 잃었을 때의 절망감으로, 저리 천대받던 시절로부터 그녀가 지금 얼마나 멀리 떠나와 있는가를 확실하게 보여준다. 혹자는 저 추억담을 캐서린 에스터즈 '이모'가 "오프라의 거짓말"이라 칭한 것들의 한 예로 여기는 반면, 어떤 사람들은 진실을 재구성하는 그녀의 성향을 비록 일관성은 떨어지더라도 좋은 이야기를 전하는 나름의 방식으로 받아들인다. 어쩌면 오프라가 고통스런 진실을 다룰 수 있는 유일한 방법은 그것을 여전히 괴로운 상황(볼티모어의 DJ)보다는 괴롭지 않은 상황(부바)으로 돌리는 것일지도 모른다.

1970년대에는 지역뉴스 프로그램이 텔레비전의 큰 수입원이 되었다. 특히, 매일 밤 WJZ TV에서 앵커를 보는 제리 터너(Jerry Turner)가 당대 방송계의 성골인 월터 크롱카이트(Walter Cronkite)를 꾸준히 앞질렀던 볼티모어에서 그랬다.

"그때 이 도시에서 제리 터너의 위상은 하늘을 찌를 듯했습니다." WJZ의 기상캐스터 밥 터크(Bob Turk)는 말한다. "필적할 자가 없었어요."

WJZ의 부사장을 지낸 윌리엄 베이커(William F. Baker)도 맞장구를 친다. "제리 터너는 이 업계 어디에서나 최고로 손꼽힐 만한 앵커였어요. 매력적이고 권위 있고, 무엇보다 볼티모어 시민들의 사랑을 듬뿍 받았지요. 가히 숭배의 대상이었답니다. 터너로 인해 WJZ가 수년간 넘버원 자리를 지킨 겁니다. 알다시피 뉴스는 텔레비전에서 왕관의 보석 같은 존재로, 방송국이 얼마만 한 돈과 명성을 얻느냐를 좌우하지요."

1976년에 WJZ는 한 시간짜리 뉴스 프로를 만들기로 결정했는데, 한 사람이 진행하기에는 너무 긴 시간이었다. 그리하여 터너의 왕위를 공유할 진행자가 필요하다고 판단, "강도 높은 물색작업"에 착수한다는 선언을 한다. 왕국 전역에 나팔을 불어, 마흔네 살의 왕자가 유리 구두를 신을 공주(터너가 백인 남성이므로 공동진행자는 흑인 여성일 거라는 추측이 지배적이었다)를 구하고 있음을 대대적으로 알린 것이다. 7개월 후, 소위 물색팀은 마침내 바라던 공주를 찾았다고 발표했다. 방송국은 그녀에게 연봉 4만 달러(2009년으로 치면 15만 816달러 87센트에 해당)를 지급했다.

"내가 WJZ의 뉴스 디렉터였는데 오프라가 보내온 데모 테이프를 보고서 채용을 결정했습니다." 게리 엘리언(Gary Elion)이 2007년에 한 말이다. "매우 인상 깊었어요. 뉴스 전달력이 뛰어나더군요."

뉴스룸은 경악했다. 인쇄매체 저널리스트로 일하다 WJZ의 논설위원이 된 마이클 올레스커(Michael Olesker)는 "테네시 내슈빌 출신의 오프라 윈프리가 볼티모어에 대해 아무것도 모른다는 것이나 겨우 스물두 살이라는 것이나 리포팅 경험이 거의 전무하다는 것은 중요하지 않았다"고 술회한다. "텔레비전 뉴스에 오프라는 딱 적격이었습니다. 왜냐고요? TV 뉴스에서는 저널리즘이 늘 선택 사항으로 여겨져왔기 때문입니다."

그 당시 볼티모어에서는, 흑인 인구가 상당히 많음에도 텔레비전에 나오는 흑인 여성은 단 두 명뿐이었다. 언론계 경험이 거의 없는 댄서 마리아 브룸(Maria Broom)이 그중 하나로, 그녀는 오프라가 오기 전에 소비자 리포터로 WJZ에 고용돼 있었다. "나는 흑인이었고, 머리 모양이 근사했어요." HBO의 인기 시리즈 〈더 와이어〉(The Wire, 2000~2008년 방영)를 통해 전국적인 인지도를 획득한 브룸. "둥근 아프로 헤어스타일의 시대에 나는 현대적인 흑인 여성의 모습이었어요. 한 편의 영화 같았답니다. 방송국 측이 나를 스타로 만들어주겠다고 하더니 정말 그렇게 했어요. 난 그들이 흑인한테 주는 선물이었죠."

수 시먼스(Sue Simmons)는 1974년에 볼티모어로 와 WBAL에서 일했다. 2년 있다 워싱턴 D.C.로 이사했고, 이어 뉴욕으로 옮겨 WNBC에서 20년 이상 뉴스를 진행했다. 볼티모어를 떠날 때 어떤 기자가 장점이 뭐냐고 묻자 그녀는 이렇게 대답했다. "예쁘고, 글을 읽을 줄 안다는 거죠."

1976년에는 어떤 여성—피부가 검든 희든 노랗든 갈색이든—에게나 제리 터너의 왕좌를 공유한다는 건 이전엔 수여된 바 없는 왕관을 받는 일이었다.

"그런 행운을…… 스물두 살에 뉴스를 공동진행하다니 정말 대단한 일이었습니다." 한참 세월이 지나고 나서 오프라가 말했다. "당시로선 세상에서 가장 큰 사건처럼 느껴졌어요."

내슈빌 출신의 젊은 흑인 여성이 임명되었다는 발표가 나자, 볼티모어의 유력한 TV 평론가조차 놀라움을 감추지 못했다. "방송국이 볼티모어의 새 얼굴을 이토록 자신 있어한다는 게 흥미롭다"고, 빌 카터(Bill Carter)가 〈볼티모어 선〉지에 글을 쓴 것. "'채널13'에서 터너 외의 누군가에 의해 뉴스가 다뤄지는 것은 언제든 위험으로 간주되는 것임이 틀림없다."

"그러나 만일 윈프리가 인기 있는 뉴스 진행자로 자리를 잡을 수만 있다면, 프로그램을 잘 정비해 한 시간 꽉꽉 채워 방송하게 되는 날 방송국은 큰 도약을 이루게 될 것이다."

WJZ는 즉각 윌리엄 셰이퍼(William D. Shaefer) 시장 사무실과 손을 잡고 볼티모어의 여러 지역들에 관한 일련의 특집 프로그램 제작에 돌입, 7월부터 9월까지 45일간 도시 박람회가 열리는 동안 매일 저녁 오프라의 진행으로 방송이 나갈 수 있게 했다.

오프라는 "나를 알리는 좋은 기회였다"고 기자들에게 전하면서, 그 시리즈물에 대한 어떠한 조사나 취재를 한 적은 없음을 시인했다. 그녀는 그저 매일 다른 동네에 촬영팀과 함께 나타나 그 지역 자치회가 선정해놓은 인물과 인터뷰를 하면 되었다. "나를 볼티모어 시청자들에게 소개하는 방법으론 아주 그만이었어요. 그 지역에 관해선 아마 방송국의 누구보다도 내가 더 많이 알고 있을걸요."

그녀의 발언은 뉴스룸에 근무하던 몇몇의 심기를 불편하게 했다. 특히 터너가 부재중일 때마다 그 빈자리를 효과적으로 메움으로써 내심 공동진행자를 자처했던 흑인 리포터 앨 샌더스(Al Sanders)가 그랬다. 그는 "한 시간짜리 포맷으로 가기 전 3년 내내, 혹시라도 공동진행을 해야 할 상황이 생기면 내가 발탁되리라는 얘기들이 있었다"고 말했다. "정작 그 상황이 진행되었을 땐 방송국 내부 인사는 아무도 물망에 오르지 않았다. 외부에서 사람을 데려온 것이다."

그러나 상황은 오프라에게 불리하게 전개됐다. "그녀는 아직 오지도 않았는데, WJZ가 유치한 홍보물들을 연신 틀어댔어요. '오프라가 뭔지 아시나요?' 라고 묻는 내용이었죠." 마이클 올레스커가 회상한다. "그럼 광고 속 사람들이 묻죠. '오프리라고요? 오프라? 오프라가 뭐죠?' "

"지금에야 하는 말이지만, 가령 CBS에서 '크롱카이트가 뭔지 아십니까?' 라는 식으로 홍보한다는 건 상상도 못 할 일이죠. 그 광고들은 오프라를 비하하고 뉴스 앵커 전체의 진지한 이미지를 훼손했습니다."

오프라는 그 홍보가 용두사미로 끝났다고 보았다. "오히려 역효과가 났다"고 말했다. "사람들이 예수의 재림을 고대하고 있었는데 고작 내가 나타난 격이죠."

오프라의 데뷔는 1976년 8월 16일에 이루어졌다. 그러나 환호는 전부 제리 터너에게 쏟아졌다. TV 평론가 빌 카터는 "자신의 대단한 명성과 품격을 조금도 잃지 않으면서 용케 공동앵커로 자리매김한 터너"를 칭찬했다. "지역 뉴스진행자로서 다른 누구보다 우수하며, 어쩌면 미국 내 어느 지역의 뉴스진행자와 비교해도 우위에 있다는 점을 더욱 더 분명하게 보여주고 있다. 이런 점에서 볼 때, 그가 과연 다른 앵커의 도움을 받을 이유가 있었는지 의문이 든다."

오프라는 뉴스 낭독이 “흠잡을 데 없고 그런 대로 조화를 이뤘다”는 평가를 받았지만, 그리 호의적인 반응은 아니었다. “쉽게 잊힐 무난한 스타일…… 카메라 앞에서의 그녀의 능력을 깎아내리려는 건 아니다. 그것은 상당한 수준이다. 그러나…… 오프라의 개성은 채널 13의 몇몇 다른 진행자들만큼 강하지 않거나 아직 제대로 표출되지 않은 상태다. 어느 모로 보나 그녀는 매력적이지 않다. 적어도 아직은 아니다.”

몇 주 지나지 않아 오프라와 언변 좋은 은발의 공동앵커는 궁합이 안 맞는다는 것이 확실해졌다. 터너는 스스로 에드워드 머로(Edward R. Murrow, 1930~50년대 CBS 간판 앵커로 언론의 양심을 상징하는 인물—옮긴이)의 환생이라 여겼던 사람이다. 그의 눈에 오프라는 신성한 TV 뉴스의 진행자로서 볼티모어 사회에 봉사할 자격이 없는 사기꾼처럼 보였다. 그녀가 원고 작성을 다른 사람에게 맡길 뿐 아니라 그걸 미리 읽어보지도 않고 카메라 앞에 선다는 사실에 그는 아연실색했다. 글쓰기를 숭배하며 항상 사무실에 일찍 나와 뉴스 원고를 쓰는 그로서는 도저히 이해할 수 없는 태도였다. 그녀가 방송에서 보여주는 어색한 언행에도 기겁을 했는데, 훗날 오프라는 앵커는 다 그렇게 말해야 되는 줄 알았다며 짐짓 점잔 빼는 자신의 귀부인 말씨를 우스갯소리 삼아 들려주었다. 그녀는 프롬프터에 적힌 캐나다(Canada)란 단어를 뉴스 도중 세 번씩이나 “캐-나이-다”로 읽어 터너를 당황케 만들었는데, 나중에는 바베이도스(Barbados)를 “바브-아-도즈”로 잘못 발음하기도 했다. 캘리포니아의 부재자투표(vote in absentia)에 관한 뉴스를 전하면서는 마치 ‘Inabsentia’가 샌프란시스코 근처의 도시 이름인 양 원고를 읽었다. 그로부터 며칠 후에는 ‘blasé’(시큰둥한)를 어떻게 발음하는지 몰라 누군가를 ‘불같은 태도’(a blaze attitude)를 지닌 사람으로 둔

갑시키고 말았다. 그러더니 어느 날부터는 뉴스를 읽어내려가다가 "와아, 끔찍하군요"라는 식의 추임새를 넣으며 사적인 감정이나 의견을 표하기 시작했다. 시청률이 폭락했다.

그러나 터너가 기어이 등을 돌리게 된 계기는 24년 후배가 방송 중 재담이랍시고 다음과 같은 말을 건넸을 때였다. "나이로 치면 제 아버지뻘이세요." 그게 결정타였다. 오프라가 모르는 사이 그녀의 마지막 방송일이 코앞으로 닥쳐왔다.

밥 터크는 "처음부터 잘 안 될 줄 알았다"고 한다. "볼티모어 뉴스계 수장과의 공동진행…… 그 자리에 앉히기에는 오프라의 경험이 너무 일천하고 세상사에 대한 지식, 특히 지리적 상식이 부족했다."

우두머리의 심기가 상하자 오프라는 버림을 받았고, 왕의 모든 수하들도 그녀를 다시 돌려놓을 순 없었다. 1977년 만우절, 재위 8개월 만에 오프라는 왕관을 잃었다. 방송의 꽃인 뉴스 앵커 자리에서 축출된 그녀는 방송계 풋내기들의 집합소라 할 이른 아침 프로그램 속에서나 잠깐씩 모습을 비추는 신세로 전락했다. 내슈빌에서는 강속구 투수였을지 몰라도 볼티모어에서는 홈플레이트까지 공을 던지지도 못한다는 게 방송국 주변의 공통된 의견이었다. 메이저리그는 결코 밟지 못할 마이너리거. 오프라는 그렇게 팬들한테는 배척당하고 팀에서는 패배의 원흉으로 지목되는 천덕꾸러기가 되었다.

앨 샌더스가 즉시 공동앵커로 승진했다. 뒷수습 목적으로 그가 투입됐다는 데는 의심의 여지가 없었다. 그는 "17년을 이 바닥에서 보냈다"는 말로 오프라의 경험 부족과 극명한 대비를 이끌어냈다. "어떤 자리에 사람이 바뀌고 상황이 썩 좋지 않다는 말들이 있는 경우엔 심적 부담이 생기기 마련이죠. 하지만 전 편안합니다."

그와 제리 터너는 눈 깜짝할 사이에 시청률을 부활시켰고 이후 10

년간 뉴스 분야의 판도를 지배했다. 윌리엄 베이커는 그들을 가리켜 "미국 최고의 지역뉴스팀이었다"고 평했다. 두 사람이 세상을 뜨기 전까지—터너는 1987년에 식도암으로, 샌더스는 1995년에 폐암으로—WJZ는 볼티모어에서 줄곧 정상을 지켰다.

오프라가 가차 없이 좌천되었을 때, 방송국은 뻔한 사실을 어떻게든 포장하려 애썼다. 스티브 키매티언(Steve Kimatian) 국장은 "사람들이 어떻게 생각할지는 우리도 알 수 없다"면서, "그러나 우리는 이것이 그녀가 자신을 발전시키고 보다 독립적으로 일할 수 있는 기회라고 믿는다. 주어진 임무를 어떻게 해내는지를 보면, 다들 그녀의 능력치가 높은 수준임을 납득하게 될 것"이라 말했다.

해석하면 이렇다. "오프라는 가망 없다."

스스로 3년이란 시간을 주고 검은 바버라 월터스가 되어 10대 네트워크 시장에서 뉴스 앵커를 하거나 〈굿모닝아메리카〉의 공동진행자 조앤 런던(Joan Lunden) 자리를 꿰차려 했던 사람으로서는 제대로 망신을 당한 셈이었다. 하늘 높은 줄 모르고 치솟았던 자신감이 바람 새는 애드벌룬 마냥 추락하고 있었다. 그녀는 더는 스타가 아니었다. 계약서상으로는 25개월의 유급 기간이 남아 있었으나, 방송국에서 그녀가 서 있을 자리는 없었다. 그렇다고 회사를 그만둘 순 없었다. 돈이 필요했으니까. 더 큰 시장에서 뉴스 계통의 일자리로 승진하기란 불가능한 일이 됐고, 작은 시장으로 가자니 드높은 꿈들이 산산이 조각날 판이었다. 난생 처음으로 그녀는 길 위에 굴러다니는 실패의 불덩이를 피하기 위해 눈높이를 낮추었다. 아버지와 친구들은 그냥 가만히 있으라고 충고했다. 그들의 말인즉슨, 어쨌든 큰 시장에서 여전히 TV에 얼굴이 나오고 월급도 받지 않느냐는 거였다. 오프라는 할 수 있는 최선의 선택을 했다. 〈굿모닝아메리카〉에서 짤막한 지역 소식들을 전하는 것 외에, 본인 말에 의하면 뉴스룸 먹이사슬의 최하층인 '주말 특집용 리포터'가 되기로 한 것이다.

"아무 의미도 생각할 거리도 없는 바보 같은 이야기들을 읊어댔는데 단 한 순간도 속이 편하질 않았다"고 그녀는 말했다. "하지만 그러는 동안에도 생각했어요. '그래, 다른 사람들 눈엔 이게 너무나 대단한 일로 보이니까 그만둔다는 건 말도 안 돼.'"

더는 귀하신 몸이 아닌지라, 오프라는 매일 아침 6시에 무거운 발걸음으로 출근해 하루 종일 그녀한테 던져진 따분한 과제들을 처리하며 시간을 보냈다. 동물원에서 열린 앵무새 생일파티를 취재하거나 서커스단의 코끼리 사진을 찍거나 소방차 뒤를 쫓아다녔다. 미스터 블랙 볼티모어 선발대회 기획자를 인터뷰하면서 실없는 이야기를 듣기도 했다.

마이클 올레스커는 뉴스룸에서 누가 그녀한테 '미스 블랙 아메리카 대회에 나갔었냐?'고 물었던 걸 기억한다. "거기다 대고 자랑을 늘어놓으면 눈치가 없는 거고, 농담으로 받으면 다들 제 잘난 맛에 사는 바닥에 속해 있음을 이해한 거였다."

오프라는 임기응변으로 상황을 잘 넘겼다. "맞아, 그랬지"라고 대꾸하면서 자기 엉덩이를 톡톡 두드렸다. "하지만 이 흑인 여자 엉덩이를 좀 봐. 이건 신이 미국의 흑인 여자들에게 내리신 질환이라구."

쾌활하고 개방적인 성격의 그녀는 남을 기쁘게 하고 남한테 호감을 얻고자 노력했다. "누구하고든 어울릴 수 있는 유형"이라 자평하며 "사람들이 날 안 좋아하면 어쩌나 하는 두려움이 있다. 심지어 내가 싫어하는 사람에게도 사랑받고 싶다"고 했다. 그녀는 방송국의 모든 이들과 친하게 지냈으며 자신의 촬영팀한테도 잘 대했다. 게리 엘리언은 "필름을 사용하던 그 시절엔 필름 편집자가 리포터를 마감시간에 쫓기게 만들 수 있었다"면서, "오프라는 무척 친절했기 때문에 그녀 일이라면 편집자들이 항상 팔을 걷어붙이고 도왔다. 강압적이고 공격적인 태도로 뭐든 자기 맘대로 휘두르려는 못된 사람들이 있는데, 오프라는 정반대였다. 어떤 상황에서도 좋게 좋게 풀어가려 했다"고 말한다.

가장 중요한 건 그녀가 제리 터너와 앨 샌더스에게 싫은 내색을 하지 않았다는 점이다. 왕자병 남자들과 일하는 어려움을 이해하는 절친한 여자 친구들, 게리 킹과 마리아 브룸에게만 분한 마음을 드러냈다. 오프라가 꾹꾹 눌러두었던 적대감은 두 남자가 세상을 뜬 후에야 비로소 표면화되었다. 1987년 제리 터너의 장례식에 구름같이 몰려든 추모 인파 속에서도, 그로부터 8년 뒤 앨 샌더스에게 작별인사를 하러 볼티모어를 찾은 사람들 중에도 오프라의 모습은 보이지 않았다.

당시에는 엄청나게 씁쓸한 일이었지만 그녀의 좌천은 더 큰 도약을 위한 호된 시련의 장이었음이 증명되었다. 그녀는 불타는 야망이 끊임없는 노력 및 지칠 줄 모르는 체력과 결합될 때 풍성한 열매를 맺는다는 것을 배웠다. "열다섯 살 때부터 일기를 썼다"는 오프라는 "이 성공이란 놈을 굴복시킬 날이 과연 올까!"라고 썼던 걸 기억한다고 했다. "언제나 부족하다고 느끼면서 나 자신한테 실망했다. 나는 그냥 잘해야만 했다."

WJZ에서 초과근무를 하는 것 외에 그녀는 '흑인언론노동자협회'에 가입하고 도시 곳곳을 돌며 방송에서의 여성에 관한 연설을 했다. 베델 아프리카 감리감독교회의 일원으로 교회 활동에도 적극 참여하게 되었으며, 도시 전역의 학교에 강연을 나가고 소녀들의 인생선배 노릇도 하기 시작했다. 그녀는 1969년에 처음 연설을 듣고 깊은 감명을 받았던 제시 잭슨(Jesse Jackson) 목사의 사상을 지지했다. "그가 내가슴에 지른 불길로 인생관이 달라졌다. 그는 '우수함이 인종차별을 억지하는 최선의 방법이다. 그러니 우수해져라' 고 했으며, '마음에 품고 믿을 수 있으면 성취할 수 있다' 고 했다. 그 말이 내 삶의 신조가 되었다." 십대 시절 그녀는 잭슨 목사가 한 말들을 도화지에 적어 거울 앞에 붙여놓고 내슈빌을 떠날 때까지 떼지 않았다. 볼티모어에서는 잭슨 목사가 지휘하는 '오퍼레이션 푸시' (Operation PUSH: People United to Serve Humanity, '인간성회복을 위해 뭉친 사람들' 이란 뜻의 인권단체)을 위한 기금마련행사의 기획을 거들었다.

그녀는 매주 일요일 1,600석 규모의 교회에서 열리는 예배에 참석해 늘 둘째 줄 가운데 자리를 지켰으며, 연설활동뿐 아니라 커트 슈모크(Kurt Schmoke)와 퀘이시 음후메이(Kweisi Mfume) 같은 지역 인사들에 대한 정치적 지원을 통해 흑인사회로부터 굳건한 사랑을 받게 되었다.

"오프라는 누가 중요한 사람이고 무엇이 그에게 힘을 부여하는지, 그 도시의 권력구조를 터득했다"고 게리 엘리언은 회고한다. "그런 사람들의 이름과 얼굴, 비밀 등 권력구조의 모든 것을 파악했고, 그 정보를 뉴스 수집에 이롭게 쓰는 법을 배웠다. 그녀가 급속도로 볼티모어의 유력 인사가 된 것은 그 도시의 돌아가는 사정을 잘 알았기 때문이다. 나는 매우 영민한 그녀가 장차 성공하리란 걸 알았다. 심하게 당파적이진 않았으나—적어도 나하고 그에 관한 얘길 한 적은 없다—정치적으로 아주 약삭빨랐다. 그런 감각을 타고난 듯 보였고 그것을 자신한테 유리하게 사용했다."

오프라는 볼티모어에서 방송국 일을 통해서만이 아니라 베델 감리교회를 통해서도 자신의 대중 노출도를 높였다. 여성 아카펠라 그룹 '스위트 하니 인더록' (Sweet Honey in the Rock)을 결성했던 버니스 존슨 리건(Bernice Johnson Reagon) 박사는 오프라를 "교회에서 만났다"고 한다. "우리 그룹이 실행하려던 프로젝트에 동참하겠다고 연락이 왔다. 나는 오프라를 면담한 다음 그 내용을 바탕으로 대본을 하나 만들었고, '스위트 하니'가 부를 노래와 시도 썼다. 핵심은 오프라가 공연하는 마거릿 워커 알렉산더의 소설 《주빌리》의 한 대목이었다. 우린 '한 시인을 검고 아름답게 만들고 노래 부르게 하시니' (To Make a Poet Black and Beautiful and Bid Her Sing, 카운티 컬런의 시구절)를 볼티모어 모건 스테이트 대학교에서 초연했고, 내슈빌과 뉴욕에서 잇따라 공연을 펼쳤다."

"오프라는 다른 무엇보다도 배우가 되길 원했다"고 WJZ의 전 프로듀서 제인 맥클래리(Jane McClary)는 말한다. WJZ의 리처드 셔는 "시와 극적인 낭독을 통해 흑인 역사를 재연해낸 오프라의 이 여성 1인극은 굉장했다. 기립박수를 이끌어내는 연기였다"고 평한다.

빌 베이커 또한 오프라의 '작은 리사이틀'을 기억한다. "그녀는 공연 때마다 날 초대했고 나도 꼭 참석했다. 그녀는 흑인사회에서 주목받는 인물이 되었다."

오프라가 볼티모어 흑인 여성들에게 미친 영향력은 나중에 존스홉킨스 대학교 사회학 교수 카트리나 벨 맥도널드(Katrina Bell McDonald)의 학술 저서 《자매애를 포용하며》(Embracing Sisterhood)의 주제가 되었다. "이 여성들은 오프라의 지구력—흑인 여성들이 직면하는 최악의 역경들을 헤쳐나오고 흑인 여성을 존중하지 않는 세상에서 사람들의 부러움을 한 몸에 사는 능력—에 경탄한다."

오프라가 볼티모어를 떠난 지 한참 뒤에, 몇몇 여성들에게서 WBAL TV의 유대인 기자 로이드 크레이머(Lloyd Kramer)와의 가슴 아픈 이별 이야기를 들을 수 있었다. 1970년대 말에도 볼티모어에서는 타 인종 간 연애가 드문 일이었다. 오프라가 사귀던 크레이머는 "오마

샤리프(Omar Sharif)는 제미마 아줌마(Aunt Jemima, 열악한 처우에도 백인한테 충성하는 흑인 가정부를 뜻하는 말—옮긴이)와 데이트 중"이라는 악의적 농담을 내뱉는 지역 라디오 진행자(백인)였다.

"하지만 그런 건 두 사람에게 문제가 안 되었다"고 마리아 브룸은 말한다. "그녀는 정말로 그를 사랑했어요. 둘 사이는 무척 가까웠습니다. 나는 그들이 결혼해서 자식 낳고 살 수도 있겠다고 생각했어요. 오프라의 자신감이 무너졌을 때, 로이드는 진심으로 그녀를 도왔습니다. 서로 아끼고 배려하는 관계였어요."

크레이머와 당시 친했던 이들 중 한 명은 오프라와의 첫 대면을 이렇게 기억한다. "로이드가 볼티모어에서 전화를 해, 여자친구랑 뉴욕에 갈 건데 내 집에서 묵어도 되느냐고 물었다." 편집자이자 작가인 피터 게더스는 "물론 된다고 대답하고서 여자친구에 대해 물었다. 로이드는 약간 망설이다가 여자친구가 흑인이며 부모님들이 그것 때문에 매우 화가 나 있다는 얘길 했다. 그녀의 이름은 오프라—순간 좀 웃었다. 보통 백인 여자친구 이름이 아니라서—고 볼티모어 경쟁사 리포터라 했다. 1, 2주 있다 뉴욕에 온 로이드와 오프라는 엘리베이터도 없고 바퀴벌레가 심심찮게 출몰하는 웨스트 빌리지의 5층짜리 건물, 내 아파트에 머물렀다. 남는 방은커녕 남는 침대도 없어서 두 사람은 거실 베개 소파—소파라 하기도 민망한, 베개를 여러 개 잇대어 만든 자리—에서 잠을 자야 했다. 그렇게 주말을 보낸 우리는 로이드가 볼티모어로 이사한 뒤 자주 보지 못한 다른 친구들과도 어울려 신나게 놀았다."

둘의 관계는 크레이머가 뉴욕 WCBS로 이직해 에이드리엔 멜처(Adrienne Meltzer)라는 여배우를 만나면서부터 삐걱대기 시작했고, 결국 로이드는 1982년 그 여배우와 결혼에 이른다. "오프라는 가슴이 찢어지면서도 겉으로는 티를 안 냈다. 아픈 걸 참고 꿋꿋이 생활해나갔다"고 마리아 브룸은 증언한다. 오프라는 또 크레이머에 대한 고마운 마음을 계속 간직하며 친구 사이를 유지하다가, 나중에 그를 TV 자막 감독으로 만들어주었다. 시카고의 저널리스트 주디 마키(Judy Markey)에게 "로이드는 멋진 사람이었다. 볼티모어에서 의기소침해지는 일들을 겪는 내내 내 곁에 머물렀다. 그와의 연애가 지금까지 경험한 연애들 중 제일 재미있었다"고 밝혔다.

1976년 베델 감리교회에 합류할 당시, 그녀의 머릿속에는 학창시절 "설교쟁이"라 불렸던 시골소녀가 품음직한 성서 계율들이 가득했다. 창세기와 레위기를 인용하는 독실한 그리스도교 신자답게 동성애는 잘못된 것이라고 믿었다. 게이인 동생 제프리를 창피하게 여겼고, 그가 에이즈로 죽기 1년 전에는 동성애자이기 때문에 천국에 못 갈 것이라는 저주까지 퍼부었다. 그랬던 사람이 이후 7년간, 교조적인 침례교 개념들로부터 멀리 이동하게 된다. "자랄 때 하느님을 의심하지 말라는 교육을 받았다. 그건 죄악이라 배웠다"는 그녀가 "스스로 생각이란 걸 하기 시작"했다. "20대 중반이 되어서야 처음으로 내 영성, 내 영적 자아로의 여행을 떠나게 된 것이다."

그 여행은 존 리처드 브라이언트 목사로부터, 질투하는 신으로서의 하느님에 대한 강론을 들었을 때 시작되었다. "나는 침례교도로 키워진 이래 처음으로 생각이란 걸 하면서 앉아 있었다. 교회, 교회, 교회, 일요일, 일요일, 일요일……. '전지전능하고 모든 것을 가지셨으며 나를 창조하시고 매일 아침 태양을 뜨게 하실 수 있는 하느님이, 그런 하느님이 왜 내가 말해야 하는 어떤 것에 질투를 느끼시게 될까? 왜 내가 물어야 하는 질문에 위협을 느끼시게 될까?' "

종교에서 위안을 받았다고는 해도, 공개적으로 당한 망신에 그녀는 육체적, 정서적으로 괴로워했다. "방송국 건물을 나서던 리포터들이 시동을 걸 기운마저 없어 차 안에서 흐느끼고 있는 오프라를 종종 발견했다"고 마이클 올레스커는 말한다.

"스트레스가 너무 심해 머리카락이 빠질 정도"였다는 게 제인 맥클래리의 증언이다. "나중에 파마를 잘못 해서 그렇다고 변명했지만 스트레스성 탈모였음이 분명했다."

오프라는 쉬지 않고 음식을 입에 넣는 것으로 괴로움을 달랬다. 다이어트 담당 의사한테 처음 끊어준 수표를 오랫동안 버리지 않았다는 그녀. "스물세 살 때 몸무게가 67킬로그램, 옷 사이즈가 8이었는데, 뚱뚱하다고 생각했어요. 의사가 처방해준 1,200칼로리 식이요법으로 근 2주 만에 4킬로그램을 뺐지요. 두 달 뒤에는 다시 12킬로그램이 쪘어요. 그렇게 불평불만의 사이클이 시작됐습니다. 내 몸, 나 자신과의 싸움이었지요."

오프라 본인과 다른 사람들이 전하는 음식과의 전쟁에 관한 일화들은, 때로는 재미있지만 대개의 경우 서글프다. '과식자들의 모임'에서 오프라를 처음 만났다는 전 메릴랜드 주 인적자원부 장관 힐다 포드(Hilda Ford). "30년이라는 나이 차에도 불구하고 친해졌어요. 당시 볼티모어에서 배척당하던 뚱보 흑인 여자라는 공통점이 있었지요. 함께 과식자 모임에 나가고 체육관에서 운동을 한 다음엔 글쎄, 뭘 했는지 아세요? 오프라의 단골식당인 '크로스 키즈'에 들러 프라이드치킨을 배터지게 먹었답니다."

WJZ의 직원들은 지역봉사 담당 이사 팻 휠러(Pat Wheeler)가 연 파티에서의 일을 기억하고 있다. "파티가 끝날 무렵에 팻이 사람들을 다 밖으로 내보내고 있었는데, 오프라한테는 어쩌질 못하고 있었다. 손도 안 댄 커다란 연어 접시가 식탁에 올려져 있었기 때문"이었다. "엄청난 식성의 오프라는 그걸 다 먹어치우기 전에는 나갈 생각이 없어 보였다. 식탐이 대단하다는 게 여실히 드러나는 장면이었다." 오프라는 강박적 식습관을 순순히 시인했다. 초콜릿칩 쿠키에 중독된 나머지 한밤중에 파자마 상의와 부츠에 코트만 걸치고 아파트를 빠져나와 온 동네 제과점을 돌아다니는 일이 잦았다고 고백했다. 주변 사람들은 그녀의 식습관을 다른 무언가의 대체물로 이해했다. "외로울 때 그녀가 어떤 식으로 폭식을 하는지에 대한 얘기들이 들려왔다"고 빌 카터는 말한다.

게리 코브런(Gerri Kobren)은 〈볼티모어 선〉지에 "성공 가도를 달리던 오프라, 좌천으로 비탄에 빠지다"라는 글을 썼다. "그녀는 경력이 이대로 멈춰버릴까 두려워 다른 도시로 떠나려는 생각도 잠시 했다. 듬성듬성 두피가 보일 정도로 머리카락이 빠져, 일하는 동안에는 스카프를 머리에 두르고 있어야만 했다."

나중에 전국적으로 뜨거운 인기를 누리게 됐을 때 오프라는 탈모에 대해 전혀 다른 의견을 내놓았다. 심적 고통을 원인으로 인정하기보다는 WJZ의 새 뉴스 조감독을 탓하면서, 그가 다음과 같은 말을 한 후 외모 개선을 하라며 자신을 뉴욕으로 보냈다고 주장한 것이다. "당신 머리는 숱이 너무 많아. 눈 간격은 너무 벌어져 있고. 코는 너무 펑퍼짐한 데다 턱은 너무 길어. 여기저기 손을 좀 봐야 될 것 같아." 방송국 측이 성형수술을 시키려 했다고 그녀는 말했다. 특종에 눈먼 기자들과 그녀를 흠모하는 시청자들을 상대로 맛깔나게 지어낸 이야기들 속에서, 그녀는 새 뉴스 조감독이 어느 날 자신을 찾아와 이렇게 말했다고 했다. "당신 외모가 문제라고들 하는군. 뉴욕으로 보내줄 테니 가봐. 거기 가면 도와줄 사람들이 있어." 그녀는 "화려하고 이상야릇하게 치장된 어느 미용실"로 가게 되었다고 했다. "손님에게 와인을 대접하는 것이, 머리 모양은 어떻게 되든 상관 안 할 것 같은 분위기였어요. '검은 머리도 만질 줄 아나' 고 물었지요. 주인인 프랑스 남자가 그렇다고 하더군요. 검은 머리, 빨간 머리, 노란 머리, 다 만질 줄 안다고. 그러고선 내 검은 머리칼에 프렌치파마 약을 바르기 시작했어요. 나는 당시 여자답게—1977년이었으니까요—가만히 앉아서 감히 아프다는 소리도 못 하고 파마약이 내 대뇌피질로 타 들어가는 걸 견뎌냈지요. 드디어 파마가 끝나 의자에서 일어났을 때 내 모낭에 남은 거라곤 부스럼 딱지밖에 없었답니다."

"머리가 훌렁 벗어질" 정도로 달달 볶였다는 그녀의 과장된 일화는 묘사가 세밀한 데다 무엇보다 재미가 있어 시청자들에게 큰 웃음과 즐거움을 안겼지만, 이모 캐서린 에스터즈가 들었다면 오프라의 또 다른 '거짓말' 이라고 꼬집었을 만한 이야기이기도 했다. 진실을 밝히자면, 그녀는 맨해튼에 위치한 최고급 미용실에 가긴 했으나, 방송사에서 보낸 건 아니었다. "그런 일에까지 배정된 예산은 없었다"고 뉴스 프로듀서 래리 싱어(Larry Singer)는 말한다.

뉴스 감독 게리 엘리언은 "그녀를 뉴욕에 보내 프랑스 헤어디자이너한테 머리 손질을 맡긴 기억이 전혀 없다"면서, "어디서 그런 이야기가 나왔는지 모르겠다"고 했다.

외모 가꾸기에 혈안이 돼 제 발로 뉴욕에 가놓고도, 외모 개선은 아둔한 남성 경영진들이 요구한 거라는 근거 없는 믿음에 빠진 오프라는, "방송국은 날 푸에르토리코 사람으로 만들고 싶어했다. 내 피부를 하얗게 만들고 코 모양을 바꾸길 원했다"며 울분을 토했다. 이쯤에서 대개 그녀는 자기를 채용도 하고 해고도 했던 뉴스 감독에게 일격을 날렸다. 그에게서 이름을 바꾸라는 말까지 들었다고 주장하는 것이다. 수지라는 이름을 권유받았다고 얘기하면서, 엉덩이에 한 손을 댄 채 싱긋 웃으며 방청객에게 묻곤 했다. "내가 수지처럼 보이나요?" 또 어떤 때는 권유받은 이름이 캐시라고 했다.

오프라의 꾸며낸 일화들에 의문을 품은 기자는 당시 〈볼티모어 선〉지의 TV 비평가로, 후에 〈뉴욕타임스〉로 자리를 옮긴 빌 카터가 유일했다. 1986년 오프라를 인터뷰할 때 게리 엘리언이 그녀한테 개명을 요구했다는 소리를 듣고, 개업 변호사로 변신한 전 뉴스 감독에게 전화를 했다.

방송국을 떠난 지 10년 째였던 엘리언은 "오프라가 날 기억씩이나 하다니 영광"이지만 "아내한테 청혼할 때 빼고는 누구한테도 이름을 바꾸라고 요구해본 적이 없다"고 딱 잘라 말했다. 오프라가 여러 인터뷰와 강연 자리에서 자신을 두들겨 패는데도 그는 차분함을 잃지 않은 채, '진실이 바지를 입을 때쯤 거짓은 세계를 반 바퀴 돈다'는 윈스턴 처칠의 명언으로 입장 표명을 갈음했다.

1977년 봄, 윌리엄 베이커가 WJZ로 와 국장에 임명되었고, 얼마 안 있어 웨스팅하우스 텔레비전 앤드 W그룹의 사장으로 승진했다. "박사 학위를 가지고 있었기 때문에 그는 베이커 박사라 불렸다"고, 클리블랜드에서 그에게 채용되었던 제인 맥클래리가 말한다. "형부가 오하이오 주 상원의원 존 글렌(John Glenn)의 언론담당비서였기 때문에 대학을 졸업하자마자 취직이 됐지요. 빌 베이커는 그런 면에 아주 밝았어요. 볼티모어에서 잘 나가는 변호사를 남편으로 둔 알린 와이너(Arleen Weiner)와 마리아 슈라이버(존 F. 케네디 대통령의 조카딸—옮긴이)도 고용했지요. 그런 연줄이 있는 사람들을 채용해두면 좋다는 걸 안 거죠. 마리아는 카메라 앞에 서고 싶어했지만, 그때는 너무 뚱뚱하고 매력적이질 않아서, 베이커 박사는 〈이브닝 익스체인지〉의 부프로듀서 자리에 그녀를 앉혔어요."

지역 아침 프로그램으로서 전국 최고의 시청률을 올리고 ABC 〈굿모닝아메리카〉의 본보기가 된 〈모닝 익스체인지〉를 클리블랜드에서 탄생시켰던 베이커는 볼티모어에서도 같은 성과를 이끌어내고자 했다.

그는 "당시 낮 시간대 텔레비전의 주 시청자 층은 미개척지라 할 전업주부들로써, 완전히 과소평가된 집단이었다"고 말한다. "그들이 보는 프로그램은 연속극과 게임쇼가 전부였습니다. 나를 따라 몇몇 파티에 참석하면서 방송국 사람들과 안면을 튼 아내가 오프라를 기용해 보면 어떻겠냐고 제안을 하더군요. 내가 여기서 〈모닝 익스체인지〉를 한 번 더 만들고 싶어하니까 여성 진행자가 필요하지 않냐, 그럼 오프라를 한번 눈여겨봐라, 행동에 꾸밈이 없고, 늘 뭔가를 얘기하고 사람들과 잘 어울리는 사람이다, 나하고 잘 맞을 것 같다는 거예요."

그 무렵 오프라는 뉴스로 복귀해 평일 정오 프로그램을 진행하고 있었다. 임시로 하는 일이었고 황금 시간대도 아니었지만, 어쨌든 다시 그 바닥에 발을 들여놓은 상태였다. 그녀에게 낮 시간대 토크쇼에서 '행운의 전화' 코너를 맡는다는 건 생각도 하고 싶지 않은 일이었다.

베이커가 인기 높은 쇼의 포맷을 살 계획이며 〈피플 아 토킹〉의 공동진행자로서 그녀가 해야 할 일들 중 하나가 프로그램 도입부에 '행운의 전화' 비밀번호를 알리는 일이 될 것이라 설명했을 때, 오프라는 제발 그것만은 안 하게 해달라고 애원을 했다. 쇼의 말미에는 시청자들의 전화번호가 담긴 항아리에서 무작위로 번호를 하나 뽑는데, 선택된 시청자가 방송을 보고 있다가 전화를 받고서 올바른 비밀번호를 대면 돈을 따게 된다. 만일 전화 통화가 이루어지지 않으면, 그 돈은 다음 날 통화자를 위한 상금에 보태진다. 그것은 프로듀서들이 시청자들의 채널을 고정시키려고 사용하는 45초짜리 유인 장치였다.

갑자기 앵무새나 서커스단의 코끼리나 소방차가 대단하게 느껴졌다. "사실 오프라는 회사를 나가려는 참이었다"고 한참이 지난 후에 베이커가 말했다. "계약기간이 끝나기만을 기다리는 처지였지요. 그녀가 뉴스 대본을 썩 잘 읽어내지 못한다는 걸 알고 있었습니다. 하지만 그게 진행자 능력의 전부는 아닌 것이고, 내가 아침 토크쇼에서 기대하는 부분도 아니었어요. 나는 애드리브에 능하고 사람들에게 관심이 많고, 시청자들의 전화와 각양각색의 게스트들을 잘 다룰 줄 아는 사람이 필요했습니다. 가벼운 오락물엔 오프라가 제격이리라 생각해서 토크쇼 감독인 앨런 프랭크(Alan Frank)에게 그녀를 추천했지요. 앨런은 1975년부터 뉴스 진행자로 입지를 다져온 리처드 셔와 짝을 지어주면 어떻겠냐고 묻더군요."

프랭크의 말인즉슨, "이 쇼가 제대로 되려면 백인 남자와 흑인 여자가 나와야 한다. 그럼 모든 문제가 해결된다"는 거였다.

베이커는 동의했다. "어려운 부분은 그다음이었어요. 오프라한테 함께 하자고 말해야 했으니까요."

아무리 막다른 지경에 이르렀다 해도, 그녀는 낮 시간대 프로를 하기보다는 자유의 몸이 되길 원했을 것이다. "뉴스 진행에 대한 미련이 정말 많았다"고 베이커는 회상한다. "당시 뉴스 프로가 방송의 노른자위임을 그녀도 알고 있었죠. 낮 시간대는 한물 간 떨거지들이 하는 거라 여겼어요. 자기한테 왜 그런 걸 시키냐며 울기 시작했어요. 밑바닥까지 떨어지긴 싫다고 매달리더군요. 그래서 내가 '낮 시간대에서 성공만 하면 볼티모어의 뉴스 앵커와는 비교도 안 될 영향력을 갖게 될 테니 두고 보라'고 설득했습니다. 일다운 일을 제의받은 것이기도 하지만, 솔직히 그녀로선 선택의 여지가 없었어요."

싫으면 그만두란 식의 태도로 나가기보다 베이커는 도와주겠다는 약속을 했다. "내 인맥을 총동원하겠노라 했지요. '필요하다면 직접 출연 섭외에 나서마, 전화도 돌리고 프로듀서들도 잘 감독하면서 물심양면으로 돌봐주겠다, 당신한테만이 아니라 나한테도 이 토크쇼는 사활이 달린 문제다, 함께 힘을 합쳐 대박을 쳐보자.'"

그는 오프라에게 한 이야기를 기자들에게도 했다. "이 쇼는 지금껏 방송된 모든 아침 토크쇼들의 결정판이 될 겁니다. 주부들은 똑똑한 시청자들입니다. 지적이고 생각이 깊습니다." 그는 주부들에게 현실감 강한 쇼를 선사하겠노라 장담하면서, 이는 신경안정제 남용, 특별한 다이어트, 남자의 성생활, 패션, 요리 등을 다룬다는 것을 의미한다고 밝혔다. "〈피플 아 토킹〉은 전국 어느 도시에서도 처음 선보이는 최대 규모의 아침 토크쇼가 될 것입니다." 그는 또 볼티모어를 비롯해 미 전역에서 엄청난 시청률을 올리고 있던 〈도나휴 쇼〉에도 과감히 도전장을 내밀었다.

베이커는 오프라에게 막대한 제작비 예산과 연봉 인상, 새로 공들여 꾸민 무대, 정교한 전화연결 장치를 보장하고, 의상 코디네이터와 조명 및 분장 전문가를 붙여주겠노라 약속했다. 아울러, 전국의 웨스팅하우스 계열사 5개 방송망을 모두 탈 기회가 생길 것이므로 섭외 사무실을 따로 마련해 게스트 섭외에 만전을 기할 것이라 다짐했다.

결국 수락은 했지만 베이커가 오래도록 기억하는바, "오프라는 눈물을 글썽이며 내 사무실을 나섰다."

Six

'얼간이'를 사랑하다

리처드 셔에게 1978년 8월 14일 〈피플 아 토킹〉의 첫 방송은 떠올리기 민망한 추억이다. 그가 아직도 기억한다는 〈볼티모어 선〉지의 헤드라인은 이랬다. "후덥지근하고 퀴퀴한 공기."

TV 비평가들은 새 아침 토크쇼를 사정없이 난도질했다. 집에서 살림만 하는 엄마들에게 지적인 즐거움을 선사하겠다더니 고작 "아무 생각 없이" 연속극이나 다루는 쇼를 내보냈냐며 빌 베이커를 맹비난했고, 리처드 셔에겐 방송 시간을 독차지한 채 "공동진행자와 게스트들은 물론, 무대장치의 대부분을 삼켜버릴 정도"로 잘난 척을 떨었다고 조롱을 퍼부었다. 들쑥날쑥한 진행 속도를 보인 프로듀서들도 뭇매를 맞았다. "어제 선보인 〈피플 아 토킹〉은 클러치 한 번 밟아보지 못한 생초보가 모는 고마력 자동차처럼 시종일관 털털거렸다."

오프라만이 유일하게 혹평의 칼날을 모면했다. 그녀는 "세련된 미소와 함께 방송에서 보기 드문 우아한 태도를 유지하면서 행운의 전화라는 조잡하고 보잘 것 없는 코너에 최대한의 품위를 불어넣었다"고 칭찬받았다. 그러나 빌 카터는 〈볼티모어 선〉지에 "오프라의 뉴스

리포터 이미지를 장기간 끌고 나가는 것은 도움이 안 될 것"이란 경고를 남겼다.

오프라는 정오뉴스를 계속 진행했지만, 이제 "검은 바버라 월터스"가 되겠다는 야망은 접었다. 토크쇼 데뷔 전날에는 너무 긴장이 돼 초콜릿바 세 개와 팬케이크 크기만 한 초콜릿칩 쿠키를 다섯 개나 먹었다. 하지만 그녀가 즐겨보는 연속극 〈올 마이 칠드런〉(All My Children)의 출연 배우 두 사람을 인터뷰한 후에는 마침내 텔레비전에서 자기 자리를 찾은 느낌이라고 말했다. 그녀는 토크쇼 포맷을 아주 좋아했고 ― 진행 방식을 파악하기 위해 〈도나휴 쇼〉를 시청하곤 했다 ― 엘비스 프레슬리처럼 보이게 성형수술을 한 남자들을 인터뷰하고 싶어 다음 회를 목이 빠지게 기다렸다. 명성은 위대함의 반영이라 철석같이 믿으면서 열 살 때부터 다이애나 로스를 숭배해온 오프라는 〈피플 아 토킹〉을 유명인사들에 이르는 관문으로 생각했다. 그 대상이 광적인 엘비스 추종자들이라도 상관없었다.

"그녀는 어린 소녀처럼 분장실에 찾아와 내가 메이크업을 받는 동안 간이의자에 걸터앉아서는 관심 있는 사람들에 대해 이것저것 묻곤 했어요." 〈라스베이거스 선〉의 연예부 편집장이자 단골 초대손님이었던 딕 모리스(Dick Maurice)의 말이다. "스타들 정보를 캐는 데 열심이었죠."

첫 회를 마친 후 오프라만이 기쁨에 들떠 세트장을 걸어나왔다. 그녀는 한 손에는 샴페인 잔을 쥐고 다른 한 손으로는 착잡한 표정의 리처드 셔를 껴안으면서 탄성을 질렀다. 프로듀서들 역시 불안한 기색을 감추지 못했으나, 오프라는 희망에 부풀어 있었다. "방송을 해보니까 알겠어요. 이게 내가 해야 할 일이란 걸요. 바로 이거예요. 이런 방송을 할 운명이었던 거예요. 숨을 쉬는 듯 편안했어요. 나한테 딱 맞는 방식이었어요."

1주일 만에 〈볼티모어 선〉이 이에 동의했다. "오프라는 자신이 아침 토크쇼 진행자로 탁월한 선택이었음을 빠르게 입증하고 있다." 빌 카터는 이어, "아침 토크쇼 포맷에서 그녀는 무척이나 좋아 보인다. 야단스럽지 않으면서 밝고 매력적이다. 그런 조합이 모닝커피를 마시는 분위기와 잘 어울린다"고 썼다.

"우리가 한 팀으로 굳어지기까지 2, 3년의 시간이 걸렸어요." 주도권을 쥔 파트너였던 리처드 셔의 말이다. "내 아프로 헤어스타일은 그녀의 것만큼 컸습니다." 민첩하고 재치 있는 그가 그 토크쇼에 발탁된 것은 필 도나휴를 닮은 외모가 〈도나휴 쇼〉의 여성 시청자들에게 어필할지도 모른다는 이유에서였는데, 그는 이에 대해 아무런 반박도 하지 않았다. 오프라는 셔가 "얼굴마담"이었다고 농담을 했다. 누구와 맞서기를 꺼리고 남을 즐겁게 해주는 사람임을 자처했던 남부 흑인 여성 오프라는 자만심에 찬 공동진행자와 보조를 맞추면서 그의 자존심을 건드리지 않으려 애썼다. 제리 터너와의 뼈아픈 실패를 교훈 삼아 이번에는 파트너 관계를 잘 유지하리라 결심했던 것이다.

셔는 사이가 "매우 좋았다"고 기억한다. "다시는 누구와도 그렇게 일하지 못할 겁니다. 서로가 무슨 생각을 하는지 알 정도였어요. 한번은 가슴 통증을 호소하기에 병원에 데리고 갔는데, 그녀가 나를 보호자로 적더군요. 우리 집에 오프라 전용 과자 서랍이 있을 정도였으니까요. 현관문 열리는 소리에 이어 그 서랍 열리는 소리가 나면, 아, 오프라가 조깅하다 과자 꺼내 먹으러 들렀구나 하고 알아챘답니다. 아내 애너벨이랑 아이들하고도 정말 친했고요. 나를 제일 친한 '여자 친구'라 부르곤 했지요."

오프라는 "리처드한테서 유대인처럼 구는 법을 배웠다"고 했다.

"욕도 배웠고요."

〈피플 아 토킹〉의 부프로듀서 바버라 햄(Barbara Hamm)의 기억 속에도 "오프라와 리처드는 매우 가까운 사이"로 남아 있다. "오누이 같았습니다. 어떤 게스트를 부를 것이냐, 무슨 질문을 할 것이냐 등에 관해선 의견 대립이 있었지만요." 오프라는 은막의 스타나 록 스타, TV 연속극 스타를 초대하는 걸 선호했고, 셔는 정부 관료나 기업 총수를 출연시키고 싶어했다. 그녀는 셔가 당황해할 질문들을 자주 던지곤 했다.

햄의 말에 따르면, "오프라는 재미를 추구해서 방청객을 자주 쇼에 끌어들였는데, 리처드는 이를 탐탁치 않아했다. 분위기가 어수선해지는 게 싫었던 것이다. 어느 날은 그녀가 방청객들을 통로에서 말 그대로 춤을 추게 했는데, 무모한 시도였지만 결과는 만족스러웠다."

파트너와 달리 오프라는 직업적 이미지에 지나치게 연연하지 않았다. 순진한 질문을 하는 것, 바보 같아 보이는 것을 두려워하지 않았고, 상황에 따라선 품위도 내팽개쳤다. 제정신이 아닌 듯한 다이어트 전문가 리처드 시먼스와 함께 운동을 하는가 하면 이국적인 댄서들 틈에서 춤도 추고, 고객을 죽인 창녀를 인터뷰하기도 했다. 케이크를 예쁘게 꾸미고, 칠면조에 국물을 끼얹고, 줄에 매단 사과를 입으로 따먹는 게임도 했다. 리처드 셔가 ABC의 앵커 프랭크 레이놀즈(Frank Reynolds)와 TV 저널리즘에 대한 토론을 장황하게 벌일 때는 소파에 앉아 잠자코 듣기만 했다.

당시 열아홉 살의 대학 신입생으로 나중에 마이애미 WTVJ의 리포터가 된 켈리 크레이그(Kelly Craig)는 "심각하고 지루한 질문은 그녀의 파트너가 도맡아 했던" 걸로 기억한다. "질문할 차례가 되면 오프라는 이런 걸 물었지요. '그럼 레이놀즈 씨는 저녁 때 뭘 드시나요?'"

이 젊은 여성은 오프라의 엉뚱한 질문들에 깊은 인상을 받았다. 그런 것이야말로 방청객들이 궁금해하는 내용이었기 때문이다. 크레이그는 자기한테 유명인을 인터뷰할 기회가 온다면 그녀처럼 하겠다고 결심했다.

"오프라는 저렇게 질문하는 법을 배울 수밖에 없었다"고 제인 맥클래리는 회상한다. "그런 점에서 프로듀서 셰리 번스(Sherry Burns)가 오프라를 오프라답게 훈련시킨 공로를 인정받아야 해요. 날이면 날마다 오프라한테 소리를 지르고 욕을 하던 게 생각나는군요. '대체 무슨 생각을 하고 있었던 거야? 머리에 뭐가 들어 있었냐구? 그 뻔한 질문을 왜 안 한 거지? 항상 맨 먼저 생각나는 걸 물으란 말야. 그냥 말해. 말해버리라구. 배짱 있게 좀 굴어봐! 두려워 말고 그냥 해버려.'"

〈피플 아 토킹〉에 머리가 붙은 채로 태어난 서른두 살 된 쌍둥이 자매가 게스트로 출연한 적이 있었다. 일상의 모든 걸 공유해야 하는 삶에 대해 이야기를 나누던 중 오프라의 호기심이 발동했다. "한 사람이 밤에 화장실을 갈 일이 생기면 다른 사람도 따라가야 하나요?" 리처드 셔는 의자에서 굴러 떨어질 뻔했다.

오프라는 곧 자신을 방청객들의 편한 대화상대로 여기게 되었다. "남들 일에 참견하기와 이러쿵저러쿵 뒷담화하기라는 내 장기를 발휘했습니다. 연기 경험이 도움이 되었어요. 연기를 할 때면 맡은 역할을 위해 자신의 개성을 누르는 동시에 그걸 이용해 배역에 에너지를 불어넣는데, 똑같은 방식이 토크쇼에서도 수행됩니다. 나는…… 내 개성을 이용해 초대손님들에게서 최상의 것을 끌어내는 일에 집중해요."

그녀는 양계업계의 거물인 프랭크 퍼듀(Frank Perdue)와의 대담에서 그 전략을 확실히 써먹었다. 바버라 햄은 그를 "까다롭고 무례하기까지 한 게스트"로 기억한다. "쇼가 끝날 때쯤 오프라가 물었습니다. 사람들에게 닭처럼 생겼다는 소리를 들을 때 기분이 언짢으냐고요. 그는 그 질문을 불쾌하게 받아쳤습니다. 개코원숭이 닮았다는 소리를 들으면 기분 나쁘더냐고 오프라한테 물은 거죠. 그런 인종차별적인 발언이 나올 줄은 상상도 못했습니다. 닭 운운한 게 약간 결례일 수도 있지만 그렇다고 그런 식으로 반응하다니…… 우린 얼른 광고로 화면을 돌렸지요. 오프라는 침착하게 그 상황을 넘기더군요. 당혹스런 순간이었습니다."

훗날 대중적 이미지에 과도한 신경을 쓰면서 인종차별의 희생자로 비치지는 걸 꺼리게 됐을 때, 그녀는 그날의 대화 내용을 부인했다. 1977년 〈바이브〉(Vibe) 매거진과의 인터뷰에서 "프랭크 퍼듀는 날 개코원숭이라 부르지 않았다"고 말하며 그 일화를 도시 괴담쯤으로 일축해버렸다. 바버라 햄이나 마티 배스처럼 그날 쇼를 지켜보았던 WJZ의 관계자들은 오프라가 왜 부인하는지를 설명하지 못했다. 볼티모어에서 활동하는 홍보전문가 밥 레플러(Bob Leffler)는 이렇게 말한다. "프랭크 퍼듀가 언급한 게 고릴라였는지, 원숭이였는지, 아니면 개코원숭이였는지는 기억이 안 나요. 하지만 무슨 영장류이긴 했습니다. 쇼를 본 사람이라면 그건 절대 못 잊지요." 그 사건은 당시 볼티모어 신문들에 나지 않았고, 〈피플 아 토킹〉의 녹화 테이프들도 현재 거의 남아 있지 않다. "우린 2인치짜리 테이프를 썼어요." 빌 베이커의 말이다. "가격이 매우 비싸서 여러 번 덮어씌우는 식으로 재사용했지요."

WJZ 논설위원 마이크 올레스커는 텔레비전 뉴스에 관한 저서에서 프랭크 퍼듀가 출연했던 방송을 언급하긴 했으나, 가장 잊을 수 없는 방송은 오프라와 리처드가 유명 패션모델 비벌리 존슨(Beverly Johnson)을 인터뷰한 날이라고 썼다.

비벌리: 전 잘생기고 섹시한 남자가 좋아요.

오프라: 당신이 바라는 첫 데이트는 어떤 건가요?

비벌리: 근사한 레스토랑에 가서 와인과 디너를 즐기고, 남자가 저를 집에 데려다준 다음…….

오프라: 다음에요?

비벌리: 관장을 해주는 거예요.

리처드 셔가 황급히 광고 안내를 했다. "오프라와 그는 두고두고 그 얘기로 웃음꽃을 피웠어요." 올레스커는 말한다. "하지만 그 순간엔 셔 걱정이 또 한 번 됐었지요. 아침에 패션모델들과 환담을 나누고 설사 고백도 들었는데, 저녁뉴스 시간에 과연 신뢰감이 유지될까 싶어서요."

은퇴한 다음에도 셔는 〈피플 아 토킹〉에서 오프라와 보여준 타블로이드식 진행에 대해 사과하지 않았다. "성 담론이 활발해지자 우린 초소형 성기를 가진 남자에 대한 쇼를 진행했어요. 오르가슴 얘기를 30분 동안 하기도 했고요. 센 주제들을 많이 다뤘습니다. 골다공증을 앓는 트렌스젠더 엄마 같은 것 말입니다."

논란이 심했던 쇼 가운데는 오프라의 사고방식을 바꿔놓을 정도로 의미가 컸던 것도 있었다. 초대손님으로 남자친구의 정자를 여동생에게 주입시킨 트랜스젠더 사지마비환자가 나왔다. 그 사람은 생물학적 이모 또는 삼촌 자격으로 그 아이를 입양했다. 방송이 나가자 비난 여론이 일었지만, 나중에 오프라는 그 환자와 함께 있는 아이를 우연히 보게 되었다.

"가슴이 뭉클했습니다. 대다수 아이들보다 많은 사랑을 받으며 크겠구나 하는 생각이 들었어요. 예전의 나는 동성애자 같은 사람들은 성경 말씀대로 죄다 지옥불에 떨어질 거라 믿는 사람들 중 하나였답니다."

그 당시, 침례교도로서 오프라의 굳건한 신앙은 어린 아들을 둔 유부남 팀 와츠(Tim Watts)와의 깊은 관계로 인해 시험대에 올라 있었다. 와츠는 아내 도나와 헤어질 의사가 없었다.

오프라의 여동생 퍼트리샤 리 로이드는 그가 "언니의 진짜 첫사랑"이라고 했다.

팀 와츠와 결별한 후 절망감에 빠져 사흘 동안 침대에서 일어나지도 못했던 걸 기억하는 바버라 햄은 말도 마라며 손사래를 쳤다.

〈피플 아 토킹〉의 프로듀서 알린 와이너의 증언에 의하면 "새벽 1시, 2시, 3시, 4시에 울먹이는 목소리의 전화가 수도 없이 걸려왔다."

제작진 중 여성들은 장신의 디스크자키한테 홀딱 반해 정신 못 차리는 오프라를 가엽게 여겨 있는 힘껏 도와주려 했다. 잠옷 바람으로 와츠의 뒤를 쫓기도 하고 자동차 앞 유리에 매달려 떠나지 말라고 애원도 했던 오프라. 아파트 문 앞을 가로막고 "가지 말라"며 절규를 하다가 변기에 그의 열쇠 꾸러미를 던져넣은 적도 있었다. 이 이야기는 나중에 〈60분〉에서 마이크 월리스한테 털어놓게 되는데, 그녀는 그렇게 했던 이유를 부바 테일러와의 보다 유순한 관계 탓으로 돌렸다.

와츠가 새벽 3시에 집을 나간 후, 오프라는 비슷한 처지에 놓여봤던 친구 게일 킹에게 전화를 걸었다. "킹의 경우엔 차 열쇠를 던지는 대신 주행기록계를 확인했다"고 한다. "둘 다 막상막하의 미친 짓을 해봤다. 나는 자동차 덮개에 올라갔고 게일은 범퍼에 매달렸다. 같은 일을 겪어봤기에 그녀는 날 비난하지 않았다. 항상 내 하소연을 귀담아 듣고 편을 들어주었다."

남자 스태프들은 오프라의 히스테리를 썩 잘 참아내지 못했다. 〈피플 아 토킹〉의 감독으로 오프라와 일을 안 한 지 20년이 넘은 데이브 고시(Dave Gosey)는 그녀에 대해 단 한 마디도 하지 않았다. "어머니 말씀이, 누군가에 대해 좋은 말을 할 수 없다면 아예 아무 말도 하지 말라셨거든요. 그래서 오프라 윈프리에 관해서는 할 말이 없습니다."

팀 와츠와의 격정적인 관계는 1979년에 시작돼 큰 굴곡들을 거치며 5년간 이어졌다. 심지어 그녀가 볼티모어를 떠나 시카고로 옮긴 후에도 계속되었다. "내 인생 최악의 시기였다"고 그녀는 말했다. "나쁜남자증후군을 겪었던 것"이다. 유부남과의 사랑은 시간을 온통 그에게 저당 잡힌 채 할 일 없는 주말과 외로운 휴일을 보내면서 허망함과 자포자기 상태에 빠지게 됨을 의미했다.

"불쌍하게도, 어느 해인가는(1980년) 달리 갈 데가 없어서 추수감사절을 우리와 함께 보내야 했어요." 부모가 리처드 셔 부부와 친했던 마이클 폭스(Michael Fox)의 회상이다. "셔 부부를 따라 우리 집에 왔을 때 처음 그녀를 만났습니다. 내 옆자리에서 저녁을 먹었는데, 정말 눈을 의심할 정도로 많이 먹더군요. 그렇게 많이 먹는 사람은 태어나서 처음 봤습니다. WJZ의 폴 예이츠(Paul Yates) 국장으로부터 팀 와츠와의 일로 그녀가 얼마나 상심해 있는지 들었습니다."

오프라는 유부남과의 관계가 공개되는 것엔 개의치 않았지만, 그가 미모의 젊은 금발 여성과도 사귀며 "양다리를 걸치고" 있다는 걸 알았을 땐 "엄청난 충격"을 받았다고 한다.

볼티모어 콜츠에서 활약한 메릴랜드 대학 출신의 풋볼 스타 로이드 콜터얀(Lloyd Colteryahn)의 딸, 주디 리 콜터얀(Judy Lee Colteryahn)은 "오프라와 한창 연애 중이던 1980년부터 팀과 사귀었다"고 밝혔다. "팀은 늘 오프라가 우리 관계를 알아선 안 된다고 말했어요. 그럼 그녀와 얽힌 비즈니스가 다 엉망이 된다고요. 그녀를 만나는 건 오로지 채널 13에서 일감을 얻기 위해서라고 하기에 그런가보다 했어요. 그는 한동안 거기서 일요일 쇼 제작에 참여했죠. 그래서 처음엔 크게 신경을 안 썼는데, 나와 만나기로 한 시간에 팀이 오프라와 '러스티 스쿠퍼'에서 식사를 하고 있는 모습이 내 친구들 눈에 띄기 시작한 거예요. 팀이 금요일 밤마다 방송국 대표로 농구시합을 하는 걸 알기 때문에 어느 날 예고 없이 체육관을 찾아갔어요. 시합이 끝날 때쯤 들어갔는데, 팀이 카우보이 부츠를 들고 관중석으로 가더니 오프라한테 그걸 건네는 게 보이더군요. 그러고는 몸을 숙여 귀에 대고 뭐라고 속삭이니까 그녀가 부츠를 들고 걸어나오기 시작했어요. 바로 그때 팀이 날 발견했어요. 나한테 여기서 뭘 하는 거냐며 당장 집에 가라고, 자기는 나중에 들르겠다며 등을 떠밀었지요. 그때부터 오프라한테 질투가 났어요. 그의 주머니에서 오프라의 신용카드들이 나왔습니다. 그녀는 정말 그를 잘 챙겨주었어요. 그는 늘 빈털터리였죠. 하지만 입을 다무는 걸로 나중에 그 은혜를 갚았답니다."

오프라가 유명해지자 타블로이드지들은 와츠를 쫓아다니면서 두 사람의 마약복용 건과 연애사에 대해 말해주면 돈을 주겠다고 제안했다. "팀이 오프라한테 전화를 걸어 하는 말이, 자기는 말하고 싶지 않은데 현금이 궁하댔어요." 주디 콜터안이 말한다. "자기 입장에서 생각해달라고 하더군요. '이 사람들한테 얘기하긴 싫은데 돈을 좀 만질 수는 있을 거다, 나한테는 자식들이 있고 계산해야 할 청구서들이 있다, 그렇지만 나는 당신의 친구다…… 어떻게 해결하면 될까?' 그게 내가 들은 내용이에요."

"그해 1989년 크리스마스에 게일 킹이 볼티모어에 있는 팀한테 선물상자를 하나 전했어요. 부모님과 동부 해안에 머물고 있던 나에게 팀이 전화를 했어요. '오프라가 돈을 마련해줬어. 정말 해줬다구. 현찰로 무려 5만 달러야. 얼른 돌아와. 새해 전날 밤에 함께 떠나자구.'"

"난 당연히 볼티모어로 돌아갔지요. 오프라가 그랬듯, 나도 팀이 부르기만 하면 언제든 달려갔어요. 그녀처럼 나도 창문 밖으로 고개를 내밀고 파란 트럭을 몰고 오기만 기다리는 신세였어요. 하지만…… 오프라는 나보다는 영리했습니다. 그 남자한테 자기 인생 중 5년만을 허비했으니까요. 나는 더 오랜 시간을 허비했지요. 흑인 남자하고 사랑에 빠질 생각은 없었어요. 팀은 피부가 아주 밝은 편이라 내 친구들한테는 흑백 혼혈이라고 소개했죠. 스테드먼 그레이엄 사진을 처음 보고 난 기절할 뻔했어요. 어쩌면 팀과 그렇게 닮았는지! 키 크고—2미터 안팎—잘생기고 코 밑에 난 수염하며 피부색 밝은 것까지…… '야아, 오프라가 스테드먼한테서 팀의 모습을 발견했구나' 생각했죠."

새해 전날, 오프라가 준 5만 달러를 들고 옛 애인은 주디 콜터얀과 애틀랜틱시티로 여행을 떠났다. "빌린 리무진을 타고 다니며 최고급 호텔에 투숙하고 흑인 재즈클럽의 맨 앞자리에 앉았어요. 그때 난 팀이 오프라를 팔아넘기지 않는 걸 보고, 특히 그 시절에 우리가 노상 즐겼던 마약 문제를 묻어두는 걸 보고 대단한 사람이라 생각했죠. 이제 나이를 먹고 보니 오프라가 얼마나 힘이 있었는지, 그에게 뭘 해줄 수 있는 사람이었는지 알겠어요. 그래서 둘은 서로의 목에 올가미를 씌웠던 건가 봐요."

"오프라가 입막음 조로 5만 달러나 내줄 만큼 타블로이드지에 공개되길 꺼리는 게 뭐냐고 물은 적이 있어요. 당시 5만 달러면 아주 큰돈이었거든요(2009년 화폐가치로 48만 6,506달러 85센트에 해당). 팀이 그녀에 관해 뭘 알고 있는지 궁금했어요. 그의 말로는 게이인 남동생(제프리 리는 1989년 12월 22일 에이즈로 사망했다) 얘기를 할까 봐 그랬다더군요. 동성애자인 동생을 둔 게 뭐 그리 대순가 싶지만 오프라한테는 그렇지 않았나 봐요. 팀은 레즈비언과 관련된 얘기들도 알고 있다고 했어요. 하지만 팀이 말한 내용은 그게 다예요. 우리가 더 조사한 바도 없고요."

오프라는 그 옛날 자신을 힘들게 한 남자들 이야기를 할 때 팀 와츠라는 이름을 입에 올린 적이 없다. 이후 20여 년 동안 TV 카메라 앞에서 그 남자 때문에 감내해야 했던 수모를 이야기할 때마다 그를 가리키는 호칭은 언제나 "얼간이"였다. 그녀는 "난 사랑에 빠졌었고, 그건 집착이었다"고 말했다. "나는 남자 없는 삶은 무의미하다고 믿는 철부지 여자들 중 하나였어요. 날 밀어낼수록 더 그에게 매달렸지요. 무기력하고 고갈된 느낌⋯⋯ 거부당하는 것보다 더 괴로운 건 없었어요. 죽음보다 더한 고통이었죠. 그 남자가 차라리 죽었으면 싶을 때도 있었어요. 그럼 적어도 내가 무덤에는 찾아갈 수 있을 테니까. 무릎을 꿇고 눈이 퉁퉁 부을 때까지 엉엉 운 적도 여러 번이에요. 그러다 문득 깨닫게 됐어요. 학대당하는 여자들과 내가 하나도 다를 바 없다는 걸요. 그들은 쉼터에 몸을 의지해야 하고 난 집에 있을 수 있다는 점만 빼면 말이죠."

아프리카계 미국인 여성들은 오프라의 경우에서 보듯, 남자에게 완전히 복종하며 자기의 모든 걸 내주게 만드는 노예근성을 뼛속 깊이 이해한다. 한 친구는 팀 와츠에 대한 오프라의 집착과 그녀를 거부하는 그의 심리를, 토니 모리슨의 소설 《자비》(A Mercy)에서 자유의 몸이 된 흑인 남자가 자기를 향한 욕망의 노예가 되어버린 여자 노예를 거부하는 내용을 인용하여 설명했다. 오프라는 그런 노예근성과 싸우려고 노력했지만 한 해 두 해 거치면서 자신은 항복하지 않으려고 몸부

림치는 거라는 걸 인정하게 됐다. "마음 한구석에서 늘 작고 작은 갈등의 소리가 울리고 있어요. '넌 이미 충분히 가졌는지도 몰라. 왜 계속 성화를 부리는 거니?' 그건 자존감의 부족, 내가 노예근성이라고 생각하는 것에서 비롯되는 거예요." 3년 뒤에도 오프라는 여전히 그것과 싸우고 있었다. "해마다 신에게 바라는 게 있어요. 작년에는 사랑이었고, 올해는 자유가 될 겁니다. 나를 속박했던 모든 것으로부터의 자유 말이에요."

1986년에 〈코즈모폴리턴〉지와 인터뷰를 할 때도 오프라는 와츠에게서 거부당한 것에 대한 상처가 남아 있었다. "그 이야기를 시작하면 엎드려 울고 말 거예요. 하지만 분명히 말하는데, 다시는 그 길을 걷지 않을 겁니다. 다음에 누가 나한테 전혀 도움이 안 되는 사람이라고 말하면, 그 말을 믿을 거예요. 속으로 '어쩌지, 내가 너무 들이댔나? 관심을 충분히 안 보였나, 이랬나, 저랬나' 하고 속 끓이지 않을 작정이에요. 그를 만나려고 집으로 달려가거나 밤늦도록 그의 얘기를 들어주지도 않을 거예요. 안 그러겠어요. 너무 힘들어요."

스테드먼 그레이엄과의 진지한 관계 속에서 아마도 행복했을 때조차, 그녀는 팀 와츠에게 간과 쓸개 다 내주던 시절을 계속해서 언급했다. 1994년, 〈엔터테인먼트 위클리〉 기자를 만난 자리에서, 당시에 쓴 일기를 읽다 보면 '내가 큰 부자거나 많이 유명하거나 재치가 있거나 영리하거나 지혜롭다면, 당신한테 걸맞은 상대가 될 수 있을지도 모르는데……' 따위의 한심한 생각을 했다는 사실에 화가 치민다고 털어놓았다. "뱉어내는 수고 하지 말라고 수박에 든 씨까지 일일이 발라줬다니까요!"

20년이 지난 뒤에도 그녀는 그에 관한 얘기를 멈추지 않았고 과거를 편히 내려놓을 수가 없었다. 2005년, 티나 터너에게 다음과 같은 말을 했다. "20대 때 쓴 편지를 우연히 보게 되었어요. 정서적 학대 관계에 놓였던 시기지요. 이 세상 최악의 얼간이한테 장장 열두 페이지를 썼더군요. 태워버리고 싶었어요. 내가 그리도 한심하게 굴었다는 기록을 없애버리고 싶어요." 2006년에는 런던 〈데일리 메일〉지에 이런 다짐을 남겼다. "앞으로 다시는 나 자신보다 타인을 사랑하고 타인에게 모든 걸 내맡기는 일이 없도록 하겠다. 가겠다고 한 곳으로 정말 가는지 확인하려고 미행하는 일, 다시는 하지 않을 것이다. 호주머니나 지갑을 뒤지고, 전화통화 상대를 확인하는 일 따위 절대로 하지 않겠다. 한 번 이상 거짓말을 하는데도 관계를 끊지 못하는 경우는 다신 없을 것이다."

와츠와 불륜을 맺는 동안, 오프라는 볼티모어에서 연간 10만 달러를 벌어들이면서 잘살고 있었다. 젊고 매력적이며 날씬하기까지 했다고 자신을 묘사했다. "나는 한창 잘 나가고 있었어요. 그런데도 남자가 없으면 아무것도 아니라는 생각은 여전했습니다." 그녀는 크로스키즈에 위치한 침실 두 개짜리 아파트로 이사하고 BMW도 샀다. 바버라 햄은 지금도 기억나는 일이 있다. "하루는 오프라가 5,000달러를 보통예금 계좌에서 꺼내 당좌예금 계좌로 넣더군요. 왜 그러냐고 물으니까, 그렇게 할 수 있다는 사실이 너무 짜릿해서 그냥 해본 거라고 하더군요."

직업적으로는 오프라의 앞날에 밝은 빛이 비치고 있었다. 그녀와 리처드 셔는 필 도나휴의 쇼를 지역 시청률에서 앞서기 시작하면서 볼티모어 시민들의 총아로 떠올랐다. 쇼가 승승장구하자 프로듀서들은 신디케이션(완성된 프로그램을 개별 방송국들에 직접 공급하는 방식—옮긴이) 시장에 뛰어들기로 결정했다. 오프라로서는 큰돈을 벌고 전국적인 인지도를 얻을 수 있는 절호의 기회였다. 그것이 친한 친구들인 마리아 슈라이버와 게일 킹이 더 큰 시장으로 옮긴 후에도 WJZ에 남았던 주된 이유였다.

오프라와 리처드는 론 샤피로(Ron Shapiro)라는 변호사 출신 에이전트를 두고 있었는데, 그녀는 만약 신디케이션 공급이 실패하게 되면 3년 대신 2년만 채우고 1983년에 방송국을 떠날 수 있다는 내용을 계약서에 포함시킬 것을 요구했다. 다들 신디케이션의 성공을 100퍼센트 확신했기 때문에 그 조항은 아무 반대 없이 승인되었다.

1981년 3월, 〈피플 아 토킹〉 제작진은 신디케이션 거래가 이루어지는 '전미텔레비전편성자협회'(NATPE) 연차총회에 참석하러 뉴욕으로 향했다. 그들은 뉴욕 힐튼 호텔 스위트룸을 빌려 "도나휴를 무찌른 쇼"라는 문구로 실내를 치장했다. 리처드와 오프라는 전국 각지에서 모여든 기획이사들과 환담을 나누며 일리노이 주 록퍼드, 미네소타 주 미니애폴리스, 캘리포니아 주 새크라멘토에 프로그램을 팔았고, 위스콘신 주 밀워키와 메인 주 뱅고어, 캘리포니아 주 산타로사, 와이오밍 주 캐스퍼하고는 거래 가능성을 터놓았다. 잠재적 구매자들 중에 좋은 시간대를 제시하는 일류 방송국은 없었지만, 담당 프로듀서들은 여전히 고무돼 있었다.

전국적으로 노출될 것에 대비하여, 알린 와이너는 오프라가 더 세련된 외모를 갖추도록 도와줄 이미지 컨설턴트를 고용했다. 그때까지 오프라는 '비드 익스피리언스' 처럼 작고 독특한 상점들에서 쇼핑을 하고 있었다. "우리 가게는 WJZ와 닮은꼴이었어요. 얇고 하늘하늘한 튜닉과 풍성한 긴소매 옷, 통 넓은 바지 등 두루 어울릴 만한 사이즈 의상을 팔았거든요." 오프라의 쇼핑을 도울 당시 열여섯 살이던 수전 롬(Susan Rome)의 회상이다. "어두운 색깔의 펑퍼짐한 옷들만 사려고 들어서 자꾸 말리곤 했죠. 사실은 뚱뚱하지 않았거든요, 그저 약간 통

통하고 덩치가 있을 뿐이지. 하지만 그녀는 자기 체형을 몹시 거북해 했어요."

돈을 주고 데려온 이미지 컨설턴트는 오프라를 그녀의 아파트에서 만난 뒤 옷장을 있는 대로 헤집어놓았다. "나는 그녀에게 더 편하고 쉽게 어울리는 옷, 한결 스타일리시하면서도 일반 대중에게 받아들여질 패션을 입히려고 고용되었다"고 엘런 라이트먼(Ellen Lightman)은 말한다. "처음엔 좀 두려워하는 기색이 보였어요. 스타일 수준을 높이고 이미지를 개선하라는 지시를 받은 사람한테 으레 나타나는 반응이죠. 베이지와 카멜 색상 옷들은 모조리 치워버리고, 그녀의 큰 체형에 잘 맞고 몸매를 돋보이게 해주는 옷과 보석들을 착용케 했습니다."

쇼 또한 보다 폭넓은 호응을 끌어내고자 유명인들을 더 많이 섭외했다. 덕분에 오프라는 무하마드 알리(Muhammad Ali), 마야 앤절루, 펄 베일리, 딕 카벳(Dick Cavett), 유리 겔러(Uri Geller), 제시 잭슨, 에리카 종(Erica Jong), 테드 코펠(Ted Koppel), 배리 레빈슨(Barry Levinson), 아널드 슈워제네거 등을 만나고 인터뷰할 기회를 얻었다. 그뿐 아니라 〈피플 아 토킹〉은 작가들이 책을 홍보하러 다닐 때 꼭 들러야 하는 곳이 되었다. 작가인 폴 딕슨(Paul Dickson)은 로널드 레이건(Ronald Reagan)이 대통령에 당선된 다음 날 오프라와 나눈 대화를 기억한다. "광고가 나가는 동안 그녀는 레이건 당선이 나라에 미칠 영향에 대해 열변을 토했습니다. 무척 화가 나 있었어요. 국민들한테 도움이 안 될 사람이라 하더군요." 그러나 정치적 견해는 공개적으로 드러내지 못하도록 계약이 돼 있었기 때문에 방송에서는 아무 말도 하지 않았다.

6개월이 지나지 않아서 프로듀서들은 신디케이션이 생각대로 이루어지지 않으리란 판단을 내렸다. 최고 인기를 구가할 때도 17개 방송국에서만 방송이 되었다. 브라운관에 비치는 오프라의 푸근한 매력에도 불구하고, 〈피플 아 토킹〉은 전국적인 화제를 불러 모으기에는 지역적 색채가 너무 강했다.

"내 후임으로 온 아트 컨(Art Kern) 국장이 6개 방송국에 쇼를 팔았는데, 웨스팅하우스 내부에서 반대가 좀 있었습니다." 그룹 회장이었던 윌리엄 F. 베이커의 말이다. "내 밑에서 일하는 한 할리우드 인사는 오프라가 토크쇼 진행자로 성공 못 하리라 봤어요. 볼티모어 방송국에다가는 우리의 엄청난 자산인 그녀를 절대 놓치지 않을 것이라고 했지만, 제일 작은 규모의 계열사다 보니 아무래도 내가 신경을 많이 못 썼습니다."

1981년 9월 7일 아침, 〈볼티모어 선〉의 TV & 라디오 섹션에 "〈피플 아 토킹〉, 신디케이션 완전 실패"라는 헤드라인이 대문짝만 하게 걸렸다. 리처드 셔는 그저 실망하는 수준이었지만, 오프라는 비탄에 빠졌다. 이건 볼티모어에서 두 번째로 겪는 공개적인 참패였다. 그날 저녁 오프라는 팀 와츠와 또 한바탕 말다툼을 벌였고, 그는 만류하는 손길을 완강히 뿌리치며 집을 나가버렸다.

떠나면서 와츠는 "이 아가씨야, 너의 문제는 네가 특별하다고 생각하는 거야"라고 쏘아붙였다. 오프라는 "아니야, 난 특별하지 않아. 그렇게 생각 안 해. 그러니까 제발 돌아와"라고 절규하며 주저앉아 울었다고 회상했다. "그러다가 문득 정신을 차리고 거울에 비친 나를 힐끗 쳐다봤는데, 글쎄, 엄마가 거기에 있는 거예요. 남자친구한테 버림받았다며 밤에 악을 쓰고 울어대던 엄마 모습이 떠올랐지요. 아, 또 내 사촌 앨리스 생각도 났어요. '괜찮아, 돌아올 거야'라며 주문을 외던 앤데, 역시 폭력적인 관계에 얽매여 있었죠. 계단에서 자길 밀어 팔과 다리를 부러뜨렸는데도 남자친구를 다시 받아준 애예요. 그들의 눈을 통해 거울에 비친 나를 보았어요. 매 맞는 여자는 되지 않겠다고, 남자 때문에 우는 일은 없을 거라고 입버릇처럼 말하던 나였지만, '돌아와줘. 난 특별하다고 생각 안 해' 라고 말하는 그 순간, 나는 그런 여자가 되었던 거예요. 몸을 일으켜 세수를 한 다음 중얼거렸지요. '바로 그거야.'"

1981년 9월 8일 저녁 8시 30분에 그녀는 게일 킹에게 메모를 남겼다. 직업적인 면에서나 개인적인 면에 있어서나 자기는 살 가치가 없는 것 같다는 내용이었다. "너무 우울해서 죽고만 싶다"고 적었다. 자신의 유언장과 보험증서들이 어디에 있는지도 알려주었다. "내 화분들에 물을 주라는 소리까지 했어요." 작가 바버라 G. 해리슨(Barbara Grizzuti Harrison)에게는 죽을 방법이나 수단을 고려해본 적은 없다고 말했다. "그 관계를 끊을 용기조차 없었다"고 했다. 세월이 흐른 뒤 게일이 그 메모를 돌려주자 오프라는 "이제 보니 그건 자기연민의 비명"이었다며 "죽을 용기는 절대 못 냈을 것"이라고 고백했다. 그녀는 방청객들에게 다음과 같이 말했다. "스스로 목숨을 끊으면 모두들 애도해주겠지 하는 생각은 현실과 거리가 멉니다. 나는 그가 내 장례식에 찾아오더라도 곧 다른 여자랑 팔짱 끼고 다니며 잘 먹고 잘 살리라는 걸 깨달았지요."

신디케이션 실패에 이은 연인과의 이별. 당시로선 이 원투 펀치를 견뎌내기 힘들 것처럼 보였다. 친구들은 혹시 자살이라도 할까 봐 걱정스런 눈으로 그녀를 지켜보았다. 한 친구가 심리치료를 받아보라고 조심스레 권했으나 오프라는 거절했다. "생긴 대로 사는 거란 생각이 확고했기 때문에 상담을 받으려 하지 않았어요." 그녀의 유일한 위안거리는 볼티모어에 확립된 스타로서의 지위였다. "온 도시에 얼굴이 알려지고 시민들의 사랑을 받았다"고, WJZ의 제작감독이었던 아일린 솔로몬(Eileen Solomon)은 말한다. "그 시대에 볼티모어는 워싱턴

D.C.의 그늘에 가려진, 노동계급의 정서를 간직한 도시라는 인상이 강하게 남아 있었"는데, 오프라가 그 도시의 여왕이었다.

밥 레플러의 말을 빌리면, 그녀는 "엄청난 물건"이었다. "이곳은 스포츠 도시라 야구와 미식축구 스타들을 비롯한 유명인사들이 우글거려요. 론 샤피로의 스프링 파티에서 본 한 장면이 생각납니다. 다들 에디 머리(Eddie Murray)와 짐 파머(Jim Palmer) 같은 전설적인 오리올스(볼티모어 프로야구팀) 선수들은 안중에도 없이 오프라한테 우르르 몰려가더군요. 볼티모어에선 특별한 현상이었지요."

높은 인기를 반영하듯, 메릴랜드 소재 명문 여대인 가우처 대학의 학생들은 그녀를 1981년도 졸업식 축사자로 선정했다. 졸업생들 대부분보다 겨우 5년 연상일 뿐인 스물일곱 살 여성에게는 큰 영광이 아닐 수 없었다. 그녀는 졸업생들을 상대로, 자기가 미시시피에서 자랄 때 그들이 현재 누리는 삶—좋은 학교에 입학하고 졸업할 기회, 꿈이 모두 실현될 거라는 기대를 안고 살아갈 기회—을 동경하면서 품었던 꿈들에 관해 이야기했다. "여러분과 똑같을 수 없다는 걸 알 만큼 나이를 먹고 세상살이에 눈이 떠졌을 때, 저는 다이애나 로스가 되고 싶었습니다. 아니, 그저 누군가의 최고가 되고 싶었습니다." 하지만 결국엔 그게 가능하지 않으리란 걸 깨달았기에, 그녀를 졸업생 같은 사람들과 구분시키는 요인들—성, 인종, 교육, 재능, 경제력, 집안 배경—을 받아들이는 법을 배웠다고 했다. 하지만 그 모든 차이점들에도 불구하고, 훌륭한 인간이 되고자 하는 힘겨운 싸움이란 측면에서는 그녀와 졸업생들 간에 공통점이 더 많다면서, 그 싸움은 남성 중심 사회의 힘없는 여성들에게는 더 어려운 일이라고 말했다.

마치 자신한테 충고를 하듯이 그녀는 졸업생들에게 자신을 잘 가꿔나가라고 신신당부했다. "어머니 세대와 달리 우리가 중년이 되었을 때는, 결혼을 하지 않거나 이혼, 사별, 또는 별거로 혼자 살 가능성이 50퍼센트를 넘을 것이기 때문입니다. 그러니 명백한 것을 부인할 순 없습니다. 우리는 스스로 돌봐야 합니다."

여자로서 정서적 학대를 당해본 경험이 연설 내용에 영향을 미친 것 같았다. "알고 보니 나 자신이 무기력 상태에 빠진 한 사람의 흑인 여성이었습니다. 불합리하고 불공평한 사람들의 먹잇감이 돼 있었습니다. 자기 자신조차 좋아하지 않는 사람들에게 호감을 얻으려고 안달하느라 무력해져 있었습니다. 무력해진 이유! 그건 내가 세상을 여성으로서, 또 인간으로서 승부를 내야만 하는 거대한 인기시합의 장이라고 믿었기 때문입니다."

〈도나 리드 쇼〉(The Donna Reed Show)를 시청하며 자란 세대답게 소녀 시절, 도나 리드 같은 현모양처로 행복하게 오래오래 사는 미래를 꿈꿨던 오프라는, 자신과 닮은 여학생들이 품은 공상의 풍선에서 살짝 바람을 빼주었다. 이상형의 남자가 기도에 대한 응답이라 믿지 말라고 경고한 것이다. 그러면서, 만나는 남자의 종류로 자신의 가치를 판단하기 때문에 무기력하게 되고 마는 외로운 여자들에 관한 캐럴린 로저스(Carolyn Rodgers)의 시를 한 수 암송했다. 그녀는 사회에서 여자들이 부닥치는 불평등, 같은 일을 하고도 남자보다 적은 임금을 받는 문제에 대해 이야기했다. 원치 않는 임신 같은 비밀을 가져본 입장에서, 여성의 평등권을 부정하는 정책, 여성을 무력한 상태로 내모는 정책을 만드는 남자들을 준열히 꾸짖었다. "우리 모두가 자유롭기 전에는 아무도 자유롭지 않다"는 노예들의 격언을 들려주자 부유한 백인 청중은 환호로 답했다. 그녀는 마야 앤절루의 시 〈경이로운 여성〉을 암송한 다음, 소저너 트루스의 당당한 연설 한 토막으로 끝을 맺었다. "내가 가는 곳마다 사람들이 여성의 권리에 대해 말해달라고 청합니다.

나는 지금 말하고 있는 것처럼 그들에게 얘기합니다. 최초의 여성 이브가 혼자서 세상을 엉망으로 만들 만큼 강했다면, 이곳에 있는 우리 여성들이 전부 힘을 합쳐 세상을 바로 세울 수 있어야 합니다! 지금 우리가 그걸 하자고 요구하고 있는 것이며, 그리 하도록 두는 게 모두에게 좋을 것입니다." 우레와 같은 기립박수가 길게 이어졌다. 그런 박수를 받을 만했다. 그 후로 수없이 많은 졸업식 축사를 하게 되지만, 가우처 대학에서 처음 했던 것만큼 감동적인 축사는 다시없었다.

이 무렵 오프라와 주디 콜터얀은 그들의 애인이 아내 도나를 임신시켜 둘째아들을 얻었다는 뉴스를 접해야 했다. 나중에 팀 와츠는 아내 아닌 다른 여자와의 사이에서 또 아이를 얻게 된다. 재판기록에 의하면 그에게는 혼외 자식이 둘, 결국 이혼에 이른 도나가 낳은 아이가 둘 있었다. 주디 콜터얀 왈, "팀한테 들었는데요, 오프라의 생일(1월 29일)에 딸이 태어나니까 오프라가 그걸 자신이 신에게 용서받은 증거로 여기더래요." 그녀는 낙태를 해야만 했던 적이 있었다면서, 오프라도 그랬을 거라 짐작했다. "오프라는 그 딸의 대모가 되었답니다. 기르던 개가 새끼들을 낳자, 뉴욕으로 날아가 팀과 그 어린 딸에게 강아지 한 마리를 주었다죠. 월도프 아스토리아 호텔 밖에서 다 함께 찍은 사진을 팀이 보여줬어요."

앞서 한 결심에도 불구하고, 오프라는 1981년에 와츠와의 험난한 관계를 재개했다. 그러나 이번에는 그를 생각하는 시간이 줄어들게 일감을 많이 맡는 식으로 자신을 보호하려 애썼다. "전화벨 소리를 못 들을까 봐 목욕물 틀어놓기가 겁났던 기억이 나네요." 그럼에도 그녀는 스물여덟 번째 생일날 잠에서 깼을 때, 인생을 함께할 사람이 없다는 생각에 몇 시간을 내내 울었다. 1982년부터 1983년까지 그녀는 하루 세 차례 방송에 나왔다. "이른 아침 뉴스와 한 시간짜리 토크쇼,

그다음 정오뉴스를 진행했다"고 아일린 솔로몬은 설명한다. "매일 하기에는 벅찬 양이었지만 그녀는 해냈어요. 그리고 모든 시간대에서 경쟁자들을 이겼지요."

1983년이 되면서 오프라는 WJZ와의 계약을 갱신해 줍은 하늘에서 큰 별로 남을지, 아니면 다른 일을 찾아 떠날지를 결정해야 했다. 가장 좋아하는 프로듀서인 데브라 디마이오가 시카고로 직장을 옮긴 후에 특히 마음이 싱숭생숭해졌다. 새 계약서에 서명을 하려고 준비하던 차에 디마이오가 전화를 걸어와 계약을 미루라고 했다. 로브 웰러(Robb Weller)가 〈AM 시카고〉를 떠나면서 좋은 자리가 생겼다는 것이었다. "제발 아직 서명하지 말아요." 디마이오는 방송 테이프와 이력서를 빨리 WLS에 보내달라 했고, 오프라는 결국 정식 면접을 보러 노동절에 시카고로 날아갔다.

면접을 보기 전에 호텔 방에서 〈AM 시카고〉를 처음 시청했는데, 인상적이지 않았다고 평했다. "과자를 굽고 최신 마스카라 테크닉을 알려주고 하더군요." 면접 보는 자리에서 그녀는 WLS 경영진에게 그들의 쇼가 형편없더라고 말했다. "너무 가벼워요! 저는 다양한 주제를 조합하는 데 최고죠. 하루는 섹스 대행자 이야기, 다음 날은 도니와 마리 오스먼드(Donny & Marie Osmond) 이야기, 그다음 날은 KKK단 이야기 등으로요."

데니스 스완슨 국장은 이미 오프라를 채용하기로 마음을 먹고 있었지만, 최종점검차 발기불능 환자들과의 집단 인터뷰를 시켜보았고, 이어 불우했던 아동기와 제멋대로 굴었던 청소년기를 카메라 앞에서 추억해보라고 주문했다. 〈옵서버〉지의 피터 콘래드(Peter Conrad)는 "색욕과 희망을 영리하게 병합하는 그녀의 능력은 너무나 매력적이란 것이 증명되었다"고 썼다. 그 자리에서 영입 제의를 받은 오프라는 떨듯이 기뻐했다. "미국 제3의 시장! 거기서 내 쇼를!"

데니스 스완슨 역시 기쁨을 감추지 못했다. "사탕가게에 들어온 아이 같았다"고 연예인 에이전시 ICM의 부사장이었던 웨인 커바크(Wayne S. Kabak)는 회고한다. "캔디스 헤이시(Candace Hasey)라고, WLS 아침 프로를 진행하는 내 고객을 만나러 시카고에 갔는데, 스완슨 사무실에 들렀더니 안 좋은 소식이 있다고 하더군요.특별한 재주꾼을 하나 찾아냈다면서 캔디스를 해고하고 그 자리에 앉힐 생각이란 겁니다. 대형 스타가 될 재목이라면서요. 캔디스 때문에 죽을상을 하고 앉아 있는 나는 눈에 들어오지도 않는지, 자기가 발견한 것에 잔뜩 흥분이 돼가지고 내 고객을 밀어낸 여자에 관한 테이프를 부득부득 보여주겠다지 뭡니까. 하는 수 없이 볼티모어 방송에 나온 오프라를 보게 됐는데, 딱 보자마자 알겠더군요, 스완슨의 말이 맞았다는 걸요. 오프라가 훗날 신디케이션 대박을 쳤을 때, 엄청난 수익을 거뒀어야 하는데 그러지 못한 경영자가 있다면, 그건 데니스였어요. 아쉽게도, 당시엔 네트워크를 소유한 회사는 신디케이션이 법으로 금지돼 있었거든요. ABC가 WLS를 소유했기 때문에, 신디케이션 권리는 '킹월드'로 넘어갔고, 그 회사는 오프라로 인해 적어도 수억 달러를 벌어들였습니다."

오디션을 본 후 그녀는 볼티모어로 돌아가 론 샤피로와 함께 새 계약 협상에 들어갔다. WJZ는 그녀를 붙잡아두기 위해 (20만 달러를 제시한) WLS보다 많은 연봉과 차량 및 아파트를 제공하겠다고 했다. 아일린 솔로몬은 "아무도 그녀가 가는 걸 원치 않았다"면서 "시카고에선 혼자서는 결코 성공하지 못할 거라며 압박감을 주는 사람도 있었다"고 했다.

당시 W그룹의 회장이었던 빌 베이커가 오프라에게 전화를 걸었다.

"오프라, WJZ를 떠나면 안 돼요. 볼티모어가 당신의 고향이잖소. 이 도시를 이끄는 여성이오. 남아야 합니다." 하지만 오프라는 이미 마음을 정한 상태였다. 베이커는 그녀를 잡지 못하면 폴 에이츠 국장을 해고하겠다고 공언했다.

빌 카터는 오프라가 시카고에서 성공할 거라는 감이 왔지만, 그가 알기로 다른 사람들의 생각은 달랐다. "의식의 저변에 그렇게까지 특별한 여자는 아니라는 시각이 깔려 있었다"는 것이다. "텔레비전을 틀면 매력적이고 섹시한, 뭐 그런 여자들만 나오는 데 익숙해서 그렇지 않나 싶습니다. 오프라의 실체를 제대로 보지 못한 거죠. 거기엔 인종차별주의적 요소가 들어 있다고 생각합니다. 오프라는 아주 까만 피부의 흑인 여성이니까요. 시카고에서 크게 쓴맛을 볼 거라고 예상들을 했습니다."

어차피 갈 사람인 걸 알면서도, 폴 에이츠는 계약이 만료되는 연말까지 자유롭게 놓아주려 하지 않았다. 그러고는 거친 설득작업을 폈다. "시카고에서 도나휴와 맞붙어 이길 수 있는 길은 없네. 거긴 그의 안방이야. 눈을 가린 채 지뢰밭으로 걸어 들어가는 꼴이지. 자살행위나 다름없어. 실패하고 말 걸세." 아프리카계 미국인인 에이츠는 시카고가 최초의 흑인 시장 해럴드 워싱턴을 전적으로 환영하진 않았을 만큼 인종차별이 심한 도시라며 그녀 또한 환대하지 않을 게 분명하다고 말했다. 그러나 오프라는 이미 인종문제까지도 고려를 한 뒤였다.

"어디로 갈지 심사숙고해서 결정"했다는 그녀. "로스앤젤레스? 나는 흑인이고 여잔데, 이런 사람들은 LA에서 일 안 한다. 거기선 동양인과 히스패닉이 소수계다. 뉴욕? 난 뉴욕은 별로니까, 그걸로 끝. 워싱턴? 남자 한 명이 여자 열셋을 거느리는 동네다. 집어치워. 지금 겪는 문제만 해도 벅차다." 미국에서 세 번째로 큰 TV 시장인 시카고가 이상적으로 보였다. "그곳은 크면서도 작은 도시다. 코즈모폴리턴적인 시골 같다고나 할까? 볼티모어와는 에너지가 다르다. 뉴욕과 더 비슷하지만, 뉴욕에서처럼 압도당하는 기분은 없다."

옮길 결심은 했으나, 볼티모어에서 4개월 동안 계약이 끝나기만을 기다려야 하는 처지였다. "내 생각에 시카고의 그 쇼는 진행자 없이 그리 오래 버틸 것 같지 않았어요. 닥치는 대로 먹기 시작했습니다. 처음엔 그 일자리 얻은 걸 축하하는 의미로, 다음엔 불안감을 떨쳐버리려고 먹었어요. 만의 하나 시카고에서 실패하게 되면, 살이 쪄서 그런 거라고 말할 수 있겠죠." 시카고에 도착했을 땐 18킬로그램이 불어나 있었다.

〈피플 아 토킹〉의 오프라 후임자로는 노스캐롤라이나 출신의 TV 뉴스 리포터 비벌리 버크(Beverly Burke)가 뽑혔다. "내게는 엄청난 변화였지요. 그런데 오프라가 무척 잘 챙겨줬습니다. 크로스 키즈에 있는 간이식당으로 날 데려가 점심을 먹이면서 그 쇼가 어떻게 진행되는지를 설명해주었어요. 리처드 셔에 관해서도 솔직하게 얘기했습니다. 미스터 텔레비전(Mr. Television)—언제나 TV에 나오므로—인 그가 쇼를 완전히 장악할 테지만 맡은 일은 똑 부러지게 해내는 프로라고 하더군요. 오프라가 아니었다면, 난 그 일을 얻지 못했을 거예요. 오프라의 성공이 없었더라면 방송국에선 백인 공동진행자를 찾고 있었겠죠."

"그렇다 해도 큰 변화인 건 마찬가지였어요. 하지만 내가 오프라가 되어야 한다고 생각하진 않았어요. 그녀는 현장에서 뛰는 리포터는 아니었죠. 그건 내 스타일에 가까웠어요. 오프라는 번드르르했잖아요? 모피 코트 입고 뉴스를 읽는다고 비난을 받았었죠."

떠나기 몇 주 전에 리처드 셔는 방송에서 오프라를 짓궂게 놀렸다.

"그녀가 우릴 떠나려 합니다. 우리에 대한 건 금방 잊어버리겠지요. 오프라, 처음 출발한 곳을 잊지 말아줘요." 비벌리 버크는 그의 장난기어린 말에 가시가 있다고 느꼈다. "그를 버리고 간다는 건 모두가 아는 사실이었으니까요." 그러나 방송국 안의 다른 사람들과 달리, 셔는 오프라를 격려했다. "이직 결정하길 잘했다"고 생각했다. "그녀가 지금처럼 대스타가 될 줄 알았어요." 이별하면서 오프라는 그에게 롤렉스 황금 손목시계를 선물했다. 시계 뒷면에는 "오피, 1978~1983"이란 글귀가 새겨져 있었다.

볼티모어를 떠나기로 한 결정은 오프라의 인생에서 가장 중요한 결정이었다. 그녀는 누가 용기를 북돋아주었고 누가 주저앉히려 했는지를 평생 잊지 않았다. 리처드 셔와는 계속 가깝게 지내면서 그가 다니는 유대교회당에서 연설도 하고 그의 60회 생일파티에도 참석했다. 그녀는 대외적으로는 일을 시작하도록 해준 데 대해 빌 베이커에게 줄곧 고마움을 표했으나, 대내적으로는 그와 다시는 말을 섞지 않았다. 그가 뉴욕의 공영 TV 방송국 WNET 회장에 오르는 등 방송계 거물로 떠오른 뒤에도 변함이 없었다. 2007년에 은퇴를 맞이해서는 네트워크와 방송계의 내로라하는 인사들—빌 모이어즈, 찰리 로즈, 조앤 간즈 쿠니, 뉴턴 미노(전 연방통신위원회 위원장—옮긴이), 밥 라이트—의 축하인사가 줄을 이었으나, 오프라에게서는 단 한 마디의 헌사도 들을 수 없었다. 그녀는 폴 예이츠하고도 연락을 끊고 지낸 반면, WJZ의 엔지니어 스킵 볼(Skip Ball)이 죽어갈 때는 볼티모어로 날아가 병원에서 그의 침상을 지키기도 했다.

1983년 12월, WJZ는 오프라를 위해 '카페 데 자르티스트'에서 송별파티를 열어주었다. 여기에는 그녀의 엄마 버니타 리와 동생 제프리도 참석했다. WJZ의 스타 방송인들—제리 터너, 앨 샌더스, 밥 터크, 돈 스콧, 마티 배스, 리처드 셔—이 총출동한 자리였다. 폴 예이츠는 주방용품과 WJZ 시절이 담긴 사진첩, 애용하는 볼펜 꾸러미, 25인치 소니 트리니트론 TV 등을 한 아름 품에 안겼으나, 정작 그녀의 눈물샘을 자극한 선물은 방송국에서 분장사 겸 그래픽 디자이너로 일하는 호르헤 곤잘레스(Jorge Gonzalez)가, 그녀가 가장 좋아하는 드레스를 똑같이 만들어 입힌 실물 크기의 오프라 인형이었다.

송별식 답사에서 오프라는 모든 이에게 감사의 인사를 전하고 볼티모어를 자신이 성장하고 여성이 된 곳이라 추켜세웠다. 그다음 비벌리 버크를 무대로 불러내 따뜻하게 소개한 뒤, 청중을 상대로 장난스런 제스처와 함께 잘 대해달라는 당부의 말을 덧붙였다.

며칠 후 그녀는 마노스와츠(Mano Swartz, 고급 모피의류 브랜드—옮긴이) 코트 다섯 벌을 챙겨 시카고로 향했고, 팀 와츠는 스탠드업 코미디언이 되고자 조용히 LA로 떠났다. 이후 5개월 동안 두 사람은 주말마다 만나기로 계획, 오프라가 웨스트코스트 항공편으로 방문했다. 그래서인지 볼티모어를 떠난 것이 예상만큼 괴롭지는 않았다. 사실, 그녀의 미래는 오히려 밝았다. 공항까지 배웅을 나와 작별키스를 나눈 알린 와이너는 터미널이 떠나가라 소리쳤다. "꼭 성공해, 친구야! 꼭 성공해야 돼!"

Seven

시청률 0.5포인트의 눈물

아무 제약 없이 마음 내키는 대로 할 수 있게 된 오프라는 토크쇼 경쟁자를 사정없이 물어뜯었다. 시카고 시청자들은 뚱뚱한 흑인 여성 진행자를 처음 접하는 데다, 매일 아침 집 안으로 불어닥쳐 서까래를 마구 흔들고 가구들을 이리저리 밀쳐대는 회오리바람에 숨이 막힐 지경이었다. 필 도나휴의 이지적인 스타일에 익숙해 있었기에, 오프라 윈프리의 선정적이고 익살스런 행동은 충격으로 다가왔다. 특히 타블로이드지에서나 다룰 섹스라는 금지 영역으로 거침없이 돌진할 때 충격의 강도가 더욱 컸다. 〈시카고트리뷴〉지의 칼럼 "아이엔씨"(INC.)는, 오프라가 "남성의 발기불능이나 애인을 엄마같이 돌보는 여자나 섹스 후 돌아눕는 사내 등 논란의 여지가 많은 주제로 높은 시청률을 올리는" 반면, 도나휴는 "우파 대변인과 컴퓨터 범죄를 내세워 그녀에게 맞서려 한다"고 논평했다.

"미리 준비를 하지 않는 게 보통"이라고 오프라는 말했다. "오프라의 성공이라 일컬어지는 것들이 오로지 나의 즉흥성에서 비롯되기 때문에, 나와 내 인터뷰 스타일에 관한 한, 준비를 덜 할수록 더 좋은 결과가 나온다는 걸 터득했어요." 〈시카고 선타임스〉의 리처드 로퍼(Richard Roeper)는 이 말에 동의하지 않았다. 그는 "야단스럽고 자기중심적인 것, 그리고 무엇보다 저급한 프로그램 구성이 그녀의 큰 성공 요인"이라고 보았다.

노골적이고 대담한 진행 방식으로 오프라는 그녀의 시청자들(결국엔 도나휴의 시청자들까지도)을 입이 딱 벌어지게 만들고 더 많은 걸 갈구하도록 유도했다. "도나휴와 나의 차이는 나예요"라고 그녀는 말했다. "그는 지적인 접근법을 구사하죠. 나는 시청자들의 가슴에 호소하고 사적인 이야기를 나눕니다. 겨우 한 시간 안에 어떤 주제를 심도 깊게 다룰 수 있다고 여기는 건 허세라고 생각해요." 오프라는 자신감이 하늘을 찌르는 듯했고, 도나휴가 뉴욕으로 활동 무대를 옮긴 후엔 더욱 그러했다. 의심을 자초해 괴로워하는 법이 없었다. 속을 태우고 있음을 나타내는 징후라고는 손톱 물어뜯기와 끊임없는 음식 섭취가 다였다. 그런 것들만 아니라면 토크쇼의 제왕한테 전혀 겁을 먹지 않은 듯 보였다. "알다시피 우린 시청률에서 그를 압도하고 있어요. 게다가 갑자기 그가 여길 떠버렸고요. 정말 놀랄 노자 아닌가요?"

오프라는 공적인 자리에선 도나휴에게 일말의 존경심이나마 슬쩍 내비쳤지만, 개인적으로는 둘 다 시카고에 있던 6개월 동안 그가 연락 한 번 취해온 적이 없었다며 불만을 토로했다. "여기 온 걸 환영한다는 전화 한 통이 없었어요." 그때 받은 모욕을 그녀는 두고두고 마음에 담아두었다.

그래도 다른 사람들은 빠짐없이 전화를 걸어주었다. 시카고 제일의 유명인사, 일명 앤 랜더스(Ann Landers)로 통하는 에피 레더러(Eppie Lederer)도 그중 하나. 오프라는 보석이 박힌 1,000달러짜리 '주디스 리버' 백을 보내 고마움을 표했고, 상담 칼럼니스트인 그녀를 자주 쇼에 초대했다. 순금의 값어치를 지닌 환영의 전화는 홍보회사를 운영하는 전직 모델 도리 윌슨(Dori Wilson)한테서 걸려왔다. "같은 흑인 여성으로서 오프라가 우리 도시에 대해 좋은 인상을 갖게 하도록 돕고 싶었어요. 그래서 점심식사에 초대를 했지요. 그녀는 내가 만나본 사람 중 가장 투지가 넘치는 사람이었어요. 최고를 향해 앞만 보고 내달리는 유형이었지요. 나는 내 인맥을 총동원해 여기저기에 그녀를 알리고 다양한 홍보 활동을 펼쳤답니다. 우린 몇 년간 좋은 친구로 지냈어요. 그러다가 뭐, 그녀한테서 연락이 끊겼다고 보면 될 것 같아요."

1984년에 처음 점심을 함께 먹는 자리에서 오프라가 변호사 겸 에이전트를 추천해달라고 부탁하자, 도리는 친구인 제프리 D. 제이컵스에게 다리를 놓아주었다("D는 dependable(의지할 수 있는)을 의미한다"는 게 그의 홍보 포인트였다). "제프는 당시 '푸스, 마이어스 앤드 제이컵스'(Foos, Meyers, and Jacobs) 소속으로, 해리 커레이(Harry Caray, 시카고 컵스 전문 캐스터)와 권투선수 제임스 '퀵' 틸리스(James 'Quick' Tillis)를 비롯한 시카고의 많은 연예인들을 관리하고 있었어요."

제이컵스에게서 오프라는 자신을 약속의 땅으로 인도해줄 모세를 발견했다. 그것은 시어스(Richard Warren Sears)와 로벅(Alvah Roebuck)의 만남과도 같았다(시어스와 로벅은 세계적 유통업체 시어스로벅의 창업자들이다—옮긴이). 이후 18년에 걸쳐 윈프리와 제이컵스는 오프라 왕국을 건설했으나, 시어스가 로벅에게 그랬듯이 윈프리는 제이컵스를 버렸다. 그들의 우정이 직업적인 질투심 때문에 파열되면서, 오프라는 둘이 아닌 1인 군주 체제로 자신의 왕국을 통치하기로 마음먹었다. 더는 파트너 두기를 원치 않았는데, 제이컵스처럼 맹렬한 돌진형 파트너는 특히 사양이었다. 한때는 그를 "피라냐"(piranha, 성질이 흉폭한 이빨 달린 물고기—옮긴이)라 칭하며 "바로 나에게 필요한 존재"라고 감싸 안았지만 말이다. 2002년 무렵에는 스스로 피라냐가 될 준비가 돼 있었다. 험악한 결별 과정 끝에, 제이컵스는 오프라의 자산이 9억 9,800만 달러에 이르고 자신은 약 1억 달러를 벌어들인 상태에서 하포를 떠났다. 갈라서기 전에 제이컵스는 "그녀가 재정적으로 성공을 거두는 이유들 중 하나는, 우리가 그 성공을 얼마나 많이 벌어들이느냐가 아닌 얼마나 많이 지키느냐로 이해하기 때문"이라 말했다.

〈포춘〉지는 제이컵스를 가리켜 "거의 알려지지 않은, 미디어 퀸의 배후 권력"이라 했고, 또 어떤 이들은 "오프라의 브레인"이라 불렀다. 근 20년간 법률고문 자격으로 오프라의 사업을 총괄한 그는 그녀의 변호사이자 에이전트이고 매니저였으며, 재정 상담역과 프로모터였고, 보호자이면서 절친한 친구이기도 했다. 그러한 역할은 가족에게까지도 이어져, 제이컵스의 아내 제니퍼 오브리(Jennifer Aubrey)가 오프라의 의상을 담당했는데, 〈TV가이드〉 선정 '워스트 드레서'에 이름이 오른 뒤에 잘렸다.

1984년에 첫 대면을 한 지 몇 달 만에 제프 제이컵스는 오프라를 전담 관리하게 되었고, 1986년에는 그녀의 전속 변호사로 일하기 위해 다니던 법률회사를 그만두었다. 그는 오프라의 계약 내용을 협상하고 직원들을 통솔했으며 쇼 제작 전반을 감독했다. 또한 상품 광고와 강연 활동 및 자선기부 행위도 관리했다. 그는 브랜드가 각광받는 미래 시장을 내다보고서 오프라에게 하포 주식회사(Harpo, Inc., 'Oprah'를 역순으로 쓴 것) 설립을 종용했다. 그녀는 너무나 고마운 마음에 그에게 회사 지분의 10퍼센트를 넘기고 사장에 앉혔다. 따로 에이전트나 매니저 및 변호사 고용을 거부한 채—"왜 다들 수입의 40퍼센트를 수수료나 상담료로 써버리는지 이해가 안 가요"—제이컵스에게 모든 걸 맡겼다. "그에게 무슨 일이라도 생기면 난 어찌 해야 하나 걱정"이라고 그녀는 입버릇처럼 말했다.

오프라는 시카고에서 금세 큰 반향을 불러일으켰고, 열광적인 찬양자들이 주변을 에워쌌다. 그녀가 나타나면 택시 운전사들이 경적을 울려대고 버스 기사들이 손을 흔들었으며 행인들이 다가와 포옹을 했다. 먹는 모습을 구경하겠다고 음식점에 사람들이 몰려들기도 했다. 오프라는 "꿈같은 나날을 보내고 있다"고 작가 린 토너빈에게 말했다. "거리를 걸어가면 모두 인사를 건네요. '안녕하세요, 오프리?' 또는 '반가워요, 오크라' 하면서요." 본인도 어안이 벙벙할 지경이었다. "나는 쭉 잘해왔어요. 하지만 이렇게 빨리 이만한 성공을 거둘 줄은 예상치 못했습니다. 내슈빌에서도 잘하긴 했거든요. 그때 사람들이 하던 말이 있어요. '흑인 아가씨치곤 괜찮네.' 자기들이야 좋은 뜻으로 한 말이었겠지만요."

오프라는 인종문제를 즐겨 언급했다. 상대하는 미디어가 어디인가에 따라, 방송계에서 흑인 여성으로서 겪는 어려움을 강조하기도 하고 별것 아닌 걸로 치부하기도 했다. 흑인계 잡지들을 상대로는, 유독 백인 신인들이 자기보다 앞서나가는 걸 보는 게 괴로웠다고 말했다. 오프라는 불안감이 심하게 묻어나는 목소리로 "장벽은 그것 말고도 또 있었다"고 했다. "내가 너무 까매 보인다는 점이었어요. 많은 프로듀서들과 감독들이 피부가 밝고 코가 작고 입술이 얇은 사람을 찾았지요. 그것 때문에 마음의 상처도 입었고 화도 났습니다." 그러면서 백인 기자들에게는 차별을 전혀 경험하지 못했다고 주장했다. "미시시피 농장에서 자랄 때조차 나는 장차 큰일을 하게 될 거라는 믿음이 있었어요. 인종차별에 대한 말들이 많았지만, 언제나 내가 누구한테도 꿀리지 않는다고 믿었어요. 백인 아이들보다 못하다는 생각은 한 번도 안 해봤어요." 그녀는 〈코즈모폴리턴〉지와의 인터뷰에서 "여태껏 흑인이나 여자라서 불이익을 받는다고 느낀 적은 없었다"고 했다.

오프라는 자신의 정체성을 1차적으로 여성, 그다음에 흑인 여성이라 보았으나, 확실히 흑인들의 대변인이라고 인식하지는 않았다. "'지역사회 조직' 이니 '대책위원회' 니 하는 말을 들을 때마다 몹시 난처해져요. 날마다 민권운동에 나서고 흑인들의 대변자 노릇을 해야 할 것만 같은 기분이 들죠. 그들이 이야기하는 바는 저도 이해합니다. 하지만 내가 꼭 그렇게 할 필요는 없어요. 다른 사람들이 원하는 대로 해줄 필요는 없단 말이죠. 검다는 건 그냥 내 모습이에요. 난 흑인이고, 여자예요. 10 사이즈 신발을 신고요. 그건 변함이 없어요."

그러면서도 그녀는 유색인 여성으로서 가지는 상업적 이점은 잘 알고 있었다. "시카고 미디어계에는 흑인 여성이 많이 없어요. 내가 여기 방송에 나왔을 때 온 도시에서 TV 켜지는 소리가 들리는 것 같았답니다." 그녀는 "뽀글머리 유색인 아이" 시절의 일화들로 시청자들을 즐겁게 만들었으며, 분위기를 띄우기 위해 허풍과 날조도 적절히 가미했다. 그러나 보다 중요한 것은, 다양성이 결여된 교외 백인 가정들에 가슴 따뜻한 흑인의 존재감을 불어넣었다는 점이다. 데브라 디마이오의 말을 빌리면, "총 들고 방송국을 감시하던 앤절라 데이비스"와 다른 타입을 찾게 돼 최고경영자가 너무나 기뻐했다고 한다.

1969년부터 1970년까지 낮 시간대 버라이어티 쇼를 진행한 델라 리스(Della Reese)가 있긴 하지만, 오프라는 전국 TV에서 낮 시간대 토크쇼를 성공적으로 진행한 최초의 흑인 여성이 되었다. 그녀는 아프리카계 미국인들이 방송계에서 승리의 깃발을 날리기 시작한 시기에 등장했다. 브라이언트 검블(Bryant Gumbel)이 네트워크 아침 프로그램의 선두주자인 〈투데이 쇼〉를 접수하고, 빌 코스비(Bill Cosby)가 전미 최고의 시청률을 자랑하는 〈코스비 쇼〉로 황금 시간대를 주름잡던 때였다. 흑인 여성으로서 소수계 우대정책의 혜택을 입기는 했으나, 오프라는 엄청난 재능으로 그 위치에까지 오른 것이기도 했다.

뜻밖의 행운으로 돌리기엔 너무나 영민했던 그녀는 스스로 출세가도의 지휘관이 되었다. 시카고 언론계의 환심을 사고 칼럼니스트들과 친분을 쌓고 기자들에게 끊임없이 이야깃거리를 제공하면서, 인터뷰 요청에 일일이 응했다. 심지어 그녀에 관한 글을 쓰고 싶어하는 일개 웨이터에게도 흔쾌히 기회를 주었다. "오프라를 만나기 전엔 1 대 1 인터뷰를 해본 적이 없었어요." 나중에 작가가 된 로버트 월드런의 말이다. "처음엔 〈유에스〉(US)지에 기사를 실으려고 나흘간 인터뷰를 한 거였는데, 잡지 소유주인 잰 웨너(Jann Wenner) 선에서 계획이 엎어져버렸어요. 그때 오프라의 팬레터 담당자였던 앨리스 맥기(Alice McGee)가 그 기사를 다른 매체에 싣는 방안을 권했고, 그녀의 도움으로 타블로이드 잡지인 〈스타〉의 표지를 장식하게 됐지요. 오프라도 무척 기뻐하더군요. 내친 김에 그녀의 전기를 써보겠다고 제안했는데, 그러라는 대답을 듣는 순간 전 거의 기절하는 줄 알았답니다." 《오프라!》라는 제목의 그 책은 1987년에 출간되었다.

전직 〈시카고 선타임스〉 TV 비평가 로버트 페더(Robert Feder)는 그 때를 "좋은 시절"이었다고 회상한다. "오프라는 기자들의 꿈이었어요. 개방적이고, 다가가기 쉽고, 다정하고, 지극히 협조적이고…… 난 언제든 그녀와 전화통화가 가능했어요. 나한테 음성 메일을 남기곤 했죠. 1주일에 한 번은 그녀의 사무실에서 점심을 먹었는데, 가보면 맨발로 사무실을 돌아다니거나 어지러운 책상 위에 카우보이 부츠신은 다리를 걸쳐놓고 있었어요." 새 시즌이 시작될 때마다 페더는 그녀와 마주앉아 앞으로의 계획과 프로젝트에 관해 묻고 답하는 시간을 마련했다. 여러 해 동안 그의 사무실 벽에는 "우리는 멋진 팀! 오프라로부터"라는 글이 적힌 두 사람의 사진이 걸려 있었다. 10여 년간 오프라의 가장 든든한 지지자였던 페더는 시카고의 많은 기자들에게 "여신의 새벽"으로 일컬어지는 1994년에 그 사진을 떼어냈다.

시카고에 도착하자마자 오프라가 자신의 굵은 허벅지며 폭식 습관이며 독수공방하는 신세 등등 얼마나 많은 얘깃거리로 언론계를 달궈놓았던지, 1985년 말 〈시카고트리뷴〉의 클레런스 피터슨은 그녀에게 "시카고 최고의 거품 명사"란 꼬리표를 달아주었다. 페더조차 기사에서 "오프라 윈프리에 대한 이야기는 이쯤에서 좀 자제하자—그녀가 오스카상을 탈 때까지만이라도"라 말할 정도였다. 그러나 기자들은 오프라에 대한 얘기는 아무리 해도 질리지 않아했고, 그녀 역시 기자들만큼이나 자기도취에 빠져 지냈다. 〈필라델피아 인콰이어러〉와 인터뷰를 하는 동안에도 입에서 말이 폭포수처럼 쏟아져나왔다.

> 나는 아주 강합니다, 아주 강해요. 당신이건 누구건 내가 모르는 걸 나한테 말해줄 순 없어요. 내 안에는 나를 안내하고 인도하는 이런 영혼이 있답니다. 인터뷰를 하는 게 지금껏 나한테 어떤 의미였는지 아세요? 그건 내가 한 번도 경험하지 못한 치료법이에요. 나는 늘 성장하고 있어요. 이젠 내가 친절한 사람이란 사실을 인정하고 받아들이는 법을 알아요. 난 정말로 내가 좋아요. 진짜예요. 내가 다른 사람이라면, 나에 관해 알고 싶을 거예요. 그걸 아는 게 가장 중요하죠.

글쓴이는 그녀의 프로필을 다음과 같은 말로 맺었다. "고마워요, 오프라. 이젠 제발 입 좀 다물어줘요."

그러나 오프라는 입을 다물지 않았고, 그럴 수도 없고, 그러지도 않을 생각이었다. 끊임없이 이야기를 해야 남들이 미주알고주알 캐묻지 못한다는 걸 본능적으로 알았다. 자기 입으로 다 까발리는 것처럼 보일수록, 그녀는 더 잘 감출 수 있었으며 솔직하고 개방적인 사람으로 여겨졌다. (털어놓기로 결정한) 그녀의 사연들은 신선하고 마음을 끄는 데가 있어서, 시청자들은 자연스레 그녀의 성공을 응원했다.

"나의 가장 큰 재주는 말하는 능력"이라고 오프라는 작가 빌 젬(Bill Zehme)에게 말했다. "그리고 언제 어떤 상황에서나 자연스럽게 행동하는 능력이지요. 저는 100만 명이 지켜보는 카메라 앞에서도 당신과 마주앉아 대화하는 지금처럼 마음이 편안합니다. 늘 상황에 완벽하게 녹아들어갈 수 있지요."

언론은 그녀의 자기홍보를 환영했다. 다른 사람 같았으면 오만하다고 낙인찍혔을 법한 언행들이 오프라의 경우엔 그래도 될 만한 것들로 받아들여졌다. 그녀는 "정말로 해냈다면 허풍이 아니다"라고 한 야구 영웅 디지 딘(Dizzy Dean, 쉴 새 없이 떠들어대기로 유명했던 명예의 전당 헌액 투수—옮긴이)과 같은 리그에서 노는 것이 허락되었다. 스스로 빛내고자 한 전략이 큰 성과를 거두어 1986년에 전국 방송망을 타게 되자, 그녀는 그 이미지를 계속 가꿔나갈 수 있게 홍보활동을 직접 챙기겠다고 나섰다.

필 도나휴를 시청률의 권좌에서 끌어내리면서 오프라는 〈오프라 윈프리 쇼〉의 진행자 자격으로 〈뉴스위크〉에 처음 얼굴이 실렸다. 그녀는 전국 시사지의 지면을 차지했다는 사실에 감격했지만, "속되고 뻔뻔하며 세상 물정에 밝고 감정이 풍부한, 90킬로그램에 육박하는 미시시피 출신의 흑인 여자"라 묘사된 데는 분개해 마지않았다.

작가 로버트 월드런에게 기사에 대한 불만을 토로했다. "'세상 물정에 밝다'는 표현이 마음에 안 드네요. 그건 흑인들에 관해 안 좋은 인상을 심어주는 표현이라고 봐요. 똑똑하다고 말하기보다는 세상 물정에 밝다고 쉽게 말들 하는데, 거기엔 많은 의미가 담겨 있죠. '오호, 저 여자는 세상 물정에 밝아서 성공했군' 뭐, 이런 식이랄까요? 근데 전 세상 물정에 도통 밝지가 못하답니다. 밖으로 돌며 살지를 않았거든요. 세상에 대해 아는 게 없어요. 부랑아가 아니었단 말이죠. 그래요, 말썽 좀 부리던 시절이 있긴 있었어요. 하지만 절대 부랑아 수준은 아니었어요. 바깥세상에 대해 알지도 못했고요. 지금도 거리에 내놓으면 10분도 못 버틸걸요."

못마땅한 부분이 있긴 해도, 그녀는 〈뉴스위크〉 기사가 자신에게 "여러 가지 기회를 열어주었음"은 인정했다. 유명인 인증의 최종 단계라고 할 〈투나이트 쇼〉로부터의 출연 요청을 포함해서 말이다.

"그쪽에서 물어보더군요. 일단 임시 진행자인 조앤 리버스와 함께 출연하면, 자니 카슨(Johnny Carson)이 돌아왔을 때 다시 출연할 수 있는데 괜찮겠느냐고요. 전 '아무 문제없다'고 대답했죠."

쿡 카운티 교도소 소장은 오프라의 매력에 푹 빠진 나머지 재소자들에게 그녀가 출연하는 날엔 취침시간을 넘겨도 된다고 허락했다.

오프라 일행과 함께 LA에 온 제프 제이컵스는 그녀에게 ABC 미니시리즈 〈할리우드 아내들〉을 홍보하기 위한 쇼를 2회 분량으로 녹화하라고 시켰다. 이는 WLS를 소유하고 경영하는 ABC 네트워크의 환심을 사고, 지방 시청자들의 눈을 호강시키는 동시에, 넘버원 심야 토크쇼에 출연함을 광고하는 일석삼조의 효과를 노린 아이디어였다. 오프라는 촬영 스태프들을 대동한 채, 앤지 디킨슨(Angie Dickinson)과 메리 크로스비(Mary Crosby), 그리고 인기 영화배우 조앤 콜린스(Joan

Collins)의 여동생인 재키 콜린스(Jackie Collins)와 함께 유명 레스토랑에서 점심을 먹고 로데오 쇼핑가를 돌아다녔다.

출연 전날, 마리아 슈라이버 및 그녀의 약혼자 아널드 슈워제네거와 저녁식사를 했다. "레스토랑에서 아널드가 조앤 리버스 역할을 맡아 질문을 했어요. '요즘 잘 나가는 이유가 뭔가요?', '왜 그리 살이 쪘죠?'"

당시 조앤 리버스는 엘리자베스 테일러를 뚱뚱하다고 놀려대는 것으로 유명했다. "그녀의 턱은 홍콩 전화번호부보다 더 두꺼워요", "그녀의 자동차 뒤 유리에는 '먹을 게 있으면 경적을 울려주세요'라는 스티커가 붙어 있죠", "버지니아의 3대 젖통은 존 워너(엘리자베스 테일러의 여섯 번째 남편)와 엘리자베스 테일러랍니다." 그러므로 〈투나이트 쇼〉에 출연하는 7분 동안 오프라의 체중 문제가 거론될 것은 불 보듯 뻔했다.

1985년 1월 29일, 오프라는 커튼 뒤에 서서 조앤 리버스의 소개말에 귀를 기울였다. "얼른 그녀를 만나보고 싶네요. 세상 물정에 밝고 대담하고 감정이 풍부한 사람이라고 말들을 하더군요. 자, 박수로 환영해주세요, 오프라 윈프리 양입니다!"

오프라는 기분이 씁쓸했다. "'뭐 이래……' 하는 생각이 들더군요. 그녀가 '세상 물정 밝고 어쩌고' 하는 흑인 여자에 관한 글을 너무 많이 봤구나 싶었죠. 그런 말 들으면 사람들이 내가 머리에 스카프 두르고 치킨이랑 수박을 들고 나오는 줄 알 거 아니에요(흑인들은 프라이드치킨과 수박을 좋아한다는 고정관념이 있다—옮긴이)."

그녀는 반짝이는 스팽글이 줄줄이 달려 있고 터진 앞자락 사이로 흰색 스타킹과 모조 다이아몬드가 박힌 800달러짜리 파란 스웨이드 구두가 드러나는, 감청색 스웨이드 드레스 차림으로 걸어나왔다. 머리털은 부풀려 세운 뒤 스프레이로 단단하게 고정시켜놓았다. 눈두덩에는 자주색과 붉은색을 칠하고 빨간 입술 역시, 시카고의 토와나(Towana)라는 디자이너에게 주문 제작했다는 드레스와 대비되게 자주색 립라이너로 모양을 잡았다. 귀걸이에는 모조 다이아몬드들이 대롱대롱 매달려 있었다. 그녀는 고속도로 휴게소에서 빈둥대다 허둥지둥 튀어나온 사람처럼 보였다.

조앤이 어린 시절에 대해 묻고 오프라가 "회초리"로 맞은 얘기와 "애완용 바퀴벌레" 얘기를 하고 나자, 대화 주제는 다이어트로 넘어갔다.

"어쩌다 체중이 늘었나요?" 조앤이 물었다.

"먹었죠, 뭐." 오프라가 대답했다.

"당신은 예쁜 여성이고 싱글이잖아요. 살을 빼요."

나중에 털어놓길, 그 여자 코미디언을 한 대 때려주고 싶었다고 했다. "하지만…… 처음으로 전국 TV에 나온 거라서……. 그런데 이렇게 아담한 체구의 조앤 리버스가 나한테 살빼기 내기를 걸더라고요. 좋다고 했죠. 전국 TV에 출연중이니 달리 무슨 말을 할 수 있겠어요?"

리버스는 오프라가 7킬로그램을 감량하면 자기는 2킬로그램을 빼겠다고 했다. 두 사람은 악수를 나누고 6주 후에 다시 만나기로 했다.

오프라는 이튿날 시카고로 돌아와 이태리 식당 '파파 밀라노'에 "마지막 연회" 예약을 했다. 가족이나 다름없다는 스태프들도 초대했다. "우린 거의 매끼 함께 먹거든요." 그녀는 언론에 그 흥청거릴 파티를 취재하라고 알렸다. 아침 7시 30분에 그릴 치즈 샌드위치로 포문을 열었고, 뒤이어 팬케이크 전문점에서 아침식사를 했다. 오프라는 "정통 팬케이크와 포테이토 팬케이크와 오믈렛"을 주문했다. "팬케이크들을 가지고 나오면서 종업원들이, 내가 내기에서 이기길 바라기 때문에 마지못해 구웠다며 다 먹지 말라더군요. 점심식사로는 프렌치프라이를 주문했답니다. 맛이 기가 막혔어요. 제일 좋아하는 음식—감자—을 두 번 먹은 셈이죠."

저녁은 피자, 파스타 콩수프, 마늘빵, 파프리카, 라비올리, 샐러드, 카놀리, 쿠키, 스푸모니 칵테일이었다. 다음 날 〈시카고트리뷴〉에는 오프라가 밝은 피부색에 콧수염이 난 장신의 아프리카계 미국인 남자친구 랜디 쿡(Randy Cook)에게 피자 한 조각을 먹이고 있는 사진이 실렸다.

"나는 스테드먼 이전의 스테드먼이었습니다." 오랜 세월이 흐른 뒤 쿡이 말했다. "1985년 1월부터 5월까지 오프라의 아파트에서 살았지요."

다섯 달에 걸친 쿡과의 교제는 훗날 그가 둘의 관계를 책으로 써내기로 결정하면서 오프라에게 골칫거리가 되었다. 그 무렵 오프라는 '마약을 반대하는 선수들'(Athletes Against Drugs)이라는 단체를 운영하는 스테드먼 그레이엄과 동거 중이었다. 쿡의 책 기획안에는 "오의 마법사"(The Wizard of O), "커튼 뒤의 진실", "오프라 윈프리와 보낸 나의 삶"이라는 제목들이 붙여졌고, 목차는 "오프라, 나를 코카인의 세계로 이끌다", "오프라, 마약과 섹스, 그리고 통제 불능", "오프라와 게일" 같은 소제목들이 있었다.

그는 오프라를 통해 마약을 알게 된 경위와 그녀가 자신의 24층 아파트에서 코카인을 어떻게 정제했는지를 설명했다. 또 "육욕에 사로잡힌 괴물"로 변하고 "동물적 섹스"에 탐닉하는 모습을 생생하게 묘사했다. 그는 오프라가 자주 은행카드를 주면서 마약 살 돈을 뽑아오라고 시켰다고 했다. 그녀는 자금책, 그는 공급책이었다. 오프라 때문에 마약중독이 되었으며 인생이 꼬이기 시작했다고 주장했다. 밑바닥까지 추락했을 때 그는 직장도 잃고 파산을 선언했으며, 결국은 12단계 회복 프로그램에 참여했다. "그 단계들 중 하나는 '잘못을 보상하는 단계'다. 그러자면 오프라와 접촉을 해야 한다. 얘기를 하러 그녀의 스튜디오에 찾아갔지만 오프라는 내 존재를 철저히 무시했다."

화가 난 쿡은 모든 것을 다 까발리기로 결심했다. 책 기획안을 출판사들에 보냈으나, 어떤 출판사도 사랑받는 미국의 아이콘이 코카인을 정제하고 환각에 빠져 산다는 내용의 책을 내려 하지 않았다. 그래서 쿡은 10년간 신디케이션 형태로 운영되면서 유명인의 사생활 폭로에 주력해온 TV 뉴스 프로그램 〈하드 카피〉(Hard Copy)의 다이앤 다이먼드(Diane Dimond)기자에게 연락을 취했다.

"파라마운트 픽처스 소유의 〈하드 카피〉와 일한 경험에 비춰볼 때, 우리가 다루지 못할 사람은 아무도 없었다"고 다이앤 다이먼드는 말한다. "나는 마이클 잭슨 이야기, 하이디 플라이스(Heidi Fleiss, 할리우드의 마담뚜. 매춘알선혐의로 실형을 선고받았다) 이야기도 다뤘다. 하이디의 검은색 수첩에는 내 상사들의 이름도 들어 있었다. O. J. 심슨 사건을 추적 보도하고 윌리엄 케네디 스미스(William Kennedy Smith)의 성폭행 사건도 폭로했던 나다. 따라서 우리 방송에서 건드리지 못할 사람은 하나도 없어 보였다. 그러나 프로듀서 린다 벨 블루(Linda Bell Blue)가 다름 아닌 파라마운트사 회장 조너선 돌겐(Jonathan Dolgen)의 전화를 받고 그의 불같은 호통에 질려 내 취재계획을 중지시키겠다는 약속을 했을 때, 나는 오프라 윈프리야말로 손대지 못할 유일한 인물임을 알아차렸다. 린다는 나에게, 우리 프로그램이 미국에서 가장 성공한 흑인 여성을 공격하는 걸로 비쳐서는 안 된다고 말했다. 쿡은 물론, 그의 변호사와도 이미 몇 차례 논의를 한 마당이었지만 하는 수 없었다. 그 취재 건은 접어야만 했다."

쿡은 〈스타〉지와의 대담에서, 자기 입을 막기 위해 오프라가 영향력을 행사한 거라고 비난했다. 오프라는 이를 전면 부인하면서 그를 신뢰할 수 없는 "거짓말쟁이", "마약중독자"라 불렀다. 나아가, 누구한테든 함부로 입을 놀렸다간 크게 후회하게 될 거라고 경고했다. 물러서고 만 그는 결국 마약에 다시 손을 댔고 갱생시설에 또 들어가는 신세가 됐다.

그 시기에 오프라는 볼티모어에서 그녀와 함께 마약을 했다고 주장하는 누군가가 〈내셔널 인콰이어러〉지에 그 이야기를 팔려고 한다는 정보를 입수한 상태였는데, 비록 그것이 기사화되지는 않았지만 마약과 관련된 과거사가 곧 온갖 타블로이드지를 도배할 것이라는 위협을 느꼈다. "아닌 게 아니라, '나는 오프라의 마약 딜러였다'라는 제목의 기사를 작성 중이었어요. 하지만 마지막 순간에 접게 되었죠." 〈내셔널 인콰이어러〉의 선임편집자가 술회한다. "내가 기억하기로는, 그 마약 딜러라는 사람이 우릴 찾아왔고, 거짓말탐지기를 통과한 다음에 돈을 받아갔어요."

기사를 작성했던 제리 오펜하이머(Jerry Oppenheimer)는 "오프라가 볼티모어 방송국에 근무할 때 남자친구였다고 주장하는 사내를 인터뷰했다"고 했다. "그녀와 교제하는 동안 코카인을 흡입했고, 생계를 위해 마약을 팔기도 했다더군요. 둘이 함께 찍은 사진—〈내셔널 인콰이어러〉가 늘 요구하는 조건이었어요. 거짓말탐지기도 통과해야 했고요—들도 있어서 믿을 만하다 싶었어요. 부랑자 타입이지만 말이 꽤 논리정연하고 친절한 게 무척 호감 가는 사람이었죠."

대부분 유명인들처럼 오프라도 타블로이드 매체들을 경멸하게 되었다. 초창기에는 자신에 관한 사연들을 가지고 그들과 협력하면서 사적인 사진들까지 제공했고, 자선단체에 기부하는 행위들을 알리면서 "선행을 한다"는 이미지를 심고자 금품을 건네기도 했다. 그러나 일단 유명해지고 나자, 식료품점에 깔리는 주간지들을 "언어적 포르노그래피"라 매도하고 자신과 관련된 그들의 보도행태에 욕을 퍼부었다. 그녀는 그 매체들에게 정보를 흘리는 직원들을 해고했으며 사무실 밖에서는 누구도 그녀의 이름을 입에 올려선 안 된다는 규정을 만들었다. 사람들 앞에서는 그녀를 "메리"라 칭하도록 교육시켜, 레스토랑이나 술집 등에서 새나간 대화가 타블로이드 매체의 기삿거리가 되지 않도록 했다. 아울러 직원들이 그녀의 자연스런 모습을 카메라에 담는 것도 금했다. 오프라는 자신의 몸무게에 대한 타블로이드지 기사들에 신경을 곤두세우게 되었고, 거기에 실리는 악의적인 사진들 때문에 자주 눈물을 쏟았다.

"한번은 네커 아일랜드로 스테드먼과 휴가를 떠난 오프라를 24시간 취재하라고 기자를 붙인 적이 있어요." 〈내셔널 인콰이어러〉의 전 편집자가 말했다. "스테드먼이 골프를 치러 나가자 오프라가 룸서비스에 피칸 파이 두 개를 주문하더랍니다. 우리 기자가 웨이터가 배달하는 걸 거들었지요. 오프라가 문을 열어줬는데, 방에 다른 사람은 없었답니다. 한 시간 뒤에 룸서비스로 문 밖에 내놓은 빈 접시들을 치워달라는 연락이 와서 우리 기자가 사진을 찍어뒀죠. 오프라와 그녀의 체중에 관해 우리가 수년 동안 낸 기사들 중에 이게 제일 기억에 남아요. 주변에 아무도 없을 때 몰래 폭식을 한다는 게 드러난 기사니까요."

가까운 친구들은 오프라에게 타블로이드지들을 제발 무시하라고 충고했다. "거기에 나오는 건 네가 아니다"라고 마야 앤절루는 말했다. "너는 그런 이야기들 속에 없어." 그러나 오프라는 자기 쇼의 시청자들이 곧 타블로이드지의 독자들이란 걸 알았다. 인구통계 면에서 겹친다는 얘기다. 그녀의 쇼를 매일 보는 여성들은 매주 장을 보러 나가고, 계산대로 다가갈 때마다 그 센세이셔널한 이야기들을 보게 되는 것이다. 오프라는 대다수 사람들이 그녀와 같아서 읽는 대로 믿는다고 생각했다.

과거에는 돈이 궁한 친척들과 친구들이 타블로이드 매체의 유혹에 넘어가는 걸 지켜보기만 했지만, 이제는 그녀가 단속에 나서기로 결심했다. 1994년 말 제작진과의 회의에서, 자신의 마약복용 경험을 넌지시 내비칠 수 있도록(구체적인 언급은 없이) 마약 남용에 관한 쇼를 구성하는 방안을 논의했다. 아무래도 중독 문제를 얘기하는 데 있어서는 여자가 남자보다 가여워 보이므로, 어머니들을 출연시키기로 했다. 쇼는 생방송이 아닌 녹화방송이 될 것이기에 필요하다면 편집을 할 수도 있었다. 지난 두 시즌에 걸쳐 오프라 쇼의 시청률이 13퍼센트나 떨어진 상태였지만, 그녀에 대한 세간의 평가는 여전히 높았으므로 스태프들 가운데는 그렇게 인정을 했다가 반발을 사게 되진 않을까 우려하는 사람도 있었다. 그러나 그녀는 다른 선택의 여지가 없다고 보았다.

1995년 1월 11일에 녹화된 그 쇼는 대대적으로 홍보가 이루어졌다. 녹화 도중에 오프라는 평정심을 잃고 눈물어린 고백을 했다. 코카인 중독 경험을 이야기하는 한 어머니를 향해 "나도 당신과 같은 마약을 했다"고 털어놓은 것이다. "늘 내 머리 위를 짓누르고 있던 큰 비밀이었어요." 언제 어디서 누구와 마약을 했는지에 대한 구체적인 이야기는 하지 않았으나, 공개적으로 인정을 한 것만으로도 그녀의 발목을 잡고 늘어지던 과거의 모든 이들로부터 벗어난 셈이었다.

오프라의 폭탄발언은 전국적인 뉴스감이었다. 대변인 데버러 존스(Deborah Johns)는 기자들에게 그것은 "전적으로 즉흥적인" 발언이었다고 밝혔다. 하포 프로덕션의 사장 팀 베넷도 이에 맞장구를 쳐, "순전히 즉흥적인" 그 발언은 "오프라 본인에게서, 그녀의 가슴에서 우러나온" 것이라 했다. 그러나 하포 내에 믿을 만한 정보원들을 두고 있는 시카고의 칼럼니스트 빌 즈웨커와 로버트 페더의 생각은 달랐다. 오프라의 고백은 시청률을 높이기 위해 미리 계획된 것으로, 이름이 알려지지 않은 사람들이 그녀의 비밀을 폭로하겠다고 협박해온 것이 원인이라고 보도했다.

"오프라의 사전에 즉흥적인 일이란 없어요." 옛 직원이 2007년에 말했다. "즉흥적인 것처럼 보일지 모르지만, 실은 모든 게 가부키처럼 면밀히 짜인 것이죠. TV 화면에 비치는 그녀는 참 근사해요. 아무도 못 따라오지요. 그런데 우연이 끼어들 여지는 없어요. 그녀는 로널드 레이건과 비슷합니다. 할리우드에서 그는 B급 배우로 여겨졌지요. 위대한 배우들 근처에도 못 갔어요. 하지만 진솔해 보이는 연기 실력만 가지고도 TV에서는 엄청난 의사소통 능력을 발휘하는 사람이 되었죠. 오프라도 그런 식이에요. 적시에 우는 방법을 아는 거죠. 언젠가 나한테 이런 말을 한 적이 있어요. '모든 눈물은 시청률 0.5포인트의 가치가 있다, 나는 언제라도 울 수 있다' 고요." 옛 직원은 오프라의 큼직큼직한 폭탄발언들이 시청률조사기간(2월, 5월, 7월, 11월) 중이나 그 직전에 나왔다는 점에 주목했다. "시청률이 오프라의 모든 것이에요."

마약복용을 인정한 것이 시청률을 올리기 위함이건 타블로이드지들의 추적을 뿌리치기 위함이건, 오프라는 온건한 분위기의 연민을 불러일으키는 무대에서 비밀을 밝힐 능력이 있었고, 이로써 큰 짐을 내려놓은 기분이 들었다. "더는 그 문제에 대해 걱정하지 않아도 됩니다. 저는 수치심과 죄책감, 비밀이 어떤 것인지 잘 알아요."

오프라가 공개적으로 마약복용 사실을 시인한 후, 랜디 쿡이 명예훼손과 정신적 고통에 대한 2,000만 달러짜리 소송을 걸었지만, 그녀는 예상했다는 듯 승소를 자신했다. "파산하는 한이 있어도 끝까지 싸울 것이며, 이 거짓말쟁이에게는 한 푼도 줄 수 없다"고 말한 것으로 알려졌는데, 재판서류상에는 "거짓말쟁이" 운운한 걸 부인했다고 나와 있다. 그 무렵 뚜렷한 직업이 없었던 쿡은 백만장자가 된 유명인과의 옛 관계를 빌미로 악착같이 돈을 뜯어내려는 사내처럼 보였다. 일리노이 주 지방법원에서 소송이 기각되었으나 그는 항소를 했고, 항소심법원은 몇몇 기소조항들을 복원시켰다. 2년간의 법정 다툼 끝에 오프라는 그가 제기한 질문들에 답변을 하지 않을 수 없게 되었다. 마침내 그녀는 그토록 오래 부인해왔던 점들, 즉 쿡과 성관계를 가졌고 꾸준히 코카인을 했음을 시인했다.

쿡은 배심재판을 받을 권리를 획득했지만 재판 날짜가 정해지기 전, "죽어가는 어머니의 간절한 부탁"에 못 이겨 소송을 취하했다. 오프라 윈프리와 법정 싸움을 벌이지 말라고 가족과 친구들이 애원을 했다고 하나, 2007년이 되어서까지도 그는 20여 년 전에 5개월 사귀었던 인연을 내세워 돈을 벌고자 했고, 무위로 돌아가긴 했지만 자신의 폭로서로 거래를 하겠다는 생각도 접지 않았다. 그는 1985년 오프라와 동거할 당시 둘 다 마약에 중독된 상태였다고 주장하면서도 그녀가 어떻게 마약을 끊게 되었는지는 모른다고 했다. "가끔씩 우린 밤새 마약에 취해 있곤 했어요. 그런 날 아침에 꼭 게일 킹이 방문하더라고요. 게일이 들이닥치기 전에 허겁지겁 모든 증거들을 치우고는 아무 일도 없었다는 듯 굴었죠. 게일은 오프라와 내가 헤어지고 나서야 마약복용 사실을 알게 됐습니다. 늦게라도 알아챈 그녀가 오프라를 마약에서 완전히 손 떼게 만들었을 가능성이 높지요." 그는 오프라가 〈컬러 퍼플〉 촬영차 시카고를 떠나기 전인 1985년에 마지막으로 그녀를 보았다고 했다.

Eight

오프라 윈프리, '1인 비무장지대'

남부에서 태어나 일요일마다 교회에 나가고, 영가의 선율에 몸을 흔들며 '조상' 공경의식이 투철한 할머니 품에서 자란 흑인 여성들 간에는 불변의 연대감이 존재한다. 이들은 아칸소 시골길의 흙내음과 루이지애나의 늪지대, 조지아 주의 산간벽지와 미시시피의 습지 등으로 연결이 돼 있기 때문에 처음 만나는 자리에서도 끈끈한 자매애를 느낀다. 소개를 받기도 전에 서로 알아본다.

"오프라와 나를 묶어주는 힘이 바로 그런 남부 여성들의 선함과 강인함이라는 연결고리였다"고, 《컬러 퍼플》의 퓰리처상 수상 작가 앨리스 워커는 회상한다. "내가 어머니를 모델로 소피아란 인물을 그렸기 때문에 제작자 퀸시 존스와 스티븐 스필버그 감독에게 오프라 나이 때 찍은 어머니 사진을 보여주었지요. 그래서 퀸시가 TV에 나온 오프라를 봤을 때 내 어머니의 얼굴을 본 거예요. 나 역시 오프라를 만나는 순간 어머니 얼굴이 떠오르더군요. 그게 내가 그녀에게 느끼는 친밀감의 근원이에요. 1985년 영화 촬영 이후에 사이가 소원해지진 했지만 여전히 그녀에게 고마운 마음을 갖고 있답니다. 내 어머니의 정신을 성공적으로 구현해주었으니까요. 아주 아주 잘해냈지요."

오프라는 본인의 자신감을 남부라는 태생적 뿌리의 덕으로 돌렸다. "내슈빌과 미시시피에서 자란 게 큰 행운이에요. 남부에서 자랐기 때문에 뭐든 할 수 있다는 생각을 갖게 됐어요. 남부 출신이란 것 때문에 많은 사람들이 겪는 일이 내게는 일어나지 않았죠. 억압받는다고 생각해본 적이 없어요."

영화 〈컬러 퍼플〉 제작에 참여한 여성들은 거의 다 남부와 어떤 식으로든 연관이 있었고, 그러한 자매애적인 감성이, 앨리스 워커의 표현을 빌리자면, 그 영화 제작을 "성스런 경험"으로 승화시키는 데 일조했다. 그녀는 영화 판권을 팔기에 앞서, 출연진과 제작진을 다양하게 구성해줄 것을 요구했고, "고용인들의 50퍼센트 이상이 흑인이거나 여성 또는 소수계여야 한다"는 걸 문서로 확약받았다. "모두가 축복받은 마음으로 그 이야기를 나눌 수 있어 행복했습니다."

스티븐 스필버그 감독은 스스로 처음 만든다고 말한 심각한 영화에 온통 무명 배우들을 출연시키고 싶지 않았다. 당시 무명이었던 우피 골드버그(Whoopi Goldberg)와 주인공 셀리 역으로 계약을 한 후, 노래를 부르는 셔그 에이버리 역에는 티나 터너를 쓰고 싶어했다. 소설에 나오는 여성 동성애 코드는 없애고 셀리와 셔그 사이에 딱 한 번만 부드러운 키스 장면을 넣을 생각이었지만, 그는 우피 골드버그가 편안한 느낌을 갖길 바랐다. "여자와 키스를 한다면, 그 상대가 티나였으면 좋겠네요"라고 우피는 말했다. 터너는 작가와 프로듀서와 캐스팅 디렉터의 첫 번째 선택이기도 했다. 퀸시 존스는 그녀가 합류할 것으로 예상하여 감독과의 미팅 날짜까지 잡아놓았으나, 나중에 털어놓기를, 일언지하에 퇴짜를 맞았다.

"죽어도 흑인 영화는 찍지 않을 거예요." 터너가 말했다. "그 검은 구렁텅이에서 빠져나오는 데 20년이 걸렸어요. 다시는 안 돌아갑니다."

존스는 너무 충격을 받아 입도 벙긋 하지 못했다고 한다. "하지만 학대받는 여성 역을 맡고 싶지 않은 그녀의 심정이 백분 이해가 갔습니다." 그는 그녀가 오랫동안 전남편의 폭력에 시달렸다는 사실을 알고 있었다. 그렇게 하여 그 배역은 마거릿 에이버리(Margaret Avery)에게 돌아갔고, 그녀는 뛰어난 연기로 아카데미 여우조연상 후보에 올랐다. 그러나 티나의 거절은 출연진을 죄다 무명 배우로 채우게 만들었을 뿐 아니라 씁쓸한 뒷맛도 남겼다. 우피 골드버그는 "〈컬러 퍼플〉은 거절하더니 〈매드맥스3: 비욘드 선더돔〉은 찍더군요. 그러면서 여배우로써 신뢰를 쌓고 싶다나요? 나 참, 어이가 없어서"라고 비아냥댔다.

퀸시 존스는 자서전에서 티나 터너의 반응은 그 시절 할리우드의 태도를 반영하는 것이라 적었다. "아무도 흑인 영화를 만들려고 하지 않았다"면서 1985년에 그 영화가 만들어지기까지 그가 극복해야만 했던 저항들을 설명했다. 이는 통계에도 나와 있는 사실이다. 그해 여름, 십대들을 겨냥한 영화들이 개봉되는 동안 스크린에 흑인 여자 얼굴은 하나도 뜨지 않았다. 그래서 존스는 수백만 관객들에게 엘머 퍼드(Elmer Fudd, 만화 캐릭터—옮긴이) 닮은 쭈글쭈글 고무 외계인의 인간애를 믿게끔 마법을 부린, 인기 높은 주류 감독 스티븐 스필버그를 끌어들이기로 결심했다. 그런 다음엔 앨리스 워커를 만나 스티븐 스필버그가 그녀의 소설을 메이저 영화로 만들어낼 적임자임을 납득시켜야 했다. 처음엔 내키지 않아했지만 워커는 결국 마음을 돌렸다. "관객들에게 화성인의 존재를 믿게 할 수 있는 사람이라면, 우리 동포들에게도 같은 일을 할 수 있으리라 생각합니다."

그녀에게 부와 명예와 세계적인 명성을 가져다준 소설을 쓴 지 수십 년이 지나서, 앨리스 워커는 〈컬러 퍼플〉은 다른 사람들에게 주라고 자신에게 주어진 선물이라고 단언했다. 남자들에게 육체적, 성적 학대를 당한 가여운 시골소녀의 감동적인 일대기를 쓴 데 대해 겸손함을 내보이는 그녀의 태도는 영화 제작에 참여한 모든 이들을 고무시켰다. "우린 앨리스를 자랑스럽게 해주고 싶었다"고 마거릿 에이버리는 말했다.

오프라는 소피아 역에 뽑힌 것이 살면서 가장 기뻤던 순간이라며, 영화를 촬영하는 동안 "난생 처음 무조건적인 사랑으로 엮인 가족의 일원이 된 느낌이었다"고 고백했다. 그녀는 경배에 가까운 찬탄으로 그때를 회상했다. "내게는 영적 진화의 체험이었어요. 그 영화를 찍으면서 사람을 사랑하는 법을 배웠답니다."

오프라는 세트장에서 많은 이들과 돈독한 우정을 다졌지만, 시간의 흐름 속에서 살아남은 것은 거의 없었다. 훗날 자신을 영화 〈군중 속의 얼굴〉(A Face in the Crowd)에 나오는 권력에 굶주린 괴물 '론섬 로즈'에 비유한 우피 골드버그와 티격태격하는 모습을 보였을 뿐 아니라, 자신을 영화계의 레전드로 만들어줄 것이라 믿었던 작품 〈빌러비드〉(Beloved)의 각본을 쓴 아코수아 부시아(Akosua Busia)와도 갈등을 빚었다. 그녀와는 〈네이티브 선〉(Native Son)에도 함께 출연했었다. 또 앨리스 워커와 사이가 멀어지고 스티븐 스필버그의 기분을 상하게도 했으나, 퀸시 존스와의 인연은 꼭 붙들고 놓지 않았다. "나는 이 세상 그 어떤 인간보다도 그를 더 사랑한다"고 말하기도 했다. 친구들 사이에서 "큐"(Q)로 불리며 음악 천재로 추앙받는 그는, 오프라에게 할리우드의 영향력 있는 집단으로 통하는 길을 열어주었고 자신이 속한 명사들의 세계에 그녀를 끼어주었다. 오프라는 다음의 문구가 적힌 티셔츠를 그에게 보낸 적이 있다. "오프라는 나를 무조건 사랑하지. 절대 망치면 안 돼."

그녀는 〈컬러 퍼플〉의 소피아 역을 하게 된 건 하늘의 뜻이었다고 말하곤 했다. "나는 정말, 정말, 정말 놀라지 않았어요. 그건 일어나기로 돼 있는 바로 그런 일이었으니까요. 나한테 말이죠!"

신의 명령이었든 그냥 운이 좋아서였든, 그 배역에 캐스팅된 것이 그녀의 허리둘레를 늘리는 데 일조를 하긴 했다. 1985년 봄에 그녀는 〈투나이트 쇼〉의 조앤 리버스와 한 내기에서 이기고자 건강관리시설에 들어가 있었다. 거기서 트랙을 돌던 중에 캐스팅 디렉터인 루벤 캐넌(Reuben Cannon)으로부터 "살을 1킬로라도 빼면 그 배역을 못 맡을 것"이란 경고의 전화를 받았다. 그녀는 즉시 짐을 싸서 나와 가장 가까운 패스트푸드 점으로 급히 내달렸다.

그즈음 이 서른한 살의 토크쇼 진행자는 '명성'이라는 혜성에 올라탄 채 시카고 상공을 누비고 있었다. "나쁠 것 없는 처지"였다. 그러나 스티븐 스필버그 영화에서 주요 배역을 맡게 된다면 그 별은 성층권까지 날아오를 수 있을 것이다. "내 평생 그 어떤 일보다 그 배역을 원했어요." 자신이 물망에 올라 있음을 알게 된 그녀는 개인 변호사에게 너무 빡빡하게 협상하지 말라고 신신당부를 했다. "그는 너무 몰아붙이는 경향이 있었거든요. '제프, 난 아무 보상이 없어도 이걸 하고 싶어. 그러니 제발 돈, 돈, 소리는 하지 말아줘. 부탁이야.' 그는 '공짜로 그 일을 하진 않을 것'이라고 대꾸하더군요." 퀸시 존스와 스티븐 스필버그는 이미 자신들이 받을 임금(각각 8만 4,000달러)에 합의를 한 상태였고, 나머지 출연진들도 그랬다(1인당 3만 5,000달러). 오프라가 말했다. "모두에게 그건 자선사업이었어요."

1985년 만우절, 그날 그녀는 영화에서 남편 하포 역을 맡게 될 윌러드 푸(Willard Pugh)와 함께 오디션을 받았다. "오디션이 끝난 후 스티븐이 2층 사무실에서 좀 보자더군요. 찾아갔더니, 우리한테 그 배역들을 맡기고 싶다는 거예요. 나는 미칠 듯이 좋아했어요. 스티븐의 소파 위에서 방방 뛰다가 그가 한창 조립 중이던 나사(NASA) 우주비행선 모델을 넘어뜨리기까지 했죠. 하지만 그건 약과였어요. 윌러드는 정신을 잃은 걸요."

그 감독은 20년 후에 그 순간을 상기할 기회가 있었다. 바로 자신의 영화 〈우주전쟁〉을 홍보하던 친구 톰 크루즈(Tom Cruise)가 오프라의 쇼에 출연해 예비 아내 케이티 홈즈(Katie Holmes)와의 사랑을 자랑하며 소파 위에서 펄쩍펄쩍 뛰었을 때다. 그동안 타블로이드지에는 크루즈가 동성애자일지 모른다는 소문이 오르내리곤 했고, 오프라는 그 스타의 이성애적 열정을 확신하진 않는다고 기자들에게 말함으로써 그 의혹을 부채질하는 듯 보였다. 크루즈의 출연 후 '소파에서 펄쩍 뛰다' (jump the couch)라는 문구는 '기이하고 광적인 행동' 이란 뜻으로 《미국 속어사전》(A Historical Dictionary of American Slang)에 전격 등재되었다. 스필버그는 자기 친구가 손가락질을 받는 것에 화가 나 공개적으로 그를 두둔하고 나섰다. "톰과 일하는 것은 내가 이 업계에 종사하면서 받은 가장 큰 선물 가운데 하나다." 그는 오프라가 1985년에 그의 소파에서 방방 뛰면서 비슷하게 기쁨을 표출한 적이 있다는 걸 밝히지는 않았으나, 2005년에 그들의 20년 우정은 금이 가고 말았다. 크루즈의 '점프 해프닝' 이 있은 몇 달 뒤, 스필버그는 오프라가 제작한 뮤지컬 〈컬러 퍼플〉의 브로드웨이 시사회에 불참했고, 오프라는 그가 평생공로상을 받는 '시카고 필름 페스티벌' 에 나타나지 않았다.

처음에 오프라는 스티븐 스필버그에게 경외심을 품고 있었다. 1985년에 기자들에게 "그렇게 멋진 인간은 만나본 적이 없다"면서, 그와 함께 일한다는 감격에 출연진과 제작진 전원이 "넋이 나간 상태"라고 이야기했다. "오, 세상에나—" 하고 그녀는 말끝을 길게 뺐다. "우리가 스티븐 씨랑 일을 하다니, 믿기지가 않아요—" 스필버그의 앰블린 엔터테인먼트(Amblin Entertainment) 제국을 보고 나서는 그를 신의 위치에까지 끌어올렸다. 그는 그녀가 열망하는 영화계의 거물이었다. 오프라는 "내 제작사를 차리고 싶은 생각이 든 게 그때"라고 했다. 그 전까지 하포는 단지 세금 문제 때문에 필요한 법인체였으나, 스필버그의 회사를 본 다음부터 그녀와 제프 제이컵스는 오프라를 스튜디오를 소유한 첫 흑인 여성으로 만들기 위한 작업에 들어갔다.

본인 말로는 출연진 중 유일하게 배우가 아니라서 촬영하는 동안 두려움에 떨었다지만, 동료 배우들은 그녀가 누구한테 또는 무언가에 겁을 먹는다는 얘기에 웃음을 터뜨렸다. 아코수아 부시아와 마거릿 에이버리는 허스키한 음성을 흉내 내며 그녀가 말하는 두려움이란 걸 놀려댔다. "겁나 죽겠네. 무서워서 정신이 하나도 없어."

오프라는 훗날, 피부톤이 다른 사람들이 가족으로 캐스팅된 것에 대해 쓴소리를 했다. "〈컬러 퍼플〉에서 신경이 쓰였던 부분들 중 하나였어요." 현장에서는 자신이 나오는 장면들 중 일부를 너무 액션 위주로 그리는 게 아니냐며 감독에게 따지고 들었다. 감독은 매일 촬영한 분량을 그녀가 모니터하지 못하게 했다. 극중 인물이 백인 시장에게 주먹을 날리는 인상적인 장면에서, 오프라는 자신이 연기를 한 게 아니었음을 시인했다. 그녀의 반응은 본능적이고 사실적이었다. "스티븐이 백인 배우들한테 나를 '검둥이'라 부르라고 시켰대요. 하지만 내게는 귀띔도 하지 않았죠. 그들이 '이 살찐 검둥이 년아' 하고 부르는데…… 그때까지 누구도 날 그렇게, 아니 그와 비슷한 식으로라도 부른 적이 없었거든요. 거기에 반응하는 데는 메서드 배우(method actor, 실생활의 경험을 바탕으로 극중 캐릭터를 자연스럽게 소화할 수 있는 뛰어난 배우—옮긴이)가 될 필요도 없었어요. 이성을 잃을 정도로 너무 화가 나서…… 진짜로 그 시장을 때려눕혔지요." 그녀가 연기한 소피아는 백인 남자를 공격한 죄로 오랜 기간 복역한 후, 한쪽 눈을 실명하고 심신이 망가질 대로 망가진 상태에서 시장 부인의 하녀가 된다. "난 굴종적인 사람이 아니에요." 오프라가 말했다. "그래서 소피아를 연기하기가 어려웠답니다."

스필버그는 즉흥적인 상황에 대처하는 오프라의 재능에 깊은 인상을 받아 촬영하는 동안 그녀가 맡은 배역의 비중을 늘리고 굉장한 연기를 이끌어냈는데, 유감스럽게도 그녀의 후속 작품들에서는 그와 같은 수준의 연기가 나오지 않았다. 〈컬러 퍼플〉에서 오프라의 기량은 가히 발군이었다. 〈LA타임스〉는 "잊을 수 없는 명연"이라 했고, 〈뉴욕타임스〉는 "묵직한 감동"이라 평했다. 〈워싱턴포스트〉도 "탁월한 연기"라는 데 동의했다. 평론가들은 그녀가 골든 글로브와 오스카 여우조연상 후보로 지명되리라고 내다보았다. 유일하게 뜨뜻미지근한 평은 아버지로부터 나왔다. "내가 보기엔 우피 골드버그가 최고고, 다음이 마거릿 에이버리예요. 오프라는 세 번째쯤 될 것 같네요."

한창 촬영이 진행되던 중에 오프라는 시카고로 날아가 〈오프라 윈프리 쇼〉를 1986년 가을에 신디케이션화하는 계약을 '킹월드'와 체결했다. 이어 가진 기자회견에서 "전국적으로 필(필 도나휴)을 혼쭐낼 거라 생각하니 몹시 흥분된다"고 말했다. 100군데가 넘는 방송국이 그 쇼를 방영하기로 한 가운데, 그녀는 100만 달러의 특별 보너스를 받았다. 그러자마자, 당시 내슈빌 시의원으로 일하던 아버지에게 전화를 걸어 "아빠, 저 이제 백만장자예요"라고 소리를 쳤다. "백만장자라고요!" 그녀는 노스캐롤라이나로 돌아와 스티븐 스필버그에게 자신의 이름을 영화 포스터에 올리는 문제를 재고해달라고 요청했으나 거절당했다.

"그것 때문에 오프라가 마음이 많이 상했을 거예요." 앨리스 워커는 말한다. "그래서 20년 후에 뮤지컬 〈컬러 퍼플〉의 극장 간판을 접수했는지도 모르죠." 극장 간판에는 정말로 "오프라 윈프리가 제공하는 〈컬러 퍼플〉"이라 적혀 있었다.

그 영화에 참여한 일은 오프라의 삶을 완전히 바꿔놓았다. 오스카상 후보 지명과 토크쇼 신디케이션이 맞물리면서 메가톤급 스타 탄생의 완벽한 여건이 조성된 가운데, 제프 제이컵스는 킹월드와 연계하여, 퀸시 존스의 표현을 빌리자면 "그녀를 지금의 인생행로에 들어서게 만든 미증유의 홍보 공세"를 퍼부었다. 오프라는 몇 개월에 걸쳐 라디오와 텔레비전, 신문 및 잡지와 인터뷰를 하면서 캔자스 주 옥수수 밭에서부터 맨해튼의 펜트하우스에 이르기까지 그녀의 이름을 널리 알리고자 했다. 〈코즈모폴리턴〉, 〈우먼즈 데이〉, 〈엘르〉, 〈인터뷰〉, 〈뉴스위크〉, 〈에보니〉, 〈월스트리트저널〉, 〈피플〉에 프로필이 소개되었고, 〈머브 그리핀 쇼〉와 〈굿모닝아메리카〉, 〈바버라 월터스 스페셜〉, 마이크 월리스의 〈60분〉, 자니 카슨의 〈투나이트 쇼〉와 대담을 했다. 또 〈데이비드 레터맨의 레이트 나이트〉에 게스트로 출연했고, 〈새터데이나이트 라이브〉를 진행하기도 했다. "아카데미상 후보가 그렇게 많이 홍보된 적은 영화예술과학아카데미(오스카상을 주관하는 단체—옮긴이) 역사상 매우 드문 일"이라고 볼티모어 〈이브닝 선〉지의 루 세드론(Lou Cedrone)이 보도했다. "후보에 지명된 이후, 윈프리의 사진과 그에 따라붙는 사연들을 보지 않으면서 신문이나 잡지를 읽기가 거의 불가능하게 되었다."

영화 데뷔는 낮 시간대 TV 영역 너머로 오프라를 진출시킨 셈이었고, 그녀는 한껏 높아진 위상을 즐기지 않을 수 없었다. 그녀를 뚱뚱하고 천박한 타블로이드풍 수다꾼으로 치부했던 TV 비평가들이 이제는 전에 없이 정중한 태도로 대했다. 더는 신문 연예란에서 함부로 취급되지 않았다. 이제 그녀의 사진은 극찬의 헌사들과 더불어 당당히 신문 1면을 장식했다. 자기 자신과 영화 및 토크쇼를 홍보하러 전국을 돌아다니는 동안 '오프라 윈프리'는 세상사람 누구나 다 아는 이름이 되었다. 새롭게 얻은 명성을 선뜻 인정하면서도 그녀는 마치 운이 좋아 잘된 것처럼 굴긴 싫었다.

"그 영화가 대단히 특별하다는 걸 알아볼 정도의 눈은 있었어요." 〈볼티모어 선〉의 루서 영(Luther Young)에게 한 말이다. "내가 누리는 이 모든 걸 가져다줄 거란 기대도 했고요."

〈필라델피아 인콰이어러〉의 앤 콜슨(Ann Kolson)에게 "그래요, 이제 제대로 평가를 받는 중이에요"라고 말하면서 "아직 정상 근처에도 못 갔다는 걸 생각하면 기분이 좋다"고 했다. 기자는 난감해하면서 다음과 같이 썼다. "미시시피 농가에서 가난하게 자란 이 뚱뚱하고 시끄럽고 엉덩이를 흔들어대는 아줌마에게 세상은 늘 호의적이었다."

미니애폴리스 〈스타트리뷴〉지의 제프 스트릭클러(Jeff Strickler)가 "하룻밤 사이 스타가 됐다"는 식으로 기사를 썼을 때, 오프라는 그냥 내버려두었다. "지금 생각하면 후회돼요. 누구도 하룻밤 새 어떤 자리에 오르진 않기 때문에 그런 말이 못마땅합니다. 당신이 지금 있는 위치에 있는 건 이 순간까지 이룬 모든 일들 덕분이죠. 나 또한 그렇답니다."

〈TV가이드〉에 글을 기고하는 R. C. 스미스는 오프라의 엄청난 자신감에 감명을 받았다. "그녀는 무슨 일이든 해낼 수 있다는 믿음이 늘 있었다고 하더군요. 그만큼 자신이 유능하기 때문이래요." 토크쇼 진행을 포기할 거냐는 질문을 받았을 때 오프라는 이렇게 답했다. “모든 걸 다 할 작정이에요. 영화, TV, 토크쇼와 관련된 경력을 다 가지고 싶어요. 그래서 TV 영화도 할 거고, 대형 스크린에서 상영될 영화도 할 거고, 토크쇼도 진행할 거예요. 멋지게 살아갈 생각입니다. 그 모든 일들을 하면서 계속 성취감을 느끼려고요. 아무도 내게 어떻게 살라고 알려줄 수 없는 거니까요. 저는 제 가능성을 믿어요. 그렇기 때문에 내가 할 수 있다고 생각되는 건 무엇이든 할 겁니다. 다 해낼 수 있다고 생각해요.”

글로 읽을 때 느껴지는 오만함은 직접 대면했을 때도 별반 다르지 않아서, 오프라는 낭랑한 목소리와 당당한 풍채로 듣는 이를 압도하면서 감히 누구도 반박하지 못할 자기확신의 감정을 전달했다. 그러나 자신만만한 인상에 자기비하적인 언행을 살짝 살짝 가미하여 상대방의 호감을 끌어내는 기술 또한 탁월했다.

오스카 시상식을 며칠 앞두고, 그녀는 시청자들에게 얼른 살을 빼고 “보트만 한 엉덩이”를 감춰줄 겉옷을 구해야겠다는 농담을 했다. 볼티모어의 한 공개석상에 그녀는 보라색으로 염색한 1만 달러짜리 긴 여우털 코트와 풍만한 가슴골을 드러내는 스팽글 장식의 보라색 드레스 차림으로 나타났다. “지금 다이어트 중인데, 못 알아보겠냐?”는 농담도 던졌다. “그날까지 허벅지를 더 가늘게, 더 가늘게. 이게 요즘 내 혼잣말이에요.”

엇갈리는 평들에도 불구하고, 〈컬러 퍼플〉은 여우주연상의 우피 골드버그와 여우조연상의 오프라 및 마거릿 에이버리를 비롯해 아카데미상 11개 부문에 후보로 올랐다. 그러나 감독상 후보자 명단에 스필버그는 없었다. 그렇게 많은 후보자를 낸 영화의 감독이 이처럼 외면을 당한 적은 없었기 때문에 이 결과는 상당한 뒷말을 낳았다. 그러한 모욕의 정점에는 〈컬러 퍼플〉의 상업적 성공을 저지하겠다고 위협한 흑인사회의 격한 반발이 있었다. '흑인 착취에 반대하는 연합체'(The Coalition Against Black Exploitation)는 흑인 남성을 부정적으로 묘사했다 하여 〈컬러 퍼플〉의 관람을 보이콧했고, 적의에 찬 논쟁들이 불붙으면서 뉴욕과 LA, 시카고의 시사회장에 피켓을 든 시위대가 등장하기에 이르렀다. 스필버그는 복잡 미묘한 소설을 한갓 짝짜꿍 놀이와 보라색 꽃으로 단순화시켰다는 혹평을 들었다. 퀸시 존스에게는 흑인 이야기를 풀어낼 감독으로 백인을 고른 데 대한 질책이, 앨리스 워커에게는 백인 관람객들을 상대로 흑인 남성을 짐승으로 묘사했다는 비난의 화살이 쏟아졌다.

그때까지 그처럼 과격한 인종적 반응을 야기한 영화는 드물었다. 칼럼니스트들과 라디오 토크쇼들은 그 논란을 집중적으로 다뤘고, 유서 깊은 흑인 대학들은 관련 포럼과 세미나를 후원했으며, 전국의 흑인 교회들에서 열띤 논쟁이 벌어졌다. 가장 격렬한 항의는 그 영화로 인해 명예가 더럽혀졌다고 느낀 아프리카계 미국인 남성들로부터 터져나왔다.

"매우 위험합니다." 가톨릭 대학교 법학과 리로이 클라크(Leroy Clark) 교수의 말이다. "그 영화 속 남자들은 성폭행을 하고 근친상간을 벌이고 욕지거리를 하며, 사람들을 가족들로부터 떼어놓습니다. 이런 묘사는 흑인 남성은 짐승 같다는 관념을 강화시키지요."

뛰어난 연기로 대중의 독설에서 자유로웠던 오프라를 포함, 출연 배우들이 영화를 적극적으로 변호하고 나섰다. "〈대부〉가 이태리계 미국인들의 역사를 대표하려는 게 아니듯이 이 영화는 이 나라 흑인들의 역사를 대표하려는 게 아닙니다." 오프라가 말했다.

남성 스타 출연자들 중 한 명인 대니 글로버(Danny Glover)도 "〈컬러 퍼플〉을 흑인 남성 전체의 이야기로 받아들여서는 곤란하다"고 주장했다. "이 영화는 이 여성의 이야기일 뿐입니다."

골든 글로브 여우주연상을 받은 후 우피 골드버그는 "역겹다"는 표현을 쓰며 항의자들을 몰아세웠다.

존경받는 영화평론가 로저 에버트(Roger Ebert)는 〈컬러 퍼플〉을 1985년 최고의 영화로 꼽았던 인물이다. 그런 그 역시 20년 후에 다시 감상하고 나서는 "아프리카계 미국인 여성들은 강인하고 용감하고 진실하며 고난을 잘 견뎌내지만, 아프리카계 미국인 남성들은 약하고 잔인하거나 우스꽝스럽다는 확신에 사로잡혀 있는 영화"라고 인정했다. 그럼에도 셀리가 역경을 이겨내고 끝내 희망을 찾는 과정에서는 인간애를 발견했다.

드디어 오스카 시상식의 밤이 찾아왔다. 그러나 오프라의 허벅지는 더 가늘어지지 않았다. 가늘어지기는커녕, 그녀 말에 따르면 바닥에 눕힌 채 네 사람이 낑낑대며 간신히 드레스를 입혔고, 시상식이 끝난 뒤에는 가위로 드레스를 잘라야만 했다. "내 생애 최악의 밤이었어요. 밤새 그 가운을 입고 앉아 있었는데 숨을 쉴 수가 없었지요. 실밥이 뜯어질까 봐 겁이 나서 말예요." 나중에 토크쇼에 출연한 라이어널 리치(Lionel Richie)는 오스카상 시상식 때 그녀가 긴장돼 보이더라는 말을 했다. 이에 오프라는 "괜한 소리가 아니라, 오스카 시상식에는 정말이지 검은 얼굴이 많이 안 보이거든요"라고 해명을 시작했다. "그래서 문을 통과할 때면 사방에서 시선이 집중되죠. '라이어널 리치? 아니구나. 브렌다 리치(Brenda Richie, 라이어널 리치의 첫 부인)가 아니네. 누구지? 꽉 끼는 드레스를 입은 저 흑인 여자 말이야.' 사람들이 이렇게 말들을 해요. 그 때문에 내가 그렇게 불편했던 거예요. '맙소사, 라이어널 리치가 이 드레스를 입은 날 보겠구나!' 생각한 거죠. 여자들 세상에서 제일 꽉 끼는 드레스였어요. 정말 끔찍한 밤이었죠."

오프라는 여우조연상 부문에서 앤젤리카 휴스턴(Anjelica Huston, 〈프리치가의 명예〉로 수상)에게 밀려 고배를 마셨다. 〈컬러 퍼플〉은 11개 부문에 후보로 지명되었으면서도 단 하나의 상도 수상하지 못했다. 아카데미 사상 가장 뜻밖의 참패들 가운데 하나였다. 반면, 〈아웃 오브 아프리카〉는 작품상을 비롯해 7개 부문의 상을 휩쓸었다. "〈컬러 퍼플〉이 상을 하나도 받지 못했는데 괜찮은 척할 수가 없었어요." 오프라가 말했다. "화가 나고 기가 막혔죠."

우피 골드버그는 할리우드 전미유색인지위향상협회를 비난했다. "그들이 나와 오프라, 마거릿 에이버리, 퀸시, 그 외 모든 이들의 기회를 짓밟았어요. 그리고 할리우드의 흑인들이 이후 몇 년간 그 대가를 치렀죠. 그런 소동이 있은 뒤부터는, 스튜디오들이 피켓 시위대와 보이콧에 대한 두려움 때문에 흑인 영화를 더는 찍지 않으려 했거든요."

영화에서의 이런 패배에도 불구하고 대스타가 되겠다는 오프라의 의지는 꺾이지 않았다. "위대한 여배우들을 거론할 때 사람들은 내 이름을 말하게 될 거예요. 그게 내가 원하는 거예요. 지금의 나는 배우예요. 연기로 돈을 벌지는 않지만, 난 연기를 하기 위해 태어났어요." 영화가 상영된 지 한참 후에도 그녀는 마케팅 공세를 계속 펼쳐나갔으며, 1986년 9월 그녀의 토크쇼 출범을 앞두고 충성도 높은 언론매체를 다수 확보해두었다. 그녀에 관한 찬양 일변도의 보도들은 당시 〈배너티 페어〉(Vanity Fair)의 편집자 티나 브라운(Tina Brown)이 시카고 출신 작가 빌 젬에게 오프라의 인물평을 쓰도록 했을 때 첫 번째 '과속방지턱'을 만나게 된다. 그는 사회 지도층 인사들과 어울리는 그녀를 따라다니면서, "뻔뻔한 욕망이 들끓는" 그녀가 시카고 부자들의 소지품들을 하나하나 살펴보거나 그들의 벽장을 슬쩍 열어 신발 수를 세는 모습 등을 글로 옮겼다.

록펠러가의 상속녀 애브라 프렌티스 앤더슨 윌킨(Abra Prentice Anderson Wilkin)의 눈에 비친 오프라는 "소리를 질러대며 집 안을 뛰어다니는 어린 아이 같았다." 〈인터뷰〉지에 오프라의 인물평을 쓴 바 있는 시카고 사교계 명사 슈거 라우트보드(Sugar Rautbord)는 "그녀에게는 기이한 갈망이 있다. 어떤 사람들은 자유로워지길 열망하지만, 그녀는 부자가 되기를 열망한다"고 말했다.

오프라는 자신의 욕심을 젬에게 숨기지 않았다. 젬은 둘이 만난 지 한 시간도 안 돼서 그녀가 백만장자를 자처하더라고 썼다. "'서른두 살을 넘기기 전에 백만장자가 되리란 걸 알았다' 고 하더군요. 그 얘기를 하고 또 했어요. 두 시간째 접어들면서는 목표를 한껏 부풀려 얘기합니다. 미국에서 가장 부유한 흑인 여성이 되고 말겠다는 거예요. 거물이 되겠대요." 젬은 돈에 대한 오프라의 집착은 눈치 챘지만, 노예의 후손들에게 돈은 영원한 자유를 의미한다는 걸 헤아릴 만한 세심함은 없었다.

오프라는 자신이 가지고 있는 여러 벌의 모피 코트("밍크는 죽기 위해 태어났나 봐요!")와 엄청난 수입("돈이 넝쿨째 굴러들어와요. 진짜 막 굴러들어온다니까요!")에 대해 이야기를 늘어놓았다. 또 새로 구입한 대리석 궁전 같은 80만 달러짜리 호숫가 콘도미니엄 안으로 그를 안내해 크리스털 샹들리에가 주렁주렁 매달린 드레스룸과 황금 재질의 백조 모양으로 장식된 욕조 수도꼭지, 도시 전경이 한눈에 들어오는 침실 등을 구경시켰다.

"그녀는 침대 위에 큰 대자로 뻗은 채로 누워 있고, 나는 가장자리에 걸터앉아 있다"고 적는 젬에게 오프라의 '나, 나, 나 모놀로그'는 끝도 없이 계속되고 있었다. "나는 정말로 인종을 초월했어요. 나한테는 더 높은 사명이 있다고 믿어요. 내가 하는 일은 일상의 한도를 넘어서지요. 나는 대단히 능률적으로 일해요. 내가 거리에서 얻는 반응을 조앤 런던(〈굿모닝아메리카〉의 전 진행자)은 얻지 못해요. 난 그걸 알고 있어요. 난 사람들이 나를 진짜 진짜 사랑한다는 걸 알아요. 너무나 나를 사랑해주죠. 인간적 영혼의 유대감이 형성되는 것이지요. 나는 완전한 의식을 고양시킬 수 있어요. 그게 내가 하는 일이랍니다."

젬은 오프라를 "푸짐한 사이즈의 매력녀"이자 "메이 웨스트(Mae West, 영화배우 겸 희곡작가. 거침없는 성적 표현으로 유명했고 페미니스트로서 동성애 인권운동을 처음 시작했다—옮긴이), 아이크 목사(Reverend Ike, '돈을 벌고 쓰는 것'을 적극 옹호했다—옮긴이), 리처드 시먼스, 헐크 호건(Hulk Hogan, 전설적인 프로레슬러—옮긴이)의 과활동적 혼합체"라 묘사하면서, 그녀의 트레이드마크인 '빅마마 귀걸이'와 "유명인의 이름을 떠벌리며—제일 자주 들먹이는 이름이 〈컬러 퍼플〉의 감독 '스티븐'이었다—친분을 과시하려는" 태도를 언급한다.

그가 오프라에 관해 가장 흥미로워한 부분은 볼티모어 시절에 만난 마리아 슈라이버와의 우정을 통해 하이애니스포트(Hyannisport)에 있는 케네디가의 별장지에 당당히 입성했다는 점이었다. 오프라는 슈라이버와 아널드 슈워제네거의 결혼식(1986년) 때 엘리자베스 배렛 브라우닝(Elizabeth Barett Browning)의 시 〈내가 당신을 어떻게 사랑하냐고요?〉(How Do I Love Thee?)를 암송해달라는 부탁을 받았으며, 그 4월의 예식에서 자기 외의 연설자는 신부의 부모님과 외삼촌인 테드 케네디(Ted Kennedy) 상원의원밖에 없었다고 젬에게 자랑했다. 나중에 에설 케네디(Ethel Kennedy, 로버트 F. 케네디의 부인—옮긴이)의 집에서 제스처 놀이를 즐겼고, 재클린 케네디 오나시스(Jacqueline Kennedy Onassis)와 몇 차례 친밀한 대화를 나누었다고도 했다.

"우린 인생과 파마와 영성을 논했답니다." 오프라는 "그녀에게 매료되었다"고 했다. 또 유니스 슈라이버(Eunice Shriver, 마리아 슈라이버의 어머니—옮긴이)와 에설 케네디가 자신이 입은 650달러짜리 가죽 세일링 재킷(수상레저용 겉옷)을 맘에 들어해서 그녀들에게 똑같은 걸 보내주었다는 이야기도 했다. "나는 그 가족이 참 좋아요."

세월이 흐른 뒤, 결혼식 하객들 중에 오프라가 낭송한 시를 떠올리는 이는 거의 없었지만, 제2차 세계대전 동안 나치에 가담했던 사실이 발각된 오스트리아 대통령 쿠르트 발트하임(Kurt Waldheim)에 대한 아널드 슈워제네거의 지지 표명은 다들 생생하게 기억했다. 슈워제네거는 결혼식 피로연에서, 무릎까지 오는 가죽바지를 입은 자신과 알프스 지방 민속의상을 입은 신부를 닮은 커다란 종이반죽 조각상을 들고 다니면서 하이애니스포트의 너른 잔디밭을 누볐다. "저의 좋은 친구인 쿠르트 발트하임한테서 방금 받은 결혼선물입니다." 슈워제네거는 판사와 성직자 및 정치가들이 대부분인 하객들에게 말했다. "최근의 나치 관련 뉴스들 때문에 제 친구들은 쿠르트를 언급하지 말라고 하지만…… 저는 그를 사랑하고 마리아 역시 그렇습니다. 고마워요, 쿠르트." 미국 정부에 의해 기피인물로 공식 선언된 관계로 발트하임은 그 결혼식에 참석할 수 없었다.

〈배너티 페어〉의 편집 결정에 관여한 익명의 제보자에 따르면, 빌 젬이 "두툼한 입술로 시원하게 미소 짓는, 검고 넉넉한 체구의 극도로 말 많은 오프라 윈프리"라는 인물평을 제출하자, "인종문제로 괜한 소동 일으키기 싫다"면서 티나 브라운이 원고를 사장시켰다고 한다. 그녀는 젬에게 원고료를 전액 지불하고 다른 잡지사를 찾아보라고 권유했다. 그의 글은 1986년 〈스파이〉 매거진 12월호에 게재되었다.

논조가 성차별적이거나 인종차별적이진 않더라도, 젬의 원고는 확실히 엘리트주의적이긴 했다. 그는 오프라를 뚱뚱하고 유명하며 거만하다는 틀에 끼워 바라보는 듯했는데, 이는 어느 뚱뚱하고 유명하고 거만한 백인 남성으로부터 받았을 법한 인상이었다. 자신의 메시아적 발언들 때문에 낭패를 당한 오프라는, 그러나 기분을 가다듬고는 "친애하는 빌, 당신을 용서합니다"라 적은 편지를 서둘러 부쳤다. 젬은 보상하는 의미로 그녀에게 꽃다발을 보냈지만, 아무런 반응도 돌아오지 않았다. "오프라는 초대장에 회신하는 법이 없다고, 감사편지를 쓰는 에티켓에 대한 개념이 없는 것 아니냐며 투덜대는 파티 여주인들"의 이야기를 썼던 장본인으로서, 그는 이런 무응답에 당황해선 안 될 입장이었다. 훗날 오프라가 무소불위의 위치에 오르자 젬은 그 인물평과 의식적으로 거리를 두려 했고, 심지어 발표된 저작물 목록에서 빼버리기까지 했다. 그래 봐야 별 소용은 없었다. 오프라는 두 번 다시 그와 말을 섞지 않았으니 말이다.

몇 년 후, 〈배너티 페어〉를 떠나 〈뉴요커〉 편집자가 된 티나 브라운은 오프라의 프로필 기사를 재시도하기로 마음먹었다. 그녀는 에리카 종이라는 작가에게 전화를 걸었다. "티나는 내가 오프라와 아는 사이인 걸 알고 있었어요. 우린 여러 해 전에 멕시코의 휴양지 란초 라 푸에르타의 한 사우나탕에서 만났어요. 남자들이 얼마나 다루기 까다로운지를 얘기했죠. 그녀가 볼티모어에서 하는 자기 쇼에 나와달라기에 그렇게 했죠. 그때는 아주 따뜻하고 다정한 사람이었어요."

지금의 오프라는 경계심이 많아졌다. 바바라 G. 해리슨이 쓴 "오프라로 살기의 중요성"이라는 제목의 〈뉴욕타임스 매거진〉 커버스토리에 그녀는 크게 한 방 맞은 느낌이었다. 젬의 화살이 '오프라'라는 배에 흠집을 냈다면, 해리슨의 글은 선체로 돌진한 어뢰였다. 이 필자는 오프라의 솔직담백함이 실제보다 과장돼 있다고 언명했을 뿐 아니라,

그녀의 '뉴에이지 선언들'은 터무니없으며 개인적 취향이 극단적이라고 낙인찍었다. 나아가 오프라의 메시지 "가난한 흑인 여성으로 태어나도 최고가 될 수 있다"는 백인 시청자들을 달래기 위한 사기성 코멘트라고 단언했다.

> 인종차별적인 사회에서는 다수계가 때때로, 자신들이 너무나 오랫동안 억압하고 지나치게 두려워하거나 멸시하는 데 익숙했던 소수계로부터 사랑받고 있다는 증거를 필요로 하고 또 그것을 구한다. 자신들이 선하다는 믿음을 갖기 위해 그 사랑이 필요하며, 그 답례로 사랑을 해야 하는 것이다. 오프라 윈프리—1인 비무장지대—가 그 목적을 충족시켰다.

필자가 가장 신랄하게 지적하는 부분은 "친구라 불리는 그녀, 거실 브라운관에서 명멸하는 그 존재로부터 자양분을 얻는 외롭고 무지한" 수백만 시청자들에게 끼치는 그녀의 위험한 영향력이었다. 바바라 G. 해리슨은 그릇된 위안이라도 있는 게 아무 위안도 없는 것보다는 낫다고 생각하지 않는 게 분명했다.

미디어의 총아로 칭찬 세례에 익숙한 오프라는 격분했다. 단지 필자가 오프라의 소위 "피상적인 성품"을 헐뜯었거나 업신여겼기 때문만은 아니었다. 그 인물평이 명망 있는 매체에 게재됐다는 점도 한 이유였다. 〈스타〉 같은 풍자류 잡지에서 난도질당하는 것도 기분 나쁜 일이지만, 미국 최고 일요잡지의 커버스토리에서 해부당하는 것은 견디기 어려웠다.

"오프라는 그 기사에 불같이 화를 냈어요." 에리카 종이 말한다. "누구든 자기에 관한 글을 쓰는 게 싫다더군요. 백인 출판물에 기고하는 백인 여자는 특히 더 싫다고요. '날 성인(聖人)으로 추대하는 휜둥이 잡지는 필요 없다' 고 하더군요. 나는 부정적으로 쓰지 않겠다고 안심시켰어요. 하지만 오프라는 티나 브라운을 신뢰하지 않았습니다."

"그녀가 가시 돋친 말을 쓰라고 시키면 어쩔 거냐, 안 하겠다고 버틸 수 있겠냐는 거죠. 오프라는 그 일에 대해 기도를 좀 해본 뒤에 전화를 주겠다고 했고, 전화가 오긴 왔어요. 그러나 결국 그녀가 요구하는 편집권은 넘겨줄 수가 없었죠."

나중에 〈뉴요커〉를 떠나 〈토크〉지에서 일을 시작했을 때, 티나 브라운은 다시 한 번 오프라 인물평에 욕심을 냈다. 아트 디렉터 서너 명과 표지를 어떻게 꾸밀지 의논하던 중이었다. "오프라는 정말 도도해졌어. 대체 자기를 뭐라고 생각하는 거지? 우리, 오프라를 포프라(Pope-rah, 한 코미디언이 'Pope'(교황)와 'Oprah'를 조합시켜 오프라에게 붙인 별명—옮긴이)로 만들어봅시다." 미술 담당자들은 교황의 하얀 주교관에 검은 얼굴이 반쯤 가려진 오프라를 모의 표지로 후딱 만들어냈다. "큼지막한 후광이 들어갈 자리가 있어야 해서 얼굴 전체를 표지에 담을 순 없었어요." 작업한 사람들 중 한 명이 말했다. 그러나 그 무렵 오프라가 인터뷰를 일절 사양하고 있어서 표지기사는 첨부되지 못했다.

〈토크〉가 사업을 접은 후 브라운은 영국 다이애나 왕세자비(《Diana, the Princess of Wales》)에 관한 책을 썼지만, 〈오프라 윈프리 쇼〉로부터의 출연 섭외는 없었다. 그녀는 '데일리 비스트'(The Daily Beast)라는 뉴스 사이트를 개설한 다음인 2008년, 오프라가 자신의 쇼에서 추천을 했으나 나중에 실화가 아닌 것으로 드러나 낭패를 본 홀로코스트 관련 회고록 사건을 들추며 그녀를 또 한 번 조롱했다. "자금 사정이 그렇게나 좋다는 프로그램이 최소한의 사실 확인도 안 한다는 데 우리는 의문을 가져야 한다"고 적었다. 2009년에는 오프라를 "진정성이 기계적 생산품으로 변형"될 수밖에 없는 "비대한 프랜차이즈 사업체"

라 규정하면서, 오프라는 이제 인간이 아니라 하나의 상표(brand)가 되었다고 꼬집었다. "그녀의 이름 옆에 Ⓡ(미국 상표등록 표시—옮긴이)을 붙이는 게 좋겠다."

2009년 말, 브라운의 '데일리 비스트'는 아예 "오프라의 사건 사고"라는 메뉴를 따로 만들었다. 거기에는 오프라가 자기 시를 표절했다며 어느 시인이 낸 1조 2,000억 달러 규모의 소송, 부당하게 해고당했다고 주장하는 오프라 전용기 승무원이 건 소송, "오프라의 인정을 받은 작가"가 운영하던 명상원에서 일어난 두 건의 죽음, 오프라가 남아프리카공화국에 세운 학교에서 불거진 성추문, "의사는 아니지만 TV에서 의사 노릇을 하는"(1980년대 드라마에서 의사 역할을 하는 인기 배우가 읊은 광고 문구. 이후 포장된 신뢰성을 나타내는 문구로 대중문화에서 빈번히 차용됨—옮긴이)" 오프라의 "해로운 조언" 등에 관한 이야기들이 링크되었다.

《레미제라블》에서 장 발장을 쫓는 자베르 형사처럼, 티나 브라운은 오프라에게 집착하는 수준을 넘어서는 듯한 모습을 보였으나, 그 문제를 논해보자는 청을 받았을 때는 비서를 통해 다음과 같이 답변하며 논쟁을 피했다. "티나는 오프라를 연구하는 사람도 아닐뿐더러, 그녀에 관한 질문들에 대답해줄 시간도 없습니다."

그 무렵 오프라 윈프리는 대외적 이미지를 철저히 관리하고 있었다. 그녀는 자신이 원하는 것이 돼 있었다. 엄청난 거물이 된 것이다. 거대한 미디어 제국의 주인으로 텔레비전 네트워크를 소유했고, 자신의 라디오 쇼가 있었으며, 웹사이트를 운영했고, 매일 진행하는 토크쇼가 있었다. 제 손으로 잡지도 발간했다. 표지모델은 매회, 그렇다, 오프라 본인이었다.

Nine

돈이 억수같이 쏟아지다

1984~1986년까지 파종 시기를 거친 후, 오프라는 활짝 꽃망울을 터뜨렸다. 서른두 살의 나이에 전국적으로 화려한 성공을 거두었고, 돈이 억수같이 쏟아졌다. 〈버라이어티〉는 그녀가 1987년에만 최소 3,100만 달러를 벌어들였을 것이라며, 〈투나이트 쇼〉로 2,000만 달러를 받는 자니 카슨마저 능가하는 TV 사상 최고 몸값의 토크쇼 진행자로 우뚝 섰다고 보도했다. 화재예방 미인대회에 출전했을 때 만약 100만 달러가 생긴다면 "펑펑 써버리겠다"고 공언한 바 있는데, 이제 그 다짐을 온몸으로 실천할 때가 된 것이다. "개인적으로 올해는 100만 달러만 쓰려고 챙겨놨어요. 나 자신한테 주는 액수예요. 마음껏 가지고 놀라고."

그녀는 먼저 메르세데스와 재규어를 한 대씩 사고, 이어 밍크코트를 주변 사람들—정신적 스승인 마야 앤절루, 형제 같은 조 볼드윈(Jo Baldwin)과 앨리스 쿠퍼, 그녀의 낭비벽을 잘 아는 여성 스태프들—한테 마구 뿌렸다. 어느 해인가 WLS 경영진이 크리스마스 보너스 지급을 거절하자, 그녀가 사태를 해결하겠다고 나서서 현찰 1만 달러로

속을 꽉꽉 채운 두루마리 화장지를 모든 스태프에게 돌린 전력이 있는데, 프로듀서 데비 디마이오에게는 "토크쇼에 써줘 고맙다"며 여우털 재킷도 선물했었다. 이번에는 그녀한테 6캐럿짜리 다이아몬드 팔찌를 사주었다("빛나는 재능은 빛날 자격이 있다"는 글귀를 카드에 적어서). 스태프들 중 청일점인 빌리 리조(Billy Rizzo)에게는 폭스바겐 래빗 컨버터블의 열쇠를 쥐어주었다. 오프라는 프로듀서 두 명은 스위스로 휴가를 보냈고, 다른 한 명을 위해선 결혼식 경비를 대주었으며, 모두를 뉴욕 쇼핑가로 데려가 상점 세 군데에 풀어놓고는—한 군데에서 한 시간씩—사고 싶은 건 뭐든 고르라고 했다. "근사한 선물을 살 때 가장 큰 희열을 느껴요." 기자들에게 줄 선물 목록을 짜면서 그녀가 말했다. "그래서 내가 곁에 두면 좋은 친구라는 거예요. 제일 친한 친구 부부(게일 킹과 윌리엄 범퍼스(William Bumpus))를 2주간 유럽으로 여행 보내면서 1급 호텔 숙박비와 용돈을 포함한 모든 경비를 내가 부담한 적도 있죠. 하지만 지금까지 한 선물들 중 최고는 게일한테 두 아이를 돌볼 유모를 구해준 거예요." 게일은 오프라가 고급 리무진을 타고서 코네티컷으로 그녀 부부를 찾아온 날을 떠올린다. "아마 2만 5,000달러짜리인 걸로 아는데, 모피 코트 다섯 벌 중 하나를 입고, 모조 다이아몬드가 박힌 하얀 테니스 신발과 '남편은 한시적일 수 있지만 친구는 영원하다'는 문구가 적힌 빨간 땀복 차림이었지요." 함께 백만장자가 되자고 게일한테 크리스마스 선물로 125만 달러짜리 수표를 준 일 역시 오프라 전설에 속한다. 수년 후에는 코네티컷 그리니치에 360만 달러를 호가하는 집까지 사주었다.

오프라는 1987년 주간 에미상 시상식에서 토크쇼 작품상과 토크쇼 진행자상을 받았을 때 필 도나휴가 축하를 해줬다는 점을 언론에 확실하게 알렸다. "나한테 키스를 했답니다." 그녀가 말했다. "네, 그렇다니까요. 필이 키스를 했어요." 오프라는 그가 공개적으로 자신을 인정해준 것이 너무나 고마워, 그의 토크쇼 20주년을 기념하는 의미로 루이 로드레 크리스털 샴페인 스무 병을 선물했다. 물론, 한 병 가격이 80달러라는 점을 기자들에게 꼭 집어 알리면서.

아버지에게는 새 타이어 세트와 이발소에서도 그녀의 쇼를 볼 수 있게 대형 TV를 사드렸는데, 그게 원하는 전부라고 들었기 때문이었다. 나중에 아버지와 새엄마 젤마를 위해 테네시 브렌트우드에 방 열두 개짜리 새 집을 구입했다. "전화를 걸어 말씀드렸죠. '아빠, 이제 저 백만장자예요! 아버지랑 친구 분들, 세계 어디든 가고 싶다고 말씀만 하세요. 다 보내드릴게요.' 그런데 '트럭에 끼울 타이어 몇 개만 사다오' 그러시는 거예요. 어찌나 화가 나던지……." 친엄마 버니타리는 좀 달랐다.

"전부터 일을 그만두시게 하고 집과 차를 사드렸고, 평생 버신 급료의 두 배에 해당하는 돈을 꼬박꼬박 부치고 있답니다." 〈시카고 선타임스〉 기자에게 오프라가 말했다. "그래서 지금은 밀린 청구서도 없고 하루 종일 일을 하시지도 않죠. 그런데 어머니가 뭐라고 하셨는지 알아요? '에휴, 이제 내가 돈을 좀 벌어봐야겠다' 이러시는 거예요. 나 원 참. '돈을 벌어봐야겠다구요? 그럼 어디 한번 해보시라' 그랬죠. 바로 며칠 뒤에 전화가 오더군요. 코트를 새로 사야겠대요. '마셜필드'(Marshall Field's, 시카고의 고급 백화점—옮긴이)에 가서 하나 사시라고 했더니, 마셜필드 코트는 필요 없고, 모피 코트가 필요하다시지 뭐예요. '모피 코트 없다고 못 사는 사람은 없다, 꼭 있어야 되는 거 아니다'라고 얘긴 했지만, 결국 한 벌 사드렸어요. 그러니 이제 어머니는 모피 코트에 새 자동차에 새 집이 있고, 밀린 청구서는 없으면서 월급은 두 배로 받고 계시죠. 그러면서 돈을 좀 벌어봐야겠다, 이러신다니까요."

그러나 그 정도는 버니타에겐 충분치 않았던 것 같다. "오프라한테 들었는데, 어머니가 자기 수표책을 훔쳐다가 2만 달러를 빼돌리고도 별일 아닌 것처럼 굴더래요." 오프라와 1980년대에 가까워진 디자이너 낸시 스토다트(Nancy Stoddart)의 전언이다. "나일 로저스(Nile Rodgers, 연주자 겸 작곡가, 프로듀서)와 생 마르탱의 라 사만나 리조트에 머물 때 오프라와 스테드먼을 알게 됐답니다. 어느 날 저녁식사 시간에 내가 상대성 이론에 관해 장황하게 이야길 하다가 오프라와 급속도로 친해졌지요. 그건 아인슈타인과는 아무 상관없이, 사람이 부자가 되면 사방에서 난데없이 튀어나와 한몫 단단히 잡으려 드는 욕심 많은 친척들에 관한 이야기였어요. 바로 그때 오프라가 자기 어머니 얘길 꺼내더군요. 얼마나 욕심이 많은지 모르겠다면서…… 어머닐 싫어하는 티가 역력했어요."

"오프라 말이, 부양받는 걸 당연하게 여긴대요. 그냥 돈독 오른 욕심쟁이인 거죠. 어쨌든 버니타는 큰 돈줄 하나 잡은 거였어요. 돈을 쥐어주지 않으면 (타블로이드지들에 과거 얘길 팔아서) 딸을 생지옥에 빠뜨릴 사람이란 걸 오프라도 알았을 테니까요."

어머니한테 인심이 후하긴 했지만(어머니날, 선물상자에 현금 10만 달러를 넣어 찾아간 적도 있다), 자길 버리고 간 것에 대해 원망하는 마음은 여전히 남아 있었다. 엄마 없이 지낸 세월을 생각하면 화가 났다가, 또 어찌 생각하면 고맙기도 했다가, 감정을 종잡을 수가 없었다. 엄마의 무조건적인 사랑이 없었기에 남들한테 칭찬받으려고 악착같이 실력을 키우게 된 거라고 이해를 하면서도, 엄마의 공백을 음식으로 메워 사랑과 위안과 안정을 찾으려 한 측면이 있다는 것도 알고 있었다. 자신이 입은 정신적 피해의 깊이를 파악하기까지는 아마 오랜 시간이 걸릴 것이다.

"어머니가 날 포기하지 않았더라면, 지금쯤 나는 큰 곤경에 처해 있을 거예요." 오프라는 말했다. "임신한 가난뱅이 신세였겠죠. 스무 살도 넘기 전에 애가 최소한 셋은 있었을걸요. 틀림없어요. 누가 나한테 뭘 해주기나 기다리는 거지 근성이 몸에 뱄을 테죠."

오프라가 버니타를 어떻게 생각하는지는 아주 명확했다. "나는 누구한테든 아무것도 빚진 게 없다고 생각하는데 엄마는 생각이 달라요. '갚아야 할 빚이 있다'고 말씀하시죠. 나는 엄마를 거의 모르고 자랐어요. 그래서 지금 이렇게 힘든 거죠. 엄마는 온전히 멋진 관계를 원하세요. 엄마한테는 다른 딸과 아들이 있답니다. 그리고 지금은 모두가 이런 가까운 가족관계를 바라죠. 마치 우리 과거는 없는 것처럼 행동하고 싶어해요."

오프라는 방송에서 이따금 어머니를 조롱했다. 2년 전에 BMW를 빌려가서는 아직도 안 돌려준다고 방청객들 앞에서 투덜댄 적도 있다. 그녀는 〈라이프〉와의 인터뷰에서, 책벌레였던 어린 시절에 어머니로부터 "네가 다른 아이들보다 잘난 줄 아냐"는 악담을 들었다고 털어놓았다. 티나 터너에게는 어머니가 자길 원치 않는다는 말도 했는데, 오프라는 "그 점 때문에 오랫동안 자존감에 금이 갔었다"면서, "엄마한테 배척당하는 건 비정상적인 경우라서, 극복하기가 꽤 힘들다"고 했다. BET(Black Entertainment Television, 아프리카계 미국인이 주시청자인 케이블 방송사—옮긴이) 에드 고든(Ed Gordon, 저널리스트)과의 대담 중에는, 엄마의 정을 잘 모르고 컸기 때문에 아이를 낳기가 망설여진다고 고백했다. "나로 인해 많은 잘못을 저지를까 봐 두려워요."

오프라 모녀의 긴장된 관계는 1987년 어머니날에 방송된 오프라의 쇼에서 확연하게 드러났다. "어머니를 껴안을 수가 없었어요." 나중에 오프라가 말했다. "누구하고든 포옹하는 오프라 윈프리가 정작 엄마하고는 포옹을 못 했네요. 우린 한 번도 껴안거나 '사랑한다'는 말을 해본 적이 없어요." 그즈음 오프라는 버니타를 늘 손 벌리고 달려드는 일가친척 가운데 하나로 치부할 뿐, 엄마로서의 정서적 자리는 지운 상태였다. "나는 마야 앤절루가 내 전생의 엄마였다고 생각해요. 그녀를 마음 깊이 사랑합니다. 우리 사이엔 뭔가 통하는 게 있어요. 그런 걸 보면 나팔관과 난소가 엄마를 만드는 게 아니에요."

결국 오프라는 자신을 위해 새로운 가족을 만들어냈다. 스스로 그 일원이라 느끼고 자부심을 가질 수 있는 그런 가족 말이다. 세 명의 사생아를 둔 생활보호 대상자인 친엄마 대신, 정규학력은 고졸이나 수많은 명예 학위들 덕분에 앤절루 박사로 불리는 명망 높은 시인이자 작가를 선택했다. 오프라는 낮이든 밤이든 언제든 연락이 닿을 수 있도록 마야의 월간 일정표를 항상 지갑에 넣고 다녔다. 퀸시 존스는 사랑받는 삼촌 역할을 맡았다. "이 남자를 알게 됨으로써 사랑하는 법을 진정으로 배웠답니다." 오프라가 말했다. "이런 감정은 처음이에요. 그래요, 난 이 남자를 사랑해요. 하지만 그건 같이 침대에 눕고 싶다거나 로맨틱한 관계에 빠진다거나 하는 것과는 무관해요. 나는 무조건적으로 그를 사랑합니다. 누구든 퀸시에 대해 나쁜 말을 하면 내가 된통 갈겨줄 거예요." 게일 킹은 마약에 절은 퍼트리샤 리를 대신하는 사랑스런 여동생이었으며, 에이즈로 죽은 남동생 제프리 리의 빈자리는 존 트라볼타(John Travolta)가 채운 것으로 보였다. 심지어 버넌 윈프리도 대체되었다. 시드니 포이티어와 일단 안면을 트고 나자, 친절하고 다정한 아버지 대하듯 그에게 살갑게 군 것이다. "일요일 아침마다 시드니에게 전화를 걸어요. 우린 인생과 환생을 논하고, 또 우주와 별과 행성, 에너지에 대해서 이야기를 나눈답니다. 무엇이든 다 우리의 이야깃거리가 되지요."

오프라는 계속해서 본래 가족을 가끔씩 만났고, 그들이 원하는 돈을 "뭉텅뭉텅" 손에 쥐어주었는데, 그러고 나면 자신이 현금자동출납기 같다는 생각이 든다며 방송에서 분통을 터뜨렸다. 여동생 퍼트리샤는 오프라가 가족에게 시간과 관심을 할애하는 대신에 돈을 주는 것을 선호한다는 느낌을 받았다. "때때로 언니는 가족이 창피하다는 듯 굴어요. 친엄마도 부끄럽게 여기는 것 같아요. 아마 엄마가 늘 발음이 어눌하고 배운 게 별로 없어서일 거예요." 퍼트리샤는 오프라가 엄마한테 5만 달러짜리 벤츠 승용차를 사드리긴 했지만 자신의 집 전화번호는 알려주지 않았다고 했다. "엄마가 언니와 연락을 취하고 싶으면, 여느 팬들처럼 스튜디오로 전화를 걸어 메시지를 남겨놓아야 해요. 정말 다급한 경우에는 언니의 비서한테 전화를 걸어야겠죠."

어느 해 아버지날에 오프라는 버넌에게 신형 벤츠를 선물했다. 그리고 어떤 기자한테 그것이 '600 시리즈'였음을 밝혔다. "기름 꽉꽉 채운, 시가 13만 달러짜리 검은색 600 시리즈였어요. 루스벨트(그녀의 메이크업 아티스트)한테 가져다놓으라고 시켰지요. 그런데 며칠이 지나도 아빠한테서 아무 소식이 없는 거예요. 그래서 전화를 걸어 차가 도착했는지를 물었어요. '그래, 잘 받았다. 아주 고맙구나' 하시더군요. 나는 '최신형 600 시리즈 벤츠 도착했다고 전화 한 통 걸어주실 순 없었나요?' 하고 따졌어요. 좀 신나는 티를 내면 어디가 덧나시냐고 말이죠."

오프라와 피를 나눈 가족은 그녀가 혼자 만들어낸 유명인 가족과 달리 그녀의 마음을 얻지 못하고 있으며 부차적인 관심 대상일 뿐이라는 데 분개했지만, 내세울 것 없는 그들의 처지가 그녀가 보여주고 싶어하는 이미지에 하등 도움이 못 된다는 것도 알고 있었다.

"우린 그저 시골 사람들이에요." 오프라한테 줄곧 '캐서린 이모'로 불린 캐서린 카 에스터즈가 말한다. "오프라는 우리가 가진 것보다 더 많은 걸 원해요. 진짜 가족은 자주 만나지 않죠. 하포가 그 애의 가족이에요. 그렇게 말했어요. 난 게일이 그다지 마음에 들진 않지만, 오프라가 좋아하는 건 괜찮아요. 게일한테 너무 빠져 있다는 게 좀 걸릴 뿐이죠."

오프라는 친척들에게 "게일은 이 세상에서 나한테 가장 소중한 사람"임을 분명히 밝혔고, 〈TV가이드〉에서 말했다시피, 게일의 흠을 잡는 친척들을 거세게 비난했다. 다음은 그녀가 기자에게 직접 한 얘기다. "내 생일파티 때였어요. 모든 일가친척들이 내 집에 모여 있는데, 게일이 방에서 걸어나왔지요. 그러니까 먼 친척 한 사람이 이러는 거예요. '저 여자는 여기서 뭘 하는 거야? 우리 가족이 아니잖아.' 아휴, 화가 머리끝까지 치밀더군요. 머리털이 다 곤두서는 느낌이었어요. 거기 있는 사람들 전부한테—엄마든 누구든 상관 안 했어요—고래고래 미친 듯이 소리를 질렀답니다. 지금 당장 내 집에서 나가도 좋다, 다신 발붙일 생각 말라고요. 나한테는 친구들이 곧 가족이에요."

오프라는 자기한테 손 벌리는 사람들이 얼마나 지긋지긋한지를 쇼에서 자주 언급했다. "너무나 많은 사람들로부터 돈 좀 달라, 아니면 빌려달라는 소리를 듣고 있어요. 난 이렇게 말하죠. '당신한테 뭐든 아낌없이 주겠어요. 내게 요구하지만 않는다면요.'"

그녀가 한창 수백만 달러를 벌어들이고 있을 때, 서른다섯 살의 스테드먼 사다르 그레이엄이 눈앞에 나타났다. 그녀의 천생연분이 되기 위해 아프리카로부터 ("천천히, 아주 천천히") 걸어오는 중이라고 시청자들에게 말해왔던 바로 그 남자다. "그가 오고 있어요, 난 그냥 알아요." 오프라가 말했다. "마침내 모습을 드러낼 때는, 오 제발, 키가 훤칠하기를!"

낮에는 교도소 경비로 일하고 밤에는 파트타임 모델로 일하는 그레이엄은 미남에다 피부색까지 밝았다. "근사해요." 오프라가 감탄했다. "2미터에 육박하는 매력남이에요." 그녀의 보호자 격인 스태프들 눈에는 좀 지나치게 매력적이었다. 그처럼 멋진 남자가 왜 뚱뚱한 자기들의 상사한테 매료되었는지 의아해했다.

"스테드먼이 오프라와 데이트하는 까닭을 주변에서 몹시 염려했던 기억이 나네요." 낸시 스토다트의 말이다. "함께 스키를 타러 갔을 때, 오프라가 어찌나 뚱뚱했던지 남성복 코너에서 스키복을 사야 했어요."

오프라는 직원들이 걱정하고 있다는 걸 알고 있었다. "그들은 스테드먼이 그렇게 생긴 걸로 보아, 머저리 아니면 뭔가 원하는 게 있을 거라고 생각했어요. 잘생겨도 너무 잘생겼기 때문에—아우, 몸도 끝내줘요—나 역시 같은 판단을 했지요. 그가 전화를 걸어온다면…… 뭔가 꿍꿍이가 있는 게 분명하다고요." 처음 몇 번은 데이트 신청을 거절했다. "누구나 멋진 사내라고 감탄하는 데다 나는 원체 학대당하는 것에 익숙해놔서, 좀 이상한 남자인가 보다 생각했어요. 멋진 남자가 날 소중히 대해준다, 이런 거에는 영 익숙지가 않거든요."

마침내 그녀가 데이트 신청을 받아들이자, 스테드먼은 장미꽃다발을 안고 찾아가 저녁식사를 대접했다. 만남이 몇 번 더 이어진 뒤에도 사람들은 그가 오프라의 돈을 노리고 있을 거라 짐작했다. "'이렇게 뚱뚱한 여자랑 이렇게 잘생긴 남자랑 사귀는 거, 척 하면 삼천리 아니냐' 고들 수군거리지요. 하지만 그건 날 인간적으로 무시하는 소리예요." 오프라는 항변했다. "뭐, 이해 못 하는 바는 아니에요. 처음 데이트 신청을 받았을 때 나도 같은 생각을 했으니까요. 그러나 스테드먼은 인간관계에서 물질적인 것을 얻어내려는 사람들과는 질적으로 다롭니다."

그녀는 〈레이디즈 홈 저널〉과의 대담에서 이렇게 말했다. "그런 소문들은 전형적인 시샘이에요. 거기서 집요하게 내세우는 이유들 중 하나가, 스테드먼은 너무 잘생겼고 나는 그런 남자가 만나는 스타일의 여자가 아니란 점이에요. 난 살이 많이 쪘고, 피부색이 밝지도, 백인 여자도 아니죠. 그러니까 사람들은 그런 외모의 남자는 다이안 캐럴이나 제인 케네디(Jayne Kennedy, 미인대회 출신의 흑인 배우이자 스포츠캐스터—옮긴이), 아니면 늘씬한 금발 미녀와 사귈 거라고 생각하는 거예요."

오프라의 두둔에도 불구하고, 스테드먼은 전국적으로 짓궂은 농담과 정곡을 찌르는 유머의 소재가 되었다. 〈전미유색인지위향상협회 이미지 어워즈〉의 녹화 도중 휴식시간에 있었던 일이다. 청중을 즐겁게 해주고 있던 코미디언 신바드(Sinbad)의 눈에 자리로 돌아오고 있는 오프라와 스테드먼이 띄었다. "저기 오프라의 핸드백 뒤에서 따라오는 스테드먼을 좀 보세요." 그가 능글거리는 말투로 한 방 날렸다. "그걸 들어주고 있지 않다니, 놀라운걸요!" 스테드먼은 친구들과 있을 때조차 마음을 놓지 못했다. 전직 ABC TV 앵커 맥스 로빈슨(Max Robinson)은 그를 이렇게 놀려댔다. "두고 봐, 오프라가 네 재산을 다 먹어치우고 말 테니. 하긴, 그녀가 소유하는 게 이익이긴 해."

여러 해가 지나면서 일각에선 스테드먼을 포식자라기보다는 무위도식하는 자로 여겼다. 〈시카고 선타임스〉에 "점심 초대"라는 칼럼을 쓰는 데브라 피킷(Debra Pickett)은 그에게 "올해의 가장 실망스런 인물"이란 칭호를 붙였다. 그녀는 "말도 안 되게 잘생겼지만 믿을 수 없을 만큼 재미없는 그레이엄은 파트너인 오프라 역시 우리 못지않게 생각이 얕다는 걸 보여줌으로써 나를 비탄에 빠뜨렸다. 그녀가 그의 화술에 넘어간 게 아님이 분명하기 때문이다." 〈뉴욕데일리뉴스〉의 칼럼니스트 조지 러시(George Rush)와 조애나 멀로이(Joanna Molloy)는 그 핸섬한 외모 뒤에 유머 감각이 부재함을 발견하고는 똑같이 실망을 했다. 그들은 라디오시티 뮤직홀에서 열린 에센스 시상식에서, 오프라와 동반 참석한 스테드먼이 무대에 선 빌 코스비의 재담에 유일하게 웃지 않은 사람이었다고 보도했다.

"스테드먼, 그게 본명인가요?" 맨 앞줄에 앉아 있는 그 커플을 향해 코스비가 물었다. "난 파티에서 그가 늘 하고 다니는 말인 줄 알았어요. '저, 스테디맨(steady man, 오래가는 남자)입니다.'" 오프라와 나머지 청중은 폭소를 터뜨렸지만, 스테드먼은 계속 멍하니 코스비를 쳐다보았다. 나중에 그 코미디언이 오프라를 무대 뒤편으로 데리고 갔다.

"그 사람 대체 왜 그러죠? 보통은 누가 자길 갖고 농담을 하면 하하 웃고 말잖아요." 코스비가 답답하다는 듯 말했다. "그런데 그 사람은 허공만 응시하고 있더라고요."

다음 날, 조애나 멀로이가 스테드먼에게 그런 표정을 지었던 이유를 물었다. "그는 단단히 토라져 있었어요. '내 이름 가지고 웬 야단이냐' 하더라고요. 거기서 딱 생각이 들었죠. '맙소사, 당신은 오프라 윈프리의 파트너가 되기엔 센스가 너무 없어.'"

여배우 E. 페이 버틀러(E. Faye Butler)는 스테드먼을 모델 시절부터 알고 있었다. "우린 잘생긴 그의 외모를 보고 존슨 프로덕트(Johnson Products, 흑인이 소유한 가장 큰 제조업체들 중 하나—옮긴이) 제품의 모델이라 부르곤 했어요. 하지만 그는 형편없는 모델이었어요. 그래서 스테드먼은 가만히 세워둔 채 다른 모델들을 근처에서 이리저리 움직이게 하곤 했지요. 매력은 충분히 있었지만 끔찍이도 지루한 사람이었어요. 너무 지루했어요. 내 기억에 그는 생머리에 피부색이 밝은 아담한 여자들을 좋아했어요. 그래서 오프라와 사귄다는 소릴 들었을 때 깜짝 놀랐지요."

냰시 스토다트는 스테드먼을 "성격이 매우 어두운" 사람이라고 평한다. "어린 시절의 상처가 남아 있는 사람 같아요. 언젠가 이런 얘길 한 적이 있거든요. '한때 정말로 잘 나가는 농구선수였는데, 아버지는 내 시합을 한 번도 보러 오신 적이 없다'고. 이건 무관심했던 부모한테 아직도 서운함을 느끼는 자식의 이야기잖아요."

오프라의 돈에 마음이 끌렸든 아니든 간에, 분명한 건 그가 그녀의 넘치는 자신감과 쉽게 세상의 인정을 받아나가는 모습에 매료되었다는 사실이다. "그녀는 인종을 완전히 초월했다"고 그는 말한다. 이와 대조적으로, 뉴저지 주 화이츠버러라는 흑인 거주지에서 자라면서 흑인 전용 초등학교를 다닌 탓에 그의 세계관은 인종차별주의라는 끈에 묶여 있었다. 그는 "만일 당신이 이 땅의 아프리카계 미국인이라면, 당신은 인식의 희생자"라고 말했다. "당신은 다른 누군가만큼의 가치가 없으며, 미국 경제계에 발을 들일 때 당신의 이미지는 축소된다. 나는 내가 백인들과 동등할 수 있다는 생각을 꿈에도 해본 적이 없다." 오프라는 자기가 누구보다 못할 수 있다는 생각을 꿈에도 해본 적이 없었다.

"30년 넘게 나는 내 피부색 때문에 제약을 받는 거라고 믿었습니다." 스테드먼이 말한다. "그런데 어느 날, 인종의 문제가 아니란 걸 깨달았어요. 문제의 본질은 힘없는 자들과 힘 있는 자들의 대결이죠. 중요한 건 권력과 통제 그리고 경제예요." 이 점에 대해서는 그와 오프라의 의견이 전적으로 일치했다. "두 사람 모두 자수성가의 철학을 지니고 있지요." 스테드먼과 가까운 시카고 친구 프랜 존스(Fran Johns)의 말이다.

1974년, 대학을 졸업한 후에 스테드먼은 룸메이트인 하비 캐칭

(Harvey Catchings)처럼 NBA에 선발되길 바랐다. NBA에서 거절당하자, 포트워스 경찰서에 일자리를 구했다. 같은 해 글렌다 앤 브라운과 결혼을 했고, 7개월 후에 딸 웬디가 태어났다. 그다음 3년 반 동안 독일에서 군 복무를 했는데, 거기서 군대 농구를 즐겼다고 한다. 미국으로 돌아온 후에는 콜로라도 잉글우드에 있는 교도소에서 근무하기 시작했다. 아내와는 1981년에 갈라섰고, WBBM TV에 취직한 여자친구 로빈 로빈슨과 함께 1983년에 시카고로 이사했다. 메트로폴리탄 교정센터로 자리를 옮긴 스테드먼은 1985년에 '마약을 반대하는 선수들' 이라는 단체를 결성했다. 1987년, 오프라와 사귀기 시작한 다음에 교정국을 그만두었는데, 이때 노스캐롤라이나 주 하이포인트에 위치한 'B&C 어소시에이츠'(B&C Associates)의 창립자 로버트 브라운(Robert J. Brown)을 만난다.

"스테드먼은 항상 무언가를 증명하려 했어요." 브라운은 사업 투자자들을 끌어들이기 위해 정부와 손잡고 일하는 아이보리코스트로의 여행길에 스테드먼을 초대했다. 나중에 그를 사업개발담당 부사장으로 채용했는데, 스테드먼 본인도 이것이 '수습직원' 에게는 과분한 직함임을 인정했다. 아프리카계 미국인인 브라운은 다수의 흑인들과 달리, 아파르트헤이트를 종식시키라는 압력 차원에서 남아공에 가하는 경제 제재에 반대하는 입장이었으나, 레이건 대통령에 의해 주 남아공 대사로 발탁되었다. 그러나 나이지리아 전 정부와의 비즈니스 관계와 노조파괴 활동이 조사를 받기 시작하자 재빨리 대사직에서 물러났다. 스테드먼은 이런 것에 조금도 개의치 않았다.

"브라운은 홍보 분야의 수백만장자"라고 그는 말했다. "닉슨 대통령의 특별보좌관이었고, 기본적으로 나의 스승이다. 그 덕분에 나는 전 세계를 여행할 수 있었고 만델라(Nelson Mandela)가 석방될 때 그의 자녀들과 동행하여 남아공까지 갔으며, 만델라와 아침을 함께 먹었다. 백악관을 방문해 대통령(조지 허버트 워커 부시(George Herbert Walker Bush))도 만났다. 이 모든 경험들을 통해 내가 고대해왔던 일들에 눈을 뜨게 됐다."

만델라 가족의 환심을 사기 위한 브라운의 행위는, 그가 만델라 가문의 이름에 대한 권리들을 확보해두었다고 발표한 1988년에 논란을 불러일으켰다. 만델라 지지자들은 이를 부당 이용이라 보았으나, 브라운은 그 이름의 사용을 보호하기 위한 계약을 맺은 것이라 주장했다. 감옥에 있던 넬슨 만델라는 브라운의 주장을 부인했지만, 위니 만델라(Winnie Mandela)는 그와 꼭 일을 하고 싶어했다. 스테드먼이 수행하는 가운데, 브라운은 미국에서 가장 부유한 TV 스타와 스테드먼의 관계를 언급했고, 얼마 안 가 오프라는 물도 전기도 안 들어오고 하수시설도 없는 요하네스버그 외곽의 가난한 흑인 판자촌 알렉산드라(Alexandra)의 노인들을 위한 점심 제공 사업에 자금을 지원하기 시작했다. "우리는 알렉산드라의 열악한 환경에 관심을 모으고 싶었습니다." 브라운이 기자들에게 설명했다. "이곳은 이 나라에서 가장 빈곤하고 소외된 지역들 중 하나입니다." 신문들은 브라운 밑에서 일하는 두 사람, 스테드먼 그레이엄과 암스트롱 윌리엄스(Armstrong Williams)가 갓 조리한 음식을 나르는 사진을 실었다. 브라운 일행은 나중에 200여 명의 가난한 노인들이 그들의 후원자가 누군지 볼 수 있도록 알렉산드라로 TV 수상기를 가져와 오프라의 토크쇼 녹화 테이프를 틀어주었다. 이 행사를 찍은 사진들 역시 오프라의 너그러움과 브라운의 호의를 알리는 언론 매체에 게재되었다.

위니 만델라는 오프라에게 감사의 편지를 보냈고, 오프라는 그것을 액자에 넣어 시카고 자택 벽에 걸어놓았다. "오프라, 계속 정진하세요! 당신의 사명은 성스러운 것입니다!! 온 나라가 당신을 사랑합니다." 오프라는 곧 위니와 전화통화를 했고, 만델라의 딸들을 스키장으로 실어 나르기 위해 손수 자가용 제트비행기까지 임대했다. 한때 '혁명의 어머니'로 알려졌던 위니 만델라는, 후에 그녀의 경호원들이 십대 소년 네 명을 납치해 그중 한 명의 목을 벤 혐의로 유죄판결을 받게 되면서 반 아파르트헤이트 지도자들에게 욕을 먹었다. 그녀 또한 납치 죄로 기소되어 집행유예 6년을 선고받았다.

알렉산드라에서의 자선활동은 스테드먼과 윌리엄스에게, 브라운이 오프라의 자금력과 짝을 이뤄 그 자신은 물론 그녀에 대한 호감을 이끌어내면서 국제무대에서 어떻게 처신하고 영향력을 발휘하는지를 보여주었다. 선행을 홍보하는 일이 어떻게 하면 좋은 쪽으로 작용하게 되는지를 배운 것이다. 두 사람은 나중에 비즈니스 파트너가 되어 그레이엄 윌리엄스 그룹(Graham Williams Group)이라는 홍보회사를 차렸다. 스테드먼은 이 회사를 통해 자신이 쓴 자기계발서들을 선전하곤 했다. 그는 GWG가 하는 일을 어느 기자에게 애매모호하게 설명했다. "우리 회사는 사람들이 될 수 있는 모든 것이 되도록 돕습니다. 자원을 극대화하여 작은 기업은 큰 기업으로, 큰 기업은 복합적 기업체로 성장시킵니다."

이게 무슨 뜻인지를 설명해달라는 요청을 받았을 때, 그의 동업자는 어깨를 으쓱했다. 암스트롱 윌리엄스는 "스테드먼과 나는 오래전부터 가깝게 지내왔다"고 2008년에 말했다. "그러나 여러 해 동안 오프라와 나 사이에 마찰이 있었기 때문에 지금은 그냥 그와 거래만 한다." 윌리엄스는 오프라의 글이 적힌("내 친구 암스트롱에게, 오프라가", "암스트롱, 내 쇼에서 아주 보기 좋았어! 잘해줘서 고마워. 오프라가") 사진 두 장을 집에서 치워버린 다음, 사우스캐롤라이나 대학에 기증할 문서들 속에 끼워 넣었다.

오프라는 저널리스트 데이비드 브록(David Brock)이 그의 저서(《Blinded by the Right》)에서 윌리엄스가 자신에게 동성애적인 접근을 했었다고 폭로한 직후부터 그와의 우정에 선을 긋기 시작했다. 윌리엄스는 후에 한 남자 동료로부터 성희롱으로 고소를 당했다가 합의를 보기도 했다. 오프라가 윌리엄스에게서 완전히 멀어지게 된 것은 당시 보수논객이었던 윌리엄스가 조지 W. 부시 행정부로부터 논란이 많은 '낙제학생방지법'을 홍보해주는 대가로 24만 달러를 비밀리에 받았다는 사실이 드러났을 때다. 언론은 행위의 비도덕성과 세금의 불법적 사용 가능성을 들어 윌리엄스를 비난했다. 신문사는 그의 칼럼을 중단했고, 그가 진행하던 신디케이션 TV 쇼도 막을 내렸다. 1년여에 걸친 조사 끝에 정부는 초과 지불된 3만 4,000달러를 미 교육부에 환급하라고 통보했다.

오프라는 암스트롱 윌리엄스가 〈내셔널 인콰이어러〉, 〈더 스타〉, 〈글로브〉 같은 타블로이드지에 그녀에 관한 정보를 정기적으로 물어다주면서 돈을 받아왔다는 사실도 모르고 있었다. "오프라의 사무실까지 직통 파이프라인이 깔려 있어서 우린 그녀의 일거수일투족을 알 수 있었지요. 그녀와 스테드먼이 2주에 한 번씩 일정표를 교환해 보는데, 암스트롱이 그 사본을 우리한테 건네줬거든요." 전직 타블로이드지 편집자가 말했다. "그래서 우리는 그들이 어디에 가고 무엇을 하는지 알고 있었답니다. 신문에 실리는 친밀한 포즈의 사진들, 특히 함께 휴가를 즐기는 모습을 사진기자들이 이런 식으로 포착하는 거지요."

오프라는 그녀의 선행에 관한 이야기들을 타블로이드지에 전달하는 담당자로 암스트롱을 고용함으로써 본의 아니게 이중거래의 발판을 마련해준 셈이 되었다. "확신하는데, 오프라는 암스트롱이 자길 위해 우리와 일한다는 것은 알고 있었지만 우릴 위해서도 일한다는 건 몰랐을 겁니다. 사생활과 관련된 험담을 하는 것도요." 그런 관계에 연루된 어느 타블로이드지의 편집장이 입을 열었다. "오프라는 우리가 보도하는 내용에 잔뜩 예민해져서 제프 제이컵스를 시켜 대화를 시도했어요. 우리가 연락을 한 게 아니에요. 그쪽에서 연락을 해온 거지. 우리가 하는 일을 어떻게든 통제해보려고 말이죠. 제이컵스와 이야기를 나눈 끝에 어떤 내용이든 기사가 나가기 48시간 전에 미리 전화를 주기로 합의를 봤어요. 그는 뜨거운 쟁점이 될 사안들이 있다면서 대표적으로 체중 문제를 들었는데, 오프라처럼 그 문제에 예민하게 굴진 않았어요. 제이컵스는 한 번도 오프라 험담을 하지 않았지만 암스트롱은 달랐어요. 그는 아주 아주 오랫동안 훌륭한 정보원이었죠. 언젠가 스테드먼과 전화통화까지 하게 해주어서 우린 그와의 관계 또한 돈독히 다졌습니다."

스테드먼은 1988년에 노스캐롤라이나로 거처를 옮겨 B&C 어소시에이츠의 밥 브라운(Bob Brown)과 일했는데, 한때 그처럼 경찰관이었던 브라운의 보수적인 정책에 쉽게 물들었다. "나는 스테드먼이 철두철미한 공화당원이라고 자신합니다." 암스트롱 윌리엄스가 말했다. "오프라는 할리우드 정치에 영향을 받습니다. 어쩔 수 없어요. 그게 그녀의 모습이에요. 그렇지만 스테드먼은 아닙니다. 매우 보수적인 친구예요."

만일 임신한 상태에서 아이가 팔다리 없이 태어날지도 모른다는 걸 알게 된다면 낙태를 하겠느냐는 질문을 받았을 때, 오프라는 스테드먼과 정치적 견해가 다름을 인정했다. "그럼요, 그렇게 하고말고요." 그녀가 대답했다. "많은 사람들이 화를 내리란 거 알지만 이 문제에 있어 난 확고해요. 나는 내 아이가 자연이 줄 수 있는 모든 가능한 기회를 안고 태어나기를 바라요. 물론 일단 아이가 태어난다면, 자연이 준 그대로 대처할 겁니다. 그렇지만 장애아가 되리란 걸 미리 안다면 나는 분명히 낙태를 원할 거예요. 그런데 스테드먼은 나와 전혀 생각이 달라요. 큰 논쟁거리가 되겠지요. 그처럼 중대한 사안에 대해 의견이 다른 사람을 사랑하는 거, 생각하면 끔찍한 일이에요."

오프라와 스테드먼은 자조(self-help)를 신조로 떠받드는 점에 있어서는 일심동체였다. 둘 다 입신출세주의자들로서, 자기계발에 관한 책은 《간절히 원하면 기적처럼 이루어진다》(Creative Visualization)와 《성공의 법칙》(Psycho-Cybernetics), 《개인적 실체의 본성》(The Nature of Personal Reality), 그리고 《아직도 가야 할 길》(The Road Less Traveled)에 이르기까지 모조리 읽었다. 종교적인 믿음도 서로 비슷해서,—오프라의 주장에 따르면 매일 밤 취침하기 전에 무릎을 꿇고 기도한다고 한다—제러마이아 라이트(Jeremiah Wright) 목사가 이끄는 시카고 트리니티 유나이티드 교회를 8년 동안 함께 다녔다. 두 사람 모두 피부색으로 은근히 편을 가르는 자기네 문화에 상처를 받고 있었다. 이를테면 오프라는 자신이 너무 검다고 느꼈고, 스테드먼은 지나치게 피부가 밝아 부러움을 샀다. 가옥도장업자인 스테드먼의 아버지와 전업주부인 어머니는 사촌 간이었는데, 스테드먼의 팔촌인 칼턴 존스(Carlton Jones)의 말에 의하면, 집안의 전통인 밝은 피부를 보존하려고 한 혼인이라고 한다.

존스는 자기 집안에는 근친혼이 많다고 했다. 후에 스테드먼에 관한 충격적인 이야기를 타블로이드지에 팔았으나 돈 때문에 거짓말을 했다는 비난을 들었다. "스테드먼은 내 외가 쪽 친척입니다. 내 어머니는 성이 스폴딩(Spaulding)이었는데, 스폴딩, 그레이엄, 모어스(Mores), 보이즈(Boyds), 이 성씨들이 전부 피부색이 밝습니다. 그들은

100여 년에 걸쳐 끼리끼리 결혼들을 해오고 있어요."

"우린 백인들처럼 하얗게 보이죠. 심지어 코카시안의 특징까지 갖추고 있어요. 그런 한편으로 지진아들도 나오고 있어요. 그들이 또 서로 결혼을 하고요. 그래서 우리 가계에 정신지체자가 그렇게나 많은 거죠. 사촌, 육촌끼리 결혼을 하는 건 이런 피부색 등을 생각해서입니다."

스테드먼은 '흰둥이'라는 소리 때문에 좁은 흑인사회에서 자신을 증명하도록 내몰렸다고 했다. 거기다가 두 남동생, 제임스와 대러스의 학습장애로 인해 가족이 뒤집어쓴 사회적 오명과도 맞서 싸워야만 했다. "당시에는 정신지체아라고 불렀어요. 지금은 발달장애라는 용어가 쓰이지만." 그는 "지금이야 정신적 장애에 잘 대처하도록 가족을 도와주는 단체나 프로그램이 많이 있지만 우리 때는 도움을 청할 길이 없었다"고 했다. 그는 부모가 사촌 간이라서 동생들한테 정신적 장애가 나타났을 수 있다는 칼턴 존스의 주장을 반박하면서, 《벤저민 스폴딩의 후손들》(A Story of the Descendants of Benjamin Spaulding)이라는 제목의 가족사 책에서 그 증거를 찾을 수 있을 거라 말했다.

칼턴에 의하면, 스테드먼의 부모는 아들이 흑인 친구들을 집에 데려오지 못하게 했다고 한다. "그는 아버지한테 '저런 못된 흑인 녀석들, 내 집에 들일 생각은 하지도 마!'라는 소릴 듣고 자랐습니다. 그냥 하는 소리가 아니었어요. 스테드먼이 아내나 딸을 부모 집에 데려가지 않은 것도 같은 이유에서였지요." 그가 오프라를 화이츠버러로 데려가기까지는 여러 해가 걸렸다. 그러나 오프라는 사귀기 시작하자마자 내슈빌에 있는 버넌에게 그를 소개시켰다.

그 시점에 스테드먼은 오프라의 사인을 받으려고 자기를 밀치거나 레스토랑에서 식사하는 둘 사이에 끼어들어 그녀를 껴안는 사람들에 대처하려 여전히 애쓰는 중이었다. 그녀가 왜 그런 사생활 침해를 묵과하는지, 무례한 이방인들의 관심으로부터 무슨 즐거움을 어떻게 이끌어내는지 이해할 수가 없었다. 내슈빌에서는 동네 주민들이 몰려와 그녀를 구경하고 만지고 사진 찍고 심지어 노래까지 불러주었는데, 그동안 그는 버넌의 이발소 의자에 푹 처박혀 있었다. 오프라가 과연, 의미 있는 사람들과 그저 유명인 주위에 있고 싶은 사람들을 구별할 줄은 아는 건지 의심스러웠다. "이들이 다 가버리고 나면 누가 남을까요?" 그가 물었다. "누가 그녀를 정말로 아끼는 걸까요? 나는 그녀가 진짜 이해하고 있다고 생각하지 않습니다. 이해는 할지 몰라도 그걸로 어떤 영향을 받고 있진 않아요. 하지만 오프라는 불우한 유년기와 결손가정 등 너무나 많은 일을 겪어왔기 때문에 이런 걸 즐기면 안 된다고 말하기는 좀 어렵네요."

오프라와 스테드먼은 결국 인생의 동반자가 되었다. 그러나 20년이 넘게 함께 살면서도 결혼은 하지 않았다. "내가 늘 하는 말이 있어요. '스테드먼, 만일 결혼을 하게 되면 우린 같이 안 살게 될 거야.'" 〈엔터테인먼트 투나이트〉의 잰 칼(Jann Carl)에게 오프라가 말했다. "그럼 그가 이러죠. '그렇고말고. 분명히 그렇게 될 거야.' 우리 관계는 전통적인 관계는 아니에요. 결혼은 전통적인 제도이고, 거기에는 어떤 기대들이 따라오기 마련이죠. 그에게는 자기 인생과 일이 있고…… 나도 내 일이 있어요. 솔직히 결혼은 우리하고 잘 안 맞을 거예요."

그녀의 아버지도 같은 생각이었다. "결혼식 얘기는 넣어두세요"라고 2008년에 말했다. "그런 일은 절대 없을 테니까. 오프라는 스테드먼과 결혼 안 해요. 왜냐하면…… 그 앤 오로지 자기 자신만을 위하지, 누군가를 위해 무언가를 포기하는 타입이 아니거든요. 그 앤 현재의 자신한테 만족해하고 있어요. 열심히 일하지 않으면 비참해지는 타입이에요." 당시 일흔다섯 살의 나이에도 여전히 이발소에서 일하고 있던 버넌 윈프리는, 돼지는 열심히 먹이를 찾아다녀야지 안 그러면 굶어 죽는다고 말하면서, 오프라는 어떤 관계를 살찌우기보다 부를 더 열심히 추구할 필요가 있다는 뜻을 내비쳤다. 그녀는 (재산분할에 대한) 혼전 합의서를 지지한다는 입장을 밝힘으로써 아버지의 평가를 확인시켜주었다. "그건 어리석지 않다는 걸 의미하죠." 오프라는 말했다. "누가 나한테 와서 내가 가진 것의 절반을 갖고 싶다는 얘길 꺼내려고만 해도, 아아아악! 생각만 해도 끔찍해요!" 〈TV가이드〉 기자에게도 다음과 같이 말했다. "나한테 결혼이란 나 자신을 그 관계에 바치는—희생하는—것을 의미합니다. 그 관계와 하나가 되는 것이죠. 나는 지금 당장은 그렇게 할 능력이 못 됩니다."

버넌은 머리를 흔들면서 "지금 아니면 앞으로도 안 될 것"이라 했다. "1996년에 아내 젤마가 죽고 나서 몇 년 있다가 두 번째 아내가 될 여자(바버라 윌리엄스)를 만나기 시작했는데, 오프라가 전화를 해서 묻더군요. '사랑에 빠지신 거예요?' 라고. '너는 몇 번이고 사랑에 빠질 수가 있니?' 내가 물었지요. '그럼요.'"

"내가 '아니' 라고, '그럴 수 없다' 고 얘기해줬어요. '하지만 우리 아버지는 이렇게 말씀하시곤 했지. 좋아하는 상태에서 결혼한 다음 감정을 키워나가도 된다고. 그렇게 하거나 아니면 이리저리 헤매다 끝나고 말거나, 둘 중 하나라고. 그러니까 나는 지금 좋아하는 상태란다' 했지요."

"오프라가 그러더군요. '내가 아빠랑 비슷한가 봐요. 나도 좋아하는 상태예요. 사랑하는 게 아니라.'"

"'그럼 우리 합동결혼식 할까?' 하고 물었더니, 싫다고 합디다."

스테드먼과 사귀기 시작했을 때 오프라는 시청자들한테 틈만 나면 새 남자친구 '스테디' 이야기를 늘어놓았다. 얼마나 잘생겼고 얼마나 낭만적인지, 결혼까지 생각하는지 어떤지, 아이는 낳을 건지 말 건지 등등. "스테드먼과의 사이에서 아이를 낳으면 버릇없이 키우게 될 것 같다"고 그녀는 혼잣말을 했다. "이미 그이 딸 웬디의 버릇을 망쳐놓았어요. 그 애와 친구들한테 한 시간 동안 이 상점에서 뭐든 고르라며, 한바탕 쇼핑 잔치를 열어주거든요."

흐르는 세월에 대한 아쉬움을 기자들에게 털어놓기도 했다. "어떤 날은 정말로 딸이 하나 있었으면 해요. 예쁘게 옷을 입혀놓으면 얼마나 귀여울까, 나랑 꼭 닮았겠지…… 그러다 아들도 하나 있으면 좋겠다 하는 생각도 들어요. 케이넌(Canaan)이라는 이름을 붙여주고 싶거든요. 케이넌 그레이엄, 얼마나 근사한 이름이에요."

몇 년 후 TV로 방송된 〈A&E 바이오그래피〉(A&E Biography, 유명인의 일대기를 다루는 TV 시리즈— 옮긴이)와의 인터뷰에서 그녀는 본심에 한 발짝 더 다가선 모습을 보였다. "진심으로 나는 열네 살 때 겪은 일이 내 팔자에 자식은 없다는 사인이라고 생각해요. 임신도 했고 출산까지 했지만, 결과가 좋지 않았지요. 다른 삶을 살기로 한 게 마음이 편해요."

오프라는 아이를 원한 적이 단 한 번도 없었다는 얘길 하면 친구들이 깜짝 놀란다고 했다. "정말 없었어요. 게일은 이미 중학교 1학년 때 쌍둥이를 낳고 싶었다고 하더군요. 결혼을 안 했더라도 아이는 낳았을 거래요. 자식이 없으면 불완전한 인생이라 느꼈을 거라면서요. 나는 전혀 그런 느낌이 안 들어요."

1992년에 TV에서 약혼을 발표하고 〈피플〉지에 포즈까지 취했던 오프라는, 스테드먼과의 관계에 대해 너무 많은 이야기를 했다고 나중에 후회를 했다. "누가 내게 그러더군요. '당신이 그의 이름을 언급할 때마다, 가질 수 없는 무언가를 갈망해서 자꾸 저러는구나 하는 생각이 든다' 고. 그게 그렇게 인식이 될 줄은 짐작도 못 했어요. 하지만 내가 그에 관한 얘기를 하지 않았다면, 다들 한마디씩 했을 거예요. '저 정체불명의 남자는 누구야?' , '오프라는 레즈비언인가?' "

사람들은 정말 의문을 품기 시작했다. 일각에선 오프라와 스테드먼의 관계가 쌍방의 편의를 위해 유지되는 것이라며 두 사람의 성적 취향을 둘러싼 수군거림이 퍼져나가고 동성애 성향을 들키지 않도록 서로 도와주고 있다는 말이 나돌았는데, 스테드먼보다 게일 킹과 함께 있는 모습이 훨씬 자주 목격되는 오프라가 아무래도 더 의혹을 받았다. 세 사람은 직접 동성애자라는 소문을 부인했고 가까운 친구들 역시 이를 거들고 나섰으나 소문은 사그라지지 않았다. 특히 오프라와 친구 사이이며 여장 레즈비언으로 알려진 몇몇 여성 스타가 활동하는 할리우드에서 더 그랬다.

오프라와 게일과 스테드먼은 곧 코미디언들의 먹잇감이 되었다. 자신의 리얼리티 쇼로 2008년 에미상을 받은 캐시 그리핀(Kathy Griffin)은 오프라가 그해 에미상 시상식에 왜 게일을 데려왔는지 묻는 것으로, 워싱턴 D.C.의 DAR 컨스티튜션홀에 모인 청중—대부분이 동성애자—을 즐겁게 했다. "그녀가 지하실로 내려가 스테드먼을 좀 풀어줄 순 없을까요? 하룻밤만이라도요." 객석에서 폭소가 터져나왔다. 그러자 그리핀은 "아니, 왜들 그러세요"라며 말을 이었다. "내가 오프라와 그녀의 남자친구 게일을 지지하는 거 아시면서."

데이비드 스타인버그(David Steinberg)의 TV 쇼에서는 로빈 윌리엄스(Robin Williams)가 미 국무장관 콘돌리자 라이스(Condolezza Rice)와 오프라 간 전화통화 장면을 흉내 냈다. 다리를 꼬고 앉아 발끝을 우아하게 뻗은 채 한 손을 귀에 갖다 댄 윌리엄스. "어머나, 스테드먼이 또 당신 옷을 입고 있다고요? 좋지 않아요. 아주 좋지 않아요." 오프라의 파트너를 이성복장자(cross-dresser)라 놀리는 설정에 시청자들은 웃음을 터뜨렸다.

그쯤 되자 그 커플은 대중의 조롱에 거의 이골이 났다. 캐나다 타블로이드지 〈뉴스 엑스트라〉에 "새로운 충격! 오프라의 약혼자 스테드먼이 사촌과 동성애를 나누다!"라는 제목의 기사가 실렸을 때 최악의 상황에 직면했다고 느꼈다. "그때가 나한테는 가장 힘들었어요." 뉴저지 주 화이츠버러의 한 모텔에서 스테드먼과 잠자리를 가졌다는 게이 사촌의 이야기를 울먹이는 목소리로 전하면서 오프라가 〈에보니〉지 로라 랜돌프에게 한 말이다. 성생활에 관한 소문으로 스테드먼이 "몹시 상처를 받았다"고 말하며 그녀는 자신을 탓했다. "내가 날씬하고 예쁘다면 아무도 그런 말을 하지 않을 거예요. 사람들이 진짜로 말하는 바는 '훤칠하고 잘생긴 남자가 왜 저딴 여자랑 만나느냐' 이거거든요."

오프라는 그 타블로이드지를 집에 가져와 스테드먼에게 보여주었다. "그는 정말 멋졌어요. 그때만큼 사랑스러운 적이 없었어요. 나한테 얼마나 많은 걸 가르쳐줬는지 몰라요. 내가 건넨 신문을 보고는 이렇게 말하더군요. '이건 내 삶이 아니야. 나하고는 아무 상관없는 얘기지. 하느님께서 내가 뭘 좀 배웠으면 하시나 봐.' 나는 방 한가운데 서서 질질 짜며 거의 미칠 지경인데, 그는 뭘 하기 시작했는지 아세요? 신발장을 들여다보고는 구두 밑창 가는 얘기를 시작했어요. 지금 내가 당신의 구두 밑창을 가는 격이라고요! 살면서 그보다 더 근사한 남자다움은 못 봤습니다."

며칠 후 오프라와 스테드먼은 그 타블로이드지를 상대로 명예훼손과 프라이버시 침해 및 고의적으로 가한 정신적 고통에 대해 3억 달러의 소송을 걸었다. 그들의 소송대리인은 기자회견을 열어, 칼턴 존스가 아홉 달 전에 어느 미국 타블로이드지에 기삿거리를 팔아넘겼으나 오프라의 변호사들이 사실이 아니라고 신문사를 납득시켜 게재되지 않았던 일을 밝혔다. 그러면서, 돈 때문에 거짓말을 했던 거라는 존스의 말을 전했다. 〈뉴스 엑스트라〉는 아무런 답변도 하지 않는 쪽을 택했다. "발행인들이 방어에 나서지 않기로 정했던 것 같다"고 편집자가 말했다. 35일 후, 지방법원 판사 마빈 애스펀(Marvin E. Aspen)은 이미 사무실을 비우고 폐업한 몬트리올 소재 타블로이드지를 상대로 결석재판에 들어갔다. 오프라와 스테드먼은 다음 날 신문의 헤드라인들—"오프라 윈프리, 소송에서 부전승을 거두다"—을 보고 명예가 회복된 느낌이 들었다.

스테드먼은 그러나 여전히 "미스터 오프라"(Mr. Oprah)나 "리틀 미스터"(The Little Mister), 또는 〈내셔널 리뷰〉가 붙인 "장기 약혼남 스테드먼 그레이엄, 오프라라는 네이선 디트로이트 옆의 미스 애들레이드"(뮤지컬 〈아가씨와 건달들〉에서 술집 아가씨 애들레이드는 수없이 결혼 약속을 파기하는 건달 네이선에게 변함없이 애정을 쏟았다—옮긴이)라는 조롱의 꼬리표들에 맞서 자신을 단련시켜야 했다. 초창기에는 "오프라의 남자친구"로 지칭될 때 가끔씩 화가 나기도 했지만, 교제 기간이 7년째로 접어들면서 오프라로부터 이해하고 넘기라는 충고를 들었다. "그게 스테드먼한테 가장 신경 쓰이는 부분"이라고 오프라는 말했다. "그렇지만 나는 얘기해줬어요. 그가 떠나가든 죽든 시카고를 소유하게 되든 간에 사람들은 계속해서 말할 거라고요. '저 사람이 오프라 윈프리의 남자친구래.'"

스테드먼은 그런 묘사에 연신 짜증을 냈다. "존중심이라곤 눈곱만큼도 없어요. 세계에서 가장 영향력 있는 여성과 어울릴 수 있다는 데에 신뢰성이 있는 건데도, 아무도 그 점을 높이 평가해주지 않아요."

이 자부심 강한 남자에게는 존중심이 무엇보다 중요했다. 그는 교도소에서 일할 때 오프라를 처음 만났다. 낮에는 재소자들을 다독이는 게 일인 교정 직원으로서 빳빳하게 풀을 먹인 파란 제복을 착용하고, 밤에는 술 달린 캐주얼화를 신고 벤츠를 몰고 다니면서 그가 나중에 "거짓된 삶"이었다고 말한 생활을 하던 때였다.

스테드먼에겐 미녀 아나운서 로빈 로빈슨을 통해 얻은 시카고 흑인사회 속 황금 해변의 입장권이 있었다. 그곳은 오프라 같은 미디어 스타들과 마이클 조던(Michael Jordan) 같은 스포츠 선수들, 〈에보니〉와 〈제트〉(Jet)를 소유한 출판재벌 린다 존슨 라이스(Linda Johnson Rice) 등이 모여드는 곳이었다. 이 엘리트 서클에는 스테드먼이 혼자서는 감히 꿈도 꾸지 못할 성공을 거둔 아이비리그 출신의 의사, 변호사, 은행가, 교수 등도 끼어 있었다. 겉으로는 그 쟁쟁한—하나같이 똑똑하고 세련되고 상냥한—전문가 집단에 속하는 것처럼 보였을지언정, 텍사스 주 애빌린에 위치한 조그만 침례교 대학 하딘시먼스의 졸업장 정도는 하버드 졸업생들 틈에서는 한낱 휴지조각에 불과하다는 걸 그는 잘 알고 있었다.

높은 고도에서의 비행은 스테드먼에게 개안의 기회였다. 그는 중죄인들을 몸수색하는 것으로는 자신이 원하는 삶을 가질 수 없다는 걸 금방 알아차렸다. 교도소 경비원이 마이클 조던과 친분을 쌓을 일은 없었으니 말이다. 고교와 대학 시절 스타 농구선수였던 스테드먼은 NBA에서 뛰기를 간절히 바랐지만 드래프트 지명을 받지 못했다. 그것이 그에게는 일생의 크나큰 상처였다. 마이클 조던이 광고를 찍기 시작하면서 대역을 필요로 하자, 조던의 세계에 들어가길 열망하는 스테드먼이 냉큼 지원자로 나섰다. 그는 그 시카고 불스의 포워드를 우상으로 섬겼는데, 단지 현기증 나는 운동실력 때문만이 아니라 농구코트에서의 성공을 사업적 수익으로 전환시키는 수완에 반했기 때문이었다.

프로 운동선수들과 연을 맺고 싶었던 스테드먼은 '마약에 반대하는 선수들'(AAD)이라는 비영리단체를 조직하기로 계획을 세웠다. 그는 마이클 조던에게 지지 선언을 부탁하여 다른 선수들을 그 단체에 가입시키고 "마약을 하지 않으며…… 오늘날의 젊은이들에게 긍정적인 롤모델이 된다"는 모호한 성명서에 서명하게 했다. 제1강령의 문구도 모호하기는 마찬가지였다. "더 나은 생활방식을 가지도록 아이들을 교육한다." 그는 이를 "건전한 삶의 결정을 하도록 젊은이들을 교육한다"로 다듬었다. 스테드먼은 유명 선수들과 협력하여 선행을 펼치면서 훌륭하게 사는 것처럼 보이도록, 기업 후원을 받는 스포츠 행사나 시합 때 유명 선수들을 공개석상에 출현시키는 방안을 구상했다. 암스트롱 윌리엄스는 "그를 유명인 기생자라 부르지 말라"고 경고했다. "그 이미지를 아주 싫어합니다."

AAD를 시작하면서 스테드먼은 자신의 벤츠 승용차를 팔고 교정국에서 나오는 퇴직연금을 현금으로 바꾸었다. 또 3년간의 군복무 후 텍사스 주 포트워스에서 경찰관으로 첫 사회생활을 할 때 모아둔 얼마 안 되는 돈도 써버렸다. 아무런 수입이나 사업 계획이 없는 가운데서도 그는 마침내 자신에게 목적의식과 약간의 사회적 지위가 있음을 느꼈다. 본인 주장으로 "연방 교정체제 아래서 교도소장이 되는 단계를 착착 밟아나가던 차에" 교정국을 그만둔 후, 패션모델 일을 하면서 생활비를 충당했다.

AAD의 소득신고 내역을 보면 연평균 27만 5,000달러를 모금하는 것으로 나오는데, 그 대부분은 매년 열리는 명사 골프시합에서 거두어진다. AAD 기부자들은 스테드먼이 프로 운동선수들과 주빈석에 앉게 되는 연례 갈라 만찬의 비용도 댄다. AAD의 의장직은 그에게 거창한 감투인 건 확실하나 수입원이 되어주진 않는다. 2002년 이전에는 가끔씩 단체의 파산을 막기 위해 20만 달러 이상을 빌려주어야만 했다. AAD가 "건전한 삶의 결정을 하게끔 젊은이들을 교육시키기" 위해 자금을 어떻게 운용하는지는 구체적으로 드러나 있지 않다.

1995년 이후에야 마약복용 사실을 공개적으로 인정한 오프라는 스테드먼에게는 교제 초기에 그 사실을 털어놓았다. "어떤 반응을 보일지 걱정했는데, 처음부터 그는 그것이 내가 다루기 힘들어하는 비밀들 중 하나란 걸 이해했고 크게 주눅 들지 말라고 격려해주었다"고 했다. "그는 마약에 손도 댄 적 없고 술도 마시지 않아요."

스테드먼은 스스로 운명을 개척하려는 의지가 강했지만, 그에게 격려가 필요할 때면 오프라는 확실하게 그것을 제공했다. 남자가 생계를 위해 하는 일에 신경이 쓰이냐는 질문을 받았을 때가 그랬다. 그녀는 망설이지 않고 대답했다. "막노동자인지 아닌지 분명 신경을 쓰긴 씁니다. 엘리트주의자처럼 들리겠지만 나는 워낙 큰 열망—내 인간적 잠재력을 완전히 발휘하고 싶다—을 품고 있기 때문에, 뭔가를 이루거나 뭔가가 되기를 열망하지 않는 사람들이 이해가 안 갑니다."

오프라의 야망은 실로 엄청났고, 인정받고자 하는 욕구는 만족이라는 걸 모르는 듯했다. 정지 버튼이 없는 상태로 그녀의 엔진은 끊임없이 돌아갔다. 밤낮을 가리지 않는 활동이었다. "스케줄이 아주 빡빡하지만, 그게 바로 내가 원했던 생활이에요." 그녀가 말했다. "입버릇처럼 말해왔거든요. 숨 쉴 틈도 없을 정도로 바쁘면 좋겠다고."

초창기에는 그래도 매일 아침 토크쇼가 끝난 뒤에 방청객들과 시간을 보냈다. 악수를 하거나 사진을 같이 찍거나 사인을 해주면서. 프로듀서들과 다음 날 쇼에 대한 토의를 하고 전날 시청률 표를 꼼꼼히 살펴보기도 했다. 그녀는 1,000만 달러짜리 스튜디오를 짓겠다는 계획을 추진했고, 좋은 영화 배역을 따내려 노력했으며, 흑인 여성들을 위한 방문 판매용 화장품을 개발해 미국 역사상 최초로 자수성가형 여성 백만장자가 된 마담 C. J. 워커(Madame C. J. Walker)의 전기를 필두로 도서 판권들을 여럿 사들이면서 영화 제작을 꿈꾸었다. 또한 '체구가 큰 여성들'을 위한 의류 브랜드 개발에도 뛰어들었는데, 평소 본인한테 딱 맞는 명품 의상을 찾을 수 없었던 게 계기가 됐다. 마음에 쏙 드는 옷을 발견하면 그녀의 의상 담당자가 제일 큰 사이즈로 두 벌을 구입해 하나로 꿰매야만 했으므로, 돈과 시간이 몇 배로 먹혔던 것이다. 오프라는 시카고의 '레터스 엔터테인 유 엔터프라이즈'(Lettuce Entertain You Enterprises)와 만나 레스토랑 개업 문제를 논의했는데, 동업을 하는 것에는 찬성했으나 자신의 이름이 사용되는 것은 허락하지 않았다. 만의 하나 실패할 경우 책임을 뒤집어쓰고 싶지 않아서였다. 그녀는 또 "토크쇼에서 우리가 한 시간 동안 하려고 드는 일의 연장선"으로 여성들을 위한 시설을 세우고 싶어했다. "자기계발센터 외에 달리 뭐라고 부르면 좋을지 모르겠네요." 그뿐 아니라 마야 앤절루와 협력해 브로드웨이 무대에 올릴 여성 1인극 대본을 쓰고, 자서전 집필 문제를 상의하기도 했다. 오프라는 흑인들이 정치(제시 잭슨), 영화(에디 머피(Eddie Murphy)), 음악(휘트니 휴스턴), 네트워크 뉴스(브라이언트 검블), 황금 시간대 TV(빌 코스비) 등 다양한 분야에서 전면에 나선 1987년이 절호의 시기임을 알고 있었다.

황금 시간대에 진출하기로 작심한 오프라는 빌 코스비처럼 자신의 시트콤에서 주인공을 맡기로 했다. "그런 시트콤을 제작해 네트워크에 팔 생각"이라면서 "엄청난 성공을 거둘 것"이라 예상했다. 텔레비전에서 천부적 재능을 증명해 보였기에, 시카고를 배경으로 TV 토크쇼의 뒷이야기를 다루는 코미디물에 자신이 적격이라 여겼다. 그리하여 1987년에 "시카고 그레이프바인"(Chicago Grapevine)에 대한 아이디어를 팔고서 몇 주 동안 LA를 비행기로 왕복하며 파일럿 프로그램 작업에 임했으나, 막판에 ABC 엔터테인먼트의 사장 브랜던 스토다드(Brandon Stoddard)가 미적지근한 반응을 보였다. 그는 콘셉트의 방향이 "잘못 잡혔다"고 잘라 말하고는 오프라가 맡은 캐릭터를 "거침없고 현실적으로" 묘사하는 데 미흡했다면서 13주짜리 시리즈의 방영 계획을 취소했다. 오프라는 이 취소 건을 실패로 보지 않았다. 차질이 생긴 거라 여기지도 않았다. 그것은 그녀의 신비로운 진화의 또 다른 단계일 뿐이었다.

그녀는 낮 시간을 눈코 뜰 새 없이 바쁘게 지낸 뒤, 밤과 주말에는 사진 촬영과 인터뷰, 강연, 공식 행사 참석 등의 일정을 소화했다. "넘버원 토크쇼를 진행하는 것만으로는 부족해요. 그건 내게는 숨을 쉬는 것과 같으니까요. 나한테는 다른 무언가가 더 필요해요." 그녀는 어디를 가든 스테드먼과 동행하길 원했다. 마치 그를 자랑하는 동시에 자기가 꽃미남의 마음을 끌 수 있다는 걸 증명이라도 하는 듯이.

교제한 지 1년쯤 되었을 때, 그들은 타블로이드지 '특종'에 처음으로 된통 얻어맞았다. 스테드먼이 결혼식을 취소했다는 내용이었다. 슈퍼마켓용 언론을 무시하는 법을 몰랐던 오프라는 자신의 쇼에서 그 기사를 맹렬히 비난하며 사정권 내의 모든 기자들과 첨예한 대립각을 세웠다.

"터무니없는 얘기였어요." 〈볼티모어 선〉의 빌 카터에게 그녀가 말했다. 신문사가 기사를 철회하기 전에는 "고소를 할 작정이었다"고 했다. "이 기사는 내가 애인한테 버림받고 가슴이 터지도록 울다가 휴가를 낼 생각을 하는 중이라고 적었어요. 내가 엄청난 충격을 받고 괴로워하고 있다는 거예요. 게다가 그 웨딩드레스를 입으려고 살이 빠지길 기다리는 중이라네요. 지금껏 읽은 기사 중 최악이었어요. 그렇게 기분 나쁠 수가 없더군요. 사람들이 기사 내용을 믿었기 때문이기도 하고, 내가 만들어냈을 뿐 아니라 나 또한 믿고 있는 나의 이미지가 걸린 문제기 때문이기도 했어요. '자신을 책임지는 여자'라는 이미지 말이에요. 그래서 내가 남자한테 버림받아서 무너지고 있는 것으로 그려지는 게 너무 어처구니가 없었어요. 웨딩드레스 이야기보다 몇 배 더 나빴죠."

오프라는 재키 오나시스에게 전화를 걸어 위로를 구했다는 이야기도 덧붙였다. "그녀가 먼저 책 집필 건으로 전화를 걸어왔다"며, "다른 사람들이 쓰는 글을 내가 통제할 수는 없는 거라고 말해주더라"고 했다.

재클린 케네디 오나시스와의 대화가 갖는 의미를 카터는 잘 알아들었다. 그는 "오프라에게는 아직도, 자신의 명성이 연결시켜준 대단한 인물들을 세상이 알아주길 바라는 면이 있는 듯하다"고 적었다. "그녀는 미국에서 유명인 이름을 친한 척 들먹이기로 둘째가라면 서러울 사람이다. 재키 오(Jackie O)와의 전화통화, 에디(에디 머피)와의 쇼, 캘(캘빈 클라인)의 옆 테이블에서 한 식사, 퀸시(퀸시 존스)와의 영화 판권 거래……."

그러나 오프라는 새롭게 얻은 부와 명성 및 그 많은 명사 친구들에도 불구하고 자신은 자기 쇼를 시청하고 자기를 열렬히 사랑해주는 사람들처럼 그저 평범하고 수수하다는 걸 서둘러 알렸다. "나는 정말로 내가 다른 사람과 하등 다르지 않다고 생각한다"고 말이다. "나는 그냥 나예요."

Ten

핸드백 뒤에 따라오는 남자

1987년 1월 12일, 〈피플〉지의 표지사진을 찍을 때 세인의 주목도는 정점에 다다랐다. 그 사진을 시작으로 오프라는 향후 20년간 〈피플〉지 표지를 열두 차례 장식하며 다이애나 왕세자비(52회 등장), 줄리아 로버츠(21회 등장), 마이클 잭슨(18회 등장), 엘리자베스 테일러(14회 등장)와 동급에 오르게 된다. 명사의 반열에 오르자 이내 대중문화의 아이콘으로 부상했고 황홀감에 도취됐다. 그러나 주변 사람들은 그다지 기쁘지 않았다.

그녀는 표지기사에서 어린 시절 겪은 성적 학대에 관한 이야기를 하여 그 사실을 일관되게 부인하는 가족들을 오랫동안 괴롭혔다. 또 당시에 관심을 받는 것이 즐거웠다면서, "기분이 좋다"는 것 때문에 성추행에 대해 많은 혼란과 죄의식이 생긴다고 말해 아동성학대 피해자들의 분노를 샀다. 그런가 하면 이런 발언으로 뚱뚱한 여성 동지들을 모욕하기도 했다. "길을 가다 보면 130~180킬로쯤 나가는 여자들, 그것도 항상 흑인 여자들이 나한테 구르듯이 뒤뚱뒤뚱 걸어와 말하죠. '사람들이 자꾸 나를 당신으로 착각해요.' 그런 여자들이 다가 오는 게 느껴질 때마다 속으로 말해요. '나랑 닮았다고 생각하는 여자가 또 한 명 오는군.'" 그녀는 테네시 주립대를 가리켜 "정말 미치도록 싫었다"는 표현을 쓰고 대학 시절에 누가 접근해오면 불안했다는 말로 모교를 서운하게 만들었다.

그녀의 거침없는 발언들에 대하여 가족은 입을 꾹 다물었고, 아동학대 피해자들은 침묵에 빠졌으며, 뚱뚱한 흑인 여성들은 말을 삼갔고, 테네시 주립대 측은 두 손 두 발 다 들었다가 그녀를 졸업식 연사로 초청했다. 여제의 새 의복을 처음 일별하고 난 반응들이 이랬다. 오프라가 훗날 이야기했듯이, "이 사회에서는…… 뭔가 빛나는 구석이 있거나 돈이 좀 있거나 영향력이 있거나 인맥이 넓지 않으면 아무도 당신 말에 귀 기울여주지 않는다." 이런 것 전부를 넘어 그 이상을 획득한 그녀는 이제 많은 사람들로 하여금, 모욕을 당하고도 침묵을 지키거나 심지어 굽실거리게까지 만드는 아찔한 권력을 행사했다.

테네시 주립대의 초청은 일부 사람들에게는 짊어지기 무거운 짐이었다. 내슈빌의 변호사 레너드 허쉬(Renard A. Hirsch, Sr.)는 지역 최대 신문사인 〈테네시언〉의 편집자에게, 오프라와 함께 학교를 다녔지만 그녀가 학내에 만연했다고 주장하는 분노는 기억이 나지 않는다는 내용의 편지를 썼다. 테네시 주립대 출신의 다른 학생들 또한 짜증이 났다. 학생자치회장인 그레그 카(Greg Carr)는 오프라가 "테네시 주립대에 대해 함부로 말한다"고 불쾌해했다. 로더릭 맥데이비스(Roderick McDavis, 86년도 졸업생)는 학생신문 〈미터〉 편집자 앞으로 보낸 편지에 "우리들 가운데는 테네시 주립대에서 미치도록 열심히 생활한 사람도 있다. '중퇴자' 한테 학교를 비하하고 명예를 더럽히는 소릴 들을 이유가 없다"고 적었다. 3학점이 모자라 오프라는 테네시 주립대에서 졸업을 하지 못했다.

〈미터〉의 편집자 제리 잉그럼(Jerry Ingram)은 오프라가 부정적인 반응을 불러일으켰음을 인정했다. "일부는 충격을 받았다. 〈피플〉지에다 그렇게 말할 정도니, 졸업식에서는 무슨 말을 할지 궁금하다."

오프라가 '성난' 흑인들에 관한 발언으로 백인 시청자들의 환심을 사려 든다고 보는 몇몇 학생들은 그녀가 캠퍼스에 도착하면 거센 야유가 나올 것이라고 예상했다. 테네시 주립대에 조성된 반감은 단지 한 흑인 여성이 유서 깊은 흑인 대학을 비하하고 학생들을 수세에 몰아넣었기 때문이 아니라, 이 나라에서 가장 유명한 흑인 여성이 발행부수 2,000만의 전국 잡지에서 그들을 매도했기 때문이었다. 당시 미흡한 시설과 빈약한 프로그램들로 곤란을 겪던 테네시 주립대가, 9년 뒤에도 끝나지 않을 인종분리정책의 치명적 결과들을 근절하라는 법원 명령을 수행하는 중이어서 오프라의 발언이 특히 더 상처로 다가왔다.

흥미롭게도 대학 당국은 졸업식 초청 연사에게 관례적으로 주는 명예 학위를 오프라에게는 수여하지 않았다. 대신 "TV와 영화에서의 뛰어난 활약을 표창하는" 상패를 전달했다. 이에 오프라는 1975년에 거부당했던 학사 학위를 요청했다. 테네시 주립대는 그녀가 논문을 제출해 졸업 요건을 충족하면 1987년도에 졸업시키고 졸업장을 주는데 합의했다. (들리는 얘기론 오프라가 논문을 쓴 모양이다. 대학 측이나 오프라나 사실 여부를 확인해주진 않을 테지만.)

1987년 5월 2일에 거행된 졸업식은 버넌 윈프리에게는 꿈이 실현되는 순간이었다. 드디어 가족 중에 대학 졸업자가 나왔으니 말이다. 오프라는 연설 중에 이렇게 말했다. "살면서 제가 이런저런 일들을 추진하고 성취했지만, 집에 전화를 할 때마다 아버지에게 이런 말을 들었습니다. '학위는 언제 딸 거냐? 그거 없으면 다 헛된 짓이 되고 말

거야.' 그래서 오늘은 아버지에게 특별한 날입니다." 그녀는 맨 앞줄에 환한 얼굴로 앉아 있는 버넌에게 졸업장을 흔들어 보였다.

오프라는 내슈빌에 스타 배우처럼 도착했다. 기자들에게 말하길, 수행원들과 전세기 편으로 왔더니 공항에 회색 리무진 두 대가 기다리고 있더라고 했다. 그녀는 검정 졸업식 가운에 둘러진 밝은 노란색 띠와 어울리게 밝은 노란색 에나멜가죽 하이힐을 신고 캠퍼스에 걸어 들어갔다. 청중은 종교적 열정과 유머가 버무려진 그녀의 연설에 매료되었다. 오프라는 아버지 이름으로 장학금을 10회 지급하겠다는 계획을 발표함으로써 〈피플〉지 발언의 후유증을 누그러뜨렸다. 석 달 후 첫 번째 수표(5만 달러)를 끊어줄 때, 그녀는 수표를 받아갈 사람을 시카고로 보내달라고 대학 측에 요청해, 함께 사진을 찍은 다음 AP통신에 그 사진을 배포했다. "이러한 지원을 받은 전례가 없기 때문에 우리로서는 이 기부가 역사적인 사건이 아닐 수 없습니다." 테네시 주립대 재단의 이사 캘빈 애치슨(Calvin O. Atchison) 박사는 오프라의 기부 규모가 그 대학이 받아본 최대 규모임을 밝히면서 이렇게 말했다.

이후 8년간 오프라는 장학금 지원 약속을 성실히 이행했고, 방세, 식비, 책값, 등록금, 용돈 등 모든 것을 지급 대상으로 삼았다. 장학금 수혜자는 그녀가 신입생 중에서 선발하되, 평균 B학점 유지를 조건으로 달았다. 선발된 학생 중 두 명이 학점관리에 실패하자 그들에게 편지를 썼다. "첫해에는 좋은 성적이 나오기 어렵고 적응해야 할 것들도 많다는 걸 잘 압니다. 나는 여러분을 믿습니다. 우리는 다같이 2.483이 아닌 3.0의 평균 학점을 유지하는 데 동의했고, 여러분이 여러분 몫의 약속을 지키고 싶어한다는 것을 압니다. 나도 내 몫의 약속을 지킬 생각이니까요."

그녀의 선의는 1995년 장학금 수혜자 중 한 명이 버넌 윈프리에게 추가 지원을 요청하는 과정에서 성희롱 혐의를 제기하면서 산산조각이 났다. "여름 미생물학 수업에 참여할 돈이 필요했어요." 패밀라 케네디(Pamela D. Kennedy)가 말했다. "우리 가족과 아는 사이인 윈프리 씨가 자기 이발소에서 만나자고 하더군요. 잠깐만 의논하면 될 줄 알았어요."

25분 정도가 지났을 때, 예순두 살의 버넌이 화장실을 갔다고 한다. 그리고 패밀라의 주장에 의하면, 신체를 노출한 채 돌아와 음란한 제스처를 취한 뒤 그녀를 붙잡고 키스를 하고 자기를 만져달라고 애걸했다는 것이다. "'내가 네 부탁을 들어줄 테니 너도 내 부탁을 들어다오' 이러더군요. '내일이 내 생일이야. 늙은이 좀 행복하게 해주렴. 어서 얘야.'"

"그 순간 내가 속았다는 걸 알았어요. 단 둘이 있게 하려고 일부러 문 닫을 시간에 오라고 한 거였어요. 다른 애들은 그의 꼬임에 넘어갈는지 모르지만, 난 매춘은 생각도 해본 적 없어요. 내가 그랬죠, '아니, 날 어떻게 보고! 당신이 오프라의 아버지라서 날 도와줄 수 있다 해도 상관없어요. 당신하고는 섹스 안 해요.'" 그녀는 자기가 이발소에서 뛰쳐나오자 버넌이 쫓아와 수습을 하려 애썼다고 했다. "'얘야, 오늘 일로 우리 우정을 망치진 말자꾸나' 이렇게 말이죠."

같은 날인 1995년 1월 30일에 이 스물여덟 살의 학생은 전 광역자치단체 의원인 버넌을 상대로 내슈빌 경찰서에 고소장을 제출했다. 성기노출죄는 최대 2,500달러의 벌금과 수개월의 징역에 처해질 수 있었다. 버넌은 혐의를 부인했다. "그날 이 아가씨를 내 가게에 들인 것이 후회된다"고 말했다. "돈을 뜯어내려는 속셈이 틀림없어요."

성추문이 언론에 보도된 뒤 오프라는 하루 이틀 정도 침묵을 지키다가 아버지를 감싸는 내용의 성명서를 냈다. "아버지는 내가 아는 가장 존경할 만한 사람들 중 한 사람입니다. 직업적인 면에서나 사생활에 있어서나 늘 옳은 일을 하고 다른 사람들을 도우고자 노력하셨습니다."

경찰의 조사가 시작되자 오프라는 아버지를 돕기 위해 내슈빌로 변호사들을 보냈다. 고소인은 공개적으로 진행된 거짓말탐지기 테스트를 통과했으나, 몇 주 후 검사 측은 합리적 의심 외에는 사건을 증명할 충분한 증거가 없다고 판단, 버넌에 대한 고소를 취하했다. 이렇게 된 데는 패밀라 케네디의 변호인인 프랭크 톰슨-매클라우드(Frank Thompson-McLeod)가 상당한 금액의 돈을 지불하면 사건이 무마될 거라며 버넌에게 뇌물을 요구했던 것이 크게 작용했다. 변호사는 체포되었고 변호사 자격을 박탈당했다. 패밀라는 고발당하지 않았다. "오로지 탐욕 때문에 그가 이런 짓을 저질렀다고 판단된다." 변호사에게 30일의 징역형을 선고한 순회법정 판사가 한 말이다.

"내가 알고 하늘이 아니까, 이렇게 될 줄 알았어요." 오프라가 말했다. "하지만 나는 계속 자문했죠. '왜 이런 일이 벌어졌으며, 나는 거기서 무엇을 배워야 하는 걸까?'" 그 답은 그녀가 아버지에게 노상 말해왔던 내용이라고 믿었다. 자신의 부와 명성이 너무 엄청나서 사람들이 아버지를 이용해 자기와 엮이려 한다는 것이다. "아버지는 아직도 내가 어떤 사람인지 모르세요." 딸이 얼마나 유명세를 떨치는지 모르고 있다며 〈에보니〉지 기자한테 다음과 같이 말했다. "그래서 나는 아버지한테 무슨 일이 좀 일어나야 더는 무골호인으로 지낼 수 없다는 걸 아실 거라고 생각해요." 그녀는 "나를 딸로 두지 않았더라면 아버지한테 그런 일이 생기지 않았을 것"이기에 죄책감이 든다고 했다. 그러나 죄책감보다 큰 것은 그 혐의가 그에게 어떤 영향을 끼칠지도 모른다는 두려움이었다. "한동안 걱정을 많이 했어요. 그 일로 아버지의 기가 꺾일 거라 생각했거든요."

성추문이란 홍역을 치른 뒤에 오프라와 테네시 주립대의 관계 및 '버넌 윈프리 장학제도'는 끝장이 났다. "대학 측이 관계 복구를 위해 무진 애를 썼지만 오프라는 내슈빌에 다신 오지 않았다"고, 도널드 선퀴스트(Donald K. Sundquist) 주지사의 보좌관이었던 브룩스 파커(Brooks Parker)는 말한다. "시장과 주지사의 이름으로 주 의회에서 '자랑스러운 테네시인'이란 특별상 수상자로 선정됐음을 알리는 초대장을 보내면 어떻겠냐고 내가 제안을 했죠. 전 시민의 축제로 기획된 행사가 테네시 주립대 캠퍼스에서 열릴 예정이었거든요. 오프라의 첫 상사였던 크리스 클라크한테 편지를 부탁했는데, 다행히 그가 멋지게 써주었어요. 이어서 나도 편지를 보냈어요. '우리 시와 주는 당신에게 깊은 경의를 표할 준비가 되어 있다'는 내용으로요. 하지만 답장은 한 통도 오지 않았습니다."

편지를 보내고 나서, 영리하게 처신하는 법을 아는 크리스 클라크는 오프라의 비서에게 전화를 걸어 자기가 쓴 내용은 무시하라고 오프라한테 전하도록 일렀다. "어쩔 수 없어서 그 빌어먹을 편지를 쓰긴 했지만 그녀가 신경 쓸 일은 아니라고 말해주었죠. 고향에 돌아갈 필요 없다고요. 누구라도 그런 상은 안 받으려 했을 거예요. 그건 내슈빌로 그녀를 오게 만들어 테네시 주립대와 어떻게든 묶어보려는 홍보 술책일 뿐이었죠." 오프라는 주지사가 주려는 그 상을 사양했다.

이후 그녀는 아버지를 보러 갈 때 말고는 내슈빌을 거의 찾지 않았다. 버넌은 "오프라가 온다고 하면, 데이비드슨 카운티 보안관 사무실에서 근무하는 양아들을 공항에 보내 경찰차로 데려오게 했다." 그렇게 방문할 때마저도, 가족끼리 식사를 하러 나가면 돈 달라는 사람들이 그녀에게 달라붙곤 했다. 버넌의 두 번째 부인인 바버라가 말한다.

"식당에 갔는데, 어떤 여자가 5만 달러를 요구하는 쪽지를 슬쩍 내민 적도 있어요." 오프라는 지역 프로젝트를 지원해달라는 내슈빌 민간 단체 지도자들의 청을 대부분 무시했다. "이 도시의 누구 말도 그녀한테는 통하지가 않아요." 윌리엄 모리스 에이전시의 폴 무어(Paul Moore)가 푸념을 했다. "티퍼 고어(Mary Tipper Gore, 앨 고어 전 부통령의 부인—옮긴이)라도 안 돼요."

테네시 주립대에 장학금을 지급하던 시기에 오프라는, 조지아 주 애틀랜타에 있는 남자 사립학교로 마틴 루서 킹 목사의 모교이기도 한 모어하우스 칼리지의 후원자가 되었다. "흑인 남성들을 아끼기 때문에 그렇게 한 겁니다." 그녀가 말했다. "내가 출연한 두 영화(《컬러 퍼플》과 《네이티브 선》)는 흑인 남성을 훌륭하게 그려내지 못했어요. 그렇지만 내 인생에는 훌륭한 흑인 남성들이 있답니다. 아버지와 스테드먼도 그렇죠."

1988년, 모어하우스 칼리지에서 명예박사 학위를 받은 다음에 그녀는 700만 달러를 쾌척하여 '오프라 윈프리 장학기금'을 마련했다. "내 꿈—처음 돈을 벌기 시작했을 때—이 돈을 나눠주는 것이어서 모어하우스 칼리지를 통해 백 명에게 그 꿈을 실천하고 싶었다"고 2004년에 말했다. "이제 이백쉰 명이 됐는데, 천 명까지 불어나면 좋겠네요." 그녀는 테네시 주립대에서보다 모어하우스 칼리지에서 훨씬 더 보람을 느꼈다.

해를 거듭하면서 오프라는 웨슬리언, 스탠퍼드, 하워드, 미해리, 웰즐리, 듀크 등 여러 단과대학과 종합대학교의 졸업식 연사로 각광을 받았다. 연설 때마다 친구나 친척을 언급하며 해당 대학과의 개인적 인연을 강조했고, 봉사를 통해 위대한 업적을 쌓는 것에 대한 믿음을 전달했다. 또 언제나 하느님의 영광을 일깨우고 칭찬의 필요성을 역설했다. 그러다가 언제부턴가는 고고한 세상에서 낮은 곳으로 내려오는 일이 잦아졌다.

조카인 크리션다 라티스 리(Chrishaunda La'ttice Lee)가 1998년 웨슬리언을 졸업할 때였다. 오프라는 10분짜리 연설의 일부를 '오줌 누는' 얘기로 채웠다. "10년 후인 지금 기억나는 거라곤 자신의 용변 습관에 관해 얘기하던 오프라예요." 98년도 졸업생들 중 한 명이 말했다. "전혀 졸업식 연설답지 않았죠."

게일 킹의 딸 커비 범퍼스(Kirby Bumpus)의 2008년도 스탠퍼드 졸업식에서 그녀는 마틴 루서 킹이 했던 말을 인용했다. "모든 사람이 유명해질 순 없다." 그러고는 다음과 같은 이야기를 이어갔다. "오늘날에는 너 나 없이 유명해지길 원합니다. 그러나 명성은 일종의 여행입니다. 당신이 오줌 누는 소리를 들으려고 사람들이 화장실까지 따라옵니다. 당신은 소리 내지 않고 오줌을 누려 하겠지요. 소용없습니다. 사람들은 나와서 이렇게 말하지요. '세상에, 당신이었군요. 당신이 오줌을 누었군요!' 그게 명성이라는 여행입니다. 여러분이 그걸 원하는지는 잘 모르겠지만요."

화장실 유머를 구사하는 시골 아가씨 오프라는 원래 아무 때나 "오줌이 마렵다"거나 "바지에 지릴 것 같다"는 소릴 내뱉어 점잔깨나 빼는 사람들 기겁시키길 좋아했다. 그러나 나이를 한 살 두 살 먹으면서 거친 표현을 매끄럽게 다듬고 사교 매너도 익히게 됐다. 그녀는 감사편지 에티켓과 안주인에게 선물 주는 기술에 숙달해, 남의 집을 방문할 때는 절대 빈손으로 가지 말 것을 청중에게 가르쳤다. "비누를 사가세요. 아주 좋은 비누를요." 그녀는 껌 씹는 사람과 흡연자를 몹시 싫어했으며, 항상 팁을 후하게 주었다. 특별한 행사에는 호화로운 꽃다발을 보냈고 친구들의 생일을 잊어버리는 법이 없었다. 마야 앤절루의 일흔 번째 생일에 모인 200여 명의 하객들을 위해 400만 달러를 들여 1주일간 '시번 프라이드' 요트를 빌리기도 했다. 고상한 사교성을 익히긴 했어도 오프라는 여전히 화장실 이야기에 가끔 빠져들곤 했다. 그리고 그런 경우는 청중에게 희망을 전해야 하는 공적인 자리일 때가 많았다.

어떤 이들은 이런 화장실 농담을 재미있어하며 그녀의 천성적인 구수한 매력으로 받아들였다. 그리고 이 같은 성향은 요강을 쓰며 살아야 했던 코스키우스코 시절에서 비롯됐을 것이라 짐작했다. 그러나 어떤 이들은 이러한 발언들이 저속하고 부적절하며 귀에 거슬린다고 생각했다.

'최고 연사들과의 만남'을 참관하러 케네디센터에 입장한 유료 청중에게 오프라는 오헤어 공항 화장실에서 경험한 일을 들려주었다. 미국여성경제발전협회가 주최한 뉴욕 강연회의 6,000여 청중에게도 이와 유사한 정보를 제공했다. 소저너 트루스와 에드나 세인트 빈센트 밀레이(Edna St. Vincent Millay)가 남긴 감동적인 명언을 인용하는 틈틈이, 그녀는 한껏 분위기가 고조된 객석을 향해 "그거 아세요? 나는 곧장 소변을 보지도 못합니다. 어디를 가든 화장실에 들어서면 사람들이 휴지를 들이밀며 사인을 청하거든요"라는 농담을 던졌다.

생리적 작용에 대해 이야기하지 않고는 못 배기는 성질은 가장 친한 친구의 말문마저 막히게 했다. 바로 전국의 TV 시청자들한테 게일의 두 번째 출산 장면을 생생하고 세세하게 묘사했을 때였다. "글쎄, 내가 분만 중에 똥을 싸질렀다는 얘기까지 하더라고요." 게일은 오프라와 진행한 질의응답 코너에서 당시를 회상했다. "그 방송이 나간 뒤로 사람들이 길에서 나를 보면 붙잡고 놔주질 않았어요. 오프라한테 다음번에 분만대에서 똥 싸는 얘길 하게 되면 내 이름은 꼭 빼달라고 했어요. 나는 그때 뉴스 앵커였다고요(코네티컷 하트퍼드 WSBF TV). '아이위트니스 뉴스(Eyewitness News)의 게일 킹입니다' 라고 소개하는. 그런데 사람들한테 이런 말이나 듣게 돼버렸어요. '네, 뉴스에서 당신 봤습니다. 똥을 왕창 싸시는 줄은 몰랐어요.'"

홀로코스트 기념박물관을 위한 기금 마련 오찬회에서 오프라는 엘리 위젤(Elie Wiesel, 루마니아 태생의 미국 작가이자 1986년 노벨평화상 수상자—옮긴이)과 함께 아우슈비츠를 방문했을 때(2006년 5월 24일) 찍은 영상의 일부를 틀어주었다. 그 영상은 LA 선셋 대로의 한 삐걱거리는 옥외 게시판에서 눈부신 미소를 짓고 있는 오프라 옆에 "오프라, 아우슈비츠에 가다. 수요일 오후 3시"라는 문구가 적혀 있는 모양새로 광고가 되고 있었다. 이를 두고 인터넷 상에서는 가시 돋친 코멘트들이 오갔다.

"이건 실은 역사적 잔혹행위의 현장을 돌아보는 오프라 투어 시리즈 중 하나입니다. '오프라, 목요일에 보스니아 유람에 나서다!', '야호, 히로시마! 오프라, 금요일에 스시와 사시미의 차이를 배우다! 아 참, 방사능 피폭에 대해서도 조금!'"

유감스럽게도 오프라가 엘리 위젤과 여행 중에 진행한 인터뷰는 frontpagemag.com(우파 성향의 온라인 정치 잡지—옮긴이)의 평가에서 "흥미롭지 못하다"는 판정을 받았다. 그녀는 죽음의 수용소의 언 땅을 걸어가면서 무의미한 소리들을 냈다. "와우…… 믿을 수 없어…… 와우…… 와우…… 믿을 수 없어……."

하긴, 인간 처리용 오븐들을 눈으로 보고 무슨 설명을 한다는 게 어렵기는 하다. 하지만 위젤을 인터뷰하는 동안 오프라는 말을 따라하는 인형같이 굴었다.

위젤: 침상 옆에 세 개가 있었어요.

오프라: 침상 옆에 세 개가…….

위젤: 볏짚이요.

오프라: 볏짚이요…….

위젤: 나무들이 있었고요.

오프라: 나무들이 있었고요…….

위젤: 하지만 우린 그것들을 쳐다보지 않았죠.

오프라: 하지만 그것들을 쳐다보지 않았군요.

그녀는 어학원 통역사인 양, 게스트가 하는 말을 따라할 때가 많다. 나중에 그녀의 스튜디오 건너편에 위치한 '오프라 스토어'(The Oprah Store)에서 위젤과의 여행을 담은 DVD들을 개당 30달러에 팔았는데, 어느 평론가가 이를 가리켜 "홀로캐시"(Holocash)라 비꼬았다.

홀로코스트 기념박물관에서 연설을 하던 중에 그녀는 집단 수용소의 참상을 열심히 논하다가 뜬금없이, 유명세가 얼마나 힘들며 대중 앞에서 화장실을 가는 게 얼마나 고역인지에 대한 이야기로 넘어갔다. 좀 전에 화장실에 다녀왔는데 옆 칸에 있는 사람이 그녀더러 "오줌 정말 많이 누시네요"라고 말하더라고 했다. 오프라는 집단 수용소에서 학살당한 600만 명의 유대인들을 추모하고자 돈을 기부하려 모인 사람들을 상대로, 이제부턴 오줌 누는 소리가 잘 안 들리게 변기에 휴지를 많이 넣기로 결심했다는 이야기를 늘어놓았다. 로버트 페더는 〈시카고 선타임스〉에 "올해의 가장 어처구니없는 발언들 중 하나"라고 적었다.

"대체 무슨 생각으로 그렇게 상황과 동떨어진 얘기를 하는지 모르겠어요." 1988년 오프라의 코스키우스코 방문을 주선했던 주이트 배틀즈의 말이다. "오프라 윈프리 로드(Oprah Winfrey Road)를 헌정하기 위해 이곳을 다시 찾았을 때도 비슷한 일이 있었어요. 마을 전체가 '오프라 윈프리의 날'을 축하하는 분위기였고, 시장이 기념열쇠를 그녀한테 증정했어요. 대단한 경사였죠. 그녀는 엘비스 프레슬리 이래 미시시피가 낳은 최고의 인물이었습니다. 그래서 아탈라 카운티 콜리세움(Attala County Coliseum) 무대에 오프라가 오르자 일제히 환호성이 터져나왔고, 그녀가 거기 있다는 사실에 모두 기뻐하고 자랑스러워했죠. 처음엔 군중을 웃게 만들었어요. 그러다가 별안간 그녀가 한 노예 소녀와 그 소녀에게 오줌을 먹인 농장 여주인에 관한 어떤 작품을 연기하기 시작했어요. 오줌 얘기가 어디서 튀어나왔는지 모르겠어요. 《주빌리》의 한 대목인지 뭔지. 어쨌거나 어안이 벙벙해진 사람들 사이엔 무거운 정적만이 흘렀지요. 오프라의 의도가 뭔지 이해가 안 갔어요. '날 좀 봐. 내가 최고야' 이런 거 말고는요. 그게 그런 거였다면야 누가 그녀를 탓하겠어요? 미국에서 가난한 흑인으로 사는 건 고달픈 일이니까요. 하지만 나중에 의문이 들었지요. 과연 그녀가 미시시피의 끔찍한 과거인 노예제도를 우리에게 일깨워주려고 그 연기를 한 걸까. 노예 신분에서 벗어난 지 벌써 5대 째고 그녀가 여기서 자랄 때는 부당한 대우를 받기에는 너무 어린 나이긴 했지만 말예요. 게다가 미시시피는 많이 변했습니다. 우린 극복한 상태예요. 지금 그런 불편한 과거를 들춰내봐야 아무 의미가 없어요."

코스키우스코에서 북쪽으로 한 시간 반 거리의 잭슨 공항에는 "흑인은 없다. 백인도 없다. 블루스(Blues)만이 있을 뿐"이란 팻말이 걸려 있다. 그리고 판매 중인 티셔츠들은 "그렇다, 우린 여기서 신발을 신고 다닌다. 때로는 징 달린 신발도 신는다"라는 문구를 방문객들에게 보여준다.

1988년 6월 4일 고향 방문길에 오프라는 큰 옷 전문 브랜드에서 나온 밝은 청록색 실크 드레스를 입고 나타났다. 친어머니, 아버지와 의붓어머니, 스테드먼, 개인비서인 비벌리 콜먼, 변호사 제프 제이컵스, 헤어드레서 앤드리 워커, 메이크업 담당자 루스벨트 카트라이트, 그리고 카메라맨 세 명과 프로듀서 등이 그녀와 동행했다. 그녀는 이번 방문길을 뿌리를 찾아 돌아오는 스타들에 관한 쇼로 만들 계획이었다.

"이것이 진정한 귀향입니다." 그녀의 이름이 붙여진 먼지 나는 도로, 그 한쪽에 늘어선 300여 명의 환영객들에게 오프라가 말했다. "모든 것이 시작되었던 곳으로 돌아온다는 건 지극히 겸허한 경험입니다. 자신이 어디서 왔는가를 기억하지 않고서 인생에서 크게 성공하는 사람은 아무도 없습니다."

할머니의 작은 판잣집은 오래전에 땔감으로 뜯겨나갔고, 별채는 덤불 속으로 사라진 지 수십 년이었다. 해티 메이가 키우던 푸른빛의 어여쁜 수국들이나 식구들한테 우유를 제공해주던 젖소의 흔적은 어디에도 없었다. 남아 있는 건, 해티 메이의 자식들이 물려받은 작은 땅뙈기뿐이었다. 그들은 오프라 윈프리가 자란 곳을 보고 싶어하는 사람들을 겨냥해 선물가게를 열 생각도 해봤으나, 코스키우스코 시 경계선에서 5킬로미터나 떨어져 있는 탓에 관광객 규모를 생각하면 전망이 그리 밝지 않았다. 대신 그들은 소유지에 다음과 같은 안내판을 세웠다.

오프라 윈프리 생가 터

오프라 윈프리는 이 터에 세워진 목재 주택에서 1954년 1월 29일에 태어났다. 여기서 자라다가 여섯 살 때 밀워키로 이사를 갔다. 부활절 행사에 처음 참석했던 교회가 도보 거리 내에 있다.

그녀는 교양 · 엔터테인먼트 분야에서 실력을 갈고닦아 매일 수백만 명의 시청자와 만나는 세계 최고의 TV 토크쇼 진행자가 되었다. 그러는 동안에도 자신의 뿌리를 잊어버리거나 등한시한 적이 없었던 그녀는 수많은 미국인들이 본받고 싶어하는 대상일 뿐만 아니라 고향 주민들의 든든한 후원자가 되어주고 있다.

양옆에는 카메라맨들을, 뒤로는 사진사들을 거느린 채, 오프라는 그녀의 가족이 "오프라 윈프리가 처음 오디션을 본 곳"이라는 팻말을 세워놓은 교회로 발걸음을 옮겼다.

"교회는 내 삶이었다"고 그녀는 술회했다. "침례교 수련회, 교회에서 성장한 흑인 아이라면 누구나 그 수련회를 알지요. 주일학교에 나가, 오전 11시부터 시작해 오후 2시 반까지도 안 끝나는 아침 예배를 봅니다. 식사는 교회 앞마당에서 해결하고, 4시 예배를 위해 다시 안으로 들어갑니다. 그게 반복되었어요. 그런 식으로 생활했어요."

오프라는 바싹 마른 잔디밭을 가로질러 교회 옆, 외가 쪽 조상들 5대가 묻혀 있는 허름한 묘지로 들어갔다. 양옆에 버넌과 버니타를 두고 서 있는 모습이, 마치 기름기를 먹지 않는 잭 스프랫(Jack Sprat, 영어권 전래동요에 나오는 인물—옮긴이)과 살코기를 먹지 않는 그의 아내 사이에서 있는 듯 보였다. (버넌은 종종 말했다. "그런 면에서 오프라는 확실히 외탁을 했어요. 그쪽 여자들은 하나같이 몸집이 크거든요. 육중하죠.") 일행은 은빛 화강암 위에 세워진 신발상자만 한 두 비석 앞에서 잠시 묵념을 올렸다.

해티 메이(Hattie Mae)	얼리스트 리(Earlest Lee)
1900년 4월 15일	1883년 6월 16일
1963년 2월 27일	1959년 12월 29일

오프라의 외조부모가 잠든 무덤보다 훨씬 더 인상적인 무덤들도 있었지만, 캐서린 카 에스터즈가 설명했듯이, 해티 메이의 자식들은 코스키우스코의 석재상을 통해 이 정도밖에는 꾸밀 여력이 되지 않았다. "가난한 흑인들은 평생 저축한 돈으로 이런 묘비들을 삽니다." 묘비에는 오프라의 할아버지 얼리스트(Earlist)의 이름이 잘못 새겨져 있었다. "수지 메이(Suzie Mae, 그의 딸이자 오프라의 이모)가 자기가 아는 대로 철자를 불러서 그래요." 에스터즈 부인이 말했다. "얼리스트 본인이 글을 읽을 줄도 쓸 줄도 몰랐으니까, 살아 있었대도 별 도움은 못 됐을 거예요."

'집 팝니다' 팻말 크기의 화강암들이 빼곡한 덤불투성이 작은 묘지에는 군데군데 삼각뿔 모양의 탑 서너 개와 조화로 둘러싸인 커다란 십자가 두어 개가 눈에 띄지만 대부분은 평범한 비석들이다. 개중에 "수정처럼 맑은 바다에서 낚시질하다 사라지다"라는 글귀가 새겨진 알루미늄 뚜껑 달린 관 모형으로, 특별히 웃음을 자아내는 비석도 있지만.

오프라는 그 방문길에 외할머니에 대한 경의를 표했다. "내가 존경하는 건 할머니가 하신 말씀이 아니에요. 바로 그분이 사신 방식이죠. 할머니는 제게 내가 원하는 건 뭐든지 할 수 있다, 내가 원하는 건 뭐든지 될 수 있다, 내가 가고 싶은 데는 어디든 갈 수 있다는 자신감을 주입시키셨어요." 이 말은 오프라가 고향 주민들한테 들으라고 한 말이었다. 다른 청중을 상대로는 다른 이야기를 했다. 펄펄 끓는 솥에 빨래를 삶으면서, 나중에 커서 "좋은 백인들 밑에서 일할 수 있으려면" 잘 봐두라고 오프라한테 잔소리를 했다는 내용이다. 그때마다 자기는 네 살 때 이미, 절대 할머니처럼 빨랫감을 맡아 오진 않으리란 걸 알았다는 말로 그 이야기를 끝냈다. "할머니가 오래오래 사셔서 내가 이렇게 커서 좋은 백인들을 데리고 일하는 모습을 보셨으면 얼마나 좋을까요."

그날 저녁 일가친척과 몇몇 지역사회 지도자들이 캐서린 에스터즈의 집에서 오프라를 만나, "고향 주민들"을 후원한다는 안내판의 내용을 충족시키기 위해 오프라가 무엇을 하면 좋을지를 의논했다. 비서는 다양한 의견들을 메모해두었고, 오프라는 결정이 되는 대로 알려주겠다고 약속했다. 10년 뒤에 그녀는 코스키우스코를 다시 찾아 '오프라의 에인절 네트워크'를 통해 자금을 대 3만 달러 규모의 '사랑의 집짓기' 사업을 벌였다. 보통은 자신의 토크쇼를 방영하는 TV 방송국이 있는 도시에서 '사랑의 집'을 지어주었으나 코스키우스코는 예외적인 경우였으며, 이에 마을 주민들은 감사를 표했다. 〈스타헤럴드〉(판매부수 5,200부) 1면에는 "코스키우스코, 오프라의 방문을 준비하다"라는 제목의 머리기사가 대문짝만 하게 내걸렸다. 한 노인은 "연합군의 노르망디 상륙작전 이후 이런 머리기사는 처음 본다"며 혀를 내둘렀다.

행운의 가족에게 집 열쇠를 건네는 장면을 찍기로 한 전날, 그 집을 방문해본 오프라는 내부가 텅 비어 있는 걸 보았다. 그녀는 가까운 생활용품매장에 전화를 걸어, 커튼과 소파부터 수건과 접시에 이르기까지, 세간 일체를 밤새 구비해놓으라고 시켰다. 또한 모든 옷장을 가족 구성원에 맞는 사이즈의 옷들로 꽉꽉 채우도록 했다. 그러다 보니 집을 짓는 것보다 집 안을 채우는 데 돈이 더 든다는 소리가 나왔다. 오프라는 웃으며 말했다. "빈 집에 그 사람들을 들여보낼 수가 없었어요."

마을 주민들은 대부분 깊이 머리 숙여 고마움을 표했지만, 그 근처 흑인 거주지역에 수돗물을 끌어오려고 시 당국과 몇 년간 씨름을 벌인 바 있는 캐서린 카 에스터즈는 오프라에게 더 많은 후원을 촉구했다. 특히 코스키우스코의 불우한 아동들을 위해 무언가 해주길 원했다. "2006년에 문을 연 500만 달러 규모의 '오프라 윈프리 보이즈앤드걸스 클럽'(Oprah Winfrey Boys and Girls Club)의 씨앗이 그때 심어지게 된 겁니다." 에스터즈는 "완공되기까지 8년이란 시간이 걸렸지만…… '보이즈앤드걸스 클럽'은 그 어떤 성과보다도 더 좋은 성과를 냈다"면서, "거기서 제공하는 프로그램들 덕분에 십대 임신율이 하락했고, 청소년범죄가 줄어들었으며 공공기물 파손 행위가 거의 자취를 감추었다"고 했다. "더구나 그 클럽은 일자리를 제공해주었지요. 그러니 오프라는 이곳 사람들을 위해 정말 멋진 일을 한 거예요. 하느님께 감사드릴 일이죠. 그러나……."

에스터즈 부인은 오프라의 박애주의에 대해 냉정한 비평 몇 마디를 보탰다. "그 애는 자기 돈으로 남을 위해 좋은 일을 많이 합니다만, 그렇게나 가진 돈이 많고 세금 감면도 필요한 경우라면 어려울 것도 없는 일이죠. 게다가 오프라는 카메라가 돌고 있지 않으면 '사랑의 집'을 위해 못질 한 번을 하지 않습니다. 그래요, 그 애는 자기 선행에 대해 홍보를 해야 하는 것이고, 확실하게 그리 하고 있습니다. 결코 기회를 놓치지 않죠. 돈 버는 일이라면 특히 더. 그 앤 그냥 고향에 오진 않아요. 쇼를 하기 위해서 오지요. 지난 20년 동안 세 번 여길 왔는데, 매번 쇼를 제작하기 위해서였어요. 오프라에겐 그것만이 관심사예요. 1988년에는 자기 쇼에 내보내려고 '오프라 윈프리 로드' 방문기를 영상에 담았죠. 1998년에는 여기 극장에 자신이 출연한 영화 〈빌러비드〉가 상영되는 시기에 맞춰 '사랑의 집짓기' 행사를 벌였고요. 매회 상영에 앞서 무대 인사를 하는 홍보활동을 병행했지요. 2006년에도 역시 촬영팀을 대동하고 와 '오프라 윈프리 보이즈앤드걸스 클럽' 개관식을 찍어 갔죠. 뭐 하나 허비하는 게 없다니까요, 그 애는."

직설적인 성격의 에스터즈 부인이 너무 위험한 수위까지 치달을까 봐, 친구인 주이트 배틀즈가 말참견을 했다. "우리 모두가 그렇듯, 오프라에게도 결함과 약점이 있지요. 그래도 좋은 일을 하잖아요. 자신의 관대함을 자기 자신과 자신의 캐릭터로 보여주는 셈인데, 그게 그다지 정확하지는 않죠." 두 여성 모두 지나온 세월 동안 다양한 모습의 오프라를 볼 기회가 있었다. 제일 좋은 모습은 박애주의자 오프라였다. 제일 마음에 들지 않았던 것은 자기를 홍보하는 오프라였다. "그녀가 돈을 낼 때는 그게 본인이 원하는 조건이거나 본인의 아이디어일 때뿐이죠." 배틀즈 부인이 말한다. "모든 행위가 자신의 브랜드를 키우고 자신의 이미지를 끌어올리려는 계산된 행위예요. 그래서 선행들을 펼치는 것이죠."

코스키우스코를 방문한 어느 날 오프라가 캐서린 '이모'와 심야에 대화를 나누다가 친아버지 이름이 너무 알고 싶다며 펑펑 눈물을 쏟았다.

"내 어깨에 머리를 대고 하염없이 울더군요." 에스터즈 부인이 그 날을 회상한다. "버넌이 아니란 건 안다, 자기랑 버넌은 닮은 구석이 하나도 없다, 저도 알고 나도 알지 않냐, 이모는 과거의 모든 이야기를 다 알 거다, 그러니 제발 친아버지가 누군지 말해달라, 이렇게 애원을 했어요."

"난 그럴 수가 없었어요." 여러 해가 지난 뒤에 에스터즈 부인이 말했다. "그걸 말해줄 사람은 네 엄마지 내가 아니라고 했지요."

"그랬더니, 자기 엄마는 계속 버넌이라 우긴다더군요."

캐서린 카 에스터즈는 오프라가 사실을 알았으면 하는 마음과 오프라의 엄마가 말해주지 않는 것이 못마땅한 심정이 뒤섞여, 이야기를 하는 동안 양미간을 찌푸렸다. "버니—가족이 버니타를 부르는 이름—는 이제 와서 그 모든 일에 말려들기가 싫은 거겠죠. 하지만 딸은 알 권리가 있지 않나요? 나야 말해줄 권한이 없는 사람이지만 말예요."*

에스터즈 부인은 버니타 리가 왜 늘그막에 평지풍파를 일으키려 하지 않는지, 버넌 윈프리가 오프라의 친아버지가 아님을 시인하려 들지 않는지 이해했다. 특히 오프라가 유전자 검사를 요구한 적이 없었다는 점에서 그랬다. 버넌은 자신이 오프라의 친부가 아닌 건 인정했지만, 피보다 더 진한 것을 오프라한테 주었다고 생각하기에 자부심이 대단했다.

"오프라는 엄마를 잘 돌봐오고 있어요. 버니타는 이제 500달러짜리 모자를 사고, 운전기사를 둔 운전기사를 부리고, 개인 요리사에 가사도우미에 없는 게 없죠. 그렇지만 오프라와 버니타의 사연은 슬프고 복잡하답니다." 에스터즈 부인의 말이다. "오프라는 엄마를 전혀 사랑하지 않아요. 돈은 많이 주지만 딸로서 당연히 표해야 할 존경심이나 애정은 없어요. 그게 나는 좀 거슬립니다. 버니타는 오프라한테 최선을 다했거든요. 고집 세고 제멋대로인 아이였는데…… 버니타는 자식 셋 중 둘을 먼저 저세상으로 보내야 했어요. 알다시피, 자식을 잃은 부모는 억장이 무너지지요. 나도 아들을 떠나보내봐서 알아요." 침대 위에 걸린 젊은 아들의 그림을 가리키며 말했다. "그래서 오프라

---

* 2007년 7월 30일, 에스터즈 부인은 버니타 리가 딸에게 전부 털어놓기 전에는 공개하지 않는다는 조건 아래 필자에게 오프라의 친아버지 이름과 가정환경을 알려주었다. "그날이 언제가 될지는 두고 보면 알 거예요. 십중팔구 오프라가 '친아버지 찾기'라는 주제로 쇼를 진행할 테니까요. 말했다시피, 그 아인 무엇 하나 허비하질 않거든요."

는 엄마를 더 용서해야 한다는 거예요. 엄마를 자기 쇼에 출연시켜놓고도 말을 안 걸어주잖아요, 흑인들 말씨를 쓴다고……. 버니는 오프라가 바라는 만큼의 교육을 받지 못했어요."

오프라는 외할머니 농장에서의 삶을 너무도 훌쩍 넘어서버렸기 때문에 코스키우스코에는 그녀와 어울릴 만한 것이 하나도 남아 있지 않았다. 어느 해인가 방문을 마치고 나서 어떤 오찬 모임에서 이런 말을 했다. "고향에서 얼마 전에 돌아왔는데…… 나하고 같이 자랐던 아이들 중 몇 명은 여전히 같은 현관에 앉아 같은 짓을 하고 있더군요. 미시시피 주 일부에서는 마치 시간이 계속 멈춰 있는 듯했어요. 그곳을 떠나 다른 삶을 살 수 있는 축복받은 사람들 중 한 명이었다는 사실에 하느님께 무릎 꿇고 감사기도를 드리지 않는 날이 없어요."

그래도 과거로부터 필요로 하는 무언가가 있긴 했다. 그녀는 마침내 그걸 인디애나 롤링 프레리의 65만 제곱미터 규모 사유지에 지은 100만 달러짜리 대저택에서 찾아냈다고 했다. 자신이 사랑할 수 있는 가족을 창조한 뒤, 이제는 나지막한 언덕과 보랏빛 꽃들이 핀 목초지, 마구간, 난방이 되는 개 사육장, 침실 열두 개, 헬리콥터 이착륙장, 팔로미노 종 말 아홉 필, 골든 레트리버 열 마리, 검은 얼굴 양 세 무리, 방 여덟 칸짜리 게스트하우스, 통나무 오두막, 수영장, 테니스코트, 파란 수국 등을 갖춘 이상적인 가정을 만들어내기로 결심했다.

"내 농장을 사랑하는 식으로 어떤 곳을 사랑해본 적이 없다"고 그녀는 말했다. "시골에서 자라서 땅에 그렇게 집착하는 건지도 몰라요. 나는 땅이 좋아요. 땅의 형세가 좋고, 땅을 걷는 것이 좋아요. 그리고 내 땅이란 걸 안다는 게 좋아요. 대문 안에 들어서면 내 트럭 소리를 알아듣는 개가 반갑게 달려와 맞아줄 때, 행복감이 충만하겠죠. 숲속을 거닐고, 호숫가에서 태극권을 연습할 거예요. 내가 먹을 채소도 재배하고요."

'오임, 밴 스위든 앤드 어소시에이츠'(Oehme, van Sweden and associcates)의 건축가 제임스 밴 스위든(James van Sweden)은 "그 농장 하나만을 위한 조경 사업에 4년이 소요됐고 비용은 900만 달러에 달했다"고 밝혔다. "4년 동안 오프라를 3주에 한 번씩 만났습니다. 우린 주차장 주위에 벽돌을 쌓고, 석회석 담을 세우고, 보행로에 판석을 깔고, 호숫가에 잔디를 심고, 테니스코트와 수영장을 만들면서 즐거운 시간을 보냈지요. 25미터짜리 수영장을 만들었지만 안타깝게도 사용을 할 수가 없었어요. 당시엔 그녀의 몸이 불어날 대로 불어나 있었고, 파파라치들이 탄 헬리콥터가 항상 농장 위에서 붕붕대고, 900미터 밖에서도 곳곳에 카메라들이 숨어서 완벽한 순간을 포착하려 주시하고 있었으니까요. 일단 수영장으로 나서는 순간, 135킬로그램의 몸매가 타블로이드지들에 쫙 깔릴 것은 불 보듯 뻔했지요. 수영장 옆에 회의를 열 수 있는 110제곱미터 크기의 공간도 마련해놓았습니다. 그녀는 처음부터 끝까지 그 프로젝트에 관여해서, 나와 만날 때마다 서너 시간은 보내고 갔습니다. 그러고 나면 나는 농장에서 몇 주일을 머물렀고요."

"인디애나 집 거실에 처음 들어갔을 때가 기억나네요. 속을 지나치게 채운 소파들에 굵직굵직한 술이 달린 의자들하며, 사방에 널려 있는 100만 개쯤 되어 보이는 베개들까지……. 오프라의 실내장식가 앤서니 브라운(Anthony Browne)이 낸 아이디어로 '영국 컨트리풍'이라는데, 가엾은 오프라가 거기에 홀딱 빠졌나 봐요. 그녀는 장식이 많은 스타일을 좋아했어요. 요란하게 이것저것 달린……. 브라운이 오만데다 술을 달고 주름을 잡고 가두리 장식을 붙이고, 러플이며 밧줄 같은 걸 주렁주렁 달아놨더군요." 국제적인 명성을 얻고 있는 밴 스위든은 매끈하고 깔끔한 디자인을 하기로 유명하다. "오프라의 아랫사람들은 죄다 하얗지만, 벽은 온통 검은색이에요. 검은 사냥개, 검은 농부, 검은 천사를 그린 그림들이 걸려 있지요. 하나같이 어찌나 조잡한지. 그녀를 정키 아트(junky art)로 이끈 책임 역시 앤서니 브라운에게 있을지 몰라요. 그래도 색상은 오프라가 주장한 거였어요. '내 집 벽에 백작과 백작 부인을 걸어놓을 생각은 없다. 검은 친구들만 있으면 된다' 고 그랬거든요."

"농장에서 처음 점심을 먹고 함께 밖으로 나왔는데, 자기 목초지를 〈컬러 퍼플〉처럼 바꿔놓으라고 주문하더군요. 침실의 어느 각도에서도 보라색 꽃들이 보여야 한다면서요. 스티븐 스필버그가 영화에서 했던 그대로를 재현할 순 없다는 걸 이해를 못 하더군요. 스필버그는 3주 만에 뚝딱 만들어냈다는 겁니다. 나는 그건 할리우드니까 가능한 일이다, 그가 거울과 렌즈로 연출한 거라고 설명을 하려 했지만…… 이후, 모든 창문을 기준으로 설계를 하느라 그녀의 침실에서 며칠을 보냈습니다. 그러다 보니 일을 마칠 때쯤엔 그 방의 구석구석을 내 손바닥 보듯 훤히 알게 되었지요. 심지어 벽장 속에 뭐가 들었는지도 알았으니까요. 그런데 오프라의 벽장 속 어디에도 남자 옷은 없었습니다. 스테드먼의 흔적이 어디에도 없었다는 겁니다. 어쩌면 그녀가 '사랑의 보금자리' 라 부르는 통나무 오두막에 데려다놓았는지도 모르죠. 어쨌든 내가 말할 수 있는 건, 오프라는 침실에서 혼자 잠을 자고 침대 옆에는 여러 권의 책과 성서가 늘 놓여 있다는 것입니다."

"오프라의 결혼식을 대비해 주차장에 원형 관람석을 구상했었습니다. 그녀가 방송에서 언젠가는 결혼하고 싶다고 얘기하는 걸 들었거든요. 당시에는 그녀한테 말하지 않고 속으로만 생각을 해두었지요. 그러다 스테드먼을 만나게 됐고, 결혼식은 없을 거란 걸 알게 됐습니다. 그는 오프라 인생의 붙박이 세간에 불과해요. 쇼윈도 장식 같은 존재죠. 남편과 자식을 둔 시청자들에게 정상적으로 보이길 원하는 무자녀 독신 여성을 위한. 스테드먼은 괜찮은 남자예요. 그의 섬세하고 길쭉한 손가락이 생각나는군요. 잘생기기도 했고요. 그렇지만 매력적인 사교모임 동반자 이상은 아니었어요. 나는 두 사람 사이에 애정이나 훈훈한 기운이 감도는 걸 본 적이 없어요. 오프라와 일했던 4년 동안 단 한 번도요. 서로 어루만지거나 포옹을 하거나 키스하는 것도 보질 못했어요. 심지어 손도 안 잡더군요. 하지만 오프라는 시청자들에게 정상적인 사람으로 다가가길 원하니까, 언제든 언급할 수 있도록 그를 곁에 둘 필요가 있겠죠. 그녀는 스테드먼보다 게일에 대한 얘기를 훨씬 많이 했죠. 그렇다고 두 사람이 레즈비언 커플이라고는 생각지 않아요. 그냥 아주 좋은 친구 사이죠. 오프라는 시청자들이 자기를 남자와 사귀는 보통의 여자로 받아들이길 바라기 때문에 스테드먼을 곁에 두긴 하지만, 내가 4년 동안 지켜본 바로는 스테드먼하고는 아무 사이도 아니에요. 전혀 아니에요."

스위든이 오프라의 농장에 보랏빛 꽃심기 작업을 끝낸 지 몇 달 후, 오프라와 스테드먼과 게일은 가을의 어느 주말을 함께 보내고 있었다. 코네티컷에서 온 게일이 주방에 있을 때 오프라가 문 밖으로 나가 시카고에서 막 도착한 스테드먼을 맞이했다. 다음은 그녀가 들려준 둘의 대화다.

"나와 결혼해줬으면 해요." 스테드먼이 말했다.

"청혼하는 건가요?" 오프라가 물었다.

"때가 된 것 같소."

"아, 그거 정말 잘됐군요."

그녀는 약간 숨 가빠하며 주방으로 들어가 게일에게 속삭이듯 말했다. "스테드먼이 방금 청혼했어." 그들은 다음 해 9월 8일에 결혼식을 올리기로 했다. 그날이 버넌과 젤마의 결혼기념일이었기 때문이다. 오프라는 오스카 드 라 렌타(Oscar de la Renta)에게 웨딩드레스 디자인을 맡겼다. 그녀와 스테드먼은 TV로 방송된 게일과의 인터뷰에서 약혼 사실을 발표했다. 아니, 그녀가 일방적으로 발표했다는 표현이 더 맞을 것이다. 그녀 말로는 그 때문에 스테드먼이 속상해했다고. 며칠 뒤인 1992년 11월 23일, 시청률 조사가 실시되고 있던 시기에 두 사람은 번쩍번쩍하는 제목을 달고서 〈피플〉지 표지를 장식했다. "오프라, 약혼하다!"

수개월 전, 최초의 공동 인터뷰라고 대대적으로 광고된 〈인사이드 에디션〉과의 TV 인터뷰에서 오프라와 스테드먼은 낸시 글래스(Nancy Glass)에게, 매스컴의 지나친 관심으로 둘의 관계가 위협받고 있다며 불만을 털어놓았다. "그동안 스트레스가 심했다"고 스테드먼이 말했다. "프라이버시가 전혀 지켜지지 않아요." 전국 TV에 출연해 과도한 대중의 관심을 한탄하는 것을 아이러니하게 여기는 이는 아무도 없는 듯했다.

6년 후, 스테드먼은 공식적으로 남자친구에서 약혼자로 승격했다. 10년 뒤에는 오프라의 인생 파트너로 고상하게 묘사된다. 그렇게 그는 오랜 세월 자리를 지켜왔다. 종신 사교모임 동반자로, 룸메이트로, 그리고 가끔씩은 여행의 동행자로.

Eleven

카메라에 불이 들어오면, 그녀는 웃는다

미국 제일의 토크쇼 진행자로 20년 넘게 군림하고 있는 오프라 윈프리. 그녀의 시대는 1984~1994년까지의 초창기와 그 이후의 시기로 나뉜다. 시청자들에게 첫 10년은 오프라의 추잡함으로, 후반부 10년은 오프라의 영성, 또는 앤 랜더스가 한 말에 따르면 "감정 표현이 적나라한 헛소리"로 특징지어졌다. 방송가에서 그 구분은 오프라의 옛 기획 프로듀서 데브라 디마이오의 부상과 몰락으로 정의된다.

오프라는 1986년, 전국의 시청자들에게 그 맹렬 프로듀서를 "우리 모두의 어머니"라 소개했다. "저는 그녀에게 모든 걸 빚지고 있습니다."

디마이오는 미소를 지으며 고개를 끄덕였다. "모든 것이죠." 자신의 오디션 테이프로 오프라가 시카고에서 그 일자리를 얻은 셈이고, 그것이 전국적인 신디케이션으로 이어졌음을 안다는 표시다. "오프라를 만난 건 정말 운명이라 생각해요." 훗날 디마이오는 말했다. "그녀에게 무조건적인 사랑을 느낍니다."

디마이오는 오프라가 암살의 공포를 털어놓은 상대였다. 늦은 밤,

패스트푸드점으로 사워크림 포테이토를 먹으러 가자는 오프라의 전화를 받는 사람 역시 디마이오였다. 한밤중에 전화가 오더라도 디마이오는 얼른 코트를 걸치고 20달러짜리 지폐를 흔들어 택시를 잡아타고는 심야의 폭식을 즐기려는 보스에게 달려가곤 했다. 이 젊은 여성들은 서로 부족한 면을 보완해줄 수 있는 공생적 관계를 발전시켜나갔다. 강하고 신중한 성격의 디마이오는 대치 상황을 두려워하지 않았다. 애정에 목말라하는 편인 오프라는 모든 사람을 즐겁게 만들고 그들의 호감을 사고 싶어했다. 그들은 함께 있을 때 완벽한 짝을 이뤘다. 훗날 동료들은 나쁜 경찰 역은 데브라한테 맡기고 좋은 경찰 노릇만 했다고 오프라를 비난했는데, 그녀는 그런 비유가 못마땅했다. 하지만 본인이 사랑받는 군주로 군림할 수 있게끔 디마이오가 온갖 궂은 일(채용, 해고, 정정, 비판)을 도맡아 처리하도록 한 점은 부인할 수 없었다. 옛 직원들은 대부분 디마이오를 무서워했다. 그들의 기억 속에서 데브라는 다른 사람들은 죄다 구닥다리 쌍엽기(雙葉機) 취급을 하며 종횡무진 날아다니는 F22 전투기였다. 해병대 대령의 딸답게 디마이오는 제작진의 기강을 확실히 세웠으며 조금이라도 흐트러진 모습을 보이는 사람은 그 누구도 용납하지 않았다. 오프라도 예외는 아니었다. 토크쇼 진행 중에 어딘지 나태한 구석이 보인다 싶으면, 얼른 광고로 방송을 끊고는 정신이 번쩍 들게 만들었다. 한번은 쇼 도중에 따분해하는 표정 좀 그만 지으라고 따끔하게 지적했다. "당신은 오스카상 후보에 오른 배우야. 나가서 토크쇼 진행자처럼 연기를 하라고!" 그들은 시청률을 올리고 필 도나휴를 권좌에서 끌어내리겠다는 공동의 목표가 있었기 때문에 정말로 대립하는 일은 없었다.

초창기에 오프라는 자신의 소규모 스태프진—여자 여섯 명, 남자 한 명—을 "마이 걸스"(my girls)라 불렀다. 그럴 때의 그녀는, 초롱초롱한 눈망울의 제자들을 "my gels(girls의 영국식 표현—옮긴이)"라 부르는 〈미스 진 브로디의 전성기〉(The Prime of Miss Jean Brodie, 괴짜 여교사와 여제자들 간의 우정을 그린 1969년 영국 영화—옮긴이)의 매기 스미스(Maggie Smith) 같았다. 오프라는 스태프들을 "사적으로 가장 가까운 친구들"이라 표현했다.

"우린 서로의 가족입니다." 오프라에 관해 우호적인 기사를 써달라고 기자들한테 자주 요구했던 부프로듀서 빌 리조가 말했다.

"다 같이 외식을 하러 가서는 다음 달엔 남자들과 다시 오자고 맹세를 하죠." 크리스틴 타디오(Christine Tardio)의 말이다. "그래 놓고 다음 달이 되면 여전히 우리끼리 모여 있어요."

"곁에 다른 사람이 없어서 다들 가족처럼 뭉쳐 지낸답니다." 엘런 라카이튼(Ellen Rakieten). "오프라와 매일 밤 전화통화를 하는데요, 그녀 말이 우린 영혼의 친구래요."

모두 독신이고 20대인 그 '걸들'은 하루에 열네 시간씩 일을 하면서 함께 식사를 하고 함께 쇼핑을 하고 함께 주말을 보냈다. 그들은 모두 오프라를 숭배했다. 메리 케이 클린턴(Mary Kay Clinton)은 "총도 대신 맞아줄 수 있다"고 했다.

"지독하게 오랜 시간 일한다는 것 외에 내 업무상 가장 힘든 부분은 끊임없이 읽을거리가 주어진다는 거예요." 초기 스태프진에서 유일한 아프리카계 미국인인 다이앤 허드슨(Dianne Hudson)이 말했다. "〈스타〉, 〈글로브〉, 〈인콰이어러〉 같은 타블로이드지들을 늘 살펴봐야 하니까요."

WLS에 인턴사원으로 들어갔다가 하포의 홍보담당자가 되고, 이후 프로듀서가 된 앨리스 맥기는 오프라와 포옹만 하지 않고 키스까지 하는 사람들한테 신경이 쓰인다고 했다. "그런 부분을 우린 예의 주시

해야 해요."

당시 오프라한테 너무나도 헌신적이었던 그 '걸들'은 혹여 자신들이 사이비교 신자들처럼 보이지 않을까 염려했다. 일각에선 그들을 가리켜 "오프라 추종자들"이라 했다.

1988년에 전국적으로 배급되는 쇼에 대한 소유권과 제작권을 갖게 되면서, 오프라는 하포 프로덕션의 CEO 자리에 올라 회사 재정에 직접 관여하기 시작했다. "모두 나한테 그러더군요. 내 손에서 급료가 나가는 사람들과는 진정한 우정을 나눌 수 없다고요. 하지만 내 경우엔 다를 거라고 생각합니다. 왜냐하면 그들은 내가 수표를 끊어주기 전부터 친구들이었으니까요. 다들 이 쇼와 더불어 성장한 셈이에요."

6년이 채 못 되어서, 그 사랑으로 결합된 한가족 같은 친구들은 불화와 죽음 등으로 뿔뿔이 흩어졌다. 1990년에 빌 리조가 에이즈로 영원히 그들 곁을 떠났고, 4년 뒤에는 "우리 모두의 어머니"인 데브라 디마이오가 그녀를 독재자로 규정한 스태프진의 쿠데타로 일선에서 물러나야만 했다. 프로듀서들이 "그녀가 나가지 않으면 우리가 나간다"고 오프라한테 엄포를 놓은 것이다. 하는 수 없이 오프라는 자기와의 개인적, 업무적 관계에 관한 세부사항들을 "어떤 식으로든 누설하지 않는다"는 비밀엄수 서약서에 서명하는 조건으로 디마이오에게 380만 달러(2009년 현재 환산 가치 550만 달러)의 퇴직금을 지불했다. 이후 스태프들의 퇴직이 줄을 이었는데, 하포의 부사장으로 재직하던 오프라의 친척 조 볼드윈도 여기에 포함되었다. 한 직원은 퇴직 수당 20만 달러를 요구하며 오프라에게 소송을 제기했고, 또 한 직원은 "그녀 밑에서 일하는 건 뱀구덩이에서 일하는 것과 같았다"고 했다. 오프라는 소송 건을 법정 밖에서 해결했다. 신속하고도 조용하게. 1994년 데브라 디마이오의 강제 퇴직을 겪은 뒤, 그녀는 저질 TV라는 구정물통에서 벗어나기로 결심했다.

"그때부터 오프라가 명사들과 뉴에이지 구루(New Age guru)들에게 흥미를 느끼기 시작했어요." 오프라 쇼와 밀접하게 일했던 홍보전문가 앤디 버먼(Andy Berhman)의 말이다. "그 전에는 나에게 그 쇼는 천국이었어요. 아무나 출연시킬 수 있었으니까요. 정말 아무나요."

〈오프라 윈프리 쇼〉의 출연 방법만을 다루는 수많은 웹사이트(2009년 현재 2만 8,100개)와 기사 및 책 등을 고려하면 그 홍보전문가의 주장이 터무니없는 것처럼 들리지만, 오프라조차도 초창기에는 게스트를 섭외하고 거리에서 방청객들을 끌어오기 위해 방송 중 광고를 내보내지 않으면 안 되었다고 시인했다. "지금은 방청권 얻는 게 로또 당첨에 버금간다"고 2005년 한 스태프는 말했다. 그 무렵 오프라 쇼 제작사에는 매주 방청권을 요청하는 전화가 수천 통씩 걸려왔다.

"처음 몇 년 동안은 오프라나 어린 여성 스태프들이나, 자기들이 대체 뭘 하고 있는지를 몰랐을 때라 출연 계약을 맺는 게 쉬웠습니다." 버먼이 말했다. "모두 세상 물정 모르는 철부지들이었죠. 세련되지 못하고 편협하고, 남편감 찾는 데나 관심 있는 고만고만한 아가씨들……. 첫 전국 방송된 오프라 쇼(1986년 9월 9일)의 타이틀이 '내가 고른 남자와 결혼하는 법'이었던 걸 잊으시면 안 됩니다. 뭔가 감이 오죠?"

바로 그 "아가씨"들이 넘버원으로 평가받는 신디케이션 토크쇼를 제작하고 있었음을 상기시키자, 버먼은 "오프라의 여성클럽"이 날림으로 만들어내는 지역 쇼가 하루하루 전국적으로 소비되었던 것뿐이라고 주장했다. "초창기에는 대개 시청률을 확 끌어올리는 가십성 성 추문에 전념했지요. 남자를 찾고 관계를 유지하는 이야기나 살 빼는 이야기도 물론 단골 주제였고요. 오프라와 그녀의 어린 추종자들이 흥미를 느끼는 문제가 그런 것들뿐이었으니 그럴 수밖에 없죠. 시사나 정치, 주변의 더 큰 세계에 관해서는 아는 게 없었어요. 무관심했지요."

전국 방송망을 탄 첫 6년 동안의 주제들에 대해 하버드 비즈니스스쿨이 실시한 조사는 오프라가 주로 피해자들에 관심을 집중시켰음을 보여준다. 성폭행 피해자, 납치 피해자의 가족, 신체적 · 정신적 학대의 피해자, 십대 알코올중독 피해자, 여성 일중독 피해자, 강박적 사랑의 피해자, 어린 시절 입은 상처의 피해자 등등. 그녀는 또한 남편과 아내 및 정부를 위한 심리치료, 출장 중에 벌어지는 불륜, UFO와 타로카드의 세계, 영매나 기타 영적 현상들도 다루었다.

"그때나 지금이나 2009년, 앤디 버먼이 한 말이다. 오프라 쇼는 오프라 및 그녀의 관심사들만 다루지요. 예전엔 노상 피해자들 얘기였고, 그 외는 남자, 옷, 다이어트였어요. 이제 오프라가 폐경기에 접어들다 보니 쇼도 폐경기 증상을 겪는 중년 여성들의 중간 정차역이 돼버렸어요. 온통 건강과 호르몬 이야기죠. 내가 오프라 쇼 섭외로 한창 날릴 때 엘런 라카이튼과 일하면서 거의 매일 그녀와 대화를 나눴어요. 그녀들에게는 또 다른 행성과도 같은 뉴욕에서 그녀의 해결사 노릇을 했지요. LA는 어땠냐고요? 말도 마세요. 거긴 또 다른 우주였습니다. 그녀들 대부분이 유럽에 가본 적도 없었어요. 시카고로 이사 와 마셜필드 백화점에서 쇼핑을 하게 됐을 때 스스로 대성공을 했다고들 생각했죠. 쇼핑을 좋아하긴 했지만 그녀들 자체는 스타일감각 제로의 칙칙한 뚱보들이었어요. 자기들 딴엔 시크하다는 패션이 앤 테일러 드레스와 작은 에코 스카프, 검은 에나멜 구두, 버튼형 플라스틱 귀걸이였지요. 한심하긴……. 계속 다이어트에만 매달릴 순 없으니까 스파(spa)를 다니기 시작하더군요. 아, 그런 곳에서 오프라와 그 아가씨들한테 있었던 일들을 생각하면 참…… 그러다 보니 내 고객들 중에 다이어트 서적 저자들은 죄다 오프라 쇼에 출연시키게 되었죠. 수지 프루든(Suzy Prudden)과 블레어 사볼(Blair Sabol)도 그랬죠. 오프라가 블레어를 얼마나 좋아했는지 몰라요. 아주 똑똑하고 재미있는 사람이었거든요. 최소 서너 번은 출연했을 거예요. 나는 고(故) 스튜어트 버거(Stuart Berger) 박사도 오프라 쇼에 출연시켜 다이어트에 대한 이야기를 나누게 했답니다. 맙소사, 그때 박사의 몸무게가 160킬로그램에 육박했었는데! 내 고객이 누구든 간에 나는 그냥, 남자 구하기나 옷 사기나 살빼기에 대한 오프라의 집착에 보조를 맞췄어요. 가끔 허풍을 떨어야 할 때도 있었는데, 그때마다 효과가 있었어요. 내 고객들은 대부분 1~3회 출연을 했죠. 특히 성형외과의와 다이어트 전문 의사, 심리학자가 그랬는데, 심리학자들 중 일부는 완전히 사기꾼이었어요. 일단 저 사람들을 오프라 쇼에 출연시키면, 오프라가 흘린 빵부스러기를 싹싹 주워 먹는 샐리 제시 라파엘(Sally Jessy Raphael)의 쇼에도 언제나 출연시킬 수가 있었습니다."

키 크고 잘생기고 두뇌회전 빠른 이 홍보전문가는 3, 4년간 오프라 쇼의 고정 섭외자로 일했다고 했다. "매섭게 감독하는 데비 디마이오를 제외하면, 다른 아가씨들은 뭐가 좋고 뭐가 나쁜지를 분간 못 했기 때문에 일하기가 편했죠. 심지어 나와 가까운 여자 친구를 출연시켜 남자들의 작업 멘트에 관해 이야기하게도 했으니까요. 그냥 내가 마음만 먹으면 오프라 쇼에 누구든 출연시킬 수 있다는 걸 보여주려고 그런 겁니다. 그 시절에 워낙 친하게 지내서 나는 엘런 라카이튼의 결혼식에도 초대를 받았습니다. 오프라와 스테드먼, 요리사 로지와 나란히 서서 결혼식을 지켜봤지요. 아주 옛날 일이네요."

"초창기에 엘런이 그런 말을 했어요. 오프라가 돈 보고 접근한 남자와 데이트를 하는 것 같아 주위에서 걱정들을 한다고요. 그래서 내가 즉석에서 '제비'에 관한 쇼를 해보자고 제안했죠. 엘런이 흥미를 보이더군요. 어떤 식으로 하면 좋겠냐고."

"그래서 '내 고객 중에 신경언어학적 프로그래밍에 대한 책을 쓴 사람이 있다, 과학적 연구에 근거한 제비 판별법을 알려줄 수 있을 거다, 오프라가 질문할 만한 내용을 내가 당신한테 알려주겠다, 그런 다음엔 시청자들로부터 사전에 받아놓은 질문들을 하면 된다, 그것도 보내주겠다, 그러고 나면 당신이 패널을 구성해서 이러저러하게 하라'고 설명했죠. 대화를 마칠 때쯤엔 내 선에서 쇼의 전체 구성이 다 짜였어요."

"물론, 제비인지 아닌지 구별하는 과학적 방법은 없어요. 내 고객을 전국 프로그램에 출연시키려고 지어낸 말이었지요. 14개 도시를 다니며 책 홍보를 하고 싶지 않았거든요. 〈오프라 윈프리 쇼〉에 출연할 수만 있다면야 〈굿모닝신시내티〉니 〈헬로 피오리아〉니 하는 덴 뭐 하러 나가요?"

'제비 판별' 쇼는 저 작가 입장에서는 완전무결한 성공작은 아니었다. 그는 그 출연 경험을 "끔찍했다"고 떠올렸다. "내가 쓴 《인스턴트 라포르》(Instant Rapport)라는 책은 신경언어학적 프로그래밍에 관한 것으로, 구두로 타인에게 영향을 미치는 방식과 관련이 있었습니다." 마이클 브룩스(Michael Brooks)의 회상이다. "쇼 전체가 '비밀의 구애자'(Secret Admirer)에 대한 얘기—나와 오프라 단 둘이서 한 시간 동안—로 채워졌습니다. 제작진이 시청자들의 이해를 돕는다는 명목 아래 주제를 이렇게 단순화시켜버렸지요. 그게 첫 전국 TV 출연이라 나로서는 뭐라 항의할 입장이 못 되었습니다."

"1980년대에 만난 오프라는 오늘날과는 엄청나게 달랐어요. 그땐 피부색이 아주 어두웠는데—시드니 포이티어 수준—지금은 아주 밝잖아요. 화장과 조명이 큰 역할을 한다는 건 알지만, 피부 표백 같은 시술을 받았을 수도 있다는 생각이 듭니다. 마이클 잭슨처럼 말예요."

"방청객들은 내 주제에 (어느 정도는) 흥미를 나타냈지만, 내가 그들의 호응을 얻지 못할 때는 오프라의 호응도 얻지 못했습니다. 내 입에서 멍청한 소리가 나오면 그녀는 얼른 방청객들 편에 붙어서 날 주눅들게 하곤 했지요. 내가 멋진 멘트를 날려 방청석에서 박수가 나오면 잽싸게 내 쪽으로 돌아왔고요. 그것 때문에 마음이 불안했어요."

오프라 쇼에 한 시간이나 출연했는데도 그의 책은 베스트셀러가 되지 못했다. "잘 팔리긴 했지만 베스트셀러 목록에까진 못 올랐습니다."

"베스트셀러가 되려면 오프라의 가슴에 책을 올려놔야 했어요." 작가 블레어 사볼이 말했다. "우리 홍보담당자의 철칙은 오프라가 무릎에 책을 놓으면 2주 후에 베스트셀러 목록에 오른다는 거였어요. 그녀가 허리께로 책을 들면 1주 만에 오르고요. 만일 그녀가 가슴팍에 책을 꼬옥 안으면, 베스트셀러 1위로 치솟는 거죠. 그래서 당연하게도 우리 모두는 오프라의 젖가슴을 목표로 삼았답니다."

초창기에는 오프라가 방송 전 메이크업을 받는 동안 초대손님들이 옆에 앉아 이야기를 나누는 것이 허락되었다. 사볼은 "헤어와 메이크업 담당자들의 솜씨에 혀를 내둘렀다"고 회고한다. "그야말로 기적의 변신술이었어요. 헤어와 메이크업을 받지 않은 오프라는 정말이지 눈뜨고 봐줄 수가 없거든요. 그런데 일단 그들이 마술을 부리고 나면 초특급 미인으로 재탄생하고 말아요. 우선 세 종류의 라이너를 사용해 코를 날렵하게 세우고 입술을 얇게 만듭니다. 펑퍼짐한 뺨에 음영을 넣고, 반짝이는 제품으로 턱의 윤곽을 잡고, 개당 500달러짜리 두툼

한 속눈썹을 붙여요. 아! 머리카락도 손봅니다. 흐음, 그녀 머리에 어떤 요술을 부리는지는 감히 설명조차 못하겠네요."

"그 미용팀—레지와 루스벨트와 앤드리—은 오프라와 처음부터 일을 해왔는데, 그녀가 어디를 가든 데리고 다니지요. 나라도 그럴 겁니다. 사실, 나라면 미용팀을 내보내느니 스테드먼과 게일을 차버리겠어요."

매일 꽃단장을 해야 하는 처지 때문인지, 그녀는 매력적이고 자연스러운 게스트들에게 민감하게 반응했다. 시선을 사로잡는 외모와 재치 있는 말재주를 가진 블레어 사볼은 출연 섭외가 쉽게 이루어졌다. "그녀는 늘 오프라를 누르고 쇼를 장악하려 드는 메리앤 윌리엄슨(Marianne Williamson)과는 달랐다"고 버먼은 말한다. "오프라가 즐겁게 진행하도록 만들어주는 활기가 있었어요. 퀸 라티파(Queen Latifah)가 출연하는 '못된 여자로 살기'라는 에피소드에 블레어를 내보냈는데, 무척 재미있었어요. 1987년에 《미국의 몸》(The Body of America)이라는 저서를 가지고 블레어를 출연시켰을 때는 리처드 시먼스가 법석을 떨기도 했습니다. 그를 지목해 '진부한 라스베이거스 개그 수준으로 체력을 줄이는 방법'을 발견했다고 쓴 대목이 있었거든요. 그녀는 다이어트와 운동에 대한 미국인들의 과도한 집착을 짚은 것이고, 그 점에서 시대를 앞서갔지요."

쇼 출연과 관련해서 오프라와 몇 차례 면담을 하고 난 뒤, 블레어 사볼은 TV 화면 속과 밖의 모습에 차이가 있음을 알게 되었다. "오프라는 카메라에 모든 걸 쏟아부어요. 남는 게 거의 없을 정도로요. 직접 만나보면 말이 없고 냉담하죠. 약간 쌀쌀맞기도 해요. 잘 웃지만 웃긴 사람은 아니에요. 나는 그녀의 새침한 면이 좋았어요. 하지만 TV에 나오는 걸 보면 따뜻하고 다정한 사람이라고 생각되지요. 그건 실제와는 다른 모습이에요. 방송에서의 모습과 실제 모습 간에는 얼음 한 장이 놓여 있답니다." 작가 팩스턴 퀴글리(Paxton Quigley) 역시 카메라 밖 오프라를 차가운 사람이라고 생각했다. "총기소지를 찬성하는 내 책《만만한 타깃이 아니다》(Not an Easy Target)를 들고 그녀의 쇼에 나갔는데, 오프라가 총기소지를 반대하니까 총 얘기는 하지 말라고 프로듀서들이 일러주더군요. 나는 결국 여성의 자기방어에 대해서만 이야기를 할 수 있었습니다. 예상 외로 오프라는 전혀 내 마음에 들지 않았습니다. 그녀는 카메라에 불이 들어왔을 때만 활기를 띠었습니다. 그렇지 않을 땐 무시하더군요. 그런 대접은 상대방을 위축시키죠. 그녀가 날 이용한다는 생각이 들지만 그게 또 내가 거기 나오는 이유이기도 해요. 서로 이용하는 거니까. 하지만 게스트들은 오프라가 방송에서 보이는 따뜻하고 정감 있는 사람일 거라 기대하겠지요. 실은 전혀 그렇지 않은데."

볼티모어 〈피플 아 토킹〉 시절의 총괄 프로듀서는 방송에서의 오프라와 평소의 오프라 간의 차이를 퍼포먼스의 한 요소라고 설명했다. "대다수 방송인들에게 해당되는 얘기라고 봅니다." 지금은 세인트루이스 웹스터 대학교의 방송저널리즘학과 교수로 재직 중인 아일린 솔로몬의 말이다. "그들은 최고의 모습을 아껴두었다가 카메라 앞에서 펼쳐 보이죠. 오프라도 그렇게 했고요. 카메라 밖에서의 그녀는 훨씬 말수가 적었습니다. 쾌활하고 주변을 잘 아울렀지만, 절대 요란스럽진 않았어요."

이따금 방청객들은 오프라의 다른 두 모습을 살짝 엿보곤 한다. 따뜻하고 푸근한 평소 모습을 기대하는 사람들에게는 불편할 수 있는 순간이다. "몇 년 전, 변신이 주제인 방송에 참여했는데, 매력적인 오프라가 광고가 나가는 시간에는 매력적이지 않게 변하더군요." 전직 켈로그사 중역으로 현재는 캘리포니아 초크힐비니어드(Chalk Hill Vineyards)의 공동 소유주인 페기 퍼스(Peggy Furth)의 기억이다. "오프라는 카메라에 불이 들어올 때까지는 방청객들과 즐겁게 지낸다든가 하는 건 전혀 없었어요. 그러다 곧 활기차고 재미있는 사람으로 돌변했죠. 단, 카메라 앞에서만요."

시청자들은 오프라가 남자보다는 여자 게스트와 손발이 잘 맞는다고 느꼈다. 공통의 관심사를 지닌 사람들과는 특히 더 그랬다. "체중감량에 집착하는 오프라를 고려해 수지 프루든을 《메타피트니스》(MetaFitness)와 함께 출연시켰습니다. 상상과 최면을 통해 마음으로 신체를 변화시킨다는 뜬구름 잡는 내용의 책이었습니다." 버먼이 말했다. "오프라가 그 낚싯줄에 덜컥 걸려들고 말았어요. 수지는 이미 몇 차례 〈피플 아 토킹〉과 〈AM 시카고〉에 나간 적이 있어서 그 전국 쇼에 내보내는 게 그다지 어렵지 않았습니다."

수지 프루든의 〈오프라 쇼〉 출연은 크게 성공을 거둬 타블로이드지들 중 한 곳에서 고정칼럼 제안이 들어오기도 했다. 이와 관련해 "오프라의 다이어트 스승"으로 홍보가 되었다.

"그 뒤로 오프라한테 안 좋게 찍혔어요." 훗날 프루든이 말했다. "몹시 화를 내더군요. 그럴 만도 해요. 내가 그렇게 선전하고 다닌 건 아니지만……. 거듭 사과를 했지만 소용이 없었지요. 다시는 나와 말을 하지 않았습니다. 끔찍한 경험이었어요. 처음 오프라한테 높이 평가받았다가 먼지만도 못한 존재로 전락하고 말았으니…… 그녀가 무슨 말을 하거나 고함을 치거나 비명을 지른 건 아니었어요. 한때 나한테 열렸던 문이 닫혀서는 다시는 열리지 않게 된 거죠. 내 평생 최악의 경험들 중 하나예요."

예의 홍보담당자 역시 오프라의 총애를 잃었는데, 그는 이를 "법적 문제에 연루된" 탓으로 돌렸다(미술상을 사취한 중죄를 지었다). 5년을 교도소에서 보내고 5개월간 가택연금을 당한 뒤 버먼은 홍보업계로 돌아왔으나 더는 오프라 쇼에 고객들을 출연시킬 수 없었다. "오프라의 비서의 비서의 비서도 못 뚫겠더라고요." 그는 껄껄대며 말했다. "그래도 총애를 받는 동안에는 충분히 만족스러웠어요."

오프라의 문 닫아걸기는 여러 사람들에게 마음의 상처를 입혔다. 그들은 별안간 매몰차게 출입금지를 당했다. 《미국의 카피르족 소년》(Kaffir boy in America)을 쓴 마크 마타베인(Mark Mathabane)은 1987년 오프라 쇼에 나와, 남아공의 야만적인 인종차별제도 아래서 성장한 내용이 담긴 회고록에 관해 이야기를 나눴다. 오프라는 기자들에게 자기가 그 책의 문고판을 발견했었다면서 "서점 판매대에서 〈뉴욕타임스〉 베스트셀러 목록 5위로 자리를 이동했는데, 이는 내 쇼에 출연한 덕분"이라고 말했다. 저자의 사연에 감동받은 오프라는 그와 친구가 되었고, 다음 해에는 남아공에서 가족을 데려와 그녀의 쇼에서 상봉하게 해주었다. 촬영팀을 대동하고서 그와 함께 공항으로 마중을 나가기까지 했다. 자기 입으로 말했다시피, 오프라의 지지는 마타베인의 책을 13주 동안이나 문고판 베스트셀러 순위에 머무르게 하면서 최고 3위까지 올려놓았다. 작가 부부를 여러 파티에 초청하기도 한 그녀는 《미국의 카피르족 소년》의 영화 판권을 사들이고는 "하포가 제작하는 첫 번째 영화가 될 것"이라 공언했다. "그녀는 내가 만나본 사람들 중 가장 동정심이 많은 사람이다"고 마타베인은 말했다. 그러던 어느 날, 아무 설명도 없이, 사과를 할 기회조차 주지 않은 채 철문이 갑자기 닫혀버렸다. 오프라는 《미국의 카피르족 소년》에 대한 판권 옵션을 갱신하지 않았으며 그 작가와 다시는 말도 하지 않았다.

"그의 아내가 굉장히 마음의 상처를 받고 혼란스러워했던 것으로 기억합니다." 뉴욕의 한 편집자가 마크 마타베인과 게일 언스버거(Gail Ernsberger) 부부를 만난 후 이렇게 말했다. "그녀는 자기들이 뭔가 오프라의 기분을 상하게 했다는 걸 이해했습니다. 하지만 그건 비교적 사소한 일이었어요. 책 소개 글을 부탁했던가 아니면 어느 잡지에다 무슨 얘길 했던가, 뭐 그런 정도였을 거예요. 게일 입장에서 너무 황당했던 건, 남편 일에 그렇게 발 벗고 나서서 도와주던 사람이 어쩌면 그리 하루아침에 해명 한마디 없이 차갑게 돌아설 수 있느냐는 것이었죠."

오프라는 격분하면서 문을 쾅 닫아버리기보다는 소름 돋는 단호함으로 인연을 끊어낸다. 앤 랜더스라는 필명으로 유명한 고민상담가 에피 레더러는 오프라를 망신시키는 스테드먼의 성적 취향에 대한 흉흉한 소문을 전해 듣고서 자신 있게 그녀한테 전화를 걸었다. 에피는 오프라가 시카고에 첫발을 디뎠을 때부터 친해져서 그녀의 쇼에 여러 번 출연했으며, 가끔은 게스트가 없는 날 방송시간에 임박해서 부랴부랴 투입되기도 했던 관계였다. 그동안 호화 선물을 바리바리 안겨주었던 오프라지만, 에피의 입에서 자신의 남자친구 이야기가 흘러나오자 두 말 없이 문을 닫아걸었다. "그걸로 크리스마스의 주디스 리버 백들과 캐시미어 목욕가운들과는 안녕이었어요." 레더러의 딸 마고 하워드(Margo Howard)가 말했다. 수십 년 뒤, 레더러가 세상을 뜨고 나서 마고는 유명했던 어머니가 주고받은 편지들을 모아 책을 냈는데, 오프라는 그녀를 쇼에 초대해 책 홍보하는 것도 거부했다. "이해할 수 없는 처사였다"고 마고는 심경을 밝혔다. "어머니는 사랑받는 인물이었으니까요. 시카고에서는 특히나 그랬죠. 어머니의 독자들이 곧 오프라의 시청자들이었지요. 하지만 보아하니 오프라는 여전히 화가 나 있어서 홍보를 안 해주려는 거였어요. 원한이 다음 세대까지 이어지나 봐요."

하버드대의 저명한 사회학 교수인 올랜도 패터슨(Orlando Patterson) 역시, 오프라가 제작해 ABC에서 방영한 영화 〈여기에는 아이들이 없다〉(There Are No Children Here)가 "알렉스 코틀로위츠(Alex Kotlowitz)의 책을 과격하고 부정직하게 극화했다"고 비판하는 논평을 〈뉴욕타임스〉에 쓴 후로 그녀의 눈 밖에 났다. 패터슨 교수는 시카고 빈민가 생활에 대한 사실적 묘사를 왜곡하고 "흑인 계층의 교조적인 피해의식"을 영속화시킨다며 그녀를 호되게 나무랐다. 오프라는 그와 말하기를 그만두었다.

사진작가 빅터 스크레브네스키(Victor Skrebneski)도 비슷한 경우를 당했는데, 그는 이유를 모르겠다고 하소연했다. 여러 파티에서 그녀와 마주치다가 마침내 용기를 내 물어보았다. "우리의 직업적인 관계가 왜 틀어진 겁니까?" 오프라는 흘끗 그를 쳐다보더니 퉁명스레 대꾸했다. "검은 립스틱요. 당신이 나한테 검은 립스틱을 바르라고 했잖아요."

그가 오프라와 연을 맺게 된 건, 앤디 워홀(Andy Warhol)의 〈인터뷰〉 매거진에서 오프라와 Q&A 코너를 만들던 시카고 사교계의 명사 슈거 라우트보드(Sugar Rautbord)의 요청 때문이었다. 라우트보드는 앤디가 계속 자기한테 물었다고 했다. "'저 여자는 왜 저렇게 커? 왜 예쁘질 않지?'" 그래서 그녀는 오프라의 사진을 스타들처럼 찍어야겠다고 생각했고, 빅터가 그 뜻을 따라준 것이었다. "오프라는 시키는 대로 포즈를 취하긴 했지만 나중에 마음에 들진 않는다고 털어놓더군요. '나는 디바가 아니다, 평범한 여자다, 남들보다 근사하게 보여선 안 된다' 고요. 계속 그 사진을 불쾌하게 여겼어요."

"나는 오프라 쇼에 열한 번 출연했습니다. 지금의 오프라로 출세하기 전부터 그녀를 알고 있었죠. 그녀는 출세욕과 추진력이 굉장합니다. 시카고 지역방송 시절에 이미 대단한 야심가라는 걸 알아보고 감탄을 했죠. 그녀는 성공적인 경력을 쌓고 돈—큰돈—을 벌려면 남편과 자식과 카풀(carpool)을 인생의 의제에서 지우는 길밖에 없다는 걸 일찌감치 깨달았어요. 저 문제들 중 어떤 것도 지금 그녀가 사는 멋진 세계에서 걸림돌로 작용하지 않아요. 그렇지만 그녀는 여전히 남편과 자식과 카풀이라는 보편적인 관심사를 즐겨 다룹니다. 마치 그것들이 자신의 문제인 양, 자기가 정말로 보통 여자인 양…… 아주 놀라워요."

오프라는 시청자들에게 그들의 일원으로 다가가기 위해 휘트니 휴스턴의 히트곡 〈아임 에브리 우먼〉(I'm Every Woman)을 쇼의 주제가로 채택했다. 그녀는 매력적인 대외적 이미지를 유지·관리하는 일의 중요성을 알았고, 그 때문에 모든 사진 작업을 포함한 홍보 활동을 직접 관장하려 했다. "'관장'은 오프라에게 중요한 의미를 지닌 단어입니다." 〈레이디즈 홈 저널〉의 전 편집자 머나 블라이스(Myrna Blyth)의 말이다. "우리가 전통 있는 여성 잡지들 중에서 처음으로 그녀를 표지모델로 썼을 거예요. 여러 번 등장시켰죠. 한번은 자신이 꼭 사진작가를 고르겠다고 주장을 하더군요. 드문 경우는 아니었어요. 많은 유명인들이 그렇게 하니까. 그런데 촬영 후에 오프라가 그 사진이 마음에 안 든다고 다른 사진작가하고 한 번 더 촬영을 하자고 하더군요. 역시 사진작가는 자기가 정하고요. 그건 흔치 않은 경우지만, 우린 동의했어요. 두 번째 사진작가의 몸값이 많이 비싸긴 했어도 그녀가 만족하길 바랐으니까요. 오프라는 다른 곳에 게재되지 못하도록 첫 번째 사진작가의 필름을 몽땅 사들였어요. 자기 사진들에 대해선 전부 그렇게 합니다. 그래서 타블로이드 지면을 제외하고는 오프라가 보여주고 싶지 않은 사진들이 눈에 잘 안 띄는 겁니다."

오프라는 〈레이디즈 홈 저널〉과의 대담에서, 자신은 직업적 생활의 모든 측면을 철저하게 통제하려 든다고 말했다. "나 같은 사람은 상대하기 참 피곤해요. 나이가 들수록 성질이 더 빡빡해지네요. 너무도 많은 걸 통제하며 살기 때문에, 스테드먼과 시간을 보낼 때는 그러지 않으려고 애를 쓴답니다." 그녀는 스테드먼과 어딘가로 차를 몰고 갈 때마다 늘 자기가 길을 정한다고 했다. 한번은 어떤 지름길로 들어서자고 어찌나 고집을 피웠던지, 그 길이 막혀 있는 걸 알면서도 스테드먼은 그녀 말을 따르고야 말았다. "내가 정말 얼간이처럼 굴었다는 걸, 또 그런 얼간이 짓을 하도록 그가 내버려뒀다는 걸 깨닫고는 따져 물었어요. '막힌 길인 걸 알면서 왜 말을 안 해줬냐' 고요. 스테드먼이 하는 말이, '그걸 설명하려 드는 것보다 그냥 가서 돌아나오는 게 편하다. 어차피 당신은 막혀 있지 않다고 확신할 테니까.' 그때 깨달았어요, 내가 진짜 나쁘다는 걸." 오프라의 통제 욕구는 아버지한테까지 확대돼, 그는 딸의 등쌀에 자주 짜증을 냈다. "오프라는 매사가 통제입니다." 프리랜서 작가 로저 히츠(Roger Hitts)가 말했다. "예전에는 내가 그녀의 의붓엄마 젤마와 이야기를 많이 나눴는데, 오프라가 다 막아버렸어요. 모든 일가친척한테 이렇게 경고를 했어요. '당신은 중요한 사람이 아니다. 사람들이 당신한테 말을 붙이는 건 오로지 나하고 연결을 하고 싶어서다.' 젤마의 장례식(1996년 11월 7일) 때 보니 오프라가 추도사를 읽고 모든 걸 관장하더군요. 버넌이 4년 후(2000년 6월 16일) 재혼할 때도 마찬가지였어요. 오프라가 경비를 댄 그 결혼식에서 버넌은 격의 없이 말도 잘 했어요. 그녀가 당도하기 전까지는요. 그다음부터는 오프라가 대장처럼 그에게 해도 될 일과 하지 말아야 할 일을 일러주었지요. 아무하고도 얘기를 못 하게 했습니다. 그녀가 상황을 완전히 장악했지요. 결혼식은 그녀의 시계에 맞춰 진행됐습니다. 지각을 했지만 그녀가 오기 전까지 아무것도 시작할 수가 없었어요. 오고 나서는 그녀의 경호원들이 모든 걸 통제했고요. 일가친척들을 포함해서……."

"나중에 버넌을 만날 기회가 있었는데, 여전히 말은 많았지만 좀 시무룩하더군요. 오프라 때문이었죠. 굉장히 자존심이 강한 사람인데 오프라와 관련해서는 포기하는 게 많았습니다. 항상 뭘 해라, 하지 마라, 간섭하니까요. 그의 생활을 좌지우지하는 겁니다. 그런 관계이다 보니 짜증이 날 수밖에 없는 거죠."

〈레이디즈 홈 저널〉이 주최한 유명인 닮은꼴 콘테스트의 입상자들을 만나는 데 동의하고 나서 벌어진 일은 오프라가 어떻게 제어할 수 없는 일이었다. 머나 블라이스는 "참가자들의 성별을 명시한다는 생각은 하지 못했다"고 했다. "오프라 닮은꼴이 나올 줄은 예상 못 했는데, 그녀와 정말 꼭 닮은 사람이 나왔더군요. 4,000여 경쟁자들을 물리친 우승자(재퀸 스티트(Jacquin Stitt))를 발표한 다음에야 그 사람이 남자란 걸 알았습니다. 하지만 정치적 올바름을 고려해 그에게 상을 줄 수밖에 없었어요."

나중에 여성으로 성전환수술을 받게 되는 스티트는 콘테스트 당시, 미시간 주 플린트에서 복장도착자로 이름이 알려져 있었다. 거기서 그는 워터 백화점의 회계원으로 일했다. "그 시절의 나(스티트)는 드랙 퀸(drag queen, 여장남자)이었지만, 직장에서는 티를 내지 않고 지냈어요."

닮은꼴 입상자들(오프라, 마돈나, 바버라 부시, 우피 골드버그, 캐럴 버넷, 재닛 잭슨, 셰어, 라이자 미넬리, 조앤 콜린스)에게는 뉴욕 여행과 존 프리다(John Frieda)한테 받는 몸단장, 알폰소 노(Alfonso Noe)가 해주는 메이크업,

명사 전문 사진작가 프란체스코 스카불로(Francesco Scavullo)와의 잡지 사진 촬영, 그리고 〈오프라 윈프리 쇼〉 출연이 부상으로 주어졌다.

"오프라가 아주 잘 처신해주었죠. 별일 아닌 걸로 넘어갔으니까요." 블라이스의 말이다. "그가 쇼에 등장했을 때 '내가 가발을 쓰고 있다면 벗어서 경의를 표하고 싶다' 고까지 말했습니다. 만일 다르게 반응을 했다면 큰 이야깃거리로 부풀려졌을지 모르는데, 쇼가 끝난 뒤에 그냥 조용히 넘어가게끔 대처를 했지요. 그녀와 스태프들 모두 굉장히 영리하고 요령이 있어요. 그녀를 효과적으로 잘 보호합니다."

오프라 닮은꼴은 진짜 오프라를 보호하는 과정에서 스태프들이 자신을 깔아뭉갰다고 느꼈다. 약속된 몸단장과 〈레이디즈 홈 저널〉과의 사진 촬영이 취소됐던 것이다. 다른 닮은꼴들이 하포 준비실에서 전문가들의 손길을 받고 있을 때, 그는 오프라처럼 꾸며주겠다는 헤어드레서 앤드리 워커의 언질이 있었음에도 불구하고 찬밥 신세였다. 또 자신의 출연 분량이 쇼의 절반이 될 거라는 약속을 받았으나, 다른 닮은꼴들이 각각 3분씩 방송을 탄 반면, 오프라가 방송종료 신호를 보내는 막바지에 이르러서야 겨우 무대로 불려나왔다. 시청률조사기간에 그 프로그램이 방송되었을 때는, 유독 그의 출연 장면 위로 크레디트가 흘렀다. 스티트는 〈레이디즈 홈 저널〉을 계약 위반으로 고소했고, 잡지사는 그에게 합의금을 지불했다. 하포로부터 "추악한" 대접을 받았다고 불평한 그는 며칠 뒤 보기 좋게 복수를 해주었다. 조앤 리버스가 자신의 새 토크쇼에서 오프라를 위한 가짜 예비신부축하파티를 열기로 정하면서 이 복장도착자를 초대해, 마돈나와 셰어(Cher)의 닮은꼴들을 양옆에 거느리고 베라 왕(Vera Wang)의 웨딩드레스 차림으로 등장하게 한 것이다. 그 쇼가 방송된 뒤 오프라는 조앤 리버스에 대한 마음의 문을 닫았으며, 신인 시절 〈투나이트 쇼〉에 세 번이나 함께 출연한 사이인 그녀와 다시는 말을 섞지 않았다.

오프라와 프로듀서들은 시청률조사기간마다 쇼에 대대적인 변화를 감행하곤 했는데, 이는 그때 나오는 시청률에 의해 쇼가 요구할 수 있는 로열티와 광고료 수준이 결정되기 때문이었다. 높은 시청률은 많은 수입을 의미했으므로, 시청률조사기간의 쇼는 시청자 수를 늘리기 위해 논란을 크게 불러일으키는 경향이 있었다. 그 기간 동안 닐슨이 산정한 바로 10.1퍼센트 이상의 시청률을 올리면 오프라는 프로듀서들에게 1만 100달러의 보너스를 하사했다. 1987년 2월 시청률조사를 대비해 그녀는 시청률이 지붕을 뚫고 올라간 쇼를 선보였다. 마틴 루서 킹 목사의 생일을 축하하는 민권운동가들에게 KKK 단원들이 벽돌을 던지는 불미스런 사건이 있었던 조지아 주 백인 거주지, 포사이스 카운티의 커밍이라는 마을에 촬영팀을 이끌고 들어간 것이다. 벽돌 투척 사건이 있은 지 1주일 후, 호세아 윌리엄스(Hosea Williams) 목사의 주도 아래 1960년대 이래 최대 규모에 속하는 2만 여명의 시위대가 조직돼 포사이스 카운티로 가두행진을 벌였다. 그들 역시 돌팔매질을 당했고, "검둥이들은 돌아가라"는 외침을 들었다.

세상의 이목이 집중된 가운데 위험을 무릅쓰고 백인들만 사는 지역으로 들어간 오프라는 민권운동가들의 프로그램 참여는 전적으로 배제했다. "우리는 단지 이 지역사회가 1912년부터 흑인 거주를 허용해 오지 않은 이유를 묻기 위해 여기에 왔습니다." 그녀가 말했다. "그리고 커밍 주민들이 그 질문에 가장 대답하기 좋은 입장이라고 생각했습니다."

호세아 윌리엄스 목사는 민권운동가들을 프로그램에서 배제시킨 것을 항의했다. 흑인들한테 견해를 표출할 기회가 주어질 거라고 믿게끔 오프라의 프로듀서들이 자신을 호도했다고 주장했다. 그래서 그를 비롯한 시위대가 "〈오프라 윈프리 쇼〉, 포사이스처럼 온통 하얘지다"라고 적힌 팻말을 들고 행진을 할 것이라고 말했다. 시위자들은 오프라가 방송을 하고 있는 레스토랑에서 체포돼, 불법집회 혐의로 교도소에 수감되었다. 경찰이 그들에게 수갑을 채우는 모습이 오프라의 카메라들에 잡혔다. 나중에 그녀는 그 체포에 대해 "매우 매우 매우 미안하다"고 말했다. "호세아 윌리엄스 목사를 그저 존경할 따름입니다."

프로듀서들은 카운티 인구 3만 8,000명 중에서 100명을 뽑아 나름의 의견을 밝히게 했다. 어떤 이들은 흑인이 평등하게 대우받을 자격이 있다고 생각했고, 어떤 이들은 그렇지 않았다.

오프라가 물었다. "'검둥이들은 돌아가라' 고 외치는 사람들은 어디서 나온 거죠?"

'포사이스의 백색유지위원회' 의장 프랭크 셜리(Frank Shirley)는 이렇게 답했다. "이번 것은 지난 30년간 공산주의와 인종혼합에 반대하는 최대 규모의 백인운동이었습니다. 저 가두행진을 벌인 사람들 중 많은 수가 노골적인 공산주의자에 동성애자로서……."

"당신은 흑인에게만 적대적인 게 아니군요." 오프라가 지적했다.

"나는 공산주의와 인종혼합, 그리고 타락한 윤리를 반대합니다. 내가 생각하기에 동성애는 타락한 윤리에 속해요."

오프라가 다른 주민에게 또 물었다. "당신에게 '흑인' 과 '검둥이' 의 차이는 뭔가요?" "흑인은 민권 가두행진 때 집에 있었어요. 검둥이들은 행진에 참여했고요. 검둥이는 호세아 윌리엄스 같은 사람이지요. 여기에 나오고 싶어하고 문제를 일으키죠."

오프라는 리버럴(liberal)한 여성 사업가가 "우리"와 "그들"에 관해 얘기하는 것을 경청했다.

“‘그들’에 대해 말하는 방식이 재밌네요”라고 오프라가 말했다. “흑인들은 화성 같은 데서 온 사람들 같군요.” 점점 화가 난 그녀는 이렇게 물었다. “이 마을 사람들은 흑인과는 절대 접촉도 안 합니까? 〈코스비 쇼〉마저도 안 보나요?”

포사이스 발 오프라 쇼는 전국적인 언론의 관심을 받았고 시청률 대박을 쳤으며 TV 비평가들로부터 작으나마 호평도 이끌어냈다. 하워드 로젠버그는 〈LA타임스〉에 “대책 없는 뻔뻔함과 약삭빠른 시청률 올리기 전법에 관한 한, 백인들의 추악한 무력행사로 최근 전 세계 미디어의 관심이 쏠린 지역에 겁 없이 쳐들어간 흑인 오프라 윈프리를 능가할 이는 없다”고 썼다. 〈시카고 선타임스〉는 미국에서 가장 악명 높은 인종차별주의자들 속에 서 있으면서도 품위와 평정심을 잃지 않았던 그녀에게 박수를 보냈다. “이로써 윈프리는 그녀가 목표했던 바를 정확히 이룬 것으로 보인다”고 로버트 페더는 적었다. “격한 논쟁을 유발하는 사안으로 한 시간짜리 선정적인 프로그램을 차려내면서 엄청난 홍보 효과를 거둔 것이다.”

월요일에 포사이스 카운티에서 쇼를 만든 후, 오프라는 시카고로 돌아와 나머지 요일들은 드랙 퀸과 여성 살인자, 종교 근본주의자 및 섹시한 의상들로 방송시간을 채웠다.

1987년 11월의 시청률조사기간에 오프라는 에이즈 공포에 휩싸인 웨스트버지니아의 윌리엄슨이라는 마을로 향했다. 켄터키 주 경계선에 위치한 그곳에 에이즈에 걸린 한 청년이 고향에서 죽음을 맞이하겠다고 내려와 있었다. 그가 대중 수영장에서 수영을 하고 난 뒤, 다른 사람들한테 에이즈를 전염시키려고 물속에서 자기 살을 베었다는 소문이 돌면서 시장이 수영장에 폐쇄 명령을 내리고 1주일 동안 꼼꼼히 '청소'를 시켰다. 마을 사람들은 마녀사냥에 나섰다. 9년 뒤에 죽게 되는 그 젊은이는 오프라 쇼에 출연해 두려움과 무지 및 동성애 혐오증을 마구 표출하는 사람들과 마주했다.

한 방청객이 말했다. "하느님은 다 이유가 있어서 그에게 에이즈라는 질병을 내리신 겁니다. 그게 그분이 말씀하시는 방식이에요. '지금 네가 하고 있는 일은 아무 소용이 없다.'"

또 다른 방청객이 말했다. "우리가 그를 포용하고 우리 애들을 돌보게 하길 바라겠지만, 우린 그렇게는 못 합니다. 나는 이 남자가 두렵지 않아요. 나는 이 남자의 생활방식이 역겹습니다. 그의 병이 역겹습니다. 나는 그가 역겨워요."

오프라는 너도나도 한마디씩 하게 내버려둔 다음에 자신의 소견을 말했다. "저는 여기가 하느님을 무서워할 줄 아는 사회라고 들었습니다. 맞나요?" 군중은 박수를 치며 긍정의 환호성을 질렀다.

"그럼 여러분의 기독교적 사랑과 이해는 어디에 있는 겁니까?"

이번에도 그녀는 극찬하는 기사들과 치솟는 시청률을 얻어냈다. 그로부터 몇 달 뒤, 〈내셔널 인콰이어러〉는 오프라의 남동생 제프리 리가 에이즈로 죽어가고 있으며 누이한테 버림받았다고 느낀다는 인터뷰 내용을 보도했다. "누나는 사실상 나와 의절했습니다. 에이즈든 뭐든 다 내 문제임을 분명히 했어요. '네 잘못이야. 까불더니 꼴좋다'는 투죠. 오프라는 게이는 결국엔 다 에이즈에 걸린다고 믿고 있어요. 동성애를 그렇게까지 혐오하는 건 아니라고 생각해요. 그녀를 정말로 화나게 한 건 내 생활방식이었어요. 뚜렷한 직업도 없이 친구들이랑 어울려 파티나 열고 하는 것……. 나한테 그랬죠, '너는 생활에 하느님을 들여야 해. 너한테는 정말로 예수님이 필요해.'" 애초 동생에게 동성애자 신분으로는 천국에 절대 못 간다고 했던 것을 고려하면 이는 한 걸음 진전된 발언이었다.

1989년 크리스마스를 사흘 앞두고, 어머니와 연인이 지켜보는 가운데 제프리 리는 밀워키에서 숨을 거두었다. 2주 후에 오프라는 다음과 같은 성명을 냈다. "지난 2년 동안 남동생은 에이즈와 싸웠습니다. 세계 각지의 다른 많은 사람들처럼, 우리 가족은 단지 한 젊은이의 죽음만이 아니라 에이즈를 이유로 사회에서 거부당해온 그 숱한 미완성의 꿈과 재능을 애도하는 바입니다."

1988년 2월의 조사기간 중에 시청률 폭발을 기대하며 오프라는 한때 세계 최고 미인으로 소개되던 여성과 인터뷰 약속을 잡았다. 대스타와는 처음 해보는 인터뷰였다. 당시 쉰여섯의 엘리자베스 테일러는 18킬로그램을 감량하고 여섯 번째 남편과 이혼을 하고서 《엘리자베스, 날아오르다》(Elizabeth Takes Off)라는 책을 출간한 상태였다. 그녀는 오프라 쇼를 통해 책 출간을 알렸다. 오프라는 스태프들을 이끌고 로스앤젤레스로 날아가 스튜디오 방청객 없이 벨에어 호텔에서 녹화를 진행했다.

"아주 압박감이 심한 상황이었다"고 전 하포 소속 사진작가 폴 냇킨(Paul Natkin)이 회상했다. "시카고를 떠나기 전에 사진은 열 장만 찍을 수 있고 2분 정도의 시간이 주어질 거라는 얘기를 들었다. 열 번째 셔터를 누르자마자 테일러의 홍보담당자가 잽싸게 카메라 앞을 손으로 가리며 말했다. '미안합니다. 이제 됐습니다.'"

그 사진들에는 귀티가 철철 넘치는 날씬하고 사랑스런 스타의 모습이 담겨 있다. 이와는 대조적으로, 토크쇼 진행자는 전기 소켓에 손가락을 집어넣은 사람처럼 헝클어진 곱슬머리가 잔뜩 부풀려져, 전기 민들레 같은 몰골이다. 인터뷰도 그에 버금가게 엉망이었다. 오프라는 이 할리우드 디바에게서 아무런 속말도 끌어내지 못했다. 맬컴 포브스(Malcolm Forbes, 〈포브스〉 발행인—옮긴이) 및 조지 해밀턴(George Hamilton)과의 로맨스에 대한 질문이 나오자 리즈는 "건방지다"며 전기 민들레를 뭉갰다. 그러고는 "당신이 알 바 아니"라고 톡 쏘아붙였다. 그녀가 하도 쌀쌀맞게 무반응으로 일관하자 오프라는 약간의 유머를 시도했다. "너무 드러내시는데요! 다 말씀을 하시잖아요! 너무 많이 밝히는 건 멈추셔야 할 것 같습니다, 테일러 씨!"

조금도 재밌어하는 기색 없이, 그 여배우는 냉랭한 눈빛으로 오프라를 쳐다보았다.

"내 평생 최악의 인터뷰였습니다." 몇 년 후에 오프라가 말했다. "지금도 보면 괴로워요."

그때의 오프라는 오만한 할리우드 레전드에게 압도당한, 과한 옷차림의 살찐 시골소녀 같았다. 테일러한테 대본을 쥐어줬더라도 그보다 더 오만하게 연기할 순 없었을 것이다. 그 여배우는 2주일 뒤 〈도나휴 쇼〉에 출연해서는 태양을 향한 꽃처럼 활짝 마음을 열었다. 평론가들은 오프라는 아직 유명인을 인터뷰할 준비가 안 돼 있다는 데 의견을 같이했다. 이는 예전에 그녀의 담당 프로듀서도 인정한 부분이었다. "우린 유명인 중심의 쇼에서 멀찌감치 떨어져 있고 싶어요"라고 데브라 디마이오는 말했다. "오프라는 논란을 일으키는 쇼에 더 어울려요. 어떤 격정이나 감정을 품은, 털어놓을 사연이 있는 게스트들…… 우린 그런 걸 진짜 인생 이야기라 불러요. 우리한테 놀림을 당하곤 하지만, 오프라는 워낙 파란만장한 인생을 살아온 사람이라 무슨 주제를 다루건, 어떤 식으로든 그녀에게 일어났던 일인 경우가 많아요."

역시 2월의 시청률조사에서 폭죽을 터뜨리길 고대하면서, 오프라는 시카고로 돌아와 스킨헤드족과 한판 대결을 벌였다. 이 백인지상주의자들과의 설전은 엘리자베스 테일러와의 실랑이 정도는 재미난

말장난처럼 보이게 만들었다. 방송국은 그 쇼를 위해 경비원을 증원했고, 스튜디오에 무기가 반입되는 걸 막기 위해 모든 사람에게 금속탐지 장치를 통과할 것을 요구했다. 프로그램 내내 인종차별적 발언과 상스러운 협박들이 난무했다. 어느 시점에서 오프라가 스킨헤드들 중 한 명의 팔에 손을 얹자, 그가 "건드리지 말라"며 소리를 질렀다. 또 다른 스킨헤드는 그녀를 "원숭이"라 불렀다.

"당신은…… 내가 까매서 원숭이란 건가요?"

"증명된 사실이죠." 스킨헤드가 대꾸했다.

휴식시간이 끝난 뒤, 오프라는 "원숭이 발언자"더러 나가달라고 요청했음을 방청객들에게 알렸다. 나중에 고백하길, 그렇게 한 것을 쇼 중반쯤에서 후회했다고 한다. "인종차별주의적 증오의 관점에서 그건 내가 한 최악의 행동이었어요. 살면서 그렇게 사악한 기운에 사로잡힌 적이 없었습니다. 그 애들 중 누구든 내 목을 그으면 엄청나게 자랑스러워했을 거예요. 그들은 생명에 대한 개념이 없어요. 그래서 흑인이나 유대인을 죽여서 감옥에 간다 해도 개의치 않을 겁니다."

〈시카고 선타임스〉에 이런 비평이 실렸다. "그러니까 이 모든 자기분석은 오프라가 마침내 시청률을 위해 그러한 수모를 당하는 걸 그만둔다는 뜻일까? 글쎄올시다."

광신자와 자칭 포르노 중독자와 마녀를 출연 섭외함으로써 당시 서른넷의 오프라는 쉰둘의 필 도나휴를 치솟는 시청률 앞에 무릎 꿇렸다. 그의 토크쇼는 사회 및 현대적 관습의 변화에 대한 많은 정보를 제공하면서 한때 작가 데이비드 핼버스텀(David Halberstam)으로부터 "미국에서 가장 중요한 대학원"이라는 평을 듣기도 했다. 20년 넘게 도나휴는 여성 시청자들을 지적인 여성으로 대접했고, 미국 최고의 토크쇼 진행자로 군림했다. 자신을 짓밟게 된 경쟁자를 위해 길을 닦아놓은 셈이지만, 이제는 그도 선정적이고 추잡한 이야깃거리에 손을 대기 시작했다. "나는 영웅으로 죽고 싶지 않아요." 복장도착자에 관한 쇼를 하는 이유를 설명하면서 여장을 한 그가 했던 말이다. 후에 그는 백인 남자인 자신한테는, 좋은 남자나 실패 염려 없는 다이어트나 몸에 꼭 맞는 브래지어를 찾는 문제에 관해 오프라처럼 여성 시청자들과 편하게 얘기하는 능력이 없음을 인정했다. 오프라가 계속 도나휴를 앞지르는 동안, 〈월스트리트저널〉은 그녀의 쇼를 "헛소리와 잡소리", "금주의 괴물"이라 부르는 비평가들에 대한 기사를 실었다. 오프라의 총괄 프로듀서는 시청자들이 섹스를 다룬 쇼에 대해 불평할 땐 그 쇼를 세세하게 지켜봤다는 얘기가 아니겠냐며 타블로이드 프로그램을 변호했다. 어린 살인자들을 다룬 쇼에 관해 질문을 받았을 때 데브라 디마이오는 확인차 반문했다. "아이를 죽이는 아이들 말인가, 아니면 부모를 죽이는 아이들 말인가?" 오프라는 두 주제 모두를 쇼에서 다뤘었다.

그녀는 백인지상주의자들을 또 쇼에 출연시키진 않을 것이라 했지만, 저질 토크쇼를 진행한다는 비난에 대해선 억울해했다. "비평가들이 마치 내가 쇼에서 앵무새한테 옷 입히는 법을 논하기라도 하는 것처럼 글을 쓸 때마다 속이 상한다." 그녀는 " '밉살스런 남편을 둔 아내' 는 불편한 마음으로 진행했지만, 종교방송을 하는 텔레비전 전도사 짐과 태미 페이 배커(Jim & Tammy Faye Bakker) 부부의 출연은 사양했다. 그들하고는 이야기를 하지 않을 것이다. 그리고 '엘비스는 살아있는가?' 라는 주제도 안 다룰 것"이라 했다.

1988년 5월, 시청률조사기간에 그녀는 자위 도중 목을 조르는 자기성애적 질식으로 사망한 십대 소년들에 관한 쇼를 방송하기로 해 모두를 경악시켰다. 그 무렵에는 필 도나휴뿐만 아니라 샐리 제시 라파엘, 제랄도 리베라(Geraldo Rivera), 모턴 다우니 주니어(Morton Downey, Jr.), 레지스 필빈 & 캐시 리 기퍼드(Regis Philbin and Kathie Lee Gifford)와도 경쟁하는 중이었으며, 조앤 리버스, 제니 존스(Jenny Jones), 제리 스프링거(Jerry Springer), 모리 포비치(Maury Povich), 리키 레이크(Ricki Lake), 몬텔 윌리엄스(Montel Williams)가 대기자 명단에 올라 있었다. 시청률에서 앞서 경쟁자들을 완파해야 한다는 압박감에, 오프라는 제 목을 조르는 극단적 성행위로 숨진 청소년 두 명의 부모들을 카메라 앞으로 불러냈다.

정신과 의사인 하비 레스니크(Harvey Resnik) 박사도 함께 출연했다. 자살방지연구를 위한 국립정신건강센터의 소장이던 그는, 남자들이 자위행위 중에 자기 목을 조르거나 비닐봉지를 머리에 씌워 끈으로 조이면서 뇌에 산소 공급량을 줄여 고도의 절정감을 느끼려는 반복적 성행위에 관한 논문을 발표했었다. "산소가 대폭 줄어들면 이산화탄소 함량이 늘어나 의식에 변화가 일어난다. 그 결과는 가벼운 현기증이나 머릿속이 몽롱해지는 느낌으로, 산소가 부족한 상태의 파일럿이나 스킨스쿠버 다이버들도 경험한다고 보고된 증상이다. 위험한 건 혈류량이 감소하면 사람이 정신을 잃고 푹 고꾸라지며 기도가 완전히 막혀 질식사에 이른다는 점. 그 행위는 검시관들에게 잘 알려져 있다."

자기성애적 질식 사망자들의 유가족을 상담하는 입장에서 레스니크 박사는 그 특별한 죽음에 따라붙는 수치심을 이해했다. "다른 정신적 문제들과 마찬가지로 자조모임(self-help groups)에 나가서 슬픔과 정보를 공유하고 교환하는 것이 상당히 도움이 됩니다."

방송되기 하루 전에 총괄 프로듀서 데브라 디마이오는 UCLA 의대 생물행동과학 교수이자 법 정신의학자이며 범죄학자인 파크 디츠

(Park Dietz) 박사에게 전화를 걸었다. 그는 그렇게 적나라한 주제가 방송되는 것에 우려를 표했다. "그 프로듀서와 열띤 논쟁을 벌였습니다. 나는 텔레비전이 이런 주제를 논하기에 적합한 매체가 아니라고 주장했지요. 사람들이 그걸 모방할 위험이 너무 높으니까요. 방송이 나간다면 한 건 이상의 죽음이 유발될 것이라고 경고했습니다." 누가 그 무모하고 무책임한 행위에 대해 오프라를 고발한다면, 프로듀서한테 방송을 하지 말라고 경고했다는 사실을 법정에서 증언하겠노라고도 했다. 나중에 오프라는 방송 강행은 "심사숙고"한 뒤에 내린 결정이었다고 말했다. 수개월 후에 디마이오는 그 결정을 후회했다. "위험한 짓이었어요. 단 한 명의 아이라도 그 방송을 보고 나도 한번 해볼까 하는 생각이 드는 건 원치 않으니까요."

그 당시 레스니크 박사는 디마이오 프로듀서가 방송 시작 전에 아이들의 시청을 제한하라는 경고문을 띄우자는 데 동의했다고 밝혔다. 그는 "그녀나 오프라가 그처럼 충격파가 센 주제를 다룰 준비가 돼 있었다고는 생각지 않는다"면서 "그럼에도 그 사안을 대중 앞에 드러낼 용기를 보여준 데 대해서는 박수를 보낸다"고 했다.

1988년 5월 11일 오후, 그 쇼를 보고 나서 서른여덟 살의 존 홈(John Holm)은 캘리포니아 사우전드오크에 있는 아버지 집의 창고로 숨어들었다. 몇 시간 후 엘크스 모임에서 돌아온 아버지는 아들이 보이지 않자 이리저리 찾아다녔다. "TV는 채널7에 틀어져 있었습니다. 〈오프라 쇼〉가 나오는 채널이지요." 로버트 홈은 말했다. "창고에 불이 켜져 있었는데, 문은 안에서 잠겨 있더군요. 문을 쾅쾅 두드렸지만 대답이 없었어요. 하는 수 없이 부수고 들어갔죠. 그렇게 아들의 시신을 발견했어요. 끔찍했습니다. 나는 존이 자살한 줄 알았어요. 그런데 현장을 살피던 구급대원들 중 한 명이 그 애가 그날 오후에 〈오프라 쇼〉를 시청했다면 어떻게 죽었는지 알겠다고 합디다. 나는 내 아들의 죽음이 〈오프라 쇼〉 때문이라고 봅니다. 나는 아들이자 이 세상에서 가장 친한 친구를 잃었어요."

홈 씨는 변호사를 고용해 오프라를 고소했다. "그녀의 쇼가 아들을 죽음으로 이끌었어요. 그녀를 절대 용서 못 합니다." 하지만 차마 아내한테 법정싸움의 고통까지 겪게 할 수는 없었다. "그 앤 우리의 외아들이었고, 아름다운 사람이었어요. 이제 영영 우리 곁을 떠나고 말았습니다."

오프라는 대외적으로는 자신의 쇼를 두둔했다. "끝나고 나서 나는 슬픔에 젖은 부모들로부터 '우리 애한테 무슨 일이 벌어진 건지 설명해주어서 고맙다'는 인사를 받았습니다. 알게 돼서 기분이 훨씬 나아졌다고 했어요. 전에는 자신들의 탓이라고 스스로 책망했다고 합니다." 그러나 개인적으로는 억울한 죽음에 대한 소송에 휘말릴까 봐 노심초사했다.

레스니크 박사는 "쇼가 방송된 후 프로듀서로부터 전화를 받았다"고 그때를 떠올렸다. "부모들이 소송을 걸지도 모르는데 오프라 편 증인이 되어줄 수 있느냐고 묻더군요. 그러겠다고 대답했습니다. 그런 위험한 행위에 대한 정보를 갖는 것이 아무 정보도 없는 것보다는 낫다고 믿거든요."

오프라는 "나쁜 물을 들이는 친구"라는 주제로 쇼를 진행했을 때도 죽음을 유발했다는 비난을 받은 적이 있었다. 그 프로그램에는 결혼 문제 상담가, 사이가 틀어지고 있는 약혼 커플, 그리고 약혼녀가 자기들 문제의 원흉이라고 지목한 스물여덟 살의 전기 기술자가 출연했다. 그 여성은 약혼남의 친구인 마이크가 과거에 마약 복용자였고 술고래라면서 결혼 후에도 다른 여자들 뒤꽁무니를 쫓아다닌다고 했다.

'나쁜 물 들이기' 라는 자막이 하단에 뜨면서 화면 한가득 그 남자의 얼굴이 잡혔다. 오프라가 방청객들을 향해 말했다. "마이크는 유부남이에요. 하지만 톰에게 나쁜 물을 들이고 늦게까지 집에 안 들여보내는 버릇이 없어지진 않지요. 늦게까지 술 마시고 춤추고 여자들한테 약간 집적대기도 하고 말이죠. 마이크는 그걸 순전히 재미라고 생각한답니다." 마이크는 아내 없이 친구들과 밖에서 노는 게 즐겁다고 했다. 오프라는 여성의 수가 압도적인 방청석을 쳐다보았다. 야유가 터져나왔다. 한 여성이 그를 "끔찍한 악몽"이라 일컫자, 방청객들은 박수로 동의했다. 오프라가 마이크에게 왜 결혼을 했는지 물었을 때는 고성이 오가는 설전이 벌어졌다.

"안전하단 느낌이 좋으니까요. 나는 집에 오는 게 좋습니다. 누가 날 기다리고 있는 게 좋아요."

단단히 화가 난 한 여성이 소리쳤다. "두 세계를 다 가질 순 없는 거예요, 마이크"

"아니, 가질 수 있어요." 그가 맞받아 소리쳤다.

"안 된다니까요!"

그로부터 2주일이 채 못 되어서 마이크의 아버지가 일리노이 노스레이크의 자택에서 천장 팬에 목을 맨 아들을 발견했다. "〈오프라 쇼〉가 내 아들을 죽였어요." 마이클 라칼라미타 시니어(Michael LaCalamita, Sr.)는 말했다. "(남한테 이상하게 비쳐졌다는) 모욕감과 (방송 후 친구들과 낯선 이들이 하는 말에 대한) 스트레스를 이기지 못해 자살한 거예요. 오프라는 마이크한테 변명할 기회를 주지 않았어요. 계속 자극하고 부추기기만 했어요. 방청객들이 그 애를 향한 공격을 멈추면, 그녀가 또 다른 공방전을 시작하곤 했죠. 불공평했습니다. 오프라는 TV 스타고 내 아들은 어린애에 불과했어요. 자기가 무슨 상황에 말려들고 있는지 몰랐단 말입니다."

그 프로에 출연했던 결혼문제 상담가이자 시카고 로욜라 대학교 부교수인 도나 랭킨(Donna Rankin) 박사는, 오프라가 그 쇼를 기어이 방송했다는 것에 놀랐다고 한 작가에게 털어놓았다. "마이크가 하는 말을 들어보면 심각한 정서적 문제들이 있는 게 분명했어요. 명백히 그는 도움이 필요한 상태였습니다."

그 자살 사건에 대한 오프라의 유일한 공식 성명은 홍보담당자인 콜린 롤리(Colleen Raleigh)의 입을 통해 나왔다. "마이크 라칼라미타 본인이나 정신과 의사만이 그가 스스로 목숨을 버린 이유를 알 것입니다. 유가족과 친지들에게 심심한 조의를 표하는 바입니다."

프로그램의 저급함을 비판하는 여론이 커짐에도 불구하고, 오프라는 자신의 쇼는 "그저 다른 사람들의 삶을 훔쳐보는 기회를 제공할 뿐 충격을 줄 의도는 없다"고 했다. 그러면서도, 스스로 이름붙인 "거침없이 빵빵 쏴라"식 프로그램들을 계속해서 추구했다. 시청률조사기간에는 특히 더 그랬다. 하지만 논란의 여지가 매우 큰 악마 숭배에 관한 쇼를 방송하면서 그녀는 거의 제 발등을 쏠 뻔했다.

1989년 5월 1일에 방송된 그 쇼에는 "멕시코 사탄 숭배 살인자들"이라는 제목이 붙었고, 다중인격장애를 앓아 장기간 정신과 치료를 받고 있는 한 여성이 '레이철'이라는 가명으로 출연했다.

"이번 초대손님 역시 어렸을 때 악마를 숭배하는 일에 이용되었고, 인간을 제물로 바치는 의식이나 식인풍습에도 동원되었다고 합니다." 오프라가 시청자들에게 설명했다. "그녀는 현재 광범위한 치료를 받고 있으며 다중인격장애를 겪고 있습니다. 이 말은 어린 시절의 끔찍하고 괴로운 기억들 중 많은 것이 지워져 있다는 뜻입니다. 여러분, 자신의 정체가 드러나지 않도록 위장한 상태인 '레이철'을 만나보시죠."

'레이철' 은 아이를 제물로 바치는 의식을 직접 목격했으며 제의 절차상 학대의 피해자였다고 했다. "이런 걸 믿는 가정에서 태어났어요."

"그럼 말이죠, 다른 사람들은 모두 당신의 가정을 좋은 유대인 가정이라고 생각하나요?" '레이철' 의 종교를 소개하면서 오프라가 물었다. "밖에서 보면 당신은 괜찮은 유대인 여성 같습니다. 그런데 당신 가족은 전부 집 안에서 악마를 숭배한다고요?"

"그렇다"고 머릿속이 혼란스러운 '레이철' 이 말했다. "곳곳에 다른 유대인 가정들이 많아요. 우리 가족만 그런 게 아니에요."

"정말요? 그럼 누가 그것에 대해 알고 있습니까? 이제는 많은 사람들이 알 테지만요."

"시카고 쪽 한 형사한테 제가 말했어요."

"이런 악마 숭배 환경에서 자랄 때 그게 정상이라고 생각했나요?"

'레이철' 은 많은 기억들을 머릿속에서 지워버렸지만 "아기들이 제물로 바쳐지는 의식들이 있었다"는 건 또렷이 기억이 난다고 말했다. 나중에 "모든 유대인들이 아기를 제물로 바치는 건 아니다. 흔한 일은 아니"라고 덧붙였다.

"우리 모두 그건 알고 있을 거예요." 오프라가 말했다.

"그 점은 꼭 알아주셨으면 해요."

"유대인들이 아기를 제물로 바친다는 얘기는 여기서 처음 듣는데, 어쨌든 당신은 그 장면을 목격했군요?" 오프라가 물었다.

"네, 어렸을 때 강제로 그 의식에 참여했어요. 그리고…… 제가 영아를 제물로 바쳐야했지요."

유대인들이 악마 숭배를 한다는 '레이철' 의 주장을 아무렇지 않게 받아들이는 오프라의 태도에 수백 통의 항의전화가 하포로 빗발치기 시작했다. 전국의 TV 방송국들—뉴욕, LA, 휴스턴, 클리블랜드, 워싱턴 D.C.—이 격분한 시청자들의 전화로 몸살을 앓았다. 몇 시간 지나지 않아서 유대인 단체들이 일제히 비난하고 나섰으며, 오프라의 쇼는 전국적인 뉴스거리로 떠올랐다. '개혁파유대교행동센터'의 랍비 데이비드 새퍼스타인(David Saperstein)은 "정신적 문제가 있음이 분명한 이 여성을 다루는 과정에서 드러난 제작진의 무신경함과 판단력 결여에 심각한 우려를 표하지 않을 수 없다. 그런 식의 방송은 무지한 사람들이 기본적으로 가지고 있는 편견을 악화시킬 뿐"이라는 글을 〈뉴욕타임스〉에 기고했다.

선도적인 시민자유수호 단체 '피플 포 아메리칸 웨이'(People for the American Way)의 회장 아서 크롭(Arthur J. Kropp)은 워싱턴 D.C.에서 이 사진과 회동했다. 그는 오프라 쇼의 대본을 검토한 뒤 "소위 쓰레기 프로그램들에 대해 많은 우려의 목소리가 있어왔다"고 말했다. "오프라가 그 종교를 소개한 장본인이었다. 나는 그녀가 유대인 여성 출연자의 출신 배경과 그녀가 목격한 것과의 어떤 상관관계를 전달하기 위해 그 종교를 끌어들였다고는 생각지 않는다. 하지만 오프라는 소개를 했고, 그것은 경솔한 행동이었다."

오프라가 나쁜 일로 세인들의 입방아에 오른 것이 처음은 아니었으나 이번에는 강도가 심했다. 자신이 늘 옹호하는 걸로 비쳐졌던 인종과 종교, 그 민감한 영역을 공격했다는 비난을 받았으니 말이다. 지독한 편견으로 악명 높았던 미시시피 주 "가난한 곱슬머리 유색인 꼬마"로 과거를 치장해왔던 입장에서는 특히나 유감스런 상황이었다. 지금 그녀는 비난하는 사람들로부터 오해를 받는다고 느꼈지만, 자신의 경력이 위험에 처했다는 것 또한 인식했다.

"그 프로그램이 민감한 부분을 건드렸다는 건 압니다." 하포 프로덕션의 COO(최고운영책임자)인 제프 제이컵스가 말했다. 그는 '레이철'

이 자신의 특별한 상황에 대해 이야기하는 특별한 사람이라는 걸 오프라가 방송 중에 말했다고 언론에 짚어주었다. "게다가 쇼의 첫머리에 정신적으로 문제가 있다는 점도 밝혔다"고 덧붙였다. 그러나 왜 애당초 그러한 여성한테 출연을 허용했는지에 대해선 아무런 언급도 하지 않았다. 전국적으로 〈오프라 윈프리 쇼〉 시청거부운동이 벌어질 위험성과 모두에게 재정적 파산을 가져다줄 수도 있는 스폰서들의 후원 중단 가능성을 간파한 제이컵스는 재빨리 시카고 유대인 지도자들과의 회동을 제안해 상황을 수습할 길을 모색했다. 그렇지만 제이컵스나 오프라나 공개적인 사과는 내놓지 않았다. 기자들로부터 전화가 걸려오면, 제이컵스는 오프라가 "여행 중"이라서 "견해를 밝힐 처지가 못 된다"고 둘러댔다.

악마 숭배에 관한 쇼를 진행한 다음 날 밤, 오프라는 시카고에서 〈데이비드 레터맨 쇼〉에 출연해 진행자의 괴상한 언행에 긴장하는 모습을 보였다. 인터뷰는 시종일관 거북하게 흘러갔다. 특히 어떤 방청객이 "묵사발을 만들어버려, 데이브"라고 소리쳤을 때가 그랬다. 레터맨은 틈이 벌어진 치아를 활짝 드러내 웃으면서 아무 대꾸도 하지 않았다. 수년 뒤에 이렇게 말했다. "내가 그 순간 벌떡 일어나 그 방청객을 때려눕히지 않은 것에 그녀는 화가 났을 겁니다. 그래야 했는지도 모르겠습니다. 하지만 당시 나는 제정신이 아니어서 내가 뭘 하고 있는지도 몰랐어요." 며칠 후, 시카고 시어터에서 쇼를 진행하던 레터맨은 방청객들에게 오프라의 레스토랑인 '디 익센트릭'에서 조개 네 점을 먹었더니 몸이 안 좋다고 말했다. 그것으로 식당은 묵사발이 되었다. 오프라는 데이비드 레터맨을 향해 철문을 내렸고, 16년 동안 다시는 말을 주고받지 않았다.

악마 숭배 쇼 때문에 전국의 언론들로부터 뭇매를 당하는 기분인 오프라는 일이 없을 때는 아파트(워터 타워 플레이스(Water Tower Place)) 근처에서만 줄곧 맴돌았다. 뜻하지 않게 그녀는 같은 아파트 입주민인 해리엇 브래디(Harriet Brady, 옛 성은 부키(Bookey))를 로비에서 마주쳤다. 당시 일흔두 살의 브래디 여사는 시카고 유대인 사회에서 자선가로 잘 알려져 있었는데, 오프라한테 다가와 자신을 소개한 다음 다정하게 말을 건넸다. "내가 당신을 도울 수 있을 거예요."

몇 시간 뒤 그녀는 좋은 친구 사이이며 각계각층으로 인맥이 뻗어 있는 연방판사 에이브러햄 링컨 마로비츠(Abraham Lincoln Marovitz)와 전화통화를 했고, 그에게서 오프라를 돕겠다는 대답을 이끌어냈다. 두 사람은 들끓는 여론을 잠재워보고자, 그다음 주에 지역 유대인사회에서 일군의 대표자를 구성해 해리엇 브래디 집에서 회의를 열기로 했다.

1989년 5월 9일, 오프라는 데브라 디마이오 및 유대계 고참 스태프들인 제프리 제이컵스와 엘런 라카이튼을 데리고 그 회의에 참석했다. 거기에는 마로비츠 판사와 브래디 여사 외에 시카고 유대인사회협의회의 마이클 코친(Michael Kotzin) 이사, 미국유대인위원회 중서부지부의 조너선 러바인(Jonathan Levine) 이사, 위대한 시카고·반비방연맹 위스콘신 지부의 배리 모리슨(Barry Morrison) 이사, 시카고 랍비위원회의 허먼 샬만(Herman Schaalman) 의장, 대도시 시카고 유대인연맹의 메이너드 위시너(Maynard Wishner) 의장이 나와 있었다.

오프라는 지난 번 일을 충분히 뉘우치면서 악마 숭배에 관한 쇼는 다시 방송하지 않겠다고 맹세했다. 아울러, 그러한 주제를 집중적으로 다룰 때마다 반유대주의 및 인종차별주의와 싸우는 브네이 브리스(B'nai B'rith, 유대인문화교육촉진협회)에 연락을 취하도록 하자는 제안에 동의했으며, 게스트를 더욱 신중한 판단 아래 선정할 것을 약속했다. 양

측은 사흘간 머리를 맞대고 거의 매일 이 사건을 떠들어대는 언론에 전달할 성명서들을 작성했다. 오프라와 총괄 프로듀서의 성명은 다음과 같았다. "우리는 5월 1일자 〈오프라 윈프리 쇼〉가 유대인에 관한 유언비어들과 역사적인 오해들의 영속화를 부추길 소지가 있었음을 인정합니다. 그리고 발생했을지 모르는 어떠한 피해에 대해서도 유감스럽게 생각합니다. 우리는 지역사회와 단체가 우려하는 바를 이해하며, 앞으로 그러한 목소리가 프로그램에 반영되도록 모든 노력을 기울일 것입니다."

유대인 사회 지도자들을 대표해서는 브네이 브리스 반비방연맹의 배리 모리슨이 성명을 발표했다. "우리는 오프라 윈프리와 제작진에게 누구를 공격할 의도 같은 건 없었으며 어떤 오해나 불쾌한 감정을 일으킨 데 대해 오프라가 진심으로 반성한다는 데 모두 만족했습니다. 회의를 하는 동안 건설적인 의견들이 제시되었고, 오프라와 제작진의 입장에서 유대인의 관점을 보다 잘 이해하도록 이끈 광범위한 정보 교환이 있었습니다."

모두가 그 결과를 기쁘게 받아들인 건 아니었다. '미국유대인회의'의 필 바움(Phil Baum) 부총괄이사는 "그 방송에서 일어났을지도 모르는 폐해에 대한 부적절한 반응"이라 말했다. "그녀가 염려해야 하는 것은 우리의 감정이 아니다. 문제는 그녀가 진행하는 쇼의 진정성이다. 이 사과는 두 성명서에 노출된 사람들(A.C. 닐슨의 조사에 의하면 768만 가구)에게 도저히 닿을 수가 없다."

오프라는 자신의 쇼에서 사과를 하거나 프로그램이나 성명서를 통해 공개적으로 논평하는 것은 거부했지만, 개인적으로는 두 명의 든든한 지원군인 브래디 여사와 마로비츠 판사를 끌어안아 평생 가까이 두었다. 두 사람은 그녀가 여는 모든 파티에 초대되었으며, 그들로 인해 오프라는 유대계 조직들과 더 많이 얽히게 되었다.

마로비츠 판사가 2001년 95세의 나이로 세상을 떴을 때, 시카고의 상류 인사들은 더크슨연방빌딩 25층에 자리한 그의 법정에 모여 리처드 데일리(Richard Daley) 시장의 추도사에도 나오듯 "진정한 친구이자 멋진 인간"으로 그를 기억했다. 이 추도식을 취재하던 〈시카고 선타임스〉의 닐 스타인버그(Neil Steinberg) 기자는 추모객들 속에서 오프라를 발견하고는 깜짝 놀랐다. 그는 "남자라면 누구나 자신의 추도식에 미스터리의 여인이 와주길 바랄 것"이라면서 "윈프리가 마로비츠의 추도식에서 바로 그 역할을 수행했다"고 썼다.

"나는 그를 사랑합니다." 오프라가 말했다. "멋지다는 말로는 부족한 사람이었어요. 그는 나한테 영감을 주는 사람들 중 한 명이었습니다. 가장 힘들 때 내 곁에 있어준 친구입니다."

"정확히 당신한테 무엇을 해줬나요?" 스타인버그가 물었다.

윈프리는 알쏭달쏭한 미소를 지었다. "그건 말 못 해요."

2년 뒤, 86세의 해리엇 브래디가 병원에서 죽음에 다가가고 있을 때 오프라는 자주 그녀를 찾아갔고, 장례식에도 참석했다. 그들 역시 오랜 세월 가깝게 지냈었다. 혼자 힘으로 부를 일구고 사회적 입지가 단단한 해리엇 브래디가 그녀한테 아무것도 바라지 않는다는 점 때문에 오프라는 둘의 인연을 소중히 여겼다. "누구한테든 된통 바가지를 쓴다는 피해의식이 있어서 오프라는 소위 '돈을 뜯어내지 않는' 사람들을 높이 평가합니다." 신문 칼럼니스트이자 TV 비평가로, 오프라가 시카고로 거처를 옮긴 이래 그녀의 토크쇼를 쭉 취재해왔던 빌 즈웨커의 말이다.

유대인 사회와 화해한 직후, 오프라는 앤 거버(Ann Gerber)가 〈시카고 선타임스〉에 쓴 추잡한 익명성 칼럼(1989년 5월 14일자)과 맞닥뜨렸다.

우리 시대 가장 부유한 여성들 중 한 명이 해외여행에서 예정보다 일찍 돌아왔다가 애인이 자신의 헤어드레서와 한 침대에 누워 있는 걸 발견했다는데, 과연 사실일까? 이어진 싸움에서 그녀는 레이크쇼어 드라이브가 떠나가라 고함을 질러대 조용한 동네를 발칵 뒤집어놓았다고 한다.

비록 레이크쇼어 드라이브에 살지 않는다고는 하지만, 오프라는 그 가십 칼럼니스트가 자신을 겨냥해 그런 글을 썼다는 걸 알기에 화가 머리끝까지 났다. "그렇게 격분한 모습은 처음 봤다"고 퍼트리샤 리 로이드는 회상했다.

사흘 뒤인 1989년 5월 17일, 앤 거버는 오프라의 스태프들이 건 항의전화들에 이번에는 실명을 거론하는 또 다른 칼럼으로 응답했다.

TV 토크쇼 스타 오프라 윈프리와 섹시한 남자 스테드먼 그레이엄이 크게 다퉜다는 소문들(오프라가 그에게 총을 쐈다는 설도 있음)은 사실이 아니라고 그녀의 친구들은 주장한다.

사실 여부 확인차 기자들이 시카고 경찰국과 지역 병원들을 방문하는 등 언론 보도가 과열되는 양상으로 흘렀으나 성과는 없었다. 오프라는 토크쇼에서 불쾌한 감정을 드러냈다(1989년 5월 19일).

이 루머가 너무 많이 퍼져버린 데다 너무 저속한 내용인지라, 공개적으로 사실이 아님을 알리고 싶은 마음에 이렇게 한마디 하게 되었습니다. 그 소문의 어떤 부분도 결코 사실이 아닙니다.

저속한 소문이 무엇인지에 대해서는 아무 말이 없었기 때문에 대다

수 시청자들은 혼란스러웠고, 그녀가 왜 그리 화가 났는지 이해하지 못했다. "소문은 머리통이 무수히 달린 괴물이 노는 파이프"라는 셰익스피어의 말을 증명이라도 하듯, 그 발언으로 호기심이 한층 증폭되었다.

그 얼마 전에 홍보담당자가 새로 채용됐고 새 홍보담당자는 문제의 방송이 나간 주에 시카고로 이사를 온 상태였는데, 그 소문 때문에 감정이 격해질 대로 격해진 오프라는 아파트를 알아보고 있던 홍보담당자를 일을 하기도 전에 해고해버렸다. 나중에 그는 시카고를 떠나 "악에 완전히 둘러싸인 듯한" 오프라와 거리를 두게 돼 다행이었다고 심경을 밝혔다.

빌 즈웨커에게 그 시기는 격동기로 기억된다. "오프라가 나한테 시인했어요. 전국 TV 쇼에 나와 그 소문을 고발한 게 엄청난 실수였다고요. 제 손으로 판도라의 상자를 열고 타블로이드 매체들에게 자신의 프라이버시를 침해하도록 허락한 셈이었으니까요. 자기 입장에서는 발등을 찍고 싶은 실수였다고 했지만, 돌이킬 순 없었어요. 앤은 그 사건으로 해고를 당했어요. 그 익명성 칼럼이 실린 날 한 여성의 자선행사장에서 오프라를 봤는데, 거기에 모인 상류층 인사들은 그녀를 치켜세우기 바빴습니다. 그랬던 사람들이 1주일 후 앤이 해고되었을 때는 가여운 앤 거버를 해고되게 만들었다고 오프라를 비난하더군요. 나는 그 모든 위선들에 대해 칼럼을 썼습니다. 한 주에는 키스 세례, 다음 주에는 손가락질 세례라고요." 그 뒤에 즈웨커는 오프라로부터 편지를 한 통 받았다.

빌, 다른 사람들이 그 소문을 가지고 무조건 야단만 칠 때 더없이 친절하게 대해주신 점, 평생 못 잊을 겁니다. 내게 기운을 북돋아주셨어요. 지난 밤, 아버지와 함께 있는 당신을 보면서 그게 얼마나 고마운 일이었는지를 생각했습니다. 다시 한 번 감사드립니다.

그 소문을 오프라가 성을 내며 부인했다는 사실은 별 주목을 받지 못하다가 1989년 5월 22일, 〈시카고트리뷴〉지의 존경받는 칼럼니스트 마이크 로이코(Mike Royko)가 오프라는 분개할 자격이 있다고 두둔하며, "악의적인 소문이긴 하지만 진위를 파악할 방법이 없다 해도 그 내용을 싣고 싶었다"는 예의 무책임한 칼럼니스트의 말을 인용하면서부터 언론에서 많이 다뤄지기 시작했다. 이튿날, 해고 통보를 받은 앤거버는 "오명을 씻고자" 기자회견을 열었다. "오프라가 〈시카고 선타임스〉에게 겁을 줬기 때문에 내가 해고된 것이라 생각한다." 시카고에서 오프라가 행사하는 막대한 영향력을 고려하여 대부분의 사람들은 그 말을 당연하게 받아들였다. 〈시카고 선타임스〉 편집자 케네스 타워즈(Kenneth Towers)가 오프라나 그녀의 변호사 제프 제이컵스로부터 아무런 압력도 받은 바 없다고 진술했으나 소용이 없었다.

훗날 그 아팠던 기억을 떠올리면서 오프라는 말했다. "사람들이 내게 보이는 언행에 상처받고 실망하며 지금까지 왔다. 하지만 그 모든 걸 겪으며, 극심한 고통—이 루머가 으뜸이었다—의 순간에도, 나는 내가 하느님의 자식이라는 행복한 믿음이 있었다. 그게 진짜로 내 강인함과 힘의 원천이다. 그것이 내 모든 성공의 원천이다."

"이 루머를 극복하게 해준 것은 내가 언제나 신봉하는 성서의 이사야 54장 17절의 말씀이었다. '너를 치려고 벼린 무기는 아무리 잘 만들었어도 소용이 없으리라. 너를 법정에 고소하는 혀가 도리어 패소의 쓴잔을 마시리라.' 나는 이를 안다. 아무리 어려운 일이 생길지라도 나는 안다."

Twelve

쓰레기를 현금으로 바꾸다

일단 백만장자가 되고 나자 오프라는 "세계에서 가장 부유한 흑인 여성"이 되겠노라 공언했다. 당시에는 마치 흑인 여성은 세계 최고 갑부가 된다는 꿈을 꿀 수 없는 것처럼 범위를 흑인으로 국한시켰는데, 그건 어쩌면 본인 표현에 따르면 "건방지"거나 "위엄 있게" 보이지 않고 "평범한 여자"처럼 보이기 위한 노력의 일환이었는지도 모른다. 1987년에 클리블랜드 〈모닝 익스체인지〉의 진행자 프레드 그리피스(Fred Griffith)에게 이야기했다시피, 그녀는 항상 자신이 성공할 것을 알고 있었으나 겸손하게 보이려고 노력했다. "그렇지 않으면 사람들이 '저 거만한 검둥이 좀 봐' 라고 말하니까요."

그러나 사람들은 외려 오프라의 성공을 진심으로 기뻐하고 "내가 할 수 있으면 당신도 할 수 있다"는 그녀의 신념에 감명을 받는 듯했다. 그녀는 특히 TV 시청 인구 중 가장 중요한 계층인 25~54세 여성들의 상상력에 불을 댕겼다. 그녀는 공평한 기회에 관한 온갖 달콤한 약속들로 치장된 아메리칸드림의 화신으로 선전되었다. 그럼에도 작가 바버라 G. 해리슨에게 이야기하기로는 "흑인 여성들이 보이는 부정적 반응"에 속이 상한다고 했는데, 1988년에 전국 TV에 나와 어린 시절에 늘 하얘지고 싶었다고 바바라 월터스에게 말했던 사실은 잊어버린 게 분명했다. "그런 건 말하기 망설여져요. 일단 말해버리면, 모든 흑인 단체들이 전화를 걸어와 '어찌 감히 그런 말을 하냐' 고 질책을 퍼부으니까요. 하지만 정말이에요, 나는 하얘지고 싶었어요."

일부 흑인 여성들이 기분 나빠하는 것이 당연했으나, 오프라는 그 이유를 이해하지 못했다. 전직 방송기자 재닛 랭하트 코언(Janet Langhart Cohen)에게 그녀도 같은 문제에 봉착한 적이 있는지 물었다. "흑인 여성들이 당신더러 충분히 까맣지 않다며 왜 당신 쇼에 흑인들이 더 안 나오느냐고 따지곤 했나요?"

"오, 설마 당신한테 그런 문제가 있는 건가요?"

"네, 맞아요." 오프라가 말했다. "시카고에서 2년 동안 겪어왔어요. 사실 별 문제는 아니에요. 하지만 일단 확산이 되면 큰 사안으로 변하죠. 흑인 라디오 방송국 같은 데서 말이에요. 심야 토론처럼 흘러가는 거예요. 청취자들이 전화를 걸어 묻지요. '오프라 윈프리는 충분히 까만가?' "

"그냥 질투네요, 그건." 재닛 랭하트 코언이 말했다.

"바로 그거예요"라고 오프라가 맞장구쳤다. "받아들이기 제일 힘들었던 게 그런 질투였어요."

오프라를 흠모하는 시청자들(백인 여성의 비율이 압도적)은 열심히 부를 쌓아가는 그녀의 모습을 보며 즐거워했고 어떻게 쇼핑하고 무엇을 사고 어디에 돈을 썼는지에 관해 그녀가 들려주는 이야기를 재미있어했다. 비록 방송에서는 가구 경매에서 47만 달러를 썼다는 식의 사치스런 소비 행태를 언급하기보다는 이제 더는 잡화점에서 팬티스타킹을 사지 않아도 된다는 식의 여자아이 같은 고백을 수줍게 꺼내놓았지만 말이다. "그녀는 작은 셰이커(Shaker, 검소한 생활을 하는 셰이커교도들은 간결미와 기능주의가 돋보이는 가구를 만들어 썼다—옮긴이)스타일 서랍장 하나에 24만 달러를 지불하기도 했어요. 지금 주방에 놓여 있지요." 오프라의 실내장식가 앤서니 브라운이 말했다. "왜 그걸 샀냐고요? 그녀의 우상이 빌 코스비(셰이커가구 수집가)이니까요. 그가 하는 건 모두 따라해야 하거든요."

많은 사람들이 오프라의 '개천에서 용 난' 사연에서 놓친 것은 그 성공의 원동력인 드높은 야망이었다. 그녀의 욕망은 만족할 줄을 몰랐다. 오랜 세월 힘든 노동을 연료 삼아 줄곧 앞으로 내달리기만 했다. 쉴 새 없이 뻗고 늘리고 확장하는 게 일이었다. 회오리바람처럼 정신없이 돌아가는 방송계에서 그녀는 매일같이 겨우 네다섯 시간 잠을 잤고 휴식을 취하는 일도 드물었다. 1988년의 어느 한 주 동안을 예로 들면, 우선 앨라배마의 모바일로 날아가 강연을 한 다음, 곧바로 다른 강연을 위해 내슈빌로 향했다. 시카고로 돌아와서는 연달아 2회분의 쇼를 녹화했고, 강연 약속이 잡힌 클리블랜드로 날아갔다가 노스캐롤라이나의 그린즈버러로 이동해 스테드먼과 저녁을 먹었다. 이튿날 아침, 어떤 상을 받으러 뉴욕으로 떠났다가 내슈빌을 다시 방문해 스테드먼과 함께 자선 야구시합을 관전했고 다음 날 시카고로 돌아왔다. 그녀는 끊임없이 자신을 밀어붙였고, 주위의 모든 사람들을 독려했다. 아마 그런 면이 어마어마한 성공을 거두는 데 꼭 필요한 요소였을 것이다.

〈컬러 퍼플〉을 찍고 난 후 그녀는 토크쇼 진행자뿐 아니라 영화배우로서의 경력도 쌓고 싶다는 포부를 밝혔다. "그 모든 걸 원해요. 위대한 영화배우가 될 생각이에요." 〈레이디즈 홈 저널〉지와의 인터뷰에서 말했다. "위대한 영화배우요."

첫 영화를 찍을 시간을 얻어내고자 WLS와 힘겨운 협상을 벌인 다음, 제프 제이컵스는 오프라에게 향후 WLS가 아닌 본인이 직접 영화 촬영에 필요한 일정을 잡을 수 있도록 토크쇼 소유권을 가지면 어떻겠냐고 제안했다. 방송사 측에선 12주 휴가를 주기를 망설였고, 그녀는 그렇게 해주지 않으면 토크쇼를 관두겠다고 으름장을 놓았다. 그래서 제이컵스는 유급 휴가와 병가 일수를 모두 박탈당하면서 간신히 시간을 얻어냈고, 방송사는 그녀가 복귀하기까지 임시 진행자들을 섭외하며 재방송을 내보내기로 의견을 모았다. 그때 제이컵스가 오프라한테 제시한 방안이, 앞으로 직업적 삶을 본인이 완전히 통제하게끔 직접 쇼를 제작하고 자체 스튜디오를 짓자는 것이었다. "그이 덕분에 정말 한계란 없다는 걸 알게 됐어요." 오프라가 말했다.

골든 글로브 여우조연상 후보에 지명된 데 이어 1986년 아카데미상 후보로도 이름이 오르자, 그녀는 그야말로 거칠 것이 없었다. "난 연기를 해야 돼요." 〈굿하우스키핑〉지 기자에게 한 말이다. "내가 좋은 인터뷰어인 건 스스로 방법을 배워나간 측면이 커요. 하지만 내 연기는 타고난 거예요." 그녀는 CNN 방송에서 래리 킹(Larry King)에게 "연기를 할 때가 마음속으로 가장 행복하다"고 말했다. "사람들은 아이를 낳을 때 그렇다고 하더라고요. 아기가 자궁에서 막 나오는 순간 말이에요. 나는 연기를 할 때가 그런 순간이에요."

오프라는 1년에 적어도 한 작품은 찍을 생각이라고 했다. 1988년 3월에 두 번째 영화를 시작했는데, 한 흑인 남자의 살인적인 분노를 그린 리처드 라이트의 소설 《네이티브 선》이 원작으로 제럴딘 페이지(Geraldine Page), 엘리자베스 맥거번(Elizabeth McGovern), 맷 딜런(Matt Dillon)과 공연했다. 오프라는 아들이 살해한 백인 소녀의 부모에게 자비를 구걸하는 어머니 역에 캐스팅되었다. 그녀의 연기는 평단의 호감을 얻는 데 실패했다. 줄리 샐러먼(Julie Salamon)은 〈월스트리트저널〉에 "과도한 점강법을 의기양양하게 구사한다"고 썼으며, 온라인 데이터베이스 AMG(All-Movie Guide)의 핼 에릭슨(Hal Erickson)도 같은 의견이었다. "오프라의 지나치게 연극적인 행동은 〈컬러 퍼플〉에서의 잘 조절된 영민한 연기에 비하면 수준이 떨어진다." 〈뉴욕타임스〉의 빈센트 캔비(Vincent Canby)는 "출연자들, 그중에서도 오프라 윈프리가 감정을 연기할 때면 꼭 구닥다리 영화처럼 보인다"고 혹평했다.

〈네이티브 선〉은 흥행에 참패를 하고는 개봉한 지 2주 만에 극장에서 내려졌다. 그러나 오프라는 기를 죽이는 평가들에 굴하지 않았다. 자신은 코미디를 해야 하는 사람이라고 〈시카고트리뷴〉지에 말했다. 트루먼 커포티(Truman Capote)의 단편 〈하루의 일〉(A Day's Work)에 나오는 맨해튼 청소부 역을 제의받았을 때, 그녀는 틀어 올린 은발과 둘둘 말려 내려간 스타킹 차림의 비탄에 잠긴 덩치 큰 여자로 자신의 역할이 고정돼가고 있다고 판단했다. 작가 로버트 월드런에게 말하길, 전형적인 흑인 가정부 역할들만 맡는다고 비난하는 사람들 때문에 속이 상한다고 했다. "처음엔 아주 친절하게 대하는 편이었어요. 지금은 그런 말 하는 사람들 뺨을 후려치고 싶어요!" 〈애드위크〉와의 대담 때는 이런 말을 했다. "성적 매력을 지닌 캐릭터를 연기해봤으면 좋겠어요. 남편을 일곱이나 갈아치우고 사귀는 남자마다 기운을 쏙 빼놓았던 위대한 흑인 가수 다이너 워싱턴(Dinah Washington) 같은 역할 말예요." 오프라는 무슨 문제를 겪는 흑인 여자만 연기하고 싶진 않았다. "우리 이야기를 들려주는 것도 나한테는 중요한 일이에요. 하지만 거기에만 얽매이는 건 싫어요."

영화배우로 성공하겠다는 그녀의 선언을 듣고 많은 사람들은 '킹월드'가 〈휠 오브 포춘〉(Wheel of Fortune)과 〈제퍼디!〉(Jeopardy!)에 이어

세 번째로 큰돈을 벌어다주는 〈오프라 윈프리 쇼〉를 잃게 될 것이라 짐작했으나, 정작 배급사는 걱정하지 않았다. "오프라는 야망이 대단하다." 자금담당부사장인 제프리 엡스타인(Jeffrey Epstein)이 말했다. "그녀는 영화와 TV 드라마에서 연기를 하고 싶어하지만, 흑인 여성이 할 만한 좋은 배역은 많지가 않다. 따라서 그녀가 직접 프로그램을 제작할 필요가 생기는데, 그러자면 비용이 엄청나게 든다. 그 자금을 대는 최선의 방법은 주간 토크쇼를 계속 진행하는 것이다." 오프라는 그 얼마 전에 토니 모리슨으로부터 퓰리처상을 탄 소설 《빌러비드》의 판권을 100만 달러에 사들였다. "가격 협상을 시도조차 안 했어요. 그냥 '원하는 금액을 말하라' 했고, 그대로 지불했습니다." 그녀는 자신의 이름을 빛낼 일에 100만 달러를 투자한 거라고 믿었다.

록스타와 스타 배우, 프로 운동선수와 월가의 약탈자를 제외하면, 미국 내 200여 도시와 해외 64개 시장에서 TV 전파를 타는 넘버원 토크쇼의 진행자보다 돈을 더 버는 사람은 거의 없다. 신디케이션 첫해에 오프라는 3,100만 달러를 벌어들였고, 이듬해에는 3,700만 달러, 3년째에는 무려 5,500만 달러의 수입을 올려 〈포브스〉가 선정한 세계 최고 갑부 연예인 9위를 차지했다. 토크쇼야말로 부의 주된 원천으로, 그녀는 그 프로를 그만둘 생각이 전혀 없었다. "그것이 없다면 다른 일은 하나도 일어날 수 없을 것"이라 했다. 영화 경력을 쌓기 위해 시카고를 떠난다는 생각도 해보지 않았다. 연기 쪽 일은 뉴욕과 LA에 기반을 두고 있었으나, 두 도시 어느 곳에서도 자신의 토크쇼가 흥할 수 없다는 걸 오프라는 알고 있었다.

"중서부에서는 우리 쇼에서 펼쳐지는 사건들에 기겁하는 사람들이 있을 거예요." 프레드 그리피스에게 그녀가 말했다. "내 쇼에 누가 나와서 '우리 아버지는 수년 동안 오리와 데이트를 하셨어요' 라고 말하면, 중서부 사람들은 '맙소사, 저 사람 아버지가 오리랑 데이트를 했대!' 라고 반응하지요. 뉴욕 사람들은 '내 사촌도 오리랑 데이트 했는데, 뭐' 라고 반응하죠." 언젠가 캘빈 트릴린(Calvin Trillin)이 "문화가 공기 중에 무겁게 드리워지지 않은" 환경이라 묘사했던 그 지역에서 자신이 끌어모을 수 있는 고감도 방청객들을 지칭하며 오프라는 〈일렉트로닉 미디어〉에 말했다. "여기 사람들은 아직도 충격을 받을 수 있답니다."

그녀의 총괄 프로듀서가 부연 설명을 했다. "우리 쇼의 시청자들한테서는 확실히 이 도시의 성격이 묻어난다"고 데브라 디마이오가 말했다. "그들은 중서부 지역의 가치를 반영하죠. 외향적이에요. LA나 뉴욕과 반대되는 건 아니지만 그들의 라이프스타일이 좀 더 인간적이란 거죠."

"오프라가 다른 지역에서 쇼를 진행할 수 없었던 건 사실이다." 〈시카고 선타임스〉의 사설란 편집자였던 셰릴 리드의 말이다. "뉴욕과 LA 사람들은 너무 세련되고 냉소적이다. 그러나 시카고는 그녀의 프로그램 스타일과 완벽하게 어울린다."

시카고는 오프라가 다른 곳으로 가지 않은 걸 고마워했다. 그녀 덕분에 시카고가 국제적인 명성을 얻게 되었고 수많은 관광객을 끌어들였으며, 매년 그녀의 쇼를 방청하는 사람들로 호텔과 레스토랑들이 꽉꽉 들어찼으니 말이다. 그 인기가 얼마나 대단한지, 시카고 관광청은 잠재적 방문자들에게 보내는 안내책자에 "토크쇼 방청권 정보"라는 특별 항목을 추가했을 정도다. 오프라는 또한 해마다 아동병원과 교육 프로그램, 학교, 보호소, 문맹퇴치 프로그램을 비롯한 여러 지역 단체들에 수십만 달러를 기부한다. 셰드 아쿠아리움, 시카고 예술아카데미, 오크론에 있는 어린이 박물관, 뒤사블레 흑인역사박물관 등 다양한 박물관과 예술 단체도 아낌없이 후원하고 있다.

오프라의 모든 자선활동에 대한 세금 신고서와 본인이 언론에 밝힌 이야기들을 검토해보면, 1987년부터 2009년까지 시카고의 각종 단체들에 기탁한 금액이 3,000만 달러를 넘는 것으로 나타난다. 이 가운데 일부는 시청자들이 오프라의 에인절 네트워크에 기부한 것—오프라가 다른 사람들로부터 거두어서 그녀 이름으로 기부한 돈—이다.

1988년 8월, 제프 제이컵스는 마침내 캐피털 시티즈(Capital Cities) · ABC(캐피털 시티즈 커뮤니케이션사는 미국 최대 방송그룹 중 하나로 ABC 네트워크를 운영한다—옮긴이)와 오프라가 평일 쇼에 대해 완전한 통제권을 갖는다는 내용의 협상안을 마무리 지었다. 나아가 1993년까지 계약을 5년 연장하는 것으로 킹월드와 새 계약을 체결했으며, 캐피털시티 및 ABC의 7개 방송국 모두 그때까지 그녀와 함께 가기로 합의했다. 게다가 ABC는 오프라에게 세 편의 특집 방송도 편성해주었다. 업계 분석가들은 그 계약들이 오프라와 킹월드에게 5억 달러의 가치를 지닌다고 추산했다. 20년 후 그들은 〈오프라 윈프리 쇼〉가 연간 1억 5,000만 달러를 벌어들이는 것으로 추산했으며 그중 1억 달러를 오프라가 가져갔다.

이와는 대조적으로, 높이 평가받는 또 다른 인기 토크쇼 진행자인 엘런 드제너러스(Ellen DeGeneres)는 1년에 2,500만 달러라는 엄청난 액수를 벌었지만, 이는 오프라가 번 것의 4분의 1 수준에 지나지 않았다. 이렇게 차이가 나는 것은 오프라 본인이 토크쇼를 소유하고 기획하기 때문인데, 시청자 수가 많아 상대적으로 수익성이 좋은 편성표를 가진다는 것도 유리한 점이긴 하다. 오프라의 쇼는 모든 도시에서 오후 4시에 시작해(예외적으로 시카고에서는 오전 9시에 방송된다) 뉴스 시간까지 이어지므로, 방송국 입장에선 아침에 방송되는 엘런 쇼보다 더 가치가 있다.

1988년에 소유권에 관한 뉴스가 나온 후, 오프라와 〈시카고 선타임스〉의 로버트 페더와의 대담 자리가 마련되었다.

"나는 로자 파크스(Rosa Parks, 1955년 시내버스 백인 좌석에 앉았다가 체포되면서 대규모 흑백차별철폐운동을 촉발시킨 인물—옮긴이)와 레온틴 프라이스(Leontyne Price, 미국을 대표하는 흑인 여성성악가—옮긴이)의 사진들을 바라보며 지내왔어요." 그녀가 입을 열었다. "그리고 내 자신이 수많은 조상들의 부활이라고 믿고 있고요. 그들을 위해 부활된 생명이라고 말예요. 난 그런 꿈을 꾸며 삽니다. 제발 부탁인데, 내 말을 정확하게 인용해주세요. 사람들이 날 예수로 생각하는 건 원치 않으니까……."

"나는 평생 흑인 여성들을 극적으로 해석해왔어요. 해리엇 터브먼, 소저너 트루스, 파니 루 해머가 모두 나의 일부입니다. 언제나 내 삶은 완성된 그들의 삶이라고, 그들은 내가 건너가는 다리라고 생각해왔어요. 그들은 이렇게 좋은 세상이 올 줄은 꿈도 못 꿨지요. 지금도 느낍니다, 모두 내 곁에 있다는 것을요. '잘한다, 오프라. 힘 내, 오프라' 라고 응원하면서 말이죠."

그로부터 1주일이 지난 뒤에도 〈시카고 선타임스〉 칼럼니스트 대니얼 루스(Daniel Ruth)는 여전히 식식거렸다. 그는 오프라의 자아가 "홍청망청, 게걸스런 먹성"을 드러냈다고 지적하며 "걱정 말아요, 오프라. 단지 쓰레기를 현금으로 바꿀 줄 안다고 해서, 그리스도와 비교될까 봐 노심초사 안 해도 됩니다. 소저너 트루스가 '군식구 때문에 골치 아픈 사람들' (1988년 7월 5일 오프라 쇼), '연속극 스타와 팬' (1988년 6월 29일 오프라 쇼), '섹시하게 옷 입기' (1988년 7월 28일 오프라 쇼) 같은 주제들과 씨름하며 보냈을 거라고 믿기는 힘들죠"라고 썼다. 공정하게 말하자면, 루스는 오프라가 인종관계(1988년 8월 4일), 영화 〈그리스도의 마지막 유혹〉(The Last Temptation of Christ)을 둘러싼 논란(1988년 8월 16일), 에이즈에 관한 토론(1988년 7월 15일) 같은 몇몇 중요한 주제를 다룬 데 대해서는 칭찬을 했다. 하지만 그러고 나서 다음과 같이 맹공을 가했다. "친애하는 오프라여, 제발이지 진정한 지성인들과 지도자들 및 헌신과 재능과 용기를 통해 정당한 찬사를 얻어냈던 소저너 트루스, 해리엇 터브먼, 파니 루 해머, 레온틴 프라이스, 특히 로자 파크스를 위시한 선구자적인 흑인 여성들과 당신을 동급으로 가정하지 말아주십시오."

오프라가 자신이 진행하는 쇼를 소유하게 되자 제프 제이컵스는 즉시 제작 스튜디오를 알아보기 시작했고, 몇 개월이 안 돼 당시만 해도 상점 간판들이 떨어져나가고 공터들이 즐비하던 니어웨스트사이드(Near West Side)라는 구역에서 400만 달러짜리 건물(2,800평 규모)을 찾아냈다. 시카고 중심가가 그 방향으로 확장될 수밖에 없다는 걸 간파한 그는 오프라에게 투자를 권유하며 그녀의 꿈이 실현될 곳이라 말했다. 그곳에 스튜디오를 세우면 사람들이 찾아올 것이며, 토크쇼뿐 아니라 본인과 다른 사람들을 위한 영화도 제작할 수 있을 것이라 했다. "안전한 곳입니다. 우리의 운명을 통제한다는 게 중요해요." 기자들에게 말했다. "하포 스튜디오는 오프라가 원하는 건 무엇이든 할 수 있게 해줄 것입니다. 그녀의 통제권 하에서 경제적으로 말입니다." 제이컵스와 킹월드가 구매가의 20퍼센트를 부담하고 오프라가 80퍼센트의 지분을 소유했다. 그녀는 하포 프로덕션의 회장, 제이컵스는 사장 겸 최고운영책임자가 되었다.

이 합병 건으로 오프라는 아프리카계 미국인 여성으로는 최초, 그리고 여성 전체를 통틀어서도 사상 세 번째(이전 두 명은 메리 픽퍼드(Mary Pickford)와 루실 볼(Lucille Ball))로 영화 스튜디오를 소유한 주인공이 되었다. 그러나 남편의 도움 없이 전적으로 혼자서 그 일을 이룬 여성으로는 오프라가 유일했다. 비록 영민한 변호사 겸 에이전트가 옆에서 승부를 걸라고 부추기긴 했지만. "남한테 고용되는 연예인이 되지 말라"고 제이컵스는 말했다. "스스로 주인이 되어라. 봉급쟁이로 살지 마라. 행동에 나서라." 그 시기에 오프라는 제프 제이컵스를 "하늘이 주신 선물"이라며 그의 사진을 순은 액자에 끼워 책상 위 빌 코스비, 퀸시 존스, 스테드먼, 게일의 사진들 옆에 두었다. "제프는 나를 노예근성에서 해방시켜주었다. 그의 도움으로 내가 정말로 통제할 수 있다는 걸 깨닫게 됐다."

밀워키에서 지독히도 상처받았던 어린 시절 때문인지 통제는 오프라에게 매우 중요한 의미가 있었는데, 그럼에도 제이컵스는 소유권 개념을 그녀에게 열심히 주입시켜야만 했다. 그녀의 회사들은 주식을 상장할 필요가 없어 그녀가 몹시 싫어하는 정밀 조사에 시달리지 않아도 된다고 안심시켰다. 이사회나 감독위원회의 질문에 대답할 일 또한 없을 것이었다. "당시 통제권에 대해 내가 바라는 건, 사람들이 내게 이래라저래라 시키지 않는 상황이었어요." 그녀가 말했다. "그때까지도 나는 노예처럼 생각하며 지냈습니다. 연예인처럼 생각했지요. 이제는 '소유하고 싶다'고 말하는 단계로 나아가야 해요." 제이컵스에겐 다행스럽게도, 그녀의 바람이 걱정보다 컸다.

그는 자신이 맡은 역할을 오프라의 카운슬러라고 설명했다. "조사 자료와 선택 사항, 의견들을 그녀에게 제시하죠. 함께 의논한 다음, 그녀가 결정을 내립니다. 나는 그녀를 위해 일하고 또 그녀와 함께 일합니다. 그 때문에 항상 상황이 어떻게 돌아가는지를 그녀한테 정확히 알려주는 조직을 만든 것이죠. 수표에 서명을 하고 결정을 내리는 사람은 오프라입니다. 나는 그녀를 보좌하면서 비즈니스적인 관점뿐 아니라 법적인 관점에서도 그런 일들을 살피죠. 하지만 그녀는 이 조직을 속속들이 파악하고 있습니다."

2002년에 험악하게 갈라서기 전까지 제프 제이컵스는 오프라가 하포(Harpo, Inc.) 법인을 포함하는 미디어 제국을 건설하도록 거들었다.

2009년 1월, 하포 필름스는 톰 행크스(Tom Hanks)의 제작사인 플레이톤(Playtone)과 제휴하여 《에드거 소텔 이야기》(The Story of Edger Sawtelle)를 영화화한다고 발표했다.

2009년 2월에는 오프라가, 선댄스 영화제 수상작으로 나중에 〈프레셔스〉(Precious)로 제목이 바뀐 〈푸시: 사파이어의 동명소설이 원작〉(Push: Based on the Novel by Sapphire)을 하포 필름스를 통해 개봉하는 것으로 배급을 지원하겠다고 발표했다.

오프라와 동업자들은 하포 스튜디오를 위한 부동산을 구매하는 데 그치지 않고 제작 스튜디오를 개조 확장하고 장비들을 갖추는 데도 1,600만 달러를 투자했다. 18개월 동안 여러 건축가, 엔지니어, 디자이너와 머리를 맞대고 일했다. "이렇게나 큰 공사일 줄은 상상도 못했다"고 오프라는 나중에 털어놓았다. "알았더라도 했을 테지만요. 노력과 돈이 드는 게 현실이니까요. 다른 사람들은 어떨지 모르지만 저는 금전적 부담에 전혀 짓눌리지 않아요. 많은 비용이 들 거라는 걸 알고 있었습니다."

전 세계에 자신이 보여주고 싶은 이미지를 만들 곳이기에 오프라는 스튜디오에 전폭적인—감정적으로나 금전적으로나—투자를 했다. 집을 지을 때도 마찬가지였다. 콜로라도 텔루라이드의 땅 12만여 평을 사들인 후, 예일대 건축학과장 로버트 스턴(Robert A. M. Stern)이 운영하는 유명 업체에 공사를 맡겼다.

"처음 만난 자리에서 그녀에게 주변 환경—고산 삼림—과 자연스레 어울리는 모델을 보여주었다." 그때 일한 건축가들 중 한 명의 회상이다. "그녀는 단칼에 그 제안을 잘라버렸다. '사람들이 차를 타고 와서 와아! 하고 감탄할 집을 원한다'고 했다. 그래서 우린 제도판으로 돌아갔고, 이번에는 스키 슬로프 위에 하얀 기둥과 탁 트인 베란다를 갖춘 대리석 저택을 그려냈다. 다시 찾아온 그녀는 설계도를 보더니 이렇게 말했다. '사람들이 와아! 하고 외칠 만한 집을 원한댔잖아요. 이런 허접한 것 말고요!' 공사는 결국 무산되었다."

오프라는 하포 스튜디오가 TV 프로그램과 광고 및 영화 제작에 필요한 최첨단 장비를 갖춘, 중서부의 메이저 스튜디오가 되기를 희망했다. "할리우드보다 비용이 적게 든다는 점을 감안해, 기존 제작 기반을 유지하면서 새로운 제작 물량을 시카고로 끌어들이기를 바라고 있어요. 그러면 새 일자리들이 생기고 다른 경제적 이득들도 발생할 것입니다." 그녀는 또 "내 활동을 적극 지지해준 사람들이 사는 도시에 투자를 할 수 있어 기쁘다"고 했다.

한 블록 전체를 차지하는 하포의 호화 시설에는 방음스튜디오 셋, 업무지원실, 회의실, 조정실, 제작 편집실, 팝콘 기계가 비치된 상영관, 전속 요리사가 있는 소형 연회장, 각종 운동기구들이 들어찬 체육관, 전문 인력이 배치된 미용실, 직원용 카페테리아 등이 포함된다. 오프라는 "일하러 오는 게 즐거울 만큼 쾌적하고 활기찬 환경을 조성해주고 싶었다"고 말했다. 그러나 한 여성이 지적했듯이, "하포에서는 오프라가 최우선이고 오로지 오프라와 그녀의 애견들한테 초점이 맞춰져 있기 때문"에 직원들이 자녀를 맡길 수 있는 탁아소 같은 건 마련되지 않았다.

오프라는 자신이 키우는 코커스패니얼 종 소피와 솔로몬을 자식처럼 여겼다. 하포 복도에서 자유롭게 뛰어다니게 두었는데, 전 직원의 말에 따르면 "사무실에도 막 들락날락했다"고. "솔로몬은 목에 원뿔형 캡이 씌워져 있어요. 불쌍하게도 벽 쪽으로 걸어가다 쾅쾅 부딪치곤 했죠." 오프라는 이따금 애견들을 쇼에 데리고 나왔다. 한번은 "스테드먼과 나 사이에 딸이 하나 있다. 요즘 말썽을 피우는 게 꼭 내 잘못 같다"라는 말로 다음 코너에 대한 궁금증을 유발시켰는데, 그 "딸"이란 게 소피였다.

암살에 대한 오프라의 두려움을 반영하듯, 스튜디오는 요새처럼 운영된다. 입구에서 일군의 경비원들이 방청객들을 전자봉으로 훑고 가방과 짐을 검사하는 것도 모자라, 하포 직원들도 철문을 통과할 때마다 컴퓨터에 개인 암호를 입력시켜야 한다. 모든 초대손님들은 일정대로 움직여야 하며 신분증을 제시하게 돼 있다. 방문객들이 함부로 접근할 수 없다.

하포에는 게스트 휴게실이 세 개 있는데, 그중 두 개는 일반 손님용이다. "무대에 나가기 전에 게스트들을 따로 떨어뜨려놓아야 하는 경우가 간혹 있어서 방이 두 개 필요하다"는 게 직원의 설명이다. 일반 게스트들에게는 과일과 머핀, 물이 제공된다. VIP용 휴게실—존 트라볼타, 톰 크루즈, 줄리아 로버츠 같은 유명인들이 사용함—에는 전용 출입문이 나 있어서 푹신푹신한 가죽 의자들과 대형 TV, 맛난 음식들, 그리고 몰턴 브라운(Molton Brown, 영국 자연주의 화장품 및 목욕용품 회사—옮긴이) 제품들로 채워진 개인 욕실을 이용할 수 있게 돼 있다. "일반 휴게실과 VIP 휴게실의 차이는 메리어트 호텔과 리츠 호텔의 차이"라고, 두 곳을 모두 이용해본 여성이 말했다.

또 하나, 하포에는 시청자들이 만들고 보내온 팬 아트(fan art)들로 가득한 축구장 다섯 배 길이의 창고가 있다. 오프라 문양의 레이스 깔개, 오프라를 천사나 성모마리아로 표현한 유화 작품, 오프라 모양의 작은 도자기 인형, 오프라를 세계의 여왕으로 묘사한 라인석 모형, 으깬 감자(그녀가 제일 좋아하는 음식)를 먹는 모습을 그린 수채화 작품, 웨딩케이크 위의 스테드먼과 오프라를 그린 유화 작품……. "재미있고 별나고, 아무튼 흥미로웠습니다." 오프라와 창고를 둘러본 한 미술감독이 소감을 나타냈다. "'아주 감동적'이라고 얘기했더니 그녀가 그러더군요. '뭐, 그렇기도 하고 아니기도 해요. 대부분 청구서가 딸려 왔거든요.'"

결국 하포는 여섯 개의 건물로 구성되었고, 오프라의 부동산회사는 근처의 한 건물을 추가로 구입해 2008년에 155평 규모의 '오프라 스토어'를 개장, 팬들에게 오프라 관련 상품들을 판매하게 되었는데, 거기서 나온 수익금은 전액 '오프라의 에인절 네트워크'와 '오프라 윈프리 리더십아카데미재단'으로 들어간다. 그 상점의 거의 모든 물품에는 'O' 표시가 새겨지거나 수놓아지거나 양각 처리돼 있다. 크리스마스 연휴 동안에는 'O' 자로 만든 눈사람을 포함해, 88개의 'O' 자가 들어 있는 〈오프라 윈프리 쇼〉 스노글로브(snow globe, 투명 유리 안에 인형과 장식을 넣은 크리스마스 인테리어 소품—옮긴이)를 판다. O 잠옷, O 양초, O 메탈릭 핸드백, O 캔버스 백, O 모자, O 머그잔, O 식탁 깔개 등은 1년 내내 판매한다. 심지어 "grOceries"라고 써놓은 장바구니도 있다. 상점 한구석에는 사이즈 10에서 18까지 오프라의 헌옷들을 진열해놓은 '오프라의 옷장' 코너가 있다. 그녀가 입었던 프라다 스커트(400달러)와 페레 부츠(300달러)를 비롯하여 모든 물건에는 "(주)하포는 이 꼬리표가 달린 물품은 오프라 윈프리의 옷장에서 나온 의류임을 보증합니다"라는 내용의 꼬리표가 달려 있다. 오프라 스토어에서는 또한 아래와 같은 오프라의 어록이 적힌 메모지도 판다.

- 당신이 살면서 할 일은 삶의 목적을 찾아내어 그것을 따라 살아가는 것이다.
- 날마다 숨을 들이마시고 신을 벗어던진 채 춤을 추러 나설 기회가 찾아온다.
- 오늘 하는 일이 내일을 만든다.
- 당신이 하는 말과 행동이 당신이 어떤 사람인지를 세상에 보여준다.
- 진실하게 살아라.
- 당신만의 꿈을 꾸며 살아라.
- 잘 살아가는 기쁨이 최고의 보상이다.
- 당신한테 필요한 용기는 당신의 열정을 따르는 용기뿐이다.
- 당신이 주는 사랑=당신이 받는 사랑

하포 건물이 세워지고 난 뒤 시카고의 니어 웨스트사이드는 고급스럽게 변했다. 개발업자들이 그 동네로 들어와 아파트 등을 짓게 된 데는 오프라가 제작 스튜디오에 상당한 투자를 했던 영향이 컸다.

하포 사옥을 짓는 동안 오프라는 LA로 날아가 글로리아 네일러(Gloria Naylor)의 소설을 각색한 〈브루스터 플레이스의 여인들〉(The Women of Brewster Place)이라는 영화를 촬영했다. 일곱 명의 흑인 여성들이 연대해 빈민가의 설움과 좌절을 극복해가는 과정을 다룬 작품이다. "지금까지 나온 네트워크 TV 미니시리즈 중 최고가 될 거예요." 오프라가 기자들에게 말했다. "들으셨죠? 최고라고요. 그 말 그대로 적으셔도 돼요."

이것은 그녀의 첫 주연작이자 제작 프로듀서를 맡은 첫 영화였다. "〈컬러 퍼플〉 이후, 내 연기가 요행이 아니었다는 걸 증명하고 싶었어요." 무너진 꿈과 배신과 실패의 쓴맛에 관한 네일러의 소설을 선택한 건, 인간의 존엄성을 앗아가려는 세상에서 품위를 지키며 살아남고자 하는 의지를 다룬 작품이라고 생각했기 때문이었다. 그러나 네트워크 세 곳 모두가 그 프로젝트를 거절했다. "너무 여성적이라더군요." 오프라는 결국 LA로 날아가 네트워크 엔터테인먼트 사장인 브랜던 스토다드를 직접 만남으로써 ABC에 개인적인 영향력을 행사했다. "어쨌든 방영은 하게 됐어요." 나중에 그녀가 말했다. "내가 참여한다는 점을 가지고 ABC를 설득했지요."

그녀는 이어 시슬리 타이슨(Cicely Tyson), 로빈 기븐스(Robin Givens), 재키 해리(Jackée Harry), 린 휫필드(Lynn Whitfield), 로넷 매키(Lonette McKee), 올리비아 콜(Olivia Cole), 폴라 켈리(Paula Kelly) 등을 출연진으로 구성하는 데도 도움을 주었다. "(내가 기억하기로) TV에서 흑인 여성들의 삶을 다룬 드라마를 내보내는 건 이번이 처음이다"라고, 오프라와 절친한 캐스팅 디렉터 루벤 캐넌은 말했다.

글로리아 네일러의 소설은 앨리스 워커의 《컬러 퍼플》처럼 흑인 남자들에 대한 묘사 때문에 비난을 받았다. 그래서 오프라는 남자 캐릭터들 중 일부를 덜 포악하게 보이도록 조정했다. 하지만 대본을 검토하게 해달라는 전미유색인지위향상협회의 요청은 거절했다. "그런 통제를 받고 싶은 사람이 과연 있을까요. 아마 없을 겁니다. 저는 모욕감마저 느낍니다. 저는 누구보다 흑인으로서의 정체성을 깊이 의식하고 있습니다. 제가 혼자 힘으로 여기까지 오지 않았다는 것, 역사책에 이름이 나오는 흑인들과 그렇지 않은 수많은 흑인들의 업적을 바탕으로 이 자리에 오게 되었다는 것을 잘 알고 있습니다. 저에게는 흑인 여성으로서뿐만 아니라 한 인간으로서 좋은 일을 해야 한다는 책임감이 있습니다. 저도 누구 못지않게 흑인 남성들의 이미지에 신경이 쓰입니다. 하지만 가족들을 학대하는 흑인 남성들은 분명히 존재하며,

그렇게 하는 백인 남성들도, 히스패닉계 남성들도 있습니다. 그건 부인할 수 없는 사실입니다. 저는 매일같이 그런 현실을 접합니다. 그러므로 저는 다른 사람들의 생각, 그리고 제가 무엇을 해야 한다는 이상적 기준에 휘둘리기를 거부하는 바입니다."

책에 나온 남성 캐릭터들에 일부 변화를 주는 한편, 피부색에서부터 종교적, 정치적, 성적 취향에 이르기까지 흑인 여성들의 다양성을 표현하려는 소설가의 의도를 존중해 레즈비언 관계는 손대지 않고 두었다.

오프라는 그 영화를 완성하기까지 6주 동안 하루 열여덟 시간씩 일했다. 제작 프로듀서 아니랄까 봐, 매일 아침 세트장에 가장 일찍 나오는 사람도 그녀였다. "나는 모두의 이름을 잊지 않고 기억해두었어요. 그래서 나를 무게나 잡는 우두머리로 생각하는 사람은 아무도 없었죠."

〈브루스터 플레이스의 여인들〉은 1989년 3월 19일과 20일, 일요일과 월요일 저녁에 방송될 예정이었다. 오프라는 TV 비평가들을 겨냥한 기자회견을 포함해 사전에 전국적인 홍보활동을 펼치자는 ABC의 제안에 동의했다. 제프 제이컵스는 상업적 성공 여부와 상관없이 오프라가 좋은 일을 해나간다는 점이 중요하다고 기자들에게 강조했다. "〈브루스터 플레이스의 여인들〉이 방송되면, 우리는 대중이 그 작품에 호응하고 좋은 점수를 주는지 어떤지 알게 될 것입니다. 하지만 그렇든 그렇지 않든 그것은 중요한 의미를 지닌 책이었고 중요한 영화였습니다. 만들어질 필요가 있는 작품이었습니다. 그것으로 우리가 돈을 번다면야 물론 기쁘겠지요. 그러나 돈을 벌지 못한다 해도, 그것 말고도 프로젝트를 실행하는 이유들은 있습니다."

오프라가 기자들에게 물었다. "일요일 밤에 제가 어디에 있을지 궁금하죠? TV 앞에서 무릎 꿇고 있는 저를 보시게 될 거예요. 닐슨을 위해 기도하는 모습 말예요." 제이컵스가 그 프로젝트의 가치에 치중한 반면, 오프라가 몰두하는 대상은 시청률이었다. 그녀는 낙담하지 않아도 되었다. 〈브루스터 플레이스의 여인들〉은 1984년 NBC에서 방영한 〈치명적 시각〉(Fatal Vision) 이후 가장 많은 사람들이 본 2부작 영화였다. A. C. 닐슨이 조사한 바에 의하면, 오프라의 쾌거는 평균 24.0퍼센트의 시청률과 37퍼센트의 점유율로 나타났는데, 이때 시청률 1포인트는 90만 4,000가구를 의미한다. 일요일에 그녀의 미니시리즈는 CBS의 〈오즈의 마법사〉와 NBC의 〈제다이의 귀환〉을 모두 물리쳤다.

평가는 여러 갈래였지만, 대니얼 루스가 〈시카고 선타임스〉에 쓴 것보다 오프라를 더 놀라게 한 평은 없었다. 과거에는 비판의 칼날을 겨누었으나 이번에는 "특히 드라마 배우로서 상당한 재능의 소유자"라고 그녀를 치켜세우면서 "처음부터 끝까지 이 영화를 이끌어가는 에너지를 발휘한다. 캐릭터 묘사가 일품이었다"고 호평한 것.

오프라는 그에게서 긍정적인 평가를 받을 줄은 몰랐다는 내용의 편지를 보냈다. 그는 긍정적인 평가를 받을 만한 연기를 보여줄 줄은 몰랐다고 답장을 보내왔다. "그러니까," 오랜 세월 뒤에 그가 말했다. "우린 비긴 셈이에요."

스타 파워가 크게 증강된 오프라는 그 영화에 기초하여 주중 황금시간대 시리즈물을 만들자고 ABC를 설득했다. 유일한 요구사항은 목요일 밤에는 방송하지 않는다는 것이었다. 당시 가장 인기 있는 프로였던 〈코스비 쇼〉를 가리키며 "코스비와 경쟁하는 상황은 만들지 않을 것"이라 했다. 〈브루스터 플레이스의 여인들〉이 흑인 남성들을 묵사발로 만들었다고 생각하는 비평가들을 다독이기 위해, 오프라는 연민이 느껴지는 남성 캐릭터를 몇 개 추가하고 그 시리즈를 〈브루스터 플레이스〉라 부르기로 했다. ABC는 그녀와 그녀의 새 프로그램을 전폭적으로 지원했다. "오프라 윈프리가 이 시리즈를 통해 우리의 황금시간대 스케줄에 합류하게 돼 기쁘다." ABC 엔터테인먼트의 신임 사장 로버트 아이거(Robert Iger)가 말했다. "지난 시즌 미니시리즈의 성공과 매일 진행하는 프로의 계속되는 인기는 오프라가 누구한테나 호감을 준다는 증거다."

〈브루스터 플레이스〉는 1990년 5월에 방송을 시작했으나, 너무 저조한 시청률 때문에 열한 번째 에피소드를 끝으로 조기 종영되고 말았다. 그 실패한 모험은 오프라에게 1,000만 달러라는 손해를 안겼으며, 하포의 시설들은 상당수가 사용되지 않고 수익을 못 내는 상태로 방치되었다. 황금시간대 TV에서 다시 한 번 좌절을 맛본 그녀는 인디애나 농장에 칩거했다. 나중에 〈에센스〉에 말하길, 자신의 야망이 내는 소음에 "하느님의 음성"이 묻히는 바람에 실패한 것이라고 했다.

"그 시리즈가 잘되기를 원했기 때문에 잘 만들 수 있을 거라 생각했어요. 하지만 나는 준비가 안 돼 있었죠. 내 실수는 그 목소리에 귀 기울이지 않았다는 거예요. 바로 나, 말이에요! 항상 '그 소리를 귀담아 들어라', '그 소리가 이끄는 대로 가라', '그 소리가 가리키는 방향을 보라' 고 설교하는 음성 말입니다. 나는 그걸 내 안의 하느님의 음성이라 보거든요. 그 목소리는 크고 또렷하게 말하고 있었는데, 내가 주의를 기울이지 않았어요."

오프라는 〈브루스터 플레이스〉의 실패가 작품의 콘셉트나 대본, 또는 연기 때문이었을 수도 있다는 걸 이해하지 못했다. 그녀는 거푸거푸 말해왔다. "하느님은 제 안에 계십니다. 그래서 제가 늘 성공했던 거예요. 저는 하느님 중심적인 사람입니다."

그녀는 착한 사람에게도 나쁜 일이 생길 수 있다는 걸 믿지 않았다. 운명의 장난이나 사악한 혼돈, 심지어 불운 따위도 받아들이지 않았다. 행운은 자신의 성공에 따라오는 거라며 철저히 무시했다. "운은 어떻게 준비하느냐의 문제"라면서 "나는 내 신성한 자아에 초점이 잘 맞추어져 있다"고 했다. 그녀는 모든 일은 하느님의 계획 아래 움직인다고 믿었다. 거기에는 자신이 경험했다고 시청자들에게 밝힌 157가지의 기적들도 포함되었다. 노벨평화상 수상자인 엘리 위젤에게 홀로코스트에서 살아남은 걸 기적이라 말했지만, 그는 동의하지 않았다. "하느님의 기적이 나를 살린 거라고요? 왜요? 나보다 훨씬 나은 사람들이 많았는데요. 그건 우연이었을 뿐입니다." 오프라는 못 믿겠다는 표정으로 그를 바라보았다.

자신의 "성공적인" 삶을 하느님의 계획 덕으로 돌려왔던 그녀는 이제 〈브루스터 플레이스〉의 실패를 저 높은 곳에서 내려온 또 다른 메시지로 받아들였다. "진심으로 나는 우리에게 일어나는 모든 일에는 교훈이 들어 있다고 이해합니다." 그녀가 말했다. "그러므로 '왜 이런 일이 나에게 벌어졌나?'는 질문으로 시간을 허비하는 대신, 내가 왜 (이 시리즈를) 선택했는지를 파악하려 했습니다. 그것이 나에게 필요한 대답입니다. 선택에 대한 책임을 지느냐, 안 지느냐, 문제는 항상 그것입니다. 대답을 자기 밖에서 구하려 할 때마다 우리는 엉뚱한 곳을 바라보고 있는 겁니다."

바버라 G. 해리슨은 〈뉴욕타임스 매거진〉에서 오프라의 믿음들을 분석하면서, 그녀의 "얽히고설킨 모순들"과 지나치게 단순화한 진리들은 서로 충돌을 일으킬 때가 많지만, 단순 축약적인 발언 위주의 TV 프로에는 완벽하게 들어맞는다고 적었다. "깊이의 부족을 핵심

전달로 메우는 것이다." 해리슨은 나중에 오프라의 프로를 도저히 참고 볼 수가 없었노라고 실토했다. "미안하지만, 그것은 백색 쓰레기통이다. 언어의 품위를 떨어뜨리고, 감정의 가치를 저하시키고, 모두에게 겉만 번지르르한 심리학적 처방을 제공한다. 이런 사람들은 행운의 쿠키 같은 얘기들을 하면서 돌아다닌다. 나는 여기에 그녀가 아주 많은 부분 책임이 있다고 생각한다." 그리 가혹하게는 표현하지 않았어도 작가 그레첸 레이놀즈(Gretchen Reynolds) 역시 같은 의견이었다. "질척질척하기 짝이 없는 자력구제(self-help) 도그마의…… 진정한 신봉자. 그녀는 '두려움을 직면함으로써 자기 자신을 알아갈 수 있다'고 믿는다."

그러나 오프라의 짤막한 설교들은 시청자들을 감동시켰고 그들의 영적 탐색을 반영했다. 구약성서 전도사의 자손에서 하느님을 모호한 우주의 힘으로 느슨하게 정의하는 뉴에이지 이론가로 진화함에 따라, 그녀는 시청자들이 그녀의 말대로 "최선의 삶을 살(live your best life)" 수 있도록 소위 "영적 재각성"의 기회를 제공했다. 그 문구(최선의 삶을 살라)가 오프라의 주문과도 같은 성격을 띠면서 큰 반향을 불러일으키자, (주)하포를 통해 그 네 단어를 자기 것으로 상표등록까지 했다. 그녀는 전국 각지에서 참가비가 185달러나 되는 'Live Your Best Life' 세미나를 열어 수많은 여성들을 끌어모았다. 'Live Your Best Life'라는 제목의 일지를 돌리면서 각자의 열망을 글로 옮겨 적어 실현하라고 사람들을 격려했고, 향 나는 초와 티백(tea bag)이 가득 담긴 'Live Your Best Life' 선물 꾸러미도 나누어주었다. 옛날 침례교 목사처럼 말하긴 했지만, 그녀의 'Live Your Best Life' 설교에는 불과 유황은 들어 있지 않았다. 대신 그녀는 "최선의 삶을 살도록" 이끌어 줄 것이라 장담하는 지침들, 즉 "현재의 순간에 살기", "자신의 꿈을 좇기", "내면의 소리에 귀 기울이기"에 관한 훈훈하고 기분 좋은 메시지들을 전달했다. 그리고 한 글자라도 놓칠세라 받아 적기 바쁜 참가자들을 위해, 그 'Live Your Best Life' 공책에 오프라 자신보다 더 나은 증거는 없다고 적어놓았다.

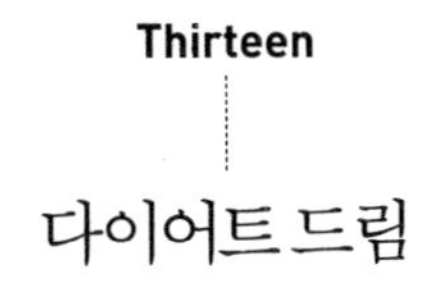

Thirteen

다이어트 드림

1988년 여름 동안 오프라는, 인생에서 가장 큰 변화로 자신을 이끌고 생애 최고의 시청률을 가져다준 목소리를 들었다. 그것은 바로 스테드먼 그레이엄의 목소리였다. 오프라는 그를 가리켜, 정식으로 무릎을 꿇고 올린 기도 후에 하느님이 보내주신 사람이라고 했다.

어느 날 저녁식사 자리에서 자기 몸집이 신경에 거슬린 적 있냐고 그에게 물었다. 지나치게 길다 싶은 침묵이 흘렀다. 이윽고 그가 입을 열었다. "어느 정도 적응이 됐소." 오프라는 믿지 못하겠다는 표정으로 그를 쳐다보았다.

"처음엔 이렇게 생각했어요. '야, 굉장해. 나한테 누군가를 성장시키는 힘이 있구나.' 그러다 차츰 깨닫게 되었죠. '맙소사, 그동안(2년) 줄곧 그걸 의식해왔고 이렇게 오랜 시간 그 얘기를 참고 있었다는 거잖아.'"

1988년 7월 7일, 그 대화 직후부터 오프라는 이른바 단백질 절약 단식(protein-sparing fast)에 돌입했다. 하루 5회 혼합약물 마시기, 무칼로리 음료 1,800그램 마시기, 비타민 복용하기 등을 시작한 것. 고형

식품은 일절 입에 대지 않았다. 고강도 식이요법에 돌입한 지 6주째에 스테드먼과 하와이로 휴가를 떠나면서 오프라는 비로소 음식을 먹기 시작했다. "그때까지 너무 제약을 가해 컨디션이 엉망이었어요. 그러니까 스테드먼이 휴가 동안만이라도 자신을 들볶지 말고 좀 먹는 게 어떠냐고 하더군요. 집에 가서 다시 시작하면 되지 않느냐면서."

"그럼, 치즈버거 딱 한 개만 먹고 토해내면 어떨까?"

"당신, 미쳤어?"

오프라는 그 치즈버거 하나 생각이 점점 더 간절해졌다. 스테드먼이 골프 레슨을 받으러 나가길 기다렸다가 호텔 방의 창문이란 창문은 다 열어젖혔다. 룸서비스에 전화를 걸어 치즈버거 한 개를 주문했다. 베이컨과 아보카도도 곁들여서. 몇 분 후 그녀는 전화통으로 달려가 게일 킹에게 자신이 한 짓을 보고했다. 남편(윌리엄 범퍼스)이 똑같은 식이요법으로 12주 만에 34킬로그램을 뺀 적이 있어 게일은 그러한 식탐을 이해했다. 오프라는 다시 단식에 들어갔고 스테드먼과 매일 조깅을 했다. 가을에 시카고로 돌아왔을 때는 18킬로그램이 줄어 있었다.

그녀의 체구에 일어난 변화는 실로 놀라웠다. 시청자들은 자신의 눈을 믿을 수 없었다. 오프라는 살을 더 빼고 나면 바로 비법을 알려주겠노라 약속했다. 시청자들은 그녀가 어떤 모습인지를 보기 위해서라도 매일 채널을 오프라 쇼에 맞추었다. 그녀는 10월까지 6킬로그램을 더 감량했다. 그래도 여전히 어떻게 살을 빼고 있는지에 대해서는 함구했다. 마침내 11월 시청률조사기간에 "다이어트 드림은 실현된다"라는 제목의 쇼를 통해 비밀을 공개하겠다고 선언했다.

이 쇼에 쏠린 대중과 언론의 관심으로 온 나라가 들썩이다시피 했다. 제 손으로 허벅지를 날려버릴 것 같아서 총을 휴대하지 않는다고 말한 적 있는 오프라가 전미총기협회에 가입하지 않고서 어떻게 살을 빼고야 말았는지 모두가 궁금해했다. AP통신은 시카고로 카메라기자를 급파했고, 전국의 신문 편집자들도 "다이어트 드림"쇼를 취재하라고 기자들을 내보냈다. 오프라의 경이로운 체중 감량이 전국적인 화제로 떠올랐음은 인정하면서도 나이트리더 통신은 그 일이 "마이클 잭슨의 지난번 코 성형수술 이후 유일하게 중차대한 사회적 발전"이라고 꼬집었다. 오프라의 다이어트 비법 공개를 취재한다는 게 당혹스러웠는지 이런 말도 덧붙였다. "그녀가 암 치료제라도 개발했는가? 에이즈의 망령을 없애기라도 했는가? 아니면 국가 재정적자를 줄이기라도 했나?"

1988년 11월 15일, 온갖 야단법석을 떨며 쇼가 방송되던 날, 큼직한 붉은색 코트를 입은 오프라가 한껏 뽐내는 걸음걸이로 스튜디오에 등장했다. 그녀는 "오늘 쇼는 아주, 아주 사적인 방송"이라고 입을 열었다. 그러고는 마치 스트리퍼처럼 빨간 코트를 경쾌하게 벗어던지며 예전의 반쪽만 한 체구를 활짝 드러냈다. "오늘 아침부로 30킬로그램을 감량했습니다." 그녀의 표정에는 새로운 몸매를 자랑스러워하는 기색이 역력했다. 1981년부터 쭉 옷장에 걸려만 있던 사이즈 10짜리 캘빈클라인 청바지를 입고 나타났으니 그럴 만도 했다. 그녀는 은색 버클로 꽉 조인 벨트와 몸에 착 달라붙는 검정 터틀넥 스웨터, 그리고 굽 높은 부츠 차림으로 무대를 빙글빙글 돌았다. 방청객들은 사전에 나눠받은 노란색 꽃술을 흔들어대면서 열렬한 환호를 보냈다.

오프라는 '옵티패스트'(Optifast) 분말 한 봉지를 들어 보이며, 하루 다섯 번 물에 타 마셨다고 했다. 이렇게 함으로써, 단백질 손실을 막는다고 추정되는 단식 중에도 고형 식품 없이 400칼로리의 영양분을 섭취했던 것이다. 첫 코너가 끝나기도 전에 옵티패스트 전화교환실로 문의전화가 쇄도하기 시작했다. 회사 대변인은 오프라가 그 제품명을 일곱 차례 언급한 후에 무료상담 전화번호로 100만 명이 통화를 시도해왔다고 밝혔다. 오프라는 "많은 사람들이 내가 그 회사 주식이라도 보유한 줄 알겠지만, 그렇지 않다"고 말했다.

광고가 나간 다음, 그녀는 기름투성이의 허연 동물성 지방 30킬로그램이 실린 빨간색 손수레를 끌고 돌아왔다. 허리를 굽혀 그 지방 덩어리를 들어 올리려 하면서 이렇게 말했다. "역겹지 않나요? 제가 이걸 들어 올릴 수 없다니 신기합니다. 매일 몸에 지니고 다닌 건데 말예요."

그러더니 무척 심각한 표정을 지어 보였다. "이건 제가 여태껏 했던 일 중 가장 힘든 일이었습니다. 대단한 성취가 아닐 수 없어요." 그녀는 이어, 왜 살을 빼고 싶은지에 대해 옵티패스트 카운슬러와 이야기를 나눈 후 일기장에 적었던 내용을 읽어나갔다. "여기서 제일 큰 사안은 무엇인가? 자존감이다. 내 경우에는 그것이 삶을 통제하고 있다. 이 지방은 장애물에 불과함을 나는 안다. 내 날개 위에 진흙 덩어리가 얹혀 있는 것과 같다. 그것은 나를 날지 못하게 한다. 더 좋은 일을 하는 데 방해가 된다. 이 지방은 다른 사람들과 편하게 지내도록 하는 방편이 되어왔다. 상대방이 나를 덜 위협적으로 느끼게 해준다. 그러나 지방은 내 자신감을 떨어뜨리는 요소이기도 하다. 그래서 나는 이 지방을 의식하지 않으면서 사람들 앞에 나서게 되는 날을 꿈꾼다. 그날은 올해 찾아올 것이다. 나에게 더 중요한 문제는 나 자신을 가능한 한 최고로 만드는 것이기 때문이다."

다음 코너의 하이라이트는 노스캐롤라이나 하이포인트에 있는 스테드먼한테서 걸려온 축하전화였다. 그는 그녀가 얼마나 자랑스러운지 이야기했다. 당시 선배인 밥 브라운 밑에서 일하고 있어서 오프라와 주말에만 얼굴을 보는 형편이었다. "그게 너무 싫다"고, 오프라가 기자들에게 말했다. "이 상태가 한 해 더 계속될 거래요. 그런 다음에 시카고로 돌아올 거라고 하더군요." 오프라 쇼의 고정 시청자들은 아직 보진 못했어도 스테드먼이 누구인지는 알고 있었다. 오프라는 그에 대한 소개를 2월 시청률조사기간에 방송할 "명성이 인간관계에 미치는 영향" 편을 위해 아껴두고 있었다. 스테드먼의 전화 다음에는 오프라의 영성세계 안내자라고 시청자들이 알고 있던 인기 스타 셜리 맥클레인(Shirley MacLaine)의 동영상이 나왔다.

그 "지방 수레" 편은 닐슨의 16개 주요 시장에서 사상 최고의 시청률을 올리면서 오프라의 경력상으로도 가장 많은 사람들이 시청한 프로그램이 되었다. 이는 주간 TV 시청자들의 44퍼센트가 이 프로를 보았다는 뜻이다. "믿을 수 없는 수치"라고 킹월드의 COO 스티븐 팰리(Stephen W. Palley)는 말했다. "그 프로를 보지 않은 사람들도 그날 다룬 내용에 대해선 분명히 들었다는 얘기죠." 깜짝 놀랄 만한 오프라의 체중감량 소식은 그 상태가 얼마 동안 유지될 것이냐를 두고 의견이 분분한 가운데 영양학자들과 의사들 및 방송 해설자들 간에 단백질 절약 단식의 장점을 둘러싼 논쟁이 벌어지면서, 쇼가 끝난 후에도 며칠간 전국 언론매체에 쉴 새 없이 오르내렸다.

떠들썩한 헤드라인들 속에 묻히고 만 것은 1998년도 올해의 여성상을 받게 될 6인 중 한 명인 오프라에게 잡지 〈미즈〉가 때를 잘못 골라 보낸 축사였다.

"뚱뚱함이 터부시되는 사회, 날씬함을 숭배하고 신체와 개성의 단조롭고 전통적인 미를 찬양하는 미디어계에서 그녀는 성공을 일궈냈다. (중략) 윈프리는 넋이 나갈 만큼 멋진 의상과 이해하기 쉬운 보디랭귀지, 발랄한 관능미로 뚱뚱함을 섹시하고 우아하게—거의 아름다운 수준으로—연출했다."

오프라는 자신의 체중에 바치는 그 헌사가 전혀 마음에 들지 않았다. "뚱뚱했을 때 나는 한시도 행복하지 않았어요. 그래서 다시는 살찌지 않을 겁니다. 다시는요." 그녀는 새 몸매를 유지할 거냐고 묻는 사람들 때문에 점점 짜증이 났다. "나한테 계속 살을 뺀 상태로 있을 거냐고 묻는 건 '감정적으로 만신창이가 되는 관계에 다시 놓일 거냐' 고 묻는 것과 같다"면서 "예전으로 돌아갈 생각은 조금도 없다"고 했다. 그녀는 스테드먼과의 로맨스가 지속적으로 강도 높은 동기부여를 할 것이라 보았다. "스스로 훨씬 더 섹시해졌다고 느껴요. 우린 지금 마냥 섹시, 섹시, 섹시해요. 내 체중 감량으로 우리 사이가 확실히 변했습니다."

스탠드업 코미디를 하던 중에 로지 오도넬(Rosie O'Donnell)은 스테드먼 이야기를 듣는 게 이젠 지겹다고 했다. "오프라가 날씬해지고 나니까 입만 열면 스테드먼 얘깁니다. 5분에 한 번씩, 스테드먼이 이랬고 스테드먼이 저랬고…… 한 번만 더 스테드먼 소릴 했다가는 내가 시카고로 날아가서 혈관주사를 통해 케이크를 먹여버릴 거예요."

오프라는 황색 언론이 두려워서 다시는 뚱뚱해지지 않으리라 다짐했다. "그들이 찍어낼 이야기들을 생각하면 두려워요." 하지만 압박감은 자꾸 심해졌고 언론에선 슬슬 과장보도가 나오기 시작했다. 다음 해 내내 타블로이드지들뿐만 아니라 주류 언론으로부터도 음식 섭취 경보 발령을 들어야 할 처지에 놓였다. 마른 몸매를 드러낸 지 수주일 만에 그녀는 가십 칼럼니스트 리즈 스미스(Liz Smith)에게 게걸스런 폭식 현장을 들키고 말았다. 아래는 〈뉴욕데일리뉴스〉에 실린 스미스의 칼럼 중 일부.

> 우리의 사랑스런 오프라 윈프리가 과거 우리가 알던 '오프라의 유령'(The Phantom of the Oprah)이 되어가고 있는가? 껍데기만 예전 모습인 오프라로? 글쎄, 걱정 안 해도 될 것 같다. 지난 토요일 그녀는 뉴욕 '르 시르크'에서 식사를 하면서, 야생 버섯을 곁들인 페투치니와 도미찜을 먹어치웠다. 일요일에는 뉴욕 '사인 오브 더 도브'에서 일행 다섯 명과 함께 홀랜다이즈 소스를 곁들인 브리오슈에 데친 계란들을 주문해 먹었다. 그러고 나선 동행들의 점심식사가 부실했다며 치킨 한 마리를 주문해 자기 혼자서 거의 절반을 먹어치웠다. 이어 '세렌디피티'로 자리를 옮겨, 휘핑크림을 얹은 프로즌 핫초콜릿 570그램짜리 컵을 깨끗이 비웠다.

다음 주에는 〈피플〉지에 오프라가 할리우드 '스파고'(Spago, 세계적인 스타 요리사 볼프강 퍽(Wolfgang Puck)의 레스토랑—옮긴이)에서 염소치즈피자를 먹고 있다는 기사가 났다. 그러자 〈배너티 페어〉도 거들었다. "오프라 윈프리의 몸이 사이즈 8보다 큰 청바지 쪽으로 불어나고 있는 듯 보인다"면서 "옵티패스트는 잊어라. 우리는 예전의 듬직한 오프라가 더 좋다"고 쓴 것. 〈뉴스위크〉는 "컨벤셔널 위즈덤 와치"(Conventional Wisdom Watch)라는 칼럼에서 "근사한 스튜디오를 지어놓고는 다시 식탁에서 연장 근무를 하고 있다"며 오프라를 비꼬았다.

가장 잔인한 사진은 1989년 8월에 나왔다. 〈TV가이드〉가 "오프라! TV에 나오는 최고로 부유한 여성? 그녀는 어떻게 2억 5,000만 달러의 재산을 모았는가?"라는 커버스토리를 표현하기에는 오프라의 몸이 딸린다고 판단, 돈더미에 올라앉은 앤 마그릿(Ann-Margret)의 눈부신 몸매에 오프라의 얼굴을 얹어 표지에 실은 것이다. 편집자는 정보를 잘못 전달하는 것이 〈TV가이드〉의 방침은 아니지만 왜 불평들을 하는지는 이해할 수 없다고 했다. "어쨌든 오프라는 근사해 보이고,

밥 매키(Bob Mackie)는 미국 최대 부수를 자랑하는 잡지 표지에 자기가 디자인한 드레스를 실었고, 앤 마그릿은 표지 모델—하여간 대부분이 그녀니까—이 되었잖아요."

오프라의 다이어트를 엄중 감시하는 일에 언론이 굳이 나설 필요는 없었다. 빨간 수레를 무대로 끌고 나온 지 불과 며칠 만에 오프라는 곤경에 빠졌음을 스스로 알아차렸다. 일지에 다음과 같은 글을 남겼다.

- 내 맘대로 먹는 중이다. 그러면 안 되는데. 날씬한 상태에 적응이 안 된다.(1988년 11월 29일)
- 집에 와서 시리얼을 배가 터져라 먹었다. 하루 종일 해로운 음식만 먹는다.(1988년 12월 13일)
- 아스펜에서 파티가 있는데, 가고 싶지 않다. 2킬로그램이 더 쪘다. (1988년 12월 26일)
- 통제불능 상태다. 금식을 할 생각으로 하루를 시작했다. 정오 무렵이 되니 허기가 지고 욕구불만이 쌓여 머릿속이 어지러웠다. 시리얼을 세 그릇 먹었다. 집을 나가 캐러멜과 치즈옥수수를 좀 사서 3시에 돌아왔다. 캐비닛에 든 음식들을 뚫어져라 쳐다봤다. 이제는 소금을 듬뿍 친 감자튀김이 먹고 싶다. 자제가 안 된다.(1989년 1월 7일)

"다이어트 드림"쇼가 방송된 후 몇 주 동안 오프라는 디자이너 부티크에서 아름다운 옷을 사는 기쁨을 만끽했다. 더는 중년 여성복 매장에서 쇼핑을 하거나 백화점에서 제일 큰 치수의 옷을 두 벌 구입해 몸에 맞게 꿰매 입을 필요가 없었다. 크리스티앙 디오르나 샤넬, 이브생로랑 같은 고급 의류 매장에서 쇼핑하는 재미에 푹 빠졌다. 레블론 화장품 광고 모델로 뽑혀 검은색 실크 보디수트 차림으로 리처드 애버던(Richard Avedon, 유명 패션사진작가—옮긴이) 앞에서 포즈도 취했다. "레블론 광고를 찍는 것이 정말 좋았습니다. 나 자신에 대한 느낌이 바뀌었거든요. 나는 내가 아름답다고 생각한 적이 한 번도 없었어요. 그런데 그 광고를 찍으면서 나를 아름답다고 느끼게 됐습니다. 그 이유 하나만으로도 촬영할 가치가 있었어요." 날씬해진 게 얼마나 좋았던지, 그녀는 뚱뚱할 때 입던 옷들을 기부 형식으로 노숙자들한테 몽땅 처분했다. "그런다고 그들의 문제가 해결되진 않겠죠." 그녀가 말했다. "하지만 겉모습이 보기 좋아지는 건 분명해요." 넉 달간의 굶주림을 견뎌낸 후에 그녀는 마침내 체중 문제가 해결되었다고 생각했다. 그래서 옵티패스트 그룹 상담도 그만두고 체중관리 프로그램도 중단했다.

1년도 못 돼, 잃어버렸던 30킬로그램 중에서 17킬로그램이 돌아왔다. "지금도 저는 깨어 있는 매 순간이 전쟁입니다." 그녀가 방청석을 향해 이렇게 말하자 대부분이 고개를 끄덕이며 공감을 나타냈다. 국립건강통계센터에 따르면, 그 시기에는 미국 여성의 27퍼센트, 미국 남성의 24퍼센트가 비만의 경계선상에 놓인 과체중으로 분류되었다. 오프라는 고급 스파에서 힘겹게 산을 오르며 칼로리를 연소시키는 자신의 모습이 담긴 동영상을 보여주었다. 으깬 감자를 입에 마구 퍼넣는 자기를 보게 되더라도 제발 그냥 내버려둬달라고 애원할 때의 그녀는 패배를 인정한 듯 보였다. "날 기분 좋게 만드는 것들을 스스로 박탈하면서 힘들게 살지 않기로 결심했어요."

1년 후 그녀는 가장 슬픈 일기들 중 한 편을 썼다.

> 데브라(디마이오)와 함께 내 사무실에서 소리내 울었다. 이 지경에 이른

나 자신이 불쌍하고 비참해서 울었다. 오늘 아침 체중계 눈금이 203(90킬로그램)을 가리켰다. 팍 주눅이 들었다. 온종일…… 기분이 처지고 못난이라는 생각과 죄책감이 들면서 스스로 추하다고 느꼈다. 정말로 다시 뚱뚱해졌다.

1990년 11월 시청률조사기간에 오프라는 "원상복귀의 고통"이라는 주제의 쇼에서 "다이어트 드림"이 악몽임을 인정했다. 30킬로그램 전부, 아니 그 이상 도로 살이 쪄버린 것이다. 몸무게가 정확히 얼마인지는 밝히지 않았지만, 복싱 헤비급 챔피언 마이크 타이슨보다 많이 나간다고 나중에 고백했다. "다시는 다이어트를 하지 않을 거예요." 그녀가 말했다. "단식도 다시는 안 할 거고요."

팬레터들을 통해 오프라는 시청자들이 자기를 흠모한다는 걸 알고 있었고, 그래서 그들 대부분이 날씬하게 변신한 오프라보다 원래의 뚱뚱한 오프라를 더 좋아한다고 말했을 때 깜짝 놀랐다. 그들은 그녀가 뚱뚱할 때 더 친근감이 든다고 했다. 예전의 그녀는 웃기도 잘 웃고 누구하고나 스스럼없이 포옹했다. 마른 오프라는 마치 다이어트를 향한 노력에 생기가 다 빨려나간 듯 초췌하고 긴장돼 보였다. 시청자들은 자기만족에 빠져 우쭐해하는 것처럼 느껴지는 하늘하늘한 오프라보다 통통한 오프라를 더 편하게 여긴다는 걸 알려주었다. 그녀의 육중한 체구를 보며 외모란 피상적인 것에 불과하다고 안심했던 것이다. 그러나 이제 시청자들은 깨달았다. 오프라가 정말로 그렇게 생각한 건 아니었다는 걸. 수년 뒤에 그녀도 인정을 했다. "나는 보통 사람 두 배의 몸집으로 사는 것이 어떤 건지 잘 알아요. 그런 상황에 처한 사람이라면 누구라도 상황이 달라지길 바랄 겁니다. 마음을 비웠다고 말하는 사람일지라도요. 싸우고 싸우고 또 싸우다가 더는 싸우고 싶지 않다고 말하게 되는 순간이 오는 거죠."

"아무리 유명한 사람이라도 뚱뚱할 때와 날씬할 때 사람들이 대하는 태도가 달라요. 아무도 대놓고 얘기하지 않는 차별이죠."

그러나 일부 비열한 흑인 코미디언들도 있었는데, 특히 폭스 네트워크의 코미디 쇼 〈인 리빙 컬러〉(In Living Color)의 대본을 쓰고 출연도 한 키넌(Keenan)과 데이먼 웨이언스(Damon Wayans) 형제가 그랬다. "식사하는 오프라"라는 제목의 패러디 프로에서 그들의 여동생 킴 웨이언스(Kim Wayans)가 인터뷰 중인 오프라를 흉내 냈다. 마구 음식을 먹기 시작한 오프라가 결국에는 풍선처럼 부풀어 올라 온 방청석에 감자칩을 뿌리며 터진다는 설정이었다. 애비올라 싱클레어(Abiola Sinclair)는 〈뉴욕 암스테르담뉴스〉에서 그 촌극을 "잔인하다"고 평했다. "지각 있고 진실한 흑인들은 오프라의 체중에 대해 지나치게 염려한 적이 없었다. 우리 중 다수가 더 염려한 점은 그녀가 일종의 인종적 불만을 나타내는 것으로 보이는 우스꽝스런 컬러(녹색) 콘택트렌즈를 착용할 필요성을 느낀다는 점이었다. 가장 뚱뚱했을 때도 오프라는 게으름뱅이처럼 다니지 않았고 언제나 멋져 보였다. 오프라의 경우, 비쩍 마른 몸뚱이에 저 크고 둥근 머리가 얹힌 부자연스런 모습보다는 살이 좀 붙은 상태가 더 좋아 보인다. 사이즈 14가 맞을 수도 있다. 중요한 건 어울리느냐는 것이다."

오프라는 아마 흑인이라서 받은 차별보다 뚱뚱해서 받은 차별이 더 많다고 느꼈을 것이다. 아프리카계 미국인 사회는 비정상적인 말라깽이들을 떠받드는 백인사회에 비해 몸집이 큰 여성들에게 훨씬 관대했다.

전력 질주로 성공의 테이프를 끊은 흑인 여성으로서는 누구에게나 박수를 받고 직업적 성취에 대한 보상을 누렸으나, 뚱뚱한 한 여자로서는 꼬챙이들 세계에서 배척당한다고 느꼈던 오프라. 그 소외감은 고통스러웠다. "사람들은 당신이 날씬할 때 더 진지하게 당신을 대합니다. 인간으로서 가치를 더 인정받아요. 나는 살찐 내 자신이 싫습니다. 그것 때문에 남자들과도 사이가 너무 불편했어요. 행복하다고 하는 살찐 사람들의 말은 안 믿습니다. 그들은 행복하지 않아요."

그녀는 앞으로 데이타임 에미상 토크쇼 진행자상 7회, 데이타임 에미상 토크쇼상 9회, NAACP 이미지 어워드 7회, 국제라디오텔레비전협회가 주는 올해의 방송인상, 조지 포스터 피바디 개인공로상, 텔레비전 예술과학아카데미가 주는 평생공로상, 전미프로듀서협회가 선정한 골든 로렐 상을 수상하게 된다. 그러나 슬프게도, 그녀는 자신의 생애 최고 업적은 30킬로그램을 감량한 것이고 최악의 실패는 그 살이 도로 찐 것이라고 느꼈다.

"워싱턴 D.C.에서 오프라 쇼에 섰을 때에요. 그녀가 단식에 돌입하기 전이었습니다. 그때 저는 WUSA TV의 연구소장이었죠." 아름다운 흑인 여성인 캔디 마일스 크로커(Candy Miles-Crocker)가 말했다. "오프라는 아래위로 밝은 노란색 니트를 입고 있었고 몸무게가 125킬로그램 가까이 나갔을 거예요. 워낙 뚱뚱하다보니 니트 스커트가 소시지 껍질처럼 몸에 딱 달라붙어 있더군요. 그 치마는 또 앞이 트여 있었기 때문에 앉으니까 틈이 벌어지면서 살이…… 아휴…… 끔찍했어요. 눈을 어디다 둬야 할지 모르겠더라고요. 그녀도 어떤 상황인지 눈치를 채서, 쉬는 시간에 무대 옆으로 가 트인 부분이 앞으로 오지 않게 치마를 돌려 입더군요. 뒤룩뒤룩 살찐 허벅지 위에서 치마를 이리저리 정돈하는 모습을 보고 있자니까, 보트용 부두에 끼어들려 애 쓰는 범선을 보는 기분이 들었어요."

체중은 목줄처럼 귀찮게 달라붙었지만, 오프라는 괴롭다고 해서 완전히 그 문제를 포기하진 않았다. 계속해서 건강관리시설에 다녔고, 거기서 나중에 그녀의 개인 요리사가 되는 로지 데일리(Rosie Daley)와 트레이너가 되는 밥 그린(Bob Greene)을 만났다. 그들은 오프라의 마흔 번째 생일에 맞춰 그녀의 생활방식과 몸무게를 용케 바꿔놓았다. 그러나 그때도 일이 쉽지는 않았다.

"로지가 도착하기 전에는 에딘스 부인(내슈빌에서 온 오프라의 대모)이 모든 요리를 했어요. 점심때마다 프라이드치킨과 감자 샐러드, 마카로니와 치즈가 접시에 수북하게 담겨져 나왔고 디저트로는 갓 구운 파이를 대령했죠. 오프라는 그걸 다 먹었습니다." 오프라 집의 조경을 담당했던 제임스 밴 스위든이 옛날을 회상했다. "로지가 그녀한테 신선한 과일과 채소를 추천했지만, 튀기거나 소스를 치지 않은 음식과 친해지는 데는 한참 시간이 걸렸어요." 오프라 본인 입으로도 로지가 2년간 자신의 식성과 씨름을 한 후에야 비로소 체중이 0. 5킬로그램이라도 줄었다고 했다.

1990년에 살이 다시 붙는 동안 여동생한테 크게 한 방 얻어맞는 일이 있었다. 열네 살에 오프라가 임신을 해 사내아이를 낳은 적이 있다는 가족의 오랜 비밀을 타블로이드지들에 폭로했던 것. 마약에 탕진했다는 이유로 오프라가 여동생에게 다달이 주던 용돈 1,200달러를 끊은 후의 일이었다. 퍼트리샤 리 로이드는 〈내셔널 인콰이어러〉지를 찾아가 1만 9,000달러를 받는 대가로, 엄마가 일하러 나간 사이 오프라가 나이든 남자들을 집에 불러들여 "말타기"를 했다며 "방탕했던 청소년기"에 대해 상세히 털어놓았다.

"언니가 하는 짓이 그런 거라고 나한테 얘기해줬어요." 퍼트리샤 리 로이드가 〈내셔널 인콰이어러〉에 말했다. "그래서 그런 오후 내내 언니가 남자들과 뒹군다는 걸 알게 됐지요."

오프라는 여동생의 폭로에 얼마나 수치심을 느꼈던지, 사흘 동안이나 자리에 눕고 말았다. "내 인생은 이제 끝났다고 생각했어요." 나중에 그녀가 말했다. "세상 사람들이 다 나를 싫어할 거다, 추잡하고 못된 여자라고, 어린 매춘부라고 손가락질할 거라 생각했어요. 하지만 스테드먼이…… 날 일으켜주었습니다. 용감하게 맞서도록 도와주었지요. 나는 울고 또 울었어요. 그 일요일 오후에 그가 내 침실로 들어오던 모습이 기억나는군요. 커튼이 내려져 있어 방이 어두웠어요. 눈물을 흘리는 듯 보였는데, 옆에 서서 신문을 건네며 이랬어요. '너무 마음이 아파. 당신이 이런 취급을 받다니…….'" 스테드먼은 남들도 그와 같은 일을 많이 겪으면서 살아간다며 오프라를 위로했다. 하느님의 특별한 자녀들 중 한 명으로써 이 위기를 극복하고 잘 살아내서 다른 사람들도 그렇게 하도록 도와야 한다고 말했다. "스테드먼은 내가 선택받은 사람이라고 합니다. 있죠, 왜, 훌륭한 일을 하라고 우주가 엄선한 사람들 말이에요."

1주일 후 "부끄러운 과거" 제2탄으로 또 한 번 강타를 얻어맞았다. 여동생이 이번에는 불우했던 어린 시절에 관해 오프라가 부풀려놓았던 거품들을 죄다 터뜨려버린 것이다. 퍼트리샤는 또 "엄마를 울게 만들었다고 오프라가 얘기한 거짓말"들과 "엄마 반지를 전당포에 잡히고 돈을 훔쳐 가출했던" 일과 관련해 그녀가 말하지 않았던 사연들도 공개했다.

오프라 스스로 만들고 쌓아왔던 신화가 돌연 헝클어지기 시작했다. "그녀는 수많은 기자들한테 애완 바퀴벌레 샌디 이야기를 했습니다." 당시 〈밀워키저널〉의 칼럼니스트였던 재클린 미처드(Jacquelyn Mitchard)가 술회한다. "내게도 그 샌디 이야기를 들려줬어요. 당시 그녀는 필 도나휴를 골치 아프게 하는 젊고 당돌한 TV 쇼 사회자에 불과했지만, 그때도 오프라에게는 드높은 야망만으로는 다 설명이 안 될 것 같은 맹렬함 같은 게 있었어요. 준비된 농담거리는 가득 품었으되 과다한 자기성찰은 불편해하는 단독 비행기 조종사랄까. 아무튼 수수께끼 같은 인물이었습니다. 심리치료사라면 누구나 하는 말이 있어요. 열심히 앞만 보고 내달리는 사람들은 대개 무언가를 앞지르려고 애를 쓰는데, 그 대상은 거의 언제나 자신들의 과오, 특히 과거에 저질렀던 잘못이라고요." 미처드는 "오프라가 왜 내달리는지 이젠 알 것도 같다"는 제하의 호의적인 칼럼에서, 오프라가 자기 삶의 진실을 포용할 수 있다면 "험한 환경에 놓인 소녀들에게 때 이른 임신을 피하라고 주의를 줄 수 있을 것"이라 썼다. 흥미롭게도 미처드의 소설《대양의 저편》(The Deep End of the Ocean)은 오프라가 6년 뒤에 시작한 북클럽의 첫 번째 추천도서가 되었는데, 오프라는 "다행히" 그 칼럼니스트와 그 소설가를 연결시키지는 않았다.

여동생의 폭로에 압박감을 느낀 오프라는 성명을 발표했다. "제가 열네 살 때 임신을 한 것은 사실입니다. 아기는 조산하여 낳자마자 숨졌습니다. 저는 제가 가슴 깊이 눌러왔던 감정과 생각을 완전히 정리할 수 있을 때까지는 이 일이 밖으로 알려지지 않기를 바랐습니다. 한 언론매체가 정서불안을 심하게 겪는 마약중독자에게 거액의 돈을 지불하고 그녀의 발언을 게재했다는 것에 착잡한 마음을 금할 길 없습니다. 제 이복 여동생에게 연민을 느낍니다." 후에 오프라는 여동생의 마약치료 비용(헤이즐든 재활센터)을 댔었다고 기자들에게 밝혔다. "돈이 얼마가 들든 상관없다고 얘기했어요. 그러나 네가 그 기회를 날려버리면, 거리에서 마약쟁이로 죽게 될 거라고 경고했습니다. 진심으로 한 말이었어요." 오프라는 폭로 사건이 있은 후 2년간 퍼트리샤와 말을 섞지 않았지만, 그녀의 두 딸 알리샤(Alisha)와 크리션다의 교육비는 아낌없이 내주었다.

"그 기사는 나에게 일어난 가장 고통스런 사건이었어요. 그 배신감, 그 마음의 상처는 이루 말할 수가 없었죠." 오프라는 그러나 "거기서 교훈을 찾자고 끊임없이 자신을 다독였다." "그리고 불현듯 깨달음이 딱 왔어요. 처음으로요. 십대 시절 나의 성적인 문란함과 어렸을 때 겪은 성적 학대를 연결시키게 됐지요. 이상하게 들릴지 모르지만, 전에는 한 번도 둘의 연관성을 알아차리지 못했어요. 그 끔찍한 기사로 인해 내가 여전히 어린 시절의 죄의식에서 헤어나지 못하고 있음을 깨닫게 된 거예요. 다른 교훈들도 있다는 걸 알지만, 그중 으뜸은 내가 그 학대에 책임이 없다는 것과 짊어지고 있던 수치심을 벗어던져야 한다는 것이었습니다."

결국, 오프라는 여동생을 인디애나에 있는 자신의 농장으로 초대해 화해를 시도했다. "우린 주말 내내 이야기를 했습니다." 퍼트리샤가 나중에 말했다. "언니는 나한테 한바탕해댔어요. 내가 실망스러웠다고 하더군요. 그녀가 바라던 대로 되지 않았다는 거예요. 나는 졸업장도 없고, 직업도 없고, 아무것도 없었으니까요."

몇 년 후에 오프라는 또다시 여동생과 모든 의사소통을 끊었다. "마지막 대화에서 내가 그랬거든요. 우린 서로 도덕률이 다르다, 그러니까 '자매애'를 가장할 이유가 없다고." 기자들에게 또 말했다. "그 애한테 집도 사주었고, 자립할 수 있게 수십만 달러를 주기도 했어요. 그런데 자긴 일할 필요가 없다더군요." 오프라는 동의하지 않았다. 그것도 단호하게. "사람은 일을 해야 한다고 생각합니다."

퍼트리샤는 2003년, 마흔둘의 나이에 약물과용 사고로 숨질 때까지 재활원을 계속 들락날락했다. "그저 재활치료를 다시 받게 했을 뿐"이라고 오프라는 기자들에게 말했다. "그런데 약을 일정량 복용한

다음 약기운이 좀 떨어지면 다시 같은 양을 복용하곤 했대요. 너무 심했죠."

여동생의 타블로이드지 폭로 건이 있은 뒤에 오프라는 사람들이 자신을 외면할 것이라 예상했다. "거리의 행인들마다 내게 손가락질을 하며 '열네 살에 임신했대, 요망한 것……' 이라고 소리 지르는 장면을 상상했어요. 그러나 입도 벙끗하는 사람이 없었습니다. 처음 보는 사람들은 물론, 내가 아는 사람들까지도 그랬어요. 충격이었어요, 아무도 날 다르게 대하지 않는다는 게."

혼전임신 사연으로 오프라가 얼마나 많은 여성에게 도움을 줬는지 그 수를 헤아리기는 불가능하지만, 비슷한 슬픔과 치욕을 견뎌낸 여성들에게 안내등 역할을 했던 것은 분명하다. 그녀가 지닌 영향력과 가시성 때문에 시청자들한테 건네는 그녀의 말에는 무게가 실렸다. 시청자들은 그녀를 용기와 결단력 있는 여성으로 생각했다. 가혹한 유년기에 패배당하기를 거부한 오프라는 희망을 전파했고, 온 세상의 여성들은 그녀가 불행한 삶을 딛고 일궈낸 성공을 바라보며 자신들에게도 유사한 구원이 찾아오리라는 믿음을 가질 수 있었다. 자신의 치부를 드러내면서 오프라는 불가피하게 수많은 사람들을 감동시켰고, 그들이 혼자가 아니라는 걸 보여줌으로써 죄의식을 떨쳐버리게끔 도와주었다. 그런 의미에서 그녀의 프로그램은 그녀가 늘 주장해왔던 대로 치유 사역의 장이 되었다.

이 시기에 겪은 공개 망신으로 오프라는 감정이입의 정도가 한층 더 심해진 듯 보였다. "갈등"을 주제로 한 일부 프로그램들의 강한 선정성에 전례 없이 민감한 반응을 나타내곤 했다. "방송을 하면서 가장 기분이 나빴던 때가 1989년의 그날이었어요. 우린 생방송 중이었고 무대에 아내와 남편, 그의 여자친구가 나와 있었는데, 남편이 느닷없이 아내한테 여자친구가 임신 중이라고 밝힌 것이에요. 그 순간 그녀의 표정이 참…… 나 자신을 생각해서도 그렇고 그녀 입장을 생각해서도 그렇고, 기분이 영 씁쓸하더군요. 그래서 이렇게 말해줬어요. '이런 상황에 처하게 된 것, TV에서 이런 말을 들어야 했던 것, 정말 유감스럽게 생각한다. 일어나지 말았어야 하는 일이다.'" 그래도 오프라의 "갈등" 프로그램들은 시청률이 치솟으며 5년이나 더 꾸준히 방송을 타게 된다.

이보다 몇 개월 앞서, 퓰리처 수상자인 TV 평론가 톰 셰일즈(Tom Shales)가 허튼소리나 지껄여대며 전파를 남용하고 방송 환경을 오염시키는 행태들에 대해 경종을 울린 적이 있었다. "충격 효과나 노리는 허접하고 어리석은 프로그램들에 많은 시간이 허비되고 있다"고 〈워싱턴포스트〉지에 쓴 것. 소비자 운동가 랠프 네이더(Ralph Nader)는 최악의 오염 유발 프로그램으로 〈오프라 윈프리 쇼〉를 지목하면서, "그들은 모든 아이디어를 〈내셔널 인콰이어러〉에서 얻는다"고 꼬집었다. 셰일즈는 스스로 생각할 거리를 주지 않는 오프라 표 "바보상자들"의 예로, 그녀가 몇 주 동안 다룬 주제들—굴종적인 여성들, 친부확인 다툼, 불륜, 남자 구하기, 스리섬(threesome, 세 사람이 함께 하는 성행위—옮긴이), 아내 구타, 쇼핑중독—을 나열해 보였다.

어마 봄벡(Erma Bombeck)마저도 자신의 칼럼에서 부드러운 어조로 오프라를 비난했다. "날마다 다음 회에서는 무슨 내용을 다룰지 궁금하다. 최근에 오프라는 이모를 엄마라고 생각하는 남자들을 불러다 앉혔는데, 이런 사람들은 대체 어디서 찾아내는 것인가? 특이한 배경을 가진 사람들이 프로듀서들에게 자진해서 전화를 거는 걸까? '저기요, 혹시 엄마를 찾으려는 우주선 아기 이야기는 안 다루나요? 내가 시카고에 살고 있는데 말이죠, 그 문제에 대해 꼭 할 말이 있거든요?'

아니면, '남편을 외동아들로 키우는 여자들' 모임을 방문해 출연 신청을 권하기라도 하나?" 이 사랑받는 유머작가는 가볍게 놀리는 거라고 생각했을지 모르지만, 오프라의 프로듀서들은 정말로 방송 요청들을 검색·처리하는 대규모 컴퓨터 검색 시스템을 운영 중이며, 여러 장에 걸쳐 은밀한 비밀이 적혀 있는 편지도 매주 2,000~4,000통씩 받고 있다. 또한 상상 가능한 온갖 주제들에 대해 예비 인터뷰 대상자와 게스트 및 전문가용 데이터베이스를 따로 관리하고 있다. 어마 봄벡이 미처 보지 못하고 눈을 감은 2008년 4월 3일자 〈오프라 쇼〉에서는 아내와 함께 양육할 예정으로 임신을 한 트랜스젠더 남편이 출연해 오프라와 이야기를 나눴다. 남성 호르몬을 맞고 유방을 제거해 법적으로 남성이 되긴 했으나 여성 생식기관은 제거하지 않기로 했다는 그는 나중에 여자아이를 낳았다. 그 쇼는 오프라에게 전 주보다 45퍼센트가 오른 시청률을 가져다주었다.

보통은 엄청난 시청률에 딴지를 거는 비평가들을 무시했지만, 아주 가끔은 그녀도 그들의 비판에 "분개한다"고 인정했다. "내 쇼가 착취적이라고 말하는 이들에 대한 내 대답은 인생은 원래 착취적이고 선정적이고 괴상하며 기묘하고 저급한 일들로 가득 차 있다는 것이다. 텔레비전은 그러한 주제들이 논의되어야 하는 장이다." 그러면서 덧붙이길, 여하튼 간에 편견이 심한 사람, 인종차별주의자, 가학피학성애자는 더 이상 출연시키지 않을 것이라 했다. "악마 숭배 같은 소재도 다시는 다루지 않겠습니다." 그녀가 저질 TV의 번성에 일조했다는 걸 자인하기까지는 그로부터 몇 년이 더 걸렸다. 이 당시에는 자신의 타블로이드 토크쇼가 교육적이라고 주장했다.

그러나 〈오프라 윈프리 쇼〉의 분위기가 늘 지저분하기만 했던 것은 아니다. 비록 도나휴만큼 무게감이 있지는 않았으나, 그녀 역시 1980

년대 말과 1990년대 초에 고조되는 미국 교육의 위기라든가, 청년층의 문맹률 같은 몇몇 진지한 주제들을 다루었다. (이런 쇼를 광고할 때는 카메라를 똑바로 응시하며 "우리는 얼마나 멍청할까요?"라는 질문을 던졌다.) 음주운전 사고의 가해자들과 큰 부상을 당한 피해자들을 불러다가 음주운전의 이모저모를 깊이 파헤친 적이 있었다. 나중에 그녀는 만약 자기한테 술을 먹고 운전대를 잡아 보행자를 죽인 스무 살짜리 아들이 있다면, 법정에서 반대 증언을 하겠다고 했다. "그 녀석을 감옥에 처넣을 겁니다. '널 사랑하지만, 네 멍청한 짓은 징역감'이라고 말해줄 거예요. 나는 이런 식으로 누군가를 잃어본 적은 없지만, 이에 대한 물렁물렁한 법률은 너무 화가 납니다. 음주운전자는 교수형에 처해야 마땅해요. 내가 사형에는 동의하지 않기 때문에, 여기서 교수형이라 함은 얼굴이 파랗게 변할 때까지 목을 매달았다가 잠시 풀어주고, 다시 목을 매달고 하는 식을 말합니다. 그런 다음엔 그자의 중요 부위를 밧줄로 묶어버리고요. 이 문제에 관한 한 내게 관용이란 없습니다."

그녀는 성직자에 의한 아동 성학대를 처음으로 심층 조사한 사람들 중 하나였고, 에이즈에 관한 사연을 여러 차례 다루기도 했다. 여기에는 에이즈 예방 차원에서 특정 콘돔 상표가 나오는 상업광고를 TV가 내보내야 하는지 말아야 하는지의 문제도 포함되었다. 일부 방청객들이 그런 광고를 격렬히 반대했음에도 불구하고, 오프라는 콘돔이 포함된 "안전한 섹스용품 세트" 견본을 무료로 나눠주겠다고 약속했다. 그녀는 "응급행동 수칙" 같은 공익적 성격이 짙은 프로그램까지도 과감히 시도, 인공호흡과 하임리히 구명법을 시연하기도 했다. 사우스캐롤라이나의 찰스턴에서 쇼를 진행할 때는 허리케인 휴고(Hugo) 피해자들을 위해 신용카드 결제 방식으로 100만 달러 이상의 기부금을 모았다. 적십자사의 제임스 크루거(James Krueger)는 "모금활동에서 개인들로부터 이렇게 빨리 반응이 나오는 경우는 본 적이 없다"며 감탄했다.

"토론 주제는 세월에 따라 바뀌어요." 오프라가 1989년에 말했다. "한때는 더 좋은 섹스와 완벽한 오르가슴이 논의되었지요. 그러다가 다이어트가 그 자리를 대신했습니다. 1990년대의 트렌드는 가족과 양육이에요." 이를 고려해 그녀는 "행복한 재혼 가정을 이루는 방법", "가족 식사 실험", "잃어버린 아이들을 찾아서" 같은 프로그램들을 진행했는데, "사랑하는 사람을 찾는 방법" 편에서는 오랫동안 소식이 끊긴 친척의 소재를 알아내는 요령을 시청자들에게 알려주기도 했다.

예전부터 가장 결과가 좋았던 쇼는 그녀 자신의 삶을 건드리게 되는 문제들, 당시 그녀가 씨름하던 개인적 문제들에 천착하는 프로그램들이었다. 이를테면, 체중과의 끊임없는 싸움, 성추행의 상처, 인종차별의 폐해 같은 것이다. 그녀는 쇼에 처음 출연했을 때의 몸무게가 250킬로그램이었던 스테이시 할프린이라는 스물다섯 살의 여성을 소개함으로써 한 비만인의 삶 속으로 시청자를 끌어들였다. 스테이시는 위우회술을 받은 후 136킬로그램이 빠진 상태로 쇼에 재등장했고, 27킬로그램을 더 뺀 다음 다시 출연해 오프라의 도움으로 깜짝 변신했다. 이 메이크오버(makeover) 코너는 또한 오프라 쇼에서 최고 인기 코너가 되었다.

1989년 "데이트 강간" 편에서 오프라는 말했다. "나는 오늘 쇼가 강간을 당한 적 있으나 그것을 강간이라 부르지 못한 많은 여성들을 해방시키리란 걸 알고 있습니다. 한 대규모 설문조사에서 고등학교 남학생 87퍼센트가 자기가 데이트 비용을 내면 상대방 여자와 강제로 성관계를 맺을 권리가 있다고 생각하는 것으로 나타났습니다. 여학생 47퍼센트가 이에 동의했고요. 여성들이 이런 태도를 지니고 있다는 것이 놀랍습니다."

1992년 마틴 루서 킹 주니어의 생일에는 그해 내내 "미국의 인종차별주의"라는 큰 틀 안에서 쇼를 진행하겠노라 선언했다.

그녀는 아프리카계 미국인인 로드니 킹(Rodney King)을 무차별 구타한 백인 경찰들에게 무죄선고가 내려진 후 폭동이 일어난 사우스센트럴 로스앤젤레스로 카메라를 가지고 갔다. 1992년에 그 평결이 촉발시킨 피비린내 나는 대혼란은 55명의 사망자를 낸, 미국 역사상 최악의 폭동으로 기록되었다. 4,000건의 화재가 발생하면서 불구덩이로 변한 사우스 로스앤젤레스에서는 1,100채의 건물이 파괴되고 2,382명이 부상당했으며 1만 3,212명이 체포되기에 이르렀다. 그날 저녁, TV 시청자들은 레지널드 데니(Reginald Denny)라는 백인 남자가 흑인 폭도들에 의해 트럭에서 끌어내려져 구타당하는 장면을 공포에 떨며 지켜보았다. 조지 허버트 워커 부시 대통령은 마침내 연방 군대를 파견해 질서 복구에 나섰다.

오프라는 LA에서의 첫 녹화 때, 좋은 의도를 가지고 방청석을 백인과 아시아인, 흑인, 히스패닉 등 다양한 인종으로 채웠으나, 결국 쇼는 날선 활동가들의 싸움판이 되고 말았다. 이를 본 하워드 로젠버그는 〈LA타임스〉에 "노염과 분노의 기운에 압도된 오프라는 서로 고성을 내지르며 싸우는 다문화적 게스트들이 장악한 스튜디오를 속수무책으로 지켜보기만 했다"고 적었다. 한 흑인 여성은 "오프라를 LA로 불러들여 사람들한테 이야기를 시키게 하려면 우리가 무언가를 해야만 했다"는 말로 폭동을 정당화했다. 로젠버그는 거의 체념 상태였다. "이게 이야기를 하는 거라면, 고함은 대체 어떤 거냐"고 반문했다.

평론가들의 등쌀에도 불구하고, 오프라는 나날이 성장하는 경쟁자들 틈에서 미국 최고 토크쇼 진행자 자리를 지켰다. 프로그램의 인기와 충성도 높은 여성 시청자들은 그녀를 주간 TV에서 가장 영향력 있는 목소리로 만들었고, 그녀가 만든 TV용 영화들과 특집 프로들로 시청자 층은 한결 폭넓어졌다. 그러나 그녀는 여전히 황금 시간대에서 자신의 존재를 각인시키고 싶었다. 그리하여 다음 번 네트워크 특집물을 위해 총괄 프로듀서 데브라 디마이오와 최강의 팀을 꾸리고 자칭 "팝과 록과 소울의 제왕"인 마이클 잭슨을 섭외하는 데 성공했다. 당시 그는 세계적으로 호기심의 대상이었다. 14년간 라이브 인터뷰를 하지 않았던 그였지만, 90분짜리 황금시간대 TV 프로를 제의한 사람이 다름 아닌 오프라였기에, 그리고 어쩌면 음반 판매량이 그의 인기와 더불어 하락하고 있었기 때문에, 캘리포니아 산타이네즈에 위치한 네버랜드(Neverland) 목장에서 그녀와 마주앉는 데 동의했다. 오프라는 그에게 게이인지 아닌지는 묻지 않겠다고 약속했으나, 피부를 표백한다는 둥, 고압실에서 잠을 잔다는 둥, 성형수술을 반복한다는 둥, 그를 둘러싼 기이한 소문들에 대해서는 해명할 기회를 주고 싶다고 말했다. 덧붙여 다음과 같은 질문들을 했다.

"당신이 모든 관심을 받기 시작했을 때 형제들이 질투하지 않았나요?"

"아버지한테 맞고 자랐나요?"

"동정남인가요?"

"왜 항상 가랑이 부분을 잡나요?"

"데이트도 하나요?"

"누구와 데이트하나요?"

"사랑에 빠진 적이 있나요? 언젠가 결혼해서 자식을 낳을 가능성도 있나요?"

16년 뒤, 그러니까 2009년에 마이클 잭슨이 사망한 후, 오프라는 그 인터뷰의 일부를 방송에 내보냈다. 그가 성형수술을 두 번밖에 받지 않았다고 얘기했을 때 그녀는 믿지 못하겠다고 대꾸했다. 또 피부가 표백되는 것이 백반증 때문이라는 주장에 대해서도 미심쩍어하는 기색을 보였다.

인터뷰를 하는 도중, 네버랜드에서 화재경보기가 울리고 이상한 소리가 들리는 바람에 오프라는 어쩔 수 없이 인터뷰를 중단하고 예정에 없던 광고를 내보내야 했다. 훗날 잭슨의 전기작가 가운데 한 사람인 다이앤 다이먼드는 오프라가 사적인 질문을 던지는 걸 방해하려고 잭슨이 계획적으로 벌인 일이었을 것이라 추측했다. 1987년부터 2002년까지 잭슨의 홍보담당자로 일하면서 "팝의 황제"라는 말을 만들어낸 밥 존스(Bob Jones)는 그 해프닝이 잭슨이 엘리자베스 테일러를 깜짝 등장시키기 위한 방편이었다고 기억한다.

"리즈를 이용해 오프라의 질문들을 무마하자는 의도였죠. 리즈가 시청률에 보탬이 될 거라는 것도 알았고요. 마이클이 지난 세월 사준 그 많은 보석들을 생각하면, 리즈는 당연히 거기에 나왔어야 해요. 말하자면 아주 비싼 우정이었죠."

테일러는 오프라—오프라는 엘리자베스가 아니라 계속 리즈라고 불러 그 스타를 짜증나게 만들었다—에게 마이클은 자기가 "아는 사람들 중에 제일 덜 이상한 사람"일 뿐 아니라, "매우 똑똑하고 기민하고 직관적이며 이해심과 동정심이 많고 너그러운" 사람이라고 말했다. 수년 뒤에 오프라는 두 사람 모두 폭력적인 아버지 밑에서 아역스타로 지낸 경험이 있기 때문에 그들의 우정이 이상하게 생각되지 않는다고 했다.

1993년의 인터뷰 동안 마이클 잭슨은 "엉뚱해"(Off the Wall) 보였고 오프라는 "멋지지"(Bad) 않았으며 "위험한"(Dangerous) 순간도 없었으나, 미국 내 9,000만 명의 시청자들과 전 세계 1억 명의 시청자들에게 그 인터뷰는 대중문화의 "스릴러"(Thriller)였다. 잭슨은 아이들에 대한 집착을, 잃어버린 어린 시절에 대한 연민이자 무조건적인 사랑으로 둘러싸이고 싶은 욕구라고 변명했다. "내가 가져보지 못한 걸 그들에게서 발견합니다." 10년 후 영국 TV와 인터뷰를 한 다음에 아동 성추행 혐의로 기소를 당하게 되나, 모든 기소 내용에서 무죄 평결을 받았다. 마이클은 오프라에게 고백하길, 그와 닮은 것 같은 다이애나 로스를 평생 흠모했으며, 브룩 실즈와는 사랑하는 사이라고 주장했다.

"게이가 아니라는 뜻으로 그냥 허풍을 떤 거예요." 인터뷰 때 현장에 있었던 밥 존스가 말했다. "마이클이 당시 오프라보다 훨씬 대단한 스타—한때 세계 최고의 흑인 가수—였지만, 그 인터뷰는 두 사람 모두에게 상당히 유익했습니다. 마이클이 정말로 인연을 맺고 싶었던 사람은 오프라가 아니라 다이애나 왕세자비였어요. 어떻게든 줄을 대려고 우리가 백방으로 애를 썼지만, 왕세자비는 반응을 보이지 않았지요. 그러다 런던 웸블리 스타디움에서 열린 프린스 트러스트(Prince's Trust, 자선 행사)에서 드디어 다이애나 비를 만나게 됐습니다. 하지만 인사말 외에는 거의 대화를 나누지 못했어요."

오프라의 마이클 잭슨 특집 프로그램은 슈퍼볼(Super Bowl, 미식축구 챔피언 결정전)을 제외하고서 근 10년간 최고 시청률을 올린 연예행사로 남았다. 스폰서들을 포함해 모두의 기대치를 넘어서는 성과였다. ABC는 그 특집물이 텔레비전 역사상 가장 많은 사람이 시청한 연예 프로그램들 중 하나이며 1960년대 이후 〈매시〉(MASH) 최종회(1983년 2월), 〈댈러스〉(Dallas)의 "누가 JR을 쐈는가?" 에피소드(1980년 11월), 〈그날 이후〉(The Day After, 1983년 11월)한테만 시청률에서 뒤진 거라고 보도했다. 〈타임〉지는 "그 윈프리 쇼는 일부는 웅장한 오프라(opera를 빗댄 표현—옮긴이), 일부는 통속적 오프라(역시 soap opera를 빗댄 표현—옮긴이)로 어쨌든 대단했다. 생생하고, 저돌적이고, 감정이 적나라하게 드러났다"고 평했다. 〈라이프〉지도 같은 의견이었다. "오프라는 기대에 부응했고 거의 불가능한 일을 이뤄냈다. 피터 팬을 지상으로 내려오게 한 것이다." 적어도 오프라는 황금 시간대에서 자신의 입지를 확보했다. "TV 부문에서 제일 좋았던 시절"이라고 그녀는 말했다.

Fourteen

"아임 에브리우먼"

수십 년 동안 미국서적상협회는 현충일 주말에 연례 총회를 열었는데, 1993년의 총회는 대단한 성황을 이루었다. 2만 5,000명이 넘는 소매상과 출판업자, 에이전트, 작가들이 마이애미로 모여들어 나흘 밤낮으로 서적을 사고팔고, 윌리엄 스타이런(William Sytron), 마야 앤절루, 켄 폴렛(Ken Follett) 같은 저명한 작가들은 물론, 앤 마그릿, 러시 림바우(Rush Limbaugh), 닥터 루스(Dr. Ruth) 같은 유명인 저자들과도 화려한 파티를 즐겼다. 그러나 여기서 누구보다도 많은 관심과 환호를 받은 이는 출판 사상 최대 베스트셀러가 될 것으로 예상되는 자서전 출간을 앞둔 서른아홉 살의 오프라 윈프리였다.

그녀는 토요일 저녁, 가장 명망 있는 출판사인 앨프리드 A. 크노프(Alfred A. Knofp)가 그때껏 작가에게 열어준 파티들 중 제일 많은 돈과 공을 들인 파티에서 명사 대우를 톡톡히 누렸다. 마이애미 인터내셔널 팰리스 외부에는 오프라가 제일 좋아하는 색이자 그녀의 데뷔 영화 〈컬러 퍼플〉을 의미하는 보라색 등불이 밝혀졌다. 그 고층 건물 내부에는 테이블마다 아이팟(iPod) 크기의 새우 접시들이 푸짐하게 차려지고, 파스타가 수북이 담긴 은색 냄비와 최고급 갈비 요리, 지글거리는 스테이크가 1,800여 명의 손님들을 맞이했다. 턱시도를 차려입은 웨이터들은 거품이 보글보글 이는 크리스털 샴페인 잔들을 쟁반에 받쳐 들고는, 종이컵에 따라 마시는 싸구려 와인이 더 익숙한 서적상들 사이를 분주히 오갔다.

다시 한 번 날씬해진 오프라는 밝은 청록색 정장 차림으로 스테드먼과 팔짱을 낀 채 파티장에 도착, 랜덤하우스 출판사 회장과 인사를 나누었다. 그녀는 책을 내게 되어 몹시 흥분된다며 〈오프라 윈프리 쇼〉에 출연해 홍보를 할 수 있으면 좋겠다고 말해 모두에게 웃음을 선사했다. 비록 오프라의 북클럽이 시작되기 전이었지만, 마음에 드는 책을 위해 그녀가 무엇을 해줄 수 있는지는 다들 알고 있었다. 바로 2주 전에 그녀는 아이오와로 촬영팀을 데리고 가 〈메디슨 카운티의 다리〉(The Bridges of Madison County)에 관한 코너를 찍었다. 이 눈물 자아내는 소설은 이미 베스트셀러였으나, 오프라 쇼가 그 열기에 부채질을 함으로써 35만 부가 더 팔려나갔다.

그러므로 다음 날 출판인들의 조찬 모임에 주요 연사로 참석하는 오프라가 온 로마인이 반긴 바지선 위의 클레오파트라처럼 뜨겁게 환영받으리란 건 충분히 예상 가능했다. 사람들이 구름처럼 모여들었고, 그녀가 마이크 앞으로 다가가자 귀청이 터질 듯한 환호성이 울려 퍼졌다. 그녀는 누구나 자신에 관한 책을 써야 한다는 지론으로 연설을 시작했다. "그러면 엄청난 상담 비용을 아낄 수 있습니다. 내 경우에, 지난 1년 반의 집필 과정이 10년 치 상담과 맞먹었습니다. 나 자신에 대해 정말 많은 걸 알게 됐답니다." 그녀는 공동 집필자인 조앤 바설(Joan Barthel)을 입에 침이 마르게 칭찬한 다음, 재빨리 유명인의 비밀을 폭로하는 내용은 쓰지 않았다고 모두를 안심시켰다. "어쨌거나 제가 아는 비밀이 그리 많지 않은데다, 그나마도 거기 얽힌 사람들은 여러분이 모르기 때문에…… 그 점에 관해서는 걱정할 필요 없습니다"라고 말하자 좌중에 폭소가 일었다.

텔레비전에 잘 맞는 특유의 매력을 발산하면서, 오프라는 자주 얘기했던 일화들—그녀의 쇼를 본 적 없는 사람들에게는 신선하고 자연스럽게 들리는—로 서적상들의 혼을 쏙 빼놓았다. 다이애나 로스 또는 "그냥 뛰어난 누구라도" 되고 싶었던 그 옛날 "가난한 곱슬머리 흑인 꼬마" 시절 얘기, 책을 좋아한단 이유로 식구들한테 "칙칙한 책벌레"라 놀림받고 "별나게 군다"며 욕을 먹어 손전등을 가지고 벽장에 숨어 책을 읽어야 했던 얘기, 몸무게와 관련된 사연, 볼티모어 시절에 상사들이 자기를 어떻게 변신시키려 했는지, 어떡하다가 대머리가 됐는지 등을 들려주었다. "미국에서 흑인이고 뚱뚱하고 대머리이면, 게다가 텔레비전에 나오는 여자이기까지 하면 고생문이 훤하다는 거, 여러분도 아실 겁니다." 군중은 웃음보를 터뜨리며 손바닥이 아플 때까지 박수를 쳤다.

"우리 중 누가 얼마나 희생당해왔는가는 중요치 않습니다. 우리 모두는 자신의 삶에 책임이 있습니다. 이 책은 인생의 승리에 대한 책임 문제를 얘기하고 있습니다. 저는 감탄스럽도록 놀라운 삶을 살아왔습니다. 사랑받지 못한다는 느낌을 안고 자랐습니다. 그래서 말과 글로 저를 사랑한다고 하는 2,000만 명의 시청자들에게 매일 말을 건다는 사실이 얼마나 감사한지 모릅니다." 그녀는 책과는 담을 쌓았던 사람들을 서점 안으로 불러들일 생각이라 했다. 그 자리에 모인 서적상들에게는 하늘에서 내린 양식처럼 반갑기 그지없는 말이었다. 2,000만 명의 충성스런 시청자들이 잠재적 도서 구매자라는 생각에 서적상들은 좋아서 몸이 다 떨릴 지경이었다. 그녀는 잠재적 수익 제시에 그치지 않고 고결한 목적도 밝히면서 연설을 마무리했다. "제 목표는 사람들에게 희망과 용기, 힘을 불어넣는 것입니다. 저는 주저 없이 말합니다, 세상을 정말로 변화시키고 싶다고. 그리고 《오프라 자서전》(Oprah: An Autobiography)이 바로 그것을 이루어주길 희망합니다."

기쁨에 겨운 서적상들은 말이 끝나기 무섭게, 커피 잔이 흔들릴 정도로 쩌렁쩌렁한 기립박수를 보냈다. 온 나라 서점들의 사기를 진작시키고 업계 전체에 황금 가루를 뿌리게 될 작가가 눈앞에 서 있었다. 출간일은 1993년 9월 20일로 잡혀 있었는데, 크노프 출판사는 초판을 무려 75만부나 찍는다고 발표해놓았고, 더블데이 북클럽과 리터러리 길드는 500만 가구에 광고 우편물을 보내기로 계획했다. 무엇보다도, 오프라가 1993년 가을부터 1994년 봄까지 매주 다른 도시를 방문하며 총 30개 도시에서 홍보활동을 벌이겠다고 약속한 상태였다. 반스앤노블(Barnes & Noble)의 판촉 이사인 로버트 위트랙(Robert Wietrak)은 "우리 서점에서 가장 많이 팔리는 책이 될 것"이라며 흥분을 감추지 못했다.

오프라가 황홀감의 파도를 일으켜놓은 미국서적상협회 연회장으로부터 찬사의 쓰나미가 몰려나오는 걸 듣고서, 기자들이 크노프 출판사로 문의전화를 걸어오기 시작했다. 출간을 15주 앞둔 1993년 6월 9일, 오프라 담당 편집자인 에럴 맥도널드(Erroll McDonald)는 "미디어가 밤낮 오프라를 뜯어먹고 사는 걸 고려할 때, 미리 내용이 새나가는 걸 원치 않는다"고 〈뉴욕타임스〉에 말했다.

엿새 후, 출판사로 오프라의 전화가 걸려왔다. "이렇게 하기 힘든 전화는 정말 처음입니다. 제 책 출간을 철회해야겠습니다. 꼭 그래야 합니다. 지금은 출간할 수가 없어요. 일단 연기라도 하지 않으면 안 됩니다."

마음을 바꿔달라 간청하는 출판사 측과 머리 숙여 사과하는 오프라 간에 괴로운 전화통화가 몇 차례 오가고, 급기야 미국서적상협회 파티비용을 크노프 출판사에 물어내는 방안까지 논의된 후, 오프라는 공식적으로 출간을 취소해 서적상들을 충격에 빠뜨렸다. "저는 지금 학습곡선의 한가운데에 있습니다. 아직 중요한 발견들이 남아 있다고 생각합니다."

이튿날 신문의 헤드라인들은 전국적으로 그 해프닝의 파장이 어느 정도인지를 짐작케 했다.

"오프라의 자서전 출간 연기, 세간에 갖은 추측을 낳다" (USA투데이)
"오프라가 침묵을 지키는 가운데 소문만 무성" (로스앤젤레스 센티널)
"교훈을 더 얻은 뒤 모든 것 밝히겠다" (뉴욕타임스)
"오프라, 회고록의 플러그를 뽑다" (뉴스데이)
"오프라는 설명 이상의 책을 원했다" (시카고 선타임스)

당연하게도 타블로이드지 〈스타〉가 가장 노골적인 제목을 뽑았다. "오프라가 섹시한 폭로서 출간을 막는 이유."

표준 계약서에 서명하지 않았기 때문에 오프라가 크노프와 한 약속을 철회하는 것은 법적으로 하자가 없었다. 어차피 인세에 대한 선금을 포기하되 출판사와 수익을 50 대 50으로 나눈다는 법적 구속력 없는 동의서였다. 관례적으로 저자는 일단 선금을 받고, 책 판매액으로 선금액이 충당되고 나면, 팔리는 책 한 권당 가격의 일정 퍼센트를 인세로 받는다. 크노프와의 공동출판 약정은 예외적인 경우였고, 초기 주문량을 고려했을 때 저자와 출판사 모두에게 엄청난 수익이 보장되었다. 그 책을 "노프라"(Noprah)라 부르고 있던 크노프 직원들은 업계

분석가들이 손실액을 2,000만 달러로 추산하는 상황에 최대한 담담하게 처신하려 노력했다.

"그녀는 책을 더 손볼 필요가 있다고 판단했습니다." 에럴 맥도널드가 기자들에게 말했다. "저는 지금 상태로도 아주 흥미로운 사실을 많이 보여주고 파급력이 크다고 생각하지만, 제가 저자는 아니니까요."

크노프의 홍보부장인 윌리엄 러버드(William T. Loverd)는 KO 펀치의 강도를 애써 낮추어 설명했다. "본인이 생각하기에는 최상의 결과물이 아니었다. 그녀의 색깔이 충분히 담기지 않았다"면서 "출간이 미뤄진 것뿐"이라 했다.

더블데이 북클럽 편집장 알린 프리드먼(Arlene Friedman)은 말한다. "여자라면 누구나 읽고 싶어할 책이라고 느꼈습니다."

"지극히 정직하고 강렬한 책입니다." 크노프 편집장 소니 메타(Sonny Mehta). "그러나 이것은 어디까지나 그녀의 책이고, 우리는 당연히 그녀가 원하는 대로 따를 것입니다. 그녀가 준비되었을 때 작업을 재개하기를 고대하고 있습니다." 그때는, 이디시어(Yiddish語) 만화에 나오듯, 결코 오지 않는 유대인들의 명절 샤부오스로부터 1년 뒤가 될 것이었다.

오프라의 홍보담당자에게로 갑작스런 철회에 대한 기자들의 문의 전화가 쇄도했고, 그녀는 "학습 곡선의 한가운데"가 뜻하는 바를 해석해주느라 진땀을 뺐다.

"스테드먼과의 결혼이나 최근 운동으로 살을 뺀 것 등 책에 싣고 싶어질 긍정적인 일들이 많이 진행 중이기 때문에 오프라는 출간이 시기상조라고 보았습니다." 콜린 롤리가 말했다. 그녀는 오프라가 약혼 이후 요리사 및 트레이너와 협력해 마흔 살 생일까지 40킬로그램 정도 감량하려고 하고 있고 또 현재 큰 진전을 보이고 있다고 설명했지만, 이런 변명은 기자들에게 먹혀들지 않았다. 그들은 오프라가 책 출간을 취소한 진짜 이유를 추궁하면서, 그게 스테드먼 때문이 아니냐고 물었다.

"아니, 아닙니다. 두 사람 사이는 이 문제와 전혀 무관합니다." 롤리는 손사래를 쳤다. "둘의 관계는 더할 나위 없이 견고합니다."

롤리의 최선을 다한 노력에도 불구하고, 출간 철회를 다룬 뉴스들은 하나같이 약혼자가 오프라의 과거 성생활 부분을 읽고 경악을 했을 거란 추측을 내놓으며, 정식으로 약혼한 지 7개월이 지났건만 여전히 결혼 날짜가 잡히지 않은 점을 지적했다. 에럴 맥도널드는 오프라가 스테드먼의 반대로 출간 계획을 접었을 거란 설을 일축하려 했다. "그 말은 오프라가 남의 말에 휘둘린다는 얘기 같군요. 혼자 결정할 능력이 없는 사람이란 소리지요." 그러나 그조차도 정말로 무슨 일이 있었는지는 몰랐다.

혼란을 가중시킨 건, 결혼 날짜를 잡은 적 있는지에 대해 오프라가 했던 모순된 이야기들이었다. 그녀는 1993년 10월 〈에보니〉에 다음과 같이 말했다.

> 우린 올 가을에 식을 올리기로 결정했었어요. '오스카 드 라 렌타'와 약속도 잡았었지요. 어느 시기에 나뭇잎 색깔이 제일 고왔는지 달력을 뒤져 알아볼 참이었고요. 그러던 차에 이 책 문제가 불거지고 말았죠. 그래서 이제 다시 의논을 할까 해요.

다음 달(1993년 11월)에는 잡지 〈시카고〉에 이런 이야기를 했다.

어쨌든 결혼은 할 거예요. 하지만 날짜는 안 잡았습니다. 그런 적 없어요. 다시 말씀드리죠. 날짜는…… 잡지 않았습니다. 그럼 어떻게 책 출간을 미룰 수가 있냐고요? 그건 언론에서 난데없이 지어낸 말입니다. 스테드먼과 나하고의 일은 그 문제와는 아무 상관이 없습니다. 그렇지만 하긴 할 겁니다, 결혼. 당신 질문에 답이 되었나요? 우리가 헤어졌다 만나기를 반복한다는 인상 말인데요, 단언컨대 그건 사실이 아니에요. 절대로요. 미디어가 만들어낸 이야기죠. 다시 한 번 말하지만, 사실이 아니에요. 우린 헤어진 적이 없습니다. 단 한 번도요.

같은 달(1993년 11월), 오프라를 인터뷰하던 〈맥콜〉의 기자 눈에 책상 위에 놓인 책들이 들어왔다. 마사 스튜어트(Martha Stewart)의 《웨딩》(Weddings), 엘리너 먼로(Eleanor Munro)의 《웨딩 리딩》(Wedding Readings), 《웨딩 플래너》 문고본. 그러나 오프라는 "결혼 날짜는 잡은 적 없다. 결혼식 날짜가 잡혔다 취소됐다 한다는 대중의 인식은 타블로이드지들 탓이다. 나는 전혀 결혼이 급하지 않다. 결혼하고 싶어 안달하는 여자로 인식되는 건 싫다"고 했다. 그리고 넉 달 후(1994년 2월) 〈레이디즈 홈 저널〉에는 이렇게 이야기했다.

나 자신을 증명하기 위해 결혼이 필요했던 시기가 있었어요. 하지만 지금은 이 관계에서 얻는 것에 매우 만족합니다. 스테드먼의 이름을 언론에 언급했던 것이 아주 후회스러워요. 그러지 않았다면, 결혼 문제가 이토록 큰 이슈는 안 됐을 것 같아요.

그다음엔 〈보그〉와 인터뷰(1998년 10월).

우리는 1993년 9월 8일에 식을 올릴 예정이었습니다. 그날이 아버지의 결혼기념일이기 때문이죠. 내 책, 그 대단한 자서전은 9월 12일에 나오기로 돼 있었어요. 스테드먼이 그러더군요. "한꺼번에 일어나면 혼란스러울 거요. 동시에 두 일을 챙길 순 없어요. 결혼식을 연기하도록 합시다." 그래서 나도 "좋다, 연기하자"고 했지요. 분명히 말하는데, 그 얘기는 다시 꺼내지도 않았어요. 문젯거리조차 안 되는 거죠. 우리 관계는 순조로워요.

아마도 가장 강도 높은 발언은 〈데일리 메일〉과의 인터뷰(2006년 2월) 때 나온 것 같다.

10년 전쯤에 스테드먼이 청혼을 했어요. 그래서 내가 몇몇 친구들을 불러 모았는데, 몸이 막 떨리더라고요. 게일이 "긴장해서 그런 거"라기에, "긴장한 정도가 아니다. 완전히 얼어붙었다"고 했죠. 당시에 우린 거의 10년을 함께 지낸 사이였어요. 결혼 날짜를 정해놓았고 내 회고록은 결혼식 이틀 뒤에 나오기로 돼 있었지요. 내 삶에 대해 진실을 말하면 내 가족이 곤란해질 거라며 스테드먼은 그 책을 못마땅해 했습니다. 그러니 내가 하고 싶겠어요?

스테드먼은 정신적 외상을 초래할 정도로 불우했던 오프라의 유년기, 성추행당한 경험, 십대 시절의 임신, 난잡한 성생활, 볼티모어에서 유부남과의 참담했던 불륜관계, 과거 약물복용 사실까지도 알고 있었으나, 그 모든 것이 지면에 적나라하게 펼쳐지는 상황을 담담히 받아들일 준비는 안 돼 있었다. 그는 오프라를 성적으로 학대했던 가족 구성원들의 이름을 밝히는 걸 반대했으며, 특히 엄마를 가혹한 시선으로 묘사한 대목들을 불편해했다.

오랜 세월 오프라는 태어난 직후 엄마한테 버림받았다는 식으로 시청자와 인터뷰어에게 말해왔다. "저는 원치 않는 아이였어요. 부끄러운 태생이었죠." 공동 집필자인 조앤 바설이 몇 가지 사전조사를 한 뒤에야 오프라는 엄마가 외할머니인 해티 메이 리 손에 자길 맡기고 일을 찾아 "북부"로 떠나기 전 4년 반 동안 코스키우스코에서 함께 지냈다는 걸 알게 되었다. 그런데도 자서전에서는 엄마가 밀워키로 이사한 후에 겪은 성추행 사건들을 엄마 탓으로 돌렸다. 스테드먼은 이에 이의를 제기했다. "당신 어머니가 그때 거기에 있어주지 않았다는 글은 필요가 없소."

오프라는 또한 자기를 성적으로 학대한 자들의 실명을 모두 밝혔다. 그녀가 제일 따랐던, 아직 살아 있던 삼촌 트렌턴 윈프리를 포함해서. 나아가 1968년 여름 동안 그에게 무슨 짓을 당했는지를 얘기하려 했을 때 아버지가 보였던 실망스러운 태도도 되짚었다. "그자들만 생각하면 분노가 치밀었다. 나는 강간당할 때의 상황을 자세히 언급했다. 열 살짜리 아이가 누군가의 노리개가 됐을 때 얼마나 막막한 기분일지 생각해보라. 나는 책임이 없었다. 어떤 아이라도 그렇다. 그자들은 나를, 아무 힘없는 어린애를 학대했다. 그보다 더 비열한 짓은 없다."

그녀는 열네 살 때 임신한 일에 대해서도 적었다. "깨어 있는 시간 중 절반은 현실을 부정하는 데, 나머지 절반은 자해를 해서라도 아이를 지우려는 데 썼다."

스테드먼은 그런 사적인 일들은 가족 내에서 거론되어야지 아무나 다 읽는 책에 실려서는 안 된다고 생각했다. 그는 내슈빌로 날아가 버넌 윈프리와 이야기를 나눴고, 버넌은 딸과 전화통화를 한 다음 인디애나 농장으로 찾아가 과거 강간 이야기에 그런 반응을 보여 미안하다고 말했다.

"오프라는 (처음 얘기가 나왔을 때) 내가 그 문제를 잘 처리하지 못했다고 생각할 거예요. 압니다. 하지만 트렌트(1997년에 사망)는 내 가장 가까운 동생이었어요. 우리도 괴로웠답니다." 나중에 버넌은 트렌트가 아마 오프라가 낳은 아이의 아버지일 거라고 인정했다.

오프라는 농장에서 나눈 아버지와의 대화를 불만스럽게 상기했다. "이렇게 물으시더군요. '강간을 당한 거니? 삼촌이 강간을 한 거야?' 아버지 말씀은 그러니까, '네 의지에 반하는 것이었냐? 아니면 능동적으로 거든 것이냐?' 이거였죠. 그래서 제가 말했습니다. '이해를 못하시는군요. 열세 살짜리 애가 차에 탔을 때 그런 일이 생겼다면, 그건 강간이에요.'"

회고록에는 볼티모어 시절에 유부남 애인과 마약을 복용하고 코카인을 흡입했던 사실도 들어 있었다. "내 생각엔 마약을 할 때 그가 더 개방적으로 변하고 나를 더 사랑해주는 것 같았다. 리처드 프라이어(Richard Pryor, 미국의 유명 코미디언—옮긴이)가 순화된 코카인을 사용한다는 말은 들었지만 정작 내 손에 들어왔을 때는 그게 뭔지도 몰랐다." 이는 오프라 입장에서는 용기 있는 고백이었다. 후에 마약복용 사실을 공개적으로 시인했는데, 그녀가 말했다시피 "그 내용이 자서전에 있었다는 걸 알고 언론에 알리겠다고 협박해온 사람들이 있기" 때문이었다. "공인인 까닭에 그 비밀에 수치심이 자꾸 더 얹혔다."

그녀는 1995년, 회복 중인 여성 마약중독자 두 명에게 울먹이며 공감을 표하다가, 긴장이 풀어진 분위기 속에서 자신의 코카인 복용 경험을 털어놓았다. "나도 당신과 같은 마약에 손을 댔었답니다." 정제 코카인 중독자인 한 여성에게 건넨 이 짧은 네 마디(I did your drug)는 신문 1면의 머리기사를 장식했다. 영국 저널리스트 지니 두거리(Ginny

Dougary)는 오프라의 고백에 특이하게도 '그래서 뭐 어쩌라고' 식의 반응을 나타냈다. "진행자 본인의 폭로를 포함해 원래 선정적인 폭로가 그 쇼의 전공"이라면서, "그러나 이번 것은 오프라가 마약복용의 정확한 성격을 밝히지 않아 언론에서 야단법석을 떤 후라 충격이 덜했다"고 썼다. 코카인 중독자냐고 두거리가 물었을 때 오프라는 "아니에요, 전 중독되지 않았어요"라고 대답했다. 몇 년 후, 1985년에 5개월 동안 동거했던 마약 파트너 랜디 쿡이 그녀의 진술에 딴죽을 걸었다.

오프라는 책 내용에 대해 약혼자가 탐탁지 않아하는 것이 당연하다고 인정했다. "뭐가 너무 노골적이라든지, 뭐를 말해선 안 된다든지 하는 얘긴 없었어요. 그냥 파급력이 약하다고 하더군요." 그녀가 자신의 책에 "명료성"과 "자기성찰"이 결여되었다고 느낀 반면, 자기계발 서류 신봉자인 스테드먼은 "영감"이 부족하다고 평가했다. 그는 자서전 이상의 책이 되길 바랐다. "내 경험들이 사람들에게 힘을 불어넣고 삶을 이해하는 계기가 되어줘야 했다"고 오프라는 말했다.

그러나 스테드먼이 책의 내용 및 논조를 반대한다는 것만이 출간을 철회한 이유는 아니었다. 한 남성과의 사적인 전화통화에서 오프라는 이런 말을 했다. "내가 계획을 접게 된 건 미국서적상협회의 요란한 발표 후에 마야 앤절루가 찾아와서 해준 충고 때문이었어요. '그 책에 과장된 내용이 있냐? 사실과 다른 내용이 있냐?' 고 묻길래, '잘 읽히라고 손을 본 게 좀 있긴 하다, 아시지 않냐, 일부분 그러는 거……' 라고 대답했지요."

이에 마야는 정색을 하고 말했다. "아니, 난 그런 거 몰라요. 내가 아는 건, 당신이 하나라도 부풀린 이야기, 윤색된 기억을 실어선 안 된다는 거예요. 안 돼요. 그럴 거라면, 그 책 집어넣어요. 출간하지 말라고요."

앤절루는 그 친구한테 웃음이나 약간의 동정심을 끌어내고자 이야기를 과장하고 꾸미는 경향이 있다는 걸 알고 있었다. 친딸처럼 아끼는 오프라가 언론에 의해 공개적으로 망신당하는 걸 원치 않았다. 그래서 가공된 일화를 찾아내는 순간, 언론이 죽일 듯이 물어뜯을 것이라고 경고했다.

흥미롭게도, 원고를 그저 읽어보는 선에서 그친 여러 출판업자들 중 한 명은 오프라의 가벼운 거짓말보다는 무거운 진실 쪽이 더 염려스러웠다. 특히 매춘—오프라가 성적으로 문란했던 사춘기를 묘사하면서 그 단어를 쓴 건 그때가 처음이었다—과 관련된 대목이 그랬다.

"그녀에게 말해줬습니다. 그런 것까지 사람들한테 얘기할 필요는 없다고요." 출판업자는 회상했다. "매춘을 했다는 걸 누구나 다 알 필요는 없죠. 게다가, 인쇄된 결과물을 보고 나면 오프라가 생각을 접으리란 걸 알았고요. 정말로 그렇게 됐잖습니까. 유명인의 회고록을 많이 출간해봐서 아는데, 처음에는 자기 이야기를 판다는 생각에 마냥 들뜨지만 나중에 실제 출간이 될라치면 마음이 달라집니다. 정상에 오르기 바빠 제쳐두었던 지저분한 일들이 활자화돼 눈앞에 나타나면, 한발 물러서게 되지요. 삭제해버리거나 고쳐 쓰거나, 둘 중 하나예요. 그게 수정주의 역사라는 겁니다."

사춘기 때 매춘을 했다는 이야기는 1990년 여동생의 입을 통해 〈내셔널 인콰이어러〉에서 일부 밝혀진 바 있으나, 그 가십성 폭로가 주류 언론에서는 무시되었기 때문에, 싸구려 신문을 읽지 않는 사람들은 오프라가 취사선택해 방송에서 공개하는 것 외의 추잡한 과거에 대해서는 전혀 아는 게 없었다. 그러므로 지금 자서전에서 한때 매춘을 했노라—집에 남자들을 몰래 들여 돈을 받고 "말타기"를 했다는 여동생의 설명을 한마디로 정리한 표현이자 힘겨운 진실—고백하는 건,

두말할 필요 없이 헤드라인 뉴스감이었다. 그러한 고백은 특히 아버지에게 감당하기 힘든 일이 될 것이었다. 그로서는 딸에게 '매춘'이란 단어를 갖다 붙인다는 건 도저히 못 할 짓이었다. 오늘날까지도 그는 진실을 마주하지 못한다. 대신, 오프라 인생의 불우했던 그 시기를 "어두운 비밀"의 시기라 규정한다.

오프라는 앤절루의 경고를 듣고 너무 걱정이 돼, 미국서적상협회 파티 다음 주말에 그녀와 친구 여섯 명을 인디애나 농장으로 불러 모았다. 그러고는 스테드먼과 게일 등 총 일곱 명에게 원고 사본을 돌리면서 출판을 강행할지 여부에 대한 솔직한 의견을 구했다. 그들은 이구동성으로 취소하기를 권했다. 그 주말 동안 오프라는 알게 되었다. 늘 "사춘기의 성적 방종"이라 불러왔던 자신의 행동이 실은 매춘이란 게 알려졌을 때 호의적인 반응을 보이지 않는 사람들도 있을 수 있다는 걸. 어린 시절 성적 학대를 당했다는 이유로 그녀는 시청자들로부터 엄청난 동정심을 얻었다. 시청자들은 그녀를 악행의 희생자로, 또 역경을 딛고 훌륭한 일들을 벌이며 다른 피해자들을 돕는 선인으로 여겼다. 그런 인식을 이제 와 망가뜨릴 이유가 뭔가? 차곡차곡 쌓아온 그 모든 신용을 허물어뜨릴 수 있는 짓을 뭐하러 추진한단 말인가? 시청자들은 그들의 영웅을 전직 매춘부로 받아들일 준비가, 즉 사춘기 시절의 성적 방종과 몸 파는 행위 간의 간극을 못 본 척 넘어갈 준비가 안 돼 있을지 모른다. 아무도 오프라가 현재 서 있는 자리에서 내려오길 원치 않았다. "뭐하러 빌미를 주느냐?"는 게 그녀를 보호하고 싶은 사람들의 일반적인 반응이었다. 그녀는 인종차별과 가난, 성적 학대를 멋지게 극복해낸 인물로 존경받는 대중적 이미지를 구축해왔는데, 이제 와 이런 과거를 시인해버리면 그 모든 성과가 깎여나갈지도 모른다. 적들은 이때다 하고 달려들 것이고, 팬들은 배신감에 돌아설 수 있으며, 스폰서들은 슬금슬금 손발을 뺄지 모른다. 감수하기엔 너무 큰 위험이었다.

과거에 오프라는 자신에 대한 정보 공개를 통제했는데, 예외가 십대 때의 임신 경험이 여동생에 의해 타블로이드지에 폭로된 경우였다. 여동생이 매춘 얘기를 넌지시 비추긴 했지만, 이 경우에마저 오프라는 임신에 관해 세심하게 작성된 성명을 발표한 다음, 기자들의 질문 공세에 시달리지 않고 침묵을 지킬 수가 있었다. 30개 도시를 도는 책 홍보활동 중에는 그런 통제의 사치를 누리지 못할 것이고, 돈 때문에 몸을 팔아본 다른 사람들, 특히 젊은 여성들에게 그녀가 자주 던졌던 질문들을 거꾸로 받게 될 수도 있다.

오프라는 글로리아 스타이넘(Gloria Steinem)으로부터 매춘 혐의로 복역했던 한 여성의 실화를 들은 후, 스크린 상에서 매춘부를 연기해 보고 싶었다. 그 여성은 왜 포주와 손님들은 자기처럼 교도소행이 아니었는지 의아했다. 교도소 도서관을 찾아 법학 서적들을 뒤적이던 그녀는 석방된 후에도 공부를 계속해 고등학교를 마치고 야간 대학을 다니다가 마침내 변호사가 되었다. 오프라는 말했다. "그 실화를 바탕으로…… 활기차고 로맨틱한 역할을 할 예정입니다. 포주 밑에서 일하는 창녀를 연기할 거예요. 하루빨리 촬영을 하면 좋겠군요."

어린 시절 매춘을 했던 여성이 우여곡절 끝에 민권운동에 뛰어들게 된다는 엔데샤 이다 메이 홀랜드(Endesha Ida Mae Holland)의 자전적 대본을 읽고서, 오프라는 1991년 네 명의 여성들과 규합해 뉴욕 '서클 인더 스퀘어' 극장 무대에 올릴 〈미시시피 삼각주〉(From the Mississippi Delta)의 제작비를 댔다.

수 년 뒤 그녀는 '옥시전'(Oxygon) 네트워크를 위해 녹화한 〈오프라 애프터 더 쇼〉(Oprah After the Show)라는 짧은 프로그램에서 매춘을 다시 주제로 다뤘다. 예일대 신학대학 석사 출신으로, 매춘부 생활 3년을 기록한 책 《콜걸》(Callgirl)을 출간한 저넷 에인절(Jeannette Angell)을 인터뷰했는데, 그 책에는 학비를 마련하기 위해 자신이 했던 일을 예민하게 생각하거나 후회한다는 내용은 없었다. "그건 정말로 이상적인 대학생 부업이에요." 〈예일데일리뉴스〉 기자에게 에인절이 말했다. "이런 말 하기 정말 싫지만, 사실이 그렇습니다. 최소한의 시간을 들여 최대의 돈을 벌기 때문에, 학교를 마칠 수 있는 완벽한 수단이죠."

오프라는 에인절을 그리 환대하지 않았다. 얼굴 표정과 냉랭한 어조에서 그녀를 깔보는 티가 났다. "저런, 당신이 다닌 고등학교는 충격을 받았겠군요?" 오프라가 말했다. "그 일을 할 때면 기분이 나빴나요? 기분이 고양되던가요? 소개팅과 비슷한가요? 어떻게 하는 건지 궁금해요. 다른 걸…… 음…… 해주면…… 돈을 더 받나요? 최소한의 형식은 갖춥니까? 먼저 대화부터 하나요?"

그 저자는 프로그램 내내 씩씩한 태도로, 미국이 가장 사랑하는 토크쇼 진행자의 논쟁유발적인 심문을 웃음으로 넘기려 애썼다. 편하게 얘기할 수 있는 여건을 약속받아놓고는 전국 TV에서 오프라 윈프리에게 잘근잘근 씹힌 기분이 어땠느냐는 내 질문에, 저넷 에인절은 이메일로 다음과 같이 대답했다. "유감스럽게도 저는 계약상, 하포 내 누구하고라도 관계된 일은 말을 해서도 써서도 안 됩니다. 그 회사는 저는 꿈도 못 꿀 유능한 변호사들을 다수 보유하고 있습니다. 아실지 모르겠지만, 이건 많은 사람들에게 해당되는 제약입니다. 심지어 방송에 출연하는 제 일행들까지 계약서에 서명을 해야 했습니다. 지금 생각하면, 그 자리에서 이의를 제기했어야 옳아요. 그때 미처 몰랐던 게 후회됩니다."

오프라는 젊은 시절 살짝 매춘에 발을 담근 걸 굳이 공개해야 할지

다시 고민에 들어갔으며, 가까운 친구들의 의견을 수렴한 뒤, 회고록 출간을 취소하기로 결심했다. 훗날 그녀는 그것이 자기가 여태껏 내린 가장 영리한 결정이었다고 말했다. 그녀의 관점에서는 절대적으로 옳은 말이었다. 비록 작가 그레천 레이놀즈는 "자신의 경력을 최악으로 홍보한 셈"이라 평했지만 말이다. 취소 발표에 비교적 온건하게 반응한 언론에 대면 약간 지나친 감은 있었으나, 레이놀즈의 말에는 본인의 경험을 항상 "가장 황폐하고", "가장 어렵고", "가장 나쁘고", "가장 고통스럽고", "가장 끔찍하다"는 식으로 과도하게 묘사하는 오프라의 특성이 잘 포착돼 있다. 그러나 피해자로서의 감정을 묘사하는 데 늘 최상급을 동원하는 것 같은 반면, 그 책에는 독자들과 공감대를 형성하는 감성적 통찰이 결여돼 있다고 느꼈다. 그녀를 너무나도 매혹적인 인물로 만들어주는 묘한 모순성을 전달할 수가 없었던 것이다. 무엇보다, 솔직함과 자연스러움에서 보편적인 매력이 묻어나오는 비밀스러운 여인상으로 흥미롭게 그려내질 못했다. 같은 마음에 두 자아를 가지는 것이 인간적인 삶의 모습이지만, 오프라는 어두운 자아를 드러내 밝은 자아의 광휘가 줄어들게 할 수는 없다고 판단했다.

그녀는 출간 철회로 말미암아 "크노프사 전 직원의 미움을 살 거"라는 걱정도 했다. 그래서 이듬해에 자신의 개인 요리사가 저지방 요리법에 관해 쓴 《로지와 부엌에서》(In the Kitchen with Rosie)를 그 출판사가 출간하게 해줬고 책의 서문도 썼다. 날씬해진 오프라의 몸매 자체가 최고의 광고 수단이었지만, 출간일에 맞춰 로지를 쇼에 초대하기까지 했다. 그 결과 책은 출간 3주 만에 100만 부 이상의 판매고를 올렸다. 1년 후에는 36쇄를 찍어내면서 총 판매부수 590만을 기록했다.

"크게 히트할 거라고 크노프에 말했지요. 그런데 한 40만 부밖에 안 찍고 있더라고요." 오프라의 말이다. "소니 메타한테 전화를 걸어 그 정도 가지고는 부족할 것 같다고 얘기했어요. 그러니까 하는 말이, 자기네가 그 유명한 줄리아 차일드(Julia Child, 미국에 프랑스요리를 널리 알린 요리의 대가—옮긴이)의 요리책들을 내봐서 아는데, 40만 부면 요리책으로는 엄청난 부수라는 거예요. 전례가 없다고요. 그래서 '알았다, 당신은 지금 상황 파악이 안 되고 있는 거다' 라고 대꾸했죠. 제가 TV에서 10년간 줄곧 다이어트를 해왔거든요. 사람들은 이 책에 답이 있다고 생각했죠. 출판 사상 제일 빠른 속도로 팔린 책이 됐습니다. 내가 뭐랬냐 소리를 안 할 수가 없지요. 이건 정말 내 성격의 결함이에요. 참질 못하겠다니까요. '내가 뭐랬어' 소리가 나올 수밖에 없는 순간을 위해 사는 것 같아요. 서점마다 매진사례로 대기자 명단만 늘고 있는 걸 보니, 소니 메타한테 전화를 안 할 수가 없더군요. 그는 하루 스물네 시간 인쇄 작업에 매달려 있었어요. '소니, 내가 했던 말 기억하죠?' 했더니 '출판 역사에서 이런 일은 처음 봤어요. 진짜, 굉장합니다. 누구도 예상 못 했을 거예요' 하더군요. 그래서 핀잔을 줬죠. '내가 말할 때 뭐 들었냐' 고."

책 출간을 접고 결혼식을 보류한 상태에서, 오프라는 1994년 1월 29일에 마흔 번째 생일을 맞아 성대한 할리우드 파티를 열기로 했다. 꼼꼼대마왕인 데브라 디마이오에게 기획 책임을 맡기면서 요구사항은 오직 하나였다. 주말 파자마파티를 포함시킬 것. 이 유년기 의식은 전년도 생일에 받은 깜짝 선물이었다. "오프라가 제일 좋아하는 발 달린 파자마까지 준비해뒀죠." 게일 킹이 옛날을 회상했다. "어린 시절에 밤샘 파티를 한 번도 못 해봤대요. 자전거조차 없었다네요."

게일은 가정부와 수영장까지 갖추고 사는 중상류층 가정에서 남부러울 것 없이 자랐다. 딸만 넷 중 첫째로, 캘리포니아에서 부모와 같이 살다 메릴랜드 체비체이스로 이사했다. 오프라와는 메릴랜드대 졸업 후 볼티모어에서 처음 만났다. TV쪽에서 경력을 쌓기 위해 게일은 미주리 주 캔자스시티로 거처를 옮겼고, 그 지방 앵커가 되었다. 거기서 윌리엄 G. 범퍼스라는 경찰관을 만났고, 두 사람은 코네티컷 하트퍼드로 이주, 1982년 결혼에 골인했다. 오프라는 마지못해 들러리 대표를 섰다.

훗날, 가장 친한 친구의 결혼식에서 슬픔을 느꼈다고 고백한 오프라. "난 정말 그렇게 될 줄 몰랐어." 2006년 공동 인터뷰에서 게일에게 말했다. "결혼식에 가면 다들 기쁘고 즐거워하잖아. 네 결혼식에서 나는 그렇지 못했어. 그냥 나 자신이 측은했다고 할까. 그런 말 할 입장이 아니었기 때문에 너한테 얘긴 안 했지. 내가 기뻐할 수 없었던 건, 우리 우정이 변할 거라 생각해서였는지도 몰라. 하지만 그건 기우였지."

게일의 남편에게는 불행한 일이었다. "난 초기(1985~1990)부터 그들과 잘 알고 지냈어요." 오프라의 가까운 친구인 낸시 스토다트가 말한다. "나일과 나, 오프라와 스테드먼, 이렇게 네 명이 주말 스키여행을 자주 떠났고, 게일 커플과 전원에서 주말을 보내기도 했죠. 빌리는 당시 경찰이었어요. 그래서 오프라가 하는 식으로 게일한테 뭔가를 해줄 수 있는 길이 없었죠. 오프라의 명성이 자기 부부관계에 미치는 영향을 아주 불쾌해했어요. 빌리는 나중에 예일 법대에 진학해 변호사가 되었고, 지금은 코네티컷 주 부검사로 재직 중이에요. 혼자 힘으로 대단한 일을 해낸 거죠. 당시에 가족에게 새 집을 사주고 싶어했는데, 오프라가 끼어들더니 게일한테 100만 달러짜리 집을 떡하니 선물했답니다. 그 시절로는 엄청난 금액이었죠. 엄청나고말고요."

게일은 1992년에 범퍼스와 이혼했다. "그가 바람을 피워서"였다.

오프라는 게일에게 남편의 외도를 용서하라고 달래기보다는 헤어지라고 부추겼다. 게일은 "이제껏 심리치료사를 다섯 명 만나봤는데, 결혼생활 상담에 관한 한 오프라보다 나은 사람은 없었다"고 한다. 빌 범퍼스는 1992년 기자와 만난 자리에서, 그 결별을 오프라 탓으로 돌렸다. "일부러 상처를 주려거나 악의가 있었던 건 아니지만, 그녀는 아무 거리낌 없이 게일과 너무 많은 시간을 보냄으로써 우리의 결혼생활을 망쳐놨습니다. 〈오프라 쇼〉를 시청하는 아내한테 불만을 가진 남편들, 아마 많을 겁니다. 하지만 적어도 그들은 TV를 끌 수라도 있잖아요. 밤낮으로 지겹게 전화통화를 해대는 오프라를 옆에 두고 살진 않는단 말입니다. 아내한테 값비싼 선물을 안기는 오프라도, 자기가 못 해주는 걸 가족한테 해주는 오프라도 옆에 없고요." 이혼을 하면서 범퍼스는 1달러를 지불했고, 오프라가 사준 100만 달러짜리 집의 소유권을 게일에게 넘겼다.

오프라의 마흔 살 생일 때 게일은 이혼한 지 2년이 돼 있었다. 두 아이를 전남편과 공동 양육하기 위해 코네티컷에서 계속 앵커우먼으로 지냈다. 오프라는 함께 더 많은 시간을 보낼 수 있도록 그녀를 비행기로 데려왔다 데려갔다. 게일은 〈부자들과 유명인들의 라이프스타일〉(Lifestyles of the Rich and Famous)이라는 프로그램에서 그런 여행을 재밌는 에피소드로 소개했다. "리무진에 태우고 다니면서 하나부터 열까지 시중을 들어줍니다. 말 그대로 호주머니에 달랑 5달러 넣고 오프라를 만나러 갔다가 4달러 99센트—껌 사는데 1센트는 들었을 테니까—를 들고 돌아오는 수도 있어요."

마흔 번째 생일을 맞아 오프라는 매해 축하파티를 열어주는 직원들에게 어떤 선물도 바라지 않으며 받지도 않을 것이란 내용의 이메일을 돌렸다. 그러나 초대장 문구에 적혀 있듯이 "오프라의 40세를 축하하는 40인"과 캘리포니아에서 즐길 특별한 파티를 준비하면서, 각자 제일 좋아하는 책 한 권씩은 가져와도 된다고 한발 물러섰다.

"1년 내내 오프라는 마흔 살이 되기를 고대해왔어요." 데브라 디마이오가 말했다. "매우 긍정적인 이정표의 하나로 받아들이고 있답니다."

오프라는 13만 달러를 들여서 스테드먼과 게일, 마야 앤젤루, 선별된 직원들, 전속 사진사, 보디가드 5명을 포함한 하객 전원을 개인 비행기로 LA까지 실어 날랐고, 하룻밤 숙박비가 1,000달러인 벨에어 호텔 스위트룸을 제공했다. 축하의식은 금요일 저녁 로랑제리 레스토랑에서, 언론 보도에 따르면 1만 5,000달러가 넘는 저녁식사와 함께 시작되었다. 흰색 드레스를 입은 오프라는 스테드먼과 나란히 서서, 스티븐 스필버그, 티나 터너, '닥터 제이' 줄리어스 어빙(Julious Erving, 미국의 전설적인 농구선수—옮긴이), 퀸시 존스, 나스타샤 킨스키(Nastassija Kinski), 마리아 슈라이버와 아널드 슈워제네거, 시드니 포이티어와 조애나 부부 등 쟁쟁한 하객들을 맞이했다. 오프라의 사진사는 마치 엘리자베스 2세 여왕이 공식 만찬 때 하듯이, 오프라가 모든 하객들에게 기념품으로 증정할 수 있도록 그녀와 손님 한 사람 한 사람을 카메라에 담은 다음, 현상한 사진을 순은 액자에 넣어 만찬이 끝나기 전에 선물 포장까지 마쳤다.

이튿날, 데브라는 검정색 리무진들을 여러 대 준비해 전원을 레스토랑 '디 아이비'로 데려가 점심을 대접하고 이어 산타모니카 몬태나 애버뉴에서 한바탕 쇼핑을 즐기게 한 후, 티 파티가 열리는 마리아 슈라이버와 아널드 슈워제네거 부부의 집으로 이동시켰다. 그날 밤, 여성 하객들은 배우자나 파트너를 남겨둔 채 파자마 파티를 하기 위해 오프라의 방갈로로 몰려갔다.

그 자리에서 여성들은 오프라의 영적 영향력을 확장하기 위해 각자 무엇을 할 수 있을지 자유롭게 의견을 냈다. 누구나 오프라가 예수의 축복받은 제자이며 좋은 일을 하라고 하느님이 내려 보낸 특별한 전령임을 믿어 의심치 않았다. 마야 앤절루는 그런 느낌을 나중에 글로 옮겼다. "특이한 방식이지만…… 그녀는 과거 노먼 빈센트 필(Norman Vincent Peale, 잠재의식의 힘을 역설한 미국인 목사 겸 저술가—옮긴이)과 유사한 영적 지위를 점하고 있다. 모든 문화와 모든 시대에는…… 우리가 우러러보는 도덕적으로 높은 산들이 있었다. 정도의 차이는 있으나, 그것들은 옳고 친절하고 진실하고 선하고 도덕적인 것의 정점이자 진정으로 빛인 사람들이다. 그녀는 그런 사람이다."

오프라의 영적 스승인 메리앤 윌리엄슨의 주도 아래, (오프라가 가장 좋아하는) 크리스털 샴페인을 홀짝이며 "하느님의 광신도"를 자처하는 그녀들은 오프라가 교황과 연락을 취해야 하며, 그 두 사람이 주말기도를 통해 세상을 이끌어나갈 수 있을 거라 입을 모았다. 미국의 일개 토크쇼 진행자가 바티칸을 방문해 천주교 수장과 범지구적인 집단 기도회를 주선한다는 게 약간 뻔뻔해 보일 수도 있다는 걱정은 손톱만큼도 하지 않았다. 교황과의 주말 회동은 성사되지 않았으나 당시 오프라의 파워란, 미국의 국가적인 지도자들—연방 상원의원, 대통령 후보, 대통령 부인—이 그녀의 쇼에 출연하길 원할 만큼 강력했다. 초대손님을 고르고 정하는 위치에 오른 그녀는, 그러나 이제는 중요한 인물이라고 아무나 접촉하려 들지 않았다. 캘커타의 빈민들을 돌보는 테레사 수녀를 인터뷰해야 하지 않겠냐는 말이 나왔을 때 단호히 고개를 저었다. "나는 그분이 그다지 이야기꾼은 아니라고 생각해요. TV에 나오면 지루하게 보일 겁니다."

여성들만 참석한 파자마 파티는 메리앤 윌리엄슨이 주도한 기도로 끝이 났고, 오프라는 앞으로 영적인 측면은 강화하고 선정적인 면은 줄인 프로그램을 제공하겠다는 결심을 했다. "이제껏 저질 방송을 하면서 그게 쓰레기라는 생각조차 하지 않은 데 대해 죄의식이 있었다"고 〈엔터테인먼트 위클리〉지에 말했다. 나중에 〈TV가이드〉와의 인터뷰에서는 다 자기 탓이라 고백하며 프로그램의 질을 높이겠다는 의지를 표명했다. 타이밍이 절묘했다. 그로부터 1년이 안 된 시기에, 베스트셀러 《미덕의 책》(The Book of Virtues) 저자인 윌리엄 베넷(William Bennett)이 조지프 리버먼(Joseph Lieberman) 상원의원(민주당, 코네티컷) 진영에 합류해 주간 TV 토크쇼들과 그 제작사들을 비난하고 나섰는데, 1996년 대통령 선거 출마를 고려 중이던 베넷은 과거 오프라와 필 도나휴의 쇼에 출연해 저서를 홍보했던 인연을 생각해 그 두 사람은 건드리지 않은 것. 그러나 제리 스프링거, 샐리 제시 라파엘, 리키 레이크, 제니 존스, 몬텔 윌리엄스, 제랄도 리베라 같은 진행자들 및 그들의 고용주들과 게스트, 광고주, 시청자들에게는 "인성의 가치를 좀먹는" 부패한 TV 프로에 대한 책임을 나눠져야 한다면서 혹독한 비판을 가했다. "미덕의 황제"로 풍자되는 베넷은 몇 년 후에 도박 중독자임이 드러났고 라스베이거스에서 800만 달러를 날린 일을 사과하기도 했지만, 썩은 방송을 혹평했던 것은 효과가 있었다. 미국 주간 TV의 최대 광고주인 P&G가 주간 토크쇼 네 개에 대한 광고비 1,500만~2,000만 달러를 거둬들이기로 결정했고, 시어스로벅 역시 "불쾌한 내용"을 이유로 들어 광고에서 손을 뗐다.

생일잔치를 마치고 시카고로 돌아온 오프라는 마흔한 번째 해를 우람한 체구로 열어젖혔다는 느낌이 들었다. 밥 그린이 처방해준 하루 두 차례 운동 스케줄을 그의 도움을 받아 소화한 덕분에 마침내 몸매를 되찾고는, 10월에 열리는 해병대 마라톤대회를 위해 훈련을 시작하겠다고 선언했다. 사이즈 8까지 살을 빼고 나자, 그녀는 "뚱뚱했을" 때 입은 옷들은 다신 찾지 않으리라 마음을 먹었다. 그리하여 시카고의 하얏트 리젠시 호텔에서 드레스 900벌과 바지, 블라우스, 재킷 수백 점에 대한 자선판매 행사를 벌였다. 입장권을 얻으려고 엽서를 보낸 5만여 명의 시청자들 중에서 뽑힌 2,000명을 위한 행사였다. 1985년 〈컬러 퍼플〉 시사회장에 입고 나갔던 스팽글 달린 자줏빛 드레스를 포함, 열다섯 벌의 특별한 의상은 따로 입찰식 경매에 내놓았다. 그녀는 15만 달러의 수입을 올렸고, 이를 시카고의 헐 하우스(Hull House, 복지시설)와 캘리포니아 새크라멘토의 패밀리즈 퍼스트(Families-First, 자선단체)에 기탁했다.

〈오프라 윈프리 쇼〉가 1994년 여름 휴식기에 들어가기 하루 전에, 시니어 프로듀서들이 그녀에게 최후통첩을 했다. "독재자" 데브라 디마이오를 회사에서 내보내지 않으면 자기들이 나가겠다는 것이었다. 이미 지난 2년간 10여 명의 프로듀서와 부프로듀서를 잃었기에 오프라는 조직의 큰 변동을 더는 감당할 수 없었다. 그래서 그녀의 가장 오랜 친구이자 가까운 직장 동료이며 하포 부사장이기도 한 총괄 프로듀서를 불러들여 은퇴를 권고했다. 디마이오는 오프라와의 인연에 관해 절대 말하거나 쓰지 않겠다는 종신 비밀엄수 서약서에 서명한 뒤, 380만 달러짜리 수표를 받아들고 하포를 나왔다. 이제 오프라에게는 지난 10년간 그녀의 또 다른 자아 역할을 했던 수완 좋고 의지할 수 있는 존재가 없어졌다. 오프라를 전국적인 신디케이션 영역 안으로 들여 넣고 넘버원 자리를 유지시켰던 디마이오의 설명되지 않는 이탈은 TV 업계에 큰 반향을 불러일으켰다. 그녀의 후임자 다이앤 허드슨은 오프라 쇼를 "토크쇼의 시궁창에서" 건져내겠다고 약속했다. 오프라는 즉각 스튜디오 문을 닫고, 스태프들을 다른 데로 내보낸 뒤

휴가라는 명목 아래 잠적해버렸다. 이번에도 모든 뒷수습은 홍보담당자 콜린 롤리에게 떠넘긴 채 언론과 완전히 연락을 끊었다.

디마이오를 잃은 것은 오프라 입장에선 총괄 프로듀서와 비서실장, 파티 플래너, 비밀을 털어놓을 절친한 친구, 유모, 제프 제이컵스에 대한 완충자, 이 모두를 잃은 셈이었다. 그 결과 개인 비서인 비벌리 콜먼에게 한층 더 의지하게 되었고, 과로와 긴장감을 이기지 못한 이 비서는 "기력이 소진됐다"는 말과 함께 두 달 뒤 일을 그만두었다. 오프라가 100만 달러를 건네며 남아달라고 부탁했지만, 비벌리는 하루 스물네 시간 근무를 더는 견뎌내지 못하겠다며 만류의 손길을 뿌리쳤다.

이어 9월에는 콜린 롤리가 사직 통보를 했고, 몇 주 뒤에는 약속받은 퇴직금 20만 달러와 체불임금 1만 7,500달러, 휴가비 6,000달러를 못 받았다고 주장하며 오프라를 계약 위반으로 고소했다. "신뢰할 수 있고 정직하다는 평가를 받아야 하는 홍보전문가로서, 양심상 더는 오프라 윈프리와 〈오프라 윈프리 쇼〉 및 하포의 이미지를 행복하고 조화롭고 인간적인 것으로 포장할 수 없는 지경에 이르렀다"고 롤리의 변호사가 말했다. "그녀는 계속해서 하포의 방만한 경영과 최고운영책임자인 제프리 제이컵스와 오프라의 '소란스런 파트너십'에 관한 진실을 감춰야 하는 입장"에 처했다. "콜린은 윈프리 씨에게 자기 인생 중 8년을 바쳤으나, 부정직과 혼돈의 환경 속에서 더는 일할 수가 없었다."

공개적으로 망신을 당한 것에 격분하여 오프라는 롤리와 끝까지 맞서 싸우겠다고 기자들에게 밝혔다. "합의는 없을 것"이라 했다. 그녀의 변호사들은 소송을 기각시키려고 노력했지만, 롤리의 변호사에게 보정신청을 하라고 요구하는 수준에 그치고 말았다. 이 대결 구도는 몇 달간 지속되다가 결국은 오프라가 법정에 출두해 선서를 한 뒤 제프리 제이컵스와의 혼란스런 관계에 대해 답변하라고 요구하는 질의서를 받는 상황에 이르렀다. 그뿐 아니라, 스테드먼 그레이엄과 그레이엄 윌리엄스 그룹 및 AAD(마약에 반대하는 선수들)와 얽힌 사업을 홍보하기 위해, 또 그의 고객들인 '아메리칸 더블더치리그 월드 인비테이셔널 챔피언십'(American Double-Dutch League World Invitational Championship, 비영리 줄넘기단체 ADDL이 주관하는 시합—옮긴이)과 '볼보 테니스 토너먼트'를 널리 알리고자 콜린 롤리에게 시킨 모든 일들에 대해서도 답변해야 했다. 넉 달이 넘는 법정 공방 끝에 오프라는 옛 직원에게 돈을 쥐어주고 자신과 하포에 대해 어떠한 글이나 말을 하지 못하도록 비밀엄수 서약을 받아내는 것이 자신(과 스테드먼)에게 가장 이롭다는 것을 깨달았다. 그리하여 1996년 3월 29일, 롤리 소송 건을 해결한 뒤, 직원들—과거, 현재, 미래—이 자기에 대해 절대 말하거나 글을 쓸 수 없도록 하는, 훨씬 더 구속력 있는 종신 비밀엄수 서약서를 마련했다. 이제 직원들은 그녀의 자연스러운 모습을 카메라에 담을 수 없게 되었고, 직장에서 카메라와 카메라폰, 녹음기 사용이 금지되었다. 이 서약서는 하포 직원들뿐만 아니라 오프라의 생활권 내 누구한테나—쇼의 초대손님, 가사 도우미, 출장 연회업자, 경비원, 비행기 조종사, 개 산책시키는 사람, 운전기사, 실내장식업자, 그녀의 눈썹을 정리해준 워싱턴 D.C.의 키 작은 남자, 그녀에게 보톡스 주사를 놔준 메릴랜드의 내과의사, 남아공 오프라 윈프리 리더십아카데미 교장 등—적용되었다. 그녀의 세계에 내려지는 함구령에 대해 질문을 받았을 때, 오프라는 그것의 핵심이 불신이란 걸 깨닫지 못한 채, "중요한 건 신뢰"라고 답했다.

그녀는 허락 없이 사진을 찍어선 안 된다는 규칙을 친구들도 따라

주기를 기대했고, 대부분 그렇게 했다. 예외적인 경우가 헨리 루이스 '스킵' 게이츠 주니어(Henry Louis 'Skip' Gates, Jr., 저명한 아프리카계 미국인 문화연구가 겸 문학평론가. 2009년 백인 경찰의 오인 체포로 미국사회에 인종차별 논란을 불러일으킨 인물—옮긴이)로, 그는 유혹을 참지 못하고 휴대폰으로 그녀의 스냅사진을 몰래 찍곤 했다. "오프라 모르게 찍은 사진을 교직원 휴게실에서 즐겨 보여준다"고 하버드대의 한 교수가 증언했다.

직업적인 면에서 1994년은 오프라 인생 최악의 해였다. 스태프들을 탈진 직전까지 몰아갔을 뿐 아니라, 시청률을 올리라는 데브라 디마이오의 닦달에 질려 시니어 프로듀서들이 그만두겠다고 으름장을 놨을 때는 친구에게 사직을 권유하는 수밖에 없었다. 그 무렵 오프라는 스스로 데브라가 약속할 수 있는 수준을 넘었다고 생각했다. 단순한 토크쇼 진행자가 아닌, 더 높은 영역으로 진화했다고 말이다. 자기 자신을 복음을 전하라는 하느님의 명을 받은 선교사라 여겼다. 더는 쓰레기봉투를 끌고 다니고 싶지 않았다. 타블로이드 프로그램에서는 우러나지 않을 존경을 얻고자 궁리했다. 디마이오의 이탈을 겪으면서, 오프라는 자기 쇼를 시궁창에서 건져 올리기로 결심했다. 펜실베이니아 주립대 사회학 교수 비키 앱트(Vicki Apt)가 〈대중문화저널〉(The Journal of Popular Culture)에 쓴 "필과 샐리와 오프라의 파렴치한 세계"라는 제목의 보고서를 읽고 나서, 이제부턴 시니어 프로듀서들의 격려에 힘입어 보다 부드러운 시각과 자세로 명예를 추구하리라 마음먹었다.

앱트 교수는 오프라의 갑작스런 태도 변화에 놀랐지만 찬양만을 보내지는 않았다. "그녀가 생각을 바꿨다니 반갑다. 그러나 이미 10년이 흘렀고 3억 5,000만 달러가 허비되었다. 내가 생각하기에 이런 사람들이 하는 일은 대개 자기 잇속만 차리는 것이다. 실컷 더러운 짓을 하고 나서 제 탓이라 떠든다."

1994년은 〈레드북〉(Redbook, 오랜 역사를 지닌 미국 잡지—옮긴이) 12월호에 불시의 습격을 당하면서 막을 내렸다. 전직 하포 프로듀서 댄 샌토(Dan Santow)가 쓴 "오프라의 크리스마스"라는 기사가 문제였다. 하포 직원들이 크리스마스 때 상사를 어떻게 기렸으며 그 상사는 어떤 식으로 후하게 화답했는가에 대한 허황된 회고담처럼 보였지만, 글의 행간에 업무 현장에서 벌어지던 상상 불가의 사치스런 행태와 비열한 작태들이 적나라하게 포착돼 있었다. 가장 혹독하게 꼬집은 부분은 수백만장자인 상사를 향한 아첨 섞인 복종과 그녀에게 줄 선물을 고르고 사는 데 쏟아 붓는 시간과 관심이었다. 이 사무실 의식은 나중에, 오프라가 좋아하는 물건(예를 들면 HDTV 냉장고, 다이아몬드 목걸이, 블랙베리폰, 디지털 비디오카메라, 평면 TV)으로 선정된 수천 달러어치 상품들을 스폰서들이 기증하여 방청객들에게 나눠주는 방식의 〈오프라가 좋아하는 선물〉(Oprah's Favorite Things)이라는 명절 프로그램으로 발전했다.

그보다 앞서 데브라 디마이오는 열한 시간이나 걸리는 연례 크리스마스 오찬행사를 기획했는데, 그중에 오프라와 시니어 프로듀서들이 서로 선물을 교환하는 코너가 있었다. "이 오찬 모임에서는 선물의 증정 방식이 (대단히) 중요했다"고 샌토는 회상한다. 당시 스태프들과 처음 대면하는 처지였던 그는 오프라가 선물이 어떻게 포장됐느냐에 몹시 신경을 쓴다는 게 믿어지지 않았다.

누가 그에게 "오프라는 모든 걸 눈여겨본다"고 얘기해주었다. 예를 들면 이런 거다. 1년 전 데브라가 골동품 도자기 찻잔세트를 선물했는데, 얇은 포장지에 작은 잔과 받침 모양의 고무도장을 찍어두었다고 한다.

"그런 건 알지도 못했을 거야." 누군가 말했다.

"아니, 분명히 봤을걸." 디마이오가 장담하면서 수화기를 들었다. "오프라, 지금 다른 프로듀서들이랑 사무실에 있는데 말야…… 그냥 좀 궁금한 게 있어서…… 그 왜, 작년에 내가 준 찻잔세트 기억나?"

"고무도장 찍힌 박엽지에 싸서 준 거 말이지?"

샌토의 등에 식은땀이 죽 흘렀다.

1993년 크리스마스 오찬 행사를 한 달 앞두고 프로듀서들은 디마이오로부터 오프라한테 제출할 설문조사에 응해달라는 이메일을 받았다.

1. 모자, 스웨터, 신발, 드레스, 장갑, 셔츠의 사이즈를 적으시오.
2. 내가 받게 된다면 기쁨의 탄성을 지를 값비싼 선물 아이템 다섯 개.
3. 그런 물건들을 살 수 있는 곳: 상점 이름, 주소, 전화번호 800개.
4. 선물로 받으면 내가 매우 행복해질 물건 다섯 개.
5. 1년 내내 내가 당신한테 원망을 품지 않을 만한 선물 다섯 가지.
6. 내가 아주 싫어할 선물 다섯 가지.
7. 나한테 무언가를 사줄 때 꼭 피해야 하는 상점 다섯 곳.

오찬 행사 날, 오프라는 개인 비서 비벌리 콜먼에게 작은 상자를 건네는 것으로 선물증정식을 시작했다. 상자 안에는 지프 체로키 브로슈어가 들어 있었고, 창문 밖에서 뿔피리 소리가 요란하게 울렸다. 이어 오프라의 테마송 〈아임 에브리 우먼〉이 들려왔다. 창문 쪽으로 달려간 프로듀서들 눈에 반짝반짝 빛나는 검은색 지프 그랜드 체로키 한 대가 들어왔다. 자칭 '에브리우먼'(평범한 여자)인 상사가 주는 선물이었다. 오프라가 프로듀서들에게 하사한 엄청난 선물들 중에는 다음과 같은 것들도 있다. 뱅앤올룹슨 스테레오시스템, 1만 달러어치 여행상품권이 든 가방세트, 다이아몬드 귀걸이, 한 트럭분의 고가구들……. 총괄 프로듀서에게는 1년간 세계 여러 도시—몬트리올, 파리, 런던—에서 경비 걱정 없이 친구들과 한 달에 한 번 식사를 할 수 있는 증서를 주었다.

〈레드북〉 기사의 부제. "미국에서 가장 부유하고 가장 유명한 연예인 밑에서 일하는 경우, 두 가지 질문이 당신의 크리스마스 시즌을 지배한다. 그녀에게 무엇을 줄 것인가? 그녀에게서 무엇을 받을 것인가?" 그 기사는 철거용 쇳덩이처럼 하포를 강타했다. 그러나 옛 직원 한 명이 말했다시피, "완전히 무너뜨릴 정도는 아니"었다. "'선물로 받으면 내가 매우 행복해질 물건 다섯 가지'라는 질문에 샌토가 '모딜리아니 작품이면 아무것이나'라고 썼던 걸 기억합니다. 그러고 나서 며칠 뒤 오프라를 만났는데, 자기한테 모딜리아니가 그 지역 화가냐고 묻더랍니다. 모딜리아니가 누군지도 모른다는 사실에 당혹스러웠다고 하던데, 만약 그 일을 기사에 포함시켰더라면, 오프라가 정말 바보 같아 보였을지도 모릅니다."

댄 샌토는 종신 비밀엄수 서약을 하지 않고 하포 담장을 넘은 마지막 직원들 중 한 명이자 오프라 밑에서 일한 경험을 글로 옮기고자 모험을 감행한 유일한 사람이라는 차별성을 띠었다. 그의 기사는 하포의 모두에게 충격을 안겨주었고, 미래의 모든 직원들이 고용주에 대해 평생 침묵할 것을 맹세하도록 만들었다. 또한 해마다 하던 프로듀서들의 크리스마스 오찬 의식도 중단시켰다.

Fifteen

최악의 북클럽

자신의 쇼를 저질 TV의 시궁창에서 빼내기로 결심한 바로 그때 오프라는 100만 명의 시청자를 잃었다. 그러나 그건 다른 토크쇼 진행자들의 경우도 마찬가지였다. 그 누구도—도나휴, 제랄도, 제니 존스, 리키 레이크, 샐리 제시 라파엘, 제리 스프링거—미국 역사상 가장 악명 높은 살인자 O. J. 심슨과는 경쟁 상대가 못 되었던 것이다. 1994년 6월 17일, 공중에서 촬영용 헬기들이 실시간 중계를 하는 가운데, 장장 96킬로미터에 걸쳐 LA 고속도로에서 펼쳐진 경찰차와 흰색 포드 브롱코 간의 대추격전에 모든 토크쇼들은 뒷전으로 밀려나고 말았다. 심슨의 도주 행각은 브렌트우드에 위치한 자신의 튜더풍 저택에서 마침내 끝이 났고, 즉시 체포된 그는 전 부인 니콜 브라운 심슨(Nicole Brown Simpson)과 그녀의 친구 론 골드먼(Ron Goldman)을 잔혹하게 살해한 혐의로 수감되었다.

이후 16개월 동안 그 흉악한 범죄의 충격적인 내막이 TV를 통해 낱낱이 공개, 유포되고 논쟁이 불붙는 등 온 나라의 관심이 O. J. 사건으로 집중되었으며, 그 범죄와 용의자, 희생자들 및 유가족, 검사들, 변호인단, 그리고 법정 안으로 기꺼이 카메라를 들여 재판이 TV로 생중계되게 한 판사를 분석하기 위한 법정 TV쇼들이 생겨났다. ABC의 테리 모런(Terry Moran), MSNBC의 댄 에이브럼스(Dan Abrams), 폭스 뉴스의 그레타 밴 서스테른(Greta Van Susteren)은 O. J. 심슨 재판을 취재한 것만으로 유명인사가 되었고, 20세기의 미국인들은 과거 로마인들이 사자가 기독교인을 집어삼키는 장면과 글래디에이터들의 목숨을 건 싸움을 구경하러 콜로세움으로 모여들 듯, TV 수상기 앞에 둘러앉았다.

옆집 사는 이웃이 누군지도 모르던 사람들이 오렌탈 제임스 심슨(Orenthal James Simpson)과 관계된 이들에 대해선 훤히 알게 되었다. 심슨 집에 유숙하던 건방진 친구 케이토 케일린(Kato Kaelin), 1989년 O. J.한테 구타를 당할 때 니콜이 건 전화를 받은 911 교환원, 변호를 맡은 조니 코크런(Johnnie Cochran) 변호사("그것이 맞지 않는다면, 당신은 무죄입니다"), 마샤 클라크(Marcia Clark) 검사와 크리스토퍼 다든(Christopher Darden) 검사, 유명인을 좋아하는 랜스 이토(Lance Ito) 판사, 망신당한 LA 경찰국 형사로서 인종차별적 욕설과 수정헌법 제5조(자기에게 불리한 증언을 거부할 권리—옮긴이) 회피로 배심원들을 크게 동요시킨 마크 퍼먼(Mark Fuhrman) 등이 바로 그들이다. 에릭 존(Eric Zorn)이 〈시카고트리뷴〉지에 썼듯이, "O. J. 심슨 재판은 엘비스가 화장실에서 사망한 이래 가장 타블로이드 친화적인 이야기가 되었다."

1994년 6월의 그날 밤이 오기 전까지, 은퇴한 미식축구선수 심슨은 늘 응원의 함성이 따라다니는 미 스포츠계의 골든 보이로 군림했다. 대부분 버펄로 빌스에서 선수생활을 한 이 하이즈먼 트로피(Heisman Trophy, 가장 훌륭한 대학 미식축구선수에게 주는 상—옮긴이) 수상자는 허츠 렌터카 광고 시리즈에서 공항 터미널을 질주하는 인상적인 연기를 선보이며 대스타로서의 명성을 넓혔다. 〈타워링〉과 〈네이키드 건〉 같은 영화에도 출연하여 폴 뉴먼(Paul Newman), 프레드 애스테어(Fred Astaire), 페이 더너웨이(Faye Dunaway), 소피아 로렌(Sophia Loren) 같은 쟁쟁한 스타들과 어깨를 견주었다. 그는 특권층만 이용하는 컨트리클럽에서 골프를 쳤으며, 미소 짓고 악수하러 할리우드 자선행사에 얼굴만 내밀어도 두둑한 사례비를 받았다. 화이트 아메리카가 포용하는 흑인 남성 O. J. 심슨은 돈, 지위, 국민적 인지도, 보편적 존경 등 모든 것을 다 가지고 있었다. 전 부인, 그리고 초저녁에 메찰루나 트라토리아에 놓고 온 선글라스를 돌려주려고 집에 들렀던 웨이터가 나란히 난자당한 시체로 발견된 그날 밤까지는 말이다.

1995년 1월에 재판이 시작되자, 오프라는 시청률 하락을 경험했다. "그 수치들을 보면 이런 말이 나오죠. '케이토가 증인석에 섰나? 누가 증인석에 섰지?' 법정 장면이 없었기 때문에 어제와 마찬가지로 우리 시청률은 지난 2주간의 평균보다 1.5포인트 올랐습니다." 하포 프로덕션의 새 사장 팀 베넷은 그녀의 시청률 급락을 변호했다. "여태껏 기록한 것 중에 최고 수치는 아니지만, 가장 근접한 경쟁자를 거의 100퍼센트 앞서고 있어요. 다른 TV 장르 어디—황금 시간대 코미디 프로, 네트워크 뉴스 프로, 심야 토크쇼—에서 이런 주장이 나올 수 있겠습니까?" 그러면서도 심슨 재판 때문에 깎이는 시청률이 매일 15퍼센트 정도라는 건 인정했다.

1995년 4월 첫 공판일에 오프라는 법률 평론가 네 명과 〈배너티 페어〉의 취재기자라는 이유만으로 이토 판사의 법정에서 특별석을 제공받은 적 있는 작가 도미닉 던(Dominick Dunne)을 출연 섭외함으로써 잃어버린 시청률을 되찾으려 나섰다. 말할 기회가 주어지자 방청객들은 앞다퉈 O. J. 심슨에 대한 열렬한 지지 의사를 표명했다. 이후 6개월 동안 오프라 쇼 방청객들을 비롯한 많은 미국민들이 그가 유죄선고를 받을 수 있을지, 받게 될지, 받아야 하는지를 놓고 열띤 논쟁을 벌였다. 이 논쟁은 하포의 무대 뒤편에서도 계속되었으며, 오프라는 판결이 내려지는 1995년 10월 3일에 관련 프로그램을 방송하기로 결정했다. O. J.에게 무죄가 선고되었음이 알려졌을 때, 오프라는 확실히 충격을 받은 모습이었다. 방청석의 흑인들 대부분은 탄성을 지르고 손뼉을 치면서 덩실덩실 춤을 췄지만, 일부 백인들은 믿을 수 없다는 듯 멍하니 자리에 앉아 침묵을 지켰다. 그 재판은 미국을 두 인종으로 극명하게 갈라놓았다. 여론조사에서 백인 미국인들의 72퍼센트는 O. J.가 유죄라 믿는 반면, 흑인 미국인들의 71퍼센트는 그가 무죄라고 믿는 걸로 나타났다. 속으로는 그러한 결과를 예상했으나, 오프라는 대외적으로는 화이트 아메리카 편에 섰다. 10년 후 다시 실시된 여론조사에서는 흑인들의 40퍼센트만이 O. J.가 무죄라고 믿고 있어 백인들의 의견에 더 가까워진 것으로 드러났다.

"그날 이후 오랫동안, 무죄평결 기사를 읽으면서 무슨 생각이 들었냐고 묻는 편지들이 많이 왔다"고 오프라는 말한다. "그 대답은 이거다. 몹시 놀랐다. 평결이 믿기지 않았다. 저널리스트로서, 나는 나만의 강한 견해들 속에서도 균형감각을 잃지 않으려 노력하고 있었는데, 그날은 그러기가 어려웠다." 오프라가 "강한 견해들"에 매몰되지 않도록 노력하는 저널리스트를 자처하다니, 뜻밖이었다. 오히려 그녀는 O. J.의 무죄를 확신하는 일부 방청객들이 소외되는 걸 원치 않는 기민한 토크쇼 진행자였다.

하포의 옛 직원은 평결이 내려지기 전, 조정실에 있던 사람들이 O. J.가 유죄선고를 받을 거라 예상했지만 오프라는 이에 동의하지 않았던 걸 기억한다. "여러분이 우리 흑인들을 잘 몰라서 그런다"며 오프라는 흑인의 수가 압도적인 배심원단 구성을 언급했다. 마크 퍼먼의 인종차별적 발언들이 아프리카계 미국인 배심원들의 신임을 얻지 못할 것이라 본 것이다. 공개적으로 그녀는 거의 모든 백인들이 퍼먼과 같은 생각을 한다는 인식이 흑인들 사이에 있다고 말했다. 오프라의 친구이자 WTVF TV 시절 동료였던 루스 앤 리치는 〈내슈빌 배너〉(Nashville Banner)에 기고한 칼럼에서, "백인 대다수가 흑인에 대해 깊은 증오심을 품고 있다"는 오프라의 믿음에 주목했다. "오프라의 이제까지 경력은 주로 백인들에 의해 가능한 것이었고 그들이 지지하고 키워준 것이었다"고 지적하면서, "이 여성은 자신이 수백만 백인 미국인들의 숭배 대상임을 잘 알고 있다. 그런 그녀가 대부분의 백인들이 대다수 흑인들을 증오한다고 느낀다면, 불우한 처지의 흑인들은 어떻게 느낄까?"라고 물었다. "백인들은 말한다. 아프리카계 흑인들은 O. J. 심슨이 그 범죄를 저지르지 않았다고 믿는다는 여론조사가 도저히 이해 안 된다고. 그 모든 혈흔과 그 섬유 가닥을 어떻게 무시할 수가 있느냐고. 간단하다. 흑인들—배심원단 내 신사 숙녀들에 국한되지 않는다—은 그냥, 인종차별적인 경찰과 그들을 후원하는 인종차별적인 팀들이 증거라고 제시하는 건 그 어떤 것도 믿지 않았다."

평결 후 이틀간, 오프라는 자신의 쇼를 온통 "O. J. 심슨: 그 사건의 파장"이라는 주제로 꾸몄다. 타블로이드지들은 그녀가 방송 최초로 O. J.를 인터뷰하기로 되어 있다고 보도했으나, 오프라는 서둘러 부인했다. 그리고 "O. J. 심슨을 절대 인터뷰하지 않을 것"이라고 선언했다. 며칠 후에는 TV 스타 로니 앤더슨(Loni Anderson)을 초대해, 전 남편인 버트 레이놀즈한테 내동댕이쳐져 할리우드 자택 벽에 머리를 찧은 적이 있다는 얘기를 들었다. 오프라는 많이 놀란 듯 보였다.

"여자를 때리는 남자들한테 아주 질렸어요." 방청석으로 몸을 돌린 그녀는 아내를 구타하는 남자는 앞으로 쇼에 출연시키지 않겠다고 선언했다. 그리고 볼티모어에서 살 때 그녀 손 위로 문을 쾅 닫고 나가 버린 유부남 애인에게 받은 수모를 다시 돌이켰다. "바닥에 쓰러져 울었던 기억이 나네요. 엎드린 채 '난 대체 누구냐?' 고 중얼거렸지요. 그때 결심했어요. 내 자신은 내가 책임지겠다고요."

방송 초기부터 오프라는 자신의 이미지를 만인의 연인으로 정립해 왔다. 여자들끼리의 비밀을 아는 사랑받는 여동생 타입을 말하는데, 그러한 비밀들 중 일부는 여성을 위한 조언서인, 세라 밴 브레스너치(Sarah Ban Breathnach)의 《단순한 풍요》(Simple Abundance) 유의 실용서들에 나올 만한 것들이었다. 시청자들에게 오프라는 남편을 출근시키고 한숨 돌린 주부에게 커피를 따라주는 푸근한 옆집 아줌마였다. 하소연을 들어주면서 화를 가라앉히고 마음을 달래주고, 때로는 따끔하게 야단도 치는 속풀이 전문가였다. 아내를 구타하는 남편과 소아성애자를 비롯해 별의별 학대자들에 대한 경각심을 불러일으키는 일에도 앞장섰기에, 그녀는 뭇 여성들, 특히 남성들의 횡포에 짓밟힌 여성들의 대변자가 되었다.

"흑인 여성들 앞에서 이 학대 문제를 꺼내기만 하면 늘 듣는 얘기가 있어요." 〈에보니〉의 로라 랜돌프에게 오프라가 말했다. "그 남자가 자길 여러 번 때리긴 했는데, 정말로 구타하는 건 아니라는 거예요. 우린 형편없이 취급당하는 데 너무 익숙해 있어서 사랑은 정말로 기분 좋은 것이어야 한다는 걸 알지도 못해요." 그녀는 자신의 삶을 여성 시청자들이 어떻게 하면 지질한 남자들로부터 벗어나 자존감을 되찾을 수 있는가에 대한 표본으로 삼았다. 그리하여 미국 최초의 흑인 여성 억만장자로서 가르침을 전했다. "내가 할 수 있다면 당신도 할 수 있습니다."

O. J. 심슨을 인터뷰하는 것은 거부한 반면, 오프라는 그의 주변 사람들은 인터뷰했다. O. J.의 항소심 변호사로 선임되었던 앨런 더쇼위츠(Alan Dershowitz) 하버드대 교수도 그중 한 명이었다. 그는 《애드버킷츠 데블》(The Advocate's Devil)이라고, 프로 운동선수인 의뢰인이 흉악범죄를 저질렀을지 모른다고 생각하면서도 그를 변호해야 하는 딜레마에 빠진 하버드 출신 변호사에 관한 소설을 낸 바 있다. 워너북스 출판사가 오프라 쇼에 자신을 출연시키는 데 실패하자, 더쇼위츠는 직접 프로듀서들에게 전화를 걸어 "범죄자를 변호하는 법"을 주제로 다뤄야 한다고 강력히 주장했다.

"불도저같이 밀어붙여 쇼에 출연하고야 말았죠." 워너 북스의 옛 홍보담당자가 술회한다. "하지만 론 골드먼의 유가족이 함께 출연하는 바람에 그는 찬밥신세가 되고 말았습니다. 짜증이 난 더쇼위츠는 자꾸만 자기 책을 언급했고, 하도 그러니까 오프라가 방청석을 향해 짓궂은 농담을 던졌어요. '그 책 제목이 뭐라고 그랬죠?' 모두가 제목을 합창했지요. 차라리 가만히 있는 게 나을 법했는데…… 그녀의 쇼에서 출연자와 출연자의 책이 따뜻하게 대접받지 못하면 망한 거라고 봐야 해요." 더쇼위츠의 책은 흔적도 없이 가라앉았다.

오프라가 내보낸 O. J. 관련 프로그램들 중 가장 논란이 많았던 것은 1997년 2월 20일과 24일에 했던 마크 퍼먼과의 인터뷰였다. 그는 '검둥이'라는 말을 쓰지 않았다고 법정에서 맹세했지만, 녹음테이프와 목격자들은 그것이 거짓말임을 입증했다. 오프라는 그 부분을 물고 늘어졌다.

"정해진 답은 없다고 하셨는데, 무슨 뜻인가요? 그럼 진실은 어떻게 되는 거죠?" 그녀가 물었다. "스스로 인종차별주의자라고 생각하나요?"

퍼먼은 아니라고 했다.

"어째서요? 그와 같은 단어들을 사용한다면 그런 거 아닌가요? 검둥이라는 말을 쓰면서도 인종차별주의자가 아닐 수 있다고 생각하나요?"

오프라가 그 형사에 대한 불쾌감을 분명히 표출했음에도, 애초에 그자를, 그것도 '흑인 역사의 달'에 왜 출연시켰냐는 비판의 소리가 흑인 신문들로부터 나왔다. 〈시카고 디펜더〉는 전직 일리노이 주 항소심법원 판사 유진 핀챔(Eugene Pincham)의 말을 인용, 그것은 아프리카계 미국인 사회의 "뺨을 후려치는" 처사라고 썼다. 오프라는 퍼먼과의 인터뷰가 그녀의 쇼 사상 어떤 주제보다도 시청자들의 반향을 크게 불러일으켰다는 점은 인정했다. 나중에 마샤 클라크 검사와 크리스토퍼 다든 검사가 그 패소 사건에 관한 책을 출간했을 때 그들도 인터뷰했는데, 특히 다든에게 공감을 표했다. "그는 그 재판—133일—이 완전히 시간 낭비, 인생 낭비였다고 느낀답니다."

1997년 9월에 새 시즌을 시작하면서 프로듀서들은 오프라에게, O. J. 심슨과의 관계를 다룬 책을 쓴 〈플레이보이〉지 모델 폴라 바비에리(Paula Barbieri)를 인터뷰하자고 건의했다. "그 얘길 듣고 내가 그랬습니다. '자, 잘 들어요. O. J.는 이제 끝났어요. 하려면 2년도 더 전에 했어야 하는 이야기를 끄집어내면서 새 시즌에 들어가진 않을 거예요.'" 오프라는 〈시카고 선타임스〉에도 같은 말을 했다. "폴라 바비에리한테 내 인생을 허비하고 싶지 않아요. 아시겠어요? 그녀 얘기로 새 시즌을 출발하자고 이 쇼를 12년 동안 해온 게 아니란 말입니다."

혹자는 오프라의 분개가 래리 킹, 다이앤 소여, 맷 라우어(Matt Lauer)가 줄줄이 바비에리를 인터뷰해버린 탓도 조금은 있을 거라 추측했다. 리처드 로퍼는 바비에리를 인터뷰한 이틀 뒤, 오프라를 "순

위선덩어리"라고 힐난했다.

그는 〈시카고 선타임스〉에다 바비에리가 "예수 그리스도를 구세주로 받아들이고 교회 일에 전념하고자 할리우드를 버렸다"면서 "오프라는 그녀를 카메라 앞에서 끌어안고 눈시울을 적시며 '힘내라'고 속삭여줘야 하는 거 아니냐?"고 썼다.

바비에리 소동이 있은 지 수주일 후, 오프라는 "무엇이 충분히 검은가?"라는 제목의 프로그램을 하기로 결심했다. 1997년 9월 30일, 두 시간 30분에 걸친 녹화 과정에서 방청객들은 오프라가 백인 시청자들을 싸고도는 점, '흑인 역사의 달'에 마크 퍼먼을 출연시킨 점을 비판했다. 원래 1997년 10월 8일을 방송일로 잡았으나 오프라는 쇼 자체를 취소했다. 아마 비난받는 모습이 공개되고 인종 간 불화에 너무 초점을 맞추는 걸로 비치는 게 싫었던 것 같다.

O. J. 심슨 재판 파문은 그 여파가 수년간 지속되었다. 형사재판에서 무죄 방면된 데 이어, 민사재판에서는 그 불법행위에 의한 사망에 대해 O. J.에게 책임이 있다고 판단을 해, 니콜 브라운 심슨과 론 골드먼의 유가족들에게 3,350만 달러를 배상하라는 결정이 내려졌다. 골드먼 가족은 악착같이 그 돈을 받아내고자 했다. 10년 뒤, 심슨은 그 살인 과정을 가정한 내용이라고 알려진 소설 《만일 내가 저지른다면》(If I DiD It)을 쓰기로 리건북스(ReganBooks)와 350만 달러짜리 계약을 맺었다. 희생자들의 유가족은 거세게 반발했고, 대중의 들끓는 분노에 밀려 루퍼트 머독(Rupert Murdoch)은 그 계약을 취소하고 책(40만 부)을 폐기처분했다. 처음부터 출간을 반대한 프레드 골드먼(Fred Goldman)은 심슨을 상대로 낸 민사소송에서 그 책에 대한 권리를 획득하고는, 제목의 'If'를 개미 크기만 하게 줄여 "내가 저질렀다: 살인자의 고백"(I Did it: Confessions of the Killer)으로 보이는 표지로 바꿔

재출간할 계획을 세웠다. 또 새 서문을 의뢰하고 도미닉 던의 후기도 추가했다. 책은 2007년에 출간되었다. 그리고 오프라는 다시 한 번 진흙탕 속을 헤치고 들어갔다.

2007년의 오프닝 쇼 도중에 그녀는, 마샤 클라크 및 크리스토퍼 다든 검사와 그 자기고백적인 소설을 논하게 하려고 골드먼 가족과 니콜의 언니 데니즈 브라운(Denise Brown)을 섭외했다고 말하면서, O. J. 심슨에 대한 또 다른 프로그램을 예고했다. 그러나 데니즈 브라운은 골드먼 가족이 그 책의 출간을 진행시킨 것에 몹시 화가 나서 그들과 한 방송에 나오기 싫다며 출연 의사를 번복했다. 그러다 결국엔 별도 코너를 녹화해 시청자들에게 책 불매 운동을 촉구할 수 있게 한다는 방안에 동의했다.

프레드 골드먼과 그의 딸 킴(Kim)이 무대에 착석한 가운데 쇼의 막이 올랐다(2007년 9월 13일). "오늘 쇼는 저에게 도덕적, 윤리적 딜레마입니다." 오프라가 입을 열었다. "우리는 이 쇼에서 책을 팝니다. 책을 홍보합니다. 하지만 이번 책은 비열한 책이라고 생각합니다. 검열을 지지하지 않기 때문에 저는 책이 출간돼야 한다는 점에는 전적으로 찬성합니다. 하지만 개인적으로 이 책을 사라고 권하고 싶진 않네요."

방어를 할 처지가 된 킴은 "그자나 우리, 둘 중 하나는 해야 할 일이었다"고 대꾸했다. 오프라는 그 출판 건으로 돈을 얼마나 벌게 되는지를 놓고 골드먼 가족을 추궁했다.

"권당 17센트라고요? 그게 다예요? 무슨 출판계약이 그런가요? 17센트요?" 오프라가 물었다. "그걸로 당신의 고통이 누그러지나요?" 그녀는 돈 얘기를 꺼내고 또 꺼냈다.

"그 책에서 얻는 수익이 피 묻은 돈이라고 생각하지 않나요?"

예순여섯 살 된 희생자의 아버지는 그리 많은 돈이 걸려 있지는 않다고 말했다.

“당신이 17센트만 갖게 된다면 나머지는 다 누가 갖나요?” 오프라가 회의적인 목소리로 물었다.

“우리한테는 판결이 있습니다.” 프레드 골드먼이 말했다. “민사 법원이 부여해준 유일한 정의의 형태 말입니다. 우리가 판결 내용을 추구하지 않으면, 그 종잇장은 아무 의미가 없습니다. 우린 그에게서 돈을 추가로 벌 기회를 뺐었지요. 그 돈이 유일한 정의의 형태입니다.”

오프라는 역겹고 못마땅해 하는 표정을 지었다. “우리는 나라 전체로서 전진하는 모습을 보여왔어요. 당신도 전진하여 평화를 얻을 수 있길 바랍니다.”

짜증스럽다는 듯 킴 골드먼이 톡 쏘아붙였다. “우리 가족이 평화를 얻을 거라 가정하다니 모욕적이네요.”

오프라는 “모욕할 뜻은 없었다”면서, “출연 약속을 지켜줘 감사하다”고 말했다. 그리고 얼른 광고를 내보낸 다음, 데니즈 브라운을 소개했다.

“나는 이 책을 읽지 않을 겁니다.” 오프라가 그녀에게 말했다. “내 프로듀서들이 읽어봤는데 니콜이 마약중독자에다 난잡하게 노는 여자로 묘사돼 있다더군요.” 데니즈 브라운은 그 책을 “사악하다”고 평하면서, 출간은 “도덕적으로 잘못”된 일이라고 비난했다. 쇼가 끝날 무렵에 오프라는 양심에 켕기는 일이 전혀 없다는 표정이었다. 그 책을 읽지도 않고 추천도 하지 않을 거라고 했기 때문이리라. 하지만 당사자들을 쇼에 출연시킴으로써 그녀는 엄청난 시청률을 거둘 수 있었으며, O. J. 심슨의 자기고백적 소설을 〈뉴욕타임스〉 베스트셀러 목록 2위까지 밀어올렸다.

1996년에 ‘북클럽’ 코너를 출범시킨 이래 오프라는 거기서 다루는 모든 작가들에게 '애정 어린 호응'을 보냈고, 그녀의 열렬한 후원을 받은 책들은 〈뉴욕타임스〉 베스트셀러 목록을 화려하게 장식하며 저자들에게 감격적인 경험을 안겼다. 오프라의 북클럽은 전국적으로 큰 화제를 불러일으키면서, 그녀를 출판업계에 활기를 불어넣고 작가들을 부유하게 만들며 시청자들을 계몽시키는 문화적 아이콘으로 자리 잡게 했다. 하지만 원래 앨리스 맥기가 독서클럽 코너를 제안했을 때 오프라는 그것이 잘될 거라고 생각지 않았다. 시청률이 심히 걱정되었다. "아마 형편없는 수치가 나올걸. 폭삭 망할 거야. 몇 년간 소설들을 좀 다뤄봤지만 시청률이 늘 엉망이었지." 그러나 미국도서재단에서 주는 골드 메달과 미국출판인협회가 수여하는 훈장의 주인공이 되고, 리터러리 마켓 플레이스(Literary Market Place)에 의해 올해의 인물로 뽑히고, 〈뉴스위크〉에서 도서 및 언론 분야에서 가장 중요한 인물로 꼽히고, 뉴욕공립도서관의 "사자상"(Library Lion)으로 칭송되기에 이르자, 그녀는 맥기의 제안서를 액자에 담아 사무실 벽에 걸어두었다.

당시에는 전국적으로 독서클럽들이 우후죽순 생겨나고 많은 서적상들이 독서 및 스터디 그룹을 운영하고 있었다. 오프라는 이런 그룹들의 기존 인기에 반응해 시대정신을 포착한 셈이었다. "그녀에게 발명의 공적은 전혀 없다"고 〈TV가이드〉의 평론가 제프 자비스는 농담을 했다. "그러나 확실히 현명하게 훔치는 법은 안다."

쇼의 많은 부분이 그랬듯이 그녀의 독서클럽은 자기 자신에서부터 시작되었다. XXXL 사이즈 땀복을 입다가 1993년에 거의 40킬로그램 가까이 살을 뺀 후 몸에 착 붙는 스판덱스를 입게 되면서, 그녀는 인생이 180도 달라졌다고 느꼈다. 매일 하는 운동을 신진대사의 구세주로 받아들인 후, 이제는 주로 앉아 지내는 시청자들을 바꿔놓고 싶었다.

그래서 5월 시청률집중조사 기간을 온통 "오프라와 움직이기: 스프링 트레이닝 1995"라는 주제로 꾸미기로 했다. 자신의 트레이너와 함께 내고 싶은 신체단련서를 위한 무대가 북클럽에 앞서 마련되었다.

"우린 그 스프링 트레이닝 달이 시청률 면에서 어떤 기여를 하게 될지, 살을 뺄 생각이 없는 시청자들은 어떻게 할 것인지를 놓고 열띤 토론을 벌였습니다." 그녀가 말했다. "그러고 나서 결정을 내렸지요. O. J.는 어떤 식으로든 논의가 되니까 우린 우리가 하고 싶은 걸 하면 된다고요." 그 즈음의 오프라는 원하는 건 거의 뭐든지 하면서 넘버원 자리에 머무를 능력이 있었다. 머지않아 데이타임 에미상에서 5년 연속 최고 토크쇼 진행자로 뽑히고, 순자산 3억 4,000만 달러로 〈포브스〉가 매년 선정하는 미국 400대 갑부 명단에 처음 이름을 올리게 된다. 〈라이프〉지는 그녀를 "미국에서 가장 영향력 있는 여성"이라 불렀고, 〈타임〉지는 "금세기 최고의 영향력을 지닌 인물" 중 한 사람으로 꼽았다. 언젠가 극작가 장 아누이(Jean Anouilh)가 말했듯이, "사람은 누구나 신이 자기편이라고 생각한다. 부자들과 권력자들은 신이 자기들 편이란 걸 안다."

한 달간 계속된 오프라의 운동에 주목하여 패러디 신문인 〈어니언〉(The Onion)은 "오프라, 미합중국에서 분리해 나와 치즈케이크 먹는 주부들의 독립국가를 세우다"라는 제하의 1면 머리기사를 실었다. 이 농담조 기사는 그 신생 "유고걸"(Ugogirl) 공화국이 반항적 태도와 건방진 행동으로 대표되는 독립국으로 UN의 승인을 받게 될 것이라 보도했다.

1993년에 밥 그린과 함께 살을 빼기 시작했을 때부터 오프라는 책을 쓰는 문제를 이야기했고, 그래서 그린이 이것저것 메모를 해두었다. 때가 되었다는 판단이 섰을 때 그들은 필자를 구해, 《연결하기:

더 나은 몸과 더 나은 삶을 만드는 10단계》(Make the Connection: Ten Steps to a Better Body and a Better Life)를 공동 저작하기로 하이페리온 출판사와 계약을 맺었다. 오프라는 서문과 각 장의 첫 문단에서 제일 뚱뚱했을 때와 제일 날씬했을 때의 사진들뿐 아니라, 체중 문제로 삶을 어떻게 소모했는지 적어놓은 가슴 아픈 일기도 공개했다.

하이페리온이 1996년도 미국서적상협회 시카고 총회 기간 중 솔저 필드 스타디움에서 그녀 및 개인 트레이너와의 조찬 모임을 후원했을 때, 오프라는 그 책에 관해 금세 열광적인 분위기를 이끌어냈다. 조찬을 마친 뒤에는 컨벤션센터인 매코믹 플레이스(McCormick Place)까지 1.5킬로미터 가량을 힘차게 걸었다. "그날 아침에 내가 뭘 먹었는지, 내 테이블에 누구와 앉았는지, 무슨 옷을 입었는지는 말하지 못해도, 이것 하나는 분명하게 기억한다"고 러네 제임스(Renee A. James)가 앨런타운의 〈모닝콜〉지에 썼다. "오프라 윈프리는 대단했다는 것이다. 근사한 외모에 친근감 있는 언변이었다. 그 자리에 모인 사람들한테 그녀는 아주 친한 여자 친구처럼 다가갔다. 여성 청중들은 오프라가 자기와 교감을 하는 것처럼 느꼈다. 우리 같은 사람들은 몇 번 죽었다 깨어나도 못 만져볼 엄청난 부와 성공을 이룬 인기 토크쇼 진행자라는 사실에도 불구하고, 그녀와 우리는 끝없는 체중과의 싸움을 비롯한 여러 가지 시련을 공유하고 있었다. 그녀가 국제적인 명사라는 점은 걸림돌이 못 되었다. 그녀는 우리와 다를 바 없었다. 그녀의 말투는 우리가 평소 여자들끼리 얘기할 때의 바로 그 말투였다. 점심시간에 어느 무리에 끼어들어도 전혀 어색하지 않을 사람이었다. 매 순간이 굉장한 경험이었다. 그날 오프라가 2,000~3,000명의 여성들과 만들어낸 교감은 체중 감량과는 비교도 안 되게 큰 의미를 지녔다."

슬프게도, 러네는 12년 후에 오프라에 대한 생각을 바꾸었다. "그건, 1996년에 솔저필드에서 분주히 돌아다니며 사람들에게 말을 걸던 여자 친구와 2008년에 우리가 보고 있는 슈퍼스타 억만장자의 간극 때문인지도 모른다. 왠지 모르게, 오프라에게서 좀 지나치게 '힘이 넘친다' 는 느낌, 다른 사람들에 비해 좀 지나치게 '계몽되었다' 는 느낌이 나기 시작했다. 자기 자신한테 과하게 경도되어 다른 사람들한테 너무 착하게 구는 친구 같다고 할까. 부아가 나기도 하지만, 그래도 사람들은 그녀를 보고 싶어한다."

1996년 여름에 오프라와 개인 트레이너가 그 많은 여성들을 이끌고 주차장과 고가도로, 호숫가를 헉헉대며 달리는 모습을 보고 서적상들은《연결하기》에 대량 주문을 넣었고, 초판이 200만 부 인쇄되었다. 출간일에 오프라는 자신의 쇼를 밥 그린과의 공동 저서를 알리는 데 바쳤고, 〈피플〉지의 커버스토리, "오프라 광: 새로운 건강철학으로 4년을 보낸 오프라, 마침내 행복을 얻다"를 위해 포즈도 취했다.

오프라는 다시 살이 찌는 일은 없을 거라고 굳게 믿었기 때문에 이후 몇 개월은 체중문제 해결 과정을 담은 〈오프라: 연결하기〉라는 홈비디오를 제작하는 데 썼다. "그 60분짜리 테이프는 체력단련 가이드라기보다는 한 편의 오프라 축제"라고 〈시카고 선타임스〉는 평했다. "그린과 해변에서 복싱하는 오프라가 나온다. 강아지와 꽃밭에서 노니는 오프라. 드레스룸에 있는 오프라. 춤추는 오프라. 친구들과 만찬 테이블에 둘러앉은 오프라. 마라톤을 끝내는 오프라. 뚱뚱한 오프라가 나온다. 날씬한 오프라가 나온다."

또한 비디오 수익금을 빈민가 우수 학생들에게 미국 최고의 대학 예비학교에 입학할 기회를 제공하는 보스턴의 '베터 챈스'(A Better Chance) 프로그램에 기부하겠다고 선언하는 인심 좋은 오프라도 나온다.

자기가 쓴 책을 낸 며칠 후에, 오프라는 북클럽을 출범시켜 동시대 소설 작품들을 소개하기 시작했다. 다만, 친구들을 위해서 마야 앤절루의 논픽션 《여성의 마음》(The Heart of a Woman)과 빌 코스비의 동화 《리틀 빌》(Little Bill)을 예외적으로 선택하기도 했다. 그러나 2005년에 논픽션을 본격적으로 다루기 시작했을 때, 캐서린 '이모'의 회고록 《제이 버드 크리크》(Jay Bird Creek)는 소개해주지 않았다. 에스터즈 여사의 말에 따르면, 오프라는 그 책을 "너무 진부하고 시시하며 극적인 요소가 전무하다"고 혹평했다고 한다.

"나는 자비로 출판했는데, 오프라 말이, 랜덤하우스 같은 출판사에서 나오지 않은 이상 자기 쇼에서 그 책을 다룰 수는 없다더군요. 시청자들이 좋아하지 않을 거란 말도 했고요." 에스터즈 여사의 책은 '짐 크로' 법(Jim Crow, 흑백 차별을 명문화한 미국의 인종분리법. 20세기 중반까지 남아 있었다—옮긴이)이 적용되던 남부에서의 성장기와 민권 투쟁기였다. "오프라가 신경을 쓰기에는 내 책이 너무 보잘것없었던 거죠."

설명할 길은 없지만, 오프라는 자신을 연기에 입문하게 해준 작품을 남긴 두 여성은 외면했다. 《컬러 퍼플》의 작가 앨리스 워커와 《브루스터 플레이스의 여인들》의 작가 글로리아 네일러의 후속 작품들 중 어떤 것도 오프라의 북클럽에서 토론 대상으로 선정되지 않았던 것. 특히 영문을 알 수 없는 건, 영화 〈컬러 퍼플〉이 오프라의 경력을 여러모로 넓혀주면서 성공 신화에서 너무나도 중요한 의미를 지닌 작품임에도 불구하고, 그녀가 앨리스 워커와 일정한 거리를 두었다는 점이다. 그 영화에 대해 오프라가 품은 경의는 인디애나 농장에 만들어놓은 '컬러 퍼플' 초원에서도 엿볼 수가 있다. 그러나 앨리스 워커를 스튜디오로 초대해 그녀의 소설을 찬미한 적은 단 한 번도 없었다.

워커는 2008년에 "오프라를 사랑하고 높이 평가한다. 그녀는 신이

이 지구에 내린 선물이라 생각한다"고 말했다. "하지만 나와 멀찍이 거리를 두는 태도는 이해가 안 된다. 아마도 내 관점이 그녀의 것과는 너무 동떨어져 있나 보다."

마찬가지로 이해불가한 점은 그 소설을 뮤지컬로 만들어 2005년에 브로드웨이 무대에 올렸을 때 오프라가 철저히 원작을 무시했던 일이다. 극장 간판에 "오프라 윈프리가 제공하는 컬러 퍼플"이라는 문구가 큼직하게 내걸린 반면, "앨리스 워커의 소설을 각색했다"는 구절은 프로그램북과 신문 전면 광고에서 깨알 같은 글씨로 인쇄되었을 뿐이다.

"어쩌면 이런 식으로, 영화 광고에 자기 이름을 넣어달라는 청을 스필버그한테 거절당했던 상처를 치유하고 있었는지도 모른다." 워커는 이렇게 추측했다. "그때 오프라는 아주 깊이 마음을 다쳤어요. 아마 앙갚음을 하고 잃어버린 자존심을 되찾으려 했겠지요. 그래서 내 생각은 전혀 하지 않고, 공정한 처사인지 어떤지도 따지지 않고, 모든 일을 자기 마음대로 한 거예요. 그녀나 스콧(Scott Sanders, 뮤지컬 프로듀서) 입장에서 그리 품위 있는 행동은 아니었습니다. 어떻게 그럴 수 있었는지 모르겠어요. 하지만 일단 벌이진 일이니, 그에 따른 문제도 알아서들 감수하겠지요."

앨리스 워커나 글로리아 네일러나, 1996년부터 2002년에 잠시 중단할 때까지 주로 생존해 있는 여성 작가들의 소설에 초점을 맞춘 오프라 북클럽에서 자신들이 배제된 이유를 설명하지 못했다. 오프라는 북클럽에서 다룰 작품을 한 달 앞서 공지해, 시청자들에게 충분히 읽을 시간을 주곤 했다. 그동안 프로듀서들은 저자가 자택에서 생활하는 모습, 오프라와 식사하는 모습, 몇몇 팬들이 그 책에 관해 토론하는 모습 등을 촬영해두었다가 나중에 편집 영상을 방송에 내보냈다.

그녀가 맨 처음 선정한 작품은 자식을 유괴당한 어머니의 이야기를 그린 재클린 미처드의 《대양의 저편》(The Deep End of the Ocean, 이를 각색한 영화가 국내에서는 '사랑이 지나간 자리'라는 제목으로 개봉되었다—옮긴이)이었다. 바이킹펭귄 출판사에서 미처드의 홍보를 담당한 직원은 오프라가 전화를 걸어와 "세계 최대 규모의 독서클럽이 탄생할 것"이라 얘기했던 걸 기억한다. 당시 〈오프라 윈프리 쇼〉가 130개국에서 방송되고 있었으니 과장된 말도 아니었다. 오프라는 앞선 경험들을 바탕으로, 수천 부의 여유분을 인쇄해 갑작스런 주문 쇄도에 대비하라고 일렀다. 애초 6만 8,000부를 찍었던 미처드의 책은 오프라 북클럽에서 추천을 받은 후 400만 부 이상 팔려나갔다.

자신의 문화적 영향력을 실감한 오프라는 "온 국민에게 책을 읽히고 싶다"고 말했다. 이후 6년 동안 그녀는 자신의 관심사를 반영하고 일부 평론가들로부터 "중간 문학", "감상주의적", "상업적"이라는 평을 듣는 책들을 골라 추천했다. 대개 빈곤과 고통에서 살아남아 구원을 찾는 여성에 관한, 여성이 쓴 슬픈 이야기였다. 주인공들은 오프라처럼 성적 학대와 부주의한 양육 환경, 인종차별, 가난, 짝사랑, 나약한 남자들, 원치 않는 임신, 마약, 비만 등 온갖 역경을 딛고 일어난 여성들이었다. "독서도 다른 모든 것과 다를 바 없다"고 그녀는 말했다. "사람은 자신과 비슷한 사람들에게 마음이 끌리게 되어 있다."

오프라는 한 비만 청소년이 성폭행과 자기혐오를 극복해가는 과정을 그린 월리 램(Wally Lamb)의 데뷔작 《조금 가볍고 조금은 무거운》(She's Come Undone)에서 자기 자신을 보았을지도 모른다. 그 책은 1997년 북클럽 추천도서가 되었다. 12년 후에는, 성폭행과 문맹 및 사악한 엄마의 그늘에서 벗어나 새 삶을 꾸리는 할렘가의 뚱뚱한 십대 임산부가 주인공인 영화 〈프레셔스〉를 타일러 페리(Tyler Perry)와 공동 제작했는데, 사파이어의 소설 《푸시》가 원작이었다. 대부분 오프라의 북클럽 추천도서들은 강간이나 아동성추행 피해자, 또는 가족에게 폭력을 휘두르거나 간통을 저지르는 남자 손에 살해당하는 여성이 주인공이었다. 남자가 협박을 일삼으며 여자를 사육하는 내용의 소설도 있었다. 〈뉴욕타임스〉의 문학평론가 톰 숀(Tom Shone)은 "오프라의 도서목록은 동정심 없는 세계가 아닌, 동정심 말고는 아무것도 없는 세계라는 불길한 기운을 우리에게 전달한다"고 했다.

첫해에 오프라 북클럽은 연 판매량이 대개 수천 부씩에 불과한 현대소설 장르를 1,200만 부 가까이 팔아치웠다. 업계 소식지인 〈퍼블리싱 트렌드〉에 의하면 그녀가 올린 도서 판매액은 1억 3,000만 달러에 달했다. 평범한 성공작을 특급 베스트셀러로 바꿔놓는 능력 덕분에 오프라는 "미드리스트(midlist, 베스트셀러는 아니더라도 꾸준하게 판매되는 책을 가리키는 출판계 용어—옮긴이)들의 마이더스"로 이름을 떨치게 되었다. "이것은 혁명"이라고, 최초의 흑인 노벨문학상 수상 작가인 토니 모리슨이 말했다. 1996년 오프라는 모리슨을 "남성, 여성, 흑인, 백인 가릴 것 없이, 살아 있는 가장 위대한 미국 작가"라고 시청자들에게 소개했다. 그리고 이후 6년간 북클럽에서 모리슨의 책을 네 차례 선정했으며, 이 학식 높은 작가가 소설 읽는 법을 지도할 수 있도록 특별 강좌를 마련하기도 했다. 이때 오프라는 본인 역시 토니 모리슨의 작품을 읽는 데 어려움을 겪는다고 시청자들을 안심시키면서 쇼를 시작했고, 그 작가와의 대화를 공개했다.

"사람들이 단어를 계속 찾아봐야 한다는 하소연을 하지 않던가요?"

"오프라, 그게 바로 독서라는 거예요."

오프라 북클럽의 첫해가 끝나갈 무렵에 출판업자들은 현기증을 느끼고 있었다. "아침에 일어나보니 남편이 케빈 코스트너로 변해 있는 상황과 같다"고 한 여성 출판업자가 설명했다. 그들은 오프라가 방송에서 발표할 때까지 책 선정 사실을 발설하지 않는다는 내용의 비밀준수계약을 맺는 등 그녀의 비위를 맞추고자 간, 쓸개를 다 내놓다시피 했다. 또 시청자들에게 500부를 무상 제공하고 도서관에 1만 부를 기증한다는 데 동의했다. 그들은 영업사원들로 하여금 무턱대고 책을 팔게 했다. "두 달 뒤에 오프라 북클럽 도서 선정이 있을 겁니다. 무슨 책인지는 저도 모릅니다. 몇 부 주문하시겠습니까?" 그렇다 보니 서적상들도 오프라 마크가 찍힌 채 배송된 상자들을 방송에서 공식 발표가 나는 순간까지 열어보지 않는다는 내용의 비밀준수계약서에 서명을 해야만 했다. 선정된 작가들 역시 오프라가 직접 발표하기 전에는 자신들에게 주어진 행운을 티내지 않겠다는 서약을 했다. 배우자 외에는 누구한테도, 심지어 부모, 형제자매, 자녀들에게도 발설이 허락되지 않았다. 게다가 출판업자들은 그 독서클럽 로고에 대한 배치 승인권을 오프라에게 넘겨야 했고, 한 달을 채우고 나면 로고를 책에 찍지 않기로 합의를 보았다. 그 기간 후에는 광고에서 그녀의 독서클럽을 언급조차 할 수 없었다.

문학을 향한 열정이 무슨 비판을 유발하겠나 싶겠지만, 수개월도 채 지나기 전에 오프라는 문학계 엘리트들의 말초신경을 건드리고 말았다. 〈뉴 리퍼블릭〉은 "그녀의 독서클럽은 사회적으로 요긴한 존재"이나 "통속적 희망가를 선호하는 그녀의 취향은 그렇지 않다"고 일갈했다. 뉴욕에서 활동하는 문학평론가 앨프레드 케이진(Alfred Kazin)은 "미국 정신에 대한 융단폭격"이라며 그 독서클럽을 깔아뭉갰다. 하지만 문화평론가 카미유 파그리아(Camille Paglia)는 오프라를 두둔했다. "그녀에 대한 반감은 순전히 지적 속물근성이라고 생각한다. 헌신적인 시청자들을 거느린 흑인 여성이 이런 영향력을 가질 수 있다는 점이 유행 선도자인 평론가들의 역할을 위태롭게 만드는 것이다." 트집 잡기는 오프라가 조너선 프랜전(Jonathan Franzen)의 《정정》(The Corrections)을 북클럽 추천도서에 선정한 2001년에 최고조에 달했다. 처음 발표한 두 소설이 전부 합해 5만 부 팔린 프랜전은 오프라의 간택으로 어마어마한 상업적 성공이 보장된 것처럼 보였다. 하지만 그는 그 기회를 덥석 받아들이지 않았다.

"소식을 들은 뒤 주말 동안, 사양하는 것을 고려했다"고 나중에 털어놓았다. "그래요, 아주 진지했습니다. 이걸 내 책, 내 창작물이라 여기기 때문에, 기업 소유권을 나타내는 저 로고가 찍히는 게 싫었습니다. 그건 단순한 스티커가 아니에요. 표지의 일부입니다. 전체 표지가 달라지는 겁니다. 떼어낼 수도 없고 말이죠. 오프라 북클럽을 의미한다는 건 알지만, 그녀와 나 모두에게 그것은 암묵적인 배서행위예요. 내가 이 업계에 발을 들인 이유는 내가 독립적인 작가라서입니다. 기업 로고가 내 책에 붙는 건 원치 않았습니다."

더 나아가, 오프라 북클럽에 선정된 것이 자기한테만큼 오프라에게도 의미가 있음을 알렸다. "3만 부가 인쇄된 내 책은 이미 베스트셀러 목록에 올라 있었고 평가들도 전체적으로 좋았습니다. 이게 뜻하는 바는 그녀가 책의 판매고를 한 단계 더 밀어올렸고 월마트나 코스트코 같은 매장들에 진입을 시켰다는 겁니다. 즉, 나와 출판사한테는 훨씬 더 많은 수입이 생기고, 좋아할 가능성이 있는 독자들의 손에 그 책—그런 종류의 책—이 들어가게 된다는 얘기죠."

프랜전은 자신의 작품—그런 종류의 작품—은 "정통 순수문학"이라고 정의한 반면, 오프라 북클럽의 추천도서들은 대부분 "오락적인" 책에 불과하다고 말했다. 아울러, "내가 생각하기에 그녀는 정말로 똑똑하며 훌륭한 싸움을 벌이고 있다. 그러나 몇몇 좋은 책들을 발굴하긴 했어도, 주로 선정해온 작품들은 민망할 정도로 감상주의적이고 1차원적인 작품들이었다"고 부언했다.

프랜전은 오프라를 축제 호객꾼 정도로 대놓고 폄하하는 듯 보였고, 오프라는 이에 대한 반발로 북클럽 초대를 철회했다. 그리고 시청자들에게는 이렇게 알렸다. "조너선 프랜전은 〈오프라 윈프리 쇼〉에 출연하지 않을 것입니다. 북클럽 추천도서로 선정된 것에 불편해하고 갈등을 겪는 것 같아서입니다. 누군가를 불편하게 만들거나 갈등을 야기하는 것은 결코 제가 의도하는 바가 아닙니다. 다음 책으로 넘어가겠습니다."

프랜전은 〈USA투데이〉에 밝히길, 자신의 언행에 대해 "몹시 착잡한" 기분이 든다고 했다. "영웅시되는 인물—내 영웅은 아닐지라도 전반적인 시각에서—에게 공격을 가하는 입장이 되다니, 공공심 측면에서 기분이 좋지 않다."

깜짝 놀란 〈워싱턴포스트〉지 문학평론가 조너선 야들리(Jonathan Yardley)는 프랜전의 발언이 "이해 안 될 정도로 어리석다"면서 "오프라 윈프리의 돈을 취하기 위해 별짓을 다해놓고 멀찍이 달아난 형국"이라 비난했다. 자신의 책 《산파들》(Midwives)이 스물한 번째 추천도서로 선정된 바 있는 크리스 보잘리언(Chris Bohjalian)은 "북클럽을 대신해 화가 났다. 오프라가 독서문화 부흥에 기여한 바를 고맙게 생각하는 독자의 한 사람으로써 기가 막혔다"고 했다. 오프라의 선택을 받은 후 《산파들》의 판매고가 10만 부에서 160만 부로 껑충 뛰어올랐다는 말도 덧붙였다.

프랜전은 전국 방방곡곡에서 매도당했다. 〈뉴스위크〉는 그를 "젠체하는 멍청이"라 불렀고, 〈보스턴글로브〉는 "자아에 눈먼 속물", 〈시카고트리뷴〉은 "버릇없고 투덜대는 응석받이"라 일컬었다. 그를 변호하러 이 사태에 개입한 〈뉴요커〉 편집장 데이비드 렘닉(David Remnick)은 다음과 같이 말했다. "나는 조너선을 매우 높이 평가한다. 그가 오프라한테 유감이 있다고 생각은 하지만 그리 엄청난 사안은 아니다. 누구나 남의 권한을 침범할 때가 있지 않은가." 퓰리처상 수상 작가인 《쉬핑 뉴스》(The Shipping News)의 애니 프루(E. Annie Proulx)도 프랜전 변호에 나섰다. "조너선은 너무 곧았다. 그는 오프라가 선택한 많은 책들을 좋아하지 않았기 때문에 냉담한 반응을 나타냈다. 나 역시 내 책들은 절대 오프라의 목록에 오르지 않을 걸 알기에 이렇게 말할 수 있는 것이다. 그녀가 고르는 책들 가운데 일부는 약간 과하게 감상적이다. 나는 그녀가 어떤 출신 배경을 지녔고, 책과 독자들을 위해 얼마나 대단한 일을 해왔는지 안다. 그러나 지나치게 감상적인 도서 목록에 포함된 것이 누군가에게는 전혀 영예롭게 생각되지 않을 수도 있다."

2001년, 오프라가 초청을 철회한 지 한 달 만에 조너선 프랜전은 《정정》으로 전미도서상(National Book Award, 퓰리처상과 함께 미국의 가장 큰 문학상 가운데 하나로, 미국출판업계 최고의 영예로 불린다—옮긴이)을 받았고, 그로부터 몇 달 뒤에 오프라는 독서클럽을 중단하기로 결정했다. 이 독서의 성모는 아주 넌더리를 냈다. "사람들에게 꼭 알려야겠다는 생각이 드는 책을 찾기가 갈수록 힘들어졌습니다. 내 마음에서 추천이 우러나오는 책이 있으면 〈오프라 윈프리 쇼〉에서 계속 소개를 해나가겠습니다."

그녀가 대중의 비판에 너무 예민한 것처럼 보인다면, 그건 그녀가 언론으로부터 끊임없이 찬사—한껏 치켜세우는 인물소개, 찬양 일색인 인터뷰, 흠모의 정이 물씬 풍기는 커버스토리—를 듣는 데 익숙해져 있었기 때문이다. 타블로이드지들을 제외하면, 오프라 전함은 대체로 순조로운 항해를 해왔다. 그러다 이제 문학적 안목의 결여라는 약한 난류와 맞닥뜨리고 저속한 성모로 조롱당하면서 상처받기 쉬운 상황으로 내몰리게 된 것이다. 테네시 주립대라는 유서 깊은 흑인 대학에서 수학한 것을 특별히 자랑으로 여긴 적 없는 그녀는 아이비리그 출신자들 틈에서 열등감을 느꼈다. 본인이 여러 차례 말한 바 있듯이 미국에서는 돈이 모든 문을 열어주기 때문에, 자신이 이룬 성공과 명성 정도면 대부분의 사회 집단에서 받아들여진다는 걸 알고 있었다. 그러나 "고급 순수문학"이라는 관문만은 그렇지 않았다. 눈앞에서 쾅 하고 닫혀버린 느낌이었다.

열 달 동안 출판업계의 애를 태운 다음, 오프라는 북클럽을 재개하겠다고 선언했다. 하지만 이번에는 오로지 고전작품들에만 집중하여 애초에 문학적 공격을 받을 여지를 없앴다. 2년 동안 그녀는 몇몇 최고 문호들 주위로 시청자들을 불러 모았다.

2005년 무렵에 미국 문학계는 아사 직전이었다. 에이미 탄(Amy Tan), 루이즈 어드리치(Louise Erdrich), 제인 스마일리(Jane smiley) 같은 여성 소설가들이 주축이 된 150여 명의 작가들은 "현재, 문학적 허구의 풍경은 암울 그 자체"라며 오프라에게 보내는 탄원서에 서명을 했다. 그들은 돌아오라고 애원했고, 그녀는 작가들과 작품에 관해 대담하는 일이 그립다면서 복귀에 동의했다. 흥미롭게도 이후의 추천도서들은 전부 남성 작가들의 것이었다.

2005년 시즌의 첫 추천도서로 제임스 프레이(James Frey)의 《백만 개의 작은 조각들》(A Million Little Pieces)을 선정했을 때, 앞으로 열세 건의 집단 소송과 유명 출판사 및 존경받는 편집자와의 거센 충돌, 나아가 프랜전 소동쯤은 어린애 장난으로 보이게 만들 〈뉴욕타임스〉의 비난 세례 등에 휘말리게 될 줄은 꿈에도 몰랐다. 조너선 프랜전이 몇 년 후에 논평했듯이, "오프라는 J. F.라는 이니셜을 가진 백인 사내들과는 멀찍이 거리를 두어야" 했다.

처음에 오프라는 마약중독과 회복에 관한 제임스 프레이의 끔찍한 회고록에 완전히 매료되었다. 그리하여 석 달 동안 그에게 전폭적인 지지를 보냈다. "이틀 밤을 꼬박 새며…… 읽었답니다." 2005년 9월 22일, 《백만 개의 작은 조각들》이 다음번 북클럽 선정도서라 밝히면서 오프라가 시청자들에게 말했다. "짜릿하고 강렬하며 황홀한 동시에 소름이 끼치기도 하는 마약중독과 재활의 험난한 여정이 담겨 있습니다."

2005년 10월 26일, 턱수염을 기른 서른여섯 살의 작가를 "부모라면 누구나 제 자식이 아니길 기도하는 아이"였다고 소개했다. "열 살 때 술을 처음 배우고 열두 살 무렵에 마약을 접하기 시작했다고 합니다. 늘 술과 마약에 취한 생활…… 손을 안 대본 게 없다더군요. 코카인, LSD, 환각 버섯, 필로폰, PCP(일명 천사의 가루—옮긴이), 본드, 아산화질소 등등."

프레이는 또 만취하고 피투성이가 된 채 비행기에 탑승했던 일, 마취 없이 치아신경수술을 받은 일, 목을 매 숨져 있는 여자친구를 발견한 일에 관해서도 썼다. 미네소타의 헤이즐던(Hazelden) 재활치료센터에서 그가 끊임없이 일으키고 목격하고 겪었던 폭력, 일곱 가지 죄목으로 기소돼 87일간 감옥에서 썩게 만든, 마약으로 촉발된 오하이오 경찰과의 맞대결도 실감나게 묘사했다. "나는 나쁜 놈이었어요." 오프라에게 말했다.

몇몇 서평자들이 책 내용에 "신빙성이 없다"고 의문을 제기했지만, 생생한 묘사력에 대해서는 높은 점수를 주었다. 그러나 다른 사람들은 그리 너그럽지 않았다. 미네소타 치과협회장 스콧 링글(Scott Lingle)

박사는 미니아폴리스 〈스타트리뷴〉의 데버러 콜필드 리벅(Deborah Caulfield Rybak)에게 "프레이의 글은 완전히 틀렸다"고 단언했다. 미네소타 주의 어떤 치과의사도 노보카인(Novocain, 치과용 국소 마취제 상표—옮긴이) 없이는 수술을 하지 않는다는 얘기였다. 노스웨스트 항공사의 전 대변인 역시 술에 취하고 부상당한 상태로 비행기에 탑승했다는 프레이의 주장은 "어디서도 일어날 수 없는 일"이라 일축했다. 재활 시설 헤이즐던의 상담사들은 폭력과 관련된 그의 설명을 부인했고, 오하이오 경찰 또한 그가 운운한 범죄 기록을 비웃었는데, 전과라고 해봐야 스물세 살 때 음주운전으로 적발된 게 전부였기 때문이다. 그것도 교도소에 들어가는 일 없이, 733달러의 보석금만 내고 풀려났다. FBI 마약조사반의 주요 표적이라는 본인 주장과는 달리, 그가 저지른 "범죄"는 개봉된 맥주 용기를 소지한 채 운전한 것과 면허 없이 운전한 것뿐이었다. 전직 오하이오 경찰관 데이비드 배어(David Baer)는 프레이가 자신을 나쁜 놈으로 묘사한 점을 재밌어했다. "자기가 무슨 무법자나 되는 줄 아나 봐요."

프레이의 책을 낸 출판사들(양장본은 더블데이 출판사, 문고본은 앵커 출판사)은 오프라가 섭외를 고려 중일 때 그녀의 프로듀서들에게 미니아폴리스 〈스타트리뷴〉에 실린 비판적인 기사 사본을 전했다. 그러나 그 기사를 쓴 리벅 기자는 하포의 누구한테서도 연락을 받은 바 없었다며, "오프라 측에서 사전 조사를 하지 않는 것에 상당히 놀랐다"고 몇 년 후에 술회했다. 당시 오프라는 별로 신경을 쓰지 않는 듯했다. 작품이 너무 맘에 든다며 다음번 추천도서로 선정하고 싶다고만 했다.

프레이를 시청자들에게 소개하는 영상이 나가는 동안, 오프라의 직원 일곱 명이 그 책을 극찬하면서 그녀를 눈물짓게 했다. "제가 지금 우는 건 이들이 전부 하포 가족이며 우리 모두가 이 작품을 너무나 사랑하기 때문입니다." 그 책은 이후 석 달간 200만 부가 팔려나가 오프라마저 깜짝 놀라게 만들었다. "북클럽 방송이 나가는 동안 전국 각지의 독자들이 서점으로 달려간 거군요." 그녀는 "《백만 개의 작은 조각들》이 〈USA투데이〉, 〈뉴욕타임스〉, 〈퍼블리셔스〉에서 모두 베스트셀러 1위에 올라 3관왕을 차지"했음을 알렸다.

그러다 문제의 그날, 2006년 1월 8일이 찾아왔다. '스모킹 건'(The Smoking Gun)이라는 웹사이트에 "백만 개의 작은 거짓말들: 오프라한테 사기친 남자"라는 제목의 글이 게재되면서 일대 폭발이 일어난 것이다. 프레이가 말하는 전과 기록 및 책의 여러 내용이 공식 기록과 불일치하는 이유를 6주간 파헤쳤다는 그 사이트의 주장인즉슨, "책의 핵심 내용들은 명백히 날조되었다. 이는 안목 있는 독자들에게 무엇이 진실인가에 대한 궁금증을 불러일으킬 수 있다. 아마 당연히 그럴 것이다"였다. 다음 날, 프레이의 책을 낸 출판사들은 그를 지지한다는 성명을 발표했고, 이는 〈뉴욕타임스〉에 "둘째 날, 더블데이가 어깨를 으쓱했다"는 문장으로 시작하는 에드워드 와이엇(Edward Wyatt)의 분석기사가 실리도록 만들었다.

이후 17일 동안 제임스 프레이 이야기가 전국의 뉴스 사이클을 장악하게 되는데, 특히 〈뉴욕타임스〉는 프레이의 정직성과 출판사의 신뢰성, 오프라의 공모 가능성에 의문을 제기하는 기사들을 한 달 새 서른한 건이나 쏟아냈다. 출판계의 많은 사람들은 그러한 부정적인 취재 경향에서, 우회적인 방법으로 오프라를 흠집 내려는 언론의 의도를 감지했다. "그 이야기가 계속 거론되는 흐름 저변에는 그녀에 대한 공격성이 깔려 있었다"고, 더블데이와 앵커의 모회사인 랜덤하우스의 부사장은 말한다.

오프라의 프로듀서들, 특히 엘런 라카이튼과 셰리 살라타(Sheri

Salata)와 질 애덤스(Jill Adams)는 매일 전화통화를 하고 이메일을 주고받는 등 프레이와 긴밀한 관계를 유지했다. "우린 그 작품을 사랑해요, 제임스. 남들이 뭐라 하건 개의치 않습니다. 상관 안 해요. 정말이에요." 그러나 비판의 강도가 좀처럼 수그러들 기미를 보이지 않자, 오프라는 마침내 프레이에게 〈래리 킹 라이브〉에 나가 스스로 해명할 것을 종용했다. 그녀는 직접 출연 스케줄을 잡아준 다음, 쇼 말미에 전화를 걸어 성명을 발표하겠다고 약속했다. 성명서는 두 가지—그를 지지하는 내용, 그를 반대하는 내용—를 준비했는데, 어떤 것을 읽을지는 그가 어떻게 하느냐에 달려 있었다. 그녀는 "어머니와 동반 출연하라"고 조언했다. "그럼 동정표를 더 얻게 될 거예요."

그리하여 2006년 1월 11일, 제임스 프레이는 앵커 출판사 소속 홍보담당자 두 명과 어머니를 대동한 채 CNN에 출연, 이제는 아예 "사기"와 "스캔들"로 불리고 있는 논란을 해명했다. 공손하고 절제된 태도로, 그는 자신이 굴곡진 과거를 지닌 결함투성이 인간이라고 말했다. 마약중독으로 인해 "매우 주관적인 기억"에 의존했다고 변명하면서 "일부 내용에 변화를 준 것"은 시인하지만 "내 삶의 본질적인 사실"을 썼노라 주장했다. 그는 어떠한 거짓말이나 왜곡이 있었다는 걸 인정하려 들지 않았다. 킹은 프레이가 출판사의 지지는 받고 있지만 오프라에게선 아직 아무 의견도 듣지 못하고 있음을 지적했다. 전화 참여자들 중 한 명도 그 점을 궁금해했다. "그녀가 당신을 지지할 거라고 생각하나요?"

프로그램이 다 끝나갈 때까지 오프라의 전화가 걸려오지 않자, 프레이는 비 맞은 강아지처럼 잔뜩 풀이 죽었고 그의 어머니는 거의 울기 일보직전이었다. 다음 순서를 진행할 앤더슨 쿠퍼(Anderson Cooper)에게 마이크를 넘기려는 찰나, 래리 킹이 급히 소식을 알렸다. "끝나는 시간을 약간 늦추도록 하겠습니다. 지금 오프라와 전화 연결이 되어 있다는군요. 뭐라고 하는지 들어봅시다. 오프라, 내 말 들립니까?" 킹은 바지 멜빵이 쭉 늘어나게 상체를 앞으로 숙였다. 프레이가 과연 목숨을 하루 더 부지하게 될지 어떨지 궁금해 죽겠다는 표정으로.

"다들 저한테 성명서를 내놓으라 하기에 한마디 하고 싶었습니다." 오프라가 입을 열었다. "저는 우선 제임스가 해야 하는 말을 듣고 싶었습니다. 제임스는 전적으로 그를 지지하는 내 프로듀서들과 많은 대화를 나눠왔어요. 분명히 말하지만 우리는 그 책을 지지합니다. 이 책으로 인해 삶이 달라진 사람들이 수십, 수백만 명 있다는 걸 아니까요. 《백만 개의 작은 조각들》에 대한 제 생각은, 일부 사실들이 의혹을 받고 있긴 하지만 그 회고록의 기저에 깔린 참회의 메시지는 여전히 제게 공감을 불러일으킨다는 겁니다. 그가 경찰관을 치었느냐 치지 않았느냐는…… 저에게 중요치 않습니다." 그리고 몇 마디 더 덧붙였다. "제가 보기엔, 공연한 법석을 떠는 것 같아요. 그러니까, 그 경찰한테 무슨 일이 있었는지 없었는지를 따진다는 게 괜한 짓이라는 겁니다."

"여전히 오프라의 추천도서라는 거군요, 그렇죠?" 래리 킹이 물었다.

"뭐…… 저는 확실하게 추천합니다."

그 책은 〈뉴욕타임스〉 베스트셀러 1위 자리를 고수했다. 그러나 광범위한 날조와 표절 기사로 미국 최고 유력지를 신뢰하는 독자들에게 뼈아픈 배신감을 안긴 제이슨 블레어(Jayson Blair) 사건의 여파가 채 가시지 않은 편집국 내에서는 사정이 달랐다. 모린 다우드(Maureen Dowd)가 제일 먼저 "오프라! 당신이 어떻게?"라는 제하의 칼럼에서, 그녀를 이라크 대량살상무기에 관해 조지 부시 대통령을 대신해 거짓말을 한 언론담당비서 스콧 매클렐런(Scott McClellan)에 빗대며 비난의 포문을 열었다. "그녀는 다음과 같이 말했어야 했다. '많은 내용이 허위란 걸 알았더라면, 충성스러운 수백만 시청자들께 그 책을 추천하지 않았을 것이다. 이 거짓말쟁이가 큰돈을 벌게 두지 않았을 것' 이라고.'"

사흘 뒤에는 〈워싱턴포스트〉로부터 광풍이 몰아닥쳤다. 리처드 코언(Richard Cohen)의 칼럼 "오프라의 거대한 망상"이 그 발원지였다. "부와 명성은 그녀로 하여금 자신에게 교황무류성(敎皇無謬性) 같은 권위가 있다고 착각하게 만들었다. 지금 그녀는 두 번 기만당했다는 사실을 깨닫지 못하고 있는데, 한 번은 프레이에게, 또 한 번은 본인에게다."

치명타는 〈뉴욕타임스〉에 실린 프랭크 리치(Frank Rich)의 칼럼 "트루시니스(Truthiness, 사실에 근거하지 않고 자신이 믿고 싶은 것을 진실이라 여기는 것을 뜻하는 신조어—옮긴이)"로부터 날아왔다. 그는 프레이의 거짓말과 그에 대한 오프라의 변호를, 한 국가를 도덕적 타락으로 내몰 수 있는 프로파간다(propaganda)의 일종이라 보았다. "그 책에 대한 오프라의 태평스런 재신임은 그냥 웃어넘기고 말 일이 아니다. 가령, 어떤 홀로코스트 부인(否認)주의자가 그녀의 승인을 이용해, 다음번 추천도서인 《밤》(Night)에 나오는 엘리 위젤의 아우슈비츠 수용소 생활을 별것 아닌 걸로 치부한다고 상상해보라."

이런 상황은 평소 진실과 정직의 화신을 자처하는 오프라로서는 감당하기 힘든 부담이었다. 그녀의 프로듀서들은 프레이와의 의견교환을 중단하고 관련 출판사들에 논란이 된 책의 변호에 나서줄 것을 요구했다. '앵커' 와 '더블데이' 는 급히 프레이의 주장을 뒷받침해줄 헤이즐던 재활센터 출신 남성 둘과 〈뉴욕타임스〉 간의 대담을 주선했으며, 기본적으로 이는 출판사의 의도대로 되었다. 하지만 미국 어디에서도 프레이의 편에 서는 언론은 여전히 없었다. 프로듀서들의 전언에 의하면, 오프라는 덫에 걸린 느낌이었다. "수사망이 좁혀지고 있었다"고 한 프로듀서가 말했다. "우리도 조사를 받기 시작했지요. 그러자 오프라가 끝을 내야 할 때가 왔다고 말하더군요."

프로듀서들은 프레이와 출판사 관계자, 그리고 오프라의 변호를 힐난했던 몇몇 칼럼니스트들까지 2006년 1월 26일의 쇼를 위해 불러 모았다. 그 쇼에는 "미국에서의 진실"이라는 타이틀이 붙을 예정이었다.

양장본을 출판한 낸 탤리즈(Nan Talese)와 더블데이 측 홍보담당자 두 명이 프레이를 동반해 시카고로 왔다. 하포 건물에 들어서자마자, 프레이와 출판사 쪽 사람들은 서로 다른 분장실로 보내졌고, 녹화 직전에 엘런 라카이튼이 프레이 방으로 뛰어 들어와 다른 사람들이 보는 앞에서 말했다. "쇼의 타이틀을 '제임스 프레이와 《백만 개의 작은 조각들》을 둘러싼 논란'으로 바꿨습니다. 당신은 한 시간 내내 출연하게 될 거예요. 힘들겠지만 잘 버텨줘요. 약속하는데, 마지막에 구원받게 될 겁니다." 라카이튼의 말이 옳았다. 힘들 거란 부분이.

한 시간 동안 오프라는 분노의 깜짝쇼를 펼쳤다. 먼저 '스모킹 건'의 윌리엄 바스톤(William Bastone)이 보내온 글을 읽었다. "알고 보니 프레이는 부유한 남학생 사교클럽 회원이었습니다. 다른 사람들에게 무법자 스타일로 보이길 바라지만 실상은 그렇지 않습니다. 책을 홍보하는 2년 반 동안 그는 끊임없이 거짓말을 해왔습니다." 이어, 오프라는 〈래리 킹 라이브〉에서 자기 삶의 "본질적인 진실"을 썼다고 한 프레이의 대답을 들려주었고, 프레이와 그의 책을 두둔하기 위해 그 프로그램에 전화를 걸었던 일도 언급했다. 그러고 나서 본격적으로 질타의 말들을 쏟아냈다.

"전화를 건 게 후회된다"고 했다. "실수였어요. 진실은 중요하지 않다는 인상을 남기고 말았지요. 그게 몹시 마음에 걸립니다. 그건 제가 믿는 바가 아니니까요. 저는 이 책에 깃든 메시지를 사랑하기 때문에 전화를 건 것입니다." 그리고 프레이에게 얼굴을 돌렸다. "당신한테 이런 말을 하기가 쉽지는 않아요. 사기를 당한 기분이니까. 정말로 그렇습니다. 하지만 더 중요한 건 당신이 수백만 독자들을 배신했다는 점이라고 봐요."

나머지 시간도 프레이와 출판사를 차례로 꾸짖는 데 쓰였다.

"왜 거짓말을 했나요?" 오프라가 물었다. "수감 기간을 굳이 속여야 했나요? 왜 그래야 했죠?"

그녀는 여자친구의 자살사건에 대해서도 알고 싶어했다. "정말은 어떻게 된 겁니까?" "손목을 그었어요." 프레이가 대답했다.

"그럼, 목을 매는 것이 손목을 긋는 것보다 더 드라마틱하다는 건가요? 그래서 목매는 방법을 택한 거예요? 왜 그런 거짓말까지 해야 하죠? 그냥 소설을 쓰지 그랬어요."

프레이는 순간적으로 기가 죽어 말을 더듬거렸다. "저, 저는…… 그걸 아직도 회고록이라고 생각합니다."

좀처럼 화를 억누르지 못하면서 오프라가 말을 이어갔다. "이번 일이 나는 정말 당혹스럽습니다. 그런데 더 중요한 건, 내가 당신을 옹호하는 꼴이 되었다는 거예요. 말했다시피, 너무 많은 사람들이…… 이 책에서 너무 많은 감동을 받은 것 같아서 내 판단력이 흐려졌던 겁니다. 하지만 지금 생각하면 당신은 우리 모두를 기만했어요. 안 그렇습니까?"

동조하는 방청객들이 야유를 보내기 시작했다. "좋아요, 됐습니다. 이제 그의 말을 들어보기로 하죠. 자, 자, 다 같이 들어보자구요."

프레이는 변명을 하려 애썼다. "그 작품에 대한 아이디어를 열심히 짰습니다. 그리고……."

오프라가 말을 잘랐다. "아니, 그 작품에 대한 거짓말이겠죠. 그건 거짓말이에요, 제임스. 아이디어가 아니라요."

휴식시간에 앞서 그녀는 저널리스트 세 명의 발언이 담긴 영상을 틀었는데, 하나같이 그녀의 호위무사 역할을 수행하는 모습이었다.

"허구를 회고록으로 내놓는다는 건 옳지 못하고 비도덕적인 짓입니다." 〈LA타임스〉의 조엘 스타인(Joel Stein)이 말했다. "나라면 그러지 않을 겁니다."

"오프라 윈프리는 미국에서 으뜸가는 친선의 여왕이에요." 〈뉴욕데일리뉴스〉의 스탠리 크라우치(Stanley Crouch)가 말했다. "그녀는 사기 당한 겁니다. 간단해요."

"제임스 프레이는 명백히, 자기 책을 홍보하려고 거짓말을 했습니다." 〈뉴욕타임스〉의 모린 다우드가 말했다. "그런 행위가 오프라의 승인을 얻어서는 안 된다고 봅니다."

휴식시간이 지난 다음부터는 그 책을 출판한 낸 탤리즈를 향한 맹공이 시작되었다.

"당신은 어떤 책임을 지고 있나요? 인쇄하고 있는 내용이 사실임을 확인하고자 출판업자로서 무슨 조치를 취했습니까?" 오프라가 물었다.

탤리즈는 자기가 원고를 읽고 동료들에게도 읽으라고 나눠줬는데, 아무런 지적이 없어서 편집자에게 전달했다고 말했다. 더블데이를 떠난 상태인 편집자 숀 맥도널드(Sean McDonald)가 희생양이 되었다.

"책이 너무나 멋지다"고 오프라가 말했다. "그래서…… 믿음이 안 갑니다. 법적으로는 사실 확인을 어떻게 했습니까?"

탤리즈는 "변호사들의 검토를 거쳤지만 이건 제임스가 겪은 지옥에 대한 기억이고 나는 그 이야길 믿는다"면서 아무도 의문을 제기하지 않았다고 했다. 그녀는 회고록을 쓸 때의 주관적 사고 작용을 설명하고자 했지만 오프라는 수긍하지 않았고, 야유하는 방청객들 역시 그랬다.

"이 모든 일이 매우 슬픕니다." 탤리즈가 말했다. "당신한테도 몹시 슬픈 일이고 우리한테도 슬픈 일입니다."

"나한테는 아니에요." 오프라가 바로 쏘아붙였다. "창피하고 실망스런 경험이죠."

탤리즈는 앞으로 나올 신판에는 꾸며낸 기억들을 설명하는 저자 후기가 추가될 것이라 말했는데, 이 때문에 방청석에서 더 많은 야유가 터져나왔다. 탤리즈는 훗날 그 방청객들을 "하이에나"라 묘사했다.

휴식시간에 제임스 프레이는 촬영장 뒤에 총이 있다면 자길 쏘고 싶은 심정이라고 했다. 방송이 재개되었을 때 출연해준 데 대해 오프라가 감사를 표했다. "나는 진실을 말하는 것이 당신을 자유롭게 해줄 것이라고 믿어요. 당신이 촬영장 뒤에 총이 있다면 어쩌구저쩌구 농담을 했는데, 그래요, 힘들었을 거예요. 압니다. 그래서 내가 말했잖아요, '이런 거 저런 거 다 필요 없다. 아무 소용없다. 당신이 해야 할 일은 오직 하나, 진실을 말하는 것'이라고요."

자기 글에서는 보이지 않는 절제된 태도로 프레이가 대꾸했다. "저로서는 기분 좋은 날은 아니었어요. 그렇지만 한결 마음이 편해졌습니다."

"그래요, 그래요." 맞장구를 치는 오프라.

"제 말은, 여기 와서 솔직하게 굴었다는 기분이 든다고요. 기본적으로 인정은 했잖아요, 그걸."

"거짓말 말이죠" 하고 오프라가 받았다. "거짓말한 것을요."

공개적으로 두들겨 맞은 탓인지, 휴게실로 돌아가는 프레이는 넋이 나간 듯한 표정이었다. "200만 명 앞에서 오프라한테 아주 묵사발이 됐다"며 홍보담당자들 중 한 명한테 푸념을 했다. 세 사람은 모두 자리에 앉아서, 오프라가 옥시전 네트워크에서 방송될 〈오프라 애프터 더 쇼〉 코너를 녹화하는 장면을 지켜보았다. 어느 메타암페타민 중독자가 일어섰다.

"오프라, 나는 그 책에서 과장된 부분들은 상관 안 합니다. 내가 마약중독자거든요. 그래서 이건 내 이야기이기도 해요."

"당신한테 도움이 되었다니 기쁘군요." 오프라가 말했다. "그게 우리가 독서클럽을 운영하는 이유죠. 제임스가 사과도 했으니, 저는 그걸로 됐습니다." 그 발언은 나중에 편집 과정에서 잘렸고 하포가 배포하는 대본에서도 삭제되었다.

그 코너를 마치자마자 오프라와 엘런 라카이트은 휴게실로 달려갔다. 프레이와 홍보담당자들이 여전히 멍한 표정으로 앉아 있었다.

"괜찮아요?" 오프라가 물었다. "괜찮은 거예요?"

"엉망입니다." 프레이가 대답했다.

"오, 제임스, 정말 미안해요. 내가 큰 실수를 했어요. 래리 킹 쇼에서 내가 그렇게 말하지 않았더라면 이런 일은 일어나지 않았을 거예요. 우린 두 종류의 성명서를 준비해두었어요. 긍정적인 내용과 부정적인 내용으로요. 당신이 그 방송에서 어떻게 하느냐에 따라 선택하려고 말이죠. 내가 그걸 제대로 말하기만 했어도 이런 일은 없었을 겁니다. 하지만 그 방송이 나간 뒤에 〈뉴욕타임스〉와 〈워싱턴포스트〉가 그냥 보고만 있지 않았을 거예요. 우린 그걸 막아야만 했어요. 유감스럽게도 그들이 우리도 조사하고 있었거든요. 도저히 어쩔 수가 없었어요. 성명서 내용을 올바로 읽었다면, 일이 이렇게 되진 않았겠죠."

프레이가 함께 일했던 프로듀서들, 셰리 살라타와 질 애덤스도 기분이 착잡했다. "이 상황이 믿기지 않는다"고 한 명이 말했다. "사상 최고의 독서클럽에서 최악의 독서클럽으로 전락했다니, 믿을 수가 없습니다."

일행 모두를 공항으로 데려다주는 리무진 안에서 프레이의 전화벨이 울렸지만, 그는 받지 않았다. 남겨진 메시지는 래리 킹으로부터 온 것으로, 가능한 한 빨리 전화를 해달라는 내용이었다.

"제임스, 당신이 그런 일을 겪게 돼 매우 유감입니다. 끔찍했어요. 오프라가 당신한테 그래선 안 되는 거였는데……."

다음 날 리즈 스미스는 신디케이션 칼럼에서 "오프라가 자신을 '기만'한 벌로 프레이한테 총을 쥐어주고 스스로 쏘게 하지 않아 놀랐다"고 썼다. 몇 년 후에는 한 이메일을 통해, 오프라를 좋아하고 높이 평가하지만 "내가 유일하게 경계하는 것은 '절대 권력의 부패'인데, 제임스 프레이 사건이…… 말하자면…… 그런 권력이었다"고 말했다. "아주 마음이 불편했다. 나는 그가 소위 회고록에서 정확성을 철저히 기했는지 안 했는지가 온 나라를 들었다 놨다 할 만한 일이라고는 생각지 않았다. 그건 멋진 책이었고, 저자가 공개적으로 망신을 당해야 할 필요성을 느끼지 못했다. 오프라는 애초에 옳다고 믿고서 그 책을 추천했던 것이며, 그 점에 대해 아무도 그녀를 비난하지 않았다."

2년 뒤, 제시카 사인펠트(Jessica Seinfeld)가 아이들을 위한 채소 요리책을 들고 〈오프라 쇼〉에 출연한 다음 표절 소송을 당했을 때, 리즈 스미스는 또 다음과 같은 칼럼을 썼다. "만일 제시카가 소송에서 지면…… '회고록'에서 철두철미 진실만을 말하지 않았다고 제임스 프레이를 쥐 잡듯 잡았듯이, 오프라가 그녀를 스튜디오에 불러놓고 맹공을 퍼붓게 되려나? 아마도 제시카 사인펠트는 승소할 것이고(승소했다), 그러면 오프라와 아무 문제가 없을 것이다. 요즈음은 오프라와 무사평탄하게 지내는 것이 출판계의 열한 번째 계명이다."

1990년부터 1997년까지 랜덤하우스의 사장이었고, 공교롭게도 오프라의 천적 티나 브라운과 결혼한 해럴드 에번스(Harold Evans) 역시 누구 못지않게 오프라를 나무랐다. "그녀 때문에 작품으로서의 책의 가치가 손상됐다고 생각한다. (중략) 이 한 편의 허튼소리를 찬양하기 전에 확인 절차를 밟지 않은 것은 무책임했다."

오프라닷컴(Oprah.com) 게시판에는 제임스 프레이와의 두 번째 방송 후 수백 통의 메시지들이 폭주했는데, 대부분이 오프라가 너무 가혹했다고 지적하는 내용이었다. 많은 사람들은 프레이가 거짓말을 하긴 했지만, 언론에 창피를 당했다는 이유만으로 그녀가 너무 매정하게 굴었다고 여겼다. 다음 날 오프라는 프레이의 집으로 전화를 걸었다. 당시 곁에 있었던 사람 말에 의하면 이렇게 이야기했다. "제임스, 그냥 괜찮은지 궁금해서 걸었어요. 혼자 자책하고 그러는 거 아니죠? 나쁜 생각이라도 먹을까 봐 정말 걱정됩니다." 그러고는 마약으로 얼룩진 자신의 과거사를 털어놓았다. "잘 들어요, 제임스. 나도 볼티모어에 있을 때 크랙을 흡입했고, 시카고에서는 코카인을 복용했어요. 나 역시 마약 문제가 있었지만, 결국 지난 일로 돌리고 평화를 얻었답니다. 당신도 그러길 바랍니다."

오프라의 전화는 프레이에게 별로 위로가 되지 못했다. 우선, 에이전트 '브릴스타인-그레이'가 등을 돌렸고 워너브라더스와의 영화 계약 건도 물 건너갔다. 폭스 TV는 제작하기로 약속한 TV 드라마에서 발을 뺐으며, 바이킹펭귄 출판사는 그의 책 두 권을 출판하기로 했던 계약을 취소했다. 게다가 한 판사는 《백만 개의 작은 조각들》의 독자들이 원하면 출판사가 환불을 해준다는 내용의 합의서를 승인했다. 그러나 판매된 수백만 부 중에서 랜덤하우스가 상환 요청을 받은 것은 1,729건에 불과했다. 이 대참사의 막판까지 제임스 프레이의 편에 유일하게 남아 있던 사람은 그가 존경하는 출판인 낸 탤리즈였다. 그녀는 오프라가 "자기 잇속만 차리며 고약하게 굴었다"면서, 그 독선적이고 "무례하기 짝이 없는" 태도에 대해 사과해야 마땅하다고 목청을 높였다.

세련된 사교술이 부족하다고 손가락질 당했던 과거가 있는지라, 오프라는 적어도 감사편지 정도의 에티켓은 마스터했음을 증명해 보였다. 토크쇼 다음 날, 낸 탤리즈에게 다음과 같은 편지 한 장이 날아들었다.

> 친애하는 낸,
> 쇼에 출연해주셔서 감사합니다.
> 오프라 드림

"요거, 빌 클린턴(Bill Clinton)한테 배운 방법이에요." 나중에 오프라가 말했다. "전 대통령 빌 클린턴 말예요. 액자에 넣을 수 있게 한 페이지에 간단히 몇 자 적는 거죠."

Sixteen

그녀의 성적 취향

1996년 5월 2일, 필 도나휴는 정든 마이크를 내려놓았다. TV 카메라들이 총집결한 가운데 뉴욕에서 열린 제23회 데이타임 에미상 시상식에서 오프라는 이 토크쇼의 거목에게 평생 공로상을 전달했다. 출세가도를 달리도록 채찍질해준 것이 그의 쇼였으므로 오프라는 다른 어떤 모방자들보다도 도나휴에게 많은 빚을 졌다고 할 것이다. "제가 넉넉히 통과할 수 있게 성공의 문을 활짝 열어주신 점, 감사드립니다. 당신이 남긴 유산을 제가 이어갈 수 있기를 바랍니다." 도나휴는 답례로 키스를 날렸다. 그의 좋은 친구인 글로리아 스타이넘은 훗날 이렇게 회고했다. "그는 입버릇처럼 말하곤 했어요. 자기가 정말로 길을 잘 닦아놓는다면, 토크쇼계의 차세대 스타 진행자는 흑인 여성이 될 거라고요."

29년간 도나휴는 마이크를 들고 방청객들 속으로 뛰어들어 그들의 의견을 묻고("저 좀 도와주세요!") 시청자들로부터 질문("전화 거신 분, 들립니까?")을 받아왔다. 오프라가 1986년 전국 무대에 등장해 순식간에 시청률을 역전시킬 때까지, 그는 토크쇼의 제왕으로 군림했다. 펜실베이니아 주립대 비키 앱트 교수는 "오프라가 판도를 바꿔놓았다"고 말한다. "그녀는 타락하고 더러운 쇼, 쓰레기통 같은 이야기와 지저분한 역기능의 퍼레이드를 펼치기 시작했다. (중략) 겨뤄보려고 노력했으나 도나휴로선 속수무책이었다. 그러기엔 그가 너무 똑똑했다."

처음부터 도나휴는 논란을 잘 불러일으켰고 종종 파격을 감행했다. 그의 쇼는 미국무신론자협회의 창립자 매덜린 머리 오헤어(Madalyn Murray O'Hair)를 게스트로 부른 첫 회부터 생각할 거리를 던지고 논쟁을 도발했다. 신을 경외하던 1967년의 미국인들에게, 대놓고 신을 부정하는 사람을 들이미는 건 실로 대담한 행위였으며, 이로써 오프라를 포함한 후발 주자들이 모방하게 되는 새로운 유형의 토크쇼가 개막되었다. 소비자보호운동가 랠프 네이더는 서른여섯 번이나 출연해, 도나휴가 가장 인터뷰하기 좋아하는 이슈 지향적 게스트의 전형을 보여주었다. 정치인들과의 대결을 두려워하지 않은 도나휴는 1992년에는 대통령후보인 빌 클린턴을 혼외정사 문제로 압박했다. 방청객들은 도나휴에게 야유를 보냈고, 클린턴은 "이 나라에 퍼진 냉소주의에 책임이 있다"며 그를 질타했다. 그러나 도나휴는 움츠러들지 않았다.

반면, 오프라는 시청자들을 잃을 것이 두려워 오랜 세월, 정치인을 쇼에 부르길 거부했다. 밥 돌(Bob Dole) 상원의원(공화당, 캔자스 주)이 1996년 대통령 선거운동 기간에 출연을 희망했을 때도 그녀는 고개를 저었다. "진정성이 결여되고 진짜 대화가 이루어지지 않는다"는 이유로 "정치인들을 인터뷰하지 않는다"고 말했다. 돌 상원의원의 청을 거절한 뒤, 오프라는 시청자들을 상대로 여론조사를 했다. "〈오프라 윈프리 쇼〉를 지난 10년간 시청해온 분들은 제가 선거운동 기간에 정치인들을 인터뷰하지 않는다는 걸 아십니다. 큰 논란을 일으키고 있는 문제는…… 제가 오랫동안 지켜온 방침을 깨고 빌 클린턴 대통령과 밥 돌 상원의원을 게스트로 모셔야 하느냐 마느냐입니다. 언론의 주요 뉴스로 다뤄진 사안인데…… 한 신문은 '오프라가 밥을 홀대한다'는 말까지 했다고 합니다. 저는 그런 적 없습니다. 그건 어디까지나 오랜 제 방침일 뿐입니다." 조사 결과, 시청자들은 그녀가 정치색을 띠는 걸 원치 않는 것으로 나타났다.

돌은 몇 년 후에 "제가 너무 재치가 뛰어나서 쇼를 뺏길지도 모른다고 생각한 게 아닐까요"라고 농담을 했다. 번뜩이는 재기로 유명한 그는 언젠가 참석한 백악관 행사에서, 벽에 걸려 있는 카터, 포드, 닉슨 전 대통령들의 사진들을 차례로 가리키며 이렇게 말했다. "저기들 계시는군요. 악은 보지도 말라, 악은 듣지도 말라, 그리고 악은 악이니라." 1996년에 클린턴한테 패한 뒤 〈데이비드 레터맨의 레이트 쇼〉에 나갔을 때는 진행자가 클린턴이 "뚱뚱하다"면서 체중이 "130킬로그램도 더 될 것"이라 말하자, 돌이 냉큼 이 멘트를 받아쳤다. "난 그를 들어올리려 한 적은 없어요. 때려눕히려고만 했죠."

이 상원의원은 2005년도에 다시 오프라 쇼에 출연 가능성을 타진했다. 회고록 《한 병사의 이야기》(One Soldier's Story)를 출간했을 때였다. "그건 정치적인 책이 아닙니다. 캔자스 주의 러셀이라는 곳에서 자라고 제2차 세계대전에 참전했던 이야기입니다. 상이군인으로서 역경을 극복하는 이야기가 그녀의 시청자들한테 어필할 거라 생각했지요. 이미 베스트셀러였지만 오프라 쇼에 나갔더라면 더 많이 팔렸을 겁니다. 하지만 제가 공화당원이란 것 때문에 그녀가 절 받아주지 않았습니다."

대조적으로 도나휴는 돌 상원의원에게 한 시간을 통째로 내준 적이 있었고, 제리 포드(Gerry Ford), 지미 카터(Jimmy Carter), 로널드 레이건(Ronald Reagan), 로스 페로(Ross Perot), 빌 클린턴 등과 열띤 토론을 벌이면서, 양당 정치인들에게 정견 발표 무대를 제공했다. 그 무렵 그의 쇼는 저조한 시청률로 인해 뉴욕에서 방송이 취소되었고, TV 토크쇼들은 전반적으로 생각할 거리가 줄어드는 방향으로 변해 있었다. 제랄도 리베라, 제리 스프링거, 모턴 다우니 주니어, 몬텔 윌리엄스, 모리 포비치 등 고성이 오가고 의자가 날아다니는 분위기를 조성하는 남성 토크쇼 진행자들이 그의 영토를 침범해버린 것이다. 토크쇼의 목표는 더 이상 교육과 오락의 결합이 아니라, 저속한 취향에 영합해 높은 시청률을 올리는 것이 되고 말았다. 도나휴는 그 후발 주자들을 가리켜 "나의 사생아들"이라 했다. 그리고 "그 모두를 똑같이 사랑한다"고 했다. 그는 오프라를 위시한 경쟁자들을 비판하는 법이 없었으나, 그녀가 그 바닥의 물을 흐려놓았다는 점은 인정했다. "오프라가 히트를 치고 난 후 토크쇼 판도가 달라졌다. 선정적인 주제와 기이한 사연들 쪽으로 일대 방향전환을 했다." 그의 쇼에 가장 많이 출연한 랠프 네이더는 오프라가 토크쇼들을 하수구에 쑤셔박았다는 식의 노골적인 비난을 서슴지 않았지만, 도나휴는 낮 시간 방송이 다른 어떤 프로그램보다 불경스럽고 저잣거리에 가까이 닿아 있다는 표현을 썼다. "이것이 주간 TV의 모든 것이 근사하고 노벨상을 받을 만하다는 뜻인가요? 아니지요." 그가 말했다. "잘못된 점들은 분명 있습니다. 다만 저는 야생화들이 자라게 놔두자는 겁니다."

그 제멋대로 얽히고설킨 정원에는 오프라 말고도 로지 오도넬, 리키 레이크, 샐리 제시 라파엘, 제니 존스, 조앤 리버스, 로론다 와츠(Rolonda Watts) 등이 있었다. 다들 도나휴가 전성기 때 진행한 인상적인 프로그램들을 따라하려고 안간힘을 썼다. 그는 장의사를 인터뷰하기 위해 새틴 장식의 관에 누운 적도 있었다. 한번은 어느 부부가 출산하는 과정을 처음부터 끝까지 촬영했는데, 산모가 있는 대로 힘을 주는 동안 남편은 옆에서 거들고 세 살짜리 딸아이는 그 거실을 뱅뱅 돌아다니는 장면이 고스란히 방송을 탔다. 드디어 아기가 태어나자, 꼬마 아가씨가 이렇게 소리 지르는 모습이 화면에 잡혔다. "엄마, 강아지야!"

그 즈음 오프라는 당시만 해도 토크쇼에서 금기시되던 소재인 동성애에 관한 자극적인 방송으로 높은 시청률을 올리고 있었다. 본인의 관심을 반영하듯, 이후 20여 년간 게이와 레즈비언을 계속해서 주제로 삼았다.

토크쇼계에 발을 들이기 훨씬 전인 1997년, 엘런 드제너러스는 출연 중인 ABC 시트콤에서 레즈비언으로 커밍아웃해 텔레비전 역사에 길이 남을 일을 벌이기로 결심한다. 그녀는 오프라에게 전화를 걸어, 여성에게 성적 매력을 느낀다는 고백을 듣게 되는 심리치료사 역으로 출연해주기를 부탁했고, 오프라는 이를 수락했다. 그러나 엘런은 과거 레즈비언에 관한 오프라의 프로그램들 중 하나에서 그녀가 상당히 비판적이라고 생각했던 기억 때문에 걱정이 되었다. "내가 동성애자인 걸 알면 당신이 날 싫어하게 될까 봐 너무 두려웠어요."

그녀의 시트콤은 주인공이 공공연한 동성애자인 최초의 황금시간대 프로였고, 그 방송에 관한 이야기로 8주 동안 미디어가 포화상태였다. TV에서 커밍아웃하기 앞서 엘런은 "그래, 나 게이야"(Yep. I'm Gay)라는 제목을 달고 〈타임〉지 표지를 장식했다. 화제의 시트콤 〈엘런〉(Ellen)에 광고를 내보내던 제너럴모터스, 크라이슬러, 존슨앤드존슨은 커밍아웃 에피소드에 대해서는 광고 시간을 사지 않으려 했으며, 오프라 역시 나중에 드제너러스에게 말하길, 다른 어떤 방송을 했을 때보다도 항의편지를 많이 받았다고 한다. 그러나 그녀는 이보다 더 논란이 많은 자기 쇼에 관해서도 이런 소리를 자주 했다.

"그런 비난은 처음 받아봤어요." 오프라가 말했다.

"예상했었나요?" 엘런이 물었다.

"아니, 전혀요. 하지만 괜찮았어요. 당신을 위해서 한 일이고 그래야 한다고 믿기 때문에 한 것이니까요. 그래서 그다지 신경이 쓰이진 않았어요. 다만, 사람들이 항의편지를 쓰는 이유가 정말 충격이었죠."

엘런의 커밍아웃 에피소드(1997년 4월 30일)가 방송되기 이틀 전, 리즈 스미스는 인물의 신원을 명시하지 않은 가십 칼럼을 썼다.

> 오래도록 사랑받아온 최고 TV 스타 한 명이, 엘런 드제너러스를 이 나라의 각종 잡지 표지와 신문 1면에 올려놓은 것과 동일한 조치를 심각하게 고려하고 있다는 소문이 떠돌고 있다.
>
> 그 스타의 성적 취향은 긴 세월, 요란한 세간의 이목 아래 감춰져왔다. 그러나 이 사실이 만천하에 공개된다면, 엘런의 "그래, 나 게이야" 발언의 파장쯤은 하찮은 해프닝 정도로 보이게 될 것이다. 다른 모든 소동을 잠재울 만한 엄청난 충격일 거란 얘기다. (이 유명인은 수백만 팬들의 우상이며 롤모델이다.) 기억하라. 우리가 언급하길 원치 않는다 해도, 여기서 먼저 그 이름을 들었다는 것을. 사람들은 스스로 '커밍아웃' 하게 두어야 한다.

오프라가 심리치료사 역할로 〈엘런〉에 출연해 "잘됐군요, 게이라니"라는 대사를 친 그날, 엘런은 〈오프라 윈프리 쇼〉에 출연해 그녀로부터 이런 말을 들었다. "많은 사람들이 나한테 그럽디다. 당신 프로에 나가는 건 여성 동성애를 부추기는 일이라고요. 난 그저 스스로 참되다고 믿는 당신의 모습을 지지해주고 싶었을 뿐이에요."

"다들 나를 괴물이라 생각하는걸요." 엘런이 괴로운 표정으로 말했다.

〈오프라 쇼〉 시청자들은 그 커밍아웃 에피소드에 특별출연한 오프라를 꾸짖은 다음, 왜 레즈비언이고 왜 그 점을 공개하느냐며 엘런을 비난했다. 하지만 그날 밤, '엘런' 캐릭터가 동성애자임을 밝히는 장면을 보려고 무려 3,600만 명의 미국인이 TV 앞에 모였고, 그보다 앞서 엘런과 그녀의 당시 여자친구 앤 헤이시(Ann Heche)가 출연한 〈오프라 쇼〉 역시 높은 시청률을 거두었다. 그러나 〈엘런〉에서의 카메오 출연에다 그 익명성 칼럼 때문에 인터넷은 오프라의 성적 취향에 관한 온갖 소문들로 몇 주일 동안 뜨겁게 달구어졌다. 그중에서도 가장 황당한 내용은 엘런이 〈타임〉지에서 했던 대로 오프라가 〈뉴스위크〉를 통해 커밍아웃하려 한다는 것이었다. 보다 못한 오프라는 공식 성명을 내 자신이 레즈비언이라는 세간의 소문을 부인했고, 이로써 그녀의 성적 취향은 향후 몇 년 동안 공적인 의제가 되었다. 공식 부인을 하기 전에 이미 로지 오도넬과의 쇼를 녹화한 후 방청객들에게 레즈비언 설을 부인한 바 있는 오프라는, 시카고에서 7,000여 명의 방송사 간부들이 모인 자리에서 기조연설을 할 때 이 문제를 다시 거론했다. 그녀의 발언은 전국 언론매체에 대서특필되었다.

"오프라, 걷잡을 수 없이 퍼진 게이 루머를 부인하다" 〈버라이어티〉
"오프라 루머 이면의 수군거림" 〈뉴욕포스트〉
"오프라, 자신은 정직하다고 말하다" 〈인텔리전서 저널〉

그 연설 한 주 전에 오프라 쇼의 시청률은 9퍼센트 하락했다. "〈엘런〉에 출연한 다음부터 제가 게이라는 소문이 돌고 있더군요." 오프라가 기자회견장에서 말했다. "제 쇼에서 해명을 했는데도 소문은 여전히 불어나고 있어요. 몇 주 전에 칼럼니스트 리즈 스미스가 '최장수

TV 스타들 중 한 명이 커밍아웃을 고려 중' 이라는 글을 썼는데, 아마 그게 저라고 생각들 하는 모양입니다. 하지만 저 아니에요."

"말씀드렸듯이, 저는 자유로워지길 원하는 엘런을 지지하는 뜻에서 그녀의 시트콤에 출연한 겁니다. 또 정말 좋은 대본이라고 생각했고요. 저는 벽장 속에 갇혀 있지 않습니다. 벽장에서 나올 이유가 없어요. 게이가 아니니까요."

의도했건 아니건 간에 오프라는 성명서를 '게이 프라이드 위크'(Gay Pride Week)에 발표했다. 뉴욕 시내의 바니스 백화점은 화산에서 튀어나오는 엘런 드제너러스와 앤 헤이시의 마네킹을 진열하는 것으로 그 주간을 기념했는데, 엘런 마네킹이 읽고 있는 〈뉴욕포스트〉 1면에는 ABC를 소유한 디즈니사가 "친 동성애적인" 회사 방침 때문에 침례교도들로부터 맹비난을 당하고 있다는 기사가 실려 있었다. 그 전체 모습 위로는 "I Am Not Gay"(나는 게이가 아니다)라 쓰인 배너를 꼬리에 매단 비행기가 오프라 윈프리를 태운 채 날고 있었다. 동성애자 사회에서 그 문구는 리처드 닉슨의 "I am not a crook"(나는 악당이 아니다. 워터게이트 사건으로 궁지에 몰린 닉슨의 이 변명은 국민들에게 '닉슨은 악당이다' 는 인식을 심어주었다—옮긴이)에 맞먹는 악명을 띠게 되었다.

레즈비언으로 커밍아웃했던 로지 오도넬은 훗날 오프라와 그녀의 절친한 친구와의 관계에 대해 요모조모 추측을 했다. "다른 건 몰라도 정서적으로는 동성애 커플이나 진배없다고 생각한다. 두 사람이 장거리 여행을 떠났을 때(2006년 〈오프라 윈프리 쇼〉에서 5회에 걸쳐 방송된 "오프라와 게일의 대모험"편), 그보다 더 게이다울 수 없었다. 그들을 모욕하려는 게 아니다. 나는 그저, 둘 사이가 동성애 커플의 전형이라고 말하는 것뿐이다."

12년 후에 엘런 드제너러스와 포샤 드 로시(Portia de Rossi, 드라마 〈앨리 맥빌〉에 출연했던 여배우—옮긴이)가 결혼에 골인했을 때, 오프라는 〈뉴욕타임스〉가 "세속적 예배"라 칭한 자신의 토크쇼 시간에 그들의 결혼식 비디오를 공개했다. 다른 30개 주들과 마찬가지로 메인 주의 유권자들이 동성 간 결혼을 거부한 지 1주일도 안 된 시점에서, 그녀는 자진해서 동성애를 지지하는 발언을 하고 엘런의 레즈비언 결합을 축하해주었다.

리즈 스미스는 누가 그녀의 익명성 칼럼에 대한 반응을 궁금해하면, "오프라가 그것 때문에 깊이 상심했다니 유감"이라고 답했다. 몇 년 후에는 메리 타일러 무어(Mary Tyler Moore)가 그날 전화를 걸어와 "리즈, 난 커밍아웃 안 할 거야"라고 농담을 했었다는 말도 했다. "그래서 나는 늘, 최장수 TV 스타 중 한 명이 커밍아웃할 거라는 내 글을 오프라가 자기 얘기라고 넘겨짚었다는 것이 놀라웠다. 이 멍청한 익명성 칼럼을 쓴 걸 진심으로 후회하게 되었고, 다시는 이런 글을 내놓지 않고 있다. 하지만 그 결과, 오프라는 기자회견을 소집해 자신은 동성애자가 아니며 따라서 커밍아웃도 하지 않을 것임을 알렸다. 나는 그 칼럼을 쓰면서 오프라는 머리에 떠올리지도 않았다. 그러나 그 칼럼이 어떤 악감정을 일으키고 있다는 느낌은 늘 받았다. 그건 내가 의도했던 바가 아니다. 그러므로 그녀의 이 자동적인 반응이 이상하게 생각되었다. 그녀는 그냥 무시했어야 했는데 그러지 못했다. 그 칼럼은 엄청난 추측을 야기했는데, 어쩌면 그런 점이 그녀를 가장 주목받는 위치에 잡아두는 요인인지도 모른다. 그녀는 언제나 자진하여 곤경에 처하는 것 같다."

오프라가 자신의 성적 취향에 관한 루머를 은근히 자극한다는 설은 각종 인터뷰나 연설 및 방송에서 하는 특정 발언들에 비추어보면 제법 그럴듯하게 들렸다. 엘런의 커밍아웃 쇼에 출연하기 두 달 전에

"여자친구들"(Girlfriends)이라는 제목으로 밸런타인데이 특집을 진행했는데, 여기서 게일 킹과 서로 부르는 애칭들을 언급했다. 오프라는 "니그로"(Negro), 게일은 "블래키"(Blackie)였다. 방송 중에 오프라는 게일 때문에 자기가 스테드먼과 결혼을 하지 않는 거라는 소문을 가지고 우스갯소리를 했고, 게일은 오프라 때문에 자기가 이혼을 했다는 농담을 던졌다. 그들의 대화는 타블로이드지들의 황당한 커버스토리로 꾸며졌다.

"오프라와 게일, 살림을 합치다" 〈글로브〉
"오프라의 비밀스런 삶: 게이 루머들의 진실" 〈내셔널 인콰이어러〉
"연인 같은 오프라와 게일" 〈글로브〉
"할리우드에서 누가 게이고 누가 게이가 아닌가" 〈내셔널 이그재미너〉

오프라의 성적 취향에 대해 추측기사를 써대는 건 저급 대중지들만이 아니었다. 주류 언론 역시 마찬가지였다. 미국 "최고의 이야기꾼"으로서의 영향력을 논하는 글에서 〈내셔널 리뷰〉는 그녀가 "레즈비언일 수도 아닐 수도 있다"는 식으로 썼다. 〈뉴 리퍼블릭〉은 "오프라의 특이한 천재성"에 관해 다음과 같은 분석을 내놓았다. "본인은 스테드먼 그레이엄이라는 남자와 수년간 연인관계를 유지해왔다고 주장하지만…… 두 사람은 결혼은 하지 않았다. 당연히, 그 관계는 가짜고 오프라가 실은 동성애자라는 소문이 나돌게 되었다. 충분히 의심할 만도 한 것이, 오프라는 방송에서 그레이엄을 언급하는 일이 좀처럼 없다. 그러나 게일 킹은 시도 때도 없이 찾는다. 동성애자라는 소문을 반박하기보다는 오히려 묘하게 이를 부추기는 것 같다. 그녀를 폄하하는 사람들은 위선자라며 손가락질한다. 그러나 사생활을 가진다는 게 위선적인 건 아니다. 오프라가 가짜 연애를 하는 것이라도, 또 동성애자라 해도, 고난을 극복하는 불굴의 용기와 인내를 지지하는 그녀의 공적인 언행들이 부정되진 않는다."

사람들은 마치 오프라와 게일이 거트루드 스타인(Gertrude Stein)과 앨리스 B. 토클라스(Alice B. Toklas)인 것처럼 글을 썼다. 두 사람은 같이 살지도 않았고 연인 사이임을 극구 부인했지만 말이다. 레즈비언 관계라는 루머의 근거는 그들이 늘 붙어 다닌다는 것과 그 소문을 오프라가 이상하게 자극한다는 것 외에는 없었다.

"내 '게이더'(gaydar, gay(게이)와 radar(레이더)의 합성어로 게이임을 알아보는 능력—옮긴이)가 처음 발동한 것은 라디오시티 뮤직홀에서 열린 한 행사(2000년 4월 14일)에서 오프라와 게일이 새끼손가락을 걸고 레드카펫 위를 걸어가고 그 뒤를 스테드먼이 졸졸 따라가는 장면을 목격했을 때였다." 〈뉴욕데일리뉴스〉 소속 저명 가십 칼럼니스트가 말했다. "그 며칠 뒤에 엄청난 비용을 쏟아 부은 〈O〉 매거진이 출범했고, 오프라는 게일을 대기자(大記者)로 임명했다. 이때 오프라의 발언을 살펴보노라면, 젊고 매력적인 아내에게 모든 걸 갖다 바치는 나이든 남편이 연상될 것이다. 전부 농담조이긴 하지만……."

그 2000년 4월 17일 밤, 맨해튼의 메트로폴리탄 퍼빌리언(Metropolitan Pavilion) 무대에 선 오프라는 내로라하는 여성 인사들(바버라 월터스, 다이앤 소여, 마사 스튜어트, 로지 오도넬, 마리아 슈라이버, 다이애나 로스, 티나 터너)로 바글바글한 청중에게 다음과 같이 게일을 소개했다. "저는 선물 잘 주는 사람으로 알려져 있습니다. 소문들 들으셨죠? 그거 사실입니다. (중략) 오랜 세월 저는 게일에게 수많은 선물을 안겨주었답니다." 그런 다음 남부 특유의 단조로운 억양으로 사람들을 즐겁게 만들었다. "게일이 첫아이를 낳았을 때는 유모를 선물했어요. 이어서

둘째 아이가 태어났지요. 저는 그 아이들을 위해 수영장을 지어주었습니다." 객석에서 함성이 나왔다. "아이들의 사립학교 학비를 댔고요, 그녀의 생일에는 BMW를 뽑아주었지요." 오프라가 자신이 베푼 일과 친구가 빚진 내역을 하나하나 읊어나갈수록 청중의 웃음소리도 커져갔다. 그녀는 목소리를 작고 부드럽게 바꿔 게일을 흉내 내며 말을 이어갔다. "오, 정말 모르겠어. 내가 너한테 은혜를 갚을 날이 올지 모르겠다구. 아이들하고 난 절대 그렇게 못 할 거야. 우리가 너한테 해줄 수 있는 게 아무것도 없어." 하이라이트는 게일이 하트퍼드에서 하던 일을 그만두고 오프라의 잡지 출간을 돕기 위해 뉴욕의 허스트 매거진 사무실로 출근하게 된 후에 나왔다. 눈코 뜰 새 없이 일에 파묻혀 지내다가 결국 한마디 내뱉고 만 것이다. "나쁜 년, 이제 너한테 빚진 거 하나도 없어!" 행사장이 떠나가라 사람들이 깔깔거렸다.

오프라는 동거하는 남자가 있는데도 게일과 보내는 시간이 더 많은 듯 보였다. 그리고 언제 어디서든 그녀에 관한 이야기를 했다. 웬만한 남자는 꿈도 못 꿀 방법으로 그녀와 아이들에게 많은 걸 베풀었다. 〈O〉 매거진을 맡기기 위해 게일을 뉴욕으로 이사시켜 맨해튼에 750만 달러짜리 아파트와 그리니치에 360만 달러짜리 저택을 사줬으며, 세계 여행길에 데리고 다녔다. 스테드먼은 따라갈 때도 있고 아닐 때도 있었다.

오프라의 두터운 팬층 가운데 일부는 남녀 간의 전통적인 결혼만 인정받는 흑인 교회들에 속했다. 그들의 일원인 오프라는 아프리카계 미국인 사회의 빛나는 성공 모델이었기에 공개적으로 그녀를 비판하는 이는 거의 없었지만, 일부 흑인 목사들 사이에서는 대단한 업적에도 불구하고 그녀가 아프리카계 미국인 소녀들에게 최고의 역할모델은 아니라는 수군거림이 있었다. 이유야 어떻든, 그녀는 결혼생활에 헌신할 준비는 안 되어 있었다. 커플 중심 사회에서 커플로서 누리는 안락함과 소속감을 놓치지 않으면서도, "내가 원하면 결혼은 안 할 수도 있다"고 했다. 그러나 스테드먼과의 동거생활, 게일과의 친밀한 우정, 성장 기반이었던 교회로부터의 이탈은 흑인사회 일각에서 그녀의 성적 취향에 대한 의혹이 피어나게 만들었다. 오프라는 레즈비언임을 부인하는 한편으로, 마치 구설수에 오르길 바라기라도 하듯, 아무도 묻지 않는 질문들에 이상하게 부인을 함으로써 일부러 논쟁을 유발한다는 인상을 풍겼다.

이런 점은 2006년, 〈오프라 매거진, O〉가 우정을 주제로 "오프라와 게일의 솔직 대담"이라는 Q&A 코너를 대서특필했을 때 특히 두드러졌다. 이들의 대담은 게이 루머에 또 한 번 불을 댕겼다.

> Q: 자, 단도직입적으로 묻겠습니다! 제가 "오프라와 게일을 인터뷰할 예정"이라고 말하면, 상대방의 반응은 항상 같습니다. "아, 그래요? ……(긴 침묵) …… 그 둘…… 있잖아요…… 같이 지내나요?"
>
> 오프라: 설마요. 사람들이 아직도 그렇게 말합니까?
>
> Q: 하나같이 다…….
>
> 오프라: 왜 우리를 게이라고 생각하는지 이해는 가. 우리 문화에는 이런 여자들의 연대에 관한 정의가 없지. 그래서 거기에 꼬리표를 붙일 수밖에 없는 거야. 성적인 측면 없이 어떻게 이토록 가까울 수 있겠냐, 항상 사랑하고 항상 존경하고 항상 우러르는 친밀함의 수준을 그것 말고 어찌 설명할 수 있단 말이냐, 이런 거지.
>
> 게일: 상대방이 최우선인 관계지.
>
> 오프라: 언제 어떤 상황에서도 말이야.
>
> 게일: 사실, 우리가 만약 게이라면, 난 사람들한테 다 얘기할 거야. 동성

애는 나쁜 게 아니니까.

오프라: 맞아. 하지만 사람들이 내가 숱하게 대답했던 질문을 아직도 한다는 건, 나를 거짓말쟁이로 생각한다는 뜻이야. 그게 마음이 쓰여……. 난 말해야 될 건 거의 다 말했는데.

여기서 언론의 관심을 확 끌고 코미디언들의 좋은 먹잇감이 된 것은 오프라의 대답 속에 들어 있는 '거의'라는 단어였다. 데이비드 레터맨은 자신의 심야 토크쇼에서, 오프라가 동성애 설을 부인했음을 언급하며 이렇게 표현했다. "들으면서 저는 흐으으으음……." 윌 스미스(Will Smith)에 대한 미국영상박물관 헌정식에서는 제이미 폭스(Jamie Foxx)가 우스갯소리를 했다. "일전에 내가 당신 이야기를 하고 있었어요. 오프라와 침대에 누워 있었지요. 그러다 게일한테 몸을 돌려 '그게 말이야' 하고 말을 걸었습니다." 캐시 그리핀이 〈래리 킹 라이브〉에 출연했을 때 진행자가 물었다. "우리도 게이 대통령을 가질 준비가 됐다고 보세요?" 그녀는 "그렇게 되길 바란다"고 답했다. "오프라를 두고 하는 말 같네요, 래리. 나도 알아요, 우린 그녀를 무서워하죠. 오프라는 최초의 레즈비언 대통령, 게일은 레즈비언 부통령. 그냥 생각이 그렇다고요. 나는 누구도 커밍아웃시키지 않을 거예요."

오프라를 괴롭힌 루머들이 뜻하는 바는 어쩌면, 이성애나 동성애의 기존 정의에 맞지 않는 사람들에 대해 많은 사람들이 느끼는 불편함과 사람을 성적으로 정의할 사회적 필요성이었는지도 모른다. 양성애라는 범주는 대다수 사람들에게 너무 부담스럽게 느껴진다. 비록 오프라가 "성의 가변성"이라는 프로그램에서, 꼭 레즈비언을 자처하진 않되 다른 여자를 찾아 남자를 떠나는 40대 이상 여성들을 보여주며 그 주제를 소개하기도 했지만 말이다. 그녀는 그러한 꼬리표달기에 대한 저항감을 이해한다고 말했다. 게이 섹스 스캔들로 뉴 라이프 교회(New Life Church) 목사직에서 물러날 수밖에 없었던 테드 해거드(Ted Haggard) 전도사를 인터뷰한 뒤, 오프라는 시청자들에게 말했다. "꼬리표를 달고 싶지 않다—상자에 갇히고 싶지 않다—는 그의 마음을 이해합니다." 그러나 해거드와의 인터뷰 내내, 성적 취향은 복합적이고 복잡한 것이라는 그의 의견에 동의하진 않는다는 점을 분명히 했다. 그녀는 "이성애자"임을 언명했다. "동성에게 성적으로 끌리는 게 어떤 건지는 모르지만, 게이인 친구들은 많이 있어요." 한때 동성애는 죄악이라 생각했고 에이즈로 죽은 남동생에게 '너는 게이라서 천국에 못 갈 것'이라 꾸짖었던 과거를 생각하면, 게이 친구들이 있음을 밝히는 것만 해도 장족의 발전이었다. 그럼에도 오프라는 그녀를 둘러싼 레즈비언 루머에 너무 신경을 써서, 이미 몇 년간 동거해온 하포의 두 여직원이 그들의 관계를 공개적으로 밝히는 걸 허락지 않았다. 말하자면 그녀의 입장은 이런 것이다. 게이라도 괜찮아, 나한테 불똥만 튀지 않는다면.

어쩌면 오프라와 여자 친구들의 각별한 관계는 레즈비언 루머의 프리즘으로 현상을 바라보고 그녀의 발언들을 원래 의도한 것보다 훨씬 심각하게 받아들여 추측을 일삼는 사람들에 의해 잘못 해석된 것인지도 모른다. 예를 들면 이런 것이다. 1997년, 리즈 스미스의 익명성 칼럼이 나오고 엘런에게 커밍아웃을 권하는 심리치료사 역으로 카메오 출연한 직후, 오프라는 카메라팀을 대동한 채 휴스턴, 라스베이거스, LA로 티나 터너를 따라다녔다. "티나가 되고 싶어서 전국 각지를 쫓아다녔어요." 티나가 되는 대신, 그녀는 가장 유명한 광팬이 되었다. 그 로커의 파란만장한 개인사에 정신 못 차릴 정도로 빠져버린 오프라는 황금색 티나 터너 가발을 쓰고 무대에서 함께 공연을 펼치고, 스테드먼과의 연애 초기에 했던 식으로 방송에서 그녀에 관한 얘기를 마구 쏟아냈다. "티나는 로큰롤의 여신이에요. 정말 끝내줍니다. 저는 남자들이 미식축구에 대해 느끼는 감정을 티나에게 느껴요." 이 발언은 "걸 크러시(girl crush, 여자가 여자에게 반하는 현상—옮긴이)"와 관련된 숱한 구설수를 낳았다. 그녀는 잡지 〈바이브〉의 기자에게 자신의 가장 큰 재미가 뭔지 들려주었다. "스테드먼과 개들을 데리고 벤틀리(Bently)에 올라타 뚜껑을 엽니다. 저는 티나 터너 가발을 쓰고 있어요. 달리는 동안 벗겨지지 않게 잘 붙잡아야 해요. 얼마나 근사한지 몰라요. 그 모든 상황이요." 결국엔 스테드먼의 입에서 가발을 벗으라는 얘기가 나왔다. "아무도 당신한테 티나 터너가 아니라는 말은 안 할 거요. 그러니 내가 할 수밖에 없군. 제발 그 가발 벗고 티나 터너 흉내 좀 그만 내요." 오프라는 사촌에게 가발을 넘겼다.

티나 터너와의 여행을 마친 직후, 그녀는 흑인 연예잡지 〈시스터 투 시스터〉(Sister 2 Sister)의 제이미 포스터 브라운(Jamie Foster Brown)과 마주 앉았다. 예정된 기사 제목은 "흑인들이 오프라에게 묻고 싶은 모든 것"이었다. 인터뷰 도중 스테드먼으로부터 전화가 걸려왔고, 브라운은 "이제, 시대의 아이콘인 어떤 유명인이 게이라는 리즈 스미스의 칼럼에 대해 오프라가 이야기를 시작한다. 그녀는 게이 소문을 부정하는 보도 자료를 돌렸다"라고 쓴 다음, 오프라의 통화 내용을 그대로 옮겨 적었다.

"아니. 맞아. 알겠어, 자기야. 그럼 그 사람들한테 아니라고 말할 거예요? 뭐, 상관없지. 난 벌써 언론에 보도 자료 돌렸어요. 그냥 '그녀가 전부 다 말한 것 같다' 고 말해요. 왜 그렇게 못 해? '이제 지긋지긋하다. 이 동성애 얘기에 우리는 아주 질렸다' 고 말해요. 왜 모두들 당신을 게이라고 생각하고 싶을까? 알았어. 끊어요."

"그래서 말인데요," 제이미 포스터 브라운이 물었다. "게이신가요?"

오프라가 소리 내 웃었다. "나는 당신이 게이라도 상관없다고 생각해요. 그건 당신 문제고, 아무래도 좋아요. 하지만 스테드먼이나 나를 게이라고 넘겨짚는 사람들로 인해 기분이 나쁜 건, 그렇다고 하면 내가 행하고 말한 모든 것이 사기가 되어버리기 때문이에요. 거짓이 되는 거라고요. 전부 다. 여태껏 말하고 행한 모든 것, 그게 하나의 거대한 거짓 덩어리임을 의미하게 되죠."

그러한 부인에도 불구하고, 오프라의 성적 취향에 대한 추측은 계속되었다. 그녀는 스테드먼과 계속 동거를 하면서도 서로 독립적인 생활을 유지했는데, 그들 말로는 각자 하는 일 때문에 어쩔 수 없는 것이었다. 둘은 틈틈이 주말과 휴일, 휴가를 함께 보냈다. "우리 생활방식이 원래 이래요." 한 작가에게 오프라가 설명했다. "저는 그걸 배 두 척이 지나가는 거라고 표현하죠." 뱃고동 소리를 크게 내며 말했다. "우린 주초에 서로의 스케줄을 확인해요."

"내가 '어디 갈 데 있냐' 고 물으면서 '난 주말에 마야한테 갈 거' 라고 하면, '음, 난 콜로라도스프링스에 갈 것 같아' 라고 대답하는 식이죠."

"그럼 내가 그래요. '언제 집에 올 건데? 일요일? 좋아. 일찍 비행기 타서 일요일 오후에 도착할 수 있겠어? 같이 저녁 먹었으면 하는데.'"

"'당신 어디 갈 거야?' '난 여름에 여기 없을 거야. 주말마다 머물 집을 하나 구해놓을게. 당신이 와서 나랑 개들이랑 보고 갈 수 있게 말이야.' 우린 이렇게 지낸답니다."

어떤 이들에게는 스테드먼이 오프라의 커버스토리인 것처럼 보였다. 이성애자 사회에 받아들여지기 위해 필요한, 위장 수단에 지나지 않는 그럴듯한 남자 파트너. 오프라의 친구들은 또 다른 주장을 했다. 그가 그녀 삶의 원동력이라는 것이다. 그 외 지인들은 어느 쪽이든 상관없다는 입장이었다. "오프라가 게이라 해도 전 놀라지 않을 거예요." 친구인 에리카 종은 말한다. "그녀가 게이라면 게이인 거죠. 잘 어울려요. 스테드먼은 게이 아니면 양성애자일지 모르는데, 두 사람 사이엔 출신 배경으로 인한 유대감이 있어요. 그녀한테 게이 성향이 있다면, 본인이 겪었다고 하는 성적 학대와 늘 품어온 남자에 대한 불신에 대한 적절한 반응이겠지요. 중요한 점은 많은 사람들이 남의 손에 커밍아웃 당하길 원치 않는다는 겁니다. 모든 사람이 자기 본성을 공개할 필요도 없다고 보고요. 게다가 성적 취향은 쉽게 바뀔 수가 있어요. 주로 여성들이 그렇죠. 만약 오프라가 게이라면, 동성애혐오증이 내면화된 이 세상에서, 그녀를 부정적으로 평가할지도 모르는 이 사회에서 그 사실이 알려지는 게 싫을 거예요. 이해합니다. 일하는 여성으로서, 레즈비언임을 밝히는 건 자신한테 해가 될 수도 있으니까요."

인터뷰 중에 제이미 브라운이 물었다. "섹스는 얼마나 중요합니까?"

오프라는 "그건 자연스런 과정의 일부"라고 대답했다. "내 말은, 항상 그걸 해야 한다고 느끼는 여자들이 있는데, 나는 거기에 속하지 않는다는 겁니다. 스스로 아주 성적인 존재라고 여기진 않아요."

볼티모어 시절의 오프라를 잘 아는 사람들은, 유부남인 데다 다른 여자와도 깊은 사이였던 팀 와츠와의 4년에 걸친 고통스런 불륜관계로 그녀가 받은 큰 타격을 떠올리며 이런 평가를 수긍했다. 그녀는 당시 정서적, 성적으로 심하게 착취당해 어떤 남자에게도 쉽게 마음을 내줄 수 없게 되었다. 대신, 자신의 성적 에너지를 몽땅 일에 쏟아 부었다. 복종과 통제를 둘러싼 갈등도 일에서 해결점을 찾았다. 시간과 에너지의 투자는 곧 나름의 보상으로 돌아왔으며, 덕분에 그 세계에서 살아남을 수 있었다.

필 도나휴가 일선에서 은퇴하고 오프라 북클럽의 명성이 날로 높아지자, 〈오프라 쇼〉는 영화나 앨범, 순회공연, 또는 자신을 홍보하고 싶어하는 유명인들이 제일 먼저 들르는 곳이 되었다. 그녀는 1996년에 스타 위주의 방송 분량을 늘렸지만, 제68회 아카데미 시상식 레드카펫 현장을 취재하면서는 불안한 출발을 보였다.

"사람들이 그것이 지루한 쇼가 될 거라고 깨달은 순간은, 인기 스타를 동경하는 오프라 윈프리가 생전 남들 앞에서 마이크를 잡거나 질문을 던진 적이 없는 사람처럼 굴었을 때"였다고, 〈하트퍼드 쿠런트〉(Hartford Courant)지의 TV 평론가가 말했다.

"어머나, 브래드 아네요! 만나서 반가워요!"

"니콜라스, 안녕하세요! 정말 반갑습니다!"

"론! 잘 지냈어요? 어때요, 요즘? 메이베리(Mayberry, 론 하워드가 오래전 아역으로 출연한 시트콤의 무대였던 가상의 마을—옮긴이) 이후 오랜만이군요."

"안녕하세요, 지미. 내 친구들 모두를 대표해서 이 말을 하고 싶었어요. 당신, 아주 멋져요(You're a babe). 아기 돼지라는 뜻은 아니고요. 너무 근사하죠? 와우!"

〈버펄로뉴스〉의 평론가는 그날 저녁의 첫 번째 실수를 "도러시 챈들러 퍼빌리언(Dorothy Chandler Pavilion)으로 들어가는 유명인들에게 오프라가 아양을 떨게 한 일"이라 보았다. "'오 마이 갓, 엘리자베스 아네요! 몰라보겠네요.' '죽여주네요, 니콜 키드먼 좀 보세요!' 정말 '오 마이 갓'이었다. 레터맨이 작년 아카데미 시상식 서두에 우마 서먼(Uma Thurman)과 오프라 윈프리(Oprah Winfrey)의 특이한 이름들을 가지고 농담을 한 이래, 이렇게 민망한 장면은 처음이었다."

한 영국 평론가는 오프라의 의상까지 걸고 넘어졌다. 〈가디언〉의 스튜어트 제프리스(Stewart Jeffries)가 "그날 저녁 워스트드레서"로 뽑은 여성이 "용케 소매와 어깨가 달린 등 파인 데콜테(décolleté, 목덜미에서 가슴까지 드러낸 스타일—옮긴이) 드레스 차림의 오프라 윈프리"였다. 오스카 시상식에서 공식 영접인 노릇을 하는 모습을 본 후, 〈LA타임스〉의 TV 평론가 하워드 로젠버그는 "본업에 충실하는 편이 낫겠다"고 조언했다.

오프라는 자신만의 무대에서 통제를 받을 때, 방송 준비를 시키는 프로듀서들과 옷을 입혀주는 스타일리스트들과 은은히 빛나는 조명들, 무엇보다 자기한테 박수를 보내주는 방청객들과 함께 있을 때 더 편안해했다. 평론가들이 헤아리지 못한 것은 그녀가 저널리스트가 아니라 세일즈우먼이며, 2,000만 명에 달하는 시청자들과 마찬가지로 유명인들을 보면 설레어한다는 점이었다. 유명인을 무대에 불러낼 때마다 그녀는 한껏 과장된 소개말과 호들갑스런 탄성을 질렀고, 일단 자리에 앉고 나면 사생활의 아주 은밀한 부분들까지 이야기하도록 유도했다.

워런 비티(Warren Beatty)가 나왔을 때였다. "당신은 정기적으로 아넷의 목욕물을 받아주고 욕조 주변에 장미 꽃잎을 떨어뜨려주고 그럴 것 같은데요, 그러면…… 그녀가…… 아무튼 그녀는……."

"깨가 쏟아지고 있어요." 그가 대꾸했다.

"깨가 쏟아지죠, 그럼요." 힘주어 따라 말하는 오프라를 보며 비티가 미소를 지었다. "아주 많이 쏟아져요."

조지 클루니(George Clooney)는 "평생 독신을 고수할 거"라고 오프라한테 털어놓았고, 에디 머피는 백인 여자보다 흑인 여자를 더 좋아한다고 말했다. 케이트 윈즐릿(Kate Winslet)은 절대 성형수술을 받지 않겠노라 선언했다. "내가 뭐하러 둘둘 말린 고환처럼 보이고 싶겠어요?" 브리트니 스피어스(Britney Spears)는 혼전 순결을 지키도록 "노력하겠다"고 했으며, 다이앤 키튼(Diane Keaton)은 가장 좋아하는 장신구가 신발인데, "페니스 대체물"이라서 그렇다고 했다. 몬테시토에 있는 자신의 사유지에서 랜스 암스트롱(Lance Armstrong)과 자전거를 타면서 오프라는 "어째서 당신은 엉덩이가 안 까지냐?"고 물었다. 짐 캐리(Jim Carrey)에게는 "섹스에 능하다고 생각하는 이유가 뭐냐?"고 물었고, 재닛 잭슨에게는 피어싱한 유두에 관해 질문했다. "보디 피어싱이 많으면 언제 어느 때든 성적으로 크게 어필할 수 있다"고 그 가수는 답했다.

오프라는 시빌 셰퍼드(Cybill Shepherd)에게 "이 방송에서는 음경(penis)하고 질(vagina)을 언급해도 된다"고 말했다. 그래서 셰퍼드는 그렇게 이야기를 하다가 엘비스 프레슬리와의 연애담까지 꺼내놓게 되었다. "엘비스는 배워야 할 게 몇 가지 있었어요. 큼지막한 치킨프라이드 스테이크를 즐겨 주문했지만, 평소 먹지 않는 게 하나 있었지요."

방청객들은 입을 떡 벌린 채 그녀를 쳐다보았다. "당신이 가르쳐줬나요?" 오프라가 물었다.

"물론이죠."

리사 마리 프레슬리가 출연했을 때 오프라는 왜 마이클 잭슨과 결혼했는지 물었다. "결혼하고서 첫날밤을 치렀나요?" 이번에도 방청객들은 놀란 표정을 지었으나 오프라가 면박을 주었다. "다들 궁금해 죽겠으면서 뭘 그래요!"

리사 마리가 대답했다. "네, 그랬어요."

오프라는 패트릭 스웨이지(Patrick Swayze)와 웨슬리 스나입스(Wesley Snipes)를 초대해 그들이 찍은 드랙 퀸 영화(투 웡 푸(To Wong Foo, Thanks for Everything! Julie Newmar))에 대해서도 이야기를 나눴다. "여장에 관해 궁금한 게 있어요." 오프라가 말을 꺼냈다. "음경은 대체 어떻게 처리하는 거죠? 어떻게 눌러놓는 거예요? 그게, 아! 그러니까, 국부 보호대를 차는 것과 같은가요? 그런…… 셈인가요?"

"그런 셈이죠"라고 스웨이지가 대답했다. "하지만 이건 다른 쪽으로 확 잡아당기는 거예요."

"맞아요." 스나입스가 맞장구를 쳤다. "양말처럼요."

외설스런 것을 매우 좋아하는데도, 오프라는 농구계의 악동 데니스 로드맨(Dennis Rodman)은 초대손님으로 부르지 않았다. 그의 책 《황야를 걷는다》(Walk on the Wild Side)가 너무 선정적이라고 보았기 때문이다. "읽고 난 후, 내 시청자들에게는 어울리지 않는다고 생각했어요."

여러 해를 거치면서 〈오프라 윈프리 쇼〉는 유명인들의 메카가 되었다. 이들은 모두 오프라 옆에 앉으면 목표 성취가 보장된다는 걸 간파했다. 출연하는 쇼나 영화, 레코드, 각종 상품, 그리고 제일 중요한 자기 자신을 효과적으로 팔 수 있었다는 말이다.

위노나 저드(Wynonna Judd)는 초대손님으로 나와 몸무게 얘기를 했다. 줄리아 로버츠는 쌍둥이 임신 사실을 발표했고, 마돈나는 홍보 목적으로 말라위(Malawi) 아기를 입양했다는 의혹을 잠재우려 했다. 훗날, 알고 지내는 모든 유명인들을 추억하면서 오프라가 시청자들에게 말했다. "셀린 디옹(Celine Dion), 핼리 베리(Halle Berry), 존 트라볼타는 정말로 내 친구가 되었어요." 그녀는 톰 크루즈를 아홉 차례나 인터뷰했으며, "메리 타일러 무어를 동경했다"는 이유로 〈메리 타일러 무어

쇼〉의 출연자들을 한자리에 불러 모으는 한 시간짜리 특집을 마련하기도 했다.

“아내(아카데미상 수상자인 셜리 존스(Shirley Jones))와 같이 〈오프라 쇼〉에 두어 번 나갔지요.” 마티 잉글스(Marty Ingels)가 비벌리힐스에 있는 자택에서 회고했다. “한번은 ‘감춰야 할 비밀이 있는 커플들’이라는 방송이었습니다. 제인 메도우즈(Jayne Meadows)와 스티브 앨런(Steve Allen)도 함께 출연했습니다. 스티브가 다른 여자와 침대에 있는 걸 제인이 발견했다더군요. 깜짝 놀랐습니다. (중략) 나는 오프라에게 실없는 농담을 하려다가 큰 실수를 저지르고 말았어요. ‘이봐요, 오프라, 당신은 유대인을 안 좋아하잖아요. 나한테는 말할 기회도 안 주겠죠’라고요. 어이쿠, 큰 실수였어요. 반유대주의자라는 비난을 받은 적이 있나 보더라고요. 뭐, 어쨌든, 우린 다시는 그 쇼에 출연하지 않았답니다. 왠지 아세요? 오프라한테 돈을 못 받았거든요.”

잉글스가 설명하길, 전미방송예술인연맹 AFTRA에 따르면 공연자는 누구나 최저 출연료(1997년 현재 537달러)를 보장받도록 돼 있으나, 오프라는 지역 노조와 맺은 특별 규정을 들어 아무에게도 돈을 주지 않았다고 한다. 잉글스는 AFTRA에 조사를 의뢰했다. “이 억만장자 여성이 여타 토크쇼와 다르게 자기만의 규정을 내세우는 것은 잘못이다. 왜 동료 예술인들을 함부로 대하는가? 그녀에겐 푼돈에 지나지 않겠지만 다른 배우들은 간간이 들어오는 그런 돈으로 먹고 산다. 그들의 출연료를 떼먹는 건 옳지 않다. (중략) 그게 그리 엄청난 죄냐고? 그렇진 않다. 하지만 치졸하고 못된 짓이다. 그녀한테 쩨쩨하고 인색한 면이 있음을 말해주는 한 예다. 나는 그녀가 언젠가 통제가 곧 소유권이라고 말했던 걸 기억한다. 성자 오프라(Saint Oprah)라는 세간의 평가에도 불구하고 실제 그녀는 돈만 밝힌다. 셜리는 기어이 제 몫을 받아냈고 다른 출연자들도 모두 그렇게 했다. 내가 〈할리우드리포터〉에 그 일을 제보했기 때문이다. 오프라가 원치 않았던 게 바로 그거다. 널리 알려지는 것. 그 효과를 톡톡히 봤다."

〈오프라 윈프리 쇼〉에 출연한 최고 명사들 중 한 명은 AFTRA 회원은 아니었으나, 출연료 537달러를 받아 요긴하게 썼을 것이다. 이혼 과정에서 윈저가로부터 위자료를 많이 못 받아냈으니 말이다. 퍼기(Fergie)라는 애칭으로 더 잘 알려진 세라 퍼거슨(Sarah Ferguson), 즉 요크 공작부인은 애인이 그녀의 발을 핥고 있는 사진이 꼬리표처럼 따라다니는 인물로, 결국 이 사진이 빌미가 돼 영국 여왕이 가장 아끼는 아들인 요크 공 앤드루 왕자(Prince Andrew, Duke of York)와 갈라섰다.

"프로듀서들이 세라한테 꼭 티아라(tiara, 작은 왕관)를 씌워야 한다고 우기는 바람에 오프라와의 인터뷰가 무산될 뻔했어요." 협상에 관여했던 ABC의 간부가 말했다. "그들은 늘 '오프라'를 내세웁니다. '오프라가 원한다', '오프라가 말한다', '오프라가 주장한다.' 이 문제에서는 오프라의 뜻이 정말 확고했어요."

프로듀서들 왈, "그렇게 하면 왕실 분위기가 물씬 풍길 거랍니다."

"말도 안 돼요." 세라의 홍보담당자가 거절했다.

"티아라를 안 쓰면 인터뷰도 없습니다." 프로듀서들이 엄포를 놓았다.

"별거 아닌 일로 큰 사달이 났죠." 그 간부가 회고했다. "티아라 문제에 얼마나 집착하고 밀어붙였던지 세라의 홍보담당자들이 인터뷰를 거의 취소할 판국이었습니다. 이틀 밤낮으로 강도 높은 협상이 이어졌어요. (중략) 마침내 오프라 측에서 항복을 했고 세라는 쇼에 출연해 자기 책을 선전했습니다. 티아라 없이요."

이 실각한 공작부인의 경우만큼 오프라가 영국 왕실과 근접 거리의 인물을 인터뷰한 적은 없었다. 다이애나 왕세자비를 만나기는 했다. 1994년 4월, 켄싱턴 궁에서 함께 점심을 먹었으니까. "영국 아카데미상을 받으러 방문한 길이었어요. 우린 솔직하고 재밌는 대화를 나눴습니다." 오프라가 말했다. (영국 아카데미는 〈오프라 윈프리 쇼〉를 '최고 외국 TV 프로그램'으로 선정했다.) "아주 매력적인 여성이었는데, 인터뷰에는 관심이 없더군요. 그래서 다그치지 않았습니다." 아직 찰스 왕세자와 혼인상태였던 왕세자비는 오찬 후 오프라에게 간단히 "다이애나 x"라고 서명한 자신의 흑백사진을 이니셜 D 문양이 박힌 순은 액자에 담아 보냈다. 그녀는 훗날, 영국 방송인 마틴 배셔(Martin Bashir)에게 모든 진실을 파헤칠 수 있는 인터뷰 기회를 주었다.

"왕세자비가 오프라 대신 그를 선택한 것은 〈파노라마〉 같은 간판 프로그램과 인터뷰를 해야 영국에서 더 큰 반향을 일으킬 거라 생각했기 때문입니다. 방송사가 BBC라는 것도 이유였고요." 다이애나의 전 집사 폴 버렐(Paul Burrell)이 이메일로 답한 내용이다. "마틴 배셔는 또 다이애나에게 전권을 부여하겠다고 약속했습니다. 오프라하고는 아무 상관없는 결정이었지요. 모든 건, 영국 시장에 초점을 맞추고 영국 국민들에게 심사숙고한 메시지를 전하겠다는 그녀의 의지와 관련이 있었습니다. 그것은 신중하게 기획된 이벤트로, 장소 및 환경이 최우선적으로 고려되었습니다."

처음 〈오프라 윈프리 쇼〉에 출연했을 때 세라 퍼거슨은 버킹엄 궁이 자신을 망가뜨릴 음모를 꾸몄다고 주장하는 《마이 스토리》(My Story)라는 책을 홍보하는 중이었다. 1년 뒤에는 '웨이트워처스'(Weight Watchers)라는 단체의 대변인으로 나와 앤드루 왕자와의 재결합설을 흘렸다. 그녀는 두 딸을 데리고 한집에서 전남편과 어떻게 지내며 각자의 애인들을 재워주는지 이야기해 방청객들의 탄식을 이끌어냈다. 뉴스거리를 갈망하는 오프라와 그녀의 프로듀서들에게 더할 나위 없이 흥미로운 폭로였다.

오프라의 프로듀서들은 게스트에게 터무니없는 요구를 하기로 유명했다. "오프라가 당신을 출연시키기로 한다면, 당신의 일상생활은 몇 주간 프로듀서들 손에 맡겨지게 됩니다. 본인은 물론, 가족과 친구들이 날마다 스물네 시간 그들의 요구에 응해야 하죠." 〈오프라 윈프리 쇼〉에 작가들을 다수 출연시켰던 출판사 간부가 말했다. "그게 3주 동안이라면, 21일 동안 낮이나 밤이나 그들에게 일거수일투족이 노출되는 것이지요. 그런데 대개는 그 기간이 한 달을 훌쩍 넘습니다. 프로듀서들은 당신의 생활을 밀착 취재하려고 하기 때문에 때로는 심각한 사생활 침해로 간주될 만한 요구를 서슴지 않고 하고, 당신에게 고통을 안겨줄 수 있는 장소들을 찾아가기도 합니다. 일례로, 오프라의 프로듀서들은 엘리자베스 에드워즈(Elizabeth Edwards, 존 에드워즈 전 상원의원의 부인)에게 그녀의 아들이 사망했던 도로로 가자고 했습니다. 에드워즈 부인의 홍보담당자들은 고개를 저었지요. 그녀에게 물어볼 필요도 없이 '안 될 것'이라 했습니다. (중략) 하포 프로듀서들이 사생활을 샅샅이 파헤치긴 하지만, 그 결과물이 흠집 내기식 방송은 아닙니다. 오프라는 그런 걸 원하는 게 아닙니다. 그보다는, 다른 데서는 얻을 수 없는 개인적 경험을 시청자들에게 제공하고 싶어합니다. 그리고 대부분의 사람들은 그녀의 쇼에 나오길 원하기 때문에 그 요구에 응하지요."

멋진 풍모만 보여줘도 모든 것이 양해되는 게스트도 한 명 있었다. 바로 존 F. 케네디 주니어(John F. Kennedy, Jr.). "그만 보면 가슴이 마구 뛴다"고 오프라는 말했다. "출연해달라고 요청을 거듭해왔는데, 드디어 이번에 반응이 왔다. 차라리 출연하는 게 편하겠다 싶어 수락한 게 아닌가 싶다." 오프라는 케네디가 민주당 전당대회 참석차 시카고에 머무는 동안 인터뷰를 하려고 1996년 8월, 휴가 도중에 급히 돌아왔다. 인터뷰 무대를 위해 의자 두 개를 새로 주문하기까지 했으나, 덮개에서 하얀 보푸라기가 일어 케네디 양복에 달라붙자 가죽으로 전체를 덧씌웠다. 케네디가 비행기사고로 세상을 뜬 4년 뒤, 오프라는 "존 F. 케네디 주니어가 앉았던 의자들"을 이베이 자선경매행사에 내놔 6만 4,000달러에 팔았다.

인터뷰 당시 케네디는 미국 최고의 독신남으로 꼽혔지만, 누구한테나 사적인 질문을 서슴지 않는 오프라가 유독 그의 사생활만은 캐내려 들지 않았다. "나도 늘 똑같은 질문에 시달리기 때문에, 또 그건 남이 상관할 바가 아니기 때문에, 언제 결혼할 거냐는 질문은 하지 않았어요." 대신, 목이 깊게 파인 살색 스팽글 드레스 차림으로 매디슨 스퀘어 가든(Madison Square Garden)에서 그의 아버지에게 "해피 버스데이, 미스터 프레지던트"(Happy Birthday, Mr. President)라고 노래 부르는 도발적인 메릴린 먼로(Marilyn Monroe)의 비디오를 보여주었다. 젊은 케네디는 미소를 지을 뿐, 미끼에 걸려들지 않았다. "네, 저 영상은 여러 번 봤습니다."

비록 이 늠름한 청년으로부터 이렇다 할 뉴스거리를 끌어내진 못했지만, 그 존재 자체만으로도 시청률은 폭등, 사상 최고치를 기록했다. 이 기록은 두 달 뒤 바브라 스트라이샌드가 출연했을 때 깨졌고, 스트라이샌드는 2003년에 다시 출연해 40년 만에 처음으로 주간 TV에서 노래를 부름으로써 자신이 세운 종전 기록을 갈아치웠다. 그렇지만 오프라가 가장 황홀해했던 때는 케네디와 인터뷰할 때였다. "그를 사랑한다는 생각이 들었어요." 녹화가 끝난 뒤 그녀가 말했다. "이제 보니 정말 그렇네요."

오프라는 1996년, 데이타임 에미상을 장작처럼 쌓아올리고 총 9,700만 달러를 벌어들이면서 최고의 위치에 올랐다. 그녀가 토크쇼계를 주름잡을 수 있었던 건 시청자들에게 안 보고는 못 배길 프로그램들을 제공했기 때문이다. 노상 유명인들만 나오는 게 아니라, 학대와 생존 투쟁에 관한 일인칭시점의 극적인 사연들이 대중문화와 결합되고, 거기에 책과 영화, 뮤직비디오, 아름다운 변신, 유행하는 다이어트, 심리학, 그날의 주요 사건 같은 다양한 소재가 버무려지는 형태였다.

영국에서 발생한 광우병이 인간에게 생기는 신경성 질환과 관계있다는 것이 밝혀진 직후, 오프라는 1996년 4월 16일 쇼에서 "위험한 음식들"이라는 주제를 내걸고, 뇌를 공격해 고통 속에 서서히 죽어가게 만든다는 그 불치병이 미국에까지 퍼질 수 있는지를 알아보았다. 첫 번째 게스트는 광우병에 감염된 고기로 만든 햄버거를 먹고 혼수상태에 빠진 열여덟 살짜리 딸을 둔 영국 여성이었다. 영상 자료에 병색이 완연한 채 비틀거리는 영국 소들이 나왔다. 두 번째 게스트는 영국에서 먹은 소고기 때문에 시어머니가 그 끔찍한 질환으로 사망했다고 생각하는 여성이었다. 이어 등장한 게스트들은 정부 규제가 미국 소고기의 안전성을 보장한다고 말하는 전국목장주협회 소속 게리 웨버(Gary Weber), 그 질환의 인간형에 비하면 에이즈는 흔한 감기처럼 보일 수 있다고 말하는 전미동물애호회 소속 하워드 라이먼(Howard Lyman)이었다. 라이먼은 그 근거로, 매년 미국에서 병든 소 10만 마리가 도살되고 가루로 만들어져 음식에 쓰인다는 점을 들었다.

"하워드, 그런 소를 분쇄해서 다른 소에게 먹이고 있다는 걸 어떻게 확신하나요?" 오프라가 물었다.

라이먼은 "아, 제가 봤거든요"라고 대답했다. "여기 미 농림부 통계

자료가 있습니다."

역겨운 듯한 표정으로 오프라가 방청석으로 몸을 돌렸다. "저런 얘길 들으니까 약간 염려가 되지 않나요? 저는 햄버거 먹을 마음이 싹 가셨습니다. 어째야 할지 모르겠네요. 게리 웨버 박사 말씀으론 걱정할 필요가 없다지만, 저 사실 자체가 제게는 충격이군요. 소가 다른 소를 먹으면 안 되는 거잖아요. 풀을 먹어야죠." 방청객들은 큰 소리로 동의를 표했다.

다음 날 시카고 상품거래소 객장에서 소 값이 폭락했으며, 앨러런 트레이딩사(Alaron Trading Corporation)의 가축분석가가 "그 방송은 이미 하락세였던 시장상황을 조금 더 악화시켰을 뿐"이라고 말했는데도, 목장주들은 오프라 탓으로 돌렸다. 그녀는 다음과 같은 말로 자신을 변호했다. "저는 수백만 명의 타인들을 걱정하는 한 소비자로서 말하는 것입니다. 소를 먹는 소는 우려해야 할 대상입니다. 미국인들은 그것을 알 필요가 있었고 알고 싶어했습니다. 저는 그 뜻을 따랐고요. 우리 제작진은 스스로 공정했다고 생각합니다. 저는 영국에서 벌어지고 있는 일에 비추어, 출연한 미국인들이 대답해야 한다고 생각하는 질문들을 한 것입니다."

전미육우생산자협회는 그 쇼의 "균형 잃은" 편집에 이의를 제기하고, 네트워크 광고료 60만 달러를 회수했으며, 상하기 쉬운 식품에 대해 악의적이고 사실과 다른 발언을 금하는 텍사스 법률에 근거해 오프라를 고소하겠다고 협박했다. 압박을 느낀 오프라는 다음 주에 "위험한 음식들" 2편을 방송(1996년 4월 23일)했는데, 미국 축산업계가 '자동차에 치여 죽은 동물'을 소에게 먹이고 있다고 말한 하워드 라이먼은 부르지 않았다. 한 성난 목장주는 나중에 그 두 번째 방송은 "내용이 너무 빈약했고 너무 뒤늦었다"고 불만을 표하면서, 오프라가 "세상이 다 보는 앞에서 햄버거를 먹지 않은" 점을 이유로 들었다.

근 6주 만에 여러 육우 단체들은 오프라와 킹월드 프로덕션, 하포, 하워드 라이먼에게 1,200만 달러의 손해배상액을 청구하는 집단소송을 제기했다. 다음 한 해 오프라는 연방법원에서 6주간 진행되는 재판에 참석하고자 텍사스 아마릴로로 쇼 무대를 옮기는 비용뿐 아니라, 변호사 및 배심원 컨설턴트를 고용하는 데도 수십만 달러를 쓰면서 소송에 만전을 기했다. 과거에 책임과 무책임의 경계가 모호한 발언들을 했어도 정식으로 해명을 요구받은 적은 없었다. 악마 숭배에 관한 프로에서 유대인들이 자녀를 희생시킨다는 식으로 말했던 경우를 제외하면 말이다. 그때도 유대인 지도자들을 만나 사과를 하는 선에서 분쟁이 마무리되었다. 그러나 이번엔 달랐다. 사건 해결을 위한 오프라 측의 노력에도 불구하고, 복수를 다짐하는 목장주들은 법정까지 문제를 끌고 가려 했다.

필 맥그로(Phil McGraw, 나중에 토크쇼 진행자가 되면서 닥터 필(Dr. Phil)로 알려짐)는 재판 컨설턴트로 일하던 중 오프라 측 변호인단에 기용돼, 법정 전략을 짜고 공판에 앞서 피고소인들을 준비시키는 일을 도왔다. 그는 오프라와 변호사들을 만난 자리에서 재판으로 가지 않고 사건을 해결할 방안을 논의하던 때를 기억한다. 오프라가 의견을 물어오자 맥그로는 이렇게 답했다. "당신이 끝까지 이 싸움을 한다면, '오프라 고소' 창구의 줄은 대폭 줄어들 겁니다." 사실, 그 줄은 길었던 적이 없었다. 오프라의 재력이 심각한 소송으로부터 그녀를 막아주었기 때문이다. 바닥이 안 보이는 그녀의 지갑과 막강한 변호인단에 맞서고 싶어하는 사람은 거의 없었다. 전직 하포 사진작가 폴 냇킨과 스티븐 그린(Stephen Green)이 낸 저작권침해 소송을 비롯해 여기저기서 제기된 몇몇 성가신 소송들을 제외하면, 그녀는 상당히 운이 좋은 편이었다. 그 사진작가 사건의 증언 녹취록에는 그녀가 이런 말을 했다고 나와 있다. "저는 언제나 제 자신과 저와 관련된 모든 부분을 최대한 소유하자는 주의입니다. 여기에는 사진들과 건물과 그 건물 안의 모든 것이 포함됩니다. 아시다시피, 저는 하나의 문화를 만들어왔습니다. 제가 소유한 하포에서요." 원고 측 변호사들은 오프라가 세금보고서 양식 W2와 1099의 차이를 모른다고 증언하던 팀 베넷을 기억한다. 그들은 그 증언을 "전혀 신빙성이 없다"고 보았다.

소송을 일삼는 부류와는 거리가 멀지만 오프라도 딱 한 번 고소를 한 적이 있었다. 1992년, "나는 오프라의 약혼자와 동성애를 했다"는 대문짝만 한 제목 아래 스테드먼의 사촌이라고 주장하는 남자의 인터뷰를 실은 캐나다의 한 타블로이드지가 그 상대였는데, 신문사가 방어에 나서지 않고 폐업을 하는 바람에 그녀와 스테드먼은 자동으로 승소했다. 오프라는 또 1995년 〈내셔널 인콰이어러〉에 그녀의 시카고 아파트 내부, 즉 가장자리가 번쩍이는 황금색으로 장식된 의자, 벨벳 쿠션들이 뒹구는 다마스크직 소파, 붉은색 실크 벽지, 금도금한 수도꼭지가 달린 대리석 욕조 등을 보여주는 컬러사진들이 게재되자, 실내장식가 브루스 그레가(Bruce Gregga)를 부추겨 그 잡지사를 고소하게 만듦으로써 소송에 한 번 더 개입했다. 〈내셔널 인콰이어러〉지를 대변하는 워싱턴 D.C.의 윌리엄스앤드코널리 법률사무실(Williams and Connolly) 소속 변호사 중 한 명은 "그녀의 집은 끔찍했다. 너무 장식이 많고 화려했다. 오프라는 형편없는 미적 감각을 이유로 실내장식가를 고소했어야 했다!"고 일갈했다. 그레가 측에는 윈스턴앤드스트론(Winston and Strawn)과 셔먼앤드스털링(Shearman and Sterling)에서 일하는 오프라의 변호사들이 포진해 있었다.

〈시카고 선타임스〉의 빌 즈웨커는 "그 사진들을 보고 난 오프라의 표정이 눈에 선하다"고 했다. "그녀는 마이클 조던 레스토랑의 꼭대기 층에서 열린 스테드먼의 도서출간 기념회에 참석하려고 란초 라 푸에르타의 스파에서 막 날아온 참이었는데, 노여움으로 얼굴이 붉으락푸르락했습니다. '비행기에서 내리자마자 〈내셔널 인콰이어러〉에 실린 욕실 사진이 눈에 띄었다' 면서 '화가 나 미치겠다' 더군요. 그 사건과는 무관하다는 걸 알면서도 그녀는 브루스를 해고했어요. 브루스 밑에서 일하던 사람이 2만 5,000달러를 받고 타블로이드지에 사진을 판 거였어요. 하지만 왜 사진들을 금고에 보관하지 않았냐고 오프라는 분개했지요. 사생활이 침해당했다고 느낀 거예요." 결국 오프라와 그레가는 재판까지는 가지 않기로 하고 타블로이드지와 합의를 보았다.

그녀는 훗날, "위험한 음식들" 소송 건을 법정 밖에서 해결할 생각은 없었노라고 했지만, 공동 피고인이었던 하워드 라이먼의 주장은 달랐다. "그들이 나를 목장주들에게 넘길 방법을 찾고 오프라를 소송에서 빼낼 수 있었다면, 나는 당장 그 제안을 받아들였을 것이다." 그는 "오프라를 누구보다도 존경한다. 하지만 하포에서 그녀가 부리는 사람들에 대해서는 같은 말을 할 수가 없다. 재판이 마무리된 후 그들은 내 변호사를 통해 오프라의 재판비용(약 500만 달러)을 부담해달라는 뜻을 전해왔다"고 했다. 라이먼은 그 소송으로 인해 큰 두려움을 느꼈다고 한다. "가장 힘들었던 건, 아내가 저를 보면서 이렇게 물었을 때입니다. '재판에서 지면 우린 모든 걸 잃게 되나요?' 전 고개를 끄덕일 수밖에 없었습니다."

오프라도 겁이 나긴 마찬가지였다. 〈아마릴로 글로브뉴스〉에 이야기하길, 재판 전에 보안팀을 그 도시로 보내 혹시라도 미치광이한테 총은 맞지 않을지, 애견이 독살될 위험은 없는지를 점검시켰다고 했다. 나중에 다이앤 소여에게도 말했다. "무서웠어요. 물리적인 공포를 느꼈어요. 아마릴로에 가기도 전에…… '오프라 반대' 배지들과 범퍼 스티커들이 나붙었으니까요." 그녀는 아마릴로에 사는 모든 사람들이 무서운 건 아니라고 했다. 그저 그와 같은 논란에 흥분할지도 모르는 일부 광신자들이 걱정될 뿐이었다. 신체적 위해에 대한 우려를 넘어, 오프라는 그 재판에서 패하면 돈 이상의 것을 잃게 되리란 걸 알고 있었다. 자기 경력의 주춧돌인 신용이 무너질 것이란 얘기였다. 그렇기에 그녀는 자신을 변호하는 일에 비용을 아끼지 않았다.

그 소송의 증언 녹취록을 꼼꼼히 읽다 보면, 오프라의 옛 홍보담당자가 "아수라장"이라 묘사했다시피, 하포 내에 적지 않은 원성과 직원 간 알력이 존재했음을 알 수가 있다. 직원들은 마약과 섹스 중독, 분노 조절 등 직장 내 문제들을 증언했다. 하포 공식 편지지에 적혀 원고 측 변호사들에게 보내진 익명의 투서가 전 직원의 증언 도중에 증거물로 제시되기도 했다. 편지 작성자는 고참 프로듀서들 중 한 명의 음주문제와 하포 내에 만연한 인종 및 성 차별 실태를 조사해볼 것을 권고했는데, 맨 밑에는 "열혈 소고기 팬"이라 서명되어 있었다.

오프라의 고참 프로듀서들 중 한 명을 몰아내는 과정에서 찰스 배브콕(Charles 'Chip' Babcock) 변호사는 과거 범죄 경력과 체포영장이 발부됐던 사실을 들춰내 당사자에게 망신을 주었다. 어쩌면 이런 점이 원인이 되어 이후 하포의 모든 직원들은 정식 채용 전 3개월의 수습기간 동안 국제탐정사무소인 크롤 어소시에이츠(Kroll Associates)의 조사를 거치게 되었는지도 모른다.

오프라는 1997년 6월 14일에 첫 증언을 했다. 그리고 이틀 후, 수모를 당했다는 느낌에서 헤어나오지 못하고 있다는 글을 썼다. "남부 특유의 짧게 깎은 머리, 새파랗게 젊은 변호사가 건방진 태도로 내 '상식'만을 사용할 거냐고 물었다. 모욕적이었다. 그들은 그걸 즐겼다.

(중략) 난생 처음이었다, 등을 벽에 댄 채 옴짝달싹 못하는 기분이 든 건. 그 변호사들의 눈을 바라보는데, 마치 누런 이빨의 소년들이 헛간에서 세스(Sethe, 《빌러비드》에 나오는 인물)를 꼼짝 못하게 할 때의 느낌이 왔다. 그 굴욕적이고 속이 뒤틀리는 증언을 떨쳐버릴 수가 없다."

Q: 소가 다른 소를 먹어서는 안 된다고 말하는 데 합리적이고 과학적인 근거가 있습니까?

A: 과학적인 근거는 없습니다. 상식이지요. 소고기를 먹는 소는 본 적이 없습니다.

Q: 그게 근거의 전부입니까?

A: 내 상식 말인가요?

Q: 네.

A: 오랜 세월 습득한 지식도 해당됩니다.

Q: 무슨 지식 말이죠? 제가 잘 이해 안 되는 부분이 그건데요. 소가 다른 소를 먹어선 안 된다는 근거가 뭔가요?

A: 신이 그렇게 창조하셨으니까요. 풀과 건초를 먹으라고요.

이어 변호인은 오프라의 전문적 자격에 관해 물었다.

A: 저는 하포의 CEO입니다.

Q: 〈오프라 윈프리 쇼〉의 진행자이기도 하지요?

A: 그렇습니다.

Q: 당신은 연예인인가요, 저널리스트인가요?

A: 저는 커뮤니케이터입니다.

Q: 당신이 여태껏 받은 상들을 말해줄 수 있습니까?

A: 제게 가장 의미가 깊은 상은 세계에서 가장 위대한 여성 10인 중에 테레사 수녀에 이어 세 번째로 이름이 오른 것입니다.

그는 시청자를 더 많이 끌어모으고 시청률을 높이기 위해, 또 개인의 사업적 기회를 넓히기 위해 "위험한 음식들" 같은 선정적인 프로그램을 한 것이 아니냐며 오프라를 압박했다. 그녀는 동의하지 않았다.

Q: 시청률에 대해선 상관 안 한다는 거군요.

A: 그런 말이 아닙니다.

Q: 그럼 상관한다고요?

A: 가능한 한 많은 사람들이 시청하길 바라지요. 그렇지만 단지 그 목적만으로 프로그램을 만드는 게 아닙니다. 아니에요. 지금 제리 스프링거한테 말씀하시는 게 아니잖아요?

오프라는 녹화는 했으나 방송은 하지 않기로 한 프로그램들이 있었다고 말했다.

A: 하나는, 80명을 살해한 혐의를 받고 있는 오하이오 주 머서 출신의 연쇄살인마가 자신이 저지른 일들을 이야기한 프로그램입니다. 또 다른 것은 납치에 관한 내용이었고요. 스토커를 다룬 것도 있었어요.

6개월 후인 1997년 12월 19일, 그녀는 두 번째 증언에 나섰는데, 원고 측 변호인이 "굉장히 선정적인 일을 한다"고 말하자 약간 짜증을 냈다.

A: 선정적이라는 단어에 이의 있습니다. 저는 선정적인 프로를 하지 않습니다. 처음부터 그런 방송은 하지 않았습니다. 저는 인생 자체가 선정적인 것이라 생각합니다. 삶에 존재하는 그러한 면을 사람들이 보도하고 이야기하고 널리 알려서 더 잘 알게 된다면, 그건 어쩔 수 없는 것이죠. 하지만 선정적이라는 말은 못마땅하네요.

재판이 시작되기 하루 전(1998년 1월 20일), 오프라는 코커스패니얼 두 마리와 전속 트레이너, 보디가드, 헤어드레서, 요리사, 분장사를 데리고 개인 비행기 편으로 아마릴로에 도착했다. 그보다 앞서, 아마릴로 상공회의소는 전 직원에게 "그녀를 위해 레드카펫을 깔거나 아마릴로 시 열쇠나 꽃다발을 증정하는 일은 없을 것"이라는 내용의 메모를 보냈다. 대신 "미국 유일의 미친 소는 오프라"라고 적힌 차량 범퍼 스티커들이 (인구 16만 4,000의) 소도시에 온 그녀를 맞이했다. 오프라는 일명 '오프라 사단'으로 알려진 개인 수행원들과 함께 방 열 개짜리 애더베리 여관으로 향했고, 나머지 하포 직원들과 제작진은 5성급 앰배서더 호텔로 이동했다. 그녀는 또, 낮에 공판에 출석한 후 저녁에 쇼를 녹화할 장소로 아마릴로 리틀 시어터(Amarillo Little Theatre)를 빌렸다. 전국 각지에서 모여든 기자들에게 "내 시청자들과 일반 대중에게 영향을 미치는 사안에 대해 공개적으로 토론하고 질문을 던질 권리"를 지키러 아마릴로에 왔다고 말한 그녀는, 훗날 그 재판이 인생 최악의 경험이었다고 토로했다.

담당 판사 메리 루 로빈슨(Mary Lou Robinson)은 사건에 대해 양측에 함구령을 내렸다. "공판 이야기를 못하는 게 얼마나 고역인지 아세요?" 오프라가 말했다. "토크쇼 진행자에게 함구령이라니요. 끔찍했어요." 아닌 게 아니라 거의 입을 다물고 있을 뻔했다. 그러나 가축사육장·도살장이 최대 사업체인 아마릴로에서 그녀는 영리하게도 소고기 애호가임을 자처했다. 첫 녹화 때 "여기는 아마릴로니까 당연히 소고기 천지"라는 멘트와 함께 마당에서 스테이크를 지글지글 구웠다. 패트릭 스웨이지를 인터뷰하다가 "소고기 드셨나요? 아주 좋더군요"라는 말도 건넸다. 스웨이지는 그녀에게 카우보이모자와 검은 가죽부츠를 선물한 다음, 텍사스 투스텝이라는 춤을 가르쳐주었다. 그녀는 구수한 텍사스 억양을 따라했고, 쇼를 진행할 때마다(스물아홉 편을 녹화했다) 친절한 아마릴로 주민들을 꼬박꼬박 언급했다. 며칠 지나기도 전에 온 마을이 오프라의 수중에 들어왔다. 쇼 방청권을 얻으려는 줄이 새벽 4시부터 늘어서기 시작했고, "아마릴로는 오프라를 사랑해"라는 새로운 범퍼 스티커들이 나붙었다.

담당 여판사는 자기 법정에서 여자들이 바지를 입는 것을 허용하지 않았다. 그래서 오프라도 매일 치마를 입고 나왔다. "법정에 카메라가 한 대도 없다는 게 마음에 들었어요. 스케치하는 분들은 나를 말라 보이게 그려주었으니까요." 트레이너와 요리사까지 달고 왔으면서도 그녀는 여전히 몸무게와 전쟁을 벌이고 있었다. 적어도 처음 며칠 동안은. 그러다 "예수님과 파이의 위로"에 몸을 맡기겠다고 선언했다. 재판이 진행된 6주 동안 체중이 10킬로나 늘었다. "트레이너인 밥 그린이 몹시 화를 냈어요. '당신이 얻은 살이야. 아주 자랑스럽겠군!' 나도 맞받아쳤죠. '그래요! 파이 먹었어! 파이 먹었다구! 마카로니도 먹고 치즈도 일곱 종류나 먹었지!'" 채식주의자로 전향한 전직 목장주이자 공동 피고인인 하워드 라이먼은 그녀 앞에서 몸무게나 음식 얘기를 일절 꺼내지 못했다. "그녀의 변호사들이 공판 기간에는 다이어트에 관해 입도 벙긋 말라고 했어요. 이미 충분히 스트레스를 받고 있다면서요." '동물애호회의 양심적인 식사 캠페인'을 이끄는 라이먼은 법률 보험의 적용 대상이었는데, 필 맥그로한테 들어가는 경비의 절반도 이 보험에서 부담했다.

채용된 후에 맥그로는 오프라를 만나러 시카고로 날아갔지만, 비서진 중 한 명으로부터 한 시간밖에 시간이 나지 않는다는 말을 들었다. "이보세요," 그가 말했다. "고소당한 건 내 엉덩이가 아닙니다. 그분이 그 정도밖에 시간을 못 내겠다면, 됐습니다. 이 팀에 합류하고 싶지 않군요" 하고 박차고 나가려는데, 원하는 만큼 시간을 내주겠다며 오프라가 그를 붙잡고 수세에 몰린 자기를 도와달라 간청했다. "불쌍해 보였다"고 그는 회상했다. "고소를 당했다는 걸 믿지 못하는 상태였어요." 공판이 중반으로 접어든 지금 얼른 기운을 내야지, 안 그러면 패소하게 될 거라고 충고했다. 그녀는 새벽 2시 반에 집으로 찾아와 발작적으로 흐느끼며 "부당하게" 비난받는 데 대한 절망감과 억울함을 마구 표출했다. "내가 해준 조언은 '옳건 그르건 이미 벌어진 일이다, 저쪽은 재정이 탄탄하고 말도 못 하게 심각하며 죽기 살기로 덤비고 있다'는 것이었어요. 나는 공정함은 나중에 따지고 당장은 총격전에 휘말린 상태이니 거기에 제대로 집중하는 편이 낫다는 걸 알려주는 역할이었죠. 그때부터 아주 달라진 모습으로 소송에 임하더군요."

장신에 머리가 벗겨지고 어깨가 떡 벌어진 맥그로는 법원을 드나드는 그녀를 날마다 수행하면서도 언론과는 한 마디도 말을 섞지 않았다. 고개를 끄덕이며 인사하는 법조차 없었다. 〈시카고트리뷴〉의 팀 존스는 그가 "경호원인 줄 알았다."

라이먼이 말하길, "필은 매일 공판이 끝난 후 우리와 변호사들 전체와 회의를 했다." "그는 돈값을 톡톡히 했다. 수임료가 25만 달러였는데, 그의 조언이 없었다면 과연 우리가 승소했을까 싶다. (중략) 필은 우리가 사실에 입각해 변론을 펴고 과학적인 근거에서 모든 이야기가 진실임을 주장할 수 있지만, 그건 상대방도 마찬가지라 했다. 그래서 우리는 법정에 앉아 있는 배심원단에게 만일 그들이 자유롭게 말할 우리의 권리를 빼앗는 쪽에 표를 던지면, 그들의 권리도 다른 누군가에게 똑같은 방식으로 빼앗길 위험이 있다는 걸 알리고자 했다. 바로 그 부분이 필이 생각해낸 전략이었고, 덕분에 우리가 이겼다."

오프라는 공판 3주차에 증언대에 섰다. 법원 계단을 올라갈 때 마야 앤절루가 그녀의 손을 꼭 잡아주었다. 자리에서 일어나 증인석으로 걸어가라고 속삭여준 것도 그녀였다. 스테드먼은 며칠 뒤에야 도착해 앤절루의 역할을 이어받았다. 그녀는 집에 돌아가서도 일군의 전도사들을 교회로 보내 밤낮으로 오프라를 위한 기도를 올리게 했다.

사흘 동안 오프라는 라이먼의 주장을 재확인하는 데 소홀했던 점, 프로듀서들의 부주의한 편집에 대해 아무 조치도 취하지 않은 점 등을 추궁받았다. 간간이 인내심을 잃고 한숨을 크게 내쉬며 머리칼을 뒤로 쓸어 넘겼다. 엄청난 시청률에 대한 질문이 나오자 그녀는 "내 프로그램은 각자 사연을 지닌 평범한 사람들을 주로 다뤄왔다"며 "교황만 빼고 이야기를 나누고 싶은 모든 이와 이야기를 해봤다"고 부언 설명했다. 같은 질문이 반복되자, 마이크 앞으로 상체를 기울여 당당한 목소리로 말했다. "저는 사람들에게 자신의 의견을 표출할 장을 제공합니다. 이것이 미합중국입니다. 미합중국에서는 이런 일이 허용됩니다. 저는 이 나라에서 자기 목소리를 내기 위해 투쟁하고 목숨을 바쳤던 이들의 후손입니다. 누구도 제 입에 재갈을 물릴 수 없습니다." 그녀는 쇼에 출연한 게스트들이 자신들이 말하는 바가 진실이라 믿고 그렇게 진술서에 서명을 한다면 그녀에게도 진실은 성립되며, 그 책임은 크게 게스트들의 몫이라 말했다. "오프라 쇼는 저녁뉴스가 아닙니다. 저는 자유로운 의사표현이 권장되는 토크쇼 진행자입니다. 여기는 미국이며 이 땅에서는 얼마든지 그렇게 할 수 있습니다." 청렴성에 대한 질문을 받았을 때는 이렇게 말했다. "미국의 한 흑인 여성으로서, 제 자신보다 더 큰 힘의 존재를 믿으면서 여기에 왔습니다. 저는 돈으로 살 수 있는 사람이 아닙니다. 우리 안에 거하시는 하느님의 성령에 대고 답합니다." 그녀는 자신의 영향력이 미국인들을 소고기로부터 멀어지게 할 만큼 대단하지 않다고도 했다. "저에게 그런 힘이 있다면, 방송에 나가 사람들을 치유하겠어요."

그녀의 변호인은 최종변론에서 다음과 같이 호소했다. "배심원 여러분, 이 나라에서 선을 말하는 강력한 목소리들 중 하나를 침묵시킬 기회가 왔군요. 그녀는 언론의 자유를 입증하기 위해 이 자리에 섰습니다." 그는 오프라를 가리켜 수백만 미국인들을 "환하게 밝혀주는 빛"이라 묘사했다. "그녀의 프로그램은…… 이 나라 국민들이 가진 자유롭게 말하고 활발히 토론할 권리를 반영합니다."

이틀에 걸쳐 다섯 시간 반 동안 심사숙고한 후, 남자 여덟 명과 여자 다섯 명에 전원 백인으로 구성된 배심원단은 오프라와 그녀의 제작사, 그리고 고의로 소고기에 관해 그릇된 진술과 비방을 한 하워드 라이먼의 손을 들어주었다. "우리도 좋아서 이런 결정을 내린 게 아니다"라고 여성 배심장이 말했다. "하지만 수정헌법 제1조를 따를 수밖에 없었습니다." 판결을 듣자마자 오프라는 고개를 푹 숙이고 울먹였다. 몇 분 후 그녀는 선글라스를 쓴 채 법원 앞 계단에 나타나 하늘을 향해 주먹을 휘두르며 소리쳤다. "언론의 자유는 살아 있습니다! 게다가 감동적이기까지 합니다!"

Seventeen

"인생을 바꾸세요"

오프라는 최고 흥행 배우가 되겠다는 야심을 한 번도 버린 적이 없었다. 그리고 1997년, 마침내 자신의 이름이 조명받을 기회를 잡았다고 생각했다. 토니 모리슨의 소설 《빌러비드》를 영화화하기로 결심했을 때였다. 하지만 그 준비 기간은 9년이나 걸렸다. 대본 작업을 끝내고 본인이 직접 자금을 조달해 배급사로 디즈니를 선정하고 나서도, 무려 열 명의 감독으로부터 퇴짜를 맞았다. 조디 포스터(Jodie Foster, 〈천재소년 테이트〉)는 그 소설이 영화화하기엔 너무 어렵다고 했고, 제인 캠피언(Jane Campion, 〈피아노〉)은 흑인들의 경험에 대해선 잘 알지 못한다고 했으며, 피터 위어(Peter Weir, 〈위트니스〉, 〈죽은 시인의 사회〉)는 딸을 노예로 만드느니 차라리 죽이고 마는 어머니 세스 역할에 오프라를 원치 않았다.

"그 배역 속의 내가 잘 안 보였나 봐." 오프라는 작가 조너선 밴 미터에게 빈정대는 투로 말했다. 위어의 호주 억양까지 흉내 냈다. "그를 그냥 믿어볼까. 내가 그 역할에 맞출 수 있다고 생각되면 그도 틀림없이 모든 노력을 기울일 테지."

고작 극장 영화 두 편과 TV용 영화 세 편에 출연한 게 다지만, 오프라는 자신이 세스를 연기하기 위해 태어났다고 우겼다. 그래서 피터 위어를 더는 고려하지 않고 감독 후보군에서 제외시켰다. "내 대본을 자기한테 주면 내가 그 역할에 맞는지 결정하시겠다고? 됐네. 그만 안녕이야."

그러던 중 1997년에, 오스카상 수상 경력이 있는 조너선 드미(Jonathan Demme, 〈양들의 침묵〉) 감독이 오프라의 눈에 들어왔다. 그는 그녀가 세스를 연기하는 모습을 얼른 보고 싶다고 했다. 드미는 감독직에 기용되었고, 오프라는 제작자 겸 주인공으로 나섰다.

"이건 저의 〈쉰들러 리스트〉예요." 스티븐 스필버그의 걸작을 인용하며 오프라가 말했다. 스필버그가 홀로코스트 생존자들을 위해 했던 일을 자신도 노예의 후손들에게 해줄 수 있을 거라 생각했다. 극악한 환경에서 꽃피운 영웅적 행위를 스크린에 옮기는 일 말이다. '오프라 윈프리 제공' 으로 ABC에서 TV용 영화를 몇 편 제작하긴 했으나, 극장 영화로는 이것이 첫 번째 작품이었다. 그녀가 만든 TV용 영화들은 열렬한 호평은 받지 못했어도 대부분 시청률 면에서는 동시간대 프로들을 눌렀다.

"오프라 윈프리한테 감히 '꺼져' 라고 말해본 이가 있을까?" 오프라가 볼티모어 시절 첫 남자친구인 로이드 크레이머의 감독 작품 〈데이비드와 리사〉(David and Lisa)를 제작하는 것을 두고 〈워싱턴포스트〉의 TV 평론가 톰 셰일즈(Tom Shales)가 쓴 글이다. "그녀의 전도사적 기질이 걷잡을 수 없이 발현되기 시작했다. 우리가 괴로워하든 말든 그녀는 우리를 육성, 발전시키고 영감을 불러일으키려 할 것이다." 셰일즈는 오프라가 카메라 앞에 나서서 영화를 소개하는 것을 못마땅해 했다. "그녀는 그 영화가 무슨 내용을 다루는지, 도덕적 메시지는 무엇이며 우리가 그것에 어떻게 반응해야 하는지를 이야기한다. 플롯의 일부도 자세히 설명해주는데, 아마 TV를 보면서 입술을 움직거리는 사람들을 위해선가 보다. 온 국민의 유모처럼 구는 윈프리는 점점 지겨운 존재가 되어간다. '이건 제가 신세대 모두에게 말하고 싶었던 이야기'라며 카메라에 대고 거창하게 말하는데, 어이쿠, 오프라, 이제 그만 좀 하시지."

그녀는 그 높은 도덕적 열정을 〈빌러비드〉 제작에도 가져왔다. 제작비 5,300만 달러, 거기다 홍보비만 3,000만 달러가 든 세 시간짜리 영화에 대해 "이건 내 역사이고 유산이며, 내가 누군지 확실하게 보여주는 작품"이라 말했다. "그 영화에 자금을 대는 위치에 있다니 가슴이 벅찹니다. 두 명이 보러오든 200만 명이 보러오든 상관 안 해요. 이 영화는 완성될 것이며 놀라운 작품이 될 것입니다. 내 인생 최고의 경력이 될 거예요."

맡은 배역을 위해 그녀는 노예 관련 물품을 수집하기 시작했다. 다양한 농장에서 쓰던 소유 확인서들을 경매에서 사들였는데, 거기에는 "재산"이라는 항목 밑에 노새 및 돼지의 가격과 나란히 사람의 구매가격과 이름이 적혀 있었다. 오프라는 속이 뒤틀리게 하는 그 서류들을 액자에 넣어, 영화를 찍는 동안 촬영장 트레일러와 집에 걸어두었다. 노예 신분에서 벗어난 지 5대째인 그녀는 "조상들의 넋을 기리는" 촛불을 피워놓고 노예들의 음성이 들린다면서 매일 그들을 위해 큰소리로 기도를 올렸다. 또 "소더비에서 처음 해보는 매우 진지한 예술품 구매" 대상으로 '최고가 응찰자에게'라는 제목이 붙은 해리 로즈랜드(Harry Roseland)의 그림을 골랐다. 경매대에 세워진 흑인 여성과 두려움에 바들바들 떠는 어린 딸을 묘사한 이 작품은 오프라의 인디애나 농장 벽난로 위에 걸렸다.

오프라는 또 "지하철도조직 몰입 체험"(The Underground Railroad Immersion Experience, 'The Underground Railroad'는 남북전쟁 전 노예 탈출을 도운 비밀 조직—옮긴이) 행사에 참가, 자유의지와 독립적인 사고를 부정당해온 탈출노예의 감정을 재연했다. 이틀간 그녀는 눈가리개를 하고, 사냥개에 쫓기며, 말 탄 주인의 침 세례를 받는 도망자 신분으로 살았다. "여전히 나는 오프라 윈프리였고, 원하면 언제든 눈가리개를 벗을 수 있었지만, 검둥이라 불릴 때의 반응은 그냥 본능적이었다. 그만두고 싶었지만, 그러지 않았다. 나는 그 모든 걸 느끼고 싶었다. 평생 잊지 못할, 컴컴하고 텅 빈 절망의 감촉을 느꼈다. 내게는 삶을 변화시키는 경험이었다. 내가 어디서 왔는지를 진정으로 배웠기 때문에 두려울 게 없었다."

오프라는 노예들이 어떻게 주인의 학대를 묵묵히 견디며 혼자 힘으로 그 상황을 변화—물리적, 성적, 정서적으로—시키는지를 이야기로 만들자고 결심했다. 아픈 과거가 있었기에, 노예 서사에서 언급 안 되기 일쑤인 성적 학대라는 금기시된 주제에 마음이 끌렸고, 성추행의 끔찍함을 스크린에서 표현해내리라 다짐했다. 그녀는 관객들이 한 번도 경험해보지 못한 방식으로 노예제도를 경험하길 바랐다. 입 안 가득 금속 칼날을 문 채 가죽 끈에 묶여 매타작을 당하는 여성을 보고, 그 가죽 끈에 목이 찢어지는 소리를 듣고, 교수대에서 시체가 썩어가는 냄새를 맡아보길 바랐다. 나무가 움푹 파일 만한 위력으로 유혈이 낭자한 흑인의 등짝에 꽂히는 채찍질을 그들도 느껴보길 바랐다. 그녀는 1977년에 1억 3,000만 명의 시청자들을 충격에 빠뜨린 알렉스 헤일리(Alex Haley)의 노예 서사극 〈뿌리〉(Roots)를 능가하는, 그보다 더 오래 기억에 남을 작품을 만들 생각이었다. "굉장한 드라마였고 그 시대에 꼭 필요한 작품이긴 했으나, 〈뿌리〉는 노예들이 무엇을 느끼는가보다는 어떻게 보이는가를 다뤘다"고 말했다. "사람들은 모른다. 채찍질이 우리에게 정말로 어떤 의미였는지."

〈빌러비드〉와 관련해, 그녀는 온갖 지옥 같은 상황과 영웅적 행위가 뒤범벅된 이야기를 재구성할 계획을 세웠다. "우리는 역사책들을 잘못 이해했어요. 지금까지 우린 노예제도의 물질적 측면에 관해 이야기를 나누었지요. 누가 무슨 짓을 했고 누가 그 제도를 고안했는지 등을 말이에요. 하지만 진짜 유산은, 살아남고자 하는 힘과 용기에 깃들어 있답니다."

그녀는 어서 자기 영화로 미국인들의 인식을 바꿔, 인종적 상처를 치유하고픈 마음뿐이었다. "그 갈등의 핵심이 무엇인지 저는 잘 알고 있습니다. 서로를 진정으로 이해하지 못하는 사람들이 문제죠. 일단 사람들을 이해하고 진심을 파악하게 되면, 피부색은 아무 의미가 없어집니다."

두 번째 임기 중에 빌 클린턴 대통령이 "인종에 관한 범국민 대화"를 소집한 적이 있는데, 오프라는 그 대화를 이끌어갈 사람으로 자기를 선택했으면 좋았을 거라 여겼다. "대통령이 그러지 않아 아쉬웠다"고 〈USA투데이〉에 말했다. "나는 사람들과 대화하는 법을 알아요. 모든 건 이미지가 핵심이에요. 우린 이미지에 반응하는 사람들이죠. 다른 무언가를 느낄 수 있으려면 다른 무언가를 봐야 하는 겁니다."

그녀는 〈빌러비드〉 제작이 그 필요한 차이를 제공해줄 것이라 생각했다. "저는 그저, 제가 그래야 한다고 생각하는 방식으로 이 영화가 받아들여지길 바랍니다. 사람들이 세스의 힘에 동요되고 자극을 받으면 좋겠어요. 그런 일이 생긴다면, 저는 아주 오래도록 흐뭇할 겁니다."

드디어 영화가 공개됐을 때, 평론가들의 반응은 뜨거웠다. 그러나 충격적이게도, 오프라의 기대와는 다른 방향으로였다. 대다수가 상영시간이 너무 길고 너무 혼란스럽고 잔뜩 경직되어 있는 데다, 그녀의 연기는 스타가 되기에는 부족하다고 보았다. 〈뉴욕타임스〉의 재닛 매슬린은 오프라가 "직관력 있는 배우는 아니다"라고 했고, 〈뉴 리퍼블릭〉의 스탠리 카우프만(Stanley Kauffmann)은 겨우 "괜찮은 수준"이라 평했으며, 〈커먼윌〉 (Commonweal)의 리처드 알레바(Richard Alleva)는 "존재감이 놀랄 만큼 희미하다"고 혹평했다. 그러나 오프라와 좋은 친구 사이인 영화평론가 로저 에버트는 "대담하고 깊이 있는 연기"를 보여주었다고 말했으며, 〈타임〉지의 리처드 콜리스(Richard Corliss)도 이에 동의했다. "관심을 끌기 위한 연기가 아니라 진심 어린 연기다." 넘치는 감정을 담아내는 오프라의 능력에 의구심을 표했던 토니 모리슨마저 감동을 받았다. "그녀를 보자마자 절로 미소가 지어졌어요. 명성에 대해선 생각하지 않았거든요." 모리슨이 말했다. "그녀는 세스처럼 보였습니다. 역할에 완전히 동화된 것이지요." 그러나 대중은 오프라를 세스로 보는 걸 원치 않았다. 그녀의 양수가 터지고, "이가 누런" 백인들한테 모유를 빼앗기고, 어린 딸의 목을 베는 모습을 보고 싶지 않았다. 〈시카고 선타임스〉의 한 칼럼에서 본인도 아프리카계 미국인인 메리 미첼(Mary A. Mitchell)이 그 이유를 통찰력 있게 요약, 정리했다.

> 이런 종류의 영화들은 대체 누구에게 어필하려는 것일까? 한때 동물취급, 소유물취급 받았던 걸 떠올리며 흑인들이 즐거워해야 하는 것인가? 백인들은 그러한 운명에 공감하고 그 유산에 한층 민감해진 상태로 극장 문을 나서야 하는 것인가? 그 죄책감과 굴욕과 분노의 바다 속으로 휩쓸려

들어갈 때 우리 중 얼마나 많은 수가 그때를 정말 좋은 시간이라고 부르겠는가? 거기로 우리를 인도하는 기록물로서의 가치, 화려한 출연진, 이것들은 별개 문제다. 당신이 마조히스트가 아니라면, 고통은 즐거운 게 아니다. 이런 영화들이 보다 깊은 인종 간 이해를 조성하기만 한다면, 극도의 고통을 감수할 가치가 있을 것이다. 그러나 그런 경우는 거의 없다.

〈빌러비드〉는 당시로선 최고액으로 꼽힐 만한—그리고 아마도 문제의 일부였을—엄청난 홍보비(3,000만 달러)를 들이면서 1998년 10월 16일에 개봉했다. 어떤 사람들 눈엔 오프라가 영화나 거기에 담긴 메시지보다는 자기 자신을 더 홍보하러 다니는 것처럼 보였다. 특히 패션 엘리트들의 경전이라 할 〈보그〉지 표지모델로 등장했을 때가 그랬다. 45킬로그램이 될까 말까 한 몸집의 애나 윈투어(Anna Wintour)는 시카고로 날아와, 표지모델 건을 고려해보기 전에 살부터 먼저 빼라고 오프라에게 충고했다. "아주 조심스런 제안이었어요." 말라깽이 모델들로 지면을 채우는 윈투어가 그때를 회상했다. "그녀도 알고 있었어요, 살을 빼야 한다는 걸……. 나는 그게 계기가 될지도 모른다고 봤어요. 그냥, '기분이 더 편해질 거'라고 말해줬죠. 마감시한까지 10킬로 정도를 빼겠다고 약속하더군요."

본인도 꽤 체구가 큰 편인 〈보그〉의 대기자 앤드리 리언 탤리(André Leon Talley)가 나중에 오프라에게 말했다. "〈보그〉 여자들 대부분이 아주 말랐어요. 엄청나게 말랐죠. 애나가 뚱뚱한 사람을 좋아하지 않아서 그래요."

주인의 지시를 받은 패션 노예처럼, 오프라는 냅다 살빼기 캠프로 달려가 걸쭉한 수프 마시기, 등산하기, 하루 13킬로미터 달리기 등의 맹훈련에 돌입, 체중을 68킬로그램까지 끌어내렸다. 그때서야 윈투어는 다이애나 왕세자비도 좋아한 저명 사진작가 스티븐 마이젤(Steven Meisel) 앞에서 포즈를 취하게 해주었다. 오프라가 표지를 장식한 1998년도 〈보그〉 10월호는 90만 부가 팔려나가 그 잡지 110년 역사상 최고 판매부수를 기록했다. 오프라는 나중에 BBC 라디오4의 〈우먼스 아워〉(Woman's Hour) 진행자 실라 맥레넌(sheila McLennan)과의 인터뷰에서, "유색인", "못난이", "뻔글이"라는 소리를 듣고 자란 어린 소녀에게는 〈보그〉 표지에 나온다는 건 감히 꿈도 꾸지 못할 일이었다고 고백했다. 오프라는 쇼 1회분을 온통 〈보그〉 메이크오버 얘기로 채운 뒤 뉴욕으로 날아가, 패션위크 기간에 윈투어가 발타자르(Balthazar) 레스토랑에서 연 표지공개 기념 칵테일파티에 참석했다.

"입이 안 다물어졌습니다." 끈 없는 검은색 랠프로런 드레스를 입고 유혹적인 포즈를 취한 오프라의 사진을 처음 보고서 스테드먼 그레이엄이 말한 소감이었다. "그녀가 이제껏 해온 작업들의 결정판 같아요. 이 정도까지 체중을 줄이다니, 그야말로 인간 승리입니다."

〈빌러비드〉를 둘러싼 홍보와 선전에서 역효과를 일으킨 건 어쩌면 이런—살빼기 변신의 화려함을 노예신분 극복과 동일 선상에 놓는—인식이었는지도 모른다.

〈보그〉뿐 아니라 오프라는 〈TV가이드〉, 〈USA위크엔드〉, 〈인스타일〉, 〈굿하우스키핑〉 등의 표지에 등장하며 영화를 홍보했는데, 〈타임〉지는 총 열한 페이지에 달하는 네 편의 기사로 '사랑받는 오프라' 이미지를 부각시켰다.

영화가 개봉된 지 며칠 안 돼 그녀는 디트로이트에 위치한 뉴에이지 지도자 메리앤 윌리엄슨(Marianne Williamson)의 '처치 오브 투데이'(Church of Today) 특집편을 마련, 맨 앞줄에 앉은 로사 파크스를 포함한 모든 신자들을 향해 "〈빌러비드〉는 여러분에게 드리는 저의 선물"

이라 이야기했다. 영화 개봉일에는 〈오프라 윈프리 쇼〉에서 〈빌러비드〉의 출연진과 제작 과정을 소개했다. 그녀는 "아기를 낳는 기분"이라고 했다. 같은 날, 켄 리건(Ken Regan)의 사진들을 곁들인 《영화 빌러비드로 가는 여정》이라는 책이 출간되었는데, 3개월간 촬영하면서 오프라가 매일의 일상을 가벼운 필체로 기록해놓은 이 40달러짜리 책에는 마이애미에서 일어난 패션디자이너 잔니 베르사체(Gianni Versace) 피살사건과 파리 터널에서의 사고로 사망한 다이애나 비 소식을 접했을 때 받은 충격도 묘사되어 있다. 그러나 대부분의 내용은 역시 〈빌러비드〉 촬영에 관한 것으로, 진실로 행복했다는 〈컬러 퍼플〉 촬영 때를 제외하면 이때가 자기 인생에서 다시없을 소중한 시간이었다고 적혀 있다.

1997년 6월 17일 화요일

나무(채찍 자국)가 내 등에 얹혔다. 울음이 나왔다. 멈추려 했지만 되지 않았다. 그럴 수가 없었다. 내 등에 올려진 나무가, 그 존재가 느껴졌다. 쭉 짊어지고 나아갈 수 있다는 믿음을 달라고 기도한다. 그 모든 것이 뜻하는 바의 깊이와 힘을 느끼게 해달라고.

1997년 7월 1일 화요일

내 트레일러에서 회의가 있어 아침 시간이 떠들썩했다. 내가 "너무 예뻐" 보인다는 것이 회의 주제. 난생 처음이다! 이때까지 너무 예쁘다는 소리를 들어본 적도, 그게 토론의 주제가 된 적도 없다. 내 치아가 너무 하얗단다. 너무 "빛이 난다"고 한다. 땀을 더 흘릴 필요가 있다. 주여, 살다보니 이런 날도 있네요.

1997년 9월 12일 금요일

시원섭섭한 시간이다. 꿈꿔오던 여름날의 마지막 촬영. 내 마음이 담을 수 있는 그 어떤 것보다 큰 꿈이었다. 이 모든 것을 받아들일 수 있기까지 오랜 시간이 걸릴 것이다. 정직하게 말하는데, 나는 매 순간을 끌어안았다. 내 방식대로 했다. 후회는 없다.

오프라는 자신의 영화를 사람들이 좋아하든 안 하든, 몸에 좋은 약인 것처럼 선전했다. 그리고 몇 시간 동안 꼬박 신문과 TV 인터뷰에 응했다. "이 영화에 관해 중요한 점은…… 정말로 주의를 집중해야 한다는 겁니다." 한 기자에게 말했다. "그래서 제가 이렇게 약 백서른다섯 번째 인터뷰를 하는 거예요. 이런 영화는 처음이라는 걸, 그래서 마음의 준비가 필요하다는 걸 사람들이 알았으면 좋겠습니다. 모든 예술이 그러하듯, 온 신경을 집중해야 하는 영화라는 걸 아셔야 해요. 우리를 흥분시켰다가, 아래로 아래로 깊이 내려가다가 다시 솟구쳐 오르게 하는, 그런 영화입니다."

그녀는 이 인터뷰들을 엄격한 통제 아래 진행했다. 자신이 한 말은 인용해도 좋으나 사진촬영은 안 된다고 못 박았다. 단, 기자가 사진에 관한 모든 권리를 오프라 측에 넘기는 경우에만 촬영을 허락했는데, 이는 거의 전례가 없는 요구였다. 그런 경우에도, 오프라의 사진들은 하포에서 제공하는—에어브러시로 수정하고 다듬은—것들만 써야 했다. 각 기사는 해당 지역 신문에만 실려야 하고, 다른 신문사들이 가져다 쓸 수 있는 통신사 전송망에 올리는 것은 금지되었다. 그녀는 이와 유사한 제약을 〈투데이 쇼〉와 〈굿모닝아메리카〉에도 적용해, 자신의 말과 이미지들을 한 번만 사용하도록 규정했다.

다이앤 소여와 함께 출연한 ABC 시사프로 〈20/20〉에서 오프라는 미국에 아직도 노예제도의 상흔이 남아 있다며 인종문제에 대해 장황하게 말을 늘어놓았다. "우리가 기꺼이 그 상처를 드러내고 들여다볼 용기가 있다면, 또 그럴 때만이 문제가 해결될 것입니다. 그게 유일한 길입니다."

소여: 오늘날 노예제도와 더불어 살아가는 백인들에게서 무엇이 보입니까?

윈프리: 부정(denial)이죠. 절대적인 부정.

소여: 하지만 과거로 돌아가서 그 시간을 보라고 한다면, 백인들은 아마 이럴걸요. "또요? 또 돌아가라고요?"

윈프리: 말도 안 돼요.

소여: 다시 그때로 돌아가서 우리가 얻는 게 뭐죠?

윈프리: 우린 거기에 가지도 않았어요. 또 돌아간다고요? 그 겹겹이 쳐진 막을 접어올리는 시늉조차 못 한 걸요. 우린 거기에 가본 적조차 없다고요. 이번이 처음입니다.

흑백의 대중은 "그 막들을 접어올리고" 살인과 강간 및 인종적 갈등의 아수라장에서 뒹굴기를 원치 않았다. 한 어머니의 사랑 이야기로 영화를 팔아보려는 오프라와 디즈니 스튜디오의 노력에도 불구하고, 사겠다는 사람이 아무도 없었다. 오프라의 핵심 시청자층인 중년 여성들마저 그랬다. 개봉 6주 만에 〈빌러비드〉는 누구나 혹평하는 〈처키의 신부〉(Bride of Chucky)에도 밀리면서 흥행 참패를 선언했다. 제작과 마케팅에 들어간 비용이 8,300만 달러인 데 비해 국내 수입은 2,284만 3,047달러에 그치고 말았다.

사람들은 방송계의 마이더스가 만들고 홍보한 무언가가 황금으로 변하지 않았다는 사실에 놀라워했다. 비록 언론을 상대로는 여전히 오만할 정도의 자신감을 내비쳤지만, 오프라 역시 충격을 받았다. 그리고 해외에서 영화를 홍보할 때는 흥행 실패를 미국 관객들 탓으로 돌렸다. 런던의 〈타임스〉와의 인터뷰. "제가 기대했던 것만큼 미국에서 이 영화가 받아들여지지 않은 이유는 미국인들이 인종문제 및 그에 관해 토론하는 것을 두려워하기 때문이라고 봅니다. 그 배역을 맡은 저와 무슨 연관이 있다고는 생각지 않아요. 많은 미국인들에게 인종이란 불안의 소지가 너무 많은 사안이라, 그걸 전면에 내세우게 되면 당황하게 되는 것 같아요."

〈선데이 익스프레스〉와의 인터뷰에선, 노예제도에 대한 죄책감 때문에 미국 관객들이 멀리하는 거라고 말했다. "나라 전체가 부정을 했지요." 수년 뒤, 코미디언 재키 메이슨(Jackie Mason)은 미국 사회가 인종차별적이라고 말한 오프라를 힐난했다. MSNBC에 나와 키스 올버먼(Keith Olbermann)에게 "제발 그만 좀 하자"며 말을 꺼냈다. "이제 이 나라에는 유대인에 대한 지독한 편견이나 흑인에 대한 인종차별이 거의 사라지고 없다구요. 오프라 윈프리가 그러더군요. '여기는 인종차별적인 사회'라고. 그녀는 수십억 달러를 벌어들였죠. 당신은요? 자 잘하게 몇 푼 벌지요. 그런데 인종차별적인 사회라고요? 그 여자, 아주 역겨운 수다쟁이예요."

다음 날 리즈 스미스는 자신의 칼럼에서, 미국에 반유대주의나 인종차별주의가 전혀 없다고는 생각지 않는다고 썼다. "하지만 재키 메이슨한테 대단하다는 말은 해야겠다. 연예계에서 오프라더러 '역겨운 수다쟁이'라고 쏘아붙일 배짱이 있는 자는 그리 많지 않으니까."

〈빌러비드〉가 박스오피스에서 사라져가자 오프라의 친구들은 안타까워했다. "오프라가 마음으로 가장 사랑한 작품"이라고 게일 킹은 말했다. "여태껏 그렇게 열정을 바치는 모습은 못 봤어요." 오프라가 스트레스를 받고 있음을 시인하면서 마야 앤절루는 이렇게 두둔했다. "나는 〈빌러비드〉가 상업적으로 실패했는지 어떤지는 몰라요. 오프라를 비롯해 여러 사람들이 원한 건 상업적인 히트가 아니에요. 그것은 장엄하고 위대한 작품입니다. 나름의 생명력이 있을 거예요." 조너선 드미 감독도 한마디 거들었다. "오프라와 또 다른 작품을 찍고 싶습니다. 코미디물을 권해주고 싶네요. 〈빌러비드〉만큼 대대적으로 광고를 하진 않을 겁니다."

영화 개봉 몇 주 후에 하버드대 행사에 참석한 우피 골드버그는 오프라가 흑인 여성 전체를 대표하느냐는 질문을 받았다. 골드버그는 키득거리다가 얼굴에 잔뜩 주름을 잡더니 농담을 던졌다. "왜 이렇게 코가 간지럽지?" 샌더스 시어터에 모인 청중이 웃음을 터뜨렸다.

"오프라처럼 열광적 분위기를 조성할 수 있는 건 대단한 거죠." 우피가 말했다. "하지만 운 나쁘게도 그게 영화에는 역효과를 일으켰어요."

맨 앞줄에 앉아 있던 헨리 루이스 게이츠 주니어가 〈빌러비드〉의 흥행 실패 원인은 뭐라고 생각하는지 물었다.

"사람들이 아직 준비가 안 된 것 같아요. 오프라만큼 유명한 인물은 관객들이 혼란스럽지 않게 아주 신중을 기해야 한다고 봅니다." 이어 말했다. "알아요, 정직하게 대답하려면 나중으로 미뤄야겠죠. 그 문제로 오프라와 얽히고 싶지 않습니다."

유감스럽게도 우피의 발언들은 1998년에 언론에 보도되었고, 오프라는 7년 뒤인 2005년까지도 분이 풀리지 않았다. 아프리카계 미국인 여성들의 업적을 기리자는 취지로 자신이 주최한 "레전드 위크엔드"(Legends Weekend)라는 행사에 우피를 초대하지 않은 것이다. 우피 골드버그보다 예술 분야의 상을 더 많이 받은 아프리카계 미국인 여성은 별로 없다는 걸 감안하면, 가히 놀랄 만한 보복이었다. 예능계 주요 5대 상을 다 받아본 아티스트는 열 명에 불과한데, 우피 골드버그가 그 가운데 한 사람이다. 그녀는 아카데미상 한 번(〈사랑과 영혼〉), 골든 글로브 두 번(〈컬러 퍼플〉, 〈사랑과 영혼〉), 에미상 한 번(〈타라를 넘어: 해티 맥대니얼의 비범한 삶〉), 프로듀서 부문 토니상 한 번(〈모던 밀리〉), 그리고 그래미상을 한 번(〈Whoopi Goldberg Direct from Broadway〉) 수상했다. 그뿐 아니라 BAFTA상 한 번과 피플스 초이스(People's Choice)상 네 번의 수상 경력이 있으며, 할리우드 '명예의 거리'에 이름이 아로새겨져 있다. '레전즈 위크엔드'에 그녀를 배제한 건 옹졸한 조치로 보였다.

〈빌러비드〉가 대실패로 끝나고 무비 스타가 되겠다는 원대한 꿈이 무너진 후, 오프라는 심한 우울증에 빠졌다. "그저 속상한 정도가 아니었어요. 기가 막혔죠. 그런 반응에 참담함을 금치 못했어요. 사람들이 생각하는 방식과 너무 잘 맞아왔고 한 번도 틀린 적이 없었으니까요. 처음이었어요. 내 인생에서 처음…… 거부당한 느낌이었지요. 공개적으로 거부당한 느낌……." 그녀는 맹세했다. "다시는 노예에 관한 영화는 안 할 거예요. 이런 식으로 인종을 건드리는 짓은 다신 안 할 겁니다." 그녀는 음식에서 위안을 찾으려 했다. "헤로인 중독자가 헤로인을 탐하듯 탄수화물에 집착했다"며, 마카로니와 치즈를 폭식한 이유를 설명했다. "시험 삼아 기도를 하면서 스스로 30일의 말미를 줬어요. 나아질 기미가 안 보이면, 정신과 상담을 받겠다고요. 이 경험으로 내게 가르치려는 바가 뭐냐고 하느님에게 물었습니다. 그리고 마침내 깨달았지요. 6,000만 관객이 들 거라는 기대를 차마 못 버리고 나 자신을 들볶고 있다는 걸요. 그런 미련을 내려놓으니까 말짱하게 낫더군요."

설상가상으로 미국 제일의 토크쇼 진행자라는 위상마저 적잖이 흔들리고 있었다. 25주 연속으로 제리 스프링거가 시청률에서 앞서가고 있었다. 그녀는 마음이 어지러웠다. 전해 여름부터 고된 일과가 신물이 난다며 쇼를 그만둘 수도 있다는 뜻을 내비치긴 했는데, 계약 협상을 앞두고서는 늘 이런 식으로 엄살을 부리곤 했다.

오프라는 "시청률 추이를 보니 슬프기보다는 어이가 없다"고 했다. "방송 중에 사람을 죽이지 않는 한(그냥 의자로 머리를 내리치는 수준이 아니라), 또 방송 중에 섹스를 하지 않는 한(언젠가 〈제리 스프링거 쇼〉에 나왔듯이, 남자가 바지를 내리고 성기를 내놓는 수준이 아니라), 도무지 만족을 모르게 되는 순간이 오고야 만다." 그 무렵, 그녀가 "음란한 서커스"라 부른 스프링거의 프로그램은 시청률에서 지난 47주 가운데 46주나 〈오프라 쇼〉를 누른 상태였다. "어째서 시청률이 뒤지는지 이해가 간다"고 그녀는 말했다. "나는 책을 소개하고, 그들은 성기를 내놓기 때문이다."

오프라 역시 시청자들에게 즐겨 충격을 안기던 시절이 있었으나, 어느덧 그때와는 비교도 안 되게 성장한 모습이었다. 더 이상 "페니스, 페니스, 페니스"를 외치며 발가벗고 설치는 쇼의 상스런 진행자로 보이기 싫었다. 그녀는 〈빌러비드〉가 자신을 더 높은 경지로 올려놓았다고 믿었다. "날 변화시켰어요." 프로듀서들에게 이야기하길, 이제는 타인들의 삶을 변화시킬 도덕적 의무감을 느낀다고 했다. "사람들의 삶에 의미를 가져오고 싶어." 그녀는 등에 '나무'가 휘갈겨진 세스로 분장한 자기 사진을 확대해 하포 사무실에 걸어놓고는, 그녀 자신과 프로그램에 대한 새로운 비전을 직원들에게 일깨워주는 의미에서 굵은 가죽채찍을 나란히 걸었다. 오프라가 후원하고 있는 레이철 레이(Rachael Ray)는 그 사진과 채찍을 보고 친구들에게 이렇게 말했다고 전해진다. "왜 노예 옷을 입고 있지? 흑인이라는 점에 문제가 있는 게 분명해." 나중에 레이의 홍보담당자는 이 TV 요리사가 그런 말을 했다는 걸 부인했다.

오프라는 1999·2000 시즌과 2000·2001 시즌까지 킹월드와의 계약을 갱신하고 새로운 종류의 방송을 시작하겠다고 발표했다. 1991년, 1994년, 1995년에 맺은 계약으로 이미 받은 옵션 139만 5,000주에 더해, 킹월드 스톡옵션 45만 주와 선급금 1억 3,000만 달러를 받았다. 당시 재산이 7억 2,500만 달러에 달했는데, 1999년 CBS가 킹월드를 인수할 시점에는 1억 달러의 가치를 지닌 옵션 440만 주를 보유하게 되었다.

새로이 계몽되고 강화된 오프라는 이른바 "인생을 바꾸세요"(Change Your Life)라는 코너를 출범시켰다. 옛 영가에 기초한 새 테마송으로 1998·1999 시즌을 열고, 직접 노래도 불렀다. "나는 계속 달려갈 거예요. 끝이 어떻게 되는지 꼭 보고 말겠어요. 자, 나와 같이 달려요. 오-오-오-오프라!" 그녀는 존 그레이(John Gray, 《화성에서 온 남자, 금성에서 온 여자》(Men Are from Mars, Women Are from Venus)의 저자) 같은 뉴에이지 지도자들을 소개해 "진정한 영혼의 욕구를 직접 결정하고 삶의 목적에 충실하라"는 가르침을 전하게 했다. 그는 "오, 영광된 미래여, 내 마음은 당신에게 열려 있어요. 내 삶으로 들어오세요"라 말하면서 시청자들에게 명상법을 가르쳤다. 시연할 때 색색의 소품을 사용하는 그가 한 여성 방청객에게 큰 막대기를 건넸다. "당신 내면의 아이에게 돌아가세요. 엄마 아빠가 당신에게 다가오는 모습을 상상하세요. 그리고 당신의 감정을 그들에게 표현해보세요." 이 말을 들려주자, 감고 있던 그녀의 두 눈에서 눈물이 흘러내렸다.

'영적 강화'의 효과를 믿고 있던 오프라는 요루바(Yoruba)족 여사제이자 영감을 주는 작가인 이얀라 밴전트(Iyanla Vanzant, 《믿음의 행위》(Acts of Faith))를 출연시켜, 삶의 목적과 사랑을 찾고자 하는 여성들을 상담케 했다. "당신이 이해하는 신에게 항복하라"는 조언을 듣고 나서 한 방청객이 질문했다. "완전한 평화는 어떻게 구하나요?"

"벌거숭이로 자신을 대하세요."

금융 관련 책을 쓰는 수즈 오먼(Suze Orman, 《재정적 자유에 이르는 9단계》(The 9 Steps to Financial Freedom))도 오프라의 초대를 받았다. 그녀는 "돈은 살아 있는 실재로서 에너지에 반응한다. 당신의 에너지에도 마찬가지"라고 역설하며, 시청자들에게 "당신의 자존감이 곧 당신의 순자산"임을 이해시켰다. 아울러, 부유해지기 위해서는 나쁜 감정들을 없애고 자신이 부자가 될 운명이란 걸 믿어야 한다고 했다.

단골로 불려나오는 또 한 명의 "라이프 코치"는 오프라가 성서 다음으로 좋아하는 책이라 밝힌 《영혼의 자리》(The Seat of the Soul)의 저자 게리 주카브(Gary Zukav)였다. 오프라는 그가 한때 특전부대원(Green Beret)이었고 섹스중독자이기도 했다면서 TV도 없이 산에서 산다고 소개했다. 그의 목적은 오프라와 시청자들이 "영혼을 탐구하여" 두려움을 해소하게 만드는 것이었다. "감정은 영혼의 역장(force field)"이라면서, 폭력에서부터 비열한 행위에 이르기까지 모든 것의 근원이 두려움이라고 강조했다.

"그럼," 오프라가 물었다. "두려움은 사랑의 반대인가요?"

"두려움은 사랑의 반대입니다."

"사랑이 아닌 것은 모두 두려움인가요?"

"그렇습니다. 당신의 두려움들을 제대로 바라보고 그것들을 치유할 때, 당신 자신을 바라볼 수 있으며 아름다워지는 겁니다."

그와 오프라는 쇼 전체를 카르마(karma, 業) 얘기로 채우기도 했다.

"에너지는 에너지다. 당신은 거기서 벗어날 수가 없다."

오프라는 또 영적 자기계발서인 《단순한 풍요》의 저자 세라 밴 브레스너치를 마음에 들어했는데, 그 책에는 날마다 감사의 일기를 쓰라는 조언이 있었다. "매일 밤 고마운 점 다섯 가지를 일기장에 적는다"고 오프라는 밝혔다. "현재 가지고 있는 것에 집중하면, 더 많은 것을 가지게 됩니다. 가지고 있지 않은 것에 초점을 맞추면, 그보다 덜 가지게 됩니다."

오프라 주위에 포진한 다채로운 "인생 전략 전문가들" 중 한 사람은 목장주들과의 송사를 잘 견디도록 도운 닥터 필(Dr. Phil)이었다. 그녀는 "여태껏 이렇게 상식이 깊은 사람은 만난 적이 없다"고 그를 소개했다. 빈말 할 줄 모르는 거구의 대머리 상담가는 처음부터 "한참 틀렸다", "순 헛소리다", "겁먹고 안 하는 거"라는 식의 거침없는 직언으로 시청자들의 얼을 빼놓았다. 사정을 안 봐주는 건 오프라한테도 마찬가지였다. 몸무게에 대한 얘기가 나오자 그는 이렇게 말했다. "우린 음식을 이용하는 게 아니라 남용하고 있어요. 지금 당신이 처한 문제의 원인은 무엇을 먹느냐가 아니라 왜 먹느냐는 데 있습니다."

"글쎄요, 그냥 유전적으로 남보다 체구가 작은 사람들도 있잖아요."

"하지만 그게 당신은 아니라는 거죠!"

어느 방청객한테는 다음과 같은 말도 했다. "꽃과 케이크, 결혼식과 드레스에 관한 얘기를 하셨죠? 당신은 결혼 '식'을 준비하고 있는 거지, 결혼을 준비하고 있는 게 아니에요."

"아이고," 오프라가 끼어들었다. "그거 참 좋은 말씀이네요!"

닥터 필이 말했다. "흔히 '시간이 약'이라고 하죠. 제가 한마디 할까요? 시간은 아무것도 치유해주지 않습니다. 10년 동안 잘못을 저지르고 살 수 있는데요, 그게 하루 동안 올바른 일을 한다고 무마되진 않아요."

"와아," 오프라가 소리를 질렀다. "좋은데요, 필! 와아! 그거 아주 좋은 '필리즘'(Phil-ism)이네요."

얼마 안 가 닥터 필은 〈오프라 윈프리 쇼〉의 화요일을 책임졌다. 그렇게 3년간 출연한 다음, 자기 이름을 건 토크쇼를 하기 위해 하포와 협상에 들어갔고, 2002년에 첫 전파를 탔다.

오프라는 "인생을 바꾸세요" 코너를 접고, "영혼 기억하기"(Remembering Your Spirit)라는 코너를 신설했다. 여기에는 부드러운 조명과 뉴에이지 음악이 도입되었다. "토크쇼 진행자로 세상에 알려져 있지만, 제가 훨씬 더 대단한 사람이란 걸 압니다. 저는 보다 위대한 영혼과 연결돼 있거든요." 그녀는 촛불에 둘러싸인 거품 욕조에 직접 몸을 담그면서 그 코너를 마쳤다. "목욕탕은 그녀가 집에서 제일 좋아하는 장소"라고 〈뉴스위크〉는 전했다. 기사에 따르면, 욕조는 주변 바위들 틈에서 물이 쏟아지는 작은 연못처럼 꾸며져 있는데, 오프라는 "이런 구조물은 나중에 보강한 것"이라면서 "욕조가 내 몸에 딱 맞게 짜였다. 제일 좋아하는 일이 목욕"이라 설명했다. 거품이 가득한 대리석 욕조에 앉아 영혼을 위한 주문을 외는 모습이 방송에도 나왔다. 그녀는 시청자들에게 15분간 욕조에 앉아 있는 습관을 들이라고 열심히 권했다. "그러면 틀림없이 매일의 삶에 초점을 맞추고 집중하게 돼요. 세상사는 규칙을 따르는 경향이 있답니다." 오프라는 여러 인터뷰에서 자기 영혼에 대해 이야기했다. "더 나은 사람이 되어가는 것 같아요. 상상했던 것 이상으로 기분이 좋습니다. 쉰 살, 쉰두 살에는 어떤 모습일지, 정말 기대됩니다."

거품목욕 코너가 방송을 타자, 그녀를 뉴에이지 지도자 디팍 초프라(Deepak Chopra)에 빗대 "디팍 오프라"라 부르는 등 비판이 쏟아졌다. 미디어의 반발도 심각했는데, 시카고에서 특히 그랬다. "최근 타오르는 국민적 숭배 열기의 한복판에서, 한 가지 지적하고 싶은 게 있다." 리처드 로퍼는 〈시카고 선타임스〉에 "그런 영적 질문들로 그녀는 정말 얼간이가 되어가고 있다"고 썼다. 오프라 본인은 〈TV가이드〉에서 너무 행복해 "눈앞이 아찔할 정도"라고 했지만, 로퍼는 동의하지 않았다. "내 눈엔 영적인 행복과 고매한 의식을 찾아 정신없이 헤매는 여인처럼 보인다."

〈시카고 선타임스〉에는 오프라의 조언에 따라 일흔세 살의 노파가 향초를 켜고 "내면의 빛의 본질을 떠올리다가" 고층 건물에 불을 내고 10여 명에게 부상을 입혔다는 기사도 떴다.

〈시카고트리뷴〉지의 TV 평론가 스티브 존슨은 오프라 추종자들에게 그들의 지도자를 위해 거품목욕을 하라고 비아냥거렸다. "그녀의 영혼—매일 쇼에서 들려주는 '당신의 영혼을 기억하라'는 말이 무슨 뜻인지조차 모르는 저 열혈 신도들의 어리둥절하고 무심하고 못마땅한 표정에 상처 입은—이 그걸 필요로 하는지도 모른다." 그는 "인생을 바꾸세요" 코너를 "닭살 돋는 짓"이라 평했다.

"그 자체가 하나의 상표인 윈프리는 '당신이 인생을 바꾸는 걸 돕고 싶다'는 수준을 넘어 보다 공격적인 제안을 하고 있었다. '당신은 인생을 바꿀 필요가 있다'고. 2002년까지 토크쇼를 하기로 1억 5,000만 달러 계약서에 막 서명을 했고 추정 재산이 10억 달러에 육박하는, 손가락만 튕기면 원하는 건 뭐든 얻을 수 있는 여성이 이런 말을 하니까 어쩐지 잘난 척하는 것처럼 들린다."

그는 또 오프라가 "메디컬 인투이티브(medical intuitive, 직관으로 의학적 진단을 한다는 사람—옮긴이)"를 자처하는 한 여성을 지지함으로써 뻔히 돌팔이의사 행세를 하도록 둔 점을 질책했다. 오프라는 자기가 관절통을 겪는 걸 직감적으로 알아봤기 때문에 엉터리가 아니라고 주장했다. 무슨 심령술사라도 되는 양, 이 여성은 방청객들을 일으켜 세워 이름과 나이만 묻고는 일일이 의학적 진단을 내렸다. 만성 편두통에 시달리는 남성에게 그녀는 이렇게 말했다. "생명이 제게 설명을 해주는군요. 생각이 당신의 간에 들어 있어 간이 뜨겁게 달궈지고 있다네요. 간에서 에너지 순환이 일어나는데 그것은 뇌 채널로 곧장 올라갑니다. 그리고 신경조직에 불이 붙게 만들죠. 그래서 당신한테 편두통이 생기는 겁니다."

오프라는 곧 주류 언론의 움직이는 표적이 되었다. 〈사이콜로지 투데이〉(Psychology Today)는 미친 짓거리를 거들었다며 그녀를 맹비난했다. "정신과 의사, 내과 의사, 진화론 과학자, 역학자들의 분야별 전문지식이 오프라보다 많을 거라 생각하면 오만인 것인가?" 의사 노릇하는 자기도취적 유명인들을 다룬 기사에서 의학박사 개드 사드(Gad Saad)가 개탄한 내용이다. 10년 뒤 〈뉴스위크〉는 오프라를 표지(2009년 6월 8일자)에 싣고, "정신 나간 대담"과 "괴상한 치유법"을 크게 책망하는 열한 페이지짜리 기사를 내보냈다. 《캔터베리 이야기》(The Canterbury Tales)에서 가짜 면죄부와 유물을 파는 면죄사(Pardoner)의 경우처럼, 유용한 의학 정보와 뉴에이지 헛소리의 차이를 알지 못한데 대해 오프라를 무책임하다고 비난하는 내용이었다. 8년 전 "유례없이 많은 인생을 바꿔놓고 있다"는 평가와 함께 "오프라 시대"를 선언하는 감격스런 커버스토리로 칭송해 마지않던 것과는 180도 다른 태도였다. "인생을 바꾸세요"가 방송되는 동안에는 "잠망경"(Periscope) 섹션에 "오프라디, 오프라 다"(Oprah-Di, Oprah-Da, 비틀즈의 노래 Ob-la-di, Ob-la-da를 차용한 것—옮긴이)"라는 제목으로 "'Big O' 에 대한

다섯 가지 해석"을 내놓으며 트집을 잡았다.

시청자들의 인생을 바꾸겠다는 게 주제넘다며 나무란 사람들은 비단 시카고 평론가들만이 아니었다. 〈올랜도 센티널〉의 핼 보데커(Hal Boedeker)에게도 크게 한 방 얻어맞았다. 그는 오프라의 거품목욕 코너가 〈새터데이나이트 라이브〉를 패러디하려고 안간힘을 쓴다고 지적하며, 오프라 쇼의 다음번 주제는 "미친 듯이 날뛰는 유명인", 새로운 테마송은 "당신은 한참 착각 중이야"(You're So Vain)가 어울릴 것 같다고, 본인한테 불러줘도 되겠다고 빈정댔다. "그녀 특유의 자신만만함이 오만함으로 변했으니까요."

아마도 가장 잔인한 타격이 가해진 건 와일리 홀 3세(Wiley A. Hall III)가 〈아프로-아메리칸 레드스타〉(Afro-American Red Star)에서 루이스 패러칸(Louis Farrakhan, 미국의 흑인 이슬람 지도자—옮긴이)을 오프라한테 비유했을 때다. 홀은 패러칸이 2000년에 워싱턴에서 "기분 좋게" 백만인 행진을 벌이면서, "자신을 또 다른 오프라 윈프리로 자리매김하려 들었다"고 썼다. "오프라처럼 그도 명쾌하고 진지하고 열정적인 언행의 달인이 되었다. (중략) 오프라 윈프리와 그녀의 새 복제품 루이스 패러칸을 보고 있노라면, 우리가 조종당하고 있다는 느낌이 강하게 든다. 그게 좋은 건지 나쁜 건지 분간도 안 된다." 의외의 반응이 그다음 주에 나왔다. 인종주의적 공격과 극렬 반유대주의로 악명 높은 추종자들이 패러칸이 오프라에게 비유된 걸 모욕으로 느낀다는 내용이 홀의 기사에 실린 것이다.

오프라가 제일 좋아하는 신문인 〈뉴욕타임스〉에서는 제프 맥그리거(Jeff MacGregor)가 "인생을 바꾸세요"를 "자기계발에 관한 진부하기 짝이 없는 표현들"로 가득한 "진행자 숭배" 코너쯤으로 치부했다. 그는 "그녀 앞을 거쳐간 수많은 구루들과 순회목사들처럼, 오프라 역시 창피한 줄도 모르고 자신의 불행과 혼돈의 역사를 숭배의 형태로 광고할 방법을 찾은 것"이라 썼다.

그러나 평론가들에게는 제정신이 아닌 것처럼 들리는 얘기가 다수의 시청자들과는 공감대를 형성했다. 삶 속에서 더 큰 의미를 찾으려는 그녀의 갈망을 이해하는 사람들과는 말이다. 현재 더럼(Durham) 힐크레스트 컨밸러슨트 센터에서 미용실을 운영하는 수전 칸스(Susan Karns)는 "한때 노스캐롤라이나의 스템에서 우편배달부로 일했는데, 오프라와 '인생을 바꾸세요' 코너가 아니었다면, 야간 미용학교를 다니고 이 훌륭한 직업을 가질 생각을 못 했을 것이다. 인생을 바꾼다는 게 겁이 났지만 그러길 아주 잘했다고 생각한다. 매일 사람들을 기분 좋게 만들어주는 것에서 보람을 느끼기 때문에 지금 하는 일에 매우 만족한다"고 말했다.

혹자는 오프라의 상식 수준에 의구심을 표했지만, 그녀의 성실성을 의심하는 이는 아무도 없었다. "저는 사람들이 우리 프로그램을 보고 인생에 대한 생각이 달라지길 바랍니다. 마음을 열고 다른 시각으로 세상을 바라보라는 것이죠. 삶의 영적인 측면과 교감하는 법을 배웠으면 좋겠어요." 그러나 그녀는 "뉴에이저"(New Ager)라 불리는 것은 싫어했다. 방청석의 한 여성에게 이런 말을 했다. "저는 뉴에이지의 뭣도 아닙니다. 그렇게 불리는 게 아주 싫어요. 전 그저 사람들이 자신을 보다 명확하게 이해할 수 있도록 문을 열어주고, 신에게 그들을 인도하는 등불 같은 역할을 하려는 것뿐이에요. 제 눈엔 나무의 정령이 보이지도 않고, 방에 앉아 수정구슬을 만지작거리지도 않는답니다."

"아, 그런데 그녀가 영혼을 불러일으키긴 해요." 워싱턴 D.C.의 랑팡 갤러리(L'Enfant Gallery) 관장인 피터 콜러전트(Peter A. Colasante)의 주장이다. "아마 방언도 할걸요. 진동을 느낀다고 말할 때면 펜테코스트파(Pentecostal, 성령의 힘을 강조하는 기독교 교파)처럼 머리 위로 손을 흔든다는 걸 제가 압니다. 적어도 개인적으로 경험한 바가 있어요."

실내장식가 앤서니 브라운을 통해 유화 작품을 몇 점 구입한 후, 오프라는 같은 작가(존 커디언 코트(John Kirthian Court))의 그림을 더 사고 싶어 랑팡 갤러리에 직접 연락을 취했다. "그녀가 건너편 데버러 고어 딘(Deborah Gore Dean) 상점에 들르기로 한 날에 우리와도 약속을 잡으려고 하포 직원들이 수도 없이 전화를 해댔습니다. 데버러와 나더러 오프라가 원하는 그림의 사진을 배달해달라더군요. 그녀가 포시즌 호텔에 도착하기 전날에 배달되어야 한댔어요. 스케줄이 빡빡하니까 갤러리에 들렀을 때 신속히 볼 수 있게 준비를 해놓으라더군요. 미합중국 대통령처럼 일정이 분 단위로 관리된대요. 이게 우리한테 알려준 스케줄입니다."

오후 2시 17분: 랑팡 갤러리에 오프라의 리무진 도착

오후 2시 20분: 갤러리 입장

오후 2시 30분: 그림 감상

오후 3시: 출발

"음…… 존 커디언 코트의 작품 몇 점을 관람용으로 위탁하진 않습니다. 제임스 맥닐 휘슬러(James McNeill Whistler, 유럽에서 주로 활동한 미국의 화가)의 두 세대 아래 조카의 아들로, 본인도 훌륭한 화가예요. 초상화도 그리고요. 현재 거주지는 산미겔(San Miguel)입니다. 그의 그림들은 현금(평균 6만~8만 달러)으로 구입해 수십만 달러의 운송 보험에 가입하고 포르투갈에서 항공편으로 들어온 다음에 팔아야 합니다. 저도

그렇게 했습니다. 2시 30분에 있을 감상을 위해 세 작품을 구입했지요." 갤러리 관장은 1년쯤 전에 오프라한테 팔았던 "세 작품의 대금 결제에 어려움이 있었기" 때문에 이번에 투자를 하기가 망설여졌다고 털어놓았다. "하지만 그냥 하기로 마음먹었습니다."

"비서진이 오프라가 바빠서 3시에는 갤러리를 떠날 거라고 하기에, 3시 반에 다른 고객과 약속을 잡았습니다. 온다는 날, 우린 오프라를 하염없이 기다렸습니다. 드디어 2시 35분에 리무진 두 대가 데버러의 가게 앞에 도착했습니다. 시간은 자꾸 흘러 어느새 2시 55분이 다 되었더군요. 건너편 가게에 가보았지요. 왜 전날 밤에 호텔로 사진들이 배달되지 않았느냐며 오프라가 데버러한테 호통을 치고 있더군요. 듣자 하니, 가게에 들어서선 데버러한테 이렇게 말했답니다. '당신이 앤서니의 그 아가씬가요?' 가게 주인인 데버러는 당연히 화가 좀 났겠죠. '아뇨, 전 앤서니의 아가씨가 아닙니다. 누구의 아가씨도 아니에요.' 그랬더니 오프라가 왜 아무 준비도 안 돼 있냐고, 자기 시간이 얼마나 귀한지 아느냐고 버럭 버럭 소리를 질렀다네요. 그 와중에 제가 나타난 겁니다."

"기다린 지 30분이 훨씬 넘었다고 하니까 경호원들이 끼어들더군요. 데버러는 어이없다는 듯 웃기 시작했구요. 내가 다른 약속이 있기 때문에 빨리 그림들을 보여줘야 한다면서 오프라를 가게 밖으로 데리고 나왔습니다. 그런데 나한테 하는 말이 '오프라는 걷지 않는다'는 거예요. 황당했지만, 엎어지면 코 닿을 텐데 뭘 그러냐며 어깨에 손을 얹고 길을 건너자는 시늉을 했지요. 그러니까 비서한테 소리를 지르기 시작하더군요."

"이 사람 누구야? 나, 이 사람 몰라. 누구야, 대체? 이게 무슨 일인지 설명 좀 해봐."

"내가 설명했지요. '당신 직원들이 약속을 잡았어요. 시간 엄수하라고 닦달을 하면서요. 일정대로 움직이게 만반의 준비를 해놓으라더군요. 그래서 시키는 대로 하는 겁니다, 지금.'"

"비서는 겁에 질려 아무 말도 못 하더군요. 수첩이 흔들릴 정도로 심하게 떨기 시작했어요. 그래 봐야 오프라의 화만 더 키울 뿐이었지만요. 나는 그녀가 비서한테 철퇴를 내린 다음 내 목을 벨 것만 같았어요. 조마조마하던 그 순간, 꼬마들을 가득 실은 버스가 우리 옆을 지나갔습니다. 아이들이 오프라를 얼른 알아보고 환호를 질러댔지요. 그러자 정말 놀라운 일이 벌어졌습니다. 그녀가 분에 겨워 씩씩대던 걸 멈추고 잔뜩 치켜뜬 눈에 힘을 빼더니, 환한 미소를 짓는 게 아니겠어요? '모두 안녕!' 하고 손까지 흔들면서요. 눈 깜짝할 새에 사납게 꽥꽥대던 여편네에서 다정한 여신으로 둔갑한 겁니다. 거짓말 안 하고, 무슨 외계인 공격이라도 받은 줄 알았습니다. 아무튼 그 뒤에 오프라를 내 갤러리로 안내했는데, 비행기조종사, 비서, 헤어드레서, 분장사, 거구의 경호원 두 명이 줄줄이 따라붙었습니다. 그녀는 정문으로 들어가면서 무도병에라도 걸린 사람처럼 두 손을 머리 위로 흔들어대기 시작했어요."

"'도무지 느낌이 안 와.' 고개를 저으며 오프라가 말했습니다. '도무지 느낌이 안 와. 그 진동은 맞지 않아…… 나한테 말을 거는 게 아냐…….'"

"'우리가 준비해놓은 그림들을 보시면 즉시 느낌이 올 겁니다.' 코트의 유화 작품들이 걸려 있는 계단을 가리키면서 제가 얘기했지요. 오프라 왈, '오프라는 계단을 사용 안 하는데.' 제가 미처 대꾸를 하기도 전에 제 조수가 나서더군요."

"예, 나서고 말았습니다." 모린 테일러(Maureen Taylor)가 그때를 돌아보았다. "도착하기 전부터 터무니없이 까다롭게 굴더니, 피터를 그렇게 애먹이고 나서, 괴상한 주문 외는 무당처럼 손을 흔들며 들어와 겨우 한다는 소리가, '전혀 느낌이 안 와, 전혀 안 느껴져' 라니…….
'계단이라고요? 계단? 오프라는 계단 안 올라가요' 라고 말할 때, 제가 마침내 이성을 잃었죠. 이렇게 대꾸해줬거든요. '글쎄요, 시도를 하셔야 될 것 같은데요, 자매님. 확실하게 운동도 되고 좋아요!'"

콜러전트 관장이 말했다. "그렇게 된 겁니다. 오프라는 골이 나서 갤러리를 박차고 나갔고, 제가 길 건너 리무진까지 그녀를 쫓아갔지요. 조종사한테 고함을 칩디다. '비행기 준비시켜, 비행기! 얼른 여길 뜨자구!' 그걸로 오프라 윈프리와의 만남, 그녀의 영혼과 진동은 막을 내렸습니다."

기자들에게 오프라는 과잉노출이 문제일 수도 있다는 암시를 풍기며 "인생을 바꾸세요"에 대한 비난 세례를 일축하려 했다. "〈빌러비드〉 홍보가 너무 과했나요? 그 반발이란 건 내가 〈보그〉 표지에 등장한 해에 테마송도 불렀기 때문일까요?" 그 '반발이란 것' 은 미국 여성들 사이에 증가하는 "오프라화"(Oprahfication)가 잘 이해 안 되는 백인 남성 평론가들로부터 나왔다. 코미디언 지미 키멀(Jimmy Kimmel)이 코미디 센트럴(Comedy Central, 미국 코미디 방송국—옮긴이)에서 〈더맨쇼〉(The Man Show)를 소개하며 던진 농담처럼, "이 나라가 심각한 문제에 빠져 있어 우리가 나왔다. 그 이름은 오프라. 수백만, 수천만 명의 여성들이 오프라의 주문에 걸려 있다. 이 여성이 미국의 절반을 세뇌시켰다."

가족 내 일부 비판자들은 2007년에 DVD로도 나온 론다 번(Rhonda Byrne)의 책 《시크릿》(The Secret)을 오프라가 훌륭한 삶에 대한 답으로 홍보하는 것을 매우 못마땅하게 여겼다. 그녀는 《시크릿》을 밀어주기 앞서 "하느님을 상자에서 꺼냈다"고 시청자들에게 얘기했는데, 그 책에는 예수 그리스도가 신성한 존재나 하느님의 아들이 아니라, 단순히 "번영을 가르치는" 성서 속 인물들 중 하나로 묘사되어 있다.

"나는 오프라를 그렇게 키우지 않았어요." 버넌 윈프리는 딸이 뉴에이지 사상을 싸고도는 것이 역겨워 쇼의 시청을 중단했다. "그 애 방송이라고 꼭 볼 필요는 없다"며 "이젠 그리 좋은 프로그램도 아니다"라고 했다.

침대 머리맡에 늘 성서를 두는 캐서린 이모는 오프라가 "뉴에이지 헛소리"를 열렬히 받아들이는 걸 보고 혀를 끌끌 찼다. 캐서린의 딸이자 오프라의 사촌으로 한때 하포 부회장을 지낸 조 볼드윈도 마찬가지였다. 그녀는 현재 미시시피 밸리 주립대에서 영어를 가르치며 일요일에는 미시시피 센토비아의 교회에서 설교를 한다. "캐서린에게 《시크릿》을 한 권 갖다 줬는데, 조는 책 근처엔 얼씬도 안 하더라고요. 만지려고도 안 했어요." 주이트 배틀즈가 말했다.

《시크릿》의 자조(self-help) 사상을 소개하면서 오프라는 단지 마음속에 그리는 것만으로도 돈을 더 많이 벌고 살을 빼고 인생의 사랑을 찾고 직업적 성공을 거두게 되는 비결을 배우게 될 것이라 장담했다. 그녀처럼, 시청자들도 저 모든 바람을 이룰 수 있을 것이라고 말이다. 이어 저자로 소개된 론다 번은 《시크릿》이 "'끌어당김의 법칙'에 기초한다고 설명했다. 긍정적인 생각은 좋은 일을 끌어당기고 부정적인 생각은 나쁜 일을 끌어당긴다는 것이다. 그녀는 극명한 예로 르완다 학살을 들면서, 희생자들이 느낀 공포와 무력감이 대학살로 이어진 것이라 말했다.

오프라는 CNN의 래리 킹에게 "《시크릿》의 메시지는 내가 지난 21년간 방송을 통해 세상에 전하고자 했던 메시지"라 얘기했다. 2회에 걸쳐 오프라 쇼에서 집중 소개된 이 책은 이후 300만 부라는 판매고를 기록, 베스트셀러 1위에 등극했으며 세계 각지에서 '시크릿 클럽' 결성 붐을 일으켰다. 한편 오프라는 피터 버컨헤드(Peter Birkenhead)가 살롱닷컴(Salon.com, 정치와 시사 및 문화를 주로 다루는 온라인 잡지—옮긴이)에서 "갓 지어낸 허풍"이라 평한 책을 동네방네 팔러 다닌다는 비웃음을 샀다. 코미디언이자 토크쇼 진행자인 빌 마허(Bill Maher)는 그 책을 "미친 소리"라 규정했고, 〈워싱턴포스트〉는 "끈적끈적"하다고 묘사했다. 〈새터데이나이트 라이브〉에선 오프라가 다르푸르(Darfur)의 배고픈 빈자를 인터뷰하는 내용의 촌극을 통해 《시크릿》에 사로잡힌 그녀를 조롱했다. 거기서 마야 루돌프(Maya Rudolph)가 연기하는 오프라는 구약성서에 나올 법한 깊이 있는 목소리로 "상황이 왜 이리 악화되고 있다고 생각하느냐?"고 묻는데, 빈자가 아무 대답을 못 하자 이 불행은 부정적 사고방식의 결과라며 그를 준열히 꾸짖는다. "우리가 다시 올 땐, 존 트라볼타로!"

얼마 안 있어 오프라는 "끌어당김의 법칙"에 대한 자신의 견해를 "명확히 밝혔다." 《시크릿》을 공개적으로 지지한 것은 사과하지 않았으나, 그 법칙이 모든 문제의 답은 아니라고 말했다. "그것이 비참한 상황 또는 모든 비극에 대한 답은 아니다. 그저 하나의 법칙일 뿐이다. 유일한 법칙도 아니다. 그리고 거듭 거듭 분명히 말하는데, 일확천금의 책략도 아니다." 흥미롭게도, 2009년 오프라는 법정 문서에서 "누군가에 대한 평판은 부분적으로 그 사람이 추천하는 상품들의 질에 달려 있다"며 "상품을 신중히 검토하고 그것이 내 기준과 승인 조건에 부합하는지를 따져본 뒤에야 추천한다"고 언명했다.

그녀는 확실히 비판 여론에 신경을 썼다. 시청자들이 자신들의 종교적 믿음이 간섭당해 불만이라는 보도가 나왔을 때 특히 그랬다. "오프라의 교회" 및 "오프라 의견을 따르는 복음" 운운하는 기사만 보면 부아가 치밀어, 아예 "인생을 바꾸세요" 코너를 접고 "최선의 삶"이라는 코너를 새로 들였다. 그리고 "영혼 기억하기"는 "기쁨 기억하기"로 바꾸었다.

일부 비판자들이 1999년에 오프라의 부고를 작성하고 있을 때, 그녀는 그들 모두의 말문이 막히게 할 거대한 미디어 제국을 건설하는 중이었다. 2000년 4월에는 허스트사(社)와 제휴하여 〈오프라 매거진, O〉를 창간, 잡지 사상 가장 성공적인 스타트를 끊게 된다. 그녀는 9년간 매번 이 잡지의 표지모델로 등장했고, 이는 비판자들을 한층 더 자극해 그녀의 자아도취증을 꼬집는 길고 긴 글들을 쏟아내게 만들었는데, 따지고 보면 그들이 "오프라 숭배" 운운하며 투덜거릴 만도 했다.

오프라가 좋아하는 상품(예를 들면 버버리 개목걸이, 펜디 선글라스, 랠프로런 실내화, 로켓 전자책)을 나열하는 "O 리스트"에, "오프라: 우리가 간다"와 "오프라: 내가 확실히 아는 것"이라는 제하의 두 페이지짜리 기사들에, 오프라의 개인 요리사와 개인 트레이너의 요리 및 다이어트 비법, 닥터 필과 수즈 오먼 같은 오프라 라인의 전문가들이 들려주는 조언에, 개인적 성장에 관한 오프라의 강연회 광고까지, 오프라를 전면에 내세운 읽을거리들이 매호 지면을 가득 채웠기 때문이다. 여기에 더해, 달라이 라마(Dalai Lama), 매들린 올브라이트(Madeleine Albright), 제인 폰다(Jane Fonda), 필 도나휴, 로라 부시(Laura Bush), 무하마드 알리, 메릴 스트립(Meryl Streep), 마사 스튜어트, 랠프 로런같이, 세간의 이목을 끄는 명사들과 오프라가 나누는 대담도 실렸다.

넬슨 만델라와의 인터뷰에서는, 인종차별을 주도하는 백인 세력과 협상을 하기 위해 감옥에서 어떻게 자신을 변화시키고 감정을 다스리도록 뇌를 훈련시켰는지에 대한 이야기가 나왔다. 2001년 4월호에 게재된 이 대담 기사는 오프라 입장에선 대단한 저널리스트적 성취로 추켜져야 마땅했으나, 시카고의 한 비평가는 이 또한 '오프라 빛내기' 전략의 일환에 불과하다고 보았다.

"때때로 자부심은 병리학적 자기도취증과 매우 흡사하게 보일 수 있다"는 게 〈시카고 선타임스〉 커리나 초카노(Carina Chocano)의 생각이었다. "이달의 〈O〉 표지에 적힌 문구는 '오프라, 그녀의 영웅과 이야기하다. 경이로운 용기와 고매한 인격의 소유자 넬슨 만델라'('오프라'와 '그녀의 영웅'이 '넬슨 만델라'보다 훨씬 큰 글자로 인쇄돼 있다)이고, 그 외 기사들은 'O: 내가 확실히 아는 것', '당신 자신을 자유롭게 하라—오프라', '오프라가 훌륭하다고 생각하는 것 5가지' 등이다. (여기에는 각기 18달러인 모조 사과와 배, 한 점에 40달러짜리 무라노 유리잔 세트, 오프라가 '평범한 경험에서 비범한 깨우침을 얻도록' 도와준다고 말하는 〈영성문학: 매일의 삶에서 성스러운 진리 읽어내기〉라는 책이 포함된다.)"

사설에서도 오프라 타령은 이어졌다. '최고의 삶을 살기' 위한 오프라의 계명들이라며 제시된 것들은 이렇다.

> 줄인 체중 유지를 위한 10가지 규칙
>
> 건강을 지키기 위한 12가지 전략
>
> 좋은 광고 문구를 쓰기 위한 9가지 수칙
>
> 의붓어머니가 절대 해서는 안 되는 말 12가지
>
> 10년을 더 잘 살기 위해 손쉽게 바꾸는 식습관 10가지
>
> 체중감량 성공자들만 아는 (당신은 모르는) 9가지 진실

오프라는 자신이 공들여 만든 이 잡지를 "개인성장 가이드"라 부르면서, "인생을 바꾸세요" 지도자들이 전하는 조언들로 지면을 꽉꽉 채워 "자신감 있고 똑똑한 여성들이 각자의 꿈을 이루고 스타일을 표현하고 더 행복하고 충만한 삶을 위한 선택을 하는 데 필요한 도구들"을 제공했다. 본인의 웹사이트 Oprah.com에서는 아래와 같이 〈O〉를 광고했다.

> 〈O〉는 건강과 신체단련, 경력, 인간관계, 자기발견 같은 사안부터 미용, 패션, 인테리어, 책, 음식에 이르기까지, 모든 것에 오프라의 독특한 시각이 반영된 흥미진진한 이야기와 자유로운 아이디어를 제공한다.

1년도 안 돼서 〈O〉는 250만 부라는 판매고를 달성했고 연간 수익 1억 4,000만 달러 이상을 기록했다. 비판자들은 그녀의 새 모험이 눈부신 결실을 맺자 너무 놀라 말을 잇지 못했고, 이 성공을 계기로 그녀의 미디어 왕국은 더욱 규모가 커졌다. 그러나 시카고 기자들이 새 잡지에 관해 인터뷰를 하려 했을 때, "인생을 바꾸세요" 코너에 대한 부정적인 기사들의 기억이 아직도 아프게 남아 있던 그녀는 그 요청들을 차갑게 거절했다. "잡지 창간을 취재하러 뉴욕으로 날아갔다"고 밝힌 〈시카고트리뷴〉의 경제부 기자 팀 존스. "인터뷰를 따려고 무진장 노력했다. 어쨌든 우린 그녀의 고향 신문사가 아닌가. (중략) 그녀는 나와 말도 섞지 않으려 했지만, 〈뉴욕타임스〉하고는 보란 듯이 이야기를 나눴다." 아닌 게 아니라, 오프라는 〈뉴욕타임스〉의 미디어담당 기자 알렉스 커친스키(Alex Kuczynski) 집으로 전화를 걸어 〈O〉 매거진의 성공 스토리를 다뤄준 것에 고마움을 표했다. "그때가 아침 7시였어요." 커친스키가 우스갯소리를 했다. "내가 그랬죠. '오프라예요? 와우, 이거, 예수 그리스도나 산타클로스의 전화를 받는 기분인데요!"

얼마 안 있어 오프라는 국경을 넘나드는 박애주의적인 활동을 펼쳐 세계적인 아이콘으로 발돋움함으로써 비판자들의 손이 닿지 않는 높디높은 곳으로 날아가게 된다.

Eighteen

오프라 엄마

2003년 2월, 〈포브스〉가 선정한 세계 억만장자 476인 안에 들었을 때, 오프라는 마침내 꿈꿔왔던 인물이 되었다. 세계에서 가장 부유한 흑인 여성. "아주 처음부터, 그러니까 일찍이 1985년부터," 친구 낸시 스토다트가 술회한다. "그녀는 늘 억만장자가 되겠다고 말했습니다."

2년 앞서, BET(Black Entertainment Television) 창립자 로버트 존슨(Robert L. Johnson)이 〈포브스〉 선정 억만장자 명단에 오른 최초의 아프리카계 미국인이 되었는데, 흥미롭게도 두 사람에게는 8년의 시차를 두고 미시시피 코스키우스코에서 태어났고 텔레비전 업계에서 부를 일구었다는 공통점이 있다. 이런 사실과 각자 품었던 꿈 말고는, 이들이 인종차별이 자행되던 시기에 아탈라 카운티의 가난한 집에서 태어나 온갖 역경을 딛고 미디어 거물이 된 보기 드문 우연의 일치를 논리적으로 설명할 길이 없다. 존슨은 이혼으로 재산의 반을 아내 실라 크럼프 존슨(Sheila Crump Johnson)에게 떼어준 해에 억만장자 리스트에서 탈락했다. 오프라는 계속 명단에 들고 있다.

그녀는 자신의 부를 하느님의 축복이라 여기고 마음껏 즐겼다.

1998년, 〈빌러비드〉도 홍보하고 '사랑의 집짓기 운동'의 일환으로 주택도 제공할 겸 코스키우스코에 돌아왔을 때, 그녀는 고향 주민들 앞에서 시편 37장 4절을 인용했다. "네 즐거움을 야훼에게서 찾아라. 네 마음의 소원을 들어주시리라." 그녀의 방문은 "오프라 돌아오다"라는 대문짝만 한 제목을 달고 〈스타헤럴드〉지 1면 머리기사로 다뤄졌다. 비가 내리는 가운데, 갈색 터틀넥 스웨터와 긴 트위드 스커트에 하이힐 부츠를 신고 커다란 금색 롤렉스시계와 분홍색 반지를 착용한 오프라는 경호원들이 받쳐주는 우산 아래 서서 군중에게 연설을 했다. "제가 여전히 하느님과 손을 맞잡은 코스키우스코 출신의 흑인 여성이라는 사실이 너무도 자랑스럽습니다." 방문 기간에 기자들에게 말하길, 가장 영향력 있는 방송인들 중 한 사람이고 막대한 부를 이뤘다는 점은 자신한테 아무 문제도 안 된다고 했다. "마음이 얼마나 넓고 다른 사람들에게 얼마나 헌신하느냐에 비례해 보상받는 것이니까요."

저 얘기를 따지고 들자면 남들보다 자기의 인간애가 더 깊어서 억만장자가 됐다는 뜻으로 해석될지도 모르나, 비록 명확하게 해명하진 않았어도 "돌아오는 게 있으니 베풀어야 한다"는 말을 덧붙임으로써 그런 인상은 상당 부분 불식되었다.

늘 인심이 후한 그녀는 1997년에 본격적으로 베풀기에 나서, 1,200만 달러를 오프라 윈프리 재단에 기부하고 에인절 네트워크를 설립해 시청자들로부터 성금을 모았다. "마음을 열고 세상을 다른 식으로 바라보라"고 시청자들에게 호소하며 "그리 하면 여러분의 삶이 더 나은 방향으로 바뀔 것"이라 장담했다. 그녀는 남은 잔돈을 모아 "세상에서 가장 큰 돼지저금통"을 만들어 형편이 어려운 대학생들에게 장학금으로 전달하자고 제안했다. 6개월이 채 못 되어 시청자들은 350만 달러가 넘는 동전과 지폐를 기부해, 각 주에서 세 명씩, 모두 150명의 학생들을 대학에 진학시켰다. 백악관까지 이 운동에 동참, 대통령 부인 힐러리 로댐 클린턴(Hillary Rodham Clinton)이 시카고로 날아가 백악관 직원들로부터 모은 동전이 가득한 돼지저금통을 들고 오프라 쇼에 출연했다.

1997년 다이애나 비의 죽음에 큰 충격을 받은 오프라는 그녀가 행한 인도주의자로서의 역할을 계승하고 싶었다. "우리는…… 다이애나 비의 죽음에 깊은 슬픔을 느낍니다." 〈투데이 쇼〉에서 에인절 네트워크의 취지를 설명하면서 오프라가 말했다. "세계는 그녀가 벌인 자선활동들을 이야기했지요. 저는 사람들이 각자 살아가는 공간 안에서 자선활동을 벌일 수 있다는 걸 깨닫기 바랐습니다. 누구나 왕세자비가 될 수 있습니다. 자기가 가지고 있는 것을 타인에게 베풂으로써 말이죠."

오프라의 에인절 네트워크는 '사랑의 집짓기'에 참여하는 자원봉사자 1만 명과 짝을 이뤄, 〈오프라 윈프리 쇼〉가 방송되는 도시마다 한 채씩, 총 이백다섯 채의 주택을 공급했다. '사랑의 집짓기'가 에인절 네트워크를 위해 집을 짓는 경우 그 프로젝트는 오프라의 에인절하우스라 불렸는데, 2004년과 2005년, 쓰나미와 허리케인 카타리나 및 허리케인 리타가 발생한 후에 오프라의 에인절하우스는 눈덩이처럼 불어났다. 그녀는 뉴올리언스 재해 현장에서 방송을 진행하다 1,000만 달러를 내놓겠다고 약속했으며, 2005년부터 2006년까지 에인절 네트워크를 통해 재건 기금으로 1,100만 달러를 더 모금했다. 또 기부금 전액이 자신이 선정한 자선단체들로 직행하도록 에인절 네트워크 운영비를 부담했다. 2008년까지 그녀의 시청자들은 세계 곳곳에서 여성과 아동과 가족, 교육과 문맹 퇴치, 구호와 복구사업, 청년층 지원과 지역사회 개발에 초점을 맞춘 172개 프로젝트에 7,000만 달러 이상을 기부했다. 이 모든 활동은 오프라가 선정했고 그녀의 이름으로 기부가 이루어졌다. 그녀는 베푸는 사람에게 그 선의가 돌아온다는 걸 잘 알고 있었기에 베풀 일이 있을 때는 지극히 공개적으로 행했다. 그녀의 독지 활동은 익명으로 조용히 이루어지지 않았다.

스티븐 존슨이 〈시카고트리뷴〉에 썼듯이, "오프라는 분명 선행을 하려고 노력한다. 그 노력을 알리려는 노력이 종종 병행되긴 해도." 오프라의 자선행위마다 보도자료 배포가 뒤따르는 건 사실이다. 거기에 〈오프라 윈프리 쇼〉에서도 꼬박꼬박 언급되고. 그러나 이는 그저 자화자찬을 하기 위해서가 아니라, 남들에게 모범을 보이려는 의도였는지도 모른다.

최근 몇 년간 그녀는 초창기 선행들은 예고 없이 이루어진 걸로 만들고자 했다. 예를 들면, 〈텔레비전위크〉와의 인터뷰에서 "방송생활 초반, 시카고에 처음 왔을 때 프로듀서들과 '빅 시스터즈'(Big Sisters)라는 클럽을 결성해 자선활동을 벌이곤 했다"며 "그 얘긴 아무한테도 하지 않았다. 홍보를 안 했다"고 말했지만, 실제로는 당시 응한 거의 모든 인터뷰에서 빅 시스터즈 클럽을 언급했다.

그 활동은 1985년, 미국에서 제일 위험한 우범 지역들 중 하나로 알려진 시카고 니어노스사이드(Near North Side)의 저소득층 주택단지, 카브리니그린(Cabrini Green)에서 녹화된 한 프로그램으로부터 시작되었다. 부프로듀서인 메리 케이 클린턴은 그때 만난 어린 소녀들한테 너무 감동을 받아, 카브리니그린 카운슬러와 공동으로 '리틀 시스터즈'(Little Sisters) 프로그램을 시작했고, 여기에 오프라와 그녀의 스태프들이 빅 시스터즈로 참여하게 된 것이었다. 처음에는 의욕들이 대단해서, 하포 팀은 2주에 한 번씩 10~13세 어린이들을 만나러 갔다. 오프라는 소녀들을 모아서 쇼핑에 나서기도 하고 영화를 보여주거나 밥을 사주었다. 마이크 월리스가 그녀를 주인공으로 〈60분〉을 촬영하러 시카고에 왔을 때, 오프라는 자기 아파트에 리틀 시스터즈를 초대해 파자마파티를 열었다.

월리스: 오프라는 어린 친구들에게 연설만 늘어놓지 않습니다. 흑인 소녀들을 돕기 위해 더 많은 일을 하고 싶었지요. 그래서 스태프들과 함께 시카고의 한 영세 주택단지에 사는 아이들을 모아 "리틀 시스터즈"를 결성했습니다. 그 그룹에서 계속 지내려면 두 가지 규칙을 지켜야 합니다. 그것은 학교생활 잘하기와 임신하지 않기입니다.

카메라가 파자마 차림으로 소녀들과 깔깔대며 수다를 떠는 오프라를 비춘다.

월리스: 이들은 한 달에 서너 번 만납니다. 오늘 밤은 오프라의 거실에서 파자마파티를 벌이는군요. 모임에는 항상 웃음소리와 더불어 진지한 무엇, 새롭게 배워야 할 무언가가 있습니다. 아이들이 삶의 지평을 넓혀가는 모습이 있습니다. 그리고 언제나 하느님 이야기를 하고 있습니다.

오프라는 어렸을 때 버넌이 해줬던 일을 카브리니그린의 소녀들과 하려 했다. 바로 도서관에 데려가 책을 읽히는 일이다. 손에 손에 사전을 쥐어주고 하루에 새 단어를 다섯 개씩 익히게 했다. 잔소리도 늘어놓았다. "나도 너희와 아주 비슷했어. 대책 없는 말괄량이였지."

〈미즈〉 잡지에다 이런 얘기도 했다. "빙빙 돌려 말하는 것 없어요. 대놓고 그래요. '니들 임신만 해봐, 내가 얼굴을 뭉개놓을 테니까! 멋진 일을 하며 살고 싶다면서 사내아이한테 싫다는 소리 하나 못 한다는 건 말도 안 돼. 사랑하고 껴안아줄 대상이 필요하면 나한테 말해. 강아지 한 마리 사줄게.'"

"인생 목표에 대한 얘길 하다가 애들이 캐딜락을 갖고 싶다고 하면, 제가 이렇게 말해줍니다. '제대로 말할 줄 모르고 글도 못 읽고 산수도 못 하고, 임신이나 하고 학교나 때려치우고 그러면, 평생 캐딜락은 못 가진다. 내가 장담해! 또, 성적표에 D나 F가 뜨는 날엔 이 그룹에서 나가는 거야. 학교에 들고 다니는 건 라디오뿐이면서 멋지게 살고 싶단 소린 하는 게 아니지!"

그때도 오프라는 승산이 희박하다는 걸 알고 있었다. "카브리니그린 방송에 나온 한 소녀가 자기 목표는 아이를 많이 낳는 거라고 했어요. 그럼 생활보조비를 더 많이 받을 테니까요. 우리 그룹에 스물네 명이 있는데, 우리가 구제하게 될 인원은 두 명 정도일 거예요."

그 그룹은 오래가지 못했다. 〈오프라 쇼〉가 전국 방송망을 타게 된 후, 그녀는 보다 탄탄한 체계가 필요하다고 생각되는 프로그램에 더는 투자할 시간과 에너지와 자원이 없다고 했다. "우리가 한 일은 아이들을 데리고 나가 근사한 것을 보여주고 재미있게 노는 것이었어요. 하지만 전 깨달았죠. 그런 일들은 그저 취미활동이었다는 걸요. 그 소녀들이 자신들을 바라보는 방식에 정말로 깊은 영향을 주진 못한 겁니다. 그러니까 저는 실패한 거예요."

직접 몸으로 뛰는 일에선 발을 뺐지만, 가치 있는 대의를 위해 돈을 내고 기금 마련 연설을 하고 얼굴을 내미는 일은 계속했다.

오프라는 기초생활수급자에게 일말의 동정심도 품지 않았으며 틈날 때마다 그들을 질책했다. "나도 당신처럼 기초생활수급자의 딸이었어요. 어쩌다 본인도 생활보조금을 받는 엄마가 되었나요? 왜 이런 선택을 했죠? 나는 그러지 않았는데요." 그런 여성들은 오프라에게 이해받을 만큼 잘나지 못한 자신들을 창피해하는 듯 보였다. 〈마더 워리어즈 보이스〉(Mother Warriors Voice) 편집장 팻 고웬스(Pat Gowens)의 글. "밀워키의 빈곤층 어머니 활동가 단체인 '웰페어 워리어즈'(Welfare Warriors, 복지 투사)가 복지를 주제로 삼은 오프라의 쇼에 초대되었을 때, 우리는 그것을 받아들였다. 빈곤한 아프리카계 미국인 엄마들에 대한 그녀의 배신과 생활보조금을 받는 모든 엄마들에게 수시로 가하는 공격에 분노함에도 불구하고." 그녀는 계속해서 "가난한 엄마들을 향한 그녀의 경멸이 사실상 복지투쟁 단체의 회원 수를 증가시켰고, 아프리카계 미국인 엄마들이 오프라를 규탄하는 시위에 동참하게 만들었다('당신은 집 안에 널브러진 채 다달이 들어오는 수표나 챙기고 있잖아요.' 오프라는 생활보호대상자인 엄마 시청자들에게 늘 이런 식으로 공격을 가한다)"고 말한다.

오프라는 '더 나은 삶을 찾는 가족들' 프로그램은 미국에서 가장 오래된 복지시설 중 하나인 제인 애덤스 헐 하우스 어소시에이션(Jane Addams Hull House Association)이 운영하게 될 것이며, 관료적 형식주의는 일체 배제될 것이라 약속했다. 또한 다른 기업과 기관 및 재단들이 이를 본보기 삼아 행동에 나서게끔 자신의 영향력을 사용하겠노라 다짐했다.

"전쟁 지역이나 마찬가지예요." 그녀가 〈엔터테인먼트 위클리〉에 말했다. "우린 그들을 밖으로 끌어내야 합니다. 그들에게 계기를 만들어주고 있는 거죠." 몇 달 새에 랜덤하우스와 캐피털 시티즈 ABC가 각각 50만 달러를 오프라 재단에 기부했다.

"혼자 해내는 사람은 아무도 없다"고 오프라는 말했다. "어떤 수준이건 인생에서 성공을 거둔 사람은, 다른 사람 또는 다른 무언가가 그 길을 밝혀주는 등불 역할을 했기에 그렇게 될 수 있었던 겁니다. 대를 잇는 가난과 절망의 악순환은 우리 각자가 기꺼이 타인의 등불이 되어준다면 끊어질 수 있습니다. 배우게 되면, 가르치십시오. 얻게 되면, 베푸십시오. 그렇게 세상을 바꿔가는 것입니다. 한 번에 한 인생, 한 가정씩 말입니다."

그녀가 이 중대한 결심에 이르게 된 건 폭력이 난무하는 시카고 빈민가의 삶을 그린 알렉스 코틀로위츠의 동명소설을 영화화한 〈여기에는 아이들이 없다〉를 촬영한 다음이었다. "원래 ABC는 다이애나 로스한테 내 배역을 맡기고 싶었는데, 내용이 너무 비관적이라는 이유로 퇴짜를 맞았다고 합니다. 저는 그 작품이 곧 현실이라고 생각했어요." 오프라는 프랑스 남부에서 즐기려던 휴가 계획을 취소하고 그 역할을 맡았다. "희망은 언제나 있습니다. 그런 빈민주택단지에서 자라진 않았지만, 저는 완벽한 자수성가의 예죠. 불법거주자 출신이라고요. 여기 나오는 '미시즈 아웃하우스'(Mrs. Outhouse)가 바로 저죠."

촬영 도중에 만난 캘빈 미첼(Calvin Mitchell)이라는 이름의 열 살짜리 소년에게 그녀는 완전히 마음을 빼앗겼다. 네 명의 형제자매들과 생활보호대상자인 엄마와 함께 저소득층 주택단지에서 살던 그 아이는 촬영이 끝난 뒤에도 매주 오프라의 사무실을 찾아갔고, 오프라는 주말마다 자기 농장에 아이를 데려가서 옷과 신발 등을 사주곤 했다. 그러다 결국 약혼자에게 운을 뗐다. "캘빈더러 같이 살자고 하면 어떨까?"

"그 식구들을 다 데리고 살 생각이라면." 제인 애덤스 헐 하우스 어소시에이션의 이사인 스테드먼이 대답했다. 그는 그러한 호의는 가족 중 한 명만이 아니라 가족 전체한테 적용돼야 한다고 설명했다.

"생각은 해봤지만, 캘빈을 데려오진 않았어요. 우린 그 애 엄마한테 일자리를 줬습니다. 은행 계좌 트는 방법, 예산에 맞춰 살림하는 방법 등 살아가는 요령을 가르쳤고, 식구들 모두를 그 단지에서 빼냈습니다."

오프라와 스테드먼은 최빈곤층의 생활보조금 의존성을 근절시킬 것이라 기대하며 '더 나은 삶을 찾는 가족들' 재단이 펼치는 사업에 힘을 모았다. "스테드먼이 촉매제 역할을 했다"고 오프라가 〈피플〉지와의 인터뷰에서 말했다. "그는 체계적인 사람이에요. 그의 리더십에 감탄을 했습니다. 이 프로젝트를 함께 진행하는 것이 얼마나 즐거운지 몰라요. 노래를 부르는 느낌입니다. 정말 콧노래가 나와요." 그들의 접근 방식은, 헐 하우스 스태프들의 훈련을 도운 리더십센터의 운영자이자 자기계발 분야의 권위자인 스티븐 코비(Stephen Covey)의 강령들을 따랐다. 코비는 나중에 스테드먼의 자기계발서 《당신은 이룰 수 있다》(You Can Make It Happen)의 추천서문을 써주었다.

빈민가에서 한 가족을 빼내고 나니, 이제는 백 가구를 빼내고 싶은 생각이 들었다. 그러나 오프라의 계획을 미디어에서 워낙 요란하게 다루는 바람에 생활보호대상자들의 뇌리에는 그녀가 돈으로 자신들을 구제해줄 거라는 인상이 박히고 말았다. 헐 하우스에는 3만 통 이상의 문의전화가 폭주했고 그중에서 1,600명의 신청자들이 추려졌으나, 공짜로 집을 준다는 오해가 너무나 만연돼 있어 신청서에 "저희는 집을 사드리지 않습니다"라는 문구를 명시해놓아야만 했다.

마침 클린턴 행정부의 복지 시스템 개혁 시도와 시기가 맞물려 있어 사람들은 오프라의 실험을 큰 희망이 담긴 시선으로 면밀히 관찰했다. 그녀는 참여할 가족들을 선정하고 8주간의 교육과정 개발을 거드는 등 모든 측면에 능동적으로 개입하게 되었다. 상담하는 자리에 동석하여 진전 상황을 예의 주시하기도 했다. 그러나 18개월에 걸쳐 84만 3,000달러를 쓰고 서류절차만을 지켜본 후에 그녀는 갑작스럽게 재단 업무를 중단하고 간결한 성명서를 발표했다. "나 자신이 점점 관료화되어간다고 느꼈습니다. 그 프로그램에 거의 100만 달러를 썼는데, 대부분이 개발 및 행정 비용으로 충당됐습니다. 이는 제가 의도했던 바가 결코 아닙니다. 이제 저는 저보다 더 이 일을 잘 아는 사람들의 도움을 받아, 자립할 기회를 주는 방식으로 빈곤가정에 직접 다가가는 방법을 알아내고 싶습니다."

그녀는 왜 프로그램을 취소했는지에 대해 일절 인터뷰에 응하지 않았으며, 헐 하우스 직원들과 참여 가족들을 포함하여 모든 관련자들에게 절대 침묵할 것을 요구했다. 게다가 어떠한 보고서나 비용 분석도 내놓지 않아, 책임의식을 소중히 여기는 박애주의자들로부터 혹독한 비판을 들었다. 피터 프럼킨(Peter J. Frumkin)은 《전략적 기부: 박애주의의 기술과 과학》(Strategic Giving: the Art and Science of Philanthropy)이라는 책에서, "'더 나은 삶을 찾는 가족들'의 문제는 단순히 실패했다는 것이 아니라, 복지에서 노동으로의 이행에 대해 체계적인 지식을 제공하지 못한, 근본적이고도 총체적인 실패였다는 점"이라 말했다. 전 하버드대 교수로 지금은 LBJ 공공정책 대학원(Lyndon B. Johnson School of Public Affiars) 교수이자 RGK 박애주의 및 사회봉사센터(RGK Center for Philanthropy and Community Service) 소장인 그는 오프라가 자기 이미지를 지나치게 보호하고 비밀주의를 고집한다며 나무랐다. 그녀의 '복지에서 노동으로'(welfare-to-work) 실험은 너무나 중대해서 그 사안을 진척시킬 의무를 진 사람들과 공유될 수밖에 없다고 보았다. "지식을 형성하는 건설적인 실패에는 오명이 따라붙을 이유가 없다. 그러나 윈프리의 경우처럼 막대한 자금이 투입되고도 비건설적인 실패로 끝나는 프로젝트는 현재 받는 것 이상의 비난을 받는다 해도 할 말이 없다. 무책임하고 비효율적이라는 데 대해 변명의 여지가 없다."

오프라는 누구한테도 빚진 게 없다고 생각했다. 랜덤하우스와 캐피털 시티즈 ABC에서 기부받은 걸 제외하면, 혼자서 '더 나은 삶을 찾는 가족들' 재단에 자금을 조달했으므로 그 실패에 대한 공적 보고서 작성에 돈을 댈 생각이 없었다. 앞서 코네티컷 주 파밍턴의 미스 포터즈 스쿨(Miss Porter's School) 졸업식에서 졸업생들에게 이야기한 대로였다. "명심하세요, 여러분. 만약 어떤 선택을 했는데 그 선택이 옳은 게 아님을 깨닫게 된다면, 여러분에게는 언제나, 죄책감 없이 마음을 바꿀 권리가 있다는 것을요." 그녀는 자기가 세운 두 재단, '여기에는 아이들이 없다'(There Are No Children Here)와 '더 나은 삶을 찾는 가족들'(Families for a Better Life)을 모두 접었다. 그런 다음 '더 나은 삶을 찾는'(For a Better Life)이라는 재단을 또 새로 만들었다. 그리고 하포 간부인 루퍼스 윌리엄스(Rufus Willimas)에게 운영 책임을 맡겼다. 1996년에서 2000년 사이에 그녀는 자신의 자선활동 대부분을 아우르기 위해 '보다 나은 삶을 찾는'을 '오프라 윈프리 재단'으로 바꾸고, 제일 많은 기부금이 모어하우스 칼리지의 오프라 윈프리 장학생들과 코스키우스코의 오프라 윈프리 보이즈앤드걸스 클럽 및 오프라의 에인절 네트워크로 보내지도록 했다. 그녀는 다이애나 비의 인도주의적 기반을 팽개칠 의향이 전혀 없었으며, 프럼킨 교수의 지적에도 불구하고, 탁월한 리더로서의 자신의 역할을 깎아내릴지도 모르는 어떠한 잘못도 인정하려 들지 않았다.

사실, 오프라는 본인과 스테드먼을 대단히 개화된 리더라고 여겨서, 노스웨스턴 대학 켈로그 경영대학원에서 팀을 이뤄 '리더십의 역학'이라는 과목을 가르쳤다. 〈제트〉 매거진에 따르면, "가르치는 건 늘 그녀의 꿈"이었다. "스테드먼과 저는 역동적인 리더십의 중요성을 믿습니다."

대학 당국은 새 외래교수의 등장에 흥분을 감추지 못했다. "MBA 학생들의 반응이 아주 뜨겁다"고, 1999년 마케팅 & 커뮤니케이션학과의 부학과장 리치 호낵(Rich Honack)이 말했다. "오프라가 진정으로 존경을 받기 때문이죠. 특히, 그녀를 성공한 인물로 바라보는 여학생들과 소수계 학생들에게요." 오프라는 화요일 밤 강의가 있는 동안에는 캠퍼스에 기자들의 출입을 금해달라고 요구했고, 수강생 110명은 강의실에 들어가기 전에 일일이 특별한 신분증을 제시하고 네 명의 보안요원이 행하는 검사 절차를 거쳐야 했다. 대학 교무처는 기자들과 접촉하는 학생은 누구든 징계를 받게 되며, 심지어 퇴학까지도 당할 수 있다고 경고했다. 한참 도를 넘은 이 보안 조치들은 역시나 출입을 금지당한 학생 신문사로 하여금 대학 측에 검열 혐의를 제기하게 만들었다. 오프라는 매주, 보디가드들을 대동한 채 방탄유리가 장착된 검은색 밴을 타고 캠퍼스에 나타났다.

그녀와 스테드먼은 두 번의 가을학기 동안 리더십 강좌를 맡았는데, 오프라는 초청 강사로 코레타 스콧 킹, 야후(Yahoo)의 제리 양(Jerry Yang), 아마존닷컴의 제프 베저스(Jeff Bezos), 전 국무장관 헨리 키신저(Henry Kissinger) 등을 자가용 비행기로 모셔왔다.

"저는 키신저가 강연을 하던 날 스테드먼 쪽 초청 강사였습니다." 시카고의 여성 기업인 프랜 존스가 옛 기억을 떠올렸다. "키신저는 오프라의 부탁을 받은 거고요. 강의실 뒤편에 앉아 있었는데, 오프라가 계단을 막 뛰어올라오더군요. '잠깐, 잠깐만요. 보이는 자리에 좀 앉고요' 라고 키신저에게 소리를 지르면서요. 내 옆에 앉아서 그가 강의를 하는 내내 속삭이더군요. '대단하지 않아요? 정말 대단하죠?' 전 속으로 중얼거렸어요. '대단하다고? 살인자에, 아첨꾼에, 권모술수의 달인인데? 그래도 워낙 엄청난 내막과 뒷이야기를 많이 알고 있으니

강연은 흥미롭군.'"

키신저에게 감사하는 마음이 컸던 오프라는 어느 화가에게 그의 애견 초상화를 의뢰한 뒤, 코네티컷 자택으로 직접 그 유화를 들고 갔다. "어느 주말에 아이작과 코네티컷에 머물고 있는데 키신저가 그 그림을 처음 공개한다고 우릴 초대하더군요." 작고한 바이올리니스트 아이작 스턴(Isaac Stern)의 부인의 회상이다. "그이는 가서 오프라를 만났어요. 전 집에서 낮잠이나 잤고요."

노예제도의 아픈 유산에 몰두해 〈빌러비드〉를 찍은 바 있는 오프라. 이제는 아프리카계 미국인 아이들을 돕는 일에 팔을 걷어붙이고 나섰다. 훗날 그녀는 자신의 열성을 이렇게 설명했다. "내가 흑인 아이들을 교육시키는 데 그토록 돈을 쏟아 붓는—아동들을 우범지역에서 빼내 사립학교에 입학시키는 '베터 챈스' 라는 프로그램에 1,000만 달러—이유는, 그렇게 하면 그들의 삶이 영원히 달라지리란 걸 알기 때문입니다."

기부에 있어 오프라의 북극성은 넬슨 만델라였다. 1990년 로벤 섬(Robben Island) 감옥에서의 석방에 맞춰 스테드먼이 딸과 사위를 남아공으로 데려다준 후에 그를 통해 만델라를 만나게 됐는데, 그 여행 경비를 대주고도 2000년까지는 대면할 기회가 없었다. 그동안 만델라는 아파르트헤이트 종식 이후 남아공의 통합을 이룬 공적으로 프레데리크 빌렘 데클레르크(Frederick Willem de Klerk) 당시 남아공 대통령과 노벨평화상을 공동 수상했고(1993년), 이듬해에는 남아공 최초의 흑인 대통령으로 선출돼 1999년까지 재임했다. 퇴임한 뒤에는 미국 땅을 순회하면서, 자국 아동들의 교육에 전념하는 '넬슨 만델라 재단' 을 위한 자선금을 모았다. "모든 아이들이 좋은 교육을 받을 수 있는 세상을 만드는 건, 우리 능력 밖의 일이 아닙니다. 이를 믿지 않는 사람들은 상상력이 빈곤한 겁니다."

미국 방문길에 드디어 오프라 쇼에 출연했다. 2000년 11월 27일, 녹화를 하러 하포 건물에 도착하자, 그와 악수를 하려고 전 직원 300여 명이 복도에 길게 늘어섰다. "평생 잊지 못할 인터뷰였다"고 오프라는 후에 말했다. 그녀가 남아공을 방문했을 때, '당신과 당신 나라에 무슨 선물을 하면 좋겠냐' 고 만델라에게 물었다. 그의 대답. "학교를 지어주세요." 그녀는 알았다고 했다. 만델라가 준 선물은 감옥에서 그린 손 그림이었다. "오프라 집엔 예술품이 많아요." 전 연방대법원 판사 샌드라 데이 오코너(Sandra Day O'Connor)의 기억이다. "제가 그녀의 몬테시토 저택 옆에 사는 메리 델 프리츠라프(Mary Dell Pritzlaff)라는 친구를 보러 갔을 땐데, 오프라가 내가 왔단 얘길 듣고는 식사 초대를 하더군요. 근사한 저녁이었고 오프라도 즐거워보였습니다. 제일 마음에 들었던 게 벽에 걸린 그 그림이었어요. 손 네 개를 그린…… 로벤섬 시절에 넬슨 만델라가 완성한 것이라 들었습니다."

학교건설 프로젝트—오프라 윈프리 여성리더십아카데미 설립—에 본격적으로 뛰어들기에 앞서, 오프라는 만델라를 위한 또 다른 프로젝트에 착수했다. 남아공 어린이 5만 명에게 베풀 '크리스마스 자선' 을 궁리하기 시작한 것이다. 그녀는 선물을 한 번도 받아보지 못한 어린이들에게 2002년 크리스마스를 뜻 깊은 날로 만들어주기로 결심하고 오프라 윈프리 재단 및 하포의 직원들과 몇몇 친구들로 팀을 꾸려 1년간 만델라 재단과 함께 일을 준비했다. 오프라가 이런 계획을 세운 건, 어린 시절 생활보호대상자이던 엄마가 자식들에게 크리스마스선물을 줄 형편이 못 되었던 걸 기억하기 때문이었다.

그녀는 "장난감이 없는 것보다는 반 친구들한테 할 말이 없다는 게 더 서러웠다"고 회고했다. "다른 아이들이 선물 뭐 받았냐고 물으면 뭐라고 대답하겠어요? 그런데 어느 크리스마스에 수녀님 세 분이 우리 집에 오셔서 인형이랑 과일, 장난감을 주시더라고요. 나도 무언가를 받았다, 날 기억해준 사람이 있다고 생각하니까 얼마나 안심이 되던지. 선물을 가져다줄 만큼 누군가가 내 생각을 했다는 게 정말 좋았지요."

오프라는 남아공의 고아원 운영자들과 문화적인 측면에서 어떤 선물이 적절할지를 의논했다. "아이들이 흑인 인형은 받아본 적이 없다는 얘길 들었습니다. 치렁치렁한 금발에 발가벗은 바비 인형들이 대부분이었다네요. 여자아이가 자기와 닮은 인형의 눈을 들여다보고, 거기에 비친 자신을 발견한다면 근사하지 않을까, 생각했지요. 그렇게, 만나는 모든 여자아이한테 흑인 인형을 주어야겠다는 사명감에 불타게 되었습니다."

그녀는 아이들에게 줄 선물을 고르며 2002년의 여름을 보냈다. "내 사무실에 들어찬 견본들을 보고 있자니 가슴이 막 뛰더군요. 127점 중에서 어린 시절의 내가 받고 싶었을 인형을 하나 고른 다음, 제조사에 전화를 걸어 연갈색 피부를 두 배로 진하게 만들어달라고 주문했습니다. 사내아이들 것으로는 축구공, 십대들 것으로는 태양전지 라디오, 남녀 구별 없이 줄 만한 선물로는 청바지와 티셔츠를 골랐습니다. 그리고 저는 모든 아이들이 운동화를 받았으면 했어요. 강렬한 햇볕 아래 많은 아이들이 맨발로 돌아다니는 남아공에서는 신발이 귀하디귀하거든요."

오프라는 자신과 스테드먼, 게일과 37명의 직원들, 각종 촬영 장비들, 그리고 스태프들이 수개월간 포장한 크리스마스선물 30만 점을 수송할 항공편을 자비로 마련했다. 첫 도착지는 요하네스버그. 그곳 학교와 고아원 등을 방문해 선물을 나눠주었다. 이어 일행은 넬슨 만델라가 자란 시골마을 쿠누(Qunu)로 이동했고, 마디바(Madiba, 부족민들이 존경의 뜻으로 부르는 만델라의 별칭—옮긴이)라 불리는 어른을 만나러 먼 길을 걸어온 6,500여 명의 아이들을 산타클로스로 변장한 만델라가 맞이해, 오프라와 함께 선물을 나누어주었다. 방문하는 곳마다 스태프들은 파티용 텐트를 설치하여 풍선과 신나는 음악 및 어릿광대들로 분위기를 띄우고 아이들이 평생 본 것보다도 많은 음식을 차려냈다.

오프라는 방송용으로 촬영한 '크리스마스 자선' 활동이 자신의 삶을 완전히 바꿔놓았다고 말했다. "700만 달러라는 경비가 들었지만, 이제껏 경험해본 최고의 크리스마스였어요." 3주를 지내는 동안 에이즈로 부모를 잃은 고아들을 너무 많이 만나 놀라움을 금치 못한 그녀는 남아공을 떠나기 전에 일곱 살에서 열네 살 사이의 무연고 어린이 열 명을 입양했다. "모든 아이들을 구할 순 없지만, 그래도 이 열 명과는 개인적으로 인연을 이어갈 수 있으리라 생각했어요. 그 애들을 사립 기숙학교에 입학시키고 보모를 붙여줬답니다."

오프라는 원거리 양육을 자신의 일 때문이라고 정당화했다. "내 라이프스타일상, 아이들한테 전적으로 시간을 쏟을 수 있는 형편이 못돼서 여기로 데려오지 않았습니다." 바다 건너 다른 대륙에 살면서 엄마 노릇은 거의 할 수 없는 대신, 인심 좋은 후원자는 되어주었다. "크리스마스 때마다 선물을 한 아름 안고 찾아갔지요." 2006년에는 그 열 명의 "자녀들"에게 커다란 집을 사주고 실내장식가를 고용해서 각자의 침실도 꾸며주었다. 그러나 다음 해에 다시 만나러 갔을 때, 그녀는 아이들이 온통 500달러짜리 레이저(RAZR) 휴대폰에만 관심을 두고 휴대용 플레이스테이션, 아이팟, 패션 운동화, 헤어연장술 얘기로 정신이 없는 걸 보고는 크게 실망했다. "선물에 깃든 가치는 심어주지 않고 너무 베풀기만 했다는 생각이 퍼뜩 들었습니다." 이듬해에는 아이들에게 "푸짐한 선물"을 안겨주지 않았다. 대신, 예전에 살았던 것만큼 빈궁한 가정에 아이들을 보내 휴일을 함께 지내면서 남을 도울 수 있는 기회를 갖도록 했다.

2002년에 남아공을 떠나기 전, 오프라는 장차 '오프라 윈프리 여성 리더십아카데미'가 세워질 부지에서 공사에 착수했다. "이번엔 실패하지 않을 것"이라 다짐하며, 집에 오자마자 지구상 최고의 명문 여학교를 세우는 방법을 공부하기 시작했다. 세계인의 본보기가 되는 학교, 그것이 그녀가 마음에 품은 목표였다.

'베터 챈스' 활동에 참여한 경험을 살려, 오프라는 조카딸 크리션다 리를 백인 전용 학교나 다름없는 코네티컷 파밍턴의 미스 포터즈 스쿨에 입학시켰다. 글로리아 반더빌트(Gloria Vanderbilt, 과거 사교계를 주름잡았던 유명 패션디자이너—옮긴이), 재클린 부비어 케네디 오나시스, 미국인들에게 '불쌍한 어린 상속녀'로 불린 바버라 허턴(Barbara Hutton, 불행한 삶으로 유명한 백만장자—옮긴이) 등이 졸업한 명문 학교다. 오프라는 미스 포터즈 스쿨에 다닌 후로 조카딸에게 나타난 변화에 깊은 인상을 받아, '오프라 윈프리 대학예비학교장학생'(Oprah Winfrey Prep School Scholars) 제도를 만든 다음 수년간 200만 달러 이상을 장학금으로 내놓았다.

본인 소유 학교에 자금을 대고자 그녀는 '오프라 윈프리 운영재단'을 설립했고, 이는 나중에 역시 본인이 출자한 '오프라 윈프리 리더십아카데미재단'으로 바뀌었다. 처음에는 1,000만 달러로 예산을 잡았으나, 프로젝트가 완성 단계에 이르자 투자액이 4,000만 달러를 넘어설 기세였다. 실무를 담당한 다이앤 허드슨의 말을 빌리면, "좋은 기숙학교에서 세계적 수준의 기숙여학교로 목표가 상승되었다."

오프라는 시카고의 영 위민스 리더십차터스쿨(Young Women's

Leadership Charter School)과 워싱턴 D.C.의 시드 스쿨(SEED School) 등 여러 대학예비학교들을 계속 조사했다. 또 전 세계 불우 어린이들을 위한 학교를 조용히 지어온 인디애나폴리스 출신의 박애주의자 크리스털 더한(Christel DeHaan)에게도 조언을 구했다.

이때까지 오프라는 교육, 특히 미국 공교육에 대해 매우 뚜렷한 주관을 키워왔고 이를 밝히는 데도 스스럼이 없었다. 문제 많은 미국 교육 시스템에 관한 프로그램을 두 편—그중 하나는 제목이 "오프라의 특별 리포트: 위기에 처한 미국 학교"이다—진행한 뒤에는 스스로 그 주제에 아주 정통하다고 여겼다. 자기확신이 어찌나 깊었던지, 볼티모어를 방문했을 때는 그 지역 학교 시스템을 거침없이 "대 실패작"이라 단언했다.

WBAL TV와의 인터뷰에서 오프라는 이렇게 말했다. "여기서 벌어지고 있는 일은 이곳 아이들에게는 범죄입니다. 그래요, 범죄. 사람들이 알아보지 못하는 범죄죠." 볼티모어 공립학교 시스템에 돈을 기부할까도 생각해봤지만, 아무 성과 없이 허비하는 결과가 될 거라는 판단이 들었다고 부언했다. "이타주의적인 기부활동에서 배운 점은 그것을 지속적으로 할 수 없는 한 낭비라는 겁니다. 그럴 바엔 돈을 내다버리는 편이 나아요." 그녀는 또 그 도시의 "참상"을 넬슨 만델라한테 전했다고 말했다. "그의 집에 앉아서 이곳 볼티모어 흑인 남성들의 실상을 알려줬다"면서, 흑인 남성들 중에 고교 중퇴자가 76퍼센트에 달한다는 (부정확한) 통계를 인용했다. "내 말을 안 믿더군요."

믿지 않기는 볼티모어 시교육청도 마찬가지였다. 교육청 측은 그 기록을 바로잡으려 애썼다. "우린 닥터 필이 되어 사실을 가지고 대응해야 해요." 교육청 공무원인 애너번 바수(Anirban Basu)는 볼티모어 흑인 남성들의 고교 중퇴 비율이 (76퍼센트가 아니라) 50퍼센트라고 정정했다.

오프라의 혹평에 시공무원들은 뜨뜻미지근한 반응을 나타냈다. 그들은 그녀처럼 부유하고 존경을 한 몸에 받는 인물과 불편하게 엮이고 싶지 않은 듯했다. "그녀는 이곳의 상황이 호전된 데 대해서는 잘 모르는 것 같습니다." 마틴 오말리(Martin O'Malley) 시장이 말했다. "물론 그녀에게 악의는 없었다고 확신합니다."

〈선〉(The Sun)의 논조는 그리 외교적이지 못했다. 댄 로드릭스(Dan Rodricks)는 모든 도심지역 학교들의 문제는 빈곤에 뿌리를 두고 있다고 적시하면서, "학교에 가난한 아이들의 비율이 높은 것이 실패 공식임은 연구결과에서도 증명된 바다. 가난한 가정은 선택의 여지가 거의 없고, 따라서 그 상황에 갇혀버리게 된다"고 썼다. 그리고 볼티모어에서 성공의 기반을 닦은 오프라한테 "반지 두어 개나 구두 몇 켤레만 전당잡혀" 그 돈을, 빈곤 아동들에게 장학기금의 일부를 수여하는 '어린이장학기금'(Children's Scholarship Fund) 볼티모어 지부에 기부할 것을 제안했다. "이 사안에 대해선 당신도 알고 있으리라 생각한다. 모른다면 스테드먼에게 물어보라. 그가 어린이장학기금 전국이사회에서 한 자리를 차지하고 있으니까. 볼티모어 아동들이 좋은 교육 기회를 박탈당하고 있다고 생각하는가, 오프라? 그럼 수표를 끊어라."

그러나 이미, 지역에 따라 고교졸업자 비율이 76퍼센트에 달하는 남아공의 가난한 여학생들에게 수백만 달러를 쓰기로 약속한 터였다. 오프라는 미국의 성취욕구 낮은 학생들보다 남아공의 성취욕구 높은 학생들한테서 더 변화를 일으키고 싶어했다. 그녀 말에 따르자면, 미국의 가난한 아이들은 교육의 고마움을 잘 모른다. "도심 학교들을 방문하다가 너무 실망을 하게 돼 발길을 끊었습니다. 거기엔 배움에의 의지가 없어요. 원하는 게 뭐냐, 필요한 게 뭐냐고 물으면, 아이들은 아이팟이나 스니커즈라고들 대답하죠. 남아공에서는 아이들이 돈이나 장난감을 달라고 하지 않아요. 학교에 갈 수 있게 교복을 달라고 하지요."

오프라는 에인절 네트워크를 통해, 시청자들로부터 모은 성금을 남아공으로 점점 더 많이 보내기 시작했다. 2003년부터 2007까지의 IRS(미 국세청) 신고서를 분석해보면, 그녀가 외부에서 끌어들인 기부금의 10퍼센트 가까운 액수가 그 나라로 갔다는 걸 알 수 있다.

오프라는 아프리카와 사랑에 빠져버렸고, 그 대륙이 사람들을 평가하는 그녀만의 새로운 기준이 되었다. 스콧 샌더스의 결혼식에 참석했을 때였다. 게일이 주인공 커플을 위해 건배를 제의하더니, 오프라로부터 남아공의 오프라 윈프리 아카데미 개교식 초청 명단을 받았다면서 뮤지컬 〈컬러 퍼플〉의 프로듀서인 샌더스도 초청될 것이라 말했다. 오프라에게 "그가 아프리카의 가치를 지녔냐?"고 물었더니 분명히 고개를 끄덕이더라고 했다. 게일의 찬사는 선의에서 비롯된 것이긴 하지만, 〈컬러 퍼플〉의 원작자로 샌더스의 결혼식을 집행하고 있던 앨리스 워커 귀에는 거북하고 박정한 소리로 들렸다. 자기는 오프라 학교의 개교식에 초대받을 만큼 중요하게 여겨지지 않았다는 뜻이었으니 말이다.

자신의 뿌리가 아프리카라는 사실에 새삼 매료된 오프라는 스스로 줄루(Zulu)족 전사의 후예라고 상상했다. "늘 궁금했어요, 알고 보니 내가 남아공 사람이었다면 어떤 기분일지." 요하네스버그에서 열린 "최고의 삶을 살아라" 세미나에 참석한 3,200여 청중을 향해 그녀가 말했다. "지금 전 마음이 아주 편안합니다. 그거 아세요? 제가 실제로 남아공 사람이란 거? 제 뿌리를 조사하고 DNA 검사를 해봤는데요, 줄루인이더라고요." 그때는 아직, 〈오프라의 뿌리를 찾아서〉(Finding

Oprah's Roots)라는 제목의 PBS 프로그램을 위해 미토콘드리아 DNA 검사를 하고 있던 헨리 루이스 게이츠 주니어로부터 결과를 통보받기 전이었다.

그녀는 "줄루인이 아니란 말을 들으면 너무 속상할 거"라고 그에게 경고했다. "아프리카에 있으면 늘, 내가 줄루인 같다는 느낌이 들거든요. 줄루족과 연결된 뭔가가 있나 봐요." 게이츠가 긴장된 표정으로 그녀의 조상이 라이베리아인임을 알리자, 오프라는 풀이 팍 죽는 듯 보였다. 해방된 미국 노예들이 이주한 나라와 연관이 있다는 것이 그녀에게는 전혀 자랑스럽지 않았다. 게이츠는 오프라한테 마음을 추스를 시간을 주자며 몇 분간 촬영을 중단했다.

"줄루인이 아니라 라이베리아인의 후손이란 걸 알고선 안색이 어두워지더군요." 아프리카와 미국에서 지역사회 강화 사업에 주력하는 펠프스 스토크스 펀드(Phelps Stokes Fund) 회장인 바디 포스터(Badi Foster)의 전언이다. "이젠 라이베리아를 상대로 마음의 벽을 허물고 너무 무시하는 태도도 버릴 필요가 있어요. 라이베리아의 엘런 존슨 설리프 대통령(Ellen Johnson-Sirleaf, 아프리카 국가 최초의 선출직 여성 대통령)을 쇼에 초대해놓고는 눈길도 잘 주지 않은 채, 요르단 압둘라 왕의 매혹적인 젊은 아내 라니아 왕비하고만 줄곧 얘기한 적도 있지요."

2000년부터 2006년까지 오프라는 남아공 교육부가 추천한 요하네스버그 외곽 헨리온클립(Henley-on-Klip)의 9만 제곱미터(약 2만 7,000평)짜리 부지에 학교를 짓는 문제로 그 나라 정부와 실랑이를 벌였다. 그녀는 우선 처음 제시된 설계안이 닭장이나 막사를 연상시킨다며 탐탁지 않아했다. "함석집에서 나고 자란 소녀들한테 또 함석집을 지어줘서야 되겠습니까?" 정부 측 기획자들은 아프리카 아이들은 수도나 전기가 안 들어오는 더러운 오두막 바닥에서 잠을 자고 친척들하고 매트리스를 같이 쓰는 게 보통이기 때문에, 단순하기 그지없는 건물이라도 그들에겐 호화시설일 거라고 설명했다. 오프라는 그들의 설계안뿐 아니라 사고방식도 받아들이길 거부하고, 직접 마음에 드는 건축가들을 고용했다. "저는 이 학교에 제가 아이들의 입장이었다면 소원했을 모든 것들을 담을 겁니다. 내 상상력이 제공할 수 있는 최상의 것들을 소녀들이 누리게 해줄 거예요. 이 학교는 나의 반영이 될 겁니다." 그리고 학생들도 그리 될 것이었다. 리틀 오프라들이 될 것이란 얘기다. "소녀 한 명 한 명에게 '그것'의 형상이 있다"고 오프라는 말했다. "'난 그걸 원해', '난 성공할 수 있어', '난 내가 처한 환경과는 달라'라고 말하는 빛의 형상 같은 것 말입니다."

그녀는 '오프라 윈프리 여성리더십아카데미'를 오프라 판 미스 포터즈 스쿨로 만들겠다고 결심했다. 리츠 호텔처럼 체육관, 테니스코트, 미용실, 요가 스튜디오, 건강관리시설 등을 두루 갖추고, 식당은 그녀가 직접 고른 대리석 테이블과 냅킨, 도자기, 은식기, 크리스털 제품들로 꾸밀 생각이었다. 그녀는 또 "연설가들"을 키우기 위해 600석 규모의 원형 극장을 지어야 한다고 고집했는데, "지도자가 되려면 발언권이 있어야 하고, 발언권을 가지려면 연설을 할 필요가 있기 때문"이라 했다. 요구 사항에는 과학 전용실 두 개와 미술, 디자인, 기술, 방송용으로 각각 하나씩, 총 여섯 개의 실험실도 포함되었다. 각 실험실에는 최고급 장비가 들어가야 하고, 컴퓨터가 즐비한 교실들에는 예외 없이 실외 공간이 확보되고 "독서용 나무"까지 심어야 했다. 기숙사 건물들에는 각기 주방을 마련해놓고, 방마다 커다란 벽장이 딸린 발코니를 냈다. "사람들이 벽장이 꼭 필요하냐고 의아해하는데, 그건 여학생들의 살림살이가 자꾸 늘어날 것을 예상해서"라고 오프라는 말했다. "학생들에게 스스로 돈을 벌어 물건을 살 수 있는 기회를 줄 생각입니다. 감사하는 마음을 제대로 가르칠 유일한 방법이니까요." 그녀는 캠퍼스 내 건물 28채에 사용될 자재로 천연석재인 사비석을 택했고, 타일과 조명기구, 문손잡이 등을 손수 골랐다. 1만 석 규모의 도서관에는 소녀들이 편하게 독서에 빠져들 수 있도록 칸막이가 쳐진 개인 공간들과 벽난로를 꼭 설치해야 한다고 주장했다. 응접실이란 응접실은 죄다 실크 쿠션들과 싱그러운 난초들로 장식했다. 침구류에 대해서도 200수 침대 시트와 'O' 자가 수놓인 하얀 베갯잇, 푹신푹신한 이불을 준비했는데, 이 모두가 고급스럽고 편안한지를 직접 검사한 제품들이었다. 그녀는 소녀들이 입을 교복과 신발 다섯 켤레, 책가방, 심지어 속옷까지도 친히 골랐다. 아울러 교기를 디자인하고 리더십 과목을 위성방송으로라도 가르치겠다고 말했다. 그리고 남아공의 예술가 500인에게 제작을 의뢰해 모든 건물을 이 나라의 풍부한 부족 문화를 반영하는 바구니나 그림 또는 구슬 조각물 등으로 가득 채웠다. 보안 문제가 항상 걱정이던 그녀는 전기 담장을 길게 두르는 것도 모자라 학교 출입구 주변에 이중 전자문을 설치하라고 지시했다. 경비회사 차량이 밤낮으로 순찰을 돌았고, 가족을 제외한 외부인의 출입이 철저히 차단되었다. 가족조차도 정해진 주말에만 방문이 가능했다.

어느새 "내 딸"이라 부르게 된 소녀들을 위해 "엄마 오프라"는 "세계에서 제일 좋은 학교"를 지을 것을 맹세하면서, 원하는 대학은 어디든 진학할 수 있도록 후원을 아끼지 않으리라 약속했다. 3,500여 입학 지원자들 중 152명이 1차로 선발되었다. 다들 우수한 성적과 리더로서의 자질을 지니고 있었지만, 가정의 한 달 수입이 787달러를 넘는 이는 아무도 없었고, 대다수가 에이즈와 강간, 질병으로 피폐해진 삶을 견디고 있었다. 일부는 고아였으며, 많은 학생들이 하루에 밥 한 그릇으로 겨우 입에 풀칠을 하는 형편이었다. "저는 그 아이들의 사연을 알아요." 오프라가 말했다. "바로 제 이야기니까요."

그녀는 어린 소녀 한 명 한 명에게서 자신의 모습을 보았다. "아이들이 아름다움에 둘러싸이길 바라요. 아름다움은 영감을 불러일으키기 때문이죠. 평생 친절한 대접 한번 받아본 적 없는 소녀들에게 이곳이 영광의 장소가 되길 바랍니다. 이곳은 그들의 안전지대가 될 것입니다. 폭력과 학대와 강탈로부터 해방되어 활짝 꽃을 피우는 명예로운 장소 말입니다. 아이들을 믿고 맡겨도 된다는 걸 부모님들이 아셨으면 좋겠어요."

당시에는 그 소녀들의 가난한 부모들이 오프라를 선의 화신으로 여겼다. 자신들은 결코 해줄 수 없는 선물, 더 나은 삶을 살 기회를 딸들에게 베풀고 있었으니 그럴 만도 했는데, 나중에서야 일부 부모들이 쓰디쓴 실망과 분노를 느끼게 된다. 오프라는 또 오프라대로 뒤늦게 후회를 하며, 환경 미화에 너무 시간을 쏟은 나머지 학생 보호에 힘써야 할 교직원들의 인성 심사에는 다소 소홀했음을 인정할 수밖에 없는 상황에 몰린다. "엉뚱한 일들에 온통 관심을 기울여왔어요. 정말로 중요한 것은 내부에 있는데 저는 외부에서부터 학교를 지어나갔던 겁니다."

그 "외부"중시 정책의 일환으로서 오프라는 학교 개교에 대한 홍보 캠페인을 진두지휘, 달 착륙 사건 때보다도 더 많은 이목을 끌어모으면서 〈피플〉지 표지와 세계 여러 신문들의 1면에 자신을 올려놓았다. 앤더슨 쿠퍼가 진행하는 두 시간짜리 CNN 특집 프로에 주인공으로 등장했는가 하면, 모든 네트워크 뉴스 프로들과 〈투데이 쇼〉, 〈굿모닝 아메리카〉, CBS의 〈얼리쇼〉(Early Show), CNN의 〈아메리칸 모닝〉, 〈엔터테인먼트 투나이트〉, 〈엑스트라〉(Extra)에서도 특별보도 대상으로 다뤄졌다. 〈O〉 매거진과 자매지 〈오 앳홈〉(O at Home)은 물론이고 〈타임〉과 〈뉴스위크〉에도 기사가 실렸으며, ABC는 황금시간대에 〈꿈을 이루다: 오프라 윈프리 리더십아카데미〉라는 특집 프로를 편성했다. 이 초호화 학교의 개교를 둘러싸고 매스컴이 어찌나 야단법석을 떨었던지, 같은 날 거행된 제38대 대통령 제럴드 포드의 국장은 칙칙한 단신 정도로 취급되는 느낌이었다.

크리스마스를 몇 주 앞두고 레이 리치먼드(Ray Richmond, 방송연예 비평가—옮긴이)는 할리우드리포터닷컴(HollywoodReporter.com)에 "어려움을 지닌 유명인들을 위한" 2006년 선물 목록을 작성하면서, 오프라에게는 "본인 및 본인의 독보적인 우월성만을 논하지 않는 대화"를 선물하고 싶다고 적었다. 그 무렵 오프라는 200인에게 요하네스버그에서 자기와 세밀을 축하하자는 내용의 크고 공들인 초대장을 보내는 중이었다. 다들 다음과 같이 짜인 일정표를 받았다. 고품격 호텔 스위트룸, 오후의 다과회, 칵테일파티, 숲속 촛불 만찬, 사파리, 선시티의 팰리스 오브 로스트시티 호텔에서 소웨토 가스펠합창단 공연이 곁들여지는 다섯 가지 코스의 아프리카식 연회. 그녀는 아울러 학교 도서관에 기증할 책도 한 권씩 가져오라고 부탁했다.

약속된 주말, 인기 영화배우, 록스타, TV 스타들을 실은 비행기들이 속속 도착하기 시작했다. 티나 터너, 크리스 록, 메리 J. 블라이즈, 머라이어 캐리(Mariah Carey), 스파이크 리(Spike Lee), 시드니 포이티어, 크리스 터커(Chris Tucker), 타일러 페리, 닉 애시퍼드(Nick Ashford), 밸러리 심슨(Valerie Simpson), '베이비페이스' 케네스 에드먼드(Kenneth 'Babyface' Edmond), 스타 존스(Star Jones), 패티 라벨(Patti LaBelle), 시슬리 타이슨, 퀸시 존스, 루벤 캐넌, 킴벌리 엘리스(Kimberly Elise), 애나 디비어 스미스(Anna Deavere Smith), 비비 와이넌스(BeBe Winans), 수잔드 파세(Suzanne De Passe), 앤드루 영(Andrew Young), 인디아 아리(India.Arie), 홀리 로빈슨 피트(Holly Robinson Peete), 앨 로커(Al Roker), 다이앤 소여, 노벨평화상 수상자인 왕가리 마타이(Wangari Maathai). 이 모두가 오프라와 그녀의 학교를 빛내주러 날아왔다.

유명인사들 외에 아버지도 초청됐지만, 친모는 명단에서 빠졌다. 그녀는 개교식에서 연설을 하던 중에 버넌 윈프리를 일으켜 세우고는 "제가 해냈다고 여러분에게 보여드리고 들려드린 일들, 아버지가 안 계셨더라면 그 어떤 것도 가능하지 않았을 것"이라며 고마움을 전했다. 버넌은 넬슨 만델라 앞에서 딸에게 인정을 받은 것이 자랑스러웠다. 훗날 그 순간을 이렇게 회상했다. "자리에 서서 아주 천천히 몸을 돌렸답니다. 하객들이 날 잘 볼 수 있게 말이죠. 그 애가 내 공을 알아주니 눈물이 핑 돌더군요. 그건 맞는 말이었어요. 나한테 돌아오지 않았더라면 그런 일들은 가능하지 않았을 겁니다. 그래서 나한테 고마워한 거죠."

2007년 1월 2일, 성대한 취임식을 위해 오프라는 분홍색 실크 롱드레스를 차려입고, 가볍게 컬을 만 머리칼은 커다란 분홍색 다이아몬드 귀걸이가 다 드러나게끔 얼굴 뒤로 바싹 넘겼다. 흰 블라우스와 녹색 재킷에 흰 양말과 갈색 단화로 통일한 어린 여학생 152명이 그녀 앞에 도열했다. 그 모습이 마치 결혼식장의 화동들 같았다.

"내 분홍색 드레스와 분홍색 귀걸이 차림에 여학생들까지 가세하니, 하객들이 결혼식장에 온 기분이겠다 싶더군요." 오프라가 추억에 잠겼다. "정말이지 내가 백쉰두 번 결혼을 하는 느낌이었습니다."

여학생들의 가족들과 유명인 하객들, 세계 각지에서 온 기자들에게 활짝 두 팔을 벌리며 "제 생애 가장 자랑스럽고 위대한 날에 와주신 걸 환영합니다"라고 인사한 오프라. 눈물이 글썽글썽한 채 감격에 겨운 목소리로 말을 이어나갔다. "저는 가난한 환경에서 자라는 게 어떤 건지, 사랑받는다는 느낌 없이 자라는 게 어떤 건지 잘 압니다. 어릴 적의 제 모습 같은 이들에게 도움을 주고 싶습니다. 여학교를 세우길 원한 건, 한 여성을 교육시킬 때 그 나라의 얼굴이 바뀌기 시작한다는 걸 알기 때문입니다. 소녀는 여인으로 성장해 아들, 딸을 교육시키게 됩니다. 교육받은 여성은 남아공에 창궐하는 HIV나 에이즈 같은 질병에 걸릴 가능성이 적습니다. 제가 하고 싶었던 일은 옛날의 저와 같은 소녀들에게 기회를 주는 것입니다. 예전의 저처럼 가난하고 불우한 가정에서 태어난, 하지만 빈곤과 질병과 열악한 환경마저도 가리지 못할 만큼 너무나 밝은 빛을 품은 소녀들에게 말입니다."

감동받은 청중은 뜨거운 박수를 보내면서, 조국을 구하고 세계 발전에 이바지할 것이 분명한 이 소녀들에게 기꺼이 마음을 열어줘 고맙다는 뜻을 표했다. 그러나 후에 아프리카 일각에선 그녀가 너무 적은 인원에 너무 많은 돈을 쓴다는 쓴소리가 불거져나왔고, "딸들"에게 퍼다 나른 호화 물품들에 경악한 일부 미국인들은 자국 내 빈곤 아동들은 왜 도와주지 않느냐며 질책을 퍼부었다. "다들 그걸 사치라 얘기하는데," 오프라가 응수했다. "저는 편의라고 부릅니다."

"사치"와 "편의"에 대한 시각차는 평범한 사람과 캘리포니아 몬테시토의 대지 17만 제곱미터짜리 대저택을 5,000만 달러에 사는 억만장자의 차이에 기인한다고 볼 수 있다. 〈LA타임스〉에 따르면 그 저택은 미국에서 사상 최고가에 팔린 개인 주택들 중 하나다. 그녀는 처음 "타라 II"라 명명했다가 나중에 "약속의 땅"으로 바꾼 그 집을 개보수하는 데만 1,400만 달러를 들이부었다.

오프라는 대견하다 싶을 만치 차분한 태도로, 자신이 남아공에 기부를 하는 까닭은 아파르트헤이트로부터 벗어난 지 12년밖에 안 된 어린 나라이기 때문이라고 비판자들에게 설명했다. 아울러, 모든 세대가 에이즈로 신음하는 비참한 상황이므로 조국을 구하기 위해선 어린이들이 교육을 받아야 한다고 역설했다. 왜 입학생 대다수가 흑인이냐는 남아공 기자들의 질문에는 "학교는 누구에게나 열려 있다. 불우한 소녀들 모두에게 그렇다"고 대답했다. 기자들이 백인 학생들을 계속 배제할 의도가 있는 건 아니냐며 집요하게 캐묻자, 한마디 톡 쏘아붙였다. "이 나라 인구의 9.2퍼센트를 점하는 백인들을 제가 꼭 달래줘야 하나요?" 그러니까 한 백인 기자가 백인사회에서 나오는 비판에 대해 질문을 던졌다. 이번에도 그녀는 담담하게 대답했다. "백인들이 제가 흑인 여자아이들을 교육시키는 걸 걱정하다니 흥미롭군요." 이후에도 여기저기서 투덜대는 소리들은 끊길 줄을 몰랐다. 몇 달 뒤 오프라는 BET 방송국과 가진 인터뷰에서 모든 비판자들을 향해 날카롭게 말했다. "실컷 비판들 하세요. 당신들이 뭐라 하든 상관 안 합니다. 난 할 일을 했을 뿐이에요."

개교한 지 9개월도 채 되기 전에 성학대 스캔들이 그녀를 기습했다. 전 여교장이 중상모략과 명예훼손 및 폭력행위로 오프라를 고소하고, 서너 명이 해고를 당하고, 열네 차례나 학생들에게 성폭행과 가혹행위를 한 혐의로 기숙사 사감이 재판에 회부되는 등 사태가 걷잡을 수 없이 확산되었다. 1년 뒤에는 학생 일곱 명이 레즈비언 관계를 맺었다는 이유로 학교에서 쫓겨났다.

"제 평생에 가장 충격적인 일은 아닐지라도, 대단히 충격적인 소식입니다." 오프라는 남아공 언론매체들과의 기자회견장에서 이렇게 토로했다. "처음 집에서 그 얘기를 듣고 30분가량 이 방 저 방을 돌아다니며 울었습니다. 너무 기가 막혀서, 뭐가 뭔지 도통 판단조차 안 되더군요."

어떤 이들은 그녀의 발언을 들으며 흠칫 놀랐다. 자신의 이미지에 미칠 영향을 고려해 비극적인 사건을 사사로운 차원으로 호도한다는 느낌이 들어서였다. 케일 밀너(Caille Millner)는 〈샌프란시스코 크로니클〉에 기고한 글에서 "마치 자기가 사건의 중심인 양 얘기하는 모습이 품위 없어 보였다"고 꼬집었다. "자기밖엔 관심 없고 약간 멍청한 사람 같았다."

MSNBC의 키스 올버먼도 같은 생각이었다. 오프라의 기자회견 동영상을 보고 난 뒤에 이렇게 말했다. "정말 다행이네요, 오프라가 괜찮은 걸 보니. 어쨌든 이 회견은 그녀가 중심이었으니까요."

〈워싱턴포스트〉의 "복수하는 오프라"라는 제하의 칼럼에서 유진 로빈슨(Eugene Robinson)은 "그녀가 어제, 남아공에 세운 자신의 여학교에서 성적, 육체적 학대가 있었다는 주장에 대해 '내 평생 가장 충격적인 경험은 아니어도, 참으로 충격적인 소식'이라 말했을 때 나는 움찔 놀랐다. 모든 걸 피해자들이 아닌, 본인 위주로 파악하는 듯이 보였기 때문이다. 그렇지만 내 가슴은 무너지길 거부했다"라고 썼다.

오프라의 말에 따르면, 그녀는 스캔들이 보도되기 전 한 달간 학교에 머물렀으나 아무 눈치도 채지 못했다. 학생들은 "마마 오프라"의 면전에선 항상 행복한 표정을 짓고 어떤 불만도 얘기하지 않도록 교육받았다고 한다. 남아공 일간지 〈소웨탄〉(Sowetan)에 "정서적 학대"에 시달린 한 아이가 엄마 손에 이끌려 학교를 그만두었다는 기사(2007년 9월 27일)가 실린 뒤에야, 열다섯 명의 학생들이 그 보도가 사실임을 시인하고 그동안 있었던 학대행위를 고발했다.

세상의 이목이 학교로 쏠렸으므로 오프라는 공식 입장을 밝힐 필요가 있었다. 그리하여 시카고 하포 스튜디오에서 위성방송으로 기자회견을 연 다음, 2007년 11월 5일에 특이한 사용 조건을 달아 녹화테이프를 미국 통신사들에 제공했다.

오프라 기자회견 장면을 사용하는 경우, 다음과 같은 하포 프로덕션의 규정을 따라야 한다.

1. 자료제공: 하포 프로덕션, Inc.

2. 2007년 11월 동안에만 하포의 플랫폼 상에서 사용할 수 있다. 2007년 11월 30일 이후에는 어떠한 사용(인터넷 파일 보관을 포함)도 허락되지 않는다.

한 네트워크사 간부는 말하길, "겉보기엔 그녀가 성추문 사건을 투명하게 처리한 것 같지만, 저 영상을 되풀이해 트는 건 허락지 않았다. 짧은 기간 제한을 둔 채 테이프를 배포했고, 우린 그걸 보관하거나 반복해 보여줄 수가 없었다. 정말이지 전례가 없는 일이다."

성학대 스캔들에 관해 오프라가 취한 극도의 언론 통제는 개교 무렵에 취재를 무제한 허용했던 것과는 완전히 대비된다. 그녀는 세상에 자신의 꿈을 공개하게 되는 테이프 커팅식 준비에만 수개월을 소비했다. 또 자기 쇼에서 그 학교 이야기를 여러 차례 꺼냈는데, 공식 개교일을 앞두고 가장 최근에 언급한 것은 2006년도 노벨평화상 수상자인 무함마드 유누스(Muhammad Yunus)를 시청자들에게 소개한 날이었다. 그와 대금업자들의 횡포에 관해 대담을 나누다가 "학교 건립차 아프리카에 머무르는 동안 그런 관행을 알게 됐다"는 말도 했다. 그녀는 그 노벨상 수상자에게 동료로 받아들여지길 바랐는데, 아마도 자신이 노벨상 후보로 추대되고 있었기 때문일 것이다.

"나는 오프라가 드림 아카데미 디너(Dream Academy Dinner, 2005년 5월 24일)에 참석해 부모가 수감 중인 불우 아동을 위한 성금을 모은 후부터 노벨평화상 추대 운동을 시작했다." 워싱턴 D.C.에서 활동하는 홍보전문가 로키 트와이먼(Rocky Twyman)의 말이다. "그녀가 자리에서 일어나 하느님께 기도를 올리고 지갑을 열어 100만 달러를 쾌척했을 때, 나는 당장이라도 노벨평화상을 안겨주고 싶었다. 하지만 노벨상 위원회는 유명 연예인에게는 호의적이지 않았다. 그래서 내가 추대위원회를 결성하고, 2002년에 NCNW(전미흑인여성회의) 본부가 진 빚을 오프라가 준 2,500만 달러로 갚은 바 있어 그녀를 절대적으로 지지하는 도러시 하이트(Dorothy Height, NCNW 명예회장)에게 협조를 구했다. 하이트 박사는 넬슨 만델라와 투투(Tutu) 추기경한테 연락을 취했고, 우린 노벨상 위원회에 오프라 후보 지명을 촉구하는 10만인 서명 운동에 돌입했다."

"유감스럽게도, 서명자는 4만 명 선에 그쳤다. 흑백 관계없이 많은 남성들이 서명을 거부했기 때문이다. 종교지도자들 다수는 스테드먼과 동거만 하는 그녀의 생활방식이 젊은이들에게 나쁜 본보기가 된다는 이유로 서명을 마다했다. 나는 우리 모두가 죄를 지으며 살고 하느님의 영광에 부응하지 못한다고 생각하는데, 대개 흑인 교회 출신으로 보수적이며 준법정신 투철한 이 사람들 머리에는 오프라가 하느님의 법도를 거슬러왔다는 인상이 강하게 박혀 있었다. 어이가 없었지만, 안타깝게도 우리 아프리카계 미국인 사회에는 그녀에 대한 반감이 뚜렷이 존재한다. 4만 여 서명도 대부분 흑인이 아닌 백인에게서 나왔다. 노벨상을 받을 만하다는 인식을 높이고 널리 알리긴 했지만, 결국 하느님은 그것이 실현되는 건 원치 않으셨나 보다."

Nineteen

오프라 레전드 볼

처음도 마지막도 언제나 〈오프라 윈프리 쇼〉였다. 영화판을 몇 년간 쫓아다닐 때도 이 TV 쇼는 손에서 놓지 않았다. "그건 모든 것의 토대"라고 말했다. "위대한 영화배우"에의 꿈을 마침내 접고 나서, 오프라는 미국 최고 토크쇼 진행자로서의 위상을 되찾았다. 그 자리에서 내려오지 않기 위해 연간 5,000만 달러를 쇼 제작 경비에 할당했고, 특급 프로듀서들을 영입하는 데 투자를 아끼지 않았다. 지불 가능한 최고액 연봉을 제시해서라도 일단 시카고로 데려온 다음엔, 매력적인 보너스 조건을 제시하여 정상 유지에 필요한 시청률 확보에 총력을 기울이도록 만들었다.

창의적인 프로듀서 팀은 새롭게 발전된 모습의 오프라가 사랑받는 박애주의자로 자리매김하는 데 기여했다. 이를테면, 데이비드 볼(David Boul)은 "세상에서 제일 큰 돼지저금통" 아이디어를 생각해냈고, 이를 통해 오프라는 시청자들로부터 궁핍한 대학생들에게 장학금으로 쓰일 동전을 모을 수 있었다. 케이트 머피 데이비스(Kate Murphy Davis)는 오프라 에인절 네트워크의 창설을 제안했는데, 이것은 시청자들로부터 수백만 달러를 모금해 오프라의 이름으로 그녀가 선호하는 자선단체에 기부할 수 있는 기발한 방법이었다. 앨리스 맥기는 '오프라의 북클럽'을 만들어 깊은 인상을 남겼고, 오프라가 가장 아끼는 프로듀서들 중 하나라고 밝힌 엘런 라카이튼은 "친절 베풀기"(Acts of Kindness), "오프라가 좋아하는 선물"(Oprah's Favorite Things), "감사를 전하는 날"(Thank You Day), "빅 기브"(The Big Give, 누가 제일 기부를 잘하는지 가려내는 리얼리티 쇼—옮긴이) 같은 코너들을 생각해냈다.

오프라도 자신의 웹사이트 방문자들에게 "하포 프로덕션 익명고백센터"에 전화를 걸라고 권하며 소재 발굴에 앞장섰다.

> 가족이 알면 깜짝 놀랄 비밀을 간직하고 있나요? 아무도 모르는 비밀을 엿보거나 가로채거나 감춘 적이 있나요? 아니면 당신이나 당신 가족을 충격에 빠뜨린 가족의 비밀을 알아낸 적이 있나요? 부모님이나 친척 또는 조상이 부끄러운 가족의 비밀을 묻어두려고 시도한 적이 있나요?
>
> 그럼 지금 저희에게 전화하세요!

타블로이드 오프라(Tabloid Oprah)를 출범시켰던 초창기 "걸스"(girls)는 대부분 에너지가 소진돼버렸거나 축출된 상태로, 그 자리에는 대신 족제비털 장식 가운을 든 대관식 진행요원들이 들어섰다. 나체주의자와 포르노 스타, 매춘부를 다루던 〈오프라 쇼〉가 이제는 하느님과 기부와 나눔을 논하는 "고품격 방송"의 면모도 갖추게 된 것이다. 어떤 이들은 이를 성자 오프라(Saint Oprah)의 첫걸음이라 보았으며, 또 어떤 이들은 "여신의 새벽"(Dawn of the Diva)으로 여겼다. 어느 쪽이든 간에, 그것은 '소박한 오프라'와의 분명한 결별을 시사했다. 특히 시카고 언론계에 그렇게 받아들여졌다.

“나는 그 변화를 1994년 콜린 롤리(8년간 오프라의 대변인으로 활동)가 그녀를 고소했을 때 감지했습니다.” 1980년부터 2008년까지 〈시카고 선타임스〉에서 TV 평론가로 일한 로버트 페더의 말이다. “맡은 업무상 그 소송 건을 취재할 수밖에 없었는데, 오프라의 태도는 냉랭하더군요. 이후로 크리스마스카드도 보내오지 않았고, 전화를 걸어도 응답이 없었습니다. 그 전에는 최소한 1주일에 한 번씩은 얼굴을 보았고 늘 소식을 전하던 사이였거든요. 하지만 파워가 자꾸 커짐에 따라 언론과 거리를 두기 시작하더니, 이제는 시카고의 모든 미디어를 무시하고 있어요. 더는 우리가 필요 없다는 것이지요.”

오프라가 예전처럼 방송 후에 방청객들과 시간을 보내지 않는다는 걸 눈치 챈 취재기자들에게는 여자 친구에서 여신으로의 변신이 점점 더 분명한 사실로 다가왔다. 열의가 넘치던 초창기에는 스튜디오를 떠나면서 방청객들과 일일이 악수와 포옹을 나누고 사인 요청에도 응하고, 카메라를 향해 포즈를 취해주기도 했다. 그러나 이제는 그러한 사적인 소통을 시간 낭비, 에너지 낭비라 여기게 됐으며, 자신의 이미지가 곧 자신의 브랜드라 생각하기에 사진촬영도 허락하지 않았다. “그런 사진들이 나중에 어디서 튀어나올지 알 수 없으니까요.” 그녀가 말했다. “미네소타 어느 구석에서 냉동 쿠키나 팔다 인생 마감하고 싶진 않거든요.”

사진기자들 또한 오프라의 변화를 알아차렸다. “(〈피플〉지 첫 표지사진을 비롯해) 몇 번 작업을 같이 했는데요, 저는 이 사진이 좋습니다. 이런 건 본 적이 없거든요.” 해리 벤슨(Harry Benson)이 1996년에 매우 날씬해 보이는 트레이닝복 차림의 오프라를 몰래 찍은 사진을 가리키며 말했다. “그녀의 이런 사진은 다시 볼 수 없습니다. 개인 사진작가들에게만 촬영을 허락하고 있으니까요. 당시 그녀는 꽤 괜찮았지만 주변의 다른 사람들이 스트레스를 주는 상황이었어요. 오프라는 아무도 보지 못하도록 내 사진들을 사들이려 했습니다. 정말 못 말리는 지배욕이죠. 더구나 흉한 사진도 아닌데! 지금은 살을 몽땅 숨기고 있더군요."

오프라는 열광적인 팬들로부터 자신을 보호하는 일에 너무나 철저해서, 방청객들에게 입장하기 전에 보안요원들의 몸수색을 거치고 카메라와 녹음기와 짐 꾸러미, 심지어 펜과 연필도 소지하지 말 것을 요구했다.

예전 같으면, 자신을 가장 잘 표현하는 문구인 "You go, girl"에 등록상표 기호 ®을 붙인다는 건 생각조차 못했겠지만, 일단 본인 자체가 하나의 브랜드가 되고 나자 "Aha! Moment"(아하! 하게 되는 순간)와 "Give Big or Go Home"(한 건 하든가 안 그러면 꺼져)처럼 방송에서 자주 쓰는 표현들을 상표등록하기 시작했다.

생각이 열려 있고 다가가기 편했던 오프라는 더는 없었다. 이젠 냉담한데다 약간 오만하기까지 한 사람으로 느껴졌다. 1995년까지 전국 잡지 22개의 표지를 장식한 그녀는 모델이 되어주는 조건으로 기사에 대한 완전한 통제권을 요구하(고 얻어내)는 데 익숙했다. 직접 필자를 선택하는 경우도 많았고 사진작가는 늘 그녀가 쥐고 흔들었다. 대중매체 대부분이 이렇게 그녀의 편의를 봐주었다고 볼 수 있는데, 단 하나, 시카고는 예외였다. 그곳 기자들은 취재 대상에 자유롭게 접근할 수 있길 바랐다.

〈시카고 선타임스〉의 사설면 편집자였던 셰릴 리드의 경험담이다. "'시카고에서 가장 영향력 있는 여성 100인'이라는 기사를 쓸 때였어요. 당연히 오프라가 1위였죠. 하포에 연락을 취했지만 인터뷰에 응하지 않으려 하더군요. 할 수 있는 건 다 시도해봤습니다. 전화, 편지,

이메일은 물론, 꽃다발까지 보냈으니까요. 소용없었습니다. 대변인은 오프라가 너무 바쁘다고 했어요. 결국에는 내가 질문을 서면으로 보낼 테니 거기에라도 답해달라고 청했지요. 그런데 돌아온 건 이미 수백 번 보도된 바 있는 무성의한 답변들뿐이었어요. 그래서 다시 전화를 걸어, '예전 인터뷰 기사들에 실린 이야기들을 앵무새같이 적어 보낸 이유가 뭐냐?' 고 물었습니다."

"그게 말이죠, 윈프리양은 늘 같은 질문만 받는다고 합니다. 그래서 다양한 주제들에 관해 의견을 미리 정리해뒀다고 하네요. 당신이 보낸 질문들에 그렇게밖에는 답변할 수가 없습니다."

"난 당신이 내 질문서를 그녀한테 보여주고 답변을 받아낸다는 줄 알았습니다."

"대단히 죄송합니다. 그게 윈프리 양이 선호하는 방식이에요."

〈시카고트리뷴〉과 〈시카고〉의 기자들도 똑같은 벽에 부딪쳤다. 오직 가십 칼럼니스트들만이 살판이 났는데, 오프라의 자선활동, 오프라 쇼에 출연하는 유명인들, 직원들이 누리는 호사 등에 관해 그녀의 홍보담당자들이 가져다주는 정보들을 충실하게 활자화했기 때문이다. 기특하게도 시카고 기자들은 개인적인 유감을 공적인 장에서 드러내진 않았다. 〈시카고 선타임스〉와 WBBM TV의 빌 즈웨커 같은 가십 칼럼니스트들은 오프라가 "다루기 너무 힘든 상대"가 되었음을 인정하는 한편으로, 그녀가 계속 그 도시에 존재해주는 것이 시카고에게는 큰 이득이라고 여겼다.

"오프라가 모두한테 문을 닫아걸게 된 계기는 롤리 소송 건"이라고 로버트 페더는 말한다. "직원들이 여차하면 자기를 팔아넘길 거란 두려움이 점점 커져 통제의 수위를 가일층 높였지요. 그래서 평생 입에 족쇄를 채울 계약서에 서명을 하도록 강요했어요."

페더의 말은 과장이 아니었다. 오프라는 모든 직원들, 심지어 30일짜리 수습사원들에게도 죽을 때까지 유효한 비밀엄수 서약을 맺도록 했다. 아래는 그 계약서 내용의 일부다.

1. 하포와 고용 또는 업무 관계에 있는 동안, 그리고 그 이후에도 법이 최대한 허용하는 한도까지, 오프라 윈프리 및 하포(하포 프로덕션 Inc., 하포 필름스 Inc.를 포함, 하포 Inc.와 관련된 모든 사업체가 해당됨) 또는 그녀·그것의 기밀 정보에 관해 당신은 비밀을 유지해야 하고 결코 그것을 공개, 이용 또는 유용해서는 안 되며, 위와 관련된 어떠한 진술이나 발언의 진실성을 확인 또는 부인해서도 안 된다. 여기서 "기밀 정보"라 함은 다음 사항들에 관하거나 그 사항들과 관련된 정보 및 대중에게 일반적으로 알려지지 않은 정보를 다 포함하되, 그에 국한되지는 않는다. (a) 윈프리, 그녀의 사업이나 사생활 (b) 하포, 하포의 임원, 이사, 자회사, 직원 또는 계약자의 비즈니스 활동이나 거래 또는 관심사 (c) 하포의 직원과 계약자, 또는 어느 한쪽에 적용 가능한 하포의 고용 관행이나 정책.

2. 하포와 고용 또는 업무 관계에 있는 동안, 그리고 그 이후에도 당신은 윈프리, 하포, 하포와의 고용 또는 업무 관계, 어떠한 기밀 정보에 관하거나 그것과 관련되거나 그것을 수반하는 어떠한 일과 관련되거나 그 일에 관한 어떠한 인터뷰에도 응하거나 참여하는 행위를 삼가야 한다.

퇴사자들 대부분은 두려움 때문에 오프라와의 계약 내용을 지킬 수밖에 없다고 털어놓는다. 오래전에 고용관계가 끝난 사람들도 마찬가지다. "그녀의 순자산이 얼만지(2009년 현재 27억 달러) 좀 생각해보세요. 변호사를 몇 백 명인들 고용 못 하겠습니까." 프로듀서로 일했던 한 사람이 말했다. "게다가 엘리자베스 코디(Elizabeth Coady) 사건까지 있었잖아요."

그 사건은 모든 하포 직원들에게 잘 알려져 있다. 오프라 밑에서 4년간 부프로듀서로 일하며 "프로그램을 제작하고, 구성안을 짜고, 다른 보조 프로듀서팀을 감독하고, 게스트와 관련한 아이디어를 생각해내고, 게스트와 주제에 대해 사전조사를 했던" 코디. 그녀는 하포에서의 경험을 책으로 낼 생각을 품은 채 1998년에 사직했다. 그리고 훈련받은 저널리스트답게, 〈프로비던스 저널〉(Providence Journal)에 "세계 정상급 사기꾼인 오프라 윈프리와 그녀의 아첨꾼들"이란 제목으로, "밝은 조명과 분장이 사라지면 광택을 잃는 살아 있는 합판제품, 과대광고의 여사제" 밑에서 일하는 게 어떤 것이었는지를 흥미진진하게 써내려갔다. 코디와 비밀유지 계약을 맺었기 때문에, 오프라는 책 출간 작업을 중단하지 않을 경우 고소하겠다고 으름장을 놓았다. 그러나 소송은 오히려 코디가 걸었다. 그 비밀유지 계약이 강제 시행될 수 없는 제한조약이라며 법원에 이의를 제기한 것이다.

"저는 사람들이 자유롭게 이야기를 할 수 있기를 바랐습니다." 코디가 말했다. "아무도 하포에서는 이야기를 하려 들지 않아요. 경력에 해가 미칠까 두려운 거지요. 전 그들이 자기들 뒤를 따르는 오프라를 두려워하는 게 싫었습니다." 코디는 하포를 "매우 냉소적이고 자기도취적인 곳"이라 규정하고 오프라를 자기도취를 먹고 사는 사람이라 묘사했다.

"오프라는 자기 말을 믿지 않아요. 그녀가 하는 모든 말은 자신을 선전하기 위함이지, 여성 팬을 늘리기 위함이 아닙니다. 오프라는 여성 팬들로부터 숭배받는 걸 아주 좋아하고, 그게 당연하다고 여기죠. 하포에는 정의감이라곤 없어요. 자칭 비즈니스 윤리와 영성의 지지자라는 대외적 이미지에 비춰보면 아이러니한 일이지요. 여긴 영적인 곳이 아닙니다."

코디는 오프라를 미디어 조종의 달인으로 묘사하면서, ABC, 비아콤(Viacom, CBS와 킹월드가 소유한 거대 미디어 기업), 월트디즈니, 허스트, 옥시전 내에 지닌 막대한 영향력이 오프라에게 비판에 대한 면역성을 부여해주고 누구도 그녀의 직장에서 벌어지는 "음모와 기만행위"를 폭로하지 못하게 만들었다고 했다. 오프라는 코디의 책 같은 것에는 "광우병" 재판 때 자기가 했던 "여기는 미국이다. 누구나 자기가 싫어하는 것을 밝힐 권리가 있다"는 말을 위선적으로 들리게 만들면서 그동안 공들여 구축한 자신의 이미지를 한 꺼풀 벗겨내려는 의도가 있음을 깨달았다.

"내 책 같은 것에도 관심을 갖는 독자가 있다"고 코디는 말했다. "하지만 북클럽의 인기 덕분에 오프라가 출판계의 목줄을 쥐고 있다." 그녀는 오프라가 좋은 일을 해왔음은 인정하고 그녀로 인해 인생이 긍정적으로 바뀐 사람들도 보았노라 했다. "많은 사람들에게 세상에는 마법이 있다는 믿음을 심어주고 있지요." 그렇지만 종합적으로는 "끊임없이 신을 끌어다 붙이고 전업주부들의 취향에 영합"함으로써 순진한 청중을 장악하고 있다는 것이 코디의 견해였다.

엘리자베스 코디는 일리노이 주 항소심 법원이 오프라의 비밀유지계약이 "타당하고 시행가능하다"고 판결함에 따라 책을 쓸 기회를 영영 갖지 못했다. 계약법에 근거한 이 결정에 대해, 언론의 자유를 신봉하는 코디는 다음과 같은 질문을 남겼다. "너무도 많은 커뮤니케이션 회사들에 미증유의 영향력을 행사하는 여성이 왜 자신의 직원들은 침묵시킬 수밖에 없는가? 사람들의 사연을 얘기하는 것으로 수백만 달러를 벌어들이는 여성이 어째서 법원들로부터 이런 보호를 받는 것인가?"

수많은 프로듀서들이 뉴욕에서의 방송 일을 접고 오프라 밑에서 일하기 위해 하포로 모여들었다. 그 이유는, 어느 전 직원의 말에 따르면 "연봉이 엄청나서"였는데, 비밀리에 진행된 인터뷰에서 또 다른 직원은 이런 말을 했다. "돈도 돈이지만, 저는 희망을 주는 방송을 하자는 그녀의 메시지를 믿기 때문에 계약을 했습니다. TV에서 보던 따뜻하고 푸근한 사람과 일을 하게 될 줄 알았지요. 하지만 맙소사, 전속은 거였어요. 하포의 분위기는 으스스했어요. 너무 억압적이라 공포스러울 정도였죠. 오프라는 자기 브랜드를 지키는 일에는 인정사정 봐주지 않아요. 그리고 피고용인에 대한 염려가 워낙 커서—집착 수준임—크롤 어소시에이츠에게 모든 예비 직원들의 뒷조사를 시킵니다. 재정 상태까지도 봅니다. 그녀는 언론에 회사 내부 사정을 발설하는 스파이가 있을까 봐 늘 노심초사합니다. 그러면 자신의 이미지가 큰 타격을 입을 테니까요. 크롤의 심사를 통과한 사람은 한 달간 수습 기간에 처해져 선배들—오래전부터 맹목적인 믿음을 지녀온—에게 관찰을 당합니다. 제시된 구성안에 반기를 들거나, 스토리 아이디어나 제작 방향에 의문을 표하면 문제를 일으킬 소지가 있는 자로 찍힙니다. 저도 어찌나 겁을 먹었던지, 정식 직원이 된 다음인데도, 전화 통화가 녹음되고 있고 이메일 내용이 읽히고 있다는 소문들을 믿게 되었어요. 미국인들이 이 여성이 무대 뒤에서 어떻게 지내는지 제대로 안다면 충격에 빠질 테지만, 내부 사람들은 누구도 입을 열지 않을 겁니다. 그랬다간 바로 해고될 테니까요. 외부로 탈출한 사람들은 소송당할 게 두려워 입을 다물 것이고요. 그녀 곁에는 오프라라는 브랜드를 흠집 내려 드는 자들을 뒤쫓고 싶어 안달이 난 변호사들이 있답니다."

비밀유지 서약은 오프라에게 안정감을 가져다주었다. 그녀가 만들어낸 이미지를 훼손하려 드는 사람들에 대해 불안해하지 않아도 되게 된 것이다. 이는 그 이미지가 순 사기였다는 게 아니라 노출에 취약했다는 뜻으로, 겉보기엔 개방적인 것 같아도 오프라는 본인이 완전히 통제하는 상황에서 이른바 "나쁜 얘기"를 조금씩 흘리며 매우 신중한 방식으로만 자신을 드러냈었기 때문이다. 난잡했던 유년기, 무단결석을 일삼다 임신까지 한 십대 시절, 갓 태어난 아기의 죽음 등을 얘기해주는 대가로 여동생 퍼트리샤가 1만 9,000달러를 받고 타블로이드지에 자신을 팔아넘긴 사실이 있기에, 오프라는 더 자세히 과거가 까발려질까 봐 두려웠다. 하포 "패밀리"를 온전히 믿을 수가 없어, 최악의 경우를 상정한 채 가장 강력하다고 생각되는 방어체계를 서둘러 구축했다. 현실적으로, 입을 놀릴 만한 옛 직원들을 일일이 쫓아다닐 방법은 없었으나, 그들 대부분이 규칙을 지키게 만들 가능성은 있었다. 두려움이 길 양편에서 교통을 지시하는 형국이었다. 옛 직원들이 소송을 겁내듯 오프라는 그들의 폭로를 겁냈다.

하포 직원 500여 명 외에, 〈오프라 매거진, O〉의 전 직원들도 비밀엄수 서약서에 서명을 하고 그녀에 관한 어떤 기밀도 발설하지 않겠다고 맹세할 것을 요구받았다. 다른 출판사에서는 요구하는 법이 거의 없는 내용이었다. 아랫사람들에게 왜 그리 제왕적 규제를 가하냐는 질문을 받고서 오프라는 재차 "신뢰"의 문제라고 답했으나, 이번에는 〈시카고트리뷴〉의 엘런 워런(Ellen Warren)과 테리 아머(Terry Armour)가 그녀를 비난하고 나섰다. "사실 엄밀히 따지면 그런 게 아니다. 그건 불신의 문제다."

리더십아카데미의 교사 채용을 도운 헤드헌터들과 교직원 및 기숙사 사감도 전원 비밀엄수 서약을 해야 했다. 오프라의 학교 방문은 언제나 비밀리에 진행되었고, 남아공에서 참석하는 행사마다 게스트들에게 카메라와 녹음기 소지를 금하는 계약서에 서명을 하도록 요구했다. 오프라와 부동산 거래를 하는 사람들 또한 그녀의 소유권에 관한 자세한 사항을 발설하지 않겠다는 약속을 해야만 했다. 출장요리사, 플로리스트, 파티 플래너, 실내장식가, 소파 천갈이업자, 화가, 전기수리공, 배관공, 정원사, 비행기 조종사, 경비원, 심지어 그녀의 애견을 돌보는 수의사까지도 비밀유지 서약은 필수였다. 한번은 게일 킹의 옛 남자친구가 참가한다는 이유로 VH1(미국 대중음악 케이블 방송—옮긴이)의 데이트 리얼리티 쇼 녹화를 중단시키고, 그에게서 두 여자에 대한 이야기를 하지 않는다는 서약서를 받아낸 적도 있다.

"오프라가 자가용 비행기(2006년에 4,700만 달러를 주고 구입한 봄바르디어 BD-700 글로벌 익스프레스 고속 제트기)를 넣어두는 격납고 애틀랜틱 에이비에이션(Atlantic Aviation)의 근로자들도 빠짐없이 비밀엄수 동의서에 서명했다." 전직 비행장 안전요원 로라 아이(Laura Aye)의 증언이다. "거기서는 오프라를 논하는 것이 허락되지 않는다. 누가 물어보면 다들 '말 못 해요. 안 그러면 잘려요' 라고 대꾸한다. 그곳 여자들은 아주 두려워한다. 오프라가 글로벌을 소유하기 전에는 걸프스트림을 탔는데, 미드웨이 공항에서 나와 여러 차례 마주칠 일이 있었다. 거기서 수년간 일하면서 그녀를 한 스무 번쯤 봤는데, 남자와 있는 모습은 한 번도 못 봤다. 언제나 여자들과 여행을 다녔다. 그녀는 차갑고 무뚝뚝하며 매우 까다로웠다. 직원들에게 상냥하게 대하지 않는다. 단, 크리스마스는 제외. 그때는 모두에게 선물을 나눠주니까. AOA(항공기운항구역)에서 그녀가 개를 데리고 나와 오줌을 누이기에 내가 막 소리를 질렀던 적이 있다. 거긴 누구도 있으면 안 되는 구역이다. 비행기들이 수시로 들고 나는 데다 제트분류가 극히 위험할 수 있기 때문이다. 관제탑으로부터 어떤 여자가 개를 산책시키고 있으니까 얼른 끌고 나오라는 전화를 받았다. 달려 나가보니 오프라였다. '여보세요, 빨리 거기서 나오세요!' 내가 고함을 치자 그녀가 맞받아 소리를 질렀다. '뭐라고요?' 내가 다시 소리를 질렀다. '빨리 나오시라고요! 개가 엔진에 빨려 들어갈 수도 있어요. 여기 계시면 안 됩니다. 못 들어가게 되어 있어요.' 그녀가 불같이 화를 냈다. 나는 그 사건을 보고하지 않을 수 없었다."

억만장자 명사의 삶에 따라붙는 특권의식은 첫 비행기(4,000만 달러짜리 걸프스트림 GIV)를 구입한 직후에 표면화되었던 것 같다. "그녀는 당시 개인 제트기 전용 비행장을 이용하고 있었다. 상업용 비행장과는 구분되는 곳"이라고 로라 아이는 말한다. "오프라는 가스와 기름 냄새가 싫다고 연료공급 장치들을 주위에서 치워달라고 했다. 비행기 조종사가 무선으로 그녀의 도착을 알리면, 연료공급 장치들은 모두 격납고에서 자취를 감추었다. 안에서 일하던 사람들은 매연 냄새를 덮고자 재빨리 팝콘을 구워냈다. 그러면 비행기에서 밴까지 9미터가량 걸어가는 동안 아무 냄새도 못 맡게 된다."

걸프스트림을 타던 시기에 〈바이브〉의 해리 앨런(Harry Allen)과 인터뷰를 하게 되었다. 비행기 가격이 얼마였냐는 질문이 나왔다. 오프라는 "그 얘긴 안 하겠다"고 했다. "제트기 타는 사람들끼리는 비행기 값이 얼마냐는 얘긴 안 하는 게 예의예요. 하지만 가끔 퍽 재밌는 경우가 있어요. 비행기에 온통 흑인들뿐일 때가 있어요. 바로 얼마 전에도, 승무원이 바닷가재를 나눠주고 있었는데 내가 그랬답니다. '우리, 여전히 흑인이네요! 백인으로 변한 게 아니었어요! 다들 여전히 흑인이에요. 오프라도 여전히 까맣고요.' 이럴 줄 누가 알았겠어요?"

〈바이브〉 기자가 물었다. "이런 이야기가 가져올 파장을 인지하고 있습니까? 당신은 세상에서 가장 부유한 흑인이에요."

오프라는 짐짓 모르는 척 말했다. "제가요? 글쎄요…… 저는 늘 다른 사람들이 부자라고 생각하는데. 저한테 어울리는 콘셉트가 아니에요."

4,000만 달러짜리 걸프스트림에서 4,700만 달러짜리 글로벌 익스프레스로 수준을 높인 후, 그녀는 격납고로 쓸 새로운 공간을 확보했다. "미닫이문이 달린 다 허물어져가는 창고였어요. 비행기용 창고를 상상하면 됩니다." 비행장 직원의 말이다. "그녀가 100만 달러 정도를 들여서 완전히 탈바꿈시켰죠. 콘크리트 바닥을 깔고, 벽하고 문하고 마감재도 싹 갈았습니다. 2층에 최신식 사무실까지 지었고 시카고 시에 요청해 주차장도 들여놨어요. 나중에 주차장은 다시 손을 보았죠. (중략) 화요일, 수요일, 목요일에는 시카고에서 방송을 녹화하고 목요일 밤마다 샌타바버라로 날아갔다가 일요일 밤 9시에 시카고로 돌아오곤 했죠." 만약 오프라가 비행 중에 잠이 들면, 조종사들은 여덟 시간을 채울 때까지 수면을 방해해선 안 되었다. 그녀가 깨어날 때까지 마냥 기다렸다.

오프라는 명사들에게는 비밀엄수 동의서에 서명을 강요할 수가 없어서, 공연장이나 자선행사에서 스스로 고립돼 있는 경우가 많았다. "매디슨 스퀘어 가든에서 〈버자이나 모놀로그〉(The Vagina Monologue)를 공연할 때(2001년 2월), 유일하게 개인 출입문과 개인 분장실을 쓴 사람이 오프라였다"고 에리카 종은 회고한다. "나머지 사람들, 즉 나와 제인 폰다, 글렌 클로즈(Glenn Close), 리타 윌슨(Rita Wilson), 칼리스타 플록하트(Calista Flockhart), 셜리 나이트(Shirley Knight), 에이미 어빙(Amy Irving) 등은 한군데 모여서 속옷 차림으로 어울리고 바비 브라운(Bobbi Brown)한테 무료로 분장도 받았지요. 아무도 대가를 원하지 않았습니다. 아무도 스타로서 특혜를 누리지 않았어요. 오프라만 예외였지요. 그녀는 우리와 따로 떨어져 있었어요. 뭔가 두렵고 자신감이 없어서 그랬던 것 같은데, 뭐, 나야 모르죠."

그날 저녁 오프라는 팬들과 마주치지 않고 분장실로 직행할 수 있도록 록스타 전용 출입구—리무진도 들어갈 만큼 넓은 엘리베이터가 딸린—를 사용했다. 후에 한 친구는 그녀가 자신의 몸집을 의식해서 다른 공연자들과 거리를 두었을지 모른다고 추측했다. "죄다 깡마른 백인 여자들인데 자기만 뚱보 흑인 여자라는 게 불편했을 수도 있어요."

인종문제는 파리 에르메스(Hermes) 매장에서 입장을 거부당했을 때도 오프라가 분명하게 거론한 이유였다. 그녀와 게일이 그 명품 매장에 당도한 것은 폐장한 지 15분이 지나서였다. 하지만 안에 손님들이 돌아다니는 게 보여서 자기들도 들어갈 수 있을 거라 생각했고, 오프라는 같이 저녁을 먹기로 한 티나 터너에게 특별한 시계를 사줄 예정이었다. 그러나 웬걸, 호기롭게 들어가려던 그녀를 문 앞을 지키던 직원이 가로막고 나서더니 잠시 뒤에는 매장 관리자도 이 문전박대에 합세했다. 나중에 에르메스는 그 매장 안에서 특별한 저녁행사를 준비 중이었다고 말했다.

"나도 현장에 있었어요." 게일 킹이 기억을 떠올렸다. "정말, 정말, 어처구니가 없었습니다. 오프라는 살면서 가장 치욕적이었던 순간들 중 하나로 꼽습니다. 우리는 그걸 그녀의 '크래시'(Crash) 모먼트(인종차별을 자세히 다룬 영화 〈크래시〉에 빗대어)라 부르지요." 그리곤 한마디 덧붙였다. "그게 셀린 디옹이나 브리트니 스피어스, 바브라 스트라이샌드였다면 못 들어가는 일은 없었을 거예요."

일부 뉴스 보도들은 에르메스 판매원이 오프라를 못 알아봤으며(〈오프라 윈프리 쇼〉가 프랑스에서는 방송되지 않았다), 그 매장에 "예전부터 북아프리카인들과 얽힌 문제가 있었다"고 전했다. 오프라는 에르메스 미국 지사장에게 전화를 걸어 자신이 공개적으로 모욕을 당했다고 따지면서, 최근에 에르메스 핸드백을 열두 점(한 점 가격이 6,500달러)이나 구입했지만 앞으로는 그 회사 제품에 돈을 쓰지 않겠노라 통보했다. 회사 측은 즉각 "윈프리 양을 환영하지 못한 데 대한" 공식 사과문을 발표하고, "매장 안에서 홍보 행사가 진행 중이었다"고 변명했다.

오프라도 몹시 유감스럽다는 내용의 성명을 냄과 동시에, 가을 시즌의 첫 쇼에서 이 문제를 다룰 것임을 예고하여 몇 주 동안 세계인들에게 열띤 갑론을박의 기회를 제공했다.

캐나다 〈내셔널포스트〉의 앤 킹스턴(Ann Kingston)은 "윈프리가 영업시간 중에 입장을 거부당했다면 인종차별 혐의가 제기될 수도 있지만, 사실은 그렇지 않았다. 이는 다른 '주의'(ism)가 개입되었을 가능성을 보여준다. 아마도 그것은 유명인 지상주의(celibrity-ism)일 것"이라 꼬집었다.

몬트리올 〈가제트〉는 사설에서, 다짜고짜 "인종 카드"를 꺼내든 오프라를 비난했다. "이와 같은 일은 누구나 겪고 산다. 다행히 우리 중에는 '내가 누군지 몰라?' 모드로 돌변하는 이가 거의 없다. 마담 윈프리, 거긴 시카고가 아니라 파리예요. 설령 당신이 누군지 안다고 해도, 그 사람들은 상관 안 합니다."

보수적인 〈내셔널 리뷰〉지는 "우리 생각에 그녀가 했어야 할 일은 그 자리에서 에르메스를 사버리는 것"이라 논평했다. TV 애니메이션 〈분덕스〉(The Boondocks)에서는 열 살 먹은 흑인 급진주의자 휴이 프리먼(Huey Freeman)이 다음과 같은 뉴스를 시청하는 장면이 나왔다.

오프라 윈프리는 파리 에르메스 매장의 문전박대가 인종과 관련돼 있다고 굳게 믿고, 자신의 쇼에서 이 사건을 다루기로 했습니다.

소식통에 의하면, 에르메스 측은 대대적인 "폐업 세일"에 들어간다고 합니다.

코미디언 로지 오도넬은 자신의 블로그에 이런 글을 남겼다.

자세한 내막이 궁금해 미치겠다.

자기 인생에서 가장 치욕스런 순간들 중 하나였다니…….

오프라

가여운 뚱보

성적 학대 피해자

망가진 가정 출신의 흑인 문제아—

이런 오프라가 파리 에르메스 매장에서 인생 최악의 치욕을 당했다라…….

흐음…….

올랜도 패터슨 하버드 사회학과 명예교수는 〈뉴욕타임스〉를 통해 "오프라가 우리의 신 도금시대(new gilded age)에 엘리트 신분의 특권—영업시간 후 명품 매장에서 서비스 받는 일—을 부정당했을 수는 있다. 하지만 그녀가 인종차별주의의 피해자인 적이 있었던가?"라고 물었다.

스탠퍼드대 법학과 교수 리처드 톰슨 포드(Richard Thompson Ford)가 그의 도발적인 저서 《인종 카드: 편견에 대한 과장이 어떻게 인종관계를 악화시키는가》(The Race Card: How Bluffing About Bias Makes Race Relations Worse)에서 위 질문에 답을 했다. "만일 치욕의 이유가 에르메스 사건이 인종차별과 얽힌 그녀의 과거사를 떠올리게 했기 때문이라면, 오프라의 인종은 그녀가 모멸감을 느낀 이유였다. 그런 점에서는 오프라가 인종 때문에 모욕을 당한 것이다."

사회생활 초반부에는 인종차별을 경험해본 적이 없었다. 1986년에는 "저는 인종을 초월합니다. 정말로요"라고 말하기도 했다. 그러나 이듬해 그녀는 맨해튼의 어느 부티크에서 문전박대를 당했노라고 〈피플〉지에 이야기했다. 1995년에는 런던의 〈타임스 매거진〉(The Times Magazine)에 "시카고의 한 고급 백화점에서 앞이 가로막혔던" 경험을 들려주었다. "머리가 사정없이 부풀어 있어서 점원들이 날 못 알아봤다. 내 옆에는 흑인 남자 미용사가 있었다. 점원들은 한참을 우물쭈물하다가 지난주에 2인조 흑인 여장 남자들한테 강도를 당했다면서 '그 자들이 다시 온 줄 알았다' 고 말했다. 나는 '아, 대단히 감사합니다. 머리 모양을 바꾸는 중이거든요' 라고 설명했다. 그런 다음 미용사를 돌아보며 말했다. '우리가 지금 인종차별을 겪고 있는 건가 봐. 그게 이런 거군. 오, 맙소사!"

6년 뒤 오프라는 같은 이야기를 다른 버전으로 들려주었다. 2001년판에서 그녀를 돌려세운 가게는 매디슨 애버뉴 부티크였다. 쇼윈도에서 마음에 드는 스웨터를 보고 벨을 울렸으나 문이 열리지 않았다고 한다. 그때 백인 여성 두 명이 상점 안으로 들어가는 것이 보였다. 다시 벨을 눌렀으나, 여전히 문은 열릴 줄 몰랐다. "인종차별이다, 라는 생각이 확 들진 않았어요." 일단 공중전화로 매장이 영업 중인지를 확인했다. "일행이랑 같이 창문을 두들기기 시작했죠." 소용없었다. 시카고로 돌아와 그 매장으로 전화를 걸었다. "저는 오프라 윈프리인데요, 지난번에 가서 안으로 들어가려고 했는데……." 그녀가 들은 매니저의 설명은 이랬다. "믿기 힘드실 줄 압니다만, 실은 저희가 지난주에 흑인 성전환자 두 명한테 강도를 당했어요. 그자들이 다시 온 줄 알았습니다."

이 이야기들이 진짜건 과장이건 간에, 영업시간 후에도 쇼핑이 가능한 명사 대접에 오프라가 익숙해 있었던 건 분명하다. 시카고의 블루밍데일즈 백화점은 한 발 더 나아가, 쇼핑 과정을 구경하거나 언론에 정보가 새나가지 않도록 불필요한 점원들을 매장 밖으로 내보내달라는 요구까지 들어주었다. (그녀는 스튜디오와 잡지사 직원들에게 주려고 산 크리스마스선물—14캐럿 금과 다이아몬드로 만든 'O' 자 모양의 펜던트—이 〈내셔널 인콰이어러〉에 미리 공개됐을 때 몹시 화를 냈다.)

"오프라의 스무 번째 시즌 프리미어"로 홍보된 2005년 9월의 첫 방송을 며칠 앞두고, 그녀의 대변인으로부터 로버트 B. 차베스(Robert B. Chavez) 에르메스 미국지사장이 게스트로 출연할 것이라는 발표가 나왔다. 과연 전국적인 TV 화면으로 어떤 곤혹스런 상황이 펼쳐질 것인지, 세간에 갖가지 추측이 난무했다.

오프라는 여름휴가 때의 일들을 우스갯소리로 늘어놓으면서 방송을 시작했고, 이어 파리에서 있었던 일로 화제를 돌렸다. 우선, 관련 기사들의 출처가 절친한 친구이긴 하지만, 언론 보도의 대부분은 "완전히 잘못된 것"이라고 주장했다. 그녀는 자신이 문 닫은 상점에 들어가지 못해 화가 났을 거라 생각하는 시청자들을 나무랐다. "아무려면 제가 이 나이에 그리 어리석은 짓을 하겠습니까? 저는 가방을 못 사게 돼서 화가 난 게 아니었어요. 그 매장의 한 직원이 너무 무례했기 때문에 화가 난 거지요. 회사 전체에 대해 그런 것도 아니고요."

차베스는 오프라가 계속해서 그의 회사를 질책하는 걸 지켜보았다. "매장의 영업이 끝나서 제가 입장을 거부당한 거라는 보도가 있었는데요, 당시 매장은 폐장을 준비하는 중이었습니다. 매우 활발하게 돌아가고 있었단 말입니다. 출입문은 잠기지 않은 상태였습니다. 친구들과 저는 현관 안에 서 있었고, 나를 들일 것이냐 말 것이냐를 놓고 직원들끼리 의견이 분분했어요. 바로 그 부분이 당황스러웠습니다. 상점이 그냥 문을 닫는 것과 저한테 문을 닫는 것은 다르지 않습니까?"

"충분히 멋지거나 날씬하지 않아서, 혹은 어울리는 계층이나 피부색이 아니라서…… 등등으로 무시당해본 분들은 다 아실 겁니다, 그게 얼마나 모욕적인 경험인지. 저한테 일어난 일이 바로 그런 것입니다."

에르메스에서 대신 매를 맞으러 나온 이가 심심한 사죄의 변을 내놓았다. "저희 파리 매장을 방문했을 때 맞닥뜨린 그 모든 불행한 상황에 대해서 정말로 죄송하게 생각한다는 말씀을 꼭 드리고 싶습니다. 저희는 전 세계 모든 고객들에게 정성을 다하고자 노력하고 있습니다." 그러다 삐끗, 말실수를 했다. "당신을 돌려세운 여직원은, 하늘에 맹세코, 당신이 누군지 몰라서 그랬던 겁니다."

"이건 '내가 누군지 몰라?' 식의 문제가 아니라니까요." 오프라가 톡 쏘아붙였다. "유명인 행세를 하려고 했던 게 아니에요, 저는."

차베스는 황급히 사과했다. "아니, 제 말은 어쩌다 아주, 아주 융통성 없는 점원을 만나신 거란 뜻입니다."

"융통성이 없는 건가요, 무례한 건가요?"

"융통성도 없고 무례하기도 한 거죠. 그럼요."

실컷 혼쭐을 내고 나서야 오프라는 그를 용서했다. 그리고 직원 교육에 세심하게 주의를 기울이는 회사 방침을 칭찬했다. 그녀가 차베스와 포옹을 나누고, 켈리(Kelly) 악어백 가격대가 1만 8,000~2만 5,000달러인 이 명품 매장에서의 쇼핑을 시청자들에게 적극 권하면서 이 코너는 마무리되었다. 오프라 역시 쇼핑을 재개해, 몬테시토 자택에서 "여자 친구" 열두 명이 모여 마리아 슈라이버를 위한 파티를 열었을 때, 초대장을 에르메스 스카프 열두 장(한 장 가격이 375달러)에 끼워 보냈다.

차베스는 비밀유지 서약서에 사인하지 않고 하포 건물을 나온 몇 안 되는 게스트들 중 한 명이었다. 오프라 쇼에 출연하는 사람들 대부분이 비밀엄수를 서약하게 되는데, 출연한다는 자체에 너무 감격해 자신들의 권리를 기꺼이 포기한다. "제 소속 출판사가 〈오프라 쇼〉와 다른 쇼들의 차이는 태양과 반딧불이의 차이라고 했습니다." 이름을 밝히지 말아달라고 신신당부한 '전미언론인작가협회' 한 회원의 말이다. "그러니 저야 당연히 태양 아래 있고 싶죠."

대다수 작가들은 직업적인 의구심을 애써 누르면서 오프라 측이 내미는 계약서에 서명을 하지만, 한 사람은 거기에 반기를 들었다. "도저히 그럴 수가 없었어요." 수상 경력이 있는 뉴올리언스 〈타임스 피카윤〉(Times-Picayune)의 칼럼니스트 크리스 로즈(Chris Rose)였다. "옳지 못한 일이었고, 내가 작가로서, 저널리스트로서, 또 인간으로서 믿는 모든 것에 거스르는 결정이었으니까요."

로즈는 허리케인 카트리나 참사로 겪은 끔찍한 우울증에 대해 가슴 뭉클한 칼럼들을 썼었다. 그의 칼럼들은 퓰리처상 후보에 올랐고, 나중에 《다락방의 한 주검》(1 Dead in Attic)이라는 제목을 달고 책으로도 출간됐다. 카트리나 참사 2주년을 맞아, 〈오프라 쇼〉로부터 생존자들의 외상후 스트레스 장애를 이야기해달라는 출연 섭외가 왔다. "제작진은 내 전문 지식을 원했습니다. 책의 저자나 신문 칼럼니스트로서가 아닌, 투병생활을 묘사한 칼럼들 덕에 뉴올리언스의 우울한 주민들 가운데 가장 유명해진 사람이라는 자격으로 말입니다. 하지만, 내 책과 쇼의 주제가 위기에 빠진 뉴올리언스의 정신 건강인데도, 방송에서 내 책을 언급하는 것은 물론, 책을 보여주는 것조차 허락되지 않았습니다. 카트리나로 인한 정서적 파괴를 되짚어보는 길고 힘든 하루—열 시간—가 끝날 즈음, 오프라의 프로듀서가 서류 한 장을 내밀며 서명을 요구했습니다. 그래요, 그녀에게 내 이름과 내 이미지와 내 사연을 사용할 권리, 심지어 내 막냇자식에 관한 자료화면을 사용할 권리까지도 기꺼이 넘겨주었습니다. 그러나 지난 열 시간 동안의 내 경험을 무효화시킬 권리를 넘겨줄 순 없었습니다. 나는 설명했습니다. 글쓰기가 곧 내 삶이며, 내 경험을 쓰는 것이 나의 생계수단이라고요."

"프로듀서는 내가 서명을 안 하면, 그 코너를 방송하지 않을 거라더군요. 저들은 나에게서 내면의 어둠을 뽑아냈고, 온 나라에 내 개인적 고통을 드러낼 예정이었어요. 지쳐 쓰러지기 일보 직전이었지만 나는 이런 식의 벼랑 끝 전술에 무너지지 않겠노라 밝혔지요."

프로듀서는 당혹감을 감추지 못했고, 이후 세 시간 동안 오프라의 지휘계통을 따르는 여러 프로듀서들이 그에게 전화를 퍼부어대며, 비밀유지 계약을 맺지 않을 경우 그의 출연분을 들어내겠다고 으름장을 놨다.

그들은 "우릴 믿어라" 했지만, 로즈는 요지부동이었다. 그날 밤 그는 오프라와 그녀의 프로듀서들과 있었던 일들을 칼럼으로 썼고, 이것은 신문사 웹사이트에 게재되었다.

"다음 날 아침, '바이러스처럼 퍼진다'는 게 무슨 뜻인지를 알게 됐습니다. 인터넷상의 안티-오프라 벌집을 내가 들쑤셔놨던 겁니다. 그날 내 책은 아마존 판매순위 11,000위에서 18위로 급부상해 〈뉴욕타임스〉 베스트셀러 리스트에까지 올랐어요. 깜짝 놀라지 않을 수 없었습니다. 오프라를 선행의 추진자라고 늘 생각했거든요. 그녀와 그녀의 비밀유지 서약에 대해 부정적인 감정들이 있는 줄은 전혀 몰랐습니다. 전국 각지에서 작가들로부터 전화와 이메일이 쇄도했습니다. 당장 내 책을 사서 그녀에게 메시지를 보내겠다는 내용들로요. 아이러니한 건, 내 코너가 〈오프라 쇼〉에서 방영이 됐고('스페셜 리포트: 카트리나—복구에 필요한 것들은?'), 내 책이, 잠깐 동안이긴 하지만, 그녀의 웹사이트에 올라 있었다는 점입니다. 하지만 나는 아마도 〈오프라 윈프리 쇼〉에서 화면에 안 잡혀 베스트셀러가 된 책의 저자로 통하겠지요."

하포 프로듀서들은 계속해서 질 높은—시선을 사로잡는 시각자료, 빠르게 전개되는 코너, 오락성과 다양성 및 자기계발을 추구하는 여성 시청자들의 입맛에 맞는 독점 인터뷰—프로그램들을 내놓았다. 높은 시청률을 올리는 경우에는 고액의 보너스가 주어지기 때문에, 프로듀서들 간에 자기 아이디어를 방송에 내보내기 위한 경쟁이 치열했다. 그렇다 보니 목적 달성을 위해서라면 수단 방법을 가리지 않았다.

"순 깡패들이에요." 하이디 유잉(Heidi Ewing)과 로키 필름스(Loki Films)를 공동 운영하며 다큐멘터리 영화 〈바라카 소년들〉(The Boys of Baraka)과 아카데미상 후보작 〈지저스 캠프〉(Jesus Camp)를 제작한 레이철 그래디(Rachael Grady)의 말이다. "오프라와 그녀의 프로듀서들은 모든 사람들이 그 쇼에 출연하는 걸 감지덕지해한다고 생각해요. 그런 영광을 위해서라면 무보수로라도 일해줄 거라 기대하죠." 로키 필름스는 2006년 여름, 남아공의 오프라 학교에 관한 ABC 프라임타임 스페셜을 제작해달라는 요청을 받았다. "일은 맡기로 했지만, 정당한 대가는 못 받았다고 느꼈어요. 그래서 보수를 두 배로 올려달라고 요구했지요. 그랬더니 언제라도 이유 없이 우릴 해고할 수 있다는 내용이 적힌 계약서를 내밀더군요. 그 편이 자기들 돈이 덜 든다며 우리 변호사와는 얘기도 안 하겠대요. '게다가, 결국은 다 자르고 우리가 직접 일을 하는 경우가 많다'고 했습니다. 말하는 게 그런 식이에요."

"오프라 학교, 멋진 아이디어라고 생각합니다. 그런데 그 가난한 나라에서 일을 해보니까, 7,500만 달러면 온 나라의 가난을 구제할 수가 있는데 학교 하나에 4,000만 달러를 쓴다는 게 미친 짓 같더라고요. 하지만 오프라는 금박 새장에 갇혀 살아서 그런지 현실감각을 잃어버렸어요. 우린 그녀의 호출에 세 번이나 시카고로 날아가야 했죠."

"그녀를 위해 여섯 달을 꼬박 희생해야 하고, 돈도 조금 받고, 애쓴 건 인정도 못 받고, 그것도 모자라 오프라라는 이름을 입에 올리지 않겠다는 비공개 서약까지 해야 된다는 걸 알았을 땐, 어휴! 도저히…… 그런 조건으로는 일감 못 맡겠다고 바로 얘기했지요. 해리엇 시틀러(Harriet Seitler)가 엄청 화를 내더군요. '당신들 둘은 뉴욕시 한 구석에 사는 별 볼 일 없는 여자들이지만, 우린 오프라 윈프리예요. 하포라구요. 당신들한테는 우리가 필요하지만, 우린 당신들 아쉽지 않아요.'"

저명한 인권변호사 마틴 가버스(Martin Garbus)의 딸이자 다큐멘터리 감독인 리즈 가버스(Liz Garbus) 역시, 자신의 영화 〈걸후드〉(Girlhood)가 〈오프라 쇼〉 "옥중생활: 여자들이 살인을 하는 이유"편에서 소개되었을 때 문제에 봉착했다. 그 다큐멘터리에 나오는 젊은 두 여성 샤네이와 메건은 오프라가 메건 엄마의 마약중독을 언급하지 않는다는 조건 아래 쇼의 출연에 동의했다. 그러나 그 약속은 얼마 못 가 갈가리 찢기고 말았다. 카메라가 돌고 있는데 오프라가 엄마의 마약중독 얘기를 불쑥 꺼냈고, 그 바람에 메건이 화가 나 세트장을 떠나버린 것이다. 한 프로듀서는 나중에 이를 "좋은 텔레비전"—그 쇼의 최우선 과제—의 예로 들었다.

토크쇼 거물들이 특종 싸움을 벌임에 따라 무대 뒤 경쟁은 더욱 치열해졌다. 2003년에 오프라와 케이티 쿠릭(Katie Couric, 2006년까지 NBC 간판 프로그램 〈투데이 쇼〉의 메인 앵커를 지냈다—옮긴이)은 솔트레이크시티의 자기 집에서 납치된 열네 살 소녀 엘리자베스 스마트(Elizabeth Smart)를 가운데 두고 한판 승부에 나섰다. 구덩이에 갇히고 나무에 묶이기도 하면서 9개월 동안 목욕도 허락되지 않았던 스마트가 경찰 손에 구출된 직후, 부모는 딸의 심신 회복을 위해 취재를 삼가달라고 언론에 요청했다. 7개월 뒤, 에드와 로이스 스마트(Ed and Lois Smart) 부부는 《엘리자베스 구출기: 믿음과 희망의 여정》(Bringing Elizabeth Home: A Journey of Faith and Hope)이라는 책을 써서 TV 판권을 CBS에 팔았다. 출간일은 10월로 잡혔고, 11월에 영화가 나올 예정이었다. 출판사(더블데이)는 케이티 쿠릭에게는 〈데이트라인〉에서의 프라임타임 인터뷰를, 오프라에게는 낮 시간대 인터뷰를 맡기는 것으로 홍보 전략을 짰다. 스마트 측에서 내세운 기본 원칙은 엘리자베스에 대한 무성 자료화면은 써도 되지만 카메라 인터뷰는 금한다는 것이었다.

책 출간을 둘러싼 미디어의 관심이 어찌나 뜨거웠던지, CBS는 영화 개봉 때 내보내려 했던 스마트 측과의 인터뷰를 케이티나 오프라의 프로그램에 앞서 네트워크 스페셜 프로그램으로 방송하기로 결정했다. 이에 오프라의 프로듀서들은 급히 유타 주로 출동, 새하얀 퀼트 이불과 러플 달린 베개, 알록달록한 인형들 등 엘리자베스의 침실 풍경을 자세히 카메라에 담았고, 그녀가 9개월 동안 매여 있었던 장소도 촬영했다. 프로듀서들과 함께 직접 유타를 찾은 케이티 쿠릭은 스마트 가족과 인터뷰를 마친 뒤, 갖은 설득 끝에 엘리자베스와 대화를 나눌 기회를 얻어내 NBC에 특종을 안겼다. 쿠릭은 성학대 문제를 우회적으로 묘사하려 애썼다.

쿠릭: 친구들이 널 어떻게 대하니, 엘리자베스? 내 말은 분명히…….

엘리자베스: 평소와 같아요.

쿠릭: 너한테 뭘 물어보곤 하니? 이를테면…….

엘리자베스: 아니요.

쿠릭: 그때 많이 무서웠을 거야…….

엘리자베스: 네…….

쿠릭: 네가 달라졌다고 생각하니?

엘리자베스: 아뇨.

인터뷰 얘기를 들은 오프라는 격분했다. 하지만 케이티 쿠릭에게 직접 악을 쓰는 대신, 당시 더블데이 홍보담당자인 수잔 허츠(Suzanne Herz)에게 전화를 걸었다. 더블데이의 한 직원은 "오프라가 마구 혼을 냈다"고 기억한다. "아주 묵사발이 됐어요. 오프라 윈프리한테 그런 취급을 당했다는 게 수잔한테는 상당히 충격이었지요. 나쁜 걸로 따지자면 케이티 쿠릭의 행동이 더 나빴죠. 특종을 잡기 위해 룰을 깼잖아요. 오프라는 룰을 따르다가 완전히 뒤통수를 맞은 거고요. 난 오프라 행동이 이해돼요. 결국엔 두 사람 모두 엄청난 시청률을 거뒀습니다."

쿠릭이 엘리자베스 스마트와 부모를 인터뷰한 NBC 방송은 1,230만 시청자의 눈을 끌어모으며 동시간대를 장악, 바버라 월터스가 다이애나 비의 집사를 인터뷰했던 ABC의 〈20/20〉을 가볍게 따돌렸다. 오프라는 그 인터뷰가 방송되기에 앞서, 〈오프라 쇼〉 제작진이 찍어온 자료화면을 케이티 쿠릭 및 〈투데이 쇼〉와 직접 경쟁하는 ABC 〈굿모닝아메리카〉에서 2회에 걸쳐 공개하는 것으로 앙갚음을 했다. "그것은 보복이 아니었다"고 오프라의 대변인이 밝혔다. "홍보의 일환이었을 뿐입니다."

모두가 다 〈오프라 윈프리 쇼〉의 출연을 즐기지는 않았다. "2001년에 《어느 부적합한 엄마의 회고록》(Memoir of an Unfit Mother)을 쓴 앤 로빈슨(Anne Robinson)이 4년 뒤 오프라의 프로듀서들로부터 출연 섭외를 받았을 때 그녀의 대리인"이었던 문학 에이전트 에드 빅터(Ed Victor). "거기에 꼭 나가야 하냐고 묻는 앤에게 그렇다고 대답했습니다. 오프라가 앤 모녀의 출연을 희망한다는 얘기를 듣자마자 출판사(포켓북스(Pocket Books))에서 문고판 출간 제의가 들어왔거든요. 그래서 그 쇼에 나가 책도 좀 팔고 자신의 메시지도 널리 알리라고 권했지요." 영국의 게임쇼 〈위키스트 링크〉(The Weakest Link)의 퉁명스런 진행자인 로빈슨은 당시 미국에서도 제법 인지도가 있었는데, 에이전트의 말에 따르면, 오프라와의 만남은 "끔찍했다."

"〈오프라 쇼〉 녹화를 마친 후 내게 호통을 치더군요. 앤은 오프라를 너무 싫어했고, 그쪽 사람들에게 부당한 대우를 받았다고 느꼈어요." 로빈슨은 그 일에 대해 얘기하길 거부했으나, 에드 빅터는 "처음부터 끝까지 악몽"이었다고 기억한다. 그리고 한마디 덧붙였다. "그 길로 앤의 에이전트는 못 하게 됐습니다."

소방관 남편을 9·11 세계무역센터 테러 때 잃은 마리아 폰타나(Maria Fontana)는 오프라 쇼에 출연하기로 약속한 뒤부터 프로듀서들한테 밤낮으로 시도 때도 없이 시달렸다. "데이브의 장례식 직후였어요. 10분마다 전화를 해서 이것저것을 요구하더군요. 결혼식 비디오테이프를 달라, 가족사진을 달라, 클로즈업 사진을 달라…… 계속 뭔가를 요구했죠." 프로듀서들은 남편이 16년간 구명대원으로 일했던 해변에서 추도식을 연다는 얘기를 듣고는 거기도 찾아가겠다고 고집을 피웠다. "아주 막무가내였어요." 그녀가 끝내 거절하자, 그들은 출연 예약을 취소해버렸다.

2008년 봄에는 프로듀서들이 5월 시청률조사기간을 겨냥한 출연 섭외에 들어가, 소설 《밝게 빛나는 아침》(Bright Shiny Morning)의 문고판 출간에 대해 이야기를 나누자며 제임스 프레이에게 출연 제의를 했다. 그들은 오프라와 《백만 개의 작은 조각들》 저자의 재대결이 시청률 상승의 보증수표임을 알고 있었으나, 프레이는 그 고통의 무대에 다시 서고픈 생각이 별로 없었다. 2006년에 〈오프라 윈프리 쇼〉에서 뭇매질을 당한 후, 생후 11일된 아들 레오를 척수성 근위축증으로 잃는 아픔까지 겪었던 만큼, 작가는 어떤 조건들이 충족되지 않는 한, 설령 자기 책을 홍보하는 일이라 해도, 여왕의 폭력 앞에 또다시 노출되고 싶지 않았다. 프로듀서들은 오프라에게 상황을 설명했고, 결국 프레이는 섭외 대상에서 제외되었다. 하지만 오프라는 전화를 걸어 2년 전에 그를 대했던 방식을 사과했다. 그녀의 쇼를 통한 공개 사과는 아니었으나 프레이는 고맙게 받겠다고 기자들에게 말했다. 오프라의 회한은 어쩌면, 프레이의 소설에서 스캔들에 휘말려 사람들이 자기를 공격한다고 느끼는 한 등장인물이, 어느 TV 토크쇼의 진행자 및 프로듀서들과 나눈 대화 및 진행자가 자기한테 전화로 한 고백 등을 녹음하는 대목을 읽던 중에 비롯되었는지도 모른다.

오프라에게 서로 시청률을 안겨주겠다고 경쟁을 벌이다 보면 프로듀서들이 사나워지는 수가 있다. "그들을 상대하기가…… 몹시 힘들었습니다." 미국 사법 사상 최초로 살인죄에 대해 성인 취급을 받은 아동의 변호인 대니얼 배그데이드(Daniel J. Bagdade)의 토로다. 미시간

주 폰티액에서 로널드 그린(Ronald Greene)을 총으로 쏴 죽인 너대니얼 에이브러햄(Nathaniel(Nate) Abraham)은 열한 살의 나이에 최고 보안등급의 소년원으로 보내져 거기서 스물한 살 때까지 지내게 되었다. 그가 석방되자마자 오프라의 프로듀서들로부터 기다렸다는 듯 출연 섭외가 들어왔다. 희생자의 유가족에게 사죄하는 장면이 핵심이 될 방송이었다. 배그데이드 변호사는 〈오프라 윈프리 쇼〉처럼 언론의 주목도가 높은 프로그램에 출연하는 걸 달가워하지 않았으나, 너대니얼은 오프라의 유명인다운 매력에 마음을 빼앗겨버렸다. "그녀는 너대니얼이 가장 존경하는 인물이에요. 그래서 출연에 동의했습니다. 하지만 시카고에 가서 보니, 참……."

프로듀서들이 염두에 둔 것이 자신의 고객을 법적인 위험에 빠뜨리는 일임을 알고서, 배그데이드는 너대니얼의 석방 때 그들과 맺은 계약을 철회했다. "그러고 나서 이틀 밤낮을 오프라와 그녀의 깐깐한 변호사(윌리엄 베커(William Becker)가 25명으로 구성된 하포 법무팀을 이끈다)한테 시달렸습니다. 물론 목표를 위해서라면 물불 안 가리는 프로듀서들한테도요. 저돌적인 그들은 우릴 궁지로 몰아넣었지요. 계약을 파기한 데 대해 소송을 걸겠다고 협박도 했어요. 그냥 넘어가지 않겠다고 하더군요. 오프라는 어떻게든 그 쇼를 내보내고 싶어, 나와 한밤중에도 통화를 했습니다. 내가 법적인 문제를 설명하니까, 미시간에 있는 개인 변호사한테 전화를 걸어 사실 확인을 했습니다. 그녀는 대체로 합리적이고 프로페셔널했어요. 하지만 그녀의 스태프들한테는 도저히 그런 말 못 하겠군요."

결국 그 쇼는 방송되지 않았다. 대신, 오프라는 너대니얼이 희생자의 유가족에게 개인적으로 사죄하는 자리를 마련했다. 배그데이드가 너대니얼 모자와 로널드 그린의 친지들을 데리고 오프라의 사무실을 찾았다. "웬만한 집보다 넓었어요. 바로 옆 탈의실 역시 그렇더군요. 신발장만 해도 보통 방의 절반은 될 거예요." 연못만 한 장밋빛 대리석 욕조가 들어앉은 널찍한 욕실은 미처 구경하지 못했다.

하포 소속 변호사가 구석에 앉아 있는 가운데, 오프라가 두 가족을 큰 책상 앞으로 불러 모았다. 너대니얼의 변호사는 회고한다. "진정으로 사죄하는 건 그때가 처음이라서, 모두에게 매우 뜻 깊은 자리였어요. 카메라 앞이 아니란 게 좋았습니다. 만일 그랬다면 너무 속 보이는 방송이 됐을 겁니다. 두 어머니—너대니얼의 어머니와 그린의 부인—는 포옹과 키스를 나누었습니다. 두 사람 다 교회에 다니는지라, 하느님과 용서에 대한 얘기를 나누더군요."

원했던 흥미진진한 방송이 무산되었을 때, 에이브러햄 모자와 그린 가족을 폰티액으로 쉽게 돌려보낼 수도 있었다. 하지만 기특하게도 오프라는 그 방송이 목표했던 바를 완성시키는 쪽을 택했다. 희생자의 가족에게 사죄를 함으로써 어린 살인자에게 뉘우침을 표현할 기회를 주는 것 말이다. 그 결정은 모두에게 마음의 평화를 가져다주었다. "오프라는 정말로 너대니얼에게 마음을 많이 써주었어요." 네이트의 변호사가 말했다. "며칠 동안 특별한 관심을 보이며 조언을 아끼지 않았지요."

그러나 폐기된 프로그램들이 다 오프라의 넓은 아량을 끌어낸 것은 아니었다. 돈이 얽힌 경우에는 특히 더 그러했다. 모니카 르윈스키(Monica Lewinsky)를 인터뷰할 기회가 왔을 때, 오프라는 클린턴 대통령의 탄핵 문제로까지 이어진 섹스스캔들 주인공의 첫 인터뷰를 자신이 하게 돼 무척 설렌다고 말했다. 르윈스키 역시 흥분을 감추지 못했는데, 오프라가 방청객들 앞에서 자신을 포옹할 거라는 얘기를 들었을 때 더욱 그랬다. 그러나 이 전직 백악관 인턴이 그 인터뷰에 대한 해외배급권을 국내 방송 이후에도 계속 소유하겠다고 고집하자, 오프라는 난처한 기색을 드러냈다. 문제의 핵심은 바로 100만 달러가 넘는 저작권료였다. 르윈스키는 날로 불어나는 소송비용을 대기 위해 이것이 필요하다고 했다. 인터뷰 요청이 쇄도하는 화제의 인물답게, 그녀는 당시 해외에서도 엄청난 관심을 불러 모았다. 그도 그럴 것이, 대통령을 거의 실각시킬 뻔한 스캔들을 그녀의 입장에서, 또는 그녀의 목소리로 들은 사람이 그때까지 아무도 없었기 때문이다. 오프라는 인터뷰에 대한 해외배급권을 자신이 갖겠다고 주장했고, 모니카도 포기할 형편이 못 된다며 맞섰다. 다음 날, 토크쇼에서 오프라가 다음과 같이 발표했다. "모니카 르윈스키와 인터뷰를 하긴 했습니다. 그런데 제가 원치 않는 방향으로 대화가 흘러갔어요. 저는 어쨌든, 돈을 지불하면서 인터뷰를 하진 않습니다. 이 일에서 발을 빼기로 했습니다. 이제는 그 인터뷰에 관심조차 없습니다. 누가 인터뷰를 하게 되든 그분께 건투를 빕니다."

그 두 시간짜리 인터뷰는 바버라 월터스에게 넘어갔다. 르윈스키가 해외배급권을 보유하는 가운데, ABC 〈20/20〉에서 특집 형식으로 방송돼 4,500만 명의 시청자를 끌어모았다. 후에 〈조지〉(George) 매거진은 "오프라는 어쩌다 모니카를 버렸나"라는 기사에서, 그 전직 인턴은 하포와 계약을 맺길 거부하는 바람에 헌신짝처럼 내버려진 거라고 자세히 경위를 설명했다. "르윈스키의 눈에 비친 윈프리는…… 비정하고 기만적이고 의리 없는 사람이었다."

방청권을 얻으려고 몇 달 몇 년을 기다리고, 입장하기 위해 또 몇 시간씩 줄을 서는 오프라의 열성팬들과 스튜디오 방청객들은 저 위에 나온 어떤 얘기도 믿으려 하지 않았다. "〈오프라 윈프리 쇼〉에서는 방청객들의 마지막 '꺄악~' 소리에 이르기까지 모든 것이 치밀하게 구성돼 있어요." 수년간 시카고로 수많은 작가들을 데리고 다녔던 출판사 간부의 말이다. "그 절차는 대충 이렇습니다. 보안 검사를 통과해 자리에 앉으면, 프로듀서들 네다섯 명 — 한 명이 아니다 — 이 45분짜리 방송을 위해 방청객들을 준비시킵니다. 어떻게 행동해야 하는지를 알려주는 것이죠. 펄쩍펄쩍 뛰면서 소리를 지르라고 시킵니다. 오프라가 재밌는 말을 하면 방청객들은 웃고 박수를 쳐야 해요. 그러고 나서 리허설에 들어갑니다. '자, 연습을 한번 해봅시다. 오프라가 충격을 받으면 여러분도 충격을 받는 겁니다. 알겠죠? 행동으로 표현해보세요. 충격받았다는 걸 보여주라고요. 다시 한 번 해봅시다. 반응을 많이 보일수록 화면에 잡힐 가능성이 커집니다. 이 점이 중요합니다. 여러분은 오프라의 방청객들이니까요. 여러분은 그녀가 세상으로 나아가는 관문입니다. 그러니 꼭 반응을 보이세요.' 이 프로듀서들은 사람을 열광시키는 작업에 도가 터서, 오프라가 무대 통로에 모습을 나타내면 방청석이 열광의 도가니로 변합니다. 무대에 오르는 순간, 너나 할 것 없이 펄쩍펄쩍 뛰면서 환호성을 지르고, 여기저기서 눈물 훔치는 사람, 괴성을 지르고 발을 구르는 사람이 속출하지요."

오프라는 열광하는 방청객들한테 하도 익숙해져서 기립박수를 치지 않는 사람이 있으면 못마땅하다는 반응을 보였다. "한번은 그냥 앉아 있는 젊은 흑인 남자를 콕 집어냈어요." 출판사 간부가 계속해서 말했다. "야유를 보내기 시작하더군요. '여기 매우 용감한 분이 계시네요.' 이어서 과장되게 놀리는 거예요. '저분은 이렇게 생각하시겠죠? 쳇, 내가 일어나서 오프라를 응원해줄 필욘 없어. 말도 안 돼. 안 할 거야. 난 남자라고. 오프라한테 고갤 숙이지 않겠어.' 그녀 특유의 자학 개그가 펼쳐졌습니다. 추하디추한 4~5분이었어요. 가여운 남자는 그녀가 자기를 가지고 노는 동안 말없이 앉아만 있었습니다. 오프라는 고삐를 늦출 생각이 없어 보였어요. 다른 방청객들은 다 올리는 경배를 혼자만 안 하고 있던 게 눈에 아주 거슬렸던 모양이에요. 그 남자는 졸지에 머리가 많이 모자라고 심각한 신체적 장애가 있는 사람이 되어버렸지요."

〈오프라 쇼〉에 참여해서 신나는 일들 중 하나는 때때로 멋진 선물들을 안고 돌아간다는 점이다. 티보(TiVo), 아이팟, 킨들(Kindle, 전자책 리더기), 케이크, 옷, 심지어 자동차까지. 매년 가장 기대되는 선물쇼인 "오프라가 좋아하는 선물"은 1999년, 그녀의 뜨거운 쇼핑 욕구에서 파생된 코너였다. 수년 동안 그녀는 마구잡이로 사들인 물건들—타월, 파자마, 캐시미어 스웨터, 다이아몬드 귀걸이—을 시청자들에게 나눠주었고, 시청자들은 부에 대한 열정을 마음껏 발산하는 그녀를 즐겁게 지켜보았다. 백만장자가 된 것에 고무된 오프라는 게스트로 나온 유명인들에게 끊임없이 물어보았다. "당신은 언제 부자라는 걸 알았나요?" "원하는 건 뭐든 살 수 있다는 게 어떤 기분인가요?" "처음 큰돈을 벌었을 때 뭘 했습니까?" "백만장자가 됨으로써 당신의 인생이 달라졌나요?"

"오프라가 좋아하는 선물"을 시작하면서, 그녀는 제조사들에 전화를 걸어 방청객들한테 공짜로 줄 상품을 300점 보내달라고 청했다. 일단 방송에서 소개되고 나면 시청자들로부터 구매 주문이 쇄도하기 때문에 사은품 제공과 맞바꾼 홍보 효과는 제조사의 엄청난 수익으로 이어졌다. 스팽스(Spanx, Inc., 보정속옷 회사—옮긴이), 서마지(Thermage, 미용장비 제조사), 필로소피(Philosphy, 스킨케어 브랜드), 캐럴즈 도터(Carol's Daughter, 미용제품 브랜드) 같은 중소기업들이 오프라가 좋아하는 물건을 만든 덕분에 거대 기업으로 성장했다. 그러므로 그녀의 무료 제공 요청을 거절하는 회사는 거의 없었다. "간단해요. 내가 제일 좋아하는 거라고 사실대로 말할 테니까, 당신네는 300개만 내놓아라, 그뿐이에요. 일전에 누가 나한테 이 책을 줬는데요, 《우리가 사는 방법》(The Way We Live)이라고, 그냥 가볍게 읽을 만한 책이죠. 세계 각지의 여러 가정과 사는 모습들이 사진으로 나와 있고요. 그런데 우리가 출판사(크라운)에 책을 요청했다가 보기 좋게 거절당한 거 아세요? 내가 서점에서 사기엔 비싸다(75달러)고 생각하는 책인데, 그렇게 많은 책을 공짜로 줄 순 없다더군요. 믿어지세요? 그래서 한마디 해줬죠, '그럼 이젠 내가 제일 좋아하는 것이 안 되겠네요!' 그 출판사 어떻게 그리 멍청할 수가 있죠? 정말 멍청해요. 책이잖아요. 내 말대로 했으면, 몇 권을 팔 수 있었을까요?"

오프라는 "오프라가 좋아하는 선물" 쇼를 "최고 인기스타"라 부르면서, 방송일자를 철저히 비밀에 부쳤다. 그러다 그날이 되면, 그해 자기가 제일 좋아하는 것으로 선정한 상품들을 꼬박 한 시간에 걸쳐 방청객들에게 나눠주었다. 여기에는 유기농 치즈케이크, 설탕맛 팝콘, 어그부츠, CD, 책, 외투, 노트북 컴퓨터, 디지털카메라, 주문 제작된 나이키 운동화, 다이아몬드 시계, 블랙베리폰, 평면TV 등 각양각색의 제품들이 망라되어왔다. 매해 그녀는 요란한 팡파르와 함께 상품들을 발표했고, 항상 소매가를 알려주었다. 2007년에는 쇼 말미에 터무니없이 값비싼 제품을 소개했는데, "여태껏 내가 좋아한다고 한 제품들 중 제일, 제일, 고가"라고 목청을 돋우었다. 이미 받은 물건들만으로도 황홀경에 빠질 지경인 방청객들은 드럼 소리가 두두둥 울리면서 벨벳 커튼이 열리기 시작하자 기대감에 온몸을 떨었다. 마침내 그들을 자지러지게 만든 주인공은 HDTV가 문에 부착된 LG 냉장고였다. DVD와 라디오 사용이 가능하고 슬라이드쇼를 구현할 수 있고, 5일치 일기예보와 100가지 요리법을 조회할 수 있는 기능을 갖추었다며 값이 "무려 3,789달러"라고 오프라가 소리쳤다. 그해 "오프라가 좋아하는 선물"의 총 가격이 7,200달러였다. 코넌 오브라이언(Conan O'Brian)은 심야 프로그램에서 다음과 같은 농담을 했다. "〈포브스〉가 최고로 부유한 여성 20인을 발표했습니다. 오프라가 1위고요, 나머지는 그녀의 방청객들이랍니다."

"오프라가 좋아하는 선물" 목록은 해가 갈수록 더 길어지고 비싸져, 어느 작가가 꼬집었듯이 그녀는 "기부계의 백작부인, 물질만능주의의 군주"가 되어가는 듯 보였다. 무신경할 정도의 상업주의라는 비판이 나오자, 오프라는 그 쇼의 방청객들은 저임금 교사들이나 카트리나 재해 자원봉사자들처럼, 충분히 자격 있는 사람들이 될 것이라며 수습에 나섰다.

그녀의 야단스런 나눔 행사는 2004년 9월 13일에 절정을 이루었다. 베드나르스키에게 말하길, "첫해를 제외하면, TV에서 내가 경험한 최고의 해였다." 한 대에 2만 8,000달러, 총 780만 달러에 이르는 신형 폰티악 G6 276대를 방청객들에게 선물하며 시즌을 화려하게 열어젖힌 것이다.

"그건 이목을 끌기 위한 행동이 아니었어요. 그런 말은 아주 불쾌합니다." 오프라는 제너럴 모터스 간부가 "오프라가 좋아하는 선물"의 하나로 자동차를 제공하겠다고 밝혔을 때 거절했었다면서 이렇게 말했다. "왜냐면 제가 가장 좋아하는 차가 아니었거든요. 좋아하는 차라고 말하지도 않을 생각이었고요." 그런데 마침 강력한 경쟁자로 점쳐지는 제인 폴리(Jane Pauley)의 새 토크쇼가 9월에 출범한다는 것이 생각나더라고 했다. 프로듀서들은 자동차를 나눠줄 기회를 차버려서는 안 된다며, 제안을 받아들이라고 강권했다. 그러고는 자동차를 선물받을 자격이 있는 사람들을 찾는 일에 나섰다. 그 결과 제인 폴리의 첫 쇼는 TV 사상 가장 큰 화제를 모은 기부행위가 된 오프라의 자동차 선물쇼에 묻혀버렸다.

"그날 심장이 마구 두근거렸다"고 그녀는 회고했다. "진짜로 응급구조요원이 대기 중이었어요. 가끔 방청객들 중에 졸도하는 분이 있거든요."

본인과 방청객들의 심박동을 절정으로 몰아가면서 모두에게 작은 상자를 나눠준 오프라는 어떤 한 상자에 자동차 열쇠가 들어 있을 거라고 알렸다. 상자를 열어본 방청객들은 저마다 열쇠 꾸러미를 발견하곤 어리둥절해했다. 오프라는 탄성을 지르고 펄쩍펄쩍 뛰면서 양팔을 미친 듯이 흔들어댔다. "차를 탔군요! 차를 탔어요! 모두가 차를 탔어요! 한 명도 빠짐없이 전부요!" 그녀는 기뻐 날뛰는 방청객들을 이끌고 하포 주차장으로 나갔다. 거기엔 번쩍번쩍 빛나는 파란색 폰티악 G6 276대가 커다란 붉은색 리본에 묶인 채 각자의 주인을 기다리고 있었다. "정말 근사하죠? 가장 강력한 엔진을 뽐내는 차랍니다."

오랜 세월 도보로, 혹은 버스를 세 번씩 갈아타며 출퇴근을 해왔던 교사, 목사, 간호사, 보모들은 인생을 바꿔줄 뜻밖의 선물에 감격해마지 않았다. 그러나 기쁨도 잠시, 자동차에 대한 세금은 자신들이 납부해야 한다는 사실을 알게 되었다. 자동차는 선물이 아닌 상금으로 간주되기 때문이었다. 많은 이들이 오프라에게 도움을 청해왔고, 그녀의 홍보담당자는 세 가지 선택안을 제시했다. 차를 보유하는 대신 세금을 낸다, 차를 팔고 그 돈으로 세금을 낸다, 아니면, 차를 몰수당한다. 오프라 측으로부터 다른 대안은 나오지 않았으며, 폰티악은 이미 자동차들을 기부하고 판매세와 면허료를 납부한 뒤였다.

"이게 정말로 윈프리가 어렵사리 마련한 자선행사였을까, 아니면 광고 효과를 기대하고 자동차를 제공한 폰티악을 희생시키며 이 토크쇼 디바를 멋지게 포장하려던 치밀하게 계획된 홍보쇼였을까?" 루이스 라자르(Lewis Razare)가 〈시카고 선타임스〉 기사에서 물었다. 그는 이렇게 덧붙였다. "그녀가 제품을 밀어주면 대박이 날 거라는 계산으로 군침깨나 흘리는 다수의 기업들에게 오프라는…… 뻔뻔한 선전꾼으로 인식되었음이 점점 분명해지고 있다."

오프라는 몹시 화가 났다. "'당신이 자동차 값을 낸 게 아니었군요'라고 말하는 사람들은 들으세요. 뭐, 제가 돈을 낼 수도 있었겠죠. 하지만 그런다고 달라지는 게 뭡니까? 그들이 자동차를 갖는 건 마찬가지 아닙니까? 폰티악이 기꺼이 제공하겠다는데 제가 왜 돈을 지불해야 하죠?"

그 무렵의 오프라는 엄청난 수준의 소비를 즐기고 있었다. 500달러짜리 밍크 속눈썹과 천수(千繡) 침대 시트, 인디애나 농장에서 하와이 집으로 말을 수송시키는 이야기 등을 할 때면 다소 무신경한 사람처럼 보였다. 그녀는 자신이 받은 선물들 이야기를 하면서 유명인들의 이름을 자주 들먹였다. 이를테면, 제시카 사인펠드가 준 크리스티앙 루부탱 구두 스물한 켤레(한 켤레에 1,600달러), 존 트라볼타가 준 롤스로이스 코니시II 컨버터블(10만 달러), "마피아 장례식 분위기가 났을 만큼" 〈아메리칸 아이돌〉의 심사위원 사이먼 카우얼(Simon Cowell)이 방안 가득 채워준 카사블랑카 백합, "나의 부자 흑인 남자"라고 방송에서 일컬은 타일러 페리(감독 겸 배우)한테 게일과 함께 받은 흰색 벤틀리(대당 25만 달러) 등등.

볼티모어의 한 지역사회 학교를 위한 모금행사 연설에서 이런 말을 했다. "제게는 이 마놀로 블라닉(Manolo Blahnik, 여성 구두 브랜드) 같은 것들이 많이 있습니다. 그 모든 게 다 제 것이에요. 아주 굉장한 일이라고 생각합니다. 저는 '자기 자신을 버려야 한다' 고 말하는 사람이 못 됩니다. 아니에요. 제겐 구두로 가득 찬 벽장이 있고, 그건 좋은 일입니다." 부유한 청중에게 자신은 죄의식이나 미안한 마음 없이 부를 즐긴다고 했다. "아프리카를 여행하다 돌아오는 길이었어요. 부자 친구들 중 한 명이 동행했는데, 저더러 '죄책감 같은 거 안 드느냐? 우울하지 않냐?' 고 묻더군요. 전 아니라고 대답했어요. '내가 극빈자가 된다고 그들을 도울 수 있는 건 아니지 않느냐' 고요. 집에 도착해선 이렇게 중얼거렸죠. '얼른 내 부드러운 침대보 위에 누워야겠다. 자고 나면 기분이 좋아질 거야.'"

그녀는 마흔두 번째 생일날 게일과 마이애미에서 했던 일을 〈O〉 독자들에게 들려주었다. 처음에는 커다란 까르띠에 손목시계를 사 자신에게 선물할 생각이었다. 사러 가는 길에 자동차 판매점에 진열된 검은 색 벤틀리 아주어가 눈에 번쩍 띄었다. "어머나! 저거 너무 멋있다!" 그 자리에서 바로 구입했다. "컨버터블이에요. 뚜껑이 젖혀지면 어떻게 되는지 아세요? 비가 내리기 시작하죠. 억수같이 퍼부어요." 오프라는 36만 5,000달러짜리 차에 뚜껑을 씌우지 않았다. "생일날 컨버터블로 달리고 싶었거든요." 다음 정차지는 까르띠에 부티크. 거기서 테두리가 다이아몬드로 장식되고 케이스와 문자판과 줄은 황금인 디아볼로 손목시계를 11만 7,000달러에 샀다.

파리에서 처음 유명 디자이너 패션쇼에 참석한 후 시청자들에게 이야기했다. "그때 사들인 샤넬 옷들을 팔면 아마 집 한 채 살 돈은 나올 겁니다." 그녀는 파티를 여는 데도 수백만 달러를 들이는 등 사치의 절정을 만끽했다. "듣도 보도 못한 장면들이 연출됩니다." 딸이 5년마다 마야 앤절루 생일에 마련하는 호화 행사를 설명하면서 버넌 윈프리가 한 말이다. 하객들은 마야의 일흔 번째 생일, 즉 1998년 4월 행사가 가장 화려했던 걸로 기억한다. 오프라는 1주일간 카리브해를 누비기 위해 최고급 유람선을 빌렸으며, 초대한 200여 하객 모두를 발코니가 딸린 스위트룸에 묵게 했다. 한 하객은 "풀장에 노란 고무 오리 2,000개를 풀어놓아 아이들과 욕조에서 놀듯이 놀 수도 있었다"고 회상했다. 다들 부활절 넉 달 전에, 셔츠와 바지와 신발 사이즈, 좋아하는 샴페인 종류, 좋아하는 술과 음식, 화장품과 향수 및 바디로션 취향을 묻는 초대장을 받았고, 그렇게 얻은 정보는 목욕가운에 이름이 수놓아지는 식으로 객실 인테리어에 반영되었다. "그 파티에 400만 달러는 족히 썼을 겁니다." 백사장에서의 호화로운 점심식사, 실크 텐트 속에서 즐기는 만찬, 별빛 아래 열린 낸시 윌슨(Nancy Wilson, 흑인 여성 재즈가수—옮긴이)의 콘서트 등 갖가지 행사를 위해 수없이 정박했던 일을 떠올리며 버넌이 고개를 절레절레 흔들었다. 오프라는 마야의 일흔다섯 번째 생일에도 이와 비슷한 규모의 파티를 열었고, 80세 생일에는 도널드 트럼프(Donald Trump)의 팜비치 마라라고 클럽을 1주일간 빌려 마이클 파인스타인(Michael Feinstein, 가수 겸 피아니스트), 내털리 콜(Natalie Cole), 제시 노먼(Jessye Norman, 흑인 소프라노), 토니 베넷(Tony Bennett, 팝 가수)이 꾸미는 특별한 공연을 선사했다.

2005년에는 몬테시토 저택에서 생애 가장 호화로운 행사를 주최했으니, 이름 하여 "현재에 이르는 다리—특별한 시대에 활동한 특별한 여성들에게 바치는 연회." ABC에서 방송될 특집 프로그램 〈오프라 윈프리의 레전드 볼〉(Oprah Winfrey's Legends Balls)을 위해 카메라들이 매 순간을 촬영했다. 이것은 기획에만 1년 6개월이 걸린, 흑인 여성들을 기리는 행사로, 3년간 비 스포츠 부문 최고 시청률의 영예를 ABC에 안겼다. 한 해 전인 2004년에 오프라는 자신의 50세 생일을 축하하는 내용으로 쇼를 두 편 꾸몄다. 1편은 "가장 친한 친구"(게일 킹)와 "제일 좋아하는 백인 남자"(존 트라볼타)가 진행하는 "깜짝 파티"였다고 한다.

소박한 "사랑의 슈퍼볼"(Super Bowl of Love)이라 불린 그 쇼가 끝나자, 500여 하포 직원들을 위한 애프터 파티가 열렸고, 이어 닷새 동안 축하행사가 펼쳐졌는데, 스테드먼이 주최하고 오프라의 부모를 포함한 하객 75명이 참석한 메트로폴리탄 클럽 파티가 그 신호탄이었다.

이튿날 일행은 오프라의 전용기 편으로 캘리포니아에 도착, 그녀가 LA에서 제일 좋아하는 은신처라는 벨에어 호텔로 향했다. 거기서 열린 여성 50인을 위한 오찬 모임에서는 오프라가 주빈이었다. 다른 내빈들로는 셀마 헤이엑(Salma Hayek), 다이앤 소여, 마리아 슈라이버, 토니 모리슨, 엘런 드제너러스, 셀린 디옹 등이 있었다. 다음 날 밤에는 몬테시토의 이웃 주민 땅에서 200명이 모인 가운데 댄스 파티가 열렸고, 그다음 날 아침에는 샌이시드로 농장에서 175명과 일요일 브런치를 즐겼는데, 그 모든 장면이 〈오프라 쇼〉 2편을 위해 카메라에 담겨졌다. 그뿐 아니라, 오프라는 파티 플래너 콜린 코위(Colin Cowie)가 마련한 댄스파티를 취재하라고 〈피플〉지 기자를 초대했다. 콜린의 묘사대로 턱이 빠질 만큼 놀라운 순간들이 가득했다. 바이올리니스트 50명, 웨이터 200여 명(게스트당 한 명), 23캐럿짜리 금으로 장식한 초콜릿 라즈베리 파운드케이크, 스티비 원더가 들려주는 노래, 벨에어 호텔 오찬에 참석했던 여성들과 그들의 남편 및 부모를 비롯해 톰 행크스와 리타 윌슨, 존 트라볼타와 켈리 프레스턴(Kelly Preston), 로빈과 필 맥그로 박사, 티나 터너, 브래드 피트와 제니퍼 애니스턴 등 곳곳에 포진한 유명인사들.

"레전드 위크엔드"를 위해 오프라는 레전드라 생각되는 흑인 여성 25명과 "레전드"로 나아가는 "젊은이들" 20명을 선정했다.

오프라의 명단에서 불가해하게 빠진 사람들은 한때 친구 사이였던 우피 골드버그, 가수 어사 키트(Eartha Kitt), 오페라 스타 제시 노먼, 존경받는 방송인 그웬 이필(Gwen Ifill), 국무장관 콘돌리자 라이스(Condoleezza Rice) 등이었다. 선정된 25인 중에서 일곱 명—캐서린 던햄, 어리사 프랭클린, 니키 조반니, 레나 혼, 토니 모리슨, 로자 파크스, 앨리스 워커—은 참석하지 않았다. "카메라들이 너무 많아서"라고 한 불참자가 이유를 댔다. "너무 오프라스러웠어요."

오프라는 금요일(2005년 5월 13일)에 몬테시토 저택에서 오찬을 여는 것으로 행사를 시작했다. 오찬 중에 "레전드들"에게는 6캐럿짜리 눈물방울형 다이아몬드 귀걸이를, "젊은이들"에게는 10캐럿짜리 흑백 다이아몬드 링 귀걸이를 증정했다. 전부 안팎이 각각 은과 붉은 악어가죽으로 된 상자에 들어 있었다. "나는 좋은 다이아몬드 귀걸이라면 사족을 못 쓰는 여자예요." 오프라가 놀란 하객들에게 말했다.

"다 진짭니까?" 작가 테리 맥밀런이 물었다.

"끝내주는 블랙다이아몬드들이에요! 진짜고말고요!"

"레전드 위크엔드" 동안, 부유하기로 손꼽히는 스타들조차 놀라서 말을 잇지 못하는 경우가 많았는데, 하객들에게 "약속의 땅"을 구경시켜주기 위해 오프라가 설치한 무궤도 전차를 봤을 때가 특히 그랬다. 다양한 형태의 산책로와 수영장, 연못, 장미 나무, 로맨틱한 다리, 구불구불한 오솔길 등이 5,000그루의 수국과 2,000그루의 흰 꽃나무에 둘러싸인 그 땅을 그녀는 그렇게 불렀다. 마찬가지로 하와이에 있는 호화 저택은 "천국"(Kingdom Come)이라 불렀다. 기자들에게 말하길, "성서에 심취해 있다"면서 "하와이 저택에 길을 두 개 냈는데, 그 이름이 '하느님의 영광'과 '할렐루야'"라고 했다.

그러나 하객들의 숨을 멎게 만든 건 몬테시토에 있는 집이었다. "진입로가 8킬로미터에 달하고 모든 돌이 사람 손으로 조각돼 있었다"고, 한 방문객이 전했다. "비취 한 덩어리를 깎아 욕조를 만들었더군요. 욕실에서는 17만 제곱미터 넓이의 사유지가 훤히 내다보이고, 바다를 80도 가량 둘러볼 수 있어요. 벽장은 280제곱미터(84평) 정도 되는데, 스웨터며 티셔츠며 100여 개의 모자를 넣어둘 수 있는 서랍이 1,000개—그래요, 1,000개—에 이르지요. 각 서랍은 정면이 유리라, 먼지도 안 쌓이고 내용물이 밖에서 보입니다. 장밋빛 벽지를 바른 게일 방도 있고, 스테드먼의 서재에서는 몬테시토 산이 내다보여요. 전체적인 전망이 굉장합니다. 여태껏 본 집들 중에 가장 아름다운 집 같아요."

다음 날(2005년 5월 14일 토요일), 오프라는 샌타바버라 바카라 리조트 & 스파에서 열리는 정식 만찬회에 362명을 초대했다. 이 파티를 위해 프랑스에서 샴페인 80상자, 일본에서 참치 55킬로그램, 에콰도르에서 모란 2만 송이를 공수해왔다. 흥을 돋우는 역할은 마이클 맥도널드(Michael McDonald)와 26인조 오케스트라가 담당했다. 오프라가 고용한 파티 플래너는 특급 하객들의 시중을 제대로 들게 하기 위해 200명의 웨이터들을 특별히 훈련시켰다. 모두가 착석하자 드럼이 울리면서 검은색 타이를 맨 웨이터들이 동시에 접시 362개를 내려놓았는데, 그 정도의 일사불란함은 오프라가 당연히 기대했던 바였다.

호화로운 음식과 춤을 즐긴 후 호텔로 돌아온 하객들은 베개 위에 놓인 선물 꾸러미를 발견했다. 엘리자베스 2세와 찰스 왕세자가 품질을 보증하는 보석상 아스프레이(Asprey) 은제 액자에 담긴 만찬회 사진이었다. 오프라는 여성 하객들에게 미리 검은 색이나 흰색 드레스를 입고 오라고 일러두고는 정열적인 붉은 드레스 차림으로 무도회에 나타났다. 노마 시어러(Norma Shearer, 20세기 초 미국에서 활동한 캐나다 태생 여배우—옮긴이)가 그랬듯이, 자기한테 시선이 다 쏠리도록 말이다. 다음 날 아침(2005년 5월 15일 일요일), 오프라는 깃털 달린 높다란 모자를 쓰고 나와 "약속의 땅"에서 가스펠 브런치(gospel brunch)를 주재했다. 바브라 스트라이샌드 어깨에 팔을 두른 채 음악에 맞춰 몸을 흔드는 그녀를 선글라스를 쓴 버락 오바마(Barack Obama) 상원의원이 몇 발자국 떨어진 나무 아래에서 지켜보았다.

넉 달 전 상원의원 취임선서를 한 그에게 오프라가 잠시 뒤 다가갔다. 그러고는 "조만간 누가 대통령 출마 선언을 할 예정이라면," 하고 말을 걸었다. "여기가 기금모금 장소로는 아주 그만 아닐까요?"

오바마 상원의원이 활짝 웃었다.

Twenty

백악관으로 가는 길은 오프라를 통한다

21세기에 접어들자, 오프라는 전지전능까지는 아니더라도 어디에나 존재하는 인물이 되었다. 1주일에 닷새 TV에 나와 4,400만 미국 시청자들과 눈을 맞추었고, 사우디아라비아에서부터 남아공에 이르기까지 세계 145개 나라의 방송망을 탔다. 위성 라디오에도 24시간 방송 채널인 '오프라 앤드 프렌즈'(Oprah and Friends)를 통해 매일 등장했다. 매호 자신이 표지모델로 나서는 월간지는 미국에서 유료 구독자 수가 240만 명에 이르고 남아공에서까지 발행되었다. 옥시전에 투자함으로써 〈오프라 애프터 더 쇼〉라는 프로그램을 통해 케이블 TV에도 매일 모습을 비췄다. 옥시전이 NBC 유니버설에 매각되자, 오프라는 투자금 2,000만 달러를 회수한 뒤 OWN(Oprah Winfrey Network)라는 이름의 독자적인 TV 네트워크를 2011년에 출범시키겠다고 발표했다. 또 "오프라 윈프리 제공"이라는 배너 아래 TV용 영화를 제작했으며 프라임타임 네트워크 특집물도 만들었다. 웹사이트 Oprah.com에는 월 670만 명이 방문하며, 그녀의 트위터를 팔로잉하는 사람들 수는 200만 명이 넘는다. 구글(Google)에서 이름을 치면,

800만 개 이상의 자료가 검색되고, 그녀만을 다루는 웹사이트가 529개에 달한다.

새 천 년이 시작될 즈음 오프라는 온 나라에서 모르는 이가 없는 유명인이 되었다. 심지어 낮 시간대 TV를 보지 않는 사람들한테도 얼굴이 알려졌다. 그녀를 지칭하는 명사, 동사, 형용사들이 생겨날 정도였다. 그녀를 탐탁찮게 생각하는 미디어 비평가들조차 자신들이 오프라 세계에 들어와 있다는 건 인정했다. 마크 저코위츠(Mark Jurkowitz)는 〈보스턴피닉스〉에서 "대중문화에 개인 신격화 현상을 일으킨다"며 그녀를 비난했다가 오프라 추종자들(Oprahettes)로부터 "얼간이 저코위츠"라고 성토를 당했다. 오프라 중독자들(Opraholics)은 그녀를 숭배했으며, 오프라광들(Oprahphiles)은 그녀를 연구했다. 그 결과, 미의회도서관 목록에는 그녀를 주제로 쓴 박사학위 논문이 서른 편 넘게 올라 있다. 하버드 경영대학원의 기업 성공사례 연구대상인 그녀는 일리노이대 어버너-샘페인 캠퍼스에서도 '역사 298: 사회적 거물 오프라 윈프리: 민권법 제정 이후 미국의 흑인 비즈니스계에서 인종과 성별 및 계층의 경제학이 차지하는 역할' (History 298: Oprah Winfrey, the Tycoon: Contextualizing the Economics of Race, Gender, Class in Black Business in Post-Civil Rights America)이라는 강좌를 통해 연구되었다. 〈뉴스위크〉는 감정 표현에 솔직한 그 새로운 시기를 "오프라 시대"(Age of Oprah)라 선포했으며, 〈월스트리트저널〉은 "오프라화"가 "자기치유로서의 공개 고백"을 뜻한다고 규정했다. 잡지 〈제트〉는 'Oprah'를 다음과 같이 동사로 사용했다. "I didn't want to tell her…… but she Oprah'd it out of me."(나는 말하고 싶지 않았다. 그러나 그녀가 내게서 그 이야기를 끄집어냈다.) 온 나라의 정치인들은 너도나도 마을 집회를 열어 선거구민들로 하여금 감정을 발산하게 하는 등 "오프라처럼 굴기" 시작했다. "오프라가 좋아하는 선물"에 자사 제품이 소개되는 행운을 잡은 회사들은 방송 즉시 주문이 쇄도하는 "오프라 효과"를 톡톡히 누렸다. 온 나라의 오프라화가 얼마나 성했던지, 2001년 루돌프 줄리아니(Rudolph Giuliani) 뉴욕시장은 양키스타디움에서 열리는 9·11 희생자들에 대한 추도식의 진행자로 제임스 얼 존스(James Earl Jones)와 함께 오프라를 선정했다.

미국인들의 마음을 강력히 사로잡게 되자, 오프라는 이쯤 되면 "정치인 배제" 철칙을 깨고 그 혼란스러운 영역에 빗장을 열어줘도 안전하겠다는 생각이 들었다. 오랫동안 그녀는 시청자들과 소원해지기 싫다는 이유로 정치를 외면해왔다. "제가 어떤 한 사람을 지지하면, 많은 사람들이 등을 돌리게 될 거예요. 게다가 편을 들어줄 만큼 괜찮은 정치인을 만나지도 못했고요. 만나기만 한다면, 힘이 되어줄 겁니다." 그녀는 자신이 정쟁에서 몇 발짝 물러나 있음으로 해서, 대단히 당파적이었던 필 도나휴보다 시청자들로부터 많은 사랑을 받는 거라고 느꼈다. "오프라는 심지어 그리다이언 만찬에도 참석하지 않으려 했어요." 그리다이언 클럽(Gridiron Club, 1885년 창설된 미국 중견언론인 클럽—옮긴이)의 전 회장 겸 허스트의 칼럼니스트였던 메리앤 민스(Marianne Means)의 전언이다. 그리다이언 클럽에서는 해마다 대통령과 부통령, 상·하원 의원, 대법원 판사 등을 초청한 가운데, 양 정당을 조롱하는 노래와 촌극을 공연하는 만찬회를 연다. "그녀를 여러 번 초대했지만, 정치와 얽히고 싶지 않다며 한사코 거절하더군요."

방송에 입문한 지 15년 만에 오프라는 마침내 정치권에 발을 들이기로 결심했다. "본인의 핵심 부분이 영향받지 않을 만큼 부유해질 때까지 기다린 겁니다." 캐서린 카 에스터즈가 말했다. "매우 영리한 처신이었지요. 돈 문제에 관한 한 오프라보다 더 영리한 사람은 없어요."

일단 〈포브스〉 선정 "미국의 400대 갑부" 리스트에 붙박이로 오르게 되자, 오프라는 2000년에 초대손님의 범위를 대통령후보 두 사람에까지 확대함으로써 국민들이 나누는 정치적 대화에 합류했다. 대변인을 통해 "정치적 벽을 허물어뜨리고 진실로 어떤 사람인지를 발견할 수 있게 해주는 질문들과 환경을 만들어내고 싶다"는 뜻을 밝혔다. 다음 날 뉴스의 초점은 앨 고어(Al Gore) 부통령과 조지 W. 부시 주지사보다 정치성을 띠어가는 오프라에 더 맞추어졌다. 살롱닷컴(Salon.com)은 헤드라인을 이렇게 뽑았다. "백악관으로 가는 길은 오프라를 통한다."

정치적 성향 면에서 그녀는 민주당원으로 보였다. 아프리카계 미국인 여성 최초로 미 상원의원에 선출된 시카고 민주당원 캐럴 모즐리브론(Carol Moseley-Braun)에게 1992년에 1,000달러를 기부한 바 있고, 민주당 상원선거위원회에 1만 달러를, 민주당 중앙위원회에 5,000달러를 기부하기도 했다. 그럼에도 본인은 "민주당 예비선거에 한 것만큼 공화당의 예비선거에서도" 투표했다고 주장했다. 그러나 연방 선거기록에는 공화당 선거에서 투표한 사실은 전혀 보이지 않고, 1987년부터 1994까지 민주당 예비선거에서 네 차례 투표했다는 것만 나와 있다. 1996년, 1998년, 2000년에는 예비선거는 건너뛴 대신, 대통령 선거에서 표를 던졌다.

언젠가 한 영국인 작가에게 으스대며 말했다. "제가 정치에 큰 영향을 미칠 수 있을 것 같아요. 선거에 나가면 뽑힐지도 모르죠." 그리고 한마디 덧붙였다. "반대로 정치인들은 아마 제가 되고 싶을 거예요. 정말로 사람들의 삶을 바꾸고 싶다면, 매일 각 가정으로 찾아가는 한 시간짜리 정견 발표 무대를 이용하세요." 〈타임스〉를 상대로는 "TV

에서 이렇게 큰 목소리를 내는 것이 모든 정치인들이 바라는 일이다. 너도나도 출연하려고 애를 쓰지만 나는 내 프로그램에서 정치를 하진 않는다"고 말했다.

편파적으로 굴지 않으려 조심하던 오프라는 1989년에 당시 대통령 부인 바바라 부시를 게스트로 초대했다. 나중에 빌 클린턴이 백악관의 주인으로 지낸 8년 동안은 힐러리 로댐 클린턴을 네 차례 초대했다. 힐러리가 오프라의 쉰 번째 생일을 축하해주기 위해 쇼에 출연했을 때, 오프라는 자신이 받게 될 국제 에미상 평생 공로상의 시상자로 나와줄 것을 청했다. 그리고 시상식에서 힐러리의 손을 꼭 쥔 채 "당신이 우릴 위해서 미합중국 대통령에 출마해주기를 희망한다"고 말했다.

1992년에 텍사스의 억만장자 로스 페로(H. Ross Perot, Sr.)를 "정치 이상의 존재가 되었다"는 이유를 들어 초대함으로써 "정치인 배제"원칙을 깨는 것을 고려했으나, 생각으로만 그쳤다. 4년 뒤에도 여전히 갈팡질팡하던 그녀는 빌 클린턴의 경쟁자인 1996년 공화당 대통령후보 로버트 돌(Robert Dole) 상원의원의 출연 요청을 거절했다.

"돌 의원이 우리 쇼에 나오고 싶어한다는 얘기를 듣고 몹시 괴로웠다"고 시청자들에게 토로했다. "프로듀서들한테 '옳은 결정이 아닐 수도 있다'고 말했지요. 하지만 결국 정치와는 거리를 두기로 마음먹었습니다. 정치인들과 엮이지 않겠다는 제 오랜 방침을 유지하기로요." 스튜디오 방청객들은 뜨거운 박수로 공감을 표시했다. 그날 그녀는 이런 말을 했다. "저는 방송에 입문한 이래 정치와는 쭉 거리를 두려 했습니다. 어느 쪽을 택하든 기본적으로 승산이 없는 상황이거든요. 수십 년간, 선거에 관해 정치인들을 인터뷰해봤자 시청자들한테 별 도움이 안 된다는 걸 알았어요. 저는 사람들이 각자의 마음과 느낌으로 이해해서 결정을 내릴 수 있는 문제들을 다루려고 합니다."

돌 상원의원은 오프라의 설명에 실소를 머금었다. 수년 뒤에 비꼬듯이 이 일을 언급했다. "맞~습니다, 그녀는 정치인들과 엮이지 않아요. 그들이 민주당의 경쟁 상대라면요."

오프라는 1996년 시카고 민주당 전당대회 때 "적극적으로 참여해달라"는 요청을 받은 건 시인했으나, "친구인 에설 케네디와 존 F. 케네디 주니어"가 연 파티에 참석한 것 외에는 어떤 식으로도 개입하지 않았다고 주장했다. 볼티모어 WJZ TV에서 마리아 슈라이버를 동료로 만난 후부터 그녀는 케네디가 사람들한테 푹 빠져 정신을 못 차렸다. 에설 케네디의 온라인 자선행사에 돈을 기부하고, 캐럴라인 케네디(Caroline Kennedy)와 마리아 슈라이버의 책을 홍보하고, 캐슬린 케네디 타운센드(Kathleen Kennedy Townsend)의 기금모금 행사에 참석하고, "케네디가의 사촌들"이라는 제목의 프로그램을 진행하고, 오랜 세월에 걸쳐 그 집안 사람들이라면 가리지 않고 쇼에 초대하는 등 언제 어디서나 그들에게 힘을 실어주었다. 2009년에는 빅토리아 케네디(Victoria Kennedy)가 남편 에드워드 케네디(Edward Kennedy) 상원의원의 사망 후 첫 인터뷰를 오프라와 했다.

비록 자기 입으로 민주당원임을 밝힌 적은 없지만, 가까운 친구들—마야 앤절루, 헨리 루이스 게이츠 주니어, 퀸시 존스, 코레타 스콧 킹, 토니 모리슨, 앤드루 영—이 모두 클린턴의 지지자였으며, 오프라 본인도 1994년에 클린턴 대통령이 아키히토(明仁)와 미치코(美智子) 일왕 부부를 위해 베푼 첫 국빈만찬에 초대되었다. (나중에 그녀는 일왕 내외 앞에서 말문이 막혔었다고 실토했다. "무슨 말을 해야 할지 모르겠더군요. 진짜 드문 경우였죠.") 이보다 앞서 조지 허버트 워커 부시 정부 시절인 1989년에 처음으로 백악관 국빈만찬에 스테드먼 그레이엄과 참석했는데,

보수적인 공화당원이던 스테드먼은 5년 뒤 클린턴의 백악관 만찬에는 따라가려 하지 않았다. 그래서 오프라는 대신 퀸시 존스를 데려갔다.

"그날 저녁에 처음 그녀를 봤습니다." 아내와 함께 워싱턴 D.C.에서 애디슨 리플리 파인아트 갤러리를 운영하는 미술상 크리스토퍼 애디슨(Christopher Addison)의 회상이다. "낮에 TV를 보지 않기 때문에 저는 유명인인 줄도 몰랐습니다. 제 초대로 그 자리에 온 80세 된 여성분이 그녀가 누군지 귀띔해주었지요. 오프라는 소형 즉석카메라를 가지고 와서는 제게 사진을 찍어달라고 부탁했어요. 여느 관광객들처럼 백악관에서 사진을 찍고 싶어하는 모습이 사랑스럽더군요. 아주 귀여웠어요."

오프라는 만찬 후 주방을 방문함으로써 백악관 아래층 사람들을 매료시켰지만, 위층에서는 얘기가 달랐다. 의전 직원들은 그녀를 고압적이고 말이 통하지 않는 사람이라 여겼다. "무례한데다 요구하는 것도 많아서 상대하기 너무 힘들었습니다." 전직 백악관 의전담당 비서관 리 버먼(Lee Berman)이 '콜로니얼 데임스 오브 아메리카'(Colonial Dames of America, 17~18세기 식민지 미국에서 공직에 복무했던 영국인의 여자 후손들로 이루어진 단체—옮긴이) 측에 털어놓았다. "대통령 거처에 자신의 보안팀을 데려오겠다고 고집을 피웠어요. 백악관 규정에 크게 어긋나는 일이지만, 윈프리 씨가 조금도 물러설 기미를 안 보여 하는 수 없이 원하는 대로 하게 했습니다."

2000년에 오프라가 앨 고어 부통령과 조지 W. 부시 주지사에게 〈오프라 쇼〉에 나와달라고 청하자, 대통령 선거가 코앞이라 그녀의 광범위한 여성 시청자층을 공략하고 싶었던 두 사람은 모두 초대에 응했다. 갤럽과 CNN, 〈USA투데이〉의 여론조사에 의하면, 〈오프라 쇼〉에 출연하기 전에는 부시가 고어한테 10퍼센트 정도 지지율이 뒤져 있었는데, 출연한 지 며칠 만에 동률로 올라선 것으로 나타났다. 언론매체들은 이 현상을 "오프라 반등"(Oprah Bounce)이라 불렀다. 〈시카고 선타임스〉는 사설을 통해, 대통령선거에 개입한 데 대해 경의를 표했으며, 그녀는 시즌 첫 쇼를 앞두고 자신의 정치 참여 시도를 대대적으로 광고했다. 이에 자극받은 코미디언 크리스 록은 다음과 같은 우스갯소리를 했다. "고어와 부시, 둘 다 〈오프라 쇼〉에 출연하긴 하는데 이유는 서로 다릅니다. 고어는 여성 유권자들의 환심을 사려고 애를 쓸 겁니다. 부시는 이 흑인 여자가 대체 그 많은 돈을 어떻게 벌어들이는지 알아내고 싶은 거죠."

오프라는 2000년 9월 11일에 고어 부통령을 게스트로 맞이했는데, 성큼성큼 무대로 걸어나온 그는 악수와 더불어 한 팔로 살짝 포옹하듯 인사를 나누었다.

"키스는 없어요? 기대를 좀 했는데!" 민주당 전당대회에서 고어가 카메라 앞에서 아내와 나눈 기나긴 키스를 염두에 두고 오프라가 농담을 건넸다. "오늘까지 전 정치인들과 거리를 두고 지내왔습니다. 하지만 15년 만에 그 벽을 관통할 필요를 느끼네요." 그녀는 찬양보다는 심문에 가까운 자리가 될 거라고 마주 앉은 고어에게 통보했다. 24년간 공직에 종사했음에도 불구하고 그는 "이 직업을 가진 많은 사람들에 비해 좀 더 조용한 성격"이라고 항변했다. 오프라는 수긍하지 않았다.

"그 키스 이야기를 해보죠. 왜 그런 겁니까? 부인에게 무슨 말을 했죠? 대본에 있던 행동입니까? 메시지를 전하려 한 건가요?"

"티퍼한테 메시지를 전하려던 거죠." 고어의 농담으로 방청석에 폭소가 일었다.

오프라는 계속해서 캐물었다. 그의 이야기가 유세 연설로 빠질라

치면 노련하게 끼어들어 보다 진실하고 진심어린 얘기를 끌어내고자 했다.

"그때는…… 뭐…… 감정이 주체할 수 없이 격해졌어요. 우리 인생에서 굉장한 순간이었지요. 나 혼자 여기까지 온 게 아니란 얘깁니다. 우린 쭉 동반자 관계였어요. 티퍼는 내 영혼의 짝입니다."

평소 뻣뻣하고 어색하기가 로봇 같은 남자였는데, 30년을 함께 산 아내와 사랑에 빠진 이 로맨틱한 로봇에게, 대부분이 여성인 방청객들은 뜨거운 박수갈채를 보냈다.

한 시간 동안 헉헉대며 '벽'을 허물려 애썼으나, 오프라가 얻어낸 거라곤 고어가 가장 좋아하는 영화(〈시골 영웅〉), 가장 좋아하는 음악(비틀즈), 가장 좋아하는 시리얼(위티즈)이 전부였다. "계속 묻어두는 게 나을 법한 비밀을 털어놓도록 수많은 사람들을 설득해온 그녀지만 고어의 빗장을 여는 데는 실패했다"고, 〈시카고 선타임스〉의 마크 브라운(Mark Brown) 기자는 적었다. "무엇보다 고어가 어찌나 능란하게 그녀를 다뤘던지, 오프라는 그 사실을 깨닫지도 못한 듯 보였다."

다음 주(2000년 9월 18일)에는 부시 텍사스 주지사가 방청객들에게 나눠주겠다며 텍사스 기반 기업인 니만 마커스(Neiman Marcus)에서 만든 코코넛 마카롱을 들고 스튜디오를 방문해선 오프라한테 요란한 키스를 선사했다. 함박웃음을 짓는 오프라와 뺨을 부비고 있는 부시의 사진은 〈뉴욕타임스〉 1면을 화려하게 장식했다.

"키스, 고마워요." 자리에 앉으며 건넨 오프라의 인사말에 부시는 활짝 웃어 보였다.

"천만에요."

"어제 거리에서 만난 사람들이 그러는데, 오늘 쇼를 보고 나서 누구를 찍을지 결정하겠답니다." 거만한 주지사는 거만한 진행자가 단도

직입적으로, 빌 클린턴한테 당한 아버지의 패배를 만회하려고 대선에 출마했냐고 묻자 고개를 끄덕였다. "복수를 하기 위해선가요?"

부시는 "추호도 그런 생각은 없다"고 주장하면서, 대통령이 돼야 한다는 "사명"을 느낀다고 말했다. "저는 미국이 꿈과 희망과 기회의 땅이라고 생각하고……."

"이제는 벽 뒤편으로 가보고 싶군요." 오프라가 싹둑 말을 잘랐다. "용서를 구한 때가 있었습니까? 언제였는지 궁금하네요."

"바로 지금입니다." 부시의 대꾸에 방청객들이 웃음을 터뜨렸다.

"구체적으로 알고 싶은데요." 오프라가 딱딱한 어조로 받았다.

"그러시겠죠, 하지만 전 지금 대선 유세 중이라서요." 이 대답에는 그녀마저도 웃지 않을 수 없었다. 방청석에서도 즐거운 박수 소리가 일었다. "가장 바라는 꿈"이 뭐냐는 질문을 받자, 그는 마치 대통령 취임선서를 하는 것처럼 오른손을 번쩍 쳐들어 다시 한 번 스튜디오를 웃음바다로 만들었다. 나중에 아내가 임신에 어려움을 겪고 쌍둥이 딸을 낳은 얘기를 할 때는 살짝 눈물을 비치기도 했다. 젊어서 술독에 빠져 지내다가 마흔 살에야 겨우 정신을 차리고 술을 끊었던 사실도 시인했다.

"지구상에서 가장 영향력 있는 여성이라는 위상을 항상 의식하는 윈프리는 마치 성스러운 임무나 되는 양, 고어 및 부시와의 인터뷰에 임했다." 조이스 밀먼(Joyce Millman)이 살롱닷컴에 쓴 글이다. "그녀가 진지했다는 건, 평소 지루해진 게스트들의 말을 자를 때보다 훨씬 자주 고어와 부시의 이야기를 자른 것만 봐도 알 수 있다. 나는 부시가 왜 그리 경쟁자와 토론하기를 꺼려했는지 모르겠다. 앨 고어와 90분 대면하는 것이 이 여장부를 한 시간 동안 웃기는 것보다 쉬웠을 텐데."

오프라는 누구도 공개적으로 지지하지 않았지만, 방송 막바지에 조지 W. 부시가 큼지막한 홈런을 한 방 날리고 말았다. 크리스 록은 몇 달 뒤 출연해서 백악관이 공화당 손에 넘어간 게 오프라 탓이라고 불평했다.

"당신 때문에 부시가 이겼어요. 여기 데려다 앉혀놓고 이기게 해준 거라고요. 당신도 알고 있죠?"

"그렇지 않아요." 그녀는 어정쩡하게 웃으며 부인했다.

글로리아 스타이넘도 같은 생각이었다. 〈타임〉지에 기고한 오프라 인물평에서, "그녀가 신뢰를 잃는 경우는 자신의 본 모습에서 벗어날 때뿐인데, 조지 W. 부시의 당선을 거들었을 때가 그랬다"고 썼다.

부시가 대통령이 된 지 몇 주 후, 오프라는 〈O〉 매거진을 대신해 로라 부시에게 인터뷰를 청했다. 백악관 내 대통령 가족의 거처에서 로라 부시와 대화를 나누고 있을 때, 미합중국의 차기 대통령과 인사를 하고 싶다며 대통령이 방에 고개를 쓱 들이밀었다. "로라를 만나러 와줘서 고마워요. 덕분에 그녀가 하는 일도 보여주게 됐군요."

온 나라를 엄청난 충격에 빠뜨린 9·11 테러 며칠 뒤, 백악관 측에서 오프라에게 전화를 걸어 대통령 부인이 쇼에 출연하길 희망한다는 뜻을 전했다. 아이들이 그 사건으로 입은 정신적 상처를 극복할 수 있는 방법을 교사들과 부모들에게 설명해주고 싶다는 것이었다. 오프라는 2001년 9월 18일에 로라 부시를 맞이했고, 두 사람은 나란히 손을 잡고 무대에 올라 끔찍한 공격으로 잔뜩 겁에 질린 국민들을 안심시키려 애썼다. 당시 사회 분위기—합심해서 사건의 실체를 파악하고자 하는 열망과 그 필요성—를 반영하여, 오프라 쇼는 "이슬람 101", "전쟁이 유일한 해답인가?", "지금 정말로 중요한 것은 무엇인가?" 같은 주제들을 다루었다.

그녀는 또 아프간 여성들을 집중 조명하는 "탈레반 속으로"라는 프로그램을 만들었는데, 이를 본 백악관 측에서 대통령 부인과 캐런 휴스(Karen Hughes) 백악관 언론담당 보좌관, 콘돌리자 라이스 국가안보보좌관 등과 함께 미국 공식 대표단 자격으로 탈레반 정권 붕괴 후 학교로 돌아가고 있는 아프간 소녀들을 만나러 가자는 전화가 걸려왔다. 너무 바쁘다는 이유로 사양하긴 했지만, 실은 다른 많은 사람들처럼 그녀 역시 테러를 겪은 뒤부터는 여행을 가기가 몹시 두려웠다. 2002년 4월 〈오프라 매거진, O〉를 진출시키기 위해 계획했던 남아공 여행도 취소했다. "여행이란 게 불편하게 느껴지기 시작했어요. 세상 여기저기, 아니 모든 곳이 제대로 돌아가지 않고 있다는 감이 왔지요."

2002년 3월 29일, 백악관은 오프라가 대통령의 청을 거절했으며, 그 결과 전 세계에 퍼진 폭력의 이미지를 누그러뜨리는 게 목적이었던 아프간 방문이 연기될 수밖에 없었다는 이야기를 언론에 흘렸다. 오프라의 대변인이 〈시카고트리뷴〉지 기자에게 "쇼를 책임진 입장이기에 다른 스케줄은 더 잡지 않고 있다. 초청은 받았으나 정중히 거절했다"고 밝힌 후, 그녀의 결정을 둘러싼 논란이 일었다.

신문들은 다음과 같은 헤드라인들로 소동을 부추겼다.

"윈프리, 부시를 위한 여행 안 할 것" 〈뉴욕타임스〉

"특사 오프라는 물거품: 토크쇼의 여왕, 부시의 아프간학교 시찰요청 거절" 〈뉴욕포스트〉

"오프라 없으면 아프간 방문도 없다" 〈워싱턴포스트〉

"윈프리, 아프간 방문 부시 초대 사양: 여성들에 대한 미국의 원조의사 보여주려던 계획 차질" 〈시카고트리뷴〉

"오프라의 방해: 토크쇼 디바, 아프간에의 초대 거절" 〈데일리뉴스〉(LA)

한 칼럼니스트는 〈시카고트리뷴〉에 이렇게 썼다. "마침내 일개 흑인 여성이 대통령의 부탁을 거절할 정도의 힘과 자존심을 보유한 나라에 살게 돼 감개무량하다."

그러자 대통령에 대한 노골적인 모욕 운운하는 편지 한 통이 편집국으로 날아들었다.

미국 사절단의 일원으로 아프가니스탄 학교를 시찰해달라는 대통령의 청을 거절했을 때, 오프라에게 품고 있던 존경심이 많이 떨어져나갔습니다. 미국을 대신해 전 세계에 선의를 퍼뜨릴 얼마나 좋은 기회였습니까.

저는 이 자유의 땅에서 누려온 행운과 그 모든 기회를 보답하는 뜻에서 그녀가 "바쁜 스케줄"을 어떻게든 쪼갤 수도 있었다고 확신합니다. 자신이 어디서 왔는지 잊어버렸단 말입니까? 부끄러운 줄 아십시오!

매스컴의 부정적인 반응에 곤혹스러워하던 오프라는 〈더뷰〉(The View)에 출연 중이던 친구 스타 존스에게 전화를 해, 백악관 측의 이야기는 사실이 아니라고 하소연했다. 존스는 몇 분 뒤 방송에 나와서 오프라와의 통화 내용을 공개했다.

그녀가 열성적으로 참여해온 모금 행사들이 있었답니다. 아시죠, 그런 행사가 어떻게 진행되는지…… 거기에 와주길 바라고 표를 파는 거잖아요. 그래서 오프라는 빠질 수가 없었고, 그러고 싶지도 않았답니다. 약속을 한 거니까요.

백악관 측에서는 어쨌든 자기들은 떠날 거라고 하더래요. "그러니 내가 얼마나 놀랐겠냐"며, "아침에 일어나 신문을 보니 무신경한 사람, 너무 바쁜 사람이 돼 있더라"는 거죠. 그녀 말로는 일이 그렇게 된 게 아니다, 정말 억울하다고 하네요. 우리 모두 오프라가 미국과 세계 각지에서 어떤 자선활동을 펼치는지 알지 않습니까. 억울할 만했어요.

저한테 이렇게 말하더군요. "나, 부시 행정부에 엄청 이용당한 기분이야."

그러나 6개월도 채 안 돼서 오프라는 이라크 침공에 나서는 대통령을 거드는 모습을 보였다. 2002년 10월 9일에 "미국이 이라크를 공격해야 하는지 아닌지를 판단하도록 돕는" 프로그램을 내보낸 것이다. 찬반 양측의 토론자들을 출연시키긴 했지만, 전쟁을 지지하는 쪽에 더 많은 시간과 비중을 할애했다. 방청객 중 한 명이 일어나서 대량살상무기의 존재에 의문을 표하자, 오프라는 그건 "엄연한 사실"이므로 토론거리가 안 된다면서 방청객의 말을 잘랐다. "우린 지금 선동, 선전을 하려는 게 아닙니다. 그냥 있는 그대로를 보여주는 거예요."

방송이 끝난 직후, 반전 사이트인 Educate-yourself.org가 오프라에게 편지를 띄웠다.

많은 이들에게 토크쇼 진행자이자 우상인 당신은 대개 쇼에서 자유로이 의견을 교환하게 해줍니다. 그런데 전 지구의 미래가 위험에 빠진 이때, 어찌 그처럼 편파적인 쇼를 방송에 내보낼 수 있단 말입니까?

스웨덴방송위원회 역시, 자국에서 가장 인기 있는 주간 프로그램 중 하나인 오프라 쇼가 미국의 이라크 침공에 대한 편향성을 드러냈다며 맹비난했다. "다양한 의견들이 개진되긴 했으나, 상대적으로 길게 이야기된 견해들은 죄다 사담 후세인이 미국에 위협적인 존재며 공격의 대상이 되어야 한다는 쪽이었다." 스웨덴 정부는 유엔 안보리의 승인을 받지 못했음을 지적하며 이라크 침공을 강력히 반대했다.

반대 의견들에도 오프라는 당황하지 않았다. 타인의 승인과 좋은 평판을 갈구했기에 기득권층을 찌르기보다는 거기에 합류하는 편을 선호했던 그녀. 당시 지배층의 견해는 이라크 침공을 지지하는 쪽이었다. 오프라의 성격상, 대통령의 정책에 의문을 제기하여 소수파에 처하게 되면 불편해서 견디기 힘들었을 것이다. 9·11 테러의 여파까지 겹쳤으니 더욱 그러했을 터. 그때는 어떤 종류의 반대도 비애국적인 짓으로 여겨졌다. 폭스 뉴스의 빌 오라일리(Bill O'Reilly)는 "군사적 위기에 처한 조국을 공개적으로 비판하는 사람들을…… 나쁜 미국인이라 부르겠다"고 선언했다. 오프라는 2003년 2월 6일과 7일, 2회에 걸쳐 "미국은 이라크를 공격해야 하는가?"라는 프로그램을 방송하면서, 전쟁을 적극 찬성하지 않았다는 이유로 자신을 "검둥이"라 칭하고 "아프리카로 돌아가라"고 욕하는 메일을 받았노라 주장했다. 그것이 그 주제를 다룬 그녀의 마지막 프로그램이었다. 미국은 2003년 3월 30일에 이라크를 침공했다.

4년 뒤, PBS 시사 프로그램 〈빌 모이어스 저널〉(Bill Moyers Journal)은 "전쟁을 사다"라는 제목의 90분짜리 특집물을 제작, 주류 언론이 어떻게 사회적 감시자로서의 역할을 팽개치고 수많은 미국인과 이라크인의 목숨을 희생시킨 실패한 정책의 나팔수 노릇을 하게 됐는지를 보여주었다. 에미상 다큐멘터리 부문 수상자인 모이어스는 미디어의 행태를 비난할 때 오프라도 그 대상에 포함시켰다.

그녀가 부시 행정부를 응원하는 것처럼 보였던 시기에, 연방통신위원회(FCC)에는 아이들이 TV를 보는 시간대에 왜 그녀의 쇼에서 노골적인 성 관련 내용이 방송되느냐는 시청자들의 항의가 숱하게 들어왔다. 특히 오프라와 게스트들이 십대들의 성행위와 성적 은어를 적나라하게 묘사한 "당신의 자녀는 이중생활을 하고 있습니까?" 편이 많은 논란을 낳았다. "여러분의 자녀가 'had their salad tossed' 라고 말한다면…… 그게 무슨 뜻인지 아시겠습니까?" 오프라는 시청자들에게 이렇게 묻고는 "tossed salad"(항문을 핥는 행위), "outercourse"(간접 성교), "booty call"(성관계를 위한 만남), "rainbow parties"(여러 여자가 한 남자한테 해주는 오럴 섹스)의 외설스런 정의를 여과 없이 설명해줌으로써 FCC에 항의전화가 빗발치게 만들었다. 충격적인 발언을 일삼는 하워드 스턴(Howard Stern)은 그다음 날 자신의 라디오 프로그램에서 오프라가 한 말을 그대로 전하려 했으나, 해당 뉴욕 방송국 책임자가 방송에 부적합한 외설적인 어휘들을 효과음으로 가려서 내보냈다. 비슷한 어휘를 썼다고 FCC로부터 200만 달러에 가까운 벌금을 부과받은 적 있는 스턴은 "오프라라서 다른 것이냐"며 불만을 표시했다. 사회 고위층에 연줄이 없는 자신한테는 이중 잣대가 적용되는 것이라 느꼈다.

FCC에 오프라를 신고한 사람들 중 한 명도 같은 생각이었다. "하워드 스턴한테 벌금이 부과된 바로 그날, 오프라는 훨씬 더 노골적인 성 관련 프로그램을 방송했다"고, 〈TV가이드〉의 전 TV 비평가 제프 자비스는 적었다. "나를 비롯해 많은 사람들이 신고했다. 하지만 장담컨대, 그녀한테는 벌금이 부과되지 않을 것이다." 단지 방송에 섹스라는 주제를 내보내기 위해 십대의 성에 관한 프로그램을 만든 거라고 주장하면서, 자비스는 오프라를 위선자라 불렀다. "오프라, 마치 이 일에 별로 책임이 없는 것처럼 굴어선 곤란하다. 당신은 오후 TV에 섹스라는 주제를 가져왔다. 이제 나는 당신이 그 문제로 벌금을 부과받아야 한다거나 방송에서 손을 떼야 한다고 생각지 않는다. 그저 당신을 보지 않을 뿐이다. 당신은 하워드 스턴과 하등 다를 게 없다. 처벌을 모면한다는 것만 빼면. 그러니 혼자 고결한 척, 다른 TV 프로그램들에서 성이 다뤄지는 걸 못마땅하게 여기지 말라. 당신이야말로 쓰레기 방송의 여왕이니까."

오프라의 몬테시토 저택 소재지에서 발행되는 〈샌타바버라 뉴스프레스〉 또한 위선의 문제를 짚었다. "어떤 부모가 자식이 학교에서 돌아와 허겁지겁 〈오프라 쇼〉부터 틀고는 그런 내용을 시청하길 바랄까?" 부편집자 스콧 스티플턴(Scott Steepleton)은 일갈했다. "FCC가 되는 대로 법을 적용하던 버릇을 버려야 할 때가 왔다. 상스러운 건 상스러운 거다. 그게 누구의 쇼에서 방송되건 간에." 하지만 FCC는 2006년, 십대의 성을 다룬 오프라 쇼에서는 노골적인 어휘들이 충격을 주기 위해 사용된 게 아니므로 외설적이지 않다는 판단을 내렸다.

그럼 오프라가 "섹스를 이용해 사랑을 찾는 여성들"이라는 쇼를 진행한 2006년 2월의 시청률조사기간에는 FCC의 업무가 마비 상태이기라도 했던 걸까. 그녀는 이제껏 90명의 남자와 성관계를 가졌으며 원나이트스탠드(one-night stands)에 대한 비디오 일지와 명단을 지니고 있다고 주장하는 제니퍼(가명)라는 여성을 인터뷰했는데, "누군지도 모르는 남자들이 당신 얼굴에 사정을 하도록 했다는 거군요"라는 말을 아무렇지도 않게 건네서 블로그 세상을 발칵 뒤집어놓았다. 주류 언론은 이 제니퍼 방송에 관해 아무 언급도 하지 않았으나, American Chronicle.com의 로버트 폴 레예스(Robert Paul Reyes)는 오프라가 시청률을 끌어올리려고 시궁창을 휘젓고 다닌다며 비난했다.

"수백만 명의 여성들이 교육적이고 영감을 주는 프로그램을 보려고 당신한테 채널을 맞추건만, 당신은 근 100명의 남자들과 안전조치 없이 성관계를 맺은 섹스중독자를 인터뷰한다고?"

오프라는 이런 반응들에 당황하지 않았다. 어쩌면 부시 백악관과의 관계 때문에 FCC의 압력으로부터 안전하다고 생각했는지도 모른다. 그래서 말초적 재미와 사회 개량 의지가 한데 버무려진 타블로이드성 섹스 프로그램들을 계속해서 내놓았다.

조지 W. 부시의 대통령 당선을 결과적으로 거들었는지는 모르겠지만, 오프라는 그보다 훨씬 더 아널드 슈워제네거의 2003년 캘리포니아 주지사 경선에 도움을 주었다. UCLA의 '인종과 민족성과 정치 연구센터' 소장인 마크 소여(Mark Sawyer)는 "두 후보는 공히 정책과 여성 유권자 문제로 골치를 앓고 있었다"고 말한다. "〈오프라 쇼〉에서 보여준 '대화하기 편한 상대'라는 인상" 덕분에 부시와 슈워제네거 모두, 더욱 접근하기 쉬운 후보가 되었다.

그 쇼에 출연했을 때 슈워제네거는 30년에 걸친 수많은 성희롱 사건들에 대해 〈LA타임스〉로부터 추궁을 당하는 중이었다. 신문 연재 기사에는 그가 강제로 자신의 몸을 더듬었고 상해를 입혔다고 주장하는 여성이 열여섯 명이나 등장했다. 대부분 할리우드에서 앙갚음을 당할까 두려워 자발적으로 나서지는 않았다. 몇몇은 슈워제네거가 엘리베이터나 영화 촬영장에서 공격을 해왔다고 말했다. 뒤에서 끌어안고 스커트를 밀어올렸다고 말한 여성도 있었고, 자기 가슴을 움켜쥐고 벽에 밀어붙이면서 섹스를 요구했다고 주장하는 여성도 있었다. 다들 그의 언사가 저속하고 모욕적이었다고 입을 모았다.

그날 저녁, 데이비드 레터맨이 우스갯소리를 늘어놓았다. "오늘 〈LA타임스〉에 슈워제네거가…… 여자 몸을 강제로 만진다고 비난하는 기사가 났어요. 제가 분명히 말씀드리죠, 여러분. 이 사나이는 대통령감입니다."

슈워제네거는 여자들 앞에서 거칠고 야한 농담을 뱉은 건 인정했지만, 성희롱 혐의에 대해선 극구 부인했다. 그렇다 해도 캘리포니아 주지사 소환선거에 나선다는 갑작스런 결정으로 이미 그의 개인적 행동은 공적 심사의 도마 위에 올라버렸고, 〈투나이트 쇼〉에서 출마 선언을 한 뒤 첫 인터뷰 무대가 〈오프라 윈프리 쇼〉로 잡힌 것이었다.

"누구나 그 인터뷰에 욕심을 냈어요." 독점 출연 섭외에 대해 오프라가 입을 열었다. "하지만 내게는 우정이라는 카드가 있었지요." 그녀는 또한 따뜻한 관용의 기운으로 슈워제네거를 감싸 안았다. "아널드는 많은 남성들의 멘토인데, 그들이 우러르는 것은 마초 기질, 근육질의 남성상입니다. 하지만 아널드를 아널드로 만드는 것은 균형 감각이에요. 그는 감수성이 뭔지 알고 그것을 표출합니다." 그녀는 아널드를 1등 아버지라 치켜세우면서 바로 그의 네 자녀가 부모의 훌륭함을 보여주는 증거라고 칭찬했다. 오프라의 이러한 찬사 덕택에 그는 1997년 〈위〉(Oui) 매거진과의 인터뷰에서 마약 남용과 체육관 난교 파티, 보디빌딩 시합 기간에 오럴 섹스를 요구한 일 등을 떠벌리던 "야만인 아널드"를 기억하는 여성들의 저항감을 극복할 수가 있었다.

출마 선언을 하기 몇 주 전 〈에스콰이어〉지에는 자신을 외모 때문에 지성이 폄하되는 미녀에 비유한 그의 인터뷰 기사가 실렸다.

> 풍만한 젖가슴과 탱탱한 엉덩이를 가진 금발 여성을 보면, 우린 혼잣말을 하게 되지요. '여어, 저 여자는 틀림없이 멍청하거나 내세울 거라곤 미모밖에 없을 거야.' 하지만 젖가슴만큼이나 똑똑하고 얼굴만큼이나 유능하며 몸매만큼이나 아름답고 근사한 여자도 분명히 있거든요. 그럼 사람들은 깜짝 놀라죠.

그의 상스럽고 대책 없는 오만함은 몰리 아이빈스(Molly Ivins, 진보 성향의 미국인 여성 칼럼니스트, 정치평론가, 유머작가—옮긴이)의 날카로운 펜대도 움직였다. "나만 그런가? 내 눈엔 그가 호두로 빵빵하게 채운 콘돔 같아 보이는데?"

오프라는 2003년 9월 15일로 예정된 새 시즌의 개막을 "아널드와 마리아의 독점 인터뷰—선거 유세와 소문들에 대해 알아본다. 부부가 최초로 함께 하는 인터뷰!"라는 문구로 광고했다. 먼저 마리아 슈라이버가 무대에 등장했는데, 그녀는 몇 차례 출연한 적 있고 오프라가 여러 번 친구 사이임을 밝혔으며 오프라의 웹사이트에 따로 관련 페이지들이 마련돼 있을 정도라 시청자들에게 낯이 익었다. 두 사람은 볼티모어에서 같이 일하던 시절을 다정하게 추억하기 시작했고, 하이애니스포트의 케네디가 별장에서 마리아의 결혼식 때 함께 찍은 사진들도 공개했다. 그러고 나서 오프라는 오입쟁이라는 남편의 평판을 어떻게 생각하느냐고 물었다.

"나와 결혼한 남자는 내가 잘 알아요." 마리아가 대답했다. "26년간 한집에서 살고 있으니까요. 나는 그 사람을 기준으로 그에 대한 판단을 내립니다. 다른 사람들이 하는 말을 기준으로 삼지 않아요."

"케네디가 여자들은 부부의 외도에 관한 한 다른 식으로 보게끔 길러진다고 생각하나요?"

"그런 말 들으면 화나요. 난 다른 식으로 보게끔 '길러진다' 고 말한 적 없어요. 나는 그의 장점과 단점 전부를 받아들입니다. 나 역시 완벽하지 않으니까요."

오프라가 항간의 '아널드 여성혐오자' 설을 꺼내자, 마리아는 오히려 "정반대" 유형이라고 설명했다. "매일 아침 내게 커피를 끓여준답니다. 언제나 멋지다고 칭찬해주고요. 내 일에 있어 든든한 응원군이지요."

아널드는 다음 코너 때 아내와 합류했다. 자리에 앉으면서 팔을 뻗어 마리아의 손을 움켜쥐었다. "이 여자는 지금껏 제일 믿음직스런 친구였고, 너무나도 훌륭한 아내이자 엄마였습니다." 방청객들의 박수 소리를 들으며 오프라는 환하게 웃었다. "사람들은 유명인을 좋아하죠." 후에 그녀가 말했다. 자신의 쇼가 시청자들을 고려해 유명인 위주로 꾸려진다는 걸 알고 하는 말이었다.

오프라가 악명 높은 〈위〉 인터뷰 기사를 거론하며 질문을 건넸으나, 아널드는 기억이 나지 않는다고 답했다. "당시 저는 대서특필되게 말을 과장하자는 생각뿐이었어요."

"하지만 그 파티들은 기억나죠, 아널드?"

"정말 안 납니다. '바벨을 드는 게 오르가슴보다 낫다'는 말을 하고 다닐 때였지요."

마리아가 얼른 그의 입을 막는 시늉을 했다. "맙소사, 우리 엄마도 보고 계신단 말예요!"

나중에 〈뉴욕타임스〉는 오프라가 자기 쇼에 출연시킴으로써 아널드에게 너무나 '큰 도움'을 준 것을 꾸짖었다. 연방통신법의 등시간 원칙(equal-time rule, 방송사업자는 경쟁하는 선거 입후보자에게 똑같은 기회를 주어야 한다고 명시한 미국의 커뮤니케이션법 조항—옮긴이)을 인용하면서, "이제 유권자들의 입장을 고려해 캘리포니아 주지사 경선에 나선 다른 유력 입후보자들도 초대해야 할 필요성이 생겼다"고 했다. "윈프리에게 한 후보자만을 초대할 권리가 있다 할지라도, 그건 그녀의 영향력을 허비하는 셈이 된다."

오프라는 저 사설이 제시한 조언을 무시했다. 그녀에게는 케네디가 문의 세도가 훨씬 더 중요했기 때문이다. 오프라의 후원이 정말로 필요한 이들은 "여성을 비하, 모욕, 희롱하는 짓거리야말로 논할 가치가 있다고 생각하는 여성들"이라면서 "자매애보다는…… 유명인사"를 더 챙긴다고 그녀를 비난한 "찝쩍쟁이 주지사"라는 제목의 〈네이션〉(Nation)지 기사도 묵살했다. 슈워제네거는 2003년 소환선거에서 승리했고 2006년에도 재선되었다. 오프라는 그해 아널드의 선거 캠프에 5,000달러를 기부했는데, 이게 그녀가 한 유일한 정치 헌금이었다.

움츠렸던 근육을 푼 오프라는 이제 스스로 정계의 명사가 되었고, 개혁당(Reform Party) 당원들은 그녀를 대통령후보로 추대하는 웹사이트를 개설했다. 다큐멘터리 영화감독인 마이클 무어(Michael Moore)는 아래와 같은 온라인 청원활동을 펼치기 시작했다.

> 우리 서명자 일동은 당신에게 미합중국 대통령 선거에 출마하기를 청합니다. 우리는 이 나라를 바로세우는 방법에 관한 당신의 생각을 듣고 싶으며, 당신에게 영향 받아 다른 후보자들도 양심과 진실에 따라 행동할 수 있을 것이라 생각합니다. 적어도 당신이라면 사람들의 주의를 환기시킬 수 있고, 더 나아가 선거판의 기존 질서를 허물어뜨려 미국 최초의 흑인 대통령이자 최초의 여성 대통령, 근래 처음으로 미국인들의 이익을 대변하는 대통령이 될 수 있습니다.

여러 사람들이 청원에 동참했는데, 작가 로버트 풀검(Robert Fulghum, 《내가 정말 알아야 할 모든 것은 유치원에서 배웠다》(All I Really Need to Know I Learned in Kindergarten)도 자신의 웹사이트에서 오프라를 대통령후보감으로 지지했다. 이렇게 되자 데이비드 레터맨이 "공화당 주말집회에서 엿들은 정보 베스트 10" 중 하나로 이런 이야기를 언급하기도 했다. "우린 이제 끝났어. 오프라가 방금 출마 선언했대!" 에런 맥그루더(Aaron McGruder)의 TV 시리즈 〈분덕스〉 는 마틴 루서 킹 목사에 관한 에피소드 "왕의 귀환"의 마지막 장면을 "오프라, 대통령 당선"이라는 신문기사 제목으로 장식했다. 오프라를 총사령관에 앉히려는 움직임들 중 가장 컸던 것은, 미주리 주 캔자스시티에서 원더풀 월도 세차장(Wonderful Waldo Car Wash)을 운영하는 전직 교사 패트릭 크로(Patrick Crowe)가 2003년에 "오프라를 대통령으로"라는 문구가 적힌 컵과 티셔츠, 자동차 범퍼 스티커를 파는 웹사이트를 개설한 일이었다. 그는 《오프라를 대통령으로: 달려요, 달려, 오프라!》(Oprah for President: Run, Oprah, Run!)라는 책을 낸 뒤 엄청난 광고 효과를 거뒀다. 얼마 안 있어 이 예순아홉 살의 팬에게 열아홉 건의 저작권법 위반과 오프라의 이름 및 이미지의 무단사용 사례가 조목조목 명시된 3쪽짜리 활동정지명령서가 날아들었다. 그녀의 변호사들은 답변 시간으로 닷새를 주었다.

"그런 편지는 보내선 안 되는 거였어요." 오프라가 래리 킹과의 대담에서 말했다. "내 변호사들이 그렇게 한 건 고맙지 않았습니다."

크로는 위축되지 않았다. 오프라가 전화를 걸어 당시엔 대통령후보가 아니었던 버락 오바마 응원에 시간과 에너지를 쏟아주길 부탁하자, 크로는 도리어 이 신참 일리노이 주 상원의원에게 내각의 한 자리를 주라고 건의했다. 그러고는 기자들에게 그녀가 어째서 위대한 대통령감인지를 설명했다. "천재적인 비즈니스 감각, 순수한 마음, 남들과 어울려 일하는 능력, 맹렬한 투지…… 그녀는 함부로 대할 수준의 여자가 아니다."

비록 오프라가 공직에 출마한 적이 없고 앞으로도 없을 거라 말했지만, 그녀는 굉장한 카리스마의 소유자였고 수백만 시청자들에게 신뢰의 대명사였다. 나아가 다양한 사안들에 관해 분명한 입장을 취하여 민주당과 공화당을 번갈아 만족시켰다. 그녀는 여성의 선택권을 지지하는 한편, 사형제도와 총기 소지, 마약 합법화, 생활보조비지급 문제에는 반대 의사를 표명했다. 이라크전쟁은 찬성하는 쪽이었다(나중에 반대로 돌아섬). 음주운전자에 관해선, 목을 매달아야 하지만 살려두고서 음부에 계속 고문을 가하자는 의견을 냈다. 종교 쪽으로는 약간 어중간한 입장이라, 성서를 인용하기는 해도 교회에 나가지는 않았다. 그녀는《시크릿》의 뉴에이지풍 헛소리를 간간이 섞어가며 자기개선(변신 및 정화 단식)과 자기역량 강화(믿고 성취하기)에 대한 설교를 하곤 했다. 가족적 가치에 대해서는 여러 입장을 골고루 취했다. 모성애에 박수를 보내긴 하지만 정작 자신은 아이보다 일을 택하고, 한 남자와 혼전 동거를 하면서도 절친한 여자 친구와 줄기차게 여행을 다니는 식이었다.

모순적 언행과는 별도로 오프라는 미국인들이 우러르는 인물이 되었다. 가난한 이들을 위해 구호금을 모으고, 고해성사를 들어주고, "내 앞에서는 껌을 씹지 말라", "항상 안주인에게 줄 선물을 마련하라", "하루에 15분씩 욕조에 몸을 담가라", "쇼핑하라, 쇼핑하라, 쇼핑하라" 같은 칙령을 반포하는 1인 성당이었다. 높은 곳에서 내려다보면서, 아버지 노릇을 하지 못한다고 라이어널 리치를 꾸짖었고, 금지약물을 복용하지 않았다고 거짓말한 올림픽 육상 스타 매리언 존스(Marion Jones)를 나무랐으며, 파산 직전에도 1,000달러짜리 구찌 은제품을 산 토니 브랙스턴(Toni Braxton)을 호되게 질책했다.

이따금 오프라는 위엄 있게 용서도 베풀었다. 열다섯 살 때 갓 낳은 자식을 죽인 죄로 6년 형을 선고받고 오하이오 여성교도소에 수감 중인 스물두 살의 제시카 콜먼을 위성으로 인터뷰하는 내내, 오프라의 태도는 교수형을 잘 내리는 재판관처럼 준엄하기 짝이 없었다. 그녀는 콜먼에게 임신을 숨기다가 아이를 낳고, 사산된 것으로 보이는 그 아기를 칼로 찌른 뒤 가방에 담아 남자친구를 시켜 채석장에 버린 이야기를 하라고 지시했다. 아기의 시신이 발견됐을 때, 오하이오 주 컬럼비아 스테이션의 지역사회는 '희망의 아기'라는 이름을 붙여주고 엄숙히 장례를 치러주었다. 6년간 그 영아 살인사건을 수사하던 경찰은 술집에서 훌쩍거리며 털어놓은 이야기를 엿들은 시민의 신고로 마침내 콜먼을 붙잡았다.

"내가 열네 살 때 임신 사실을 숨겼다는 거 알고 있습니까?" 오프라가 그녀에게 물었다. "나는 아홉 살 때 강간을 당하고 열 살부터 열네 살까지 성적 학대를 받았습니다. 열네 살 되던 해에 임신을 하게 되었지요. 아버지한테 임신 사실을 알려야 한다는 스트레스 때문에 조산을 하게 되었고, 아기는 태어난 지 36일 만에 죽었답니다. 내가 그랬듯, 지금 우리 사회에는 비밀을 간직하고 살아가는 십대 청소년들이 많이 있어요. 당신처럼, 나도 내 얘기를 들어줄 사람이 없다고 생각했지요. 오늘 당신이 공개적으로 말한 걸 듣고 많은 소녀들이 용기를 내 비밀을 고백할 겁니다. 당신은 이제 과거의 당신이 아니에요. 당신에겐 가능성이 있어요. 이 점을 마음에 새기고 미래를 향해 나아가세요. 자신을 용서하세요. 그러면 다른 사람들도 당신을 용서할 수 있을 겁니다."

오프라의 쇼는 범법자들이 자비를 구걸하거나, NBC 앵커맨 브라이언 윌리엄스(Brian Williams)와 NBC 뉴스 사장 스티브 캐퍼스(Steve Capus)의 경우에서처럼, 논란이 되는 조치들을 변호하는 장소가 되었다. 2007년 버지니아 공대에서 스물두 명을 사살한 미치광이가 보낸 비디오의 일부와 사진을 공개한 후, NBC에는 살인자가 자살 전에 남긴 증오에 찬 말들을 어떻게 방송에 내보낼 수 있냐는 극심한 비난이 쏟아졌다. 많은 이들은 방송사가 유족들의 심정은 아랑곳하지 않은 채

학살자한테 국민의 관심이 쏠리게 만드는 데 혈안이 되어 있다고 느꼈다. 1주일 뒤, 윌리엄스와 캐퍼스가 〈오프라 윈프리 쇼〉에 출연했다.

"우린…… 몇 장을 공개할지를 두고 신중에 신중을 기했습니다." 브라이언 윌리엄스가 말했다. "이제 사진들은 거의 자취를 감춘 것 같고요."

오프라가 그의 말을 바로잡았다. "사람들이, 대중이 '보고 싶지 않다' 고 했기 때문에 사라진 거죠."

윌리엄스가 어찌나 반성하는 것처럼 보였던지, 쇼를 시청하던 한 가톨릭 신자는 오프라가 "속죄를 위해 주기도문을 다섯 번 외우고, 성모송을 다섯 번 불러라. 그런 다음 훌륭히 회개하고 평화를 얻어라"는 명과 함께 면죄부를 줄지도 모른다는 다소 황당한 생각을 했다.

그녀는 마치 마을의 목사처럼 신도들을 보살피면서 그들이 과거의 잘못을 속죄하도록 도왔다. 복싱 헤비급 챔피언 마이크 타이슨이 1997년 타이틀전에서 에반더 홀리필드(Evander Holyfield)의 귀를 물어뜯은 일을 보상하고 싶다고 말했을 때 오프라가 중간에 나서서 공개 사과의 장을 마련했다. 맞대결한 지 12년 만에 두 남자는 그녀의 쇼에 나와 악수를 하고, 그들의 화해가 서로 으르렁대는 젊은이들한테 본보기가 되기를 희망했다. 강간 유죄판결을 받은 타이슨을 쇼에 출연시켰다고 비판하는 시청자들도 많았으나, 대부분 그녀에게 경의를 표했다. 한참 추락하고 있던 시청률을 두 편의 타이슨 쇼가 엄청나게 끌어올린 것이 우연은 아니었다.

피해자들이 입는 정신적 외상을 너무도 잘 알았던 오프라는 아동학대자에 대한 비난을 고집스럽게 밀고 나갔다. 성추행죄로 복역 중인 남자를 인터뷰하면서 "추잡하다"라는 표현도 서슴지 않고 썼다. 그럼에도 그녀는 보는 이에 따라선 고개가 갸웃거려질 만한 모순적 행동을 보였다. 가령, 여성을 비하하는 가사라며 래퍼들을 비난하면서, 친구인 아널드 슈워제네거의 성희롱 사건들에 대해선 별말 없이 지나갔다. 인종차별적 행위를 용서치 않으면서도, "북아프리카인들과 문제"가 있었다는 이유로 파리 매장 직원에게 수모를 당한 후 에르메스 사장이 한 사과는 받아들였다. 하지만, 아이젠하워(Dwight David Eisenhower)가 아칸소 주에 연방군을 파견한 1957년에 센트럴 고교의 인종 통합을 이끌어낸 리틀 록 나인(Little Rock Nine, 인종분리 학교인 센트럴 고교에 들어가려 한 흑인 학생 9명을 가리키는 말—옮긴이)의 엘리자베스 엑퍼드(Elizabeth Eckford)에게 욕설을 퍼부은 백인 학생 헤이즐 브라이언 매서리(Hazel Bryan Massery)한테는 좀처럼 마음을 열지 않았다. 오랜 세월이 흐른 뒤 매서리는 증오에 차서 고함을 질렀던 일을 사과했고, 엑퍼드와 가까운 사이가 되었다. 오프라는 두 여성을 함께 쇼에 초대했지만 그들의 우정에 관해서는 지극히 회의적인 시각을 나타내면서, 헤이즐의 뉘우침이 화해로 이어졌음을 인정하려 들지 않았다. "친구 사이랍니다." 시청자들에게 미심쩍어하는 어조로 알렸다. "두 사람이 친구…… 라네요." 반복해서 말하는 그녀의 목소리에는 못마땅한 기색이 역력했다. 그런 다음, 역사적인 그날의 사진을 확대해서 보여주었는데, 거기에는 입을 꾹 다문 채 책가방을 메고 학교로 들어가는 엘리자베스와 그녀를 조롱하는 주변 백인 학생들 틈에서 가장 위협적인 표정으로 소리치는 헤이즐이 들어 있었다. 오프라는 싸늘한 말투로 그 사진이 수십 년이 흐른 지금까지도 불쾌감을 자아내는 이유를 엑퍼드에게 물었다.

"차갑기가 얼음장 같았습니다." 엑퍼드가 〈배너티 페어〉의 데이비드 마골릭(David Margolick) 기자에게 털어놓았다. "그녀는 일부러 증오심을 드러냈어요."

엑퍼드 및 매서리와 시간을 보내며 그들에 관한 기사를 쓴 마골릭은 이런 말을 보탰다. "그래도 성격상, 엘리자베스는 헤이즐에게 안쓰러운 마음을 가졌다. 오프라가 헤이즐을 훨씬 더 냉담하게 대했기 때문이다."

이러니저러니 해도 사람들은 여전히 '오프라 교회'로 몰려들었다. 온라인에는 〈오프라 윈프리 쇼〉에 출연하는 방법을 다루는 사이트들이 2만 8,000여 개나 있고, 수년간 '오프라 교회'에서 파문당해 있던 심야 토크쇼 진행자 데이비드 레터맨은 "오프라 일지"까지 쓰면서 그녀의 쇼에 초대받기를 간절히 희망했다. 오프라는 들은 척도 하지 않았지만 그는 꿋꿋이 구애를 계속했다. "It ain't Oprah til it's Oprah"(뉴욕 양키스의 전설적인 선수 요기 베라(Lawrence Peter 'Yogi' Berra)의 명언 'It ain't over til it's over'(끝날 때까지는 끝난 게 아니다)를 빗댄 표현—옮긴이)라는 주문을 밤마다 카메라 앞에서 읊어댔다. 얼마 안 있어 그의 팬들이 에드 설리번 시어터(〈데이비드 레터맨 쇼〉가 제작되는 곳—옮긴이) 앞과 공항, 미식축구 경기장에서 "오프라, 데이브에게 전화 좀 걸어줘요"라 쓰인 피켓을 들고 다니기 시작했다.

83일째 되는 날, 필 로즌솔(Phil Rosenthal)이 〈시카고 선타임스〉 지면을 빌려 오프라에게 충고를 했다. "이 전화는 하지 않으면 안 되겠다. 매일 밤…… 그는 당신을, 입으로는 용서와 긍정적 사고에 관한 뉴에이지풍 설교를 진부하게 늘어놓으면서 실제로는 맺힌 마음을 풀지 않는 꽉 막히고 자기중심적인 디바로 만들고 있다. 그는 이런 짓을 해도 악하게 보이지 않는 사람이다. 재미로 하는 짓에 당신이 계속해서 고개를 돌리고 있으면 웃음거리가 되는 거다. 당신은 그저 자기 입장만 고수하는 옹졸하고 어리석은 고집쟁이로 비치고 있다."

오프라는 지난 수년간 레터맨이 던진 농담들에 분이 안 가신 상태였다.

- TV에 나오는 충격적인 폭력의 예 베스트 10
  6위: 눈치 없는 게스트가 오프라와 뷔페 테이블 사이에 끼어드는 것.
- 인기 없는 관광거리 베스트 10
  3위: 더 그랜드 올 오프라(The Grand Ole Oprah, 그랜드 올 오프리(Grand Ole Opry)에 빗댄 표현—옮긴이)
- 죽음을 불사하는 로비 크니블도 하지 않을 스턴트 베스트 10
  8위: 오프라 윈프리의 점심 주문을 망치는 것.
- 스포츠 바(Sports Bar, 술을 마시면서 경기를 시청할 수 있는 술집—옮긴이)에서 듣고 싶지 않은 남자의 말 베스트 10
  1위: "이크, 오프라 할 시간이네."
- 콜럼버스가 지금 살아 있다면 미국에 관해 할 것 같은 말 베스트 10
  6위: "어쩌다 오프라라는 지도자를 택하게 됐을까?"
- 닥터 필이 말하는 오프라를 인터뷰하는 요령 베스트 10
  4위: 굽실거려라.

화해는 2005년 12월 1일에 이루어졌다. 오프라가 마침내 레터맨의 쇼에 출연하기로 마음먹고 〈컬러 퍼플〉의 브로드웨이 초연 때 자신을 에스코트하도록 허락한 것이다. 이를 두고 〈피플〉지는 다음과 같은 추측 기사를 내놨다.

신사 숙녀 여러분, 오프라 윈프리가 데이비드 레터맨과의 16년에 걸친 반목을 끝내고 2005년 12월 1일, 그가 진행하는 CBS 심야 토크쇼에 출연하기로 결정한 그럴듯한 이유 베스트 10이 나갑니다.

10위: 길 건너편에서 브로드웨이 뮤지컬 〈컬러 퍼플〉을 제작 중이라서.

9~1위: 이하동문.

"마침내 기나긴 악몽이 끝났다"고, 〈캔자스시티스타〉지는 말했다.

레터맨은 스타에 열광하는 남학생처럼 행동했다. "저한테 보통 큰 일이 아닙니다. 이렇게 나와주시니 기쁘기 그지없네요"라며 찬사를 마구 쏟아냈다. "당신은 사람들의 인생에 중요한 의미를 지닌 존재입니다."

무려 1,350만 명이 그날 밤 쇼를 지켜보려고 늦게까지 잠을 청하지 않았다. 레터맨으로서는 10여 년 만에 맛보는 엄청난 시청률이었다. 다음 날 〈워싱턴포스트〉에 TV 비평가 리사 드 모레이스(Lisa de Moraes)의 감상이 실렸다. "레터맨은 한때 자신이 놀리던 그 대상이 되어버렸다. 오프라 중독자 말이다."

오프라의 후광을 입기 원하는 사람은 심야 토크쇼 진행자만이 아니었다. 빌 클린턴 전 대통령은 1,008쪽에 달하는 회고록 《빌 클린턴의 마이 라이프》(My Life)를 홍보하기 위해 그녀의 쇼에 출연했고(2004년 6월 22일), 옥시전에서 방송되는 〈오프라 애프터 더 쇼〉 무대에도 등장해 포옹과 악수를 나눴으며, 멀리 뉴욕 차파쿠아(Chappaqua)에 있는 자택까지 그녀를 데려가 〈O〉 매거진용 인터뷰에 장시간 응했다. 〈오프라 윈프리 쇼〉에서 오프라는 "아무런 제약도 두지 않음"을 분명히 밝히고는 전직 대통령으로 하여금 본인의 성적 방종에 관한 대목을 직접 읽게 만들었다.

"힐러리를 여러 번 배신하는 동안 그녀에 대한 감정은 어땠습니까?" 오프라가 물었다.

"언제나 그녀를 사랑했습니다. 많이 사랑했어요. 하지만 항상 잘해주진 못했지요."

"들킬까 봐 겁나진 않던가요?"

클린턴은 공화당이 장악하고 있는 의회와 "무지막지하게 싸우는" 중이라며 그 질문을 회피하려 했지만, 오프라는 물러서지 않았다.

"들킬 거라 생각 안 했나요?"

"예, 안 했습니다." 결국은 인정하고 말았다.

그녀는 방청석을 젊고 예쁜 여성들로 가득 채웠는데, 제프 사이먼(Jeff Simon)이 〈버펄로뉴스〉에 묘사했듯이, 그들은 클린턴을 "어느 순간엔 초콜릿 아이스크림을 바라보듯 하다가, 또 어느 순간엔 소파를 향해 첫 걸음마를 떼는 아기를 바라보듯" 했다.

오프라와 클린턴의 유대관계는 끈끈했다. 그녀는 1993년 대통령취임식과 1994년의 첫 공식 만찬에도 참석했다. 1993년 12월에는 클린턴이 백악관에서 아동학대와 성폭력에 대한 기소 및 유죄 선고에 관한 데이터베이스 네트워크를 구축하는 내용의 국가아동보호법안에 서명하는 동안 그의 옆에 서 있었다. 이 법은 비공식적으로 "오프라 법안"으로 알려졌다.

둘 다 남부의 이혼가정 출신으로서 빌 클린턴과 오프라 윈프리 간에는 공통점이 아주 많았다. 각자 변변치 못한 환경을 딛고 일어나 탁월한 의사소통 능력을 발판으로 세계적인 수준의 성공을 일궈냈다. 또 널리 알려졌다시피 두 사람 모두 체중 문제로 골치를 앓았고, 클린턴의 말을 빌리자면, "비밀을 간직한 채" 공적 생활과 사생활을 병행할 줄 알았다. 대중 앞에 함께 나선 그들은 가히 환상의 커플이었다. 클린턴은 오프라에게 시즌 두 번째로 높은 시청률을 안겼고, 그녀는 그의 책 판매고를 부쩍 올려주었다. 서로 찬양하고 이익을 주는 둘의 관계는 2004년 7월 27일, 상원의원에 출마한 한 젊은 남성이 민주당 전당대회에서 일생일대의 명연설을 남길 때까지 계속되었다. 그 장면을 보고 기쁨에 펄쩍펄쩍 뛰던 사람들 중에는 오프라도 있었다. 그녀는 그 남자의 마법 같은 의사전달력에 깊은 감동을 받았다. "여태껏 들어본 가장 비범한 연설들 중 하나였다"고 나중에 직접 고백했다. "〈미스 제인 피트먼의 자서전〉(The Autobiography of Miss Jane Pittman, 어니스트 게인스(Ernest J. Gaines)의 소설을 각색한 1974년 TV 영화)에 보면, 아기를 안은 제인이 '네가 그 사람이 될까?' 하고 묻는 장면이 있어요. 당신이 연설하는 동안, 나는 대기실에서 혼자 응원하며 중얼거렸죠. '바로 저 사람인 것 같아.'"

그 연설이 있은 뒤 오프라는 잘 알지도 못했던 오바마 부부에게 인터뷰를 요청했고, 이 인터뷰 기사가 실린 〈O〉 11월호는 오바마가 남북전쟁이 끝난 뒤의 재건 시대 이후 아프리카계 미국인으로는 세 번째로 상원에 진출하게 되는 선거 며칠 전에 전략적으로 발매되었다. 그녀는 이 젊은 상원의원을 "가장 아끼는 인물"이라며 싸고돌았다. 2005년 1월에는 "미국인이 꿈꾸는 삶"이라는 에피소드에서 자신의 시청자들에게도 소개했다. 몇 달 뒤 그녀는 오바마의 아내인 미셸(Michelle Obama)을 "레전드 위크엔드" 때 "젊은 기수들"에 포함시키는 것으로 예우했고, 이듬해에는 공식 출마선언을 하기 몇 달 앞서 오바마를 대통령후보로 공개 지지했다.

상원의원 선거운동을 하면서 오바마는 이라크전쟁을 불필요한 전쟁이라고 반대했는데, 그 무렵부터 오프라도 자신의 입장을 바꾸었다. 이에 따라 명망 높은 〈뉴욕타임스〉 칼럼니스트 프랭크 리치를 쇼에 초대해(2006년 10월 12일), 잘못된 전제를 근거로 이라크에 전쟁을 판다며 부시 행정부를 고발한 그의 책 《지금껏 팔린 가장 위대한 이야기: 9·11부터 카트리나 재해까지 진실의 흥망성쇠》(The Greatest Story

Ever Sold: The Decline and Fall of Truth from 9·11 to Katrina)를 가지고 토론을 벌였다. "미국의 진실"이라는 제목의 그 쇼에는 포인터 연구소(Poynter Institute)의 로이 피터 클라크(Roy Peter Clark) 수석연구원도 나와 다양한 관점에서 세상을 보는 법을 이야기했다. 나중에 그는 온라인 칼럼을 통해, 오프라가 활발하고 똑똑하고 재미있고 카리스마 넘쳤으며 여성 방청객들의 사랑을 한 몸에 받더라고 소감을 전했다. "카메라가 돌기 전, 구두를 들고 무대에 오를 때만 해도 아주 소탈한 이미지였으나, 일단 자리에 앉자 구두 담당 스태프가 잽싸게 뛰어올라와 무릎을 꿇은 자세로 그녀에게 구두를 신겼다. 발에 왕관만 안 씌웠다뿐이지 대관식이나 진배없었다."

폭스 뉴스의 빌 오라일리는 오프라가 에피소드 한 편을 통째로 프랭크 리치에게 바친 데 대해 분통을 터뜨렸다. "베스트셀러 1위 책을 네 권이나 냈는데도 그녀는 날 인터뷰하길 거절해왔다"며 씩씩댔다. 나흘 뒤 "오프라는 과연 공정하고 균형이 잡혀 있는가?"라는 코너를 방송에 내보내면서, 그녀의 쇼에 보수적인 게스트보다 진보적 성향의 게스트가 훨씬 많았다는 점을 들어 "좌편향성"을 띤다고 주장했다. 시청자들에게 정치적 견해를 솔직하게 밝히고 있지 않다고도 말했다. "모든 이의 눈을 똑바로 쳐다보는 게 더 좋지 않을까?" 며칠 후 오프라는 오바마를 쇼에 초대해(2006년 10월 18일) 그의 책 《버락 오바마 담대한 희망》(Audacity of Hope)에 관해 이야기를 나눴다.

오프라가 말했다. "이건 비단 저 혼자만의 생각은 아닐 거예요. 담대한 희망을 느끼고 싶은, 그래서 미국이 모두에게 더 나은 곳이 될 수 있음을 느끼고픈 사람들이 많이 있습니다. 당신이 장차 미합중국 대통령선거에 출마하길 바라는 사람들도 있고요. 어떻게 생각하시나요?"

오바마는 그 질문을 우회하여 중간선거의 중요성에 대한 이야기만 했다. 오프라가 다시금 질문의 주제를 일깨워주었다.

"그러니까, 앞으로 5년 내에 출마 결심을 한다면 — 저는 5년 더 이 쇼를 진행할 겁니다 — 이 쇼에서 그걸 발표하겠습니까?"

"당신한테 'no'라고는 말 못 할 것 같네요."

"좋아요, 좋아. 출마할 결심을 혹시라도 하게 된다면 말이에요."

"오프라, 당신은 나한테 소중한 사람이에요."

"알았습니다, 내 질문은 이상입니다."

"좋아요."

빌 오라일리는 화가 나서 거의 졸도할 지경이었다. 그 역시 홍보할 책이 있었건만, 오프라는 한사코 그를 초대하려 들지 않았다. "그는 너무 열이 올라 직접 오프라한테 전화를 걸었습니다. 그러고는 '프랭크 리치 같은 부시 혐오자'를 데려다가 미합중국 대통령을 모독하는 식의 일방적 행태를 보일 권리는 없는 거라며 혼을 냈지요." 더블데이 출판사 홍보담당자가 회고한다. "오라일리는 공정하게 자기도 자기 책을 가지고 그녀의 쇼에 나가게 해달라고 요구했어요. 어찌나 강경하게 을러댔던지 오프라도 겁이 나서 그의 요구를 받아들이기로 했죠."

"빌 오라일리 초청 간담회"라 명명된 쇼(2006년 10월 27일)는 방청석이 대부분 남성으로 채워진 가운데, 오라일리가 "세속적 진보운동"이라 일컫는 세력을 소리 높여 규탄하는 장이 되었다. 그는 그 진영이 프랭크 리치, 미국시민자유연맹, 조지 클루니(George Clooney), 할리우드, 네덜란드, 쇼핑몰에서 하는 일 없이 어슬렁대는 사람들, 민주당, FBI, 클린턴 일가, 〈뉴욕타임스〉 등으로 구성돼 있다고 했다. 반면, 전통주의자 진영에는 자기와 같은 "선량한 사람들", 부시 대통령, 공업도시들, 노동자계급, 중소기업, 크리스마스를 크리스마스라 부르는 사람들, 오프라 등이 포함된다고 했다. 쇼 말미에 오라일리는 "출연해 본 쇼 중에 가장 좋았다"며 만족감을 표시했다.

빌 오라일리에게 자신이 공정하고 균형 잡힌 시각을 지녔음을 증명해보인 뒤, 오프라는 이제 민주당의 클린턴파뿐만 아니라 폭스 뉴스하고도 대립각을 세우기로 마음먹었다. "적임자"를 찾았다는 생각에, 다른 대통령후보들을 다 물리치고 버락 오바마를 공개 지지하기로 결심한 것이다. 그녀는 자신의 쇼가 2000년 조지 W. 부시의 승리에 일조했다는 식으로 얘기되는 것이 못마땅했다. 그래서 이번에는 "내가 좋아하는 후보"만 강력하게 밀어주자고 다짐했다.

"버락을 지지한다는 게 모두에게 알려지면, 제가 거기 앉아서 객관적인 척 다른 후보들을 인터뷰하는 건 정말 가식적인 일이 될 거예요. 그래서 저는 제 쇼에서 아무도 인터뷰하지 않을 겁니다."

재능을 발굴하는 능력에서 타의 추종을 불허하는 오프라는 텔레비전에 잘 맞는 매력을 한눈에 알아보곤 했다. 어찌 됐거나 그녀를 통해 닥터 필과 레이철 레이와 닥터 오즈(Dr. Oz)가 미국인들에게 널리 알려졌고, 그녀가 그들의 이름을 내세워 출범시킨 토크쇼들은 전부 예상을 넘는 성공을 거두었다. 이제 저 경우들과 같은 직감에 이끌려 정치 쪽 카드들을 몽땅 테이블에 올려놓은 셈인데, 당시 힐러리 클린턴이 민주당 후보가 될 것으로 점쳐졌기에 이는 무모한 도박이 아닐 수 없었다. 엄청난 신임과 후원을 등에 업은, 승리할 가능성이 큰 최초의 여성과 맞서게 됨으로써 수많은 여성 시청자들이 그녀에게서 떨어져 나갈 판국이었다. 오바마를 지지하는 그녀가 성(gender)보다 인종을 우선한다는 비판을 들은 반면, 그녀의 아프리카계 미국인 친구들은 대부분 힐러리 클린턴을 지지했다.

마야 앤절루, 헨리 루이스 게이츠 주니어, 퀸시 존스, 앤드루 영은 게이츠의 표현을 빌리자면, 그들을 "그 테이블까지 데려온 사람"이 빌 클린턴이기 때문에 힐러리 클린턴 상원의원에게 충성할 의무가 있다고 느꼈다. 그러나 게일 킹과 보수적인 공화당원인 스테드먼 그레이엄, 그리고 아버지 버넌 윈프리는 오프라와 뜻을 같이했다. 버넌은 자신의 이발소 벽에 걸린 오바마 포스터를 손가락으로 가리키며 "나는 정책 공약들을 토대로 그를 지지하지만…… 오프라는 뭔가 다른 이유에서 지지하는 걸 수도 있다"고 말했다. 그는 오바마를 대할 때마다 딸이 애교스런 몸짓을 하는 걸로 보아 그 일리노이 주 상원의원한테 홀딱 반한 것이 틀림없다며 빙그레 웃었다. "애정 어린 눈빛은 또 어떻고요. 스테드먼은 아마 어떤 것도 받아보지 못했을걸요?"

고교 시절 오프라의 단짝 친구 루베니아 해리슨 버틀러도 동의했다. "오바마는 그 애가 원하는 걸 다 갖췄어요. 피부색이 밝은 데다 아이비리그 출신이잖아요."

심야 코미디 쇼들도 맞장구를 쳤다. 코넌 오브라이언은 "주말에 결혼기념일을 맞이한 오바마가 로맨틱한 촛불 디너를 즐기러 아내와 오프라, 둘만 데리고 나간" 점에 주목했다.

오프라에 대한 오바마의 영향력은 시카고 사람이라면 누구나 아는 사실이었다. "폴라 크라운(Paula Crown)이 '아동보호모임'의 자선행사에 참석할 스타가 필요해 오바마를 찾아갔는데, 그가 오프라를 설득해 연설자로 나서게 했다"고, 시카고의 한 자선가는 말한다. "안 그랬으면 그녀가 참석하는 일은 없었겠죠. 덕분에 행사가 아주 성황을 이뤘습니다."

버락 오바마를 대통령감으로 지지함으로써 오프라는 비판과 당파적 견책을 받게 될 입장을 분명히 밝혔다. "견디기 힘든 때도 있었어요." 앨리스 워커가 그 시기를 회상했다. "벨에어 호텔에서 열린 어떤 결혼식에 게일과 함께 왔을 때가 기억나네요. 오프라가 세라 페일린(Sarah Palin)을 쇼에 초대하길 거부하고, 플로리다 여성 공화당원들이 오프라를 보이콧하자고 결의한 직후였지요. (중략) 사람들한테 어떤 욕을 들었는지 얘기하는데, 눈물이 그렁그렁하더군요."

오프라는 나중에 그때의 파장을 다음과 같이 언급했다. "아프리카로 돌아가라는 둥, 두들겨 패주겠다는 둥, 증오에 찬 소리들을 들었지요. 난 세라 페일린을 무시한 게 아니었어요. 그저 나만의 방침을 따랐을 뿐이죠. 다른 후보들을 쇼에 초대하지 않는다는 방침 말입니다." 대통령선거 이틀 후 그녀는 〈새터데이나이트 라이브〉에서 그 알래스카 주지사를 기가 막히게 흉내 내 큰 웃음을 자아낸 코미디언 티나 페이(Tina Fey)를 초대했다. "덴버에서 열린 버락 오바마의 대규모 집회에 참석했을 땐데, 다음 날 존 매케인(John McCain) 상원의원이 세라 페일린을 공화당 부통령후보로 지명하더군요." 오프라가 그 순간을 돌이켰다. "나도 모르게 소릴 치고 말았어요. '어머나, 티나 페이랑 똑같잖아!'"

선거 후 공화당원들을 위로하는 차원에서 오프라는 세라 페일린을 기꺼이 섭외하겠노라 했다. "말이 나온 김에 연락을 취해봤는데, 그녀는 그레타 밴 서스터런(Greta Van Susteren, 폭스 뉴스 채널에서 〈온 더 레코드〉(On the Record)를 진행하는 언론인. 세라 페일린과 가까운 친구 사이다—옮긴이)이나 맷 라우어나 래리 킹하고는 대담을 하면서, 나한테는 기회를 안 주었어요. 하지만 모르죠, 책을 출간하는 일이 생기면 말을 걸어올지도." 예상은 적중했다. 페일린은 2009년 11월 16일에 〈오프라 윈프리 쇼〉에 나와 회고록 출간을 알렸고, 이 방송으로 오프라는 2년 만에 자체 최고 시청률을 경신했다.

〈워싱턴포스트〉의 리사 드 모레이스가 보기에 그녀는 "버락 오바마를 지지하면서 잃어버린 보수적인 시청자들의 마음을 되돌리는 일에 전념하고 있었다." 따라서 논란의 소지를 안은 주제들에는 별로 관심을 기울이지 않았다. 다음 날 《포르노 스타처럼 사랑하는 법》(How to Make Love Like a Porn Star)을 쓴 포르노 슈퍼스타 제나 제임슨(Jenna Jameson)을 인터뷰했지만, 미디어는 포르노그래피보다는 정치에 더 흥미를 나타냈다. 세라 페일린 프로그램이 방송된 지 이틀 뒤, 티나 브라운이 '데일리 비스트' 사이트에서 오프라를 맹공격했다. "그녀는 2008년 선거운동 중에 쇼에 초대되지 않은 걸로 무시당했다고 생각하는지 여부부터 따지고 들었다. 우리 시청자들이 그랬듯이 페일린 역시 '엥? 대체 왜 당신 얘기로 이 아까운 시간을 낭비하는 거지?' 라고 어이없어 하는 게 보였다."

2008년 대선 전에 오바마 지지 입장을 고수하기로 단단히 결심했던 오프라는 2007년 9월 4일 빌 클린턴이 두 번째 저서 《기빙》(Giving) 홍보차 쇼에 돌아왔을 때, 그 출연은 클린턴 측에서 요청을 해 성사된 것임을 시청자들에게 분명히 밝혔다. 몇 달 뒤 이 전직 대통령은 오프라가 그의 아내를 후원하지 않는 데 대해 크게 개의치 않는다고 말했다. "오프라는 시카고 출신이니까요. 오바마 말고는 누구 편도 들 생각이 없었을 겁니다."

클린턴이 오프라 쇼에 두 번째 출연할 당시는 정치적으로 민감한 시기였다. 나흘 후면 오프라가 몬테시토에 위치한 사유지(17만 제곱미터) "약속의 땅"에서 오바마를 위한 대규모 모금행사를 연다는 걸 모두 알고 있었기 때문이다. 1인당 2,300달러를 지불하는 참석 인원이 최소 1,600명에 달할 것으로 예상된 이 행사는 사상 최대 규모의 정치자금 모금행사 가운데 하나로 세간의 주목을 끌었다. 한 심야 코미디 프로그램은 "오프라의 선거자금 모금행사는 목표치가 300만 달러로 잡혀 있는데, 그중 200만 달러는 '스테드먼 덩크 탱크'(과녁을 맞히면 앉아 있는 사람(여기서는 스테드먼)이 물탱크로 떨어지게 되는 장치. 기금모금 행사나 파티 등에서 흔히 쓰인다—옮긴이)에서 나올 예정"이라고 우스갯소릴 했다.

오프라의 모금행사는 7월에 공고가 된 상태였고, 인공 호수와 초원을 갖춘 그녀의 5,000만 달러짜리 대저택을 구경하기 위해서뿐만 아니라 오바마를 후원하기 위해 전국 각지에서 입장권 쟁탈전이 벌어졌다. 전 세계적인 취재 대상이 된 그 행사를 두고 오프라는 "사유지를 개방하는 것이 결코 쉬운 일은 아니었다"고 털어놓았다. "저는 정말이지, 이곳이 신이 제게 주신 선물이라고 느낍니다. 매우, 매우 특별한 장소지요. 들어가는 데 만만찮은 요구조건과 제약을 내걸 생각입니다."

그녀는 2,100제곱미터에 이르는 저택에는 아무도 들어가선 안 된다고 못을 박았다. 그리하여 모금 행사장은 화창한 토요일 오후에 스티비 원더(오바마가 제일 좋아하는 가수다)의 공연과 함께 야외에 마련되었다. 1,600명이 넘는 참석자들은 구석에 "오바마 08"이라는 문구를 넣어달라고 오프라가 특별 주문한 밝은 녹황색 깔개 위에 자리를 잡고 앉았다. 잘 손질된 잔디밭에 흩어져 있는 텐트들마다 음식과 음료수(미니 햄버거, 보드카를 탄 '일렉트릭' 레모네이드) 테이블이 차려졌고, 웨이터 부대가 은쟁반을 들고 종종걸음들을 쳤다. 언론의 취재는 원천 봉쇄되었으며 참석자들 모두가 카메라와 녹음기 휴대를 금지당했고, 보안 절차를 거쳐야 출입이 허락되었다. 소수 VIP를 제외하고는 누구도 행사장 안으로 차를 몰고 들어올 수 없었으므로 사람들은 16킬로미터 떨어진 곳에 모여 있다가 셔틀버스로 이동해야만 했다. 아프리카계 미국인이 다수인 군중 속에서 우피 골드버그, 시드니 포이티어, 어니

뱅크스(Ernie Banks), 빌 러셀(Bill Russel), 지미 코너스(Jimmy Connors), 린다 에번스(Linda Evans), 루 고셋 주니어(Lou Gossett, Jr.), 시슬리 타이슨, 포레스트 휘태커(Forest Whitaker), 타일러 페리, 크리스 록, 신디 크로퍼드(Cindy Crawford), 조지 루커스(George Lucas), '베이비페이스' 케네스 에드먼드 같은 유명인들도 눈에 띄었다.

피크닉을 즐긴 후 오프라는 크리스털 샹들리에가 매달린 커다란 텐트 안에 200인분의 만찬을 준비했다. "평생 잊지 못할 환상적인 밤이었어요." 오바마 부부의 시카고 시절 친구로 현재 대통령 수석보좌관으로 일하는 밸러리 재럿(Valerie Jarrett)이 추억한다.

또 다른 시카고 출신 하객은 "스타 행세에 기분이 상한 순간만 빼면 괜찮았다"고 평한다. "신디 모엘리스(Cindy Moelis)—미셸 오바마의 절친한 친구들 중 한 명—와 남편 밥 리브킨(Bob Rivkin)이 오바마 부부와 함께 도착했을 때, 오프라가 무척이나 불손하게 굴었죠. 오바마 부부만 안으로 들이고 신디와 밥은 텐트 밖에서 기다리게 했어요. 두 사람은 예약되지 않은 녹색 깔개들 중 하나에 앉았습니다. 풀밭은 곧 사람들로 북적였어요. 오프라와 스테드먼이 밖으로 나와, 신디 부부 정면에서 두어 발짝 떨어진 예약석에 앉더군요. 그러니까 오프라의 경호원이 다가와 신디에게 자리를 옮기라고 말했습니다. 신디는 빈자리도 없고 곧 스티비 원더 공연이 시작된다며 이유를 물었죠. 그러자 또 한 경호원이 와서 재차 자리를 옮기거나 나가달라고 요구했어요. 밥은 오바마 부부와 같이 왔다고 설명하며 그대로 있겠다고 얘기했지요. 근처에 있던 사람들은 이 모든 상황을 보고 듣고 했습니다. 신디 부부 바로 앞에 앉은 오프라와 스테드먼만이 무슨 일이 벌어지고 있는지 전혀 모른다는 표정을 짓고 있었어요. 누구나 생각하겠죠, 주최자가 얼른 경호원들을 제지해서 그 불쾌한 상황을 수습했을 거라고요. 하지만 아니었습니다. 보안요원들은 한 술 더 떠 수첩을 들고 오더니 그들의 이름을 적기 시작했어요. 창피를 줘서 나가게 만들겠다는 듯이, 모엘리스 철자가 어떻게 되냐고 여러 번 큰 소리로 물으면서요. 그래도 신디 부부는 끝까지 자리를 지켰지요. 행사는 멋있었지만, 오프라가 두 손님한테 심한 소외감을 안긴 것이 옥의 티였습니다."

일부 사람들은 오프라가 늘 방송에서 보여주는 모습—따뜻하고 매력 있고 상냥한 여성상—그대로일 거라 기대하기 때문에 그러한 순간들은 잊을 수 없는 기억이 된다.

"마이크를 쥐고 버락을 소개할 때 정말 근사했다"고, 한 참석자가 말했다. "그녀는 열정적이면서도 우아했고, 말로 사람들을 흥분시킬 줄 알았어요."

오프라는 몬테시토 저택이 자신에게는 성스러운 곳이라는 얘기로 운을 떼면서, 마틴 루서 킹 목사의 꿈을 꾸며 살고 있기에 "약속의 땅"이라 부르는 거라고 설명했다. 아무 때나 내부를 공개하지 않는 것도 그 때문이라 했다. "여기는 스테드먼과 제가 개인 생활을 영위하는 곳이거든요. 지금껏 제게 영감을 준 정치인이 없었기 때문에 정치에는 참여하지 않아왔습니다. 오랫동안 일을 하면서 저는 많은 사람들을 신뢰하진 않습니다. 제 직감을 믿어야 한다는 걸 터득했지요. 지금 이 자리에, 미국에 변화를 일으키고 미국인들의 자긍심을 되찾아줄 수 있는 사람이 있다고 믿습니다. 저는 운명을 믿습니다. 누군가에게 소명의식이 생기면, 그 운명을 거스를 수 있는 건 아무것도 없습니다." 그렇기 때문에 자신은 오바마에게 완전히 헌신하기로 마음먹었으며, 언론이 이에 대해 어떠한 비난을 가하든 기꺼이 감수하겠노라 말했다. 그녀는 또한 행사 입장료 2,300달러를 언급하며 그 누구도, 심지어 자기와 "절친한 사이인 게일"마저도 입장료를 내지 않고 참석할 순 없다고 했다.

오프라는 자기가 오바마에게 가치 있는 존재임을 알고 있었다. 〈래리 킹 라이브〉에 나와 지지 의사에 대한 이야기를 하면서, "그에게는 내가 가진 영향력, 내가 보내는 응원이 아마 내가 끊어줄 수표보다도 더 가치 있을 것"이라 말했다. 연방선거위원회 자료에 따르면, 그녀는 딱 한 장—2,300달러—만을 기부했을 뿐이다. 그러나 캘리포니아에서는 오바마를 위해 300만 달러 이상을 모금했고, 시카고에서는 직원들 일부가 추가로 기부금을 냈다.

오바마 지지를 표명한 후 오프라의 웹사이트 게시판에는 시청자들의 반감 섞인 글이 폭주했다.

"오프라는 배신자다!"

"안목이 형편없군요."

"당신 쇼를 다시는 보지 않겠어요."

2008년, 해리스 여론조사는 오프라가 5년간 지켜온 '미국인이 가장 좋아하는 TV 방송인' 타이틀을 엘런 드제너러스가 차지했다고 발표했다.

캘리포니아 모금행사를 치른 지 12주 만에 오프라는 오바마를 위해 먼 여행길에 나섰다. 게일과 함께 아이오와 주로 날아가 디모인(Des Moines, 1만 8,500명 참석)과 시더래피즈(Cedar Rapids, 1만 명 참석)를 거쳐, 사우스캐롤라이나 주 컬럼비아(3만 명 참석)와 뉴햄프셔 주 맨체스터(8,500명 참석)로 바쁘게 이동하며 찬조 연설을 하러 다닌 것. 방문하는 도시마다 미디어석은 세계 각지에서 그녀의 첫 선거유세 발언을 취재하러 몰려든 TV 카메라들로 발 디딜 틈이 없었다.

처음에는 어색해하는 것 같았지만, 오프라는 〈미스 제인 피트먼의 자서전〉에서 주인공인 여자 노예가 자기와 같은 노예들을 해방시켜줄

"인물"을 찾아가는 과정을 재차 인용하면서 자신감을 회복한 듯 보였다. "2008년 지금, 저는 미스 피트먼의 질문에 대한 답을 찾았다고 믿습니다. 분명히 찾았습니다! 그녀의 질문은 우리나라가 묻고 있는 것과 같습니다. '당신이 바로 그 사람인가요? 그 사람 맞아요?' 여기서 여러분들에게 말씀드립니다. 그가 바로 우리가 찾는 사람입니다. 그 사람은…… 버락 오바마입니다!"

가을까지 힐러리와 오바마는 다른 민주당 후보 6명을 크게 앞질렀다. 힐러리가 여성 유권자들의 압도적인 지지를 얻은 반면, 오바마는 고학력자들과 반전 활동가들의 열성적인 응원을 등에 업었다. 그는 아이오와 당원대회에서 이겼고, 힐러리는 뉴햄프셔 예비선거에서 승리했다. 슈퍼 화요일(Super Tuesday, 미국 대통령선거에서 각 당의 후보를 결정짓는 가장 중요한 예비선거들이 한꺼번에 열리는 날—옮긴이)에 힐러리는 대의원 836명의 표를, 오바마는 대의원 845명의 표를 얻었다. 둘이 벌이는 막상막하의 경주는 2008년 6월 7일까지 이어지다가 마침내 힐러리가 경선 후보직 사퇴와 오바마 지지를 공식 선언하기에 이르렀다.

선거유세 처음 몇 달 동안은 엄청난 파워를 지닌 명사들 중 오바마 편에서 횃불을 치켜든 이는 오프라뿐이었으나, 2008년 1월 27일에 캐럴라인 케네디가 지지 의사를 표명하고 나섰다. "내 아버지 같은 대통령"이라는 제목의 〈뉴욕타임스〉 기명 칼럼에서, 존 F. 케네디의 딸은 "사람들이 내 아버지를 두고 말하는 것처럼 내게 영감을 주는 대통령은 이제껏 없었다. 그런데 난생 처음, 그런 대통령이 될 수 있을 사람을 찾은 것 같다. 단지 나에게만이 아니라, 미국의 새로운 세대 전체에게 말이다"라고 썼다. 캐럴라인 케네디와 더불어 그녀의 사촌 마리아 슈라이버 및 그들의 삼촌 테드 케네디 상원의원까지 오바마 진영에 힘을 실어주러 나서자, 경선 판도에 큰 회오리바람이 일고 힐러리 클린턴의 지지 기반이 흔들리게 되었는데, 특히 아프리카계 미국인 사회의 동요가 컸다. 버락 오바마한테 기대를 걸어봐도 좋겠다는 생각들을 하기 시작한 것이다.

캐럴라인 케네디, 마리아 슈라이버, 미셸 오바마를 양옆에 거느린 채 UCLA 실내 체육관에 등장할 무렵에는 오프라도 비판자들에게 일침을 가할 만큼 배짱이 늘어 있었다.

"아이오와 당원대회 후, 나한테 '당신이 어떻게 그럴 수 있냐'며 대놓고 따지는 여성들이 있었습니다." 과장된 콧소리를 흉내 내며 그녀가 말했다. "내가 여성들을 배신했다는 겁니다. 사실은 그게 아니죠. 전 자유로운 여자입니다. 자유로운 여자라고요." 오프라는 이 말을 세 번이나 반복했다. "자유롭다는 건, 무엇을 할지를 본인이 생각해서 결정하는 걸 의미하지요. 그래서 저는 배신자가 아닌 겁니다. 그저 제가 믿는 바를 따를 뿐이고, 그것이 버락 오바마에게로 이어진 것이지요." 그러면서, '나는 여자다, 고로 여자에게 투표해야 한다'고 부르짖는 여자들을 조롱했다. 청중이 흥미를 보이기 시작했다. "자유로운 여성으로서, 여러분에겐 각자의 마음을 바꿀 권리가 있어요. 더 나은 길을 보고 믿는다 해서 배신자인 건 아닙니다."

집회 말미에 미셸 오바마가 혼이 쏙 빠진 듯한 군중 앞에 섰다. "이제 여길 나가셔서 버락 오바마가 취임선서를 하는 장면을 마음속에 그려보시길 바랍니다."

오바마에게 읽으라 권했던 《시크릿》의 신조를 믿는 오프라도 집으로 돌아와 비전보드(vision board)를 만들었다. "보아라, 믿어라, 성취하라." 오바마의 사진을 보드 중앙에 놓고, 대통령 취임식에 입고 가고 싶은 옷의 사진을 그 옆에 두었다. 오바마가 8월에 민주당 대선 후보로 확정이 되자, 그가 대통령이 될 운명을 타고 났음을 완전히 확신했다.

"작년 초에 지지 결심을 한 것이 매우 기쁩니다. 내 쇼에 붙는 광고가 죄다 떨어져나가건 말건 일찌감치 마음을 먹었지요. 성서에 '사람이 온 세상을 얻는다 해도 제 목숨을 잃으면 무슨 소용이 있겠느냐?'(마태복음 16:26) 하는 멋진 구절이 있는데요, 버락 오바마를 지지한다고 밝히지 않았다면, 내 영혼의 한 조각을 잃어버렸을 것입니다."

선거일 밤, 가슴골이 살짝 드러나는 밝은 녹색 드레스 차림의 오프라는 그랜트파크에 운집한 12만 5,000여 시민들과 더불어 유색인 최초로 미합중국 대통령에 당선된 시카고의 자랑스러운 아들에게 환호를 보냈다. 자신이 역사의 올바른 편에 섰으며 그러한 역사를 이루는데 한몫 거들었을 수도 있다는 걸 알기에 그녀의 양 볼에는 벅찬 감격의 눈물이 흘러내렸다.

"내 임무는 당시 지나쳐버렸을지도 모르는 오바마를 사람들에게 소개하고 이해시키는 거였어요. 나는 그가 당선되기를 바랐고, 임무를 완수했다고 생각합니다."

후기

"스튜디오 조정실에 서서 필 도나휴의 마지막 방송 모습을 지켜보며 설레설레 고개를 흔들던 오프라가 기억납니다." 옛 하포 직원이 말했다. "자기가 저렇게 오래 버티게 되거든 엉덩이를 걷어차서라도 쫓아내달라고 하더군요. 물론 그런 일은 일어나지 않을 겁니다. 그녀는 절대 쇼를 포기하지 않을 테니까요. 그럴 수가 없지요. 그녀는 TV에 나와야 합니다. 그게 그녀에게는 숨 쉬는 공기거든요."

오프라를 은퇴시키려면 테이저건(taser)과 전기충격기로 무장한 구조대를 동원해야 할 거라는 게 중론이었지만, 2009년 11월 20일, 그녀는 계약이 만료되는 2011년 9월, 25년 만에 토크쇼를 종영하겠다고 선언했다.

"이 쇼는 내 인생 그 자체였어요." 시청자들에게 떨리는 입술로 말했다. "너무 사랑하기에, 이제 작별을 고할 때라는 것도 압니다."

이 발표와 함께 미 전역이 안타까운 탄식에 휩싸였고, 방송가 전체에 긴급 경계경보가 발령되었다. 오후 4시 프로그램에서 오프라가 하차하게 되면 주간 방송에는 커다란 구멍이 생길 것이며, 지역 방송국들, 특히 ABC가 소유하고 운영하는 방송국들은 저녁뉴스 시간대로 이어지던 엄청난 시청률을 빼앗기고 말 것이다. 재정적 차원의 파장 또한 굉장할 것으로 예상되었다.

다음 날 신문 방송의 헤드라인들을 치킨 리틀(Chicken Little, 애니메이션 캐릭터. 별안간 공중에서 떨어진 무언가에 머리를 맞고서 하늘이 무너지고 있다고 착각함—옮긴이)이 봤다면 자기 생각이 옳은 줄 알았을 것이다. 그야말로 하늘이 무너지기라도 하는 듯 야단법석이었으니까. 오프라의 은퇴 선언은 대다수 신문의 1면과 〈피플〉의 표지를 장식했고, 저녁뉴스 방송에서 주요 소식으로 다뤄졌으며, 숱한 논평들이 쏟아지게 만들었다. 논평의 대부분은 줄어드는 네트워크 시청자들과 저조한 시청률에 나가떨어지기 전에 스스로 물러나기로 한 결정을 칭찬하는 내용이었다.

알레산드라 스탠리(Alessandra Stanley)는 〈뉴욕타임스〉를 통해 "잘 나갈 때 그만두는 고단수"에 박수를 보냈고, 게일 콜린스(Gail Collins)는 "좋아하는 것과 이별하기"에 관한 칼럼을 썼다. 〈LA타임스〉는 "오프라 없는 오후"를 애석해했으며, 〈월스트리트저널〉은 그녀의 토크쇼 폐지가 시카고 경제의 미래에 미칠 영향을 궁금해했다.

오프라는 디스커버리 커뮤니케이션(Discovery Communications)과 제휴한 OWN(Oprah Winfrey Network)에만 전념할 계획임을 밝혔다. 2008년 발표에 따르면, OWN의 데뷔는 원래 2009년으로 잡혀 있었다. 지금은 20011년의 어느 시점이 될 것으로 보고 있다. 일단 출범하기만 하면, 오프라의 네트워크는 7,400만 가구에 수신되는 디스커버리 헬스 채널(Discovery Health Channel)을 대체할 것이다. 미국 방송이 디지털 시스템으로 전환하기 전인 2008-2009년에 〈오프라 윈프리 쇼〉는 약 1억 1,000만 가구에 공급되었다. 현재는 약 700만 명이 매일 시청하고 있다. OWN으로의 전환이 시청자 수의 급감으로 이어지리라는 데는 거의 의심의 여지가 없다.

OWN은 LA에 기반을 두고 있으며, 은퇴 예고 직후 오프라는 "굳이 시카고에 남을 이유가 있을까? 여긴 너무 춥고, 몬테시토 저택에서 지금부터라도 즐거운 시간을 보내고 싶다"는 말과 함께, "가능한 한 빨리" 시카고 쪽 부동산을 처분하길 원한 것으로 알려졌다.

전국의 미디어가 낮 시간대 골리앗의 하차를 아쉬워하는 동안, 시카고의 다윗들은 새총을 집어들었다. 〈시카고트리뷴〉지의 릭 코건(Rick Kogan)은 "그녀의 발표를 듣고 드는 의문. '문제될 거 있나?'"라고 물었다. "어느 정도 이해가 가긴 하지만, 지난 세월 그녀는 가까운 친지들 외에 모두를 불신하고 거리를 두면서 점점 더 자신을 고립시켜오지 않았는가……." 같은 신문의 미디어 평론가 필 로즌솔은 빈정대는 투로 독자들에게 말했다. "알아서들 대처하라. 각자 자문해볼 수도 있겠다. '오프라라면 어떻게 할까?' 그런 다음엔 가장 친한 친구 게일에게 위로의 전화를 걸어야겠지."

시카고 시장 리처드 데일리는 지역 언론의 논조에 몹시 화를 내며 그들이 오프라를 몰아내려 한다고 비난했다. 2009년 9월에 오프라의 요청을 받고 오프닝 쇼를 위해 미시간 애버뉴를 부분 통제해준 적이 있는데, 당시 2만여 명의 팬들이 몰려들면서 시내에서 가장 번화한 거리 한복판이 극심한 교통 체증을 겪었다. 기자들이 이 대혼란을 모르고 지나갈 리 없었고, 일부는 그 해프닝을 오프라의 오만함을 보여주는 또 하나의 사례로 받아들였다.

"시카고 언론에서 이 일을 크게 떠들어댔죠. 오프라를 아주 두들겨 팼어요." 데일리 시장이 말했다. "사람을 계속 걷어차니 떠날 수밖에요. 간단해요."

오프라는 데일리 시장이 대통령 내외와 머물던 코펜하겐으로 날아가 시카고의 2016년 올림픽 유치 운동에 힘을 보탬으로서 그가 베푼 호의와 지지에 보답했다. 6,000만 달러가 소요된 프레젠테이션에도 불구하고 시카고가 1차 투표에서 맥없이 탈락해버리고 IOC가 리우데자네이루의 손을 들어주게 되자, 오프라와 데일리 시장 및 오바마 내외는 시카고 언론으로부터 패배자 취급을 받았다.

그녀의 은퇴를 둘러싼 미디어의 소동은 수일간 계속되었다. "왜 그만두려는 걸까?" "다음 행보는 뭐지?" "누가 그녀를 대신할 것인가?" 오프라의 체중이 당뇨와 심장마비를 야기할 것임을 암시하는 사진들과 더불어, 건강에 관한 흉흉한 예측들이 인터넷을 뒤덮었다. 〈내셔널 인콰이어러〉는 "술독과 마약에 빠진 오프라! 진력난 스테드먼, 완전히 손 털다! 그의 입을 막기 위해 1억 5,000만 달러를 지불하기로!"라는 요란한 헤드라인 밑에 푸석푸석하게 부은 오프라의 사진을 표지에 내걸었다. 유들유들한 데이비드 레터맨이 이를 보고 그냥 지나칠 리 없었다. "오프라가 이젠 막 나간다는 징후 베스트 10"을 발표했는데, 그 1위가 "그녀의 최근 게스트 3인, 즉 조니 워커(Johnnie Walker, 스카치위스키 브랜드—옮긴이), 짐 빔(Jim Beam, 버번위스키 브랜드—옮긴이), 호세 쿠에르보(José Cuervo, 테킬라 브랜드—옮긴이)"였다.

네트워크 텔레비전에서 물러나고 영향력이 감소 추세라는 인식들 때문에 그녀는 마치 오랫동안 추앙받던 대상에서 공격의 표적으로 바뀌고 있는 것처럼 보이기 시작했다. 그러나 알코올중독자로 묘사되고 인기 하락을 나타내는 듯한 여론조사에 시달리는 와중에도, 오프라는 세계무대에서 자신의 진가를 더욱 빛내줄 일을 성사시키면서 절대 과소평가되어선 안 되는 존재임을 증명해 보였다. 촬영팀을 이끌고 백악관에 들어가, 대통령과 퍼스트레이디로서 크리스마스를 처음 맞이하는 오바마 내외와 친밀한 대담을 나눈 것이다. ABC에서 방송한 이

한 시간짜리 프라임타임 특집물은 그날 저녁 예능 프로그램 중에서 가장 많은 시청자를 끌어모았고(1,180만 명), 쉰다섯 살의 오프라 윈프리가 아직은 토크쇼의 여왕 자리를 내줄 마음이 없음을 만천하에 알렸다.

그녀는 자신이 설립한 네트워크(한 평론가의 말에 따르면 "내내 오프라뿐인 채널")를 통해 새로운 모습을 보여줄 생각이며, 〈O〉 매거진에서 아주 효과적으로 수행한 작업, 즉 자기 삶의 철학을 천박한 물질주의 및 고상한 영성과 복잡하게 뒤섞는 작업을 케이블 채널에서도 재현할 예정이다.

일부 평론가들은 팬들이 그녀를 따라 케이블로 옮겨가진 않을 것이라며 끌끌 혀를 찼다. 또 어떤 이들은 CEO 3인이 벌써부터 고용과 해고를 겪고 기획 부문 수장이 면직되는 등의 여러 문제들로 인해 몇 차례 출범이 미뤄졌던 사실을 거론하면서, OWN이 순조롭게 시작하지 못할 것이라 내다보았다. 그러나 오프라는 이미 경력의 다음 단계로 발을 내디딘 상태였고, 〈뉴요커〉의 미디어 평론가 켄 올레타(Ken Auletta)는 무한한 성공을 예측했다. "오프라는 성장 산업으로 향하고 있다. 기울어가는 배를 떠나 로켓선에 올라타려는 것이다."

그녀는 또한 자신의 후광을 할리우드에도 옮겨놓아, 흠모하는 유명인들 사이에서 두각을 나타내고자 했다. 소녀 시절 그곳 '명예의 거리'를 관광하다가 처음 상상의 불꽃을 피우게 되었는데, 여행에서 돌아오자마자 그녀는 아버지에게 장차 스타가 되겠노라 다짐했다.

"무릎을 꿇고 그 거리에 새겨진 별들을 전부 쓰다듬었어요. 속으로 결심했죠. 언젠가 내 별도 저 속에 넣고 말 거라고요." 버넌 윈프리는 그때 딸을 말릴 수 없으리란 걸 알았다고 한다.

수십 년이 흐른 지금, 그녀의 야망을 타오르게 했던 불씨는 여전히 빛을 발하고 있다. 그리고 오프라에게는 자신이 하는 일과 거기서 얻는 찬사가 영혼을 채우는 재료이며 삶의 가장 큰 기쁨이다. 요컨대, 그녀는 결코 은퇴하지 않을 것이다. 자식과 손자손녀가 없어도, 그녀의 말년은 일에서 얻는 보람만으로도 충만할 것 같다. 안다. 약간은 기력이 쇠해 지쳐 보일 때가 많고, 예전 같으면 하루 한 시간, 생기발랄하게 굴었을 쇼에서 이따금 힘이 빠진 모습으로 나온다는 걸. 지난 한 해 프로듀서들은 그녀를 비롯한 모든 참여자가 활기를 잃지 않도록 프로그램을 더 여러 토막으로 잘라 더 빠르게 진행하기 시작했다.

나이를 먹어가면서 오프라는 몸매 관리에 더는 에너지를 쏟지 않는다. 유전성과 맞서 싸우겠노라 맹세한 지 수년 만에 어머니의 유전자들에 잠식당해 34킬로그램 과체중 상태를 유지하고 있다. 남아공에 4,000만 달러를 들여 지은 학교에 대한 책임감도 그녀를 무겁게 짓눌러왔다. 특히 기숙사 사감과 몇몇 학생을 법정에까지 불러낸 성추문 사건들이 그랬는데, 그 추악한 스캔들을 둘러싼 언론의 입방아에 오프라는 사기가 떨어졌고, 일각에선 아무리 막대한 재원을 지녔다지만 1만 4,000킬로미터 떨어진 곳에 사는 아동 300여 명을 돌본다는 게 가능하냐는 의문이 제기되었다. 그럼에도 그녀는 변함없이 "딸들"에게 성심성의를 다하고 있으며 최소한 1년에 한 번은 남아공으로 날아간다. 그러나 개인 제트기를 이용한다 해도 장장 열일곱 시간의 비행은 큰 부담거리다.

쇼의 시청률이 주춤거리고, 잡지 판매부수가 감소하고, 철통같은 이미지에 두어 군데 균열이 생겼다 해도, 오프라는 여전히 동세대의 가장 영향력 있는 여성이다. 언제나 발전하는 삶을 살아온 그녀답게, 늘어가는 나이에도 아랑곳없이 계속해서 높은 곳을 지향한다. 오프라는 예기치 못한 굉장한 경지에 오름으로써 한 시대를 지배해왔고, 그 과정에서 특히 여성들의 우상이 되었다. 한때 뭇 여성들을 가로막은 모든 장벽을 돌파한 주인공으로서, 결코 물러서는 법 없는 인생 이야기가 다른 사람들에게 감동을 주기 때문이다. 그녀는 지금도 야망의 끈을 놓지 않고 있다. "사람은 한계를 넘어서야 한다. 천국이 왜 있겠냐"고 한 로버트 브라우닝(Robert Browning)의 시를 늘 되뇌어왔기에, 아마 생의 마지막 날까지 그러할 것이다.